U0909428

文艺报文丛·评论卷

《文艺报》编选

梁鸿鹰　主编

追寻意义

作家出版社

写在前面的话

梁鸿鹰

怀着感念与喜悦的心情，我们把这四卷本“《文艺报》文丛”奉献给大家。

这是我们与作家、艺术家共同绘制的一幅幅时代文艺发展的难忘景象，这是文艺大家对人生与创作的独特回望与感悟，这是我们和理论评论家携手对近年来中外文艺走向留下的一份份独特见证。

这些文字，记录了当代一批杰出文艺大家生命和艺术追求的足迹，留下的是一点一滴的人生感悟，带给我们的更是弥足珍贵的精神指引。正如文丛“访谈卷”书名所昭示的那样——水流云在，时光不舍昼夜，但在地老天荒之上，前辈们描绘的精神云霞将会永远照耀文学前行的道路。在这些大家面前，我们深切地感到文学初心的难能可贵。比如，终归于极简与至真的马识途老人历经风云，永远怀着一颗赤诚的初心，在他看来，当代中国仍有许多需要表现、描写的人物，好的作品应该从思想上推动人类进步，影响世道人心。历史、方向、胜利……这些无法称量的关键词，也终究是要由每个时代的那些人去承担和推动的。记者在采访、写作时的感叹，大致能够反映我们与前辈的共同心声。

这些文字，以极富智慧的光亮，映照着当代文学艺术发展中绕不开的来去路径和指归，体现着当代理论工作者高度的思辨自觉，其中不少文章紧紧围绕习近平总书记文艺工作座谈会重要讲话提出的理论实践命题，从不同角度由务虚反思，归于对当下创作面临难题的破解。诚如不少思想者所言，面向未来的我国文艺创作，欲强精气神韵，立美学风范，必然要着眼于民族精神血脉的传承，不忘开放进取现代价值取向的弘扬，因为正如张炯先生所言，我们的目标是“共建人类共同体的大同精神。它标志当代中国精神的高度，也应该是我国文艺思想需要追求的精神高度。只有这样，我国文艺才能不独以真善美相统一的精美的艺术性唤起人们审美的怡悦，也能以高度的思想性获得全球人类的热切共鸣，从而为世界文明作出新的贡献”。在这样的高度来观察、指导当代实践，才能使中国文艺的未来愈加美好。

这些文字，体现了对文学意义的不懈追寻，对艺术真谛的深切探访，而且，大多携带着评论家们对作品虔敬的体温，对作家、艺术家劳动创造的激赏，同样体现出对更加清正批评风气的呼唤，如雷达先生所言，“健康有力的文学批评的出现需要一个个质地坚实见解独具的文本，更需要一个良好的文化语境，而批评家自当具备一种在公正立场‘说话’、直面作品的批评伦理。倘若能进一步改善历史文化语境，能斩断作品与它后面种种非文学因素的联系，大量没有意义的过剩与复制自然就会减少，一种深入到作品内部的有效批评和探究文本奥秘的‘美文批评 ’也才有可能更多地出现”。只要我们以虔敬的严谨始终坚持说真话、讲道理，批评对创造精神价值的张扬，永远是文艺发展的动能。

这些文字，还如同富于魅力的万花筒，以变幻着的色彩和图景，为广大读者打开了通往异域文学艺术历史和现状的新天地，拉近了我们与一位位文艺大家的距离。事实证明，只有经典作家作品作为民族文化母体的基因或染色体地位的不被动摇，伟大的精神财富才能属于全人类。今年，全世界不同地方的人们同时在纪念汤显祖、莎士比亚和塞万提斯，面对国民阅读出现的下降，以及文学经典屡陷尴尬，我们有责任避免经典的无家可归、陷入困顿。诚如陈众议先生认为的那样，在资本和文化消费主义强劲推动的时候，在“全球化”时代“去民族意识”“去意识形态”甚嚣尘上的时候，一定要坚守自己的文化立场。“轻易瓦解作为国家认同、民族认同、价值认同和审美认同重要根基的文学经典，那不是犯傻或别有用心又是什么？”这个发问对我们来说，会是意味深长的。

让我们翻开书页，体会、感悟、思考，并对当代文艺的繁荣生长继续有所作为吧。

2016年10月12日

目录

文学评论

网络文学评论

华文文学评论

儿童文学评论

艺术评论

文学评论

《牛鬼蛇神》：第二口气卡在中间

殷罗毕

“李德胜说他叫李德胜，他这么说，着实吓了大元一跳。”

马原的小说，以一个人的名字开始，而这个名字，也是毛泽东曾经的代用名。“犯上。好在名字不是他自己起的，而给他名字的父亲已经病故；如果追查责任，也只能去阴曹地府。”这个开场，有着一部伟大小说即将降临的开阔与紧迫感兼具的大气。但这真实坚硬的紧迫感，旋即被替换成为儿童般幼稚的激动和兴奋，随着小说的进一步推进最终成为疲软和庸常。

主题学：从少年历险到中年家常

13 岁的东北男孩大元，到北京参加大串联。13 岁是一个奇妙的年龄，他既不是可以独立生活的红卫兵青年，也不是离不开父母的小男孩，更不是贫农或者“黑五类”。他开始脱离儿童期，但又不负有成年人的责任。他处在整个社会之外，免于任何身份和阶层责任的压力与风险。这一视角也使得写作者免于面对历史事件作出判断的压力与风险。一切都成为了一场对全新世界的天真漫游和历险。大元想在天安门广场上得到毛泽东的接见，同时，他还怀着另一个特别天真的目的：到天安门广场上寻找“零公里处里程碑”。大元家附近的国家公路上有个里程碑，上面的数字是 1499，意味着距北京 1499 公里。在大元心目中，在北京，必定是有个零公里里程碑的——条条大路通北京。

《零公里处》是马原 20 多年前发表过的一部中篇小说，这一场景在《牛鬼蛇神》（上海文艺出版社 2012 年 5 月出版）中的再现，意味着零公里处对于这位中国最顶尖的先锋作家的重要性。“零公里处”的存在，便意味着空间中存在着某处与其他所有的地方和空间都截然不同的，一切其他空间和旅程的起点，就如同天堂在尘世中的一处没有面积的投影。从那里，万千世界都将如同围绕着它的路口和镜面一样，在男孩的眼前徐徐展开，没有尽头。

这是一场以整个世界为背景的庞大魔术。事实上，在小说的“少年大元阶段”，故事以令人目眩的速度展开着空间和世界中的错觉与幻觉。比如那个在天安门上永远都没有升起太阳的黎明，因为大元和李德胜睡过了头，将黄昏当做了清晨；比如在他们临时集体寄宿的被打倒的钟表商资本家大院中的一间永远虚掩其门的仓库中，大元见到了几乎全世界各种类型的钟表，全世界各种时间都在他耳边滴答走过；比如毛泽东接见百万红卫兵的那天，大元在人海之中，尽管也挤入到了广场上，但城楼依然如同远在天边，他只是固执地盯看着其中一个人影，并认定这就是毛泽东。尽管这个人影或许只是一个现场的摄影师。

但这场充满美好幻觉的历险很快就戛然而止了。大元长大了，小说便进入了中年人的故事。在中年阶段，作者依然试图保持历险的不可知与神秘。他把场景搬到了李德胜的家乡——海南。在那片莽林蔽日、晦暗潮湿的原生态世界之中，中年大元见识了“原生态”的巫术。巫术让一个中年人原本庸俗乏味的生活重拾了神秘，但这“神秘”却有一股子更不堪的庸俗和廉价。一个腹部鼓胀不止的妇人，在巫医咒语的帮助下，放了一个屁，瞬间痊愈。放屁拉屎并非庸俗，但在经历了半辈子的人生变故之后，却以一个巫医治病作为“神秘”而津津乐道，实在是一种毫无见识和悟性的居委会大妈心智。一群人在街头，然后消失，有来踪无去影，没留下名字也没有人数。一群孩子在教室突然消失，没有名字没有人数，放着光天化日下最令人困扰痛楚的大神秘不顾，却钻到所谓的树林子去找神秘，这不是理解力上的无能，便是勇气上的卑琐。

结构学：空间游戏开始归零

去过那里，但又不进入那里，这是马原小说的核心秘密所在。在一次沙龙聚会中，马原曾表示，最让他着迷的是一种物理运动——位移。

坚持在一个距离之外去观看世界和他人，比如以外来者的身份和角度去观看西藏，是马原讲述故事的基本姿态和语调。《牛鬼蛇神》中他去的地方不单有西藏，还有北京天安门和海南岛。这是一次东亚板块上的三角接力游戏，这三处地理位置都在讲述者所在现场的遥远距离之外，但都在其“生命”经历的穿梭之中。一南一北的两个少年在“文革”大串联中在北京相会，然后各自长大，各自在西藏、海南岛经历种种人生变故。这些被写成小说的个人履历，都有着强烈的时代背景，但在马原独特的小说编织法中，这些通常的人生却呈现出了岁月流转、空间移变的怅然和神秘。

执迷于游戏般空间位移的写作姿态，对于小说而言是一柄双刃剑。其良性的一面在于，这样可使小说家免于中国大部分所谓严肃小说家一味讲求精神升华的媚雅虚热。就情节的环环相扣、时空的峰回路转令人回味而言，马原在中国当代迄今为止依然是最出色的故事讲述者。但就利刃另一面而言，则是一种精神上的局限感和幼稚感。小说《牛鬼蛇神》，与历史上所谓的那批牛鬼蛇神几乎没有任何关系，尽管小说处理了同时代的事件和场面——大串联、毛泽东接见红卫兵、上山下乡等。然而，小说与牛鬼蛇神毫无关系，与那场运动中的受害者毫无关系。

事实上，“牛鬼”对应的是大元，因为他憨大如牛，四处游荡如鬼。而“蛇神”对应的是他在北京大串联时相遇的终身伙伴李德胜。李德胜来自海南，性格幽暗潮湿如蛇，又懂得巫医之术，如有神通。小说的讲述者坚持以一个13岁少年的眼睛来观看那场全国全民都卷入其中的运动，将大串联、领袖接见看成了一场狂欢。一个少年当然有权如此，但一个年逾六旬的成熟作家，是否也有权无视这场庞大的灾难，而专注于自己当年的一己快乐感受？

评论一部小说，长篇大论空间运动和历史认识的问题，绝不是离题千里。是认识论、方法论而不是主题学，才是马原小说叙事与众不同的特质所在。比如小说的结构方法，《牛鬼蛇神》从卷、到章、到节，均以3、2、1、0这样的倒计时排列。这是一个归零的排列。归零即意味虚无，人生白茫茫一片真干净，这是出离人世间的门槛。人到中年之后的马原，似乎对此有所感知，因此，他在每章的0节中，不断抛开故事，直接讨论人从哪里来、到哪里去这般终极问题。

遗憾的是，抽象的讨论与故事叙述几乎都处于脱节之中，讨论也往往沦为泛泛空谈，而难以进入具体生命的内部体悟。或许对于马原而言，小说中的角色长期以来都被当做位移中的一个位置来观察，因此，“人从哪里来”中的人本身实为时空流转中的游客（例如天安门的游客、西藏的游客、海南岛的游客），而并非向虚无极限冲刺和探知的冒险家。因此，游客玩家马原虽在理论和讨论层面指向了归零点，但在身体和感知层面，却远未拉伸自己以趋向于游戏空间的极限点。

生命政治学：第二口气卡在中间

1985年，马原首次公开发表作品（《冈底斯的诱惑》），1992年，他便彻底中断了自己的小说写作。以发表时间为标志，其文学生涯仅为7年。不到10年就进入了写作枯竭期，这不单是马原个人，也是一批先锋作家，比如余华、格非等都难以逃脱的奇特宿命。时隔20年或10多年的沉寂之后，他们又纷纷抛出新作：余华抛出了《兄弟》，格非抛出了《人面桃花》，但在成熟的读者群中所得到的回应都往往略带失落。马原的《牛鬼蛇神》面世伊始便赢得了第一波同行圈子内的欢呼，此后，在更为广泛的阅读者群体中得到的评价则褒贬不一，批评者甚至有称“马原老矣”。

短暂仅 10 年的创作期并非一个简单的年龄或时代问题，它涉及的是写作者如何面对经验世界的根本性问题。以哈维尔的提法，那就是如何吸起“第二口气”。

当一个写作者最初创作时，他所有的材料几乎都来自其生命的直接感受力，那是一个感受性的原初世界。他的眼睛在看、他的双耳在听、他皮肤对于微风或气温或光照的变化异常敏感，他的生命对于空间和时间的变化异常好奇。这便是写作者的第一口气，是他对于世界的第一张快照。第一口气所呼出的是天真的诗，是对于自己青春生命源源不断的自信，是类似英雄主义的自我肯定。马原在上世纪 80 年代所有的有如神助的小说，都是他生命第一口气所化成的故事。在那些故事里，无论叙述者马原，抑或是故事中通常出现的主人公大元，都异常自信并充满健朗的男子汉气概。他的小说故事轴心几乎都是纯形式的。我在此使用纯形式，所指的并非对于文字进行形式主义实验，而是指生活世界的基本外部形式本身。这个生活世界的基本外部形式，便是时间和空间。

马原早期那些迷人而神奇的小说几乎都是迷恋于时间和空间的错觉故事。《虚构》所讲述的是一处莫名撞入其中的麻风村，而当主人公离开时，一张报纸上的足球比赛日期让他发现自己的经历和记忆中神秘地缺失了若干天时间。《折纸鸢的三种方式》是以未来、过去、现在，这一颠倒的时序来展开时间，这一中篇小说在《牛鬼蛇神》中以改编之后的形式再次出现。《爱物》的讲述者在回溯故事时，自己也处于一个即将到来的决定性时刻，去追赶一个即将登机离开的女性，将对方馈赠自己的礼物交还，或者示爱。纯形式的时间和空间，没有过多的对于个人精神主体的纠缠和心理污染，远离种种令人不适的现实不公和无力感，这一乌托邦般的时空共同体便是西藏。在西藏这个大空间中时间的错综回返故事，便是马原的第一口气。

但是从高耸近乎处于云中的乌托邦——西藏下来，从青年进入中年之后，与世界进行时空游戏捉迷藏的天真时代戛然而止。我无从判断马原所经历的具体经验为何，但从最基本人类经验世界框架中，我们至少可以得出，经验便是对天真感受性的破坏。从亚当和夏娃在伊甸园中吃了那个经验之树（亦可称之为智慧之树）的苹果开始，人类接触世俗世界的经验，就是让他们自己感到有罪、有限和羞耻。任何一个心智正常的成年人在面对这个世俗世界时，都会感到自己力量的有限，并因为有限而感到种种无力和屈从，这是与他最初青春期时代保有的英雄感所截然不同的。如何将自己原初生命世界的完整性，与被破坏之后残留一地的精神、经验碎片整合利用起来，如何将令自己不适的经验处理成为自己的创造物，这恰恰是从自我世界走向与他人共处的经验世界的开端，是写作者的第二口气。

马原在歇笔 20 年之后再次创作，显然是意识到了某种变化。小说中出现的海南，往往是令人不适和滞重的经验团块，比如李德胜妻子的死亡，李德胜儿子的事业失败等等。但在马原的笔下，这些经验仅仅是碎片化的经历，从未成为一个整体而有层次的世界。在各章的 0 节中马原跳出故事“谈玄论道”，也常常为自己的写作姿态作出辩护。他强调“表面”即最真实的现实，强调写作者应当忠于自己的感觉和常识。所谓常识，马原认为就是事物最初看上去的样子和感觉。比如他举了苹果的例子：好吃、脆、多汁、颜色鲜红、滚圆，这就是苹果的全部常识，我们也因此而喜欢和享受苹果。我们并不需要知道苹果的生物学知识和基因组成，就足以把握和拥有苹果最深刻的事实，那就是它好吃。马原以此来证明，写作中表面经验的感觉，就是最有意义的事实。但问题在于，如果有人不断地告知他苹果表皮全是有机磷杀虫剂，苹果的果肉都是催生激素，这时苹果的口感还会像原先那样甜美吗？

事实上，即使是最微小的经验碎片，也是与我们对于世界的各种理性判断联系在一起的。要使经验真正有效和有意义，就必然要去整体上理解和处理整个世界，这个充满暴力、恶和不公正的世界本身。因此，当马原在《东方早报》的采访中说：“我不关心社会批判和反思历史”，“作家和艺术家……不要去做历史的结论，不要去指点江山，不要去做愤世嫉俗者。很多好的艺术家，他们在社会和历史学意义上经常是弱智白痴的”。事实上，无论西方抑或中国的作家，但凡能在历史上确立长期地位的，没有哪个不在其作品中表现出对于社会和历史的深远理解力，即使先锋作家所最推崇的所谓“为作家写作”的作家博尔赫斯，对于阿根廷庇隆政府也有着鲜明强烈的反对立场，博尔赫斯甚至因为纳粹在被审判时的自我哀怜而鄙视他们缺乏真正男子气概。其小说中最迷人的勇气和死亡主题，是博尔赫斯对现实深刻理解的有力表现。

若是有小说家在社会批判和反思的历史主题上写糟了，那不是因为他不应当去进行批判和反思，而是他批判和反思得不够，他应该与历史学家、哲学家和政治家竞争，压过所有的现实政治批判，他才有资格去写小说。否则，他并非应该避开批判，而是他压根儿就没有资格去进行真正的写作。马原以北京、西藏和海南构架了一个巨大的空间结构，并以海南为主开始部分的经验之旅，但是他的第二口气终于还是卡在中间，未完全呼吸上来。据称，马原的下一部小说，就名叫《卡在中间》。可见尽管拒绝真切的纵深理解，但马原对自己境况在无意有意之间还是略知一二的。

《生命册》：剧变时世中的畸人列传

曾镇南

《生命册》以两个中原大地之子吴志鹏和骆国栋的人生轨迹为主线，其中穿插出现许多具有生命力的草根人物：梁五方、虫嫂、吴春才，他们是各具异秉、遭逢酷烈的草野“畸人”。作家各以专章，完整地写出了他们的生活命运史和性格发展史。在这些人物的绘状、捏塑上，最能见出作家写实求真的艺术功力。

草野“畸人”

梁五方曾是上世纪60年代无梁村的“名片”。他在建造镇政府大礼堂的工程中，大胆捏塑麒麟脊，创造了具有不对称美的“龙麒麟”屋脊造型，一举成名。那时，他是何等聪明，何等自信。尔后他一个人在水塘上盖起了一座房屋，举办了最简朴的婚礼，成家立业。那时，他又是何等坚毅，何等心旺。但他的太“独”、太“各色”的立世行事，使他成了无梁村人群中的异类。一旦“运动”到来，他便为自己的傲慢和伤人付出了惨烈的代价。梁五方最终家破人散、一蹶不振，生命淋漓的元气，劳动创造的绝技，在漫长的上访路上湮灭净尽。天生异秉的生活执著者，被异化为平反后仍然纠缠不休的偏执狂，几乎成了四处流窜、诈骗的社会祸害。直到最后被安置到村福利院后，才成了远近闻名、信众广有的命相师。在这个草根畸人的命运和性格里，记录着多少历史地层深处传出的地震波，遗留着多少时代颠倒翻复留下的折叠痕！

“小虫儿窝蛋”是生长在无梁村草野上的一种生命力极其强韧的小花，被无梁村人用作了残腿人老拐娶来的超矮小女人的外号。虫嫂和老拐组成的“一不全活、一小人国”的家庭，从一开始就面临异于常人的生存压力。尽管虫嫂又机灵又活泼，但在接连生下两儿一女之后，生存压力与日俱增，为了把三个孩子养大，虫嫂求生存、求温饱、求发展的挣扎和拼搏，以一种极度扭曲的方式，展开在无梁村的草野上，漫衍在中原大地的夜气中。她从在生产队场院里顺手牵羊的小偷小摸，渐渐变成了夜间游荡在集体庄稼地里的“惯犯”。（请注意，她只偷生产队里的，从不偷一家一户个人的！）她的活泼的、旺盛的生命能量，尽情地挥洒在她那“神偷”的种种技艺之中。不幸的是，这个草根神偷，又是一个身手灵活，健旺皮实的女人。她有“短”在不怀好意的男人手中，时间长了，终于被人突破了一个女人的心理防线，破罐破摔地沦为男人们约“谈话”的对象，同时也就成了村里女人们嫉恨的公敌。这个遭到命运重创的女人，独自继续着为自己、为家人的生存的挣扎。支撑她坚持下去，并开辟新的生路的，仍然是她憋屈而坚韧、无私而温厚的妻性和母爱。当她发现自己的儿女被村里顽劣的孩子谩骂、欺负时，她找到村支书，举着农药瓶以死相争。这一幕，让我们看到了她的母性尊严，甚至是威严。虫嫂这种护犊的怒吼、生命火花的爆发，形象地阐释了母性的伟大。

虫嫂在结束了她那草根神偷的生涯之后搬到城里，以拾破烂、卖废品为生，有时甚至卖血换钱，为得恶疾的老拐送了终，把 3 个儿女都供上了大学，创造了让无梁人啧啧称羡的奇迹。进城搞“商品经济”后这一段生活，是虫嫂生命中最快乐、最有光彩的时光。但是，当她老了病了，不得不让 3 个儿女接去轮流养活时，却阴差阳错地在三九寒冬被晾在了门外，于是便孤独地又回村了。她到临终也不愿连累儿女、连累村人。在缠扇柄的破布条里，留下了 3 万元的存单料理后事。虫嫂的一生，让我想起了鲁迅的散文诗《颓败线的颤动》，李佩甫这里写出的，是一部深厚有力的生命的变奏曲。

还有一个生命形态更加攲侧、诡异的人物吴春才。春才曾是无梁村最帅气的小伙子，他一米八的个头，秀美壮硕、一脸红润，聪明而有艺术气质。但这样一个草根美男子，却是一个孤僻的闷葫芦。这个才禀独异的年轻生命，突然在一个诡异的日子里，在望月潭的苇荡深处，用篾刀自宫了。作家描写了姑嫂婶娘对他的挑逗、刺激；描写了兔子家女人给他造成的别扭和尴尬；还描写了蔡苇秀与春才似有似无的接触引起的“案件”疑云等等，试图对“春才下河坡”事件给出一个社会学和心理学的解释。其实，从小说对春才与性的种种幽隐闪烁现象的描写看，春才的悲剧是“性瘾症”病患者的一种病态。“性瘾者”是一种对性欲无法控制的心理疾病患者，这种病患者并不能从性活动中获得满足，相反会因性的或纵逸或压抑而陷入不能自拔的精神痛苦和肉体冲动中，其恶性发作足以导致摧毁一个人的生理系统。春才在不能见容于环境和社会的羞耻感的驱迫下，不能自控地“下了河坡”以求解脱，结果陷入另一种社会歧视和压力之中。作家对春才这个人物的描写，并没有止步于此，而是进一步描写他成为“废人”之后重新立身于世的生活故事。在传达有关“九一三”事件时他爆出的那一声“我不相信”，让我们窥见了这个“闷葫芦”内心沸腾、煎熬的底里和率真耿直的个性。此后，春才承包的豆腐坊赢得了与昔日“春才的席”一样的声誉。尔后，远方来的惠惠姑娘给予春才短暂的“幸福”之后席卷了豆腐坊的钱财，从此失踪，但春才对此却平淡处之。最后，他坚守着自己不掺假的豆腐坊慢慢老去。这个“很有骨气的失败者”，在他生命临近终点的时候，似乎返回到自己人生举步时的原点，守住了自己虽然残缺却纯粹的生命本真。

山寨“畸人”

何谓畸人？《庄子·大宗师》说：“畸人者，畸于人而侔于天”。从这一回答中引出“畸人侔天”的成语，意指不合于世俗、品格清高、言行出于天然的异人。我取畸人侔天之褒义而远其高蹈凡尘之意态，弃畸人乖伦阙礼之贬辞而欣其脱略形迹，率真不羁之侠气，用以评说中原大地上无梁村内外远近的芸芸众生中之奇言异行者。在点评了若干草根畸人之后，现在接着来巡掠一下几位社会层次中略高于草根而又难离莽原野气的山寨畸人吧，他们是："老姑父"蔡国寅、"慢毒药"杜秋月、"蔡总蔡思凡"蔡苇香。他们性格的发展迁变神秘、突兀，因而更难于把捉。

蔡国寅之畸，在于他是为了追求农村姑娘吴玉花，从一个现役上尉连长复员入赘为无梁村的"老姑父"。他做村支书后成了抵御农村种种运动对村民伤害的刹车器，也逐渐沾染了山大王难免的一些坏习气。作为村支书，他举全村之力把孤儿"丢"即吴志鹏养大成人并让他上了大学，后来也因此当了用一张张"见字如面"的纸条，代表无梁村乡亲向吴志鹏求助的代言人。这个人物刚开始出现的时候，似乎是有点讨人嫌的；写到最后，却让人由衷地敬重了。作家透过他性格上浮游的暗影不断地穿掘下去，一点一点地掘出那暗影下"埋藏的光耀"和"真正的洁白"来。

与作家描写"老姑父"蔡国寅时的态度和手法颇异其趣的，是对"慢毒药"杜秋月的写法——作家先悯其不幸，后刺其失德。杜秋月因"生活作风"问题以坏分子的身份被下放到无梁村，受改造、被歧视甚至批斗，在老姑父和乡亲们的帮助下，他和寡妇刘玉翠组成家庭，过起了略能温饱而不无苦涩的生活。这一知识分子融入农村、在颠簸中生存、变形、心灵渐渐粗粝化的过程，被描写得充满了喜剧色彩和反讽意味。世局变异之后，杜秋月开始了另一种磨难——这是他以欺骗手段使刘玉翠"被离婚"、被抛弃付出的代价。刘玉翠如影随形的纠缠，又泼又韧的"人肉搜寻"把他搞得颜面尽失，成了失业丧魂的废物。幸运的是刘玉翠没有抛弃他，而是一边养着这个废物，一边向人炫其余光。最有讽刺意味的，是杜秋月一心脱离无梁村的回城之旅，不但没能抛弃刘玉翠，反而开启了刘玉翠的进城经商之门。因历史的偶然性拨弄而落草成了山寨畸人的杜秋月，有时畸得可怜可爱，有时畸得可气可憎，最终让"历史的讽刺"对他作了"无情的修正"。杜秋月和刘玉翠夫妇的命运变化，像一面凹凸镜，照出了历史的变形与进步。

蔡苇香是老姑父 3 个女儿中最小也最叛逆的异类。她从一个被退了 3 次学的不良少女，到跟人跑进城在“洗脚屋”和吴志鹏相遇，再到回无梁村盖起了村里第一座小白楼，最后在滚滚红尘中变成了无梁村板材公司的“蔡总蔡思凡”。在望月潭、芦苇荡和村野莽原的绿色大片大片地消失的沧桑变化中，蔡苇香这个山寨女畸人是“尽”了她的一份“力”的。她为老姑父迁坟，为父母合葬的尽孝盛事，也是在乡亲们眼前揭开所谓“汗血石榴”的真相，澄清流言为自己“平反”、恢复名誉的有力举措。小说结尾，她向漂泊在外、与她多有交集的吴志鹏提出了“投点资”的要求，却被吴志鹏嗫嗫嚅嚅地搪塞推托掉了。在吴志鹏看来，这个叫他“丢哥”、脸上已没有水气却堆满了“钢”色、说话透着狠劲的“蔡总”如此强势的存在，说明那个在“脚屋”里曾经偶遇过的身上还散发着无梁村的气味的苇香已经永远消失了。当吴志鹏半真半假地在眼科病房对特地赶来看望的蔡苇香说：“我要回去，就种树……”时，不是已听到蔡总的令人沮丧的回答了么：“好啊。你种树，我砍树”。他怎么能回去呢？！

都市“畸人”

此外，我们还应该在历史背景和时代视野上，来考察小说的两个主人公：“骆驼”骆国栋与“丢儿”吴志鹏。这两个人物形象是可以互相比照、互相映发的：一个在倏忽幻变的商品经济的涡云上头翻跟头折腾，过“度”、越“线”地利用机遇、潜规则，终于偃蹇不遂，一坠殒命；另一个转徙于城乡之间、学商边际，在理想与现实、眷念与决绝、远走与归去、忏悔与自辩的内心冲突中煎熬，终于变成了一片四处漂泊的干枯树叶。作为感觉锐敏、首当其冲的青年知识分子，他们一个是剑走偏锋的时代的尖刺，一个是惶遽失路的社会的迁客，也许可以视之为有一定典型意义的都市畸人、时代畸士吧。

骆驼逸出凡尘的最大特点是他在立身行事上对极致的追求。因为身体的残疾，他在生活自理的动作上追求逾于健全人的准确和敏捷，服饰衣着上力求表现出超过常人的精致、优雅和整饬。在学业的进修、性爱的征途上他也屡屡表现出超越常规的逆序猛进，在他身上，生命的能量因受挤压而反弹，表现为一种极致的挥洒和强劲的弹射。

这种对极致的追求，一旦注入他跃入商海后的充满颠簸欹侧的险航，便有了一连串炫酷惨烈的征战。因了童年时极度饥寒的经历，骆驼对天文数字的金钱的占有欲便分外强烈，永难满足。他像城市高楼之间呼啸而过的响箭频频出击和突进：要炒股就炒成巨富，炒成股神，炒出了“包下一周两趟的船票”去镇江“打新股”，大大提高“中签率”的豪举；若是买房就买出了“撒泡尿就挣了一千多万”的收益率；他的双峰公司一旦上市就上出了用尽威胁、利诱、诈骗种种手段，一下子圈钱过亿的惊天效益；当他为了达到卑鄙的目的需要买官、养官时，用尽了迂回包抄、无缝钻出缝来也要摘心夺魂的丑闻和劣迹……

这一切在商海、“钱途”上的搏击和获得，都是在自觉的灵魂冒险和观念更新的指导下进行的。骆驼虽然有些匪气，在吴志鹏心目中却是一个具有领袖气质的人物，浑身上下每一个毛孔都充满着洞察力。他讲信用，会用人，颇具恢弘大气，他有侠骨剑胆，也有热血琴心，他有独特的时间观，心里永远揣着一个“抢”字，他有透辟的善恶观，似乎深谙“恶”在历史发展、时局变易中巨大的杠杆作用，他还有自己的时代观，时时欢呼“一个伟大的时代已经开始”，抓住机会的时刻就在眼前。他又认为这是一个方向不明、规则不细、法律边界模糊、道德底线沉降的时代，他相信钱砸下去，事无不成。正当他志得意满，眼高于顶的时候，他无意中伤害了“烧包文盲”房地产商宋心泰，踩到了年轻气盛、嫉恶如仇的京城记者“宋剑”宋保平的剑刃，立即像膨胀的气球瞬间爆裂一样，在被“边控”后的第 9 天跳楼自尽。被他漠视、蔑视的法制规则、道德律令，终归成了这个天才的投机客无法逾越的天网。

骆驼这个人物形象，是作家观察时代现象、体验社会生活之后的一个发现。这个形象被作家用钻旋尖利的笔触刻画得活力四射、邪气冲天、灵府洞张、声态并作，具有咄咄逼人的气势，令人难忘的艺术魔力，是一朵剧变时势中怒放贲张的“恶”之花。

比起写得如此盈实灵动、斩钉截铁的骆国栋来，作为小说的叙事代言者和第一主人公吴志鹏的形象，就显得有些虚大于实、思过于行、漂浮难系了。吴志鹏是喝无梁村乡亲们的百家奶、吃百家饭长大的孤儿，乡亲们又推荐并供养他上了大学，毕业后成了省财贸学院的初展才华的青年教师。他成长的故事是对中原大地上尚存的民族美好道德风尚的生动演绎。这也成了他独特的、由一次次逃离和回顾组成的人生道路的一个背景。这个背景一再提醒他“背后有人”，给他压力也促他返顾，使他不管走得多远，不管过上多么异样的生活，也颠沛造次不敢或忘。

从骨子里看进去，吴志鹏是一个决绝的乡村逃离者。被推荐上大学，在他看来，是一次“成功的逃离”。毅然辞职下海，跟着骆国栋走上一条先当“枪手”、后当“黄马甲”、“红马甲”，终于当上双峰公司的经理、厚朴堂药业的代表的道路，是他的第二次逃离。他宣称要割断与无梁村的一切联系——扯不断理还乱的“狗狗秧”关系，但这一次就没有那么容易做到了。站在吴志鹏身后，对他知根知底的老乡亲，既是稳住吴志鹏、帮助他在商界搏战中守住道德底线不沉沦的无形的镇石，又是他视回乡为畏途，生怕在家乡被照出自己的影像的一面无可回避的镜子。在吴志鹏的内心自省里，充满着矛盾惶遽的状态。在理智上，他是表示过要回无梁村去为乡亲们做点什么的，他在内心里以散文诗的形式哼起了长长的怀念乡土、乡风、乡情的思乡曲。即便如此，他也曾打车回到村口又往回转，终究把回乡的念头当成了一次仅停留在精神上的“自我救赎”。他的有些言行，是难免显得虚伪、支绌的，难怪蔡苇香会尖刻地讽刺他是“得了便宜卖乖”了。小说最后一章，因车祸伤了一只眼睛的吴志鹏，对同病房里的病友所遭遇的致伤之由进行沉思，在颇有些伤心“悟道”之后，最终婉言谢绝了卫丽丽要他重返公司主事的请求。即使在这时，吴志鹏也没有给出今后到哪里去的回答。因其内心的矛盾，言行的犹豫，我们的主人公并不能在“卒章显其志”，他还徘徊在屡进屡退的彷徨的路上，这与其说是他的个性所致，毋宁说是时世使然。

在我们所浏览的畸人诸列传中，吴志鹏可能是所有“畸于人”却最少“侔于天”的一个破绽较多的形象。而这很可能与吴志鹏在小说结构中的作用有关。吴志鹏实际上并不是作为小说主人公而存在，他是作为穿起小说的诸多人物、诸多故事的一条引线而存在的。小说是集合了许多短篇或中篇故事，连缀而成的长篇小说。它的组织法是穿珠花式的，很见匠心，易失自然，不容易讨好。吴志鹏这个人物，有其柔软性，不确定性，很难成为小说硬实挺拔的主干。虽然作家自述小说是一个树状结构，即使认同此说，那么攒成这树的树冠的人物和故事，也是一堆无骨花卉，缠枝花果，有奇颖之状，欠稳实之基。

人类个体的生活，特别是有特异个性和秉赋者的生活，是活的、变动着的历史结构和社会结构。这样殊异的人的命运和生活的活生生的展现，总是显示着人类重要的历史时代的内在结构和剧烈变动，总是昭示着人类超越一段段苦难而前行不息的脚印。在李佩甫的《生命册》上，我看到了林林总总许多质量各有等差的畸人形象，也看到了在这些人物形象前后左右激荡的一个火海。

《娘》：大勇若怯大爱无疆

王士强

土家族作家彭学明长达十余万字的长篇散文《娘》让人读来惊心动魄。在这里，作者是动了真格的了——他不但直面不堪回首的往事，直面惨淡的人生，写出了母亲一生的深重苦难，而且将自己放到了手术台上，自揭伤口、自我剖析，进行着深深的反思与忏悔。其感情之真、之痛、之烈，用椎心泣血来形容毫不为过，作者以一颗滴着血的心作为献祭，呈现了一位平凡而伟大的母亲形象，表达了母子之间血肉交融、悲欣交加的人间至情，诠释了宽厚、博大的人间大爱，使作品具有了非同寻常的感动人心的力量。

在《娘》中，我们看到了一位辗转在社会底层，在极端困难的情况下顽强求生、饱经沧桑、备受屈辱，但却始终不放弃，为了孩子的成长而倾其所有的母亲。母亲，是爱、付出、奉献的代名词，在儒家文化传统浸润至深的中国文化中更是如此。每个人的身后，都有一位默默奉献、只为付出不求回报的母亲，母亲只有一个，无论生活怎么变化，无论时光怎么变迁，母亲都不会变，无论孩子得与失、成与败、对与错，母亲都是最后、最安全的港湾。可以说，母亲是每个人内心最柔软的部分，是最为隐秘的痛。彭学明的《娘》所写的正是最具普遍性的情感，因而它能够击中人们的内心，引起广泛的共鸣。在弱肉强食的生存竞争中，像“娘”这样带着孩子的单身母亲所面对的无异于一个深渊，孤立无援，孤苦无告，正所谓打掉了牙往肚子里咽，所有的苦痛都要一个人承受。面对歧视、白眼，面对明目张胆的欺凌，面对形形色色的暴力，母亲的处境必然是艰难的，但是，母亲却以柔弱的臂膀为孩子撑起了一片天空，将他们抚养长大，教给他们正确的价值观。因此，母亲的形象更为高大、圣洁起来，有了强大的道德感召力，散发出强烈的人性光辉。放眼中国文学的人物长廊，彭学明笔下的“娘”应该说是极有代表性的一位，她的敢爱敢恨，她超强的生存能力，她无与伦比的承受苦难与消化苦难的能力，她扎根乡土、安土重迁的思想，她面对城市文明时的疑惑重重与左右支绌，她的良善与悲悯，都很有典型性，可以说浓缩了中国数千年农业文明中母性的许多本质性特征。

不过，在这部作品中，彭学明笔下的“这一个”母亲，还是给了我们不一样的感受，她来自生活，接“地气”，有活力，非常生动。这其中尤为重要的一点，是母亲异常曲折的人生经历——她结过 4 次婚，有与三任丈夫的 5 个孩子——这在旧的封建道德、礼教思想仍很严重的近代中国非常少见，也几乎注定了其多灾多难的命运。由于“父亲”的缺席，母亲只能以一己之力，为孩子们撑起一片天空，她“与天斗，与地斗，与人斗”，之所以如此，并非因为她“好斗”，而是因为不得不“斗”，面对困难，面对挑衅，她无可依靠、无路可退，只有迎上前去，在艰难境况中硬生生闯出一条血路、活路。从作品中我们看到，“娘”的一生几乎就是一部苦难史、血泪史，这部作品也可以说是“字字看来皆是血”了。

但同时，在我看来或许是更为重要的一方面，即文中的叙述主人公“我”的形象。这个“我”可能有相当部分与生活中的作家本人重合，但同时也是一个独立的艺术形象。正是这个与“母”相对的“子”，具体来说是他的自剖与反思、忏悔，赋予了这篇散文以深度和宽度，使得它与大量的同类作品区分开来。实际上，如果只有对母亲所经历痛苦与磨难的记述，那充其量也只是一个悲惨的“故事”，一种“苦难叙事”，其内涵是单面的，不够丰富，也不够深入。但在《娘》中，彭学明对自己“够狠”，他敢于对自己下手，直面内心淋漓的鲜血，直面残破而悲怆的内心世界，直面自身的罪与罚，写出了灵魂在面对母亲时无尽的悔恨，写出了人与人之间深深的隔膜（尤其是至爱亲人之间），写出了在特殊境遇下个人的经历、内心的挣扎、性格的变异等等。显然，这些因素的加入，使得这部作品不再“单纯”，而是充满了张力。通过作者感情浓烈、不无苛责甚至自虐色彩的自我反思与批判，使我们得以重新审视母与子这一永恒的既亲密无比又堪称仇敌的关系，审视人的悲剧性命运、人的宿命性孤独等。在作品中，我们看到，虽然母亲含辛茹苦、忍辱负重地尽其所能、付出所有，但是“我”却不理解，反而认为母亲给自己带来了屈辱，内心里厌恶甚至仇恨自己的母亲，并有意无意地伤害自己的母亲。或许正是因为爱之深责之切，爱的同时无不包含了伤害的成分，我们看到，这几乎是人生中无解的困局……当然，最后儿子还是理解母亲的，知母莫若子，他写出了这部作品便是明证。但问题是，已经晚了，“娘”已经去世，她去世以前，“我”还在伤害她、训斥她、责备她，“树欲静而风不止，子欲养而亲不待”，拥有的时候不懂得珍惜，而懂得珍惜的时候却已经永远失去，这似乎是永恒的悖论。而世间事，却又往往如此。

在我看来，这部作品最为值得称道的地方有二：一为真实，二为勇气。真实是指其说真话，写真事，抒发真情实感，绝无虚伪矫饰。勇气则指其毫不留情地自我揭短、自我暴露、自我审判。当然在这里真实与勇气也是相辅相成的，因真实而更具勇气、无所畏惧，因有勇气而敢于面对真实、拒绝粉饰。在真实与勇气两者之间，我认为勇气更为重要，因为自诩真实者经常见到，而独具勇气者其实罕见，彭学明的《娘》，在我看来便是一次勇敢的写作。这种勇敢体现在，他直面自己的不完美，写出了自己的怯懦、自卑、软弱、过错，写出了自己内心深处的矛盾、挣扎、困惑。这本身并不是软弱的表现，恰恰相反，是勇敢的体现，正所谓“知耻近乎勇”、“大勇若怯”。真正有勇气的人，才敢于说出自己的软弱与彷徨，才敢于暴露自己的“小”。实际上，每个生命个体都是柔弱、卑微的，都是“小”的（或者说，都有“小”的一面），所谓个体的独立、自由、强大、辉煌，其实是在非常有限的范围之内的，从根本而言，人无法知晓更无法改变自己的命运，人生充满无穷的变数，面临无尽的危险，人生不如意事十有八九，几无完美可言……在这样的情况下，说出自己的“小”，反而是证明了自己的强大，证明了自己的智慧、信心与力量。从这个意义上说，彭学明的《娘》所写的“我”的故事其实颇为值得玩味，这个“我”是如此真实，如此有现实感，他甚至可能就是我们自己，是每一个人。作品中“娘”的故事可以说是一个“苦难”的故事，而“我”的故事则是一个“忏悔”和“成长”的故事，两者都不可或缺，少了任何一部分，这部作品的艺术成色都将大打折扣。

每一个人自被抛掷到人间，便注定了其孤独的命运，从根本来说，人只能独自面对自己的命运，人与人之间是不可能充分交流与完全理解的。但是，人生往往又是一个知其不可为而为之的过程，要“扼住命运的咽喉”，反抗绝望，向死而生……在这其中，因为有爱，因为有情，人世才不致成为永恒的苦役。彭学明的《娘》所写，正是一种人间大爱与至情，“娘”身上所体现的，看似卑微实则高贵，看似柔弱实则刚强，看似自私实则博大。正是因为心有大爱，所以才能够处变不乱、宠辱不惊，在任何时候都绝不放弃，都能够秉持良知、坚持正义，以自身微弱的光影响周围的人、周围的环境。而我们从作品中读到，这种“爱”并非为“娘”一人所独有，至少，写出了这种爱，本身已经是对之的认同与接近，彭学明以他的文字延续了“娘”的生命，同时也彰显了“娘”身上的大爱，这实际上是一种精神、品格上的生生不息、薪火相传，也是这部作品具有教育意义的一个重要方面。

彭学明的《娘》让我读到了一种大勇，虽则这种“勇”是以“怯”的方式表现出来的，但它更真实、更有生命力。《娘》同时也让我读到了一种大爱，虽则这种“爱”是以卑微、柔弱的方式表现出来的，但这种爱坚韧、顽强，无远弗届，大爱无疆。

《繁花》:“慢”节奏与“漫”声腔中的奇观

何 平

金宇澄的小说《繁花》自发表以来收获的荣光不少，很多人议论并激赏。《繁花》写得从容散漫，谈《繁花》的论文写得深奥缠绕。其实，《繁花》这部小说，如果真的要做评论，可能最适合的是张竹坡、金圣叹的点评路数，茶酒伺候，看一两行，点下批下。

我们不能因为小说附刊的几幅上海地图，就想当然地以为《繁花》是一部地域小说。而且《繁花》不是一部沪语方言小说，不是一部装腔作势后撤到中国传统的长篇小说，不是一部市民小说，不是一部没有结构意识的小说——至少不仅仅是吧。遗憾的是，这些命名从《繁花》甫一面世就成为附着在其上的一些似是而非的“观念”和“概念”。

我私心揣测，金宇澄没有向中国小说“伟大传统”致敬的企图。现在，谈论《繁花》的一个重要参照系就是中国古典长篇小说，这样的结果一定意义上和金宇澄自己的暗示有关。金宇澄说:“《繁花》感兴趣的是，当下的小说形态，与旧文本之间的夹层，会是什么。”金宇澄想象中的《繁花》是“话本的样式，一条旧辙，今日之轮滑落进去，仍旧顺达，新异”。我不知道这种“过于明晰”的小说观是小说未尝成篇之前作者的预期，还是小说齐备后的后设?

“中国”小说的标识从外观上看有两个明显的特征：一是结构，二是叙事的态度和腔调。《繁花》共 31 章，前有引子，后有尾声，每章 3 或 4 个小段落，约等于一百回的古典章回小说格局。小说前

28 章，奇数章节写六七十年代，偶数章节写八九十年代。第 29 章好像忽然按了快进，奇数章节和偶数章节的时间会合。其实金宇澄是可以慢下来的，但“当代”小说已经很难让金宇澄漫无节制地“慢”。事实上，中国小说“慢”的是节奏，“漫”的是漫不经心的态度和声腔。

我们可以笼统地指称“中国”小说，或者“中国”叙事，但“中国”小说是有内在差异性的。这种差异是小说与小说之间的，也是中国古典小说批评对小说的建构与小说文本之间的。值得注意的是，我们今天谈论的中国古典长篇小说很大一部分是由小说评点家通过批评和改写活动的创造性建构。因此，一定意义上，所谓中国小说的伟大传统其实是一个想象中的传统。而如果我们承认中国古典小说和话本之间存在一种内源的关系，我们必须承认，话本确实是匮乏一种结构意识的，而中国古典长篇小说事实上却不是民间艺人所为，而是文人“有意结构”的个人创作。揭示这一点，我是想要说，我们在一种什么意义上去讨论《繁花》和中国古典长篇小说之间的关系？

茅盾在《漫谈文学的民族形式》中提出“民族形式的结构”，他认为自宋人话本到《孽海花》，“其结构的变化发展显然可见：由简到繁，由平面到立体，由平行到交错。……在这发展过程中，我们的长篇小说却完成了民族形式的结构。这可以 12 个字来概括：可分可合，疏密相间，似断实联”。“可分可合，疏密相间，似断实联”确实可以用来表达《繁花》的“形式的结构”，但这种“形式的结构”是不是就是“民族”的？在当下中国还存在“非西方”小说吗？这也是浦安迪在讨论“前现代中国的小说”时提出的问题。没有“西方”，何来“中国”？或者倒过来说，没有“中国”，何来“西方”？当代小说的中国发现，正是因为有一个“西方”的潜文本。和那个“慢”而“漫不经心”的“中国”不同，那个“西方”如希利斯·米勒在《解读叙事》中指出的：“任何小说都无法毫不含糊地结束，也无法毫不含糊地不结束。”事实上，“西方”小说不可以的，“中国”小说却是可以的——《繁花》中好多人物的“结束”和“不结束”都被金宇澄“含糊”掉了。不仅如此，在希利斯·米勒看来，小说应该有一种“秩序”，小说的“写”与“读”其实是作者和读者共同参与的意义寻找和秩序建构。但是如果像《繁花》这样对所有的“叙事成分”充分尊重呢？如果叙事成分没有“相干”和“不相干”的界限呢？如果小说的叙事成分不是彼此的征服和取代呢？直接的结果就是小说“秩序”的建构。

再有就是小说的态度和声腔。“独上阁楼，最好是夜里。”“否极泰来，这半分钟，是上海味道。”“八十年代，上海人聪明……”“古罗马诗人有言，不亵则不能使人欢笑。”金宇澄的讲与评不是自说自话的，“如果不相信，头伸出老虎窗，啊夜……”“谁”不相信？显然，叙述者时刻意识到他的读者在场，所以他要挑逗、激发读者，让读者参与到他的故事中来。我在阅读《繁花》中比照了它和滩簧、沪剧、滑稽戏、越剧、昆曲等在沪上流行的涉及语言的艺术样式，也咨询了专家《繁花》的语言是一种什么语言。《繁花》的语言是什么样的“沪语”值得仔细辨识。现在我对《繁花》的语言是什么也还在思考中，但吴组缃说的“想来他们的运用口语也曾经经过选择，并且受了文字的限制，未必能够纯粹，更未必与其口语符合一致”，《繁花》肯定也是这样的。我反对的是笼统地用吴语、沪语小说来粗糙地指认《繁花》，对《繁花》的文学语言学研究是必须真正具备“语言学”的基本前提的。

我认同夏志清明确地肯定“四大奇书”是文人小说。因此，我不同意现在学界似是而非地认为中国小说传统就是市民小说传统。如果仔细辨识，中国古典小说传统中其实发育出市民和文人各自建构的小说传统，问题是，虽然客观上确实存在着各自建构的市民和文人的小说传统，但“爱以闲谈而消永昼”是不是仅仅属于市民小说传统部分？至少金宇澄的《繁花》证明了恰恰是文人小说传统最“爱以闲谈而消永昼”。

话说到这里，好像都在转圈子。我说《繁花》不是这样一部小说，不是那样一部小说，那么《繁花》究竟是一部怎样的小说？我认为《繁花》是一部有着自己腔调和言说印记的，发现并肯定日常经验和平凡物事“诗意”，而不仅仅是“史意”的小说，就像浦安迪所言：“小说本质上是对日常通识（familiar）的重建，将小说的叙事焦点及叙事步调缩小为日常经验的参量……小说从平凡物事中辨识出非凡畸异的品质，开辟了一条重新认识日常经验世界细节的新路。”也正是在这里，《繁花》同上世纪 90 年代以来号称写邮票大的地方的“小历史”的小说书写区分开来。

《繁花》是 2012 年沪上小说奇观，就像小说本身散发着的“日常”奇观。

《北去来辞》: 此心安处是吾乡

相　宜

林白的新著《北去来辞》(北京出版社 2013 年 1 月版)打通新与旧的时间隧道，以涓细的血和奔腾的情，倾注在饱满的生活细节里，丝丝缕缕地交织出南北三代女性的命运，凝心汇成了这部 42 万字的长篇佳作。

《北去来辞》一扫林白曾经不食人间烟火的喃喃臆想，从容地走进生活，融汇了她以往所有的个人经历与创作经验。主人公柳海红敏感、封闭、向往自由、充满理想，带着《一个人的战争》里多米和林白自己的影子，自我寻找的过程带着鲜明的“个人化写作”与“女性写作”印记；乡村妇女银禾生气洋洋，把《万物花开》《妇女闲聊录》里湖北王榨村遍地应答的灵性挥洒在《北去来辞》里；故事中对中国百态的纵横展示，对“时间”支流的精神感知带着《致一九七五》似的狂想，正如林白所说：在我的文学经历中，这是一部具有总结意义的长篇小说。

情节丰富、细节缜密、人物繁多、时空跨度大等因素并没有让林白的叙述显得急躁、粗疏、杂乱。她的语言一如既往地充满想象力与生命力，犹如亚热带的植物葱茏茂盛，字里行间有水流过，有花儿盛开。这源于林白诗人的笔力，大量的顶针——句与句、段落与段落、章节与章节——使故事、逻辑、语势、情境的起承转合既条理分明又密不可分，语感优美又势不可挡，从容又有张力地诱导着读者走进她创造的笔下世界。

林白怀着热情，悠扬地说“往北方去吧”。

寻找归宿是这个作品的主题。“背井离乡的时代，村庄破碎裂成好几瓣，人人尘埃般四散。像尘埃，越飘越远，有些人永远不再返回。”那些从各地一往无前来到北京的人们，他们是谁，他们从何处来，他们为什么而来，他们最终走向何处，这些故事有谁知道？首都北京凝聚着来自各处的希望，同时也将一些希望埋葬。漫游在北方的人们把根从故乡拔出来，渴望能朝着故乡的方向深植北京。林白呈现的是不同时代背景中的不同人物寻找归宿的精神世界。《北去来辞》的人物都在寻找生活的意义与灵魂归宿，不仅是柳海红，包括史道良、银禾、雨喜、春泱、陈青铜，包括故乡的章慕芳、柳青林、柳海豆、柳海燕……他们以各自的方法找到灵魂的栖息之所，有的抵达、有的失落。他们一往无前地寻找那高于故乡的辽远的梦想，一往无前地北去，然后一往无前地归来。前者北去是海红与银禾母女试图改变个人的外部世界与俗世生活，空间格局大却狭小感伤；后者归来是海红为了寻找生活的意义而走出个人时空，是精神的回归，空间格局小却阔达明亮。

林白藏在笔下的人物中，思考着他们的思考，生活着他们的生活。人物的鲜明个性应运而生，其中，林白着力塑造的女性角色是柳海红、史春泱母女和史银禾、王雨喜母女，这两对女性代表了“北漂”中两种境况：知识分子迁移和农民进城务工。先说说母亲。主人公青年知识女性柳海红热烈而偏执、敏感又封闭，为了丢弃颓废复杂的过去，巧合般地遇上从北京来开会的50多岁的单身文人史道良，这是她开启北上新生活的钥匙。热烈潮湿的南方遇上厚重保守的北方，迸溅的生活溢满了故事，于是落地生根，枝繁叶茂。然而，海红渴望热烈爱情、成功事业的心愿在凛冽的北方现实中支离破碎，她焦虑、压抑、忧郁，“名存实亡”的婚姻生活挤压得海红喘不过气。她要寻找爱情，于是有了心灵相惜又一直错过的陈青铜，有了天崩地裂的瞿湛洋；她寻找自己，北上南下，追寻父亲柳青林、弟弟柳海豆精神失常的真相，又亲身感受乡村生活，兜兜转转都是为了找到自己心灵的归宿。海红在梦想与现实的割裂中寻找自己的痛苦过程，对于从乡村初入都市的银禾来说是愉快又新奇的。因为她是银禾，所以带着乡土落地生根的活力，在新环境中自由自在地生活，她代替妹妹美禾来到细叔史道良家做保姆。她健康、有趣、开朗，满肚子都是城里人见也没见过想也想不到的中国乡土传统和故事，迎神送鬼、喜鹊叫、祭祀……银禾保护家人的仗义勇敢，在陌生城市的自得，分享乡村趣事的自足，都是源于中国乡土藏污纳垢、自由自在、生生不息的生命力，她沟通了乡村与都市，感知万物，让万物生长；银禾清楚地知道她的来路，湖北、浠川、湾口、王榨、上皂角，她不失落，因为故乡就是银禾的归宿。

以林白的创作经验来说，塑造海红和银禾这两个人物无疑是得心应手的，她了解自己，也了解乡村。而刻画海红的女儿春泱和银禾的女儿雨喜这两个“90后”女孩截然不同的命运则困难得多。春泱是典型的生活在保守家庭的城市女孩，春泱的父母受过教育，有一定的社会地位，经历过历史洪流的他们传统守旧，难以接受新鲜事物，又过于保护子女，并望子成龙。这类父母与子女沟通交流困难，无法相互理解，手机和电脑成为两代人交流的最大阻碍。春泱生活在压抑封闭的家庭环境中，在父母殷切的期望下无处可逃，只能在自己的虚拟小世界和睡眠中遨游栖息。而比春泱大一岁的乡村女孩雨喜初一的时候就辍学闯世界了，小小的女孩天不怕地不怕，走南闯北各处打工。在这个角度上说，雨喜是漂泊的，也是自由自强的，她从不害怕在现实中的苦难劳累，因为网络是她的栖息之所，在网络上，她把自己打造成“逆风飞扬”（网名）重获新生，经历了种种奇怪险恶的遭遇后，她变得聪明世故，然后遇见爱情，“十七岁怀孕不想要孩子”（网名）直接在网络寻找出路，生下孩子“赠予”（出卖）他人后，她变得“冷眼看世界”（网名），在网络抨击时弊，对抗社会不平，她还年轻，但似乎已在老去。林白能写出如此真切不做作的年轻人世界，可见她对生活把握的精确老到和非常功力。同时，林白对海红母亲、小城医生章慕芳与父亲柳青林在“文革”时代的压抑爱情，以及章慕芳为了改变右派妻子身份，改嫁并寄养海红海豆姐弟的行为，多了理解与同情，尽管母女关系仍疏离而微妙，但已少了《一个人的战争》中的冷酷辛辣。我们看到林白不再封闭，她学会了从容地与生活共处，学会用他人的眼睛看待生活，她是海红、是银禾、是春泱、是雨喜，甚至还是章慕芳。她把生命洒在纸上，丰富了人性，便成了故事。

《北去来辞》让人感动惊艳之处正在于林白写作的新情愫和新气象——她爱她笔下所有的人物。这种爱来自林白过往笔墨所缺少的人间烟火与温热，一个个文字仿佛冬日的火炉，一句句话语令人温热起来，故事里团着一股暖气，久久不散，那里有着人性的温暖与生活前行的脚步。这种爱让她笔下的人物找到了自己的个性与命运，他们不偏激、不压抑，从文字中生长，走向生活。

这种新笔触更多倾注的是对普通生活的关注，从“一个人的战争”走出，走进众多的百姓生活，尤其在物质时代的今天，她的笔尖始终闪烁着理想主义与质朴清洁之光，偶尔的富贵生活画面，林白让它散发出庸俗之气；而大量的底层生活，却倾注了林白满腔的真诚和朴素的情感，并令人感受到她的尊重、理解与同情。故事深处始终汹涌着一种对生活的感恩、对笔下事物（无论人物，还是景物）的热爱，文字温暖、质朴而充满力量，没有伪饰，更无虚荣。一地鸡毛，也一地阳光。假如说作品上部还残留些许过往的自恋阴郁，下部则明亮开阔许多。无论故事、格局还是表现力，《北去来辞》的下半部皆比上半部更美，上半部的铺垫在下半部达到高潮，结尾忧伤动人，又让人心生希望，这在女作家的长篇写作中难得一见。

其中最让我动容的是史道良这个人物。不同于林白原来笔下那些漂亮、不负责任、猥琐的男性，史道良无疑是正派且传统的。他与海红初见时已经50多岁，却还称得上俊朗。在漫长的时光后，他明明知道海红不爱，或者说从没爱过他，依然坚守着过去时代特有的顽固和信仰，勤恳、绅士、无力又坚定地守护这个“家”，同时纵容又包容妻子海红寻找爱情、寻找自我的种种探索。他并不是生来就苍老，他年轻时“俊朗明亮”，是家族的骄傲与依靠。时光汹涌如同大兽，带走了史道良的意气风发，一同带走的还有他怀念的旧时光。史道良无可奈何地苍老着，他沉迷于古老的钱币、书法，渴望出家，他不修边幅得像个老人，所有心血都与现实背道而驰，他对春泱说：“什么时候爸爸死了就看不见，就不担心你了。”他对海红说，在北京你没有根，环境复杂、险恶，希望你好好的。他问一再出走家庭此刻与自己在乡村中和睦共处的海红："你不走了吧？"时光让一切衰老，衰老让道良无法与现世共处，打点好家里的一切，留下纸条：去意已决，不必再找。

海红一直以为这份没有爱情的婚姻束缚着她，但是经历种种之后，她才发现所有的惊鸿一瞥似乎都抵不过渗入血液的对家的依恋。这个家并不是故乡圭宁，现代化的圭宁膨胀着，让海红陌生，比起"故乡"，有道良在的地方，更像是家、是归宿。"似乎他，是这个漂浮动荡世界里的一只铁锚。"海红反思着自己一直以来对家庭的疏离，她想念道良，依赖道良，也许这才是爱。

走进生活，然后寻找归宿。故事的最后，林白带领着笔下众生乘上了穿越时空的回归列车，是啊，银禾妈朱尔说过鬼魂也会坐上火车汽车回到故乡。寻找归宿是灵魂永不磨灭的征途。林白从容地讲述了一个寻找归宿的故事，饱满的细节、绵长的叙述，归途列车驶向心中柔软的旷野，此心安处便是吾乡。

鲁若迪基诗歌：对时间和生命的歌咏

马绍玺（回族）

普米族诗人鲁若迪基是一个善于思考时间问题，并对宇宙间大小生命投予无限悲悯情怀的诗人。这让他的诗获得了大地般深厚的品质，又具有深刻的现代性品质。

时间是宇宙的根本性问题之一，因为谁都无法躲避时间，任何人的存在也总是“在时间中”的存在。正因为这样，人类艺术史上才留下那么多关于时间问题的思考。也许，偏僻蛮荒的小凉山一带的人文环境更让鲁若迪基多了一份从现代社会的繁忙与麻木中抽身出来，沉浸于时间与生命的各种自然事项中的可能。于是，我们发现，鲁若迪基写得最好的诗，几乎都是从那种世俗的、为我们习惯了的、流动不息的时间长河中打捞出来的时间的“定格”。这些诗为我们提供了静下心来细细体验生命的可能，它们甚至成为了我们窥视时间的“窗口”。

短诗《日子》中有这样的句子：“日子是有牙齿的／只是藏在牙床下面／就像给孩子喂奶／冷不防咬你一口／揪心的／——疼。”我们知道，宇宙间所有个体的生命过程都是一个与时间抗争的过程，可惜的是，抗争的结果早已被注定——个体生命总是时间的战败者，最终都在时间长河中灰飞烟灭。我们最根本的不幸就是，我们始终并将永远只能存在于时间之中，时间是我们永远无法超越和摆脱的宿命。于是，人作为一种有限性的时间存在，时间每一分每一秒的流逝都成了我们生命中永远无法抹去的疼痛。在《日子》这首诗中，“牙齿”、“牙床”的意象贴切而生动，写出了时间对人的啮食感，而“就像给孩子喂奶／冷不防咬你一口／揪心的／——疼”几行，更是残酷地写出了个体生命对时间流逝的疼痛感和恐惧感。

在另一首名为《无法吹散的伤悲》中，鲁若迪基把人的时间的有限性放在浓浓的亲情中来书写，产生了刻骨铭心、催人泪下的审美效果。诗中写道：“日子的尾巴／拂不尽所有的尘埃／总有一些／落在记忆的沟壑／屋檐下的父母／越来越矮了／想到他们最终／将矮于泥土／大风也无法吹散／我内心的伤悲。”全诗在叙事的口吻中，紧紧抓住“屋檐”、“矮”、“泥土”这些表现力极强的意象，写出了人在川流不息的时间河流里的宿命，死亡并不因为人间的爱与亲情而迟来一步。鲁若迪基诗歌中这种“有时间性”的现代人的视界，以及他对“时间性”的思考充分体现了他诗歌的现代性品质。

对宇宙间生命抱以深刻的悲悯情怀是鲁若迪基诗歌的又一特点。在他的诗集中，有相当数量的作品涉及到了各种常见的动物，甚至直接以动物的名字作为诗题，如《雪地上的鸟》《我曾见过的乌鸦》《鹰》《狼》《羊》《布谷鸟》《心中的鸟儿》《斯图加特的一只喜鹊》。这类诗歌传递出了他对宇宙间生命哲学的沉重思考和热切关爱。比如《一群羊走过县城》：“一群羊被吆喝着／走过县城／所有的车辆慢下来／甚至停下来／让它们走过／羊不时看看四周／再警惕地迈动步子／似乎在高楼大厦后面／隐藏着比狼更可怕的动物／它们在阳光照耀下／小心翼翼地走向屠场”。诗人抓住一个充满张力的生活场景，通过将“阳光照耀”与羊群“走向屠场”拼贴在一起，把人类行为的残酷性、弱者的生存命运等都做了呈现。

我不愿用笼统的生态意识来概括鲁若迪基的这一类诗歌，因为诗人对宇宙生命的深切关怀已远远超过了一般的生态问题。在《路遇》中，诗人写他在雨后小心翼翼地走在路上，唯恐不小心踩死路上的一只青蛙，接着诗人由自己的行为而呼吁天地间应更多一份怜惜生命、珍爱自然、保护弱者的生命情怀。在《雪地上的鸟》中，鲁若迪基继续着这种生命情怀，写雪地上因“没有家／没有东西吃”而“蜷缩成一小团”的鸟，它们的命运并不因为环境的恶劣而得到孩子们更多的同情与关怀：“它们的眼里／世界是那么的小啊／小得没有它们藏身的地方／雪还不停地下着／它们已听不到什么声音了／而拿着弹弓的孩子们／正悄悄地向它们靠近。”

在很多诗作已经沦落为私己生活的日记式记录的当下，鲁若迪基诗歌中深刻的生命意识和关爱情怀值得关注。诗歌批评家奚密曾谈到，“当现代诗在更大程度上具有个人意义和美学意涵的同时，它却失去了过去公认的社会道德意义。”在我看来，鲁若迪基的诗歌在某种程度上克服了这一弊病。

《喀拉布风暴》：风暴中的第二次成长

黄德海

红柯说，“我是个反应迟钝的人。”他要在离开生活了10年的新疆之后，才能写那里的故事——或许，这正是他能写一种非常罕见的小说的原因。这类小说中，红柯既不对灯红酒绿津津乐道，也不再对抗和拆解日常生活，他积聚心力，把自己的笔指向黑暗、光明、大地，以及与此相关的人性中纵深的一面。即使叙事不够章法谨严，对话不是口角毕肖，红柯也能让两者一直处于高峰状态，营造出一种完成度极高的、似真似幻的氛围。那些经过内心涵咏的文字，舒展从容，大气磅礴，仿佛从大地深处喷涌出来，带着独特的热、稠与力量，充满魅惑。照这样的方式，《喀拉布风暴》（重庆出版社2013年9月出版）差不多在第一章的中间就应该结束了，爱情犹如神启，已经到达了顶点。可在一部长篇里，这个已达高峰的传奇故事只能是个开头。

但即便阅读这个开头，也会有一种轻微的不适应感。按说，这本新小说仍然写着作者熟悉的新疆和西安，也依旧是大地、生命、爱情这些主题，对熟悉红柯小说的人来说，应该满是旧友重逢的喜悦，怎么会有轻微的不适应？——这个传奇没有丝毫悬念，看了开头，就不难猜到结尾。当校园里出现头发蓬乱、衣如飘带的张子鱼，出现他那张被风沙打磨得毫无血色的脸时，拿着望远镜、幸福地跟女朋友叶海亚在一起的小伙子孟凯，将注定被夺走爱人，因为女孩将被某种东西击中。

叶海亚不是例外。红柯小说里的人物，几乎总是会不期然被什么东西击中，而后有近乎顿悟的瞬间，在这个瞬间，人懂得了生命，体悟了自然，明白了爱情。《奔马》中，男人珍爱自己的汽车，把车打磨得漂亮、壮观，期望凭借它与草原的骏马一试高低。失败了一次，他不死心，依靠阴谋，终于战胜了奔马，但也在精神上被奔马打败，从此整个人软塌塌的。后来，当他的妻子在草原上骑上红儿马，男人被马的神骏唤醒，才恢复了原先的神采。《美丽奴羊》中的屠夫心肠冷硬，在群羊面前运刀如风，毫不手软，甚至羊的跪地求饶也不能引起他的怜悯。美丽奴羊出现了，用“清纯的泉水般的目光凝注牧草和屠夫”，“他的身体里响了一下”，安恬的神性融化了他的心。击中叶海亚的，是张子鱼用沙哑粗粝嗓音唱的《燕子》：“燕子啊 / 不要忘了你的诺言，别变心，/ 我是你的，你是我的，/ 燕子啊！”这首歌“是哈萨克人转场时唱的，他们从阿尔泰山转到天山，又从天山转到阿尔泰，从哈纳斯湖转到艾比湖赛里木湖，他们就唱《燕子》，有燕子就有女人，有女人就有家”。我们很难体会这首新疆人人会唱的歌对长于斯土的叶海亚的魅力，但就是因为这首歌，叶海亚毅然离开了跟自己相处多年的孟凯，与张子鱼奔向大漠。

即使在如此的情势下，我们也不要期望在红柯的小说里看到张子鱼的解释，叶海亚的内心独白，或者作者对孟凯的怜惜。大概在准备写有关西部的小说时，红柯就心意已决，不在生命、劳作之上附加任何伦理或道德内容，更不会对爱情的失败者给予同情。在红柯讲述的爱情故事里，很难找到娇嗔、佯怒、半推半就或相拥而泣，里面的人物必须承受得起巨大的幸福，也要经得住残酷的考验。失意的人要学会用自己的剽悍和勇猛舔舐伤口，克服面对的困窘，走出人生的低谷，否则，作者就会将之弃置一旁。当然，孟凯是被红柯选中的，他不会就此消失。

孟凯没有像红柯以往小说中的人物那样，很快找到神启的那个点，遇到这个爱情事故之后，孟凯悲伤、犹疑，甚至略显猥琐。因为无法面对叶海亚的幸福，从学校辞职经商后，他也没有忘记去西安调查张子鱼的过去。他得知张子鱼在大学时有个意中人，可直到毕业也没向人家表白。返回新疆，面对张子鱼，他觉得自己有了很大的心理优势："向心爱的姑娘表白就那么困难吗？"张子鱼答："有时候很困难，比在沙尘暴里吸口气都要难几十倍几百倍。"

至此，在张子鱼和孟凯的关系上，后者完全被笼罩在前者的光芒之中。少年时期，他们同时发现了斯文·赫定的《亚洲腹地旅行记》，都投入了阅读的燃烧状态，做起了英雄梦，人也变得桀骜不驯。但现实的教训很快让张子鱼收敛起自己的高傲，把一切深藏内心。而家境良好的城镇少年孟凯持续着他的骄横跋扈。高中时，终于没有学校再愿意接收这个顽劣的孩子，父亲只好把他送交异地的舅舅代为管教，并在那里上高中。在学校里，孟凯认识了美丽女孩叶海亚，由凶暴一转而为温顺，学习成绩也直线上升，终于考上了大学。二者相比，张子鱼的勇毅和坚韧，映衬出孟凯的安逸和顺遂。

德国剧作家弗里德里希·黑贝尔说过："在一部好的戏中，每一个人都是对的。"红柯大概懂得这句话，在《西去的骑手》中，不管是17岁带兵打仗、骁勇善战的马仲英，还是与之对阵的枭雄盛世才、大将吉鸿昌，作者都极力把他们写得元气淋漓，难分轩轾。如果爱情的对手之间也可以看成一种敌我关系，我们不禁会问，难道在写作时，红柯忘记了自己崇敬的荷马，不经意地偏向了那个更像自己的乡村少年张子鱼？

叶海亚曾对孟凯说："碰到他我才知道我需要的是这种好，不是你那种好，不是说你不好，你要保持你那种好。"但在此前的故事中，我们很难发现孟凯的好。随着故事的展开，孟凯金子般的质地才渐渐显露。在和张子鱼上面的对话之前，孟凯就对他说过："新疆不光是荒漠，还有绿洲还有花园还有森林草原湖泊，你个大男人你应该带上妻子去美好的地方，叶海亚是你妻子。"对话之后，孟凯向老榆树连踢几脚，"张子鱼你这王八蛋，你把荒漠当心灵安慰，叶海亚可要跟着你这王八蛋吃苦受累呀。"这大概是作者一个醒目的提示，孟凯此后对张子鱼的调查，就不再是为了揭开对方的伤疤，而是为了叶海亚的幸福。他要弄明白，这个"从情窦初开那天起就开始不断地埋葬自己的情感"的张子鱼，"咋是这个球样子？"小说进行到这里，将近全书的三分之一，深受打击的孟凯渐渐浴火重生，而红柯埋藏在这部小说里的秘密，也缓缓展现了出来。

张子鱼的秘密还没有破解，孟凯的爱情先来了，他不可救药地爱上了陶亚玲——一个奔走在实业家与官员间，周旋在各色男人中，却保持着过人的安静和善良的女人。看到她的时候，孟凯被击中了，“眼前豁然一亮，心房忽扇一下打开了，孟凯眼睁睁看着自己那颗活蹦乱跳的心拉长变大，长出叶子，一点一点长高”。或许直到这时，孟凯才真正明白他为什么失去了叶海亚，因为，“男人爱女人的一个重要标志就是疯狂”。他跟叶海亚的爱情太过顺利，就缺少了这场风暴，现在，这个延迟的神启时刻降临了。

自小养尊处优、争勇斗狠的孟凯经历了这场风暴的洗礼，补足了他生命中不善体察苦难的一面，完成了自己的第二次成长。那些经历了风暴的燕子和人，不光为自己，也会为同伴，向着温暖与光明之地飞翔。复活的孟凯继续勘探张子鱼“极其隐秘的内心活动”，要帮着他完成第二次成长。对这种帮助，在新疆长大的孟凯说：“大漠绝域，别人的篝火也能温暖自己。”

骄纵的孟凯需要第二次成长，为什么坚毅果敢的张子鱼也需要呢？或许因为我们太习惯于信任或赏识身历苦难的人了，太愿意相信坎坷经历对人的良好塑造，从而忽略了穷困和苦难也会对人造成伤害，在心灵深处投上阴影，让人本能地拒斥美好。随着孟凯调查的深入，张子鱼的往昔逐渐浮现，他内心的幽微部分显露出来。我们这才发现，此前伴随张子鱼的苦难和他的坚韧，在这部小说中，并不是作为赞颂对象出现的。红柯不是一个喜欢重述习见伦理的人，《喀拉布风暴》也不是一个“艰难困苦，玉汝于成”的励志故事，作者始终关注的，是人心很难说清楚的那一点。

张子鱼成长的地方，城乡间有着森严的界限，即使同为农村人，长于城郊也会对偏远地区的农民流露出极大的优越感。在这种环境中长大的张子鱼，时时提醒自己不要忘记身份，也不敢轻易相信来自城市的幸福邀约。初中时，一个美丽的女同学为张子鱼画像，彼此产生了好感。但在女孩邀请他去家中做客后，张子鱼迅速放弃了这段感情，因为他发现，自己的家跟城里女孩的家“是两个世界”。这种由长期的自卑转化而来的过度自尊，让张子鱼在他们之间挖出一道无法逾越的鸿沟，也给自己初开的情窦加盖了永不开启的封印。

锁闭在内心深处的隐秘渴望不能实现，就会乔装改扮，以另外的面目出现。张子鱼既然无法在现实中敞开心扉，不敢奢望与心仪的城市女孩携手同行，就在心里悄悄把她们幻化。高中时与张子鱼交往的县城女生，就一语道破天机："我可不想罩在神圣的光环里。"张子鱼后来才明白，他把自己认识的女性全都进行了虚光处理，永远无法成为生活中的人。但当时张子鱼并不知道自己的问题，这让他在大学时又错过了李芸。当李芸邀请他到家中做客时，张子鱼心理的硬壳受到了震动，"他没想到生活这么美好"，功亏一篑，在后来可以拥抱李芸的时候，张子鱼还是倒下了，"拥抱的姿势变成了保护自己的姿势，双手护脸，好像在风暴中"。面对毕业前夕的这场爱情喀拉布风暴，张子鱼没有勇敢地迎接，而是本能地做出了保护动作。毕业之后，张子鱼到大漠寻求治疗，才有了他跟叶海亚的传奇。

从此回看，才发现红柯一直关注着张子鱼的这个问题，只是被我们粗心的阅读忽略了。结婚不久，叶海亚就对张子鱼说，"你唱《燕子》的时候我看见你心里的阴影，让人不寒而栗的阴影。"高中女同学也说，"你真是个铁人，你的脸也跟铁铸的一样，你的鼻梁你的嘴角，太硬朗、太锋利。"穷人的孩子早当家，懂事太早的张子鱼因为对身份和地位的敏感，在自己的心灵和身体上都加了保护层，也因此几乎失去爱一个现实的人的能力。直到经孟凯提醒，叶海亚和张子鱼一起回他的故乡时，提到了他跟那个初中女生的事，并告诉他，"爱不是罪过"，张子鱼心里的硬壳才趋于脱落。对张子鱼往事的回顾，解开了阻碍他第二次成长的一个个死结，这个逆向展开的成长故事，至此接近完成，小说也即将来到尾声：

喀拉布风暴再次降临，飞沙走石全成了有生命的燕子，风暴的轰鸣全成了歌声，古歌《燕子》与风暴融为一体。

喀拉布风暴从摧毁万物变成了孕育生命，象征美好生活的燕子与风暴一起，见证了张子鱼的第二次成长，他的心将变得柔软，眼神将变得柔和。

完成这部小说，红柯或许也经历了自己风暴中的第二次成长，他不再迷恋于《阿斗》那样对历史的解构，也不再逗留于《好人难做》那样对现实的贴身描摹。红柯把酣畅到略显枝蔓的笔墨投向以往高峰状态的之前和之后，开始触摸人心灵中最细微的变化，从而在那类罕见的小说之外，又开拓了一条新路。

前行者邱华栋

刘震云

邱华栋是我读书的指导老师。在当代中国作家中，像他那么博览群书和博览生活的人，特别是博览新书和博览新生活的人，还不多见。许多新书，我是从他手里接过来的；许多新生活，是从他那里听来的。我另有一个指导老师叫李敬泽。子曰：三人行必有我师。与他们三人行，我也变得新生和饱满起来。

于是，邱华栋的小说便与众不同。别的作家写的是“故”事，他写的是“新”事。从上个世纪90年代，他就能迅速把我们刚刚看见的生活，眼巴前发生的新事，迅速放到他的小说里。当代中国社会变化多端，充满了魔幻和拧巴，真相和虚假，残酷和喜剧。一杯浑水，澄清需要时间，但邱华栋等不得。也许，他要的就是浑浊和新生，新生的东西未必都好啊，这个好与不好的浑浊和新生，也许更加刺激，更加接近真实。这是邱华栋小说的特点。所以我说他是一个前行者。是一个喜欢新鲜和占先的前行者。

大概是1996年吧，我第一次读到的他的小说叫《城市战车》。小说中的一群人是流浪在北京的艺术家。流浪北京，当时是一种时髦。虽然过着朝不保夕的生活，但他们日常的生活和行为，和引车卖浆的芸芸众生绝然不同。但他们也是芸芸众生，无非是众生中新产生的一部分人罢了。在生活中，我也有这样的朋友。但是，我只了解他们生活的表面。读了《城市战车》，他们新的、不同的、剧烈的内心世界，还是让我震惊。更震惊的是，作者在一门心思关注新生活和新人类时，主要关注的是惨烈的一面。原来他也不是一个省油的灯。生活的变化是，十多年过去了，这群流浪北京的人，竟有一部分人脱离了流浪的阶层，摇身一变成了上流社会的人，少数人还成了亿万富翁，回头再看《城市战车》，就成了这些人的旧照片。2000年，我读了邱华栋的新作品《正午的供词》，写的又是前沿生活，影视界啊。这一洼浑水，邱华栋又下了脚。但这回他的主题大变，表面是写鱼龙混杂、物和欲横流的名利场，实际上是在写生和死。这个主题可有些经典。是跟邱华栋年龄的变大有关系吗？接着他在题材上也会返璞归真吗？接着我发现我错了，2002年，他的长篇小说《花儿，花》出版了，题材依然很前沿，写的是网络大潮，写的是媒体；媒体虽然旧，旧时代的中国就有“包打听”，但网络是新的，视频是新的，媒体从来没有这么脏和这么虚假，也是新的。在新的背景下，邱华栋写了几个媒体人的婚姻变化。新旧交加，让人啼笑皆非。对了，看邱华栋的小说，常让人啼笑皆非，就是这个感觉。

邱华栋的小说还有一个特点，因为他博览群书，特爱在一本小说里，把庞杂的知识和他读这些知识的感受，一股脑搽到小说里。比如上面那三本小说，既有对美术和绘画的知识堆积，也有对电影知识的深入挖掘，还写了许多有关花的学问呢。是好事还是坏事？对想通过小说另学知识的人，起码是件好事吧。曹雪芹就这么干过，在书里写过药方和菜谱，邱华栋也可以这么干。只是不要以枝伤干啊。

到了他的长篇小说《教授》的时候，邱华栋依然是邱华栋，写的又是眼下最热门的一个词——“新阶层”。何谓新阶层？一是在过去的生活里没有出现过这种职业，这种职业造就了一种人；一是过去有这种职业，但从这种职业里产生了这种职业过去产生不了的人，都跟新的生活形态有关系。地产商人、白领、私家侦探、“小姐”和“妈咪”，是从近些年的中国地缝里钻出来的；经济学家、人文学者、大学教授、律师等，过去也有，但不是这么个有法，今天，他们全都脱下了过去的外衣，换上了新的行头。教授现在还有一个名字叫什么？这本书告诉我们，叫“叫兽”。

"新阶层"会带来新内容。邱华栋不但写了玫瑰浴、皇帝按摩、玻璃鸟巢中的女人、私人事务调查所，写了师生恋、夜总会中的大学生、代人受孕等五光十色只有在当代的魔幻和拧巴的生活中才能出现的新的事物，更重要的是，他写出了这个时代平静的外表下，充满着血的气息、钱的气息、性的气息，及这个时代独有的混乱的气息。这是一个庞杂的时代。这是一本庞杂的小说。当然邱华栋还没忘了，他又塞进去许多他对当下问题，如社会问题、政治问题、经济问题、道德问题，包括对文学和《红楼梦》的思考和看法。比起他以前的小说，这本小说就更庞杂了。

这样说来，小说主人公的身份恰恰就不重要了。这本书的主人公是知识分子，是教授，是经济学家，是文学研究者。他们是知识分子，又不是，他们是知识分子中产生的"新阶层"。他们依靠知识（可不是文化，文化需要独特的见解）的卖弄，依靠帮闲帮权和帮钱，当然最终还是帮忙，开始过上了奢华的生活，少数人的生活。少数人的生活，都是前沿的生活。正因为他们活在生活的前沿，通过他们，我们就更加看清了这个时代的喧嚣和痛苦，热闹和寂寞，繁华和贫困，富足和匮乏，物质世界对心灵的煎熬和挤压。表面说的是欲望，是权力，是钱，是性，但人与人关系的内部，说的却是人和生活的剑拔弩张的关系。这种关系的剧烈冲突，却又总是以愉快的"兽的方式"去解决。喜剧吧？当然，兽的方式，对于解决者总是愉快的。

从结构上讲，小说的叙述是复调的。通过一个文学教授的眼睛，来打量一个经济学教授的生活；通过一个经济学教授的婚姻变化，折射出当代社会的激烈变动。最大的变动是观念啊。这些混乱的庞杂的新的观念，破坏性地颠覆了旧生活，也歪歪扭扭建立了新生活。但是，这些混乱的庞杂的新的观念，除了刺杀的是光怪陆离的生活风景，还有拥有这些观念的他们自己。虽然他们生活在生活前沿和引导着生活，读了这本小说，我的结论是：他们不是我们的救世主，因为他们连自己都救不了。

这是一本值得深思的小说。

也是一本刺激和好读的小说。

当然，这本小说也有毛病。人犯毛病，一般都是老毛病。当然，毛病一般也是优点或特点。这本《教授》和邱华栋其他小说一样，内容也太庞杂了，信息也太密集了；查信息，我们不如上网。还有，往里边塞的各领域各学科的知识也太多了。如果为了授业解惑，不如给我们开一个讲座。更重要的是，前行是一件好事，但前行者也是吃亏的。因为许多新生的和前沿的事情，也许很快就被生活抛弃而变旧了。是不是有比事情新旧更重要的东西呢？但这些还不是我要说的，我要说的是，小说就是小说，小说最终靠的，与事情的新旧无关，跟你发现的新旧有关；小说最终靠的，还是伟大的发现和想象力。

面对“现代”，他选择了什么

——评龙仁青的短篇小说

孟繁华

当下小说创作的全部困难，不止是作家如何面对读者的问题。事实上，无论作家是否自觉地意识到，客观上他都要面对自己与传统、与西方、与当下的对话关系。这种潜在的对话关系是一种规约，有能力回应这样规约关系的作家，才有可能在创作上游刃有余，找到属于自己的文学领地。如果是这样的话，龙仁青是这样的作家。龙仁青生于青海湖畔的纯藏族地区铁卜加草原。于是，他创作上的特点很容易让人与经验、民族和出身联系起来。这是对的，丹纳在《艺术哲学》中早就论述过时代、种族、地理与艺术的关系。应该说，民族文化和边地环境，是龙仁青最初的文化记忆。任何一个作家的创作，都与他原初的文化记忆有关。因此，我们可以把龙仁青这样的出身和生活背景看做是他小说风格或特点的一个依据：他的小说简单清澈、阳光温暖。那里洋溢的草原气息随风飘荡，芬芳却也简约。但是，这只是事情的一个方面。在全球化的语境中，再也没有隐秘的角落，特别是对于作家而言。因此，对于小说呈现的特点和风格而言，既与作家的出身和生活背景有关，同时也是作家有意选择的结果。

面对“现代”，龙仁青的小说选择了简约。龙仁青的小说无论情节还是人物都不复杂。但是，我们阅读时的心情却复杂无比。或者说，龙仁青在貌似简单的人物关系或人与世界的关系背后，隐含了他极为尖锐或敏锐的发现。他的小说一直有一个隐结构，这就是对“现代”的参照。“现代”是比较古代和传统的一个概念。“现代”意味着进步、发展甚至福祉。让所有的事物都进入“现代”是现代的诉求和目的。在世界的任何一个地方，“现代”几乎无处不在。比如《奥运消息》，似乎就是写一个名叫次洛的孩童由衷的欢乐——他意外地得到了一个望远镜。望远镜是一个“现代”的器物符号，它以不可思议的方式放大了外部世界，于是一切都变得奇妙无比，次洛的心情可想而知。但是，龙仁青的用意显然不止于此。他借助或“征用”了望远镜这个现代符号，表达的显然是另外的意思。我们注意到，小说开篇时，次洛起得很早，他要去牧羊，在他拿起望远镜之前，他先拿起了“乌尔恰”。“乌尔恰”是放牧用的抛石器。这个抛石器是草原文明的符号，尽管有了“现代”的望远镜，但望远镜“中看不中用”，那个传统的抛石器才是次洛生活可靠的依据。两个器物的同时出现在小说中显然意味深长，这个表面上的“文化差异”，是为更深层的文化差异做的铺垫。一天早上次洛通过望远镜发现了一张报纸，他追上了这张报纸时也同时抵达阿克普罗家的门口。次洛看到的报纸只是“一张大大的照片。照片上一个年轻的姑娘微笑着，一手拿着鲜花，一手还拿着一样圆圆的东西，那东西是用一条布带挂在脖子上的，就像此刻的次洛，把望远镜挂在脖子上”。次洛不懂汉语，是阿克普罗在县城工作的儿子万玛看到了一位上海姑娘陶璐娜获得了女子十米气手枪冠军，为中国奥运军团获得首枚金牌。万玛欢呼雀跃进了帐篷，手里拿着哈达奔向远方。而次洛不知发生了什么，留给他的只是“意外地睁大了眼睛”的错愕。这样一个足够重大的事件对次洛来说近在咫尺又远在天涯。作为器物的望远镜虽然足够现代，但现代却和次洛没有关系。这显然是一桩文化悲剧。这种文化差异性在龙仁青的小说中多有出现，比如歌手与录音机、摩托车与马等。在这些意象的对比中，现代与过去的紧张关系骤然凸显出来。这使龙仁青的小说在简单平和的叙事中，有一种高山兀起的千钧之力。

尽量简化的方式是龙仁青小说的基本方式之一。这种方式当然有现实依据，在地广人稀的草原上，简单的人际关系是生活的原色。但是如何在小说中完成这种关系的处理并不是一件简单的事情。《猎枪》只写了父子两个人，小说有这样一个细节：母亲披了一张羚羊皮，混在藏羚羊群中，试图活捉一只小藏羚羊，却遭到晚归的父亲的误杀。当孩子苦苦发现了猎枪，希望父亲带他去打狼时，父亲却将猎枪瞄准了兔子。苦苦难以理解父亲的举动，甚至非常愤怒。但孩子不知道的是，正是这把猎枪和狼的关系，隐藏着父亲最痛苦的记忆。《情歌手》中的歌手，自从父亲去世以后，他变得沉默寡言，从此就迷上了纯真质朴的情歌，并依此缓解他失去亲人的巨大隐痛，慰藉他心中的孤独。在一种极为简约的关系中，他的小说却流淌着一种令人心动、挥之不去的苦涩之情。那简单的生活里少有现代气息和元素，但也有现代生活稀缺的简约和单纯。简单的人际关系里，却有任何事物都不能换取的真情。比如父子、夫妻、母子的情感等，它是如此的感人而真挚。

面对"现代"，龙仁青的小说选择了"过去"。龙仁青写草原、写藏地的小说之所以独特，与他的小说选择的面对现实的情感方式有关。比如对"现代"的认识，在早期"底层写作"作家那里，更多的是对"现代"负面后果的痛切批判，于是小说大多是泪水涟涟苦难无边。这当然也是需要的。但是，作为文学作品，即便是批判显然也有多种方式可供选择。比如《失去家园》，写尽了草原深处的忧伤。

春去冬来，一年过去了。

农场的地里还是没有长出庄稼，远远望去，一块块切割得整齐的田地上，只有一些生命力顽强的野草在稀稀落落地生长着。开荒挖地时大量的草原植被被铲除，随着冬日劲风的来临，植被底下那一层黑土慢慢地被风干，日复一日，当黑土脱离了那些盘根错结的草根后，摇身一变，成了细细的沙土，并在风的簇拥下，开始向四周蔓延。仅仅一个冬天，以往被大片大片新开垦的土地围绕着的门仓农场，便被沙漠围了起来，让人以为是一座和某种人类文明一起被埋没在沙漠里的远古遗址。但人们根本没有从这种荒芜景象里得到某种教训和启示，他们抛弃了已经沙化了的土地，又拿着锄头和铁锨向别的处女地进发了。

"现代"，常常是以不断牺牲传统的文化和自然领地为代价的。《失去家园》发现了"现代"这一问题，它的批判性显而易见。不同的是，龙仁青并没有做出一种激愤或激烈的姿态，他的批判隐含在另一种表达中：就在老刘失去心爱的二丫、肆意流窜的沙土将整个草原埋起来的讲述中，我们被深深地震撼了。还有什么比失去亲人和家园更让人痛切忧伤的呢？二丫临死之前只有一个愿望，这就是回到原来那个家，"看看长在地里的庄稼"。面对荒滩和沙漠，二丫没有画家的闲情逸致，她也不会欣赏这被扭曲的自然奇观。她心里只有家乡记忆中的庄稼，因为新开垦的农场根本就长不出庄稼。《人贩子》的故事很简单，一个地方的小学搞到一笔捐款，送来了一批桌椅板凳，本来每人有一张小桌子，不知道为什么却缺了一张，村长只好让已经分得小桌子的自己的儿子把小桌子给了河对岸那个村民的儿子，于是，儿子每天去河对岸那张桌子上做作业，两个孩子也其乐融融。突然一天，洪水冲走了村长的孩子，他从桥上掉下去淹死了。孩子死后，悲痛不已的村长老婆埋怨村长，说他如果不把小桌子给了河对岸的人家，他们的孩子就会平安无事。村长尼玛于是决定为死去的孩子买一张小桌子，他要还给孩子一个愿望，也弥补自己心里的不安和缺憾。当尼玛来到城里看到身穿与自己孩子生前同样校服的孩子时，他突然想起了自己的儿子。他走到了一个孩子面前说："你是我的儿子啊！"结果，在城里人惊恐的大呼小叫中，失去儿子的尼玛被当成了"人贩子"，警察粗暴地带走了他。尼玛也是活在"过去"的人物，一旦走进"当下"，尼玛的生活即刻幻灭了：没有人理解一个失去儿子的父亲心里的感受，"现代"就是如此的冷漠和惊慌失措。

面对"现代"，龙仁青选择了"慢生活"。现代就是一日千里，现代就是速度。快，是现代最值得炫耀的事物之一。但是，面对现代的速度，龙仁青的小说却选择了"慢生活"。如上所述，龙仁青的小说关系极为简约，简约的关系与速度无关，有关的是作家的讲述能力。在龙仁青这里，他经常用大量的笔墨篇幅状写自然景物和风情风物。比如山河、草原、花草、帐篷，他不厌其烦。看起来似闲笔，其实是小说重要的组成部分。比如《情歌》："层层叠叠的绿色像波浪一样翻滚着涌向远方，其间随意点缀着红的黄的蓝的白的野花。野花中最多的是那种叫馒头花的一簇簇白花，那一缕缕若有若无的淡淡芬芳就是从这花上散发出来的。草原上有牛羊群，有远远近近随意散落着的牧民的帐房。有一个关于帐房的谜语是这样说的：远看像牛粪，近看八条腿。很贴切，是个不错的谜语。”类似的文字在龙仁青的小说中比比皆是。这是一个非常传统的方法，叫做“景物描写”，现在的小说很少看到景物描写，作家似乎都很急切地奔向主题。龙仁青不急不躁，他反而钟情于这个陈旧的方法，在景物状写中表达他对“慢生活”的意属和向往。对“慢生活”的理解和接受，才有可能使龙仁青的小说有散文化的倾向并富有诗意。比如他小说的题目《雪青色的洋卓花》《绛红色的山峦》《牧人次洋的夏天》等，如果说是散文的题目也完全可以。因此，表现在具体文字上，就无意识地接续了现代白话小说的抒情传统。这个抒情传统来自沈从文、孙犁、汪曾祺一脉。这一文学脉流在主流文学史的叙述中，一直不如对现实主义文学传统的评价。这与百年中国的历史处境有关，也与主流意识形态对文学功能的理解有关。上世纪80年代以后，这个传统被逐渐钩沉出来，其价值才得以在不断阐释中被发现。龙仁青显然与这个文学传统有关。但龙仁青的生活背景和文化记忆又决定了他接受的限度：他使用了抒情的形式，书写的却一定是自己的经验。

龙仁青在他的小说集《光荣的草原》后记中说：“我一直认为并坚信，作家首先要做的，就是净化和洗涤自己，使自己变得洁净、纯粹、甚至透明。作家的肉体和心灵因此要经受净化和洗涤过程中的磨难和疼痛，在一个作家的身上和心里，伤痕和孤独在所难免。”那么，如果是这样的话，我认为龙仁青的净化和洗涤自己的方式，就是不断地用简约、过去、前现代和对慢生活的接受来实现的。应该说，是现代复杂多变的生活，照亮或发现了草原和过去，是现代文明照亮或发现了龙仁青的过去和记忆。有了现代，过去才有了诗意，就像城市的现代文明照亮了乡村文明一样。但是，过去或乡村是只能想象而不能经验的。用李敬泽的话说，文学的魅力就在于表达生活的“不可能性”，“不可能性”的诗意和理想化感动了我们，于是成了我们共同的想象。因此，龙仁青讲述这些故事，并不是要我们回到那种生活——那既不必要也不可能，而是希望我们能拥有憧憬、怀念那种生活状态的心境，并不是一味地前赴后继唯恐落于人后。读龙仁青的小说，特别容易想到席慕蓉的《父亲的草原母亲的河》，想起张承志某些作品的忧伤或愁绪。那里有赞美、有怀念，但更多的是一览无余的诚恳和眷恋。

《瞻对》：历史如此尖锐地通向现实

梁鸿鹰

历史好比一艘船，装载着现代人的记忆驶往未来，正如莎士比亚所说，历史就在每一个人的生活中。我们与自己的民族、国家共同从历史中走来，又创造与累加着历史。因此，历史是通向现实的，文学就是要抵制遗忘，为我们从历史中寻找更多的现实启示提供支撑。时光的推移不断消磨、掩盖甚至泯灭着历史的真实，增加着真相书写的难度。

在我们国家的历史中，中央政府与西藏的关系历经了长期的曲折。除了人们耳熟能详的松赞干布、文成公主，除了宗教人物班禅、达赖，细节与详情被历史烟尘所笼罩者是大量的，阿来的《瞻对：终于融化的铁疙瘩——一个两百年的康巴传奇》，无疑填补了空白。

因为在汉与藏、中央政府与西藏地方关系的历史长河中，“瞻对”犹如一块未被触碰过的铁疙瘩，长期被幽闭于黑暗之中，散落在档案和小范围自我循环的史志资料中。写作《瞻对：终于融化的铁疙瘩——一个两百年的康巴传奇》，缘于阿来实地考察调研的习惯，更缘于他对历史与现实问题的思考。在开始动笔写一部涉及当下时代汉藏文化冲突及其表现的现实题材小说时，阿来翻了一些旧书，感慨良多。他发现，现实当中发生的许多新事情也都是由旧套路导致的，“所谓现实题材，都是正在发生的事情，开写的时候有新鲜感，但写着写着，发现这些所谓新事情，里子里都很旧，旧得让人伤心。索性又钻到旧书堆里，来寻着踪迹写旧事。又发现，这些过去一百年两百年的事，其实还很新。只不过主角们化了时髦的现代妆，还用旧套路在舞台上表演着”。

历史的真相到底如何？正如洛夫所说：“历史睡了，时间醒着；世界睡了，你们醒着”，作家是有责任的。瞻对位于康巴藏区，在现今四川甘孜新龙县一带，一问到“瞻对”是什么意思，当地人都会自豪地说是“铁疙瘩”。有位叫喜绕降泽的高僧，曾于公元1253年随八思巴进京觐见元世祖忽必烈。传说他在皇帝面前显示法力，将一把剑徒手挽成了一个铁疙瘩。忽必烈赐他官印，令他回家乡为官。但喜饶降泽回乡后仍入寺修行，由其姐姐行使地方统治权，地面上便兴起一个地位尊贵的家族，藏语名叫“瞻对本冲”，意思就是因挽铁疙瘩而得到官位的家族，其管辖之地从此被叫成了“瞻对”。这个清朝雍正年间只有两三万人的地方，却惹得清朝政府七次对之开战，且每次用兵都不少于两万人。民国年间，此地的归属权在川藏双方相互争夺、谈谈打打、打打谈谈中摇摆不定，这样的对抗为何竟持续了两百余年？人们颇伤了一些脑筋。这里固然地形复杂、易守难攻，当地人性格彪悍、难以制服，但最根本的问题，是落后的时代、落后的社会制度，以及长期形成的盲目“尚武”等习气。民国后实行改土归流，1950年，解放军未经战斗便将此地解放，瞻对这个“铁疙瘩”轰然融化。阿来对这一素材的触碰，使瞻对及围绕汉藏问题的关键词重新回到公众视野，是一次与遗忘的较量，更是一次对时间的抵抗。

阿来试图从人文的角度认识历史、认识现实，他以对某一个地方微观历史的透彻挖掘，见微知著，找到了历史与现实的连接点，补白疑问，搭建起一个“完整的世界图景”。连接点的发现、完整世界图景的搭建，得自扎实的知识储备与史料研读，当然更少不了独特的眼光。《瞻对》呈现的是两个方面的成果，一方面是作家通过对大量档案、史料的深入挖掘，以生动的笔触、丰富的细节、扎实的内容，还原与再现始于雍正八年、长达两百多年的“瞻对之战”中藏地与清政府方方面面的表现与表演。另一方面，则是阿来的独有发现与解读，这一部分融于历史事件的叙述，构成了作品的肌理，是有温度、脉搏与节奏的。

这样的写法使得文本不流于对事实的堆砌，更无对写作者本人博学、勤奋的炫耀，而是实实在在地透过历史尘埃，有独特的发现，有从容中的睿智。他对清政府政治、军事等方面作为的感悟，从历史风云中来，有力透纸背的精彩。比如对1746年败于瞻对的那一战，乾隆皇帝在与军机大臣等总结大军欲进不能，退亦不可，以至师老兵疲时候，认为原因有三条：一是轻敌，“以为瞻对蕞尔之地，大军压境，必如沸汤扬雪”。领兵大员并未把雍正年间大军征讨无功而返的前车之鉴当回事情。二是缺少调查研究，情况不明胆子大，率尔出兵。三是“事有不顺，这些体制中的负有重责的官员便隐瞒事实，谎报事功。谎越扯越大，事越来越烂”。皇帝作为那个社会体制的总管，当几乎所有官员都在撒谎、捏报事功的时候，自己明明什么都清楚，却不能对所有官员都下手，“只好祭出杀鸡儆猴抓典型的官场老把戏”。再看那些参战的兵卒，早已没有了开国之初能征惯战的精锐之气，他们在盛世华服的遮掩下日渐衰败腐朽，要么兵丁病孱，要么“器械锈坏者，不知更换”。这样发展下去，果然到了中日甲午海战，“炮弹里没有火药，而是装满砂子了。”

而在历史上，这些事情反复出现，当然应该有更多的原因需要探究，阿来为此同样做了认真分析。比如从全国范围讲，地方豪酋依靠武力与阴谋等争夺人口与地盘，壮大自身实力，而不知兴办教育、改进生产技术、扶持工商等，为此策划于密室，劫财夺命于光天化日，在传统中培植出膺服强梁的风气，不同家族间结仇、复仇，仇仇相报。“有清一代，这些行为都被简单地认为是不听皇命，犯上作乱，而没有人从文化经济的层面上加以过研究梳理，也没有尝试过用军事强力以外的手段对藏区土司地面实施计之长久的治理，惟一的最后的手段就是兴兵征讨。”就川边藏区而言，因为地域辽阔，部族众多，当地豪门各自拥兵割据，中央政府根本无力进剿压服。

再比如那个贡布郎加，即“布鲁曼”，当地历来视他为大英雄，他的传说老一点的人都能讲出一些，荤的，素的，人间的、僧界的，五光十色、林林总总，就连体面的酒店也用他的名字来命名。对他抱有巨大希望的阿来，在追寻其故事过程中发现，这个所谓一世英雄的布鲁曼终于也未能超越时代，只不过“他比此前的所有豪酋更蛮横，更顽强，更勇敢，更有计谋，更残酷”，却也更加不识时务、不知天下大势，不曾有半点改变社会面貌的愿望，最终同样要在历史的因循中重蹈覆辙。“阴谋、进攻、对神盟誓然后又违背誓言、杀戮……种种手段都是老而又老的桥段，都在旧框架中习惯性运行。”

那么，历史是如何通向现实的呢？恩格斯说过，“我们根本没想到要怀疑或轻视‘历史的启示’；历史就是我们的一切。”阿来的写作没有离开过西藏历史，更密切关注着今天，他不仅是一个文学家、写作者，更是一个审视者、发现者，他关注着当下藏区的一切——其社会生活、文化生态，以及在时代风气之下那些似乎习以为常、见怪不怪的东西。他发现，无论是变动的还是稳定的，无论是表面的还是暗地里的，其实一切都有渊源，现实的一切与历史都有惊人的连接，要么是现实延续了过去，要么是过去还魂于今天，从来就没有无缘无故的历史，也没有无本之木的当下，审视与发现问题，是阿来写作时一种常有的状态，同样是《瞻对》的一个核心。

出色的写作应该触及心灵，成为挖掘精神向度的实践。无论对作家，还是对读者，《瞻对：终于融化的铁疙瘩——一个两百年的康巴传奇》的意义不单表现在对真相的揭示与探求，更表现在对民族心态、精神的触摸。阿来通过瞻对旧事寻踪觅迹的考察发现，“诸多陈年旧事，映照今天现实，却让人感到新鲜警醒。看来，文学之新旧，并不像以新的零碎理论包裹的文评家们所说，要以题材划分。”阿来准确把握历史的事实、走向与趋势，体现出他综合把握民族、文化、宗教、军事、历史等多方面问题的能力。

文学的目的固然在于抵制遗忘，其职责更在于提醒今人。历史的列车呼啸而过，无数的旧事或被湮灭、或被发掘，阿来在纸页、口头或人们心目中的旧事里发现了大量的“新事”。比如，我们历史上的“铁疙瘩”在今天是不是就没有了？从日常生活表面来看，社会生活在如愿前行，这里修了公路，人员来往、贸易空前便利，建筑上进行了美化处理，环境更现代、更“亮丽”了。被奉为精神殿堂的各种寺庙得到了空前的修缮、提升，人流如织、香火日旺，关于雪山灵兽，关于种种神迹的传说，人们笃信不疑、口口相传，而在发生了巨大变化的金碧辉煌的寺庙里，人们是在那里向佛、向善，还是凑热闹、撞大运？或者，干脆就成了怀着“不可告人的”内心企求者的庇护所？还有，庙很多但僧很少，原因是他们为了利益而云游四方。阿来说，“如果革命是指种种新的变化，那我更期待人心内部的革命。”

那么，人心内部的革命，到底有还是没有呢？实际上，无论是在老百姓的日常生活中，还是在国民的灵魂中，因循的东西、抱残守缺的东西，瞒与骗、蒙与混等种种劣根性的表现还很多。今天的中国在发展进步中，有很可以炫耀的亮色，也有很多让人无奈的瑕疵。阿来认为，“我们有一个很天真的想法，就是只要这个国家发展，所有的社会问题就会在发展过程中烟消雪化，迎刃而解，但其实并没有这样，反而出现了很多问题，比如民族主义的高涨。”阿来觉得自己时常在遭遇这些问题的困扰，他带着问题一再追索，走进历史、踏入田野、访在民间，去观察这些情况如何发生，又何以会发生,《瞻对》就是这样来的。

他的一些疑问是从探寻中得到的——怀着很强的忧患意识。比如，他觉得当代有知识的人们很善思考，也很有雄心，“今天我们的很多知识分子，眼光经常向外看，这当然没有问题，但我们自己国家发生的很多现实问题，到底要怎么办？”他觉得，从历史上看，改革一直是个很难破解的课题，“看中国历史，于国计民生都有利的改革，总是不能在最容易实行时进行，原因无非是官僚机构的怠惰和利益集团的反对。最后，终于到了不得不改的时候，可是，已经太晚了。哗啦啦，大厦倾倒了。”再比如，历史的巨轮隆隆地开过去，在这个过程中，个人的作用是什么？其作用的发挥与后人的评价，又是什么样的关系？阿来说，“中国社会，一个人要成就一番事业，干一番大事，往往得不到理解与支持，反而时时被吹毛求疵。但这个社会同时又极欢迎别人成为烈士。一旦成为烈士，又惟恐其人格不完美，愿意随时替这个传奇增添动人的细节。”所有这些均发人深省。

这是一个异常精彩的文本，作者能够深入历史，又思考历史、返回现实，深入浅出、稳健多姿，阿来认为写作到紧要之处，宕开一下，着些闲笔，为增强悬念，也为了文本信息的丰富。再有，作者游刃于丰富多歧的民间文化资源里，把握历史脉搏，解密、还原历史真相，力避浮躁、浮泛，让饱满的细节、清澈的思考、灵动的表述、顾盼生姿的语言成为特色，为当今的文坛增添了新的经验。

用心灵述说

——读高深散文集《那片淡淡的白云》

范咏戈

《那片淡淡的白云》是回族作家高深60多年写作生涯中的一个散文精选本，分为“旅途走笔”、“走近大师”、“溪流，终要汇入海洋”等9辑，共110多篇文章。其中，既有作家少年从军、青年蒙难的人生记录，更有历经磨难对祖国和人民不变的深情以及对文学价值和规律的不懈探寻。虽是大处落墨、世情练达，文字却洗尽铅华，情见乎辞。

从集子最后一辑的《童年在关东》和《小兵下江南》两篇散文读起，我获得了对作家非同一般的写作身份的认识。在《童年在关东》中，那个孩子8岁就到牡丹江给日本人当杂役；在《小兵下江南》中，因为父亲要参加抗联，把不满11岁的孩子带到部队上当了小兵。在其后的5年里，这位小兵跟随部队参加了东北解放战争，后随部队南下。部队行军到河南信阳，和战友在工地边说对口快板时，他被没有排净的地雷炸伤。这个小兵当了几年兵没有上过前线打过仗，总觉得是一个军人的缺憾，“这次负伤好歹也算是流过血、挂过彩”。挂过彩的小兵和千千万万解放军一起在行军路上，从广播里听到毛主席在北京天安门城楼上宣布“中华人民共和国成立了”。为了赶排“十一”节目，在衡阳，作者挥笔写下了他生平第一首诗，从而和文学结下不解之缘。1956年，他参加了第一次全国青年文学创作者会议，准备为新中国放歌。不料却在“反右”时期被不公正地打成“右派”，从东北被贬到宁夏，一待就是20多年，后来才重新焕发创作的活力。读到这些，不免令人感叹：世事浮沉，人生易老，唯一能挽住时光、令人驻留其间的是用心灵述说的文字。这便是艺术地生活着的人和世俗地生活着的人的区别吧。

《那片淡淡的白云》是一部充盈着沧桑的记忆和滚烫的激情的作品。作者被不公平地对待之后，却写下了许多礼赞普通劳动人民的作品，如《西海固的后代》《摆渡大嫂》《唱“花儿”的女人》《老牧人和他的妻子》等。在《西海固的后代》中，马六十是村里年龄最大、手艺最好的泥水匠，省吃俭用积攒下十几年的血汗钱，本来想用这些钱给上岭村盖两间教室，办一所村学，却过早离开了人世。最终，上岭村的小学盖起来了，一群戴着小白帽的孩子在马六十的坟前齐声朗读课文，场面令人动容。在这类作品中，西海固和腾格里让作家既梦牵魂绕，又感时伤世，那种“剪不断，理还乱”的情愫甚是撩人。作家用文字回报那些在他最困难时没有嫌弃他的回族群众的善良淳朴。这其中，不仅是那些普通劳动者，也包括那些真正的人民公仆，比如《鸣岐书记要的照片》中的锦州市委书记张鸣岐。

以作品写人品，以人品换作品正是高深可贵的秉持和良知。正因此，作家深情怀念引他走上文学之路的前辈陈企霞、重情义的“老团长”谢挺宇……我还想到作家未收入书中的、在《文汇报》发表的散文《默然走了》。文中回忆了他和李默然65年的交情，特别为李默然1989年做了一个“三九胃泰”的广告引起的争议正名。针对这件事，社会上的说法不一，作者披露，之所以做这个广告是因为戏剧节差钱。李默然做广告收入的20万元，17万补了中国戏剧节的开支，3万元给了辽宁省戏剧家协会评奖，自己没拿过一分钱。这是对老友最好的回忆，也是一种独有的战友情怀。情怀，是散文的底色。散文唯有大情怀才能有大气象。《那片淡淡的白云》用心灵述说的，“以笔尖做犁铧”耕耘的，正是一份难得的感恩生活的情怀。

高深是一位诗人，诗该怎样写，散文该怎么写他自然都十分明白。不过我还是要提到这本散文集里那些谈艺论道的妙隽之文。《杂谈散文》便是一篇。文章说，面对“散文热”，作者常常是“高兴而读，败兴而罢”。“有些写游记的散文，作者完全以一种‘观光客’的心态，复印景物，更有甚者简直就是一篇略有文采的导游词。有些写品茶、饮酒、种花、养鱼一类的散文，写得既无独到的知识，又无真实的感悟，完全是一种自恋式的记载。”“观光”、“自恋”，可谓切入时弊！作者告诫，如果散文脱离了真实情感，“终将有那么一天，读者要对其‘敬而不亲’，‘敬谢不敏’，甚至‘敬而远之’”。在《行家里手说诗》中，作者反对对诗性和审美的冷漠。作者在怀念史学家兼文学家孙毓棠先生的文章中，特别崇尚诗人的赤子之心，认为作者自谦“半个文学家”却有整个文学家的执著和真诚，认为真诚是文学家和史学家共同的灵魂。作者说，他敬佩鲁迅，很重要一点是，他的作品和人品是一致的，“他的言论即是他的行动”。其实这何尝不是作者为人为文的准则。在被不公正对待的岁月中，作家九死不悔，坚持在生活中寻找大美，在文学中追求理想、光芒。越到老年，他为人民鼓与呼越坚定自觉。

散文、随笔或针砭时弊，或因人述志，总要由一个话题入手。话题要鲜活、知性，能够钩深致远。在高深的作品中，有着一种高超的“话题艺术”。作者以其博识多闻，随手拈来，涉笔成趣。作者从乔托为暴君画驴子谈艺术家的良知，从达·芬奇画《最后的晚餐》谈艺术家的人格修养，从提香的自画像谈大师对色彩的妙用，从伦勃朗画《夜警》的故事告诫人们要远离流俗。在《最牛诗人王之涣》中，作者在王之涣名句“黄河远上白云间”历史版本中的“黄沙”、“直上”的争议中断言“黄河远上白云间”可能是诗人最后定稿，其画面、意境、句式、气魄，都有更多的想象空间与更高的视野。仅仅举出这些，就不难感受到作品厚重中的多彩。李默然说过：“不论什么艺术都应该以几何图形为标准，要具体，要有长度、宽度，更要有深度。”《那片淡淡的白云》不正是一部有长度、有宽度、更有深度的优秀作品吗？

我还想特别推荐《溪流，终要汇入海洋》一文。在这篇作品里，作者升华了自己的人生体验。文中说：“其实人之衰老，主要不在于脸上的皱纹，而在于心灵上的皱纹。”作者希望所有的人都应记住古希腊悲剧作家索福克勒斯的一句话:“没有比老年人更热爱人生的了。”他说:“作为老年人的一员，我不怕有一天汇入海洋。我渴望在这之前，不断地增强生命热度，扩大视野与兴趣范围，不受任何情绪的影响，像溪流突破重重围堵与阻截那样，冲出年龄的‘围城’，把单色调的晚岁，融入万紫千红的生活大潮中去。”这是多么让人动情的生命呐喊。

散文是发自她内心的一种愿望

——读叶梅散文集《穿过拉梦的河流》

兴　安（蒙古族）

相比于专业散文家的散文，我更喜欢读小说家的散文，因为小说家的散文很少受散文写作框框的限制，也较少因循散文的套路。小说家的散文更自由、更有想象力，无论是叙事结构、语言文字还是主题思想，都更多地任由作者自己的情感和思考飞扬，无拘无束，随性而至，随心而止。或许这才是散文的真髓。我最近看小说家加西亚·马尔克斯的散文，还有诗人茨维塔耶娃的散文，很难用传统的教科书的方式来解读和分析它，因为它就是“散”文，散漫而有思想，随意而又感人。而且，小说家的散文还是其小说写作的一个补充和扩展，将小说无法表达或者不便阐释的一些思想借助散文来传递。叶梅的散文就属于这种。她的散文我们只要一读就会发现，它不是刻意而为的创作，也不是绞尽脑汁的应景之作，而是发自内心的一种愿望、一种不吐不快的写作驱动力。

叶梅的散文从内容上划分，大约有两类：一类是关于少数民族作家（也有一些汉族作家）的印象记或对他们作品的品评。另一类是记叙和抒情兼容的文字，关于家乡、亲人、朋友，关于祖国山河尤其是少数民族地区的风土人情的感悟。在读第一类文字时，比如读《母语之美——阿尔泰蒙古风》《小凉山很大》，我非常感慨：她在文中对蒙古族诗人阿尔泰和普米族诗人鲁若迪基表达了真诚的赞美和敬意。俗话说，同行是冤家，文人相轻。但是叶梅对她所认可的作家的赞美是由衷的、毫无保留的。这是由喜欢或偏爱而产生的一种自然欣赏，是惺惺相惜的一种共鸣和问候。她写道：“阿尔泰是一位用母语写作的诗人，他用他马头琴般的音色，用他深沉的母语读他的诗，我们这些不懂蒙古语的人在一旁认真听着，不一刻便会情不自禁地被这种语言难以形容的魅力所感动。这位高大的诗人仿佛在唱一首歌，将我们带入他的草原，带入远古的历史，带入这个民族所经历过的沧桑，而他又仿佛裹挟着一望无垠的草原地平线上滚滚而来的雷声，他说：醒来吧，我的诗！”对鲁若迪基的诗，她给予了高度的评价。她甚至能从他的诗里，读到祖先留给诗人的声音。

对刚刚起步的青年作者，她又会毫不吝惜笔墨地给予鼓励和具体的建议。这些鼓励和建议显然是在她认真阅读大量的作品后产生的。她的鼓励和建议，常常一语中的，并且循循善诱。这让我想起上世纪60年代初期，茅盾先生对少数民族作家的扶持，比如他为当时还是青年的玛拉沁夫的小说集《花的草原》写的序言。那种前辈对晚辈和文学新人的鼓励和支持，对作品的细致的审读、精到的分析和宽和的评论，至今让我难忘。叶梅在这一点上可以说继承了茅盾的品格。当然，她曾作为《民族文学》主编，扶持和鼓励新人是她的职责，但是，由于她品格的力量和对少数民族文学事业的热爱，使她的作为又超越了她的职业和职责。

在关于家乡、亲朋、祖国山河尤其是少数民族地区的风土人情的感悟文字中，我尤其要说的是《庐山捡石记》。这可能是多年来我看到的有关庐山的最好的文字之一，是一篇天人合一的美文。看过不少写庐山的散文，多数人会被庐山壮丽的景观，比如云海和奇山，还有瀑布所倾倒和臣服，他们总是试图不遗余力地把庐山整个装在自己的文章里。而叶梅却一反常态，她写道：“我载不动庐山，庐山太重太重。”“我载不动庐山的云，那是古来的云。”“我也载不动庐山的水，那飞流直下三千尺，溅玉洒珠，沾湿过李太白的袍袖。”“再细想，也无法带走庐山的树，这山上5000多种树木，从全世界连根而来，将一片相思留在了庐山。”“我带不走庐山。我只能从这里拾起一块小小的石头。”虽然是一块小小的石头，但是它却仿佛在那里等了作者千万年，在一个带雨的黄昏，在偶然与必然中，被作者发现并掌握在自己手中。捡拾这块石头的过程，当然不比攀登庐山那么艰辛，但她在希望与犹豫不定中费了不少周折，因为它太小，小到混杂在河滩的众多的小石子里难以辨认和选择。但是当她终于拾起了它，“这是无数偶然中的必然，跟它等待的时间相比，我的寻找只在一瞬间”。在这块小石头中，在黑色的细密的花纹中，作者发现了另一个庐山，一个微小却承载和沐浴着古今历史长河的庐山。我以为与这块小石头的相遇和机缘，恰是作者人生观的一个感悟与抒发。庐山的大与石头的小，千万年与一瞬间的碰撞。作者以小观大，于一瞬间却体验了永恒。这种富含哲理的思考和心得，让作者可以坦然地面对人世间的沧桑和宇宙万物的起伏变化。

茨维塔耶娃曾自嘲说：“流亡生活把我变成了散文家。”我是否可以这样说：繁忙劳累的民族文学的组织和编辑工作，以及对民族文学事业的热爱，将叶梅变成了散文家，而且是一位独到大气的散文家。

《耶路撒冷》：花街的“耶路撒冷”

梁 鸿

“总体小说”

《耶路撒冷》以一群出生于上世纪70年代年轻人的逃离与重返故乡之路为核心，探寻当代复杂的现实与精神生活，构筑出“一代人的心灵史”。它具有略萨所言的“总体小说”的特征，文体的交叉互补和语言的变化多端形成叙事空间的多重性，嵌套、并置、残缺、互补，它们在一起构成一张蛛网，随着人物的归乡、出走、逃亡，蛛网上的节点越来越多，它们自我编织和衍生，虚构、记忆、真实交织在一起，挟裹着复杂多义的经验，最终形成一个包罗万象但又精确无比的虚构的总体世界。

什么是蛛网？它是一个平行组织，由一个个结点形成，这个结点是自我蔓延的和生长的，每个结点既是原因，同时又是结果，不断生长出新的方向和结构。小说《耶路撒冷》中每个人都在不断回到故乡，从初平阳回去开始，所有人物都先后经历了“出走——回归——出走”，这是一个不断来回拉扯的过程，就像人在不断伸展的蛛丝马迹，无始无终。回到故乡也是不断在向精神内部发掘自我，这是一种向心的能力，是不断挖掘记忆、生活和自我精神存在的能力。在这本书中，景天赐并不是重要人物，但却起着纲举目张的作用。他是这个蛛网式结构的中心点，或者说他就是花街上的那只蜘蛛，以那道闪电突然带来的光亮和死亡而成为命运的原点，潜行于每个人的灵魂中。初平阳、易长安和秦福小内心的所有丝线都因他而起，虽然他已经淹没在岁月和记忆的深处。他是一个人最深最痛的神经末梢，每个人都有这样的末梢，它制约着我们的精神走向和情感方式，但我们却把它遗忘在记忆深处，无从知道它与我们内部精神的联系。只是在不断向内挖掘的过程当中，这根末梢才越来越清晰，才越来越进到岁月和精神内部最深的地方。这种以蔓生形式的生长和攀爬蓬勃、复杂，无所定向，它需要作家有更高的能力，因为生活是外部的、可见的存在，精神却是无限宽广的东西，每个人的精神都是无限宽广的。

在看《耶路撒冷》的过程中，我不断想起波拉尼奥的《2666》。两者之间似乎有某些相似的气质和结构。在气质上，都是对智性生活和内心精神的探讨，这里的“智性”不是指智慧，而是你对世界的看法的出发点。波拉尼奥试图对存在、生活进行百科全书式的书写，对各个方面——人的精神存在、生存层面、社会问题和时代总体特征，都要进行解释。但这种解释不是巴尔扎克或托尔斯泰式的，用资本或道德来给予原因或结果，也不是卡夫卡纯粹抽象式的解释，而是展示出无边无际的精神与生活的结点和坍塌。《耶路撒冷》的蛛网式结构，那种自我衍生和编织的能力使我们意识到，今天的时代和生活很难用一种中心来解释，你没有办法找到中心思想和价值，每个人都是非常重要的一个点，但同时因为个个重要，个个又都无足轻重。这是一个无法明晰确认自我价值的时代。这既是世界的结构，也是世界的内容。作家如何通过一种结构式的存在来展示这种无限宽广又无限虚无、无限重又无限轻的存在，如何在庞杂的生活中找到意义又消解意义（因为无意义就是你写作的意义），可能是一个非常重要的问题。《耶路撒冷》的结构很有启发性。

小说通过嵌套、并置，及嵌套、并置所带来的意义衍生和自我编织特性来完成这一点。比如小说中的“专栏”部分，专栏不仅仅在小说中发挥评价这个世界的功能，作者也通过专栏把每个人内心的隐秘，把沉淀在岁月内部的、模糊的思想通过一种理论的方式清晰地表现出来，它和小说其他部分关于生活的游走、怀疑形成呼应和互文，相互解释，又互相矛盾，呈现出多元状态。

还有就是并置结构。小说中的4个主要人物有一个共同的动作：奔向故乡。但其路径和思想倾向、精神气质却完全不同。这就像一个抛物线，手中抛出形成曲线，偶然而神秘，但最终却都要回来。如何把那个看似相同却又千差万别的曲线描述出来，是作家唯一重要的任务。要去耶路撒冷读博士的初平阳回到故乡，他要卖掉花街的房子；易长安逃亡的路线几乎就是自投罗网的路线，他试图离故乡越来越远，因为他知道那里有警察等着他，但故乡却不断拉扯着他，脚不由自主地带他回去；景天赐的姐姐秦福小、杨杰在外漂泊的过程，也是不断走回故乡的过程，走得越远，故乡越发清晰。这4个人物的线索完全是并置的状态，各不相干，又互相联系。但他们都要回到一个点，这个点就是他们世界的出发点，是花街，是精神的原点，重要的是，它也是他们要面向未来的原点。作者在这样一个庞杂的生活的总体状态下，通过花街这样一个中心，像蜘蛛一样不断向外吐丝，寻找结点，再吐丝，最后形成这无边无际的、潮水一样的生活状态。

《耶路撒冷》的结构方式本身就是其内容之一。一种写法就是一种文学观和世界观。这样一种无中心的平行书写和繁复、多层次、碎片化的叙事就是这个时代的生活形态和精神形式。它的抛物线性、被淹没感、无根感、破碎感与大海潮水的汹涌相一致，无边无际，却也周而复始，不断退去，又不断来到，最终成为一种力量。

花街、耶路撒冷与世界

“耶路撒冷”这个词会让我们联想到具有象征意义的宗教、信仰，但在小说中，它又非常具体，甚至也许就是花街。这个词不是以宗教面目出现的，而是从花街内部诞生的。它不仅是一个向外的词语，也是向内的词语，它是我们生活的当下，是我们脚下的这片土地。所有的人物只有回到花街，回到消失在记忆深处的时间和岁月，才会发现“耶路撒冷”，也即世界。

花街和花街上的人物构成一个复杂、混沌的中国生活：能够预感各种事故的傻瓜，作为巫婆的母亲、相信自己医术的父亲、运河边的苦闷青年、信基督的奶奶、迷恋情欲但又颓废的地方艺术家等等，科学与巫术、文明与自然、西方与东方，大家各行其事，安然相处。它是一种奇怪的和谐、并存状态，作者通过细密而又风趣的叙述给我们展示了这种并存的可能性。作者着力于个体生命的挣扎，所有的社会背景，花街拆迁、人物命运转换、卖房子、家庭矛盾、出走，等等，都被放置于个体心灵后面。推在前台的是个人史，个人的视野、情感和痛苦。其实，在我们的文学里，一直有一个潜在的观念，就是对大的社会生活的表达要大于对个体人性的表达。这一观念会影响作家的创作。而恰恰是在这一点上，徐则臣展现出他的独异性，在《耶路撒冷》中，个人是渗透或者置于社会生活之上的，作家描述社会生活只是为了呈现个人生活的一种状态。他写的是个人精神史，是“向心”的，社会生活只是起一个参与作用，不是决定性作用。

通过这样“向心”的书写，作者把人内心的无限性书写了出来。像潮水一般的叙事，一波一波不断涌来，记忆不断向你自己涌来，你寻找自己，不断发现自己内心精神的缺憾、遗失和记忆，在这个过程当中，你发现了你自己。比如景天赐的姐姐秦福小。在一段漫长的时光里，她唯一的愿望就是逃离花街，她也从来没有去探究自己的内心。从表面看来，这是一起普通的逃离。逃离乡村，来到都市，在中国，这几乎是每个乡村、小镇或小城青年的共同路线，但是，就像我在上面所说的抛物线一样，其内部的轨迹一定是千差万别的。于是，在心灵的指引之下，她又回到花街，站在被拆得几近“废墟”的花街上，她突然回想起奶奶在某一个夜晚所说的“耶路撒冷”，这个词语仿佛一道光亮，携带着痛苦、悲伤和少年的眼泪，出现在她的面前，直抵灵魂。那个雨夜，矮小的奶奶因害怕暴雨淋湿十字架而以肉身去背，最后，神秘地跌倒在一个水沟里。这一场景仿佛一种象征：背负、忏悔、赎罪，以沉重的肉身去救赎坠落的灵魂，并获得一种平静。最终，秦福小留在了花街。而在秦福小流浪的那些年，她不记得花街的教堂，不知道奶奶的十字架，更不明白那对她的精神会产生什么影响。但是，在她不断漂泊的过程中，在不断寻找生活的过程中，她慢慢意识到，原来她的根、她命运的启发点，就在花街。其实，早在童年、少年的时候，她的世界已经在慢慢地形成。只不过我们不知道，我们把它遗失在时间和记忆深处了。

《耶路撒冷》重新定义了写作中的经验问题，尤其是经验与虚构的关系。经验并非完全指向个人的亲历性，也并不是指与宏大历史发生关系的可能性，而是对内心世界的无限挖掘。世界就存在于记忆的褶皱之中，隐秘、曲折、无限，它们汇集在一起形成所谓的“经验”，进而汇集成一个时代的某一空间。从这个角度上，社会学意义或政治学意义的“时代”只是一种外部的参考，甚至是必须反对的事物，因为它限定了你思考的方向和精神的倾向。一个作家所要奋力搏斗的就是这种规定性，要对抗它，并最终超越它。

可以说，《耶路撒冷》是一部背叛、遗忘与重新追寻、敞开的书，它让我们看到历史与自我的多重关系，在平庸、破碎和物欲的时代背后，个体痛苦而隐秘的挣扎成为最纯真的力量，冲破现实与时间的障碍，并最终承担着救赎自我的功能。徐则臣进入到这一挣扎的内部空间，进入到时间和记忆的长河，对这一挣扎的来源、气息及所携带的精神性进行考古学式的追根溯源，以一种潮水般汹涌的复杂叙事给我们展现出一个非常中国的经验：在摧枯拉朽般的发展、规约和惩罚中，我们正在永远失去自我和故乡。

“到世界去”并非是一个外向的行动的词语，并非指向西方、金钱、城市、现代、耶路撒冷等等，它也可以是内向的、静谧的，指向对故乡的重返，指向童年、心灵、记忆、时间与自我。救赎之地并不在耶路撒冷，而在你的故乡、你的心中。

回到花街，不只是为了寻找过去，而是为了清楚地知道自己立于世界的何处，以什么样的姿态站立。也不是为了寻找安宁、安顿或某个桃花源般的乌托邦之地，而是为了重新开始。

个人经验与历史意识

当历史不再宏大，没有大的集体事件被迫卷入某种生活，没有节日、狂欢，没有革命、激情与理想，所有成人仪式中应有的象征性大事件都没有时——而这些似乎是一个作家天然的优势和必然的前提——作家该怎样与历史发生关系？个体之间的距离变得无机、无序、无必然联系，个体的存在和社会的总体生活之间暧昧不清，文学该如何书写？这也恰恰是“70后”作家所面临的状况。

“70后”是循规蹈矩的一代，没有经过新中国成立、“反右”、大跃进、文化大革命等一系列当代政治史的大事件，跟历史是一种非常微妙的脱节状态。大的历史处于坍塌之际，“70后”才刚刚成长。“秩序”恢复，“惩罚”与“规则”开始。在一种强力的规则、惩罚和某种规定性中长大的一代人，很难找到精神的突破点。做任何事都会被规训，因为你受到的监管非常严格，有学校监管、家长监管、自我监管，各种各样的规则监管，长久之后，逐渐内化为某种人格和精神惯性，很难在自身与世界之间找到一种恰当的联系方式。这是这一代人的问题。但从另一角度看，历史坍塌之际，个人精神反而慢慢凸现，反而能摆脱具体的历史阶段性的眼光，去寻找新的空间。历史与个人的联系通过“自我”生成，而不是通过“集体化”的大事件来完成，在这一意义上，个人话语更能够体现这样一个历史的面目。“历史面目”、“历史规律”并非都通过大事件呈现出来，它也可能来自个人生活，来自个人生活的呈现状态。在这一点上，“70后”的“不及物性”反而使个体能够有机会凸现出其重要意义。

在此意义上，“70后”在历史空间中的模糊和暧昧状态恰恰是一种新型的自我与历史的关系，没有被大的集体话语所挟裹，一开始就站在历史的废墟之上，不管是无所归依的沉默还是稳重的沉默，他们都只能以自己的方式与历史对话。《耶路撒冷》有一种特别的新质，作者对感性成分和经验性特别倚重。在谈到为什么使用

“耶路撒冷”这个题目时徐则臣说道，“很多年里我都在想，一定要写一部题为《耶路撒冷》的小说，因为我对这个城市、对这城市名字的汉语字形和发音十分喜欢，很小的时候就着迷。这些在小说中都借着主人公初平阳之口说出来了。你也会有这样的经历，会莫名其妙地喜欢一些字词和名字，即使你对这些字词的含义一无所知。对小说里的人物来说，耶路撒冷意味着信仰、救赎，意味着自我安妥和从容放松，意味着精神和生活的返璞归真。没有这个耶路撒冷，小说就无法成立。”这或者是一种很好的状态——一个名字不仅仅是名字，它是一种情感，是对于某种世界的向往，可能它一直翻来覆去地折磨你，最终以强大的诱惑力驱使你去思考和写作。

本雅明在谈及20世纪的文学时说过，“真理的史诗部分已经结束，小说可书写的只是深刻地怀疑。”他所说的背景是一战之后欧洲的工业文明和两次世界大战所带来的灾难和蔓延的虚无情绪。文明破碎之后，人的被规定性突然呈现出来，人的精神世界变得破碎、虚无，无所归依，巴尔扎克那种拥有整体世界观的自信已经没有了，人是被规定好的，是有限制的，小说家也是无力的，只能在有限视角下认识世界并书写，他所能展示的只是深刻的怀疑意识和存在的荒诞感。“70后”作家正是处于这样的命运之下。大的历史，宏大的历史话语和历史的场景已经过去，人站在历史的废墟上，只剩下自己，面对的只有废墟。如何从废墟当中找到自己并完成自我的追寻，这是特别大的课题。《耶路撒冷》这种无穷无尽的、没有中心的，但每个人又似乎非常重要的结构和写法，恰恰是世界给我们的感觉。这样的怀疑、游移和失重是我们面临世界的基本感受，这种“游移”在革命书写里面和集体话语书写里面很难找到，因为那背后有确定的信念支撑。在新的历史语境下，大的确定信念没有了，每个人都裸露着，你只有通过找到“自己”和“个人”这个中介才能找到社会、历史的存在。在这个意义上，这样一种不断绵延的、开放的，但又没有开始、没有结尾、循环式的写法，恰恰是我们今天所处的社会生活以及精神状态的一种征兆，或者一种表现。与我们惯常的宏大叙事相比，这是一种小叙事，但也是史诗，是关于个人心灵的史诗。

或许,《耶路撒冷》的出现意味着“70后”作家以一种新的姿态进入文学史和历史的空间之中,充满激情而又拥有足够的学识,野心勃勃又冷静缜密,心怀大地却也不乏书卷气和神秘感,深谙文学之趣味却不溺于这趣味,在虚无之泥淖中挣扎却又试图超拔,以一个“诚实的生活者”的态度,记录这虚无之形态和人类的内在秘密。

标签与阐释

——格日勒其木格·黑鹤动物小说略论

聂　梦

从各种角度看，黑鹤都是一个很好的评论对象。他天然带有许多被虚线框起的区域，供人们粘贴标签：自然、动物、边地、游牧……大家称呼他为自然之子，羡慕他与生俱来的优势——只写自己足矣。头巾、长发、左耳的一个耳洞，鄂温克族长辈亲手缝制的皮坎肩，身旁永远跟随的巨犬。这些放在今天的语境中，总是令人惊讶的、时髦的，容易被簇拥、标榜和崇尚的，包括那些趋附行为本身，也随之更加易于理解——在他身上，呼应和满足着各类幻想。但黑鹤却并没有因此而傲慢。或者说，他的傲慢并不源于上述标签和趋附。画面中，他与他野兽一般的大狗们并排坐在地上，所眺望的那个远方，与标签上的词语因惯性而附加的内涵，不在同一个方向。

媚俗或其他

米兰·昆德拉曾透过 19 世纪德国浪漫主义，看到人类的两滴“媚俗”（kitsch）的眼泪。第一滴眼泪说：瞧这草坪上奔跑的孩子们，真美啊！第二滴眼泪说：看到孩子们在草坪上奔跑，跟全人类一起被感动，真美丽！只有第二滴眼泪才使媚俗成其为媚俗。随后，这个现代美学中最令人困惑、最难于把握的范畴在我们身边蔓延开来。受“坏趣味”感染的人们仿佛患上了消渴症，不加区分地痛饮各式各样的水，期待在虚幻的替代经验和对“净化的戏仿”中，寻得片刻的滋润和安宁。

动物与边地的主题同样在劫难逃，它们是水中的盐跟糖。饮者怀着热望飞奔而来，在杯子和水组成的镜像里，与野兽亲密无间，热闹并郑重地反观、重构人性，同时用取景框记录下别有一番味道的风俗和传统，让自己一并进入一种陈列展示的状态当中。

黑鹤的动物小说本可以轻而易举地满足这样的需求。与两头乳白色蒙古牧羊犬相伴，在草原与乡村的接合部度过童年，这位蒙古族作家习惯这样描述自己的来处。如今他供职于油田，从办公室的窗子望出去，可以看到广阔的田野和空中一闪而逝的游隼。每年他会花几个月游历北方广袤的草地和森林，在营地中优化繁育大型狼犬，并将幼犬无偿赠送给牧民。每当有小狗诞生时，他不得不将各种事务压缩在一周之内完成，全心全意照料看护。

然而，凡事总有个然而。这位固执的作家固执地选了一条不那么有吸引力，但自认是正确的道路。他用科学的求真的精神打破了许多人与野生动物共眠的梦呓，提醒人们面对自然时，最应当遵从的理想秩序绝不是和动物相互拥有，而是顺其自然，彼此尊重。他对杜撰和风情展览时刻保有警觉，试图通过具体的生活方式和具体的人，来复述一个正在消逝的荒野，向最后的古代致敬。

真的就是真的

从对峙、搏斗主题凸显人类强力，到友好、珍视与再发掘，文学作品中，人与自然、与动物之间的关系演变，透露着人们通过对象物来确认自身位置的行进轨迹。不过，当我们开始幻想与动物超乎常规地亲密相处、动物大规模地成为小说中被赞颂的主人公时，人类是否就真的做到了准确的关系把握与自我定位？

在这一点上，黑鹤的写作伦理鲜明且不容置疑。他反复在各种自述性文字中引用法国作家让·凯罗尔的话:“假如我向你说谎,那是因为我要向你证明假的就是真的。在动物小说的创作上,我无意说谎,因为真的就是真的。”黑鹤自诩是一个优秀的阅读者,几乎读遍了所有在中国出版的动物小说,以及相关的散文和观察笔记,他认为目前很多动物小说的素材基本源于固有的认识和传说,缺乏应有的理性判断和对自然环境的切身观察。对他而言,写作动物小说,科学的精神尤为重要。拥有理论基础和基本的科学依据,不背离自然界本然的生命秩序,不扭曲动物的基本属性,绕开传奇、寓言、童话、神话或探险故事,只描述自己所了解的——真正优秀的动物小说必须以细节真实为基础,“不能再误导本来自然知识就已经十分匮乏的人们了”。

关于野生动物,作者告诫我们,不要相信有人在野地里捡到奄奄一息的小狼,把它们带回家抚养长大(《狮童》),也不要相信能够从圈养的野生动物眼中看到快乐的目光(《黑焰》)。从被捕捉的一刻开始,伴随它们的就不再是自由,而是无尽的恐惧。所以,请将野生动物留在荒野中。同样的,人类的道德与情感也不应当随意附加在动物身上。让不会说话的生物使用人类的语言是童话,而戴着动物的面具探寻人性迷失则很可能沦为闹剧。人与动物相亲相爱,并非自然界最本然、最真实的存在关系,那不过是我们善意无知的想象跟自以为是。

面对那些可能与人亲近的生灵,平等这个词总是不断被提到,尊重对方的尊严,则是黑鹤对平等这一抽象概念做出的进一步阐释。比如与狗之间,尊重意味着谦逊、敬畏,也意味着各有各的骄傲和无与伦比的溺爱:被外祖母家黑色长毛牧羊犬跟在身后,曾经幼小的自尊心经历了前所未有的挑战,“那阴影巨大到让我这个人类显得如此微不足道”。和自己心爱的罗杰、阿雅在一起,它们俨然是可以抱在怀里的小小童年,是北风带不走的黄昏和冬日里最后的篝火,“它们不牧羊,而我,就是它们的羊”。

黑鹤像个动物行为学家一样,在作品里不厌其烦地为人们做着讲解,其中对科学精神的崇尚却丝毫没有妨害小说的文学性。他的每一部小说,都不是简单的画面临摹、场景描述。那个作为叙述者的“我”几乎动用了所有的器官，跟随动物一起去知觉。他们走过静静的山谷，面向地平线坐下，听风掠过金草地，观望亘古不变的落日。

黑鹤希望，他的小说不只讲述动物，表现勇敢、自由、信任和忠诚，更要构筑一个正在消逝的荒野，留住曾经辉煌于万顷草场之上的游牧文化——一个想要恢复时可供参照的标本。

“永远的消失了”，是作者反复提及的一个心理意象，与它相关联的，是满眼焦渴的枯黄，牧羊人溃散沙层般瘫下马来，牧羊犬卧在草坡顶上，再也不会奔跑回来的背影。它属于逝去的时光，只能通过回忆去复述、寻找。黑鹤竭力避开遗忘中最可怕的一种——杜撰与想象，不迷恋古老刀剑的光亮如初，而是试图恢复因岁月磨蚀沉积下来的斑驳锈迹。

通常意义上，人们更喜欢描述空间，空间让人联想到流动性，而事实上，地点才是我们身份的布料，记忆和身份都扎实地缝在上面。黑鹤回忆中的“陶杯”就有着确切的生长地点——草原。它南起与蒙古国毗邻的贝尔湖，其中蜿蜒流淌着乌尔逊河，北到大兴安岭原始森林腹地，以额尔古纳河为界与俄罗斯接壤。这片广袤的大地上，生活着蒙古族、鄂温克族、鄂伦春族、达斡尔族等少数民族。草地，仅仅是一种关乎古典和传统，简单坚忍、离天很近的生活方式。在这里，可以获得物理意义上的安静，听到万物细微的喘息声。

当“这地方上”几个字出现时，后面接续的既可能是沈从文、汪曾祺笔下施展人性、承接永恒美学思想的风俗画卷，也可能是为了特意酿造所谓的地方情调而进行的烦琐累赘的知识堆积。显然，后者愈发远离敬仰。边地题材同样面临这样的问题。对于身处不同寻常的地点、占有丰富资源的写作者来说，有太多不为人熟知的段落、细节想要倾诉，很容易跌入陈列、汇览的庸常境地中，用习俗风情附会古老民族深厚的文化传统。对于这一点，黑鹤有着清醒的认识。

乌托邦是一个关于回忆的隐喻，它的热情、依赖、爱和忠诚都依附于具体的人和他们最寻常的生活。黑鹤的小说中有着令人印象深刻的（外）祖父和（外）祖母的形象。前者是沉默不语的扎布、青格勒，他们一遍遍擦拭着镶有银饰的古老马鞍，用巨大的弯形针为牧羊犬缝合撕裂伤口。后者是乌兰托娅和芭拉杰依，用最温暖的手，在以阴燃的马粪熏制的皮袍上，为“我”留下关于草原的永恒气息。没有具体的样貌、姿态甚至性格，他们可以被想象成任意的样子。

牧民们有着独特的信仰和复杂的情感：他们愿意彻夜不眠地为抛弃小羊的母羊唱劝奶歌，也会在宰杀时默念“我生不为挨饿，你生不为受罪”；隐晦地称呼狼为野狗或天狗，憎恨它们对家畜的残害，对不再有狼嚎犬吠的夜晚，却始终难以释怀。黑鹤说，如果所有的道路都被尝试，所有的禁忌都被破坏，那么就会失去最重要的东西。人，无法割掉身后的影子一个人走。他的小说就像一曲蒙古长调，淹没了外界所有迟钝的话语和嘈杂的静默，胸怀天地，雄浑悲怆。

前不久，黑鹤获得了2013年度青年作家奖，授奖词里这样写道：“黑鹤的小说写作涉及到当下中国和世界的重大主题：人与自然的关系，同时，他还将一种边缘生存的族群经验带入到中文的表达中，并在成人世界与儿童文学之间搭建了一座沟通的桥梁。”授奖词很短，只容得下标签。但可以肯定的是，他的作品之所以能够担得起这一个以及其他的各项殊荣，毫无疑问，更是源自标签背后丰富阐释的不可通约、韵味深长。

东君小说的追求

陈　涛

追求随心所欲的状态

东君写小说，追求的是一种随心所欲的状态。

表现有二。

其一，东君的小说选材广泛，触角延伸至生活中的许多场景与角落，且各具斑斓。从他上世纪 90 年代末创作的作品开始至今，一路读来，会发现他每隔几年便做一下改变。他的写作最初带着明显的西方现代派的印记，如《鼻子考》《昆虫记》《张生是条鱼》《相忘书》等，着眼于人与人、人与社会之间的荒诞与无奈，后将自己的视野与作品背景转入乡野，创作出了《黑白业》《恍兮惚兮》《子虚先生在乌有乡》《先生与小姐》等作品，通过将人物置身乡野完成自己的写作诉求。近些年，他又将目光投放于都市，创作出了诸如《苏教授晚年谈话录》《我能和你谈谈吗？》《听洪素手弹琴》等作品。除此之外，东君还创作了一些有着武学背景的作品，如《回煞》《拳师之死》《官打捉贼》等，以及系列讲述旧时温州的历史人物的作品，如《侠隐记》《阿拙仙传》《钱云飞考》《苏薏园先生年谱》等。

其二，从写作方式来看，东君不拘一格，用自己各式想法完成小说本身多样性面貌的展示。他的作品，如《我能和你谈谈吗？》《范老师，还带我们去看火车吗？》《张生是条鱼》等小说题目都有着比较口语化又非常规性的名字；如《苏教授晚年谈话录》《钱云飞考》《苏薏园先生年谱》等作品则带有鲜明的文体特色。他曾在一次访谈中说："小说可以用到任何领域，任何领域小说的触角都能伸进去。"由此也可以见出东君对小说本身是有不同的理解的。的确，没有谁规定小说必须这样或者那样，它充满魅性，吸引着每一个写作者的冒险，东君正是如此，他在不断多样的探索中探寻我们人生与人性的存在感与可能性。

追求清与淡的境界

东君的小说，追求一种清与淡的境界。除去早期那些深受卡夫卡、加缪等人影响的作品外，东君其余的作品共有的气质是清淡。东君说他读沈从文、废名、汪曾祺的作品不多，沈从文的小说只读过一篇，所以若说受到上述作家的影响实在有些牵强，但是东君的作品又有着与他们相似的艺术特质，那就是叙述从容若水，意境高远耐品。这一份清淡更多通过文中主人公的言行举止、内心所向散发出来。

《我能和你谈谈吗？》中，苏教授面对生与死的严肃问题时从容淡定，"苏教授说，河要向东流，人要向西走，你想挽留也挽留不住"。并且提前将身后事一一料理妥当，心无挂碍；《听洪素手弹琴》中，"顾先生先教徐三白的，不是弹琴，而是斫琴。一开始，顾先生也没有正式教他斫琴的远离，只是让他每天去山里听流水潺潺的声音。徐三白枕着石头，听细水长流，不觉间又醉了。徐三白从山上下来，顾先生对他说，琴和水在本质上是一样的。一张好的琴放在那里，你感觉它是流动的。琴有九德，跟水有很大关系。你把水的道理琢磨透了，才可以斫琴"。《黑白业》中的和尚子洗耳因为一句承诺，放弃了许多机会选择回到竹清寺，并在寺中一心向佛，安静度日，甚至拒绝了一个女子的求爱；《先生与小姐》中，苏老师一方面知道自己的女儿在外面从事的是不齿的事情，另一方面也知道自己的身体支撑不了多久，他通过看云试图去保持一种安静的心态，“苏老师说，我在看天上的流云，天天看云的人，会把世上的一切看淡。”还有《拳师之死》一文，即使是每天习武的拳师，过的也是闲淡生活，“池塘里的活水，常年流转不息。一些水生植物自生自灭，只有菖蒲是拳师亲手种植的，并得到了他的精心呵护。凡是石头上生出的草，大都需要附点土，但菖蒲是例外的，它受不了一丁点污泥。拳师小心翼翼地刮掉石面的泥土，把石头沉入浅水。这菖蒲，是水与石和合而生。”若细细思索，会发现东君在作品的角落里设置了一些超拔智慧的隐士高人，如《黑白业》中洗耳经常聆听教诲的挂单和尚，《回煞》中的玄寂法师，《阿拙仙传》中的梅溪三高，以及《子虚先生在乌有乡》中沉默不言的石头陀，他们的存在即是人生清淡境界的象征。

读东君的小说，可以明显感受到其整体的叙述风格也是缓缓的、淡淡的，当下小说中常见的戏剧性的巧合、悬念、冲突均很少见到，于东君而言，其写作非在意义的探寻，或许更多在于叙述本身。他把作品本应具备的震撼力与爆发力，点点滴滴融化在这淡无声息的文字里，从而让作品具备了丰富的耐人寻味的意蕴。正如《我能和你谈谈吗？》中面对死亡的苏教授深夜起身望向窗外，“玻璃上映现出一片幽幽的灯光和一个模糊的面影。他静静地注视着，仿佛要看穿黑暗，一直看到自己的内心深处。但他看到的，只是一片荒芜”。这种意蕴的传导，借助的是他多年写诗所形成的凝练、准确的语言，是他对古典文学与佛教、道教等宗教的偏爱，或许更多源自他骨子里对生活的慢与淡之追求的天性。

追求异中见真义

东君的小说，追求的是异中见真义。

叙述的从容，节奏的慢缓，气息的冲淡，意境的高远，使得东君小说较少现实主义浓烈的烟火气，同时，这种不去刻意追求对故事的书写也在表象上减少了作品清晰的向度，可细究之下，会发现东君用心之巧妙。他把喧嚣溶解在安静之中，把浮躁隐藏在清静之后，把尘垢置放在明净之下。他虽无明说，却又可让人强烈感受到他的立场，看似一切是淡淡的、空空的，咂摸起来却又是浓浓的。

东君的作品里描写了许多个洒脱淡然的人物，可就在这些人物的身边，始终有一个或多个相反性格的人物存在。《苏静安教授晚年谈话录》中，苏静安教授严谨清廉、一心向学，而他的夫人却最终无法抗拒利诱，回到了早年被她抛弃的王致庸教授身边，只因王致庸告诉她说待他死后，家中丰裕财产尽数归她。保姆小吴先前还很尊敬苏教授，甚至有些爱慕之意，可一旦有了较好的机会，就毫不犹豫地离开亟待照顾的苏教授。《拳师之死》中身怀绝学、处处谦让的拳师，总是遇到雪满头之类人的挑衅，最终竟被自己的夫人与弟子害死，原来这二人都是处心积虑靠近拳师，从而达到复仇的目的。《黑白业》中的和尚子洗耳与方丈两人虽同为和尚，前者清心寡欲，全心修行，后者将寺庙变成了一个黑社会组织，他也是一副黑社会的面孔，贪名爱利自是少不了的。可就是这样一个人，寻到了一个女人暗恋洗耳的由头，并且不顾洗耳的苦苦哀求，狠心将洗耳赶出寺庙。东君在人与人的相处与摩擦中展示了品格高洁者的困境与难容于世。

我们还可从东君作品相似的人与事中，同中见异，并在异中见其所指。

《我能和你谈谈吗？》一文谈的是生与死的问题，苏教授濒死来到医院治疗，老甘的孙子生病住院，于是他们俩碰到了一起，并且围绕着生死开始了两人的交往。苏教授心态平和，面临死亡选择顺其自然。但故事的结局却令人诧异。濒死者终会死去，而老甘的小孙子与大儿子却也没了生的希望。小孙子因为新式药物的关系猝死，大儿子阴差阳错杀死了当年杀害自己弟弟的凶手。所以当老甘面对苏教授的坦然赴死时，说出了“你知道自己怎么死，可我不知道自己该怎么活着。一个人知道自己怎么死总比不知道自己怎么活着要强吧”这样痛彻心扉的话。从生死之间，我们既看到了向死而生的镇定，也看到了命运无常的残忍。中篇小说《钱云飞考》中，东君采用了古今人物并行叙述的方式。在这个作品中，一条线索是作为考古者的自己对钱云飞的考证，一条线索是警察朋友对潘建国死亡案的侦探。虽然一个是古人，一个是今者，我们却可以发现此二人的命运存在着相同的地方。钱云飞与潘建国的身上都充满了谜团，尤其是钱云飞，其面目不断被模糊、篡改，到了今日竟然变成了一个与真实截然相反的人，他的死亡与潘建国的死亡同样充满了各式猜测，却不知他们死亡的共同原因都在于为民请命。钱云飞为的是老百姓所祭拜庙里的金佛头，它被山贼偷去孝敬了官老爷，钱云飞在索取金佛头的过程中死于非命。潘建国则是代表村民与造船厂打官司，不仅钱花光，还把命丢掉。最终潘建国死在钱云飞的墓前，两个来自不同时空又有着相同命运的人聚合在了一起。这种呼应之下，我们看到的是持正义有担当的个体的可悲与可叹，其暗藏的批判也就不言自明。

东君还善于将人物置身于祥和与恶劣的环境之中达到自己的叙事目的。

《听洪素手弹琴》是一篇优秀的短篇小说，东君凭借它获得了第二届“郁达夫小说奖”。洪素手是一个天生的琴师，于她而言，弹琴更像是一种自我的表达。只是可怜如此优秀的一个琴师，也是处处受限，还不得不为自己不愿意为之演奏的人弹奏，在商业环境下无处躲藏，最终远走他乡。艺术丧失了独立性，成了财贵玩乐的对象。如同东君自己所言，“在这篇小说中，洪素手只是一个符号，她可以是一个琴人，也可以是一个作家、书法家，也可以是诗人、画家，在这个时代他们要坚持一些东西已经很困难了。”《子虚先生在乌有乡》的题目就带着象征的意味。一个成功的商人姚碧轩心累了，回归家乡养老，并且要在家乡盖一座寺庙寻求精神慰藉。可在这个过程中，一切都慢慢失去初心，又变成了自己开发房产的模式上去了。姚碧轩因为对都市的厌倦归隐山林，却又将山林变成了同样喧嚣的浮世。我们看到了人生的悖论与人性的贪婪。东君也正是通过这几种方式，让人与事在博弈与映照下，自然地传递出他的取与舍，赞与唾。

东君的作品中还有他鲜明的善与恶、罪与罚的态度，《先生与小姐》中“我”在父亲去世后毫无目的的旅途里，终于敞开心扉，承认自己多年前撞飞一个小女孩的罪孽；《拳师之死》里的徒弟在害死师傅后拔出人形的植物预示着自己最终会受到惩罚；《恍兮惚兮》里的左派在欺骗诸多妇女后，终无法逃脱命运的惩处。

最后，通过阅读东君的作品，有两点让我颇有感触。我一向认为，作家应该是一名杂家，应该广泛涉猎各门学科的知识，懂文学，更要懂社会学、史学、哲学，乃至植物学等等。作家这个称谓如同旧时对文人的称谓一样，《毛传》云，“文人，文德之人也。”为文人者，独立之人格、丰富之精神、高蹈之举止，以及浑身散出的雅味与雅趣，总归是不可缺少的吧。以此观点看当世之文人，的确是少了许多。而东君是一名杂家，从趣味上来讲，孟繁华说他：“对明清白话小说甚至元杂剧的神韵和中国古代文人趣味都深感兴趣甚至迷恋，对文人生活、边缘性、自足性或对中国古代美学中文人‘清’的自我要求等都熟悉或认同。古代文人阶层是一个非常特殊的阶层，他们迷恋琴棋书画，纵酒好色，在边缘处清谈，视功名如浮云等。艺术趣味对颓废、伤别、风花雪月等情有独钟。同时处世清高，同功名利禄绝对划清界限。东君对古代文人的这些内心要求和表现形式了如指掌。”而多年从事地方史志研究的经历，又让他具备了丰厚的知识储备，用时信手拈来，引人入胜。其次，东君的身上有着当下可贵的品质，那就是对待写作所体现出来的耐性。东君的作品文学性很强，需要慢慢品读，甚至有一些吃力，一目十行的阅读方式在他的作品上行不通，不过随之而来的是不断生发出来的阅读快感，譬如知识性的，感悟与顿悟性的，不确定性的等等。由此也可见东君对他的作品所付出的心血定是不少。对一个作家而言，读者若能一气读完其作品固然可喜，但慢慢体味细读，如面对美食小心翼翼入口般，或许更得作家认可。

东君是一个不像小说家的小说家，在面对当下扑面而来的那么多男女之事、家庭琐事，以及所谓的底层叙事之后，回过头来读一读东君的小说，感知生活的舒缓与淡然，并从世俗缠绕的浮躁现实中适当跳脱，也不失为一件快乐的事情。

胡学文：寻找对抗现实的力量

杪　椤

这不是一篇探讨破坏性的文章，而是试图分析小说家胡学文怎样在他的作品中建构起一个关于现实与命运的新世界——他的中篇小说《从正午开始的黄昏》获第六届鲁迅文学奖，似乎更加说明这种分析是必要的。很多评论文章已经指出了作为现实和底层发现者的胡学文，如何利用故事和故事中的人物对我们生活的世界给予道德以及审美意义上的观照。但我还是要说，作为一位优秀的小说家，有意识地摆脱经验对创作的束缚，体现的是对客观的超越——文学不是客观的艺术，乃是创作者的主观意识形态。我们的小说追求一种永恒的故事样式，即在一个有限的时间和视域框架内完成人物与其行为的对应性讲述。这种讲述不是作家独有的功底，而是人类与生俱来的说事与说理的能力。尽管我们反对观念的说教，但只有在事与理的讲述中因循着自我的观念，小说才得以从故事中脱颖而出。胡学文的观念是什么？阅读之前都没有真相，正是那些小说和其中的人物，在一次次命运与生活的博弈中耦合为新的伦理关系，完满托举出作者关于人生、命运与现实的理解。

风骨的力量——对抗性与人物命运

对抗性是胡学文的写作中不曾犹疑的观念基调。中国经验或中国故事，这类概念事实上始终在写作实践中被不动声色地阐释，关于它们的书写在某种程度上就是我们当下文学现场的全部，因为作家的写作就是他的此在生活。作家与作家之间的不同，是主观意识的不同，而不是客观经验的不同。而这种主观，有时是顺时的，有时又是逆时的，一个好的作家或一部好的文学作品，常常是后者，就如鲁迅说："若文艺设法俯就，就很容易流为迎合大众，媚悦大众。迎合和媚悦，是不会于大众有益的。"胡学文的小说善于从当下社会关注的事件切入，一番抽丝剥茧之后，都将转向与表象相悖的隐秘书写。他的作品不是使人在这个时代中走得更快，而是对读者起到慢下来的警告。《命案高悬》《风止步》《秋风杀》《奔跑的月光》等作品的背景正是当下民间政治、经济、法律和伦理的失范，这些作品也体现着作者一贯的写作倾向。但是，胡学文的叙事追求并不止于描写当下生活复杂无序的现状，而在于对现实的怀疑、质问与诘难。所以，我们就看到这样一些人、一些事：《命案高悬》中吴响所期待的真相或许本就不存在，但他陷入尹小梅之死的"罗生门"中，始终怀疑这一切；《秋风杀》中唐喜面对非法吸储放贷链条的断裂，他想报复乔大风，怀揣刀子找乔大风拼命，但却遇到了乔大风喝农药自杀，他的行为无法继续，反而救起了乔。从此唐喜、乔大风和唐喜的储户彼此之间互相怀疑，仇恨在怀疑中慢慢变成了复杂的关系；《〈宋庄史〉拾遗》中老条曾经教会很多人行骗，但"父亲"却无法适应这种卑劣的生计，反使自己遭人算计；《风止步》直接用文学手法关注当下留守女童被侵害的事件，王美花的孙女被马秃子性侵，她担心孩子的未来选择忍让，但这却让马秃子得寸进尺。经历过女友遭性侵报案后自杀的吴丁建立了一个正义的群体，力主王美花报案，两种思维方式在公序与恶俗之间发生对抗。如此等等，我们在胡学文的作品中得见逆时而动的攻与守，未见顺从与媾和的苟且，这是文学之中难得的风骨。

胡学文的写作始终在寻找那些与时势、与现实发展方向不同的力量，这些力量最终使人物的生活和命运迎来新的样态。《隐匿者》讲述一个"被死亡"者如何找回自我的故事，主人公范秋在一场车祸中"被死亡"，妻子白荷获得巨额赔偿。但范秋始终不能认同没有身份、隐姓埋名、不敢出头露面的生活，知晓秘密的赵青屡次找上门来借钱，惧于后果的可怕性，范秋和妻子选择了在隐忍中煎熬。当赵青试图侵犯白荷时，范秋忍无可忍，以痛殴赵青的方式唤醒自我的灵魂。从此局面发生翻转，面对范秋一次次要求自己去举报的威胁，赵青只得将借款一笔笔还清。范秋试图弄清那个替死者的身份，却永远没有真相。小说意在说明，逼仄而凶险的现实让人失去自我，只有不苟安才能改变命运，设若范秋被赔偿款所困，他终将认同他的"被死亡"身份，真实的范秋必将消失。尽管范秋的调查无法揭开众多失踪者的谜团，但现实正是在这样的坚守下才会获得进步的可能性。作者在另一篇小说《奔跑的月光》中，则述说了一个善良的人如何被现实无情地捉弄，褒扬主人公与残酷的现实之间形成的尖锐对立局面。宋河托镇上的吴老三给犯罪的儿子办减刑但没有成功，他一次次想向吴老三讨回送礼的钱，也同样不能成功。冰天雪地的街头，他给一个傻子买了食物，傻子却尾随他回家，从此再也不肯离开。宋河想为傻子寻亲，但接踵而至的却是骗子们的脚步。没有人相信宋河与傻子毫无瓜葛，也没有人相信他送走傻子没有得到钱财，一个救人的人在荒唐的现实中变成了一个被怀疑的人贩子，作者用这样的命运转折诉说现实的无情，也为宋河的行为寻找合法性。我们固然在故事的背后看到诸如司法不公、弱者被欺这样的社会问题，但导致宋河夫妻噩梦不断的不是傻子存在的本身，而是弥漫在人际间的不信任——小说传达的依然是作者的观念，而不是故事。

风格的策略——失败者与自觉意识

不难发现，上述写法已然成为胡学文作品重要的风格特征，我还可以从他的作品中找到更多例证。《从正午开始的黄昏》是一篇更讲究技巧的作品，叙事时间的交错性和场景的频繁转换让作品有着令人思索的深度空间。乔丁偶遇一个喜欢凤凰图案且盗亦有道的"女贼"，她进而成为了乔心灵和"技术"上的导师，乔丁始终想让她放弃她的“爱好”，在这种规劝与服从的矛盾中，他们渐渐变得密不可分。乔丁有一个近乎美满的家庭，但他夜入高楼时却发现了岳父、岳母各自的秘密，彼时他们成为各自握有对方秘密的人，心照不宣的压力猝然而至。“女贼”答应最后一次攀爬高楼，但却失足陨落，乔丁为未能陪她而悔恨不已，顺着一张证件，他发现了她的秘密身世。作者的高明之处在于让不可能的事情变得可能，一个美满家庭里的成员，各自有着不为人知的一面，显然作者并非属意于表面和风细雨的日常性，而是引入“女贼”这样一个人物让乔丁感觉到了日常的可憎，做一个世俗好人的理想渐渐让位于对秘密的探究，并在知晓“女贼”身世的那一刻改变了自己的生活轨迹。外人只以为他喜欢孤儿院的那些孩子，谁又能想到他在用独特的方式做着替人赎罪的心灵凭吊？小说因为情节繁复而让人物的出现充满仪式感，耐人寻味。《米高和张吾同》基于一个令人啼笑皆非的故事，让我再一次看到作者凭借穿透现实的巨大力量，在荒谬之中引爆与现实对抗的“炸点”。米高在酒桌上畅谈理想的游戏中说出了从公共厕所墙壁上看到的一句话：“我想审判张吾同”，接下来他的生活完全因这句话而改变：大家都来打听张吾同是谁，定是有深仇大恨才要审判他，任他百般解释却无人肯信，包括与他关系最好的老夏；众人的怀疑也将他的妻子卷进来，老夏甚至告知米高的妻子，说米高在调查她与张吾同的暧昧关系；米高和妻子之间的感觉也在发生变化，彼此的任何行为都变得可疑起来。荒诞的现实犹如一团无法解开的乱麻，米高无计可施，只得在厕所的墙壁上大书一行以泄愤恨的话。故事结束了，但小说的余韵不断：此地的蝴蝶扇了一下翅膀，却在他处引起了一场巨大风暴，科学上的复杂性原理在现实生活中也被验证。

我还记得卡尔维诺《通向蜘蛛巢的小径》里的皮恩，他的理想始终不能实现，他为在杂乱的游击队伍中无法掌控自己的命运而懊恼。胡学文也在作品中告诫我们，人无法按照自己的意志让时间停顿，所以那些足以改变命运的巨大力量也会让生活变得失去控制，或许这也是生活充满无限可能性的根源。我在胡学文的作品中，看到了这种力量与生活毫不妥协的对抗，以及为了寻找这种力量而采取的孤注一掷的叙事策略。我们在他的大多数小说中看不到故事顺理成章结束，他摆在我们面前的，是一局局不可能下完的棋，就像核聚变中绵延而起的链式反应，人与现实的关系毫无休止地裂变下去。或者说，他的叙事在一开始就不曾想过结束，没有给矛盾双方留下和解的可能性，略带刁钻的沉稳言说直接将人物逼向无路可退的墙角，唯一的结局就是“大爆炸”然后获得再生。《落地无声》使用当下热门的男女关系故事作为架构，但其要旨却完全不是道德审判，也不是对所谓人生复杂性的狡辩，而是生活和命运可能性的缜密推演。朱燕在医院里以跳楼相威胁，让乔先必须找来那个“她”，童小蕾不幸“躺枪”，她怀揣报恩的心情前来解围。很不幸，朱燕的偏执和多疑一步步把童小蕾拖进烦恼的深渊，而乔先的表现也令她大失所望。在某种程度上，朱燕之于乔先和乔先之于童小蕾是何等的相似。这样的小说一开始就不容易有好的结局，作者就一路让他们在人与现实的错位中走下去，直到毁灭。《命案高悬》中的吴响也遭遇这样的矛盾，吴响本来品行不端，但尹小梅之死让他背上了悔恨的包袱，他自觉在这起命案中负有责任，徐娥子毫无来由的一句话激起他的好奇心，他想弄清真相。当事人乡长毛文明、卫生院长独眼周，甚至尹小梅的丈夫黄宝、公爹黄老大都对他的行为充满疑惑。彼此都在怀疑对方的行为，吴响无法说服自己让已经开始的调查停顿下来，但是真相又在哪里？吴响的努力必将毫无结果，真相之后并无真相，作者就这样在文中为吴响和黄宝摆出一种不能挽回的深深无奈。《米高与张吾同》中被一句戏言搞乱的生活无法平复，而《秋风杀》中的唐喜与乔大风、《隐匿者》中的范秋与替死者也都陷入了无法解决的疑难中，他们的命运和生活已完全失控。胡学文的现实主义书写直击当下生活中无可弥补的缺憾，他跳出现实常识性规约，以人性、人生和命运为代价展开对现实的追索，这样的叙事是深刻而沉重的，甚至是残忍的。

到此时我已经明白，生活和命运被改变的巨大力量，来自于人物被作者赋予的强烈的自我意识。尽管他们以“失败者”的形象出现，但作者的叙事指向在于他们面对生活时的不苟同，而非客观势力裹胁下的随波逐流。这种主观对客观的对抗，使人物产生深刻的身份认同焦虑，从而促成了人物的角色转变，其中尤以乔丁（《从正午开始的黄昏》）、范秋（《隐匿者》）和朱燕（《落地无声》）最为典型。乔丁和朱燕都以自主的姿态在生活中分裂为自己的另一面，而范秋则是被动地成为一个失去身份的人，但又能主动地寻找自我。连同此三者，胡学文笔下的人物可以试分为这样几组类型化、符号性的角色：一类是失去了身份但又试图坚持自我的人，如《〈宋庄史〉拾遗》中的父亲，甚至《命案高悬》中的吴响也是这类人；一类是试图寻找真相但又无法抵达的人，《秋风杀》中的唐喜，《奔跑的月光》中的宋河，《从正午开始的黄昏》中的乔丁，以及《隐匿者》中的范秋；另一类则是试图摆脱现实囚禁但始终无法获得自由的人，乔大风被唐喜软禁在家里，而唐喜却分明感到自己是被乔大风囚禁得不得动弹；米高受困于自己的一句戏言，乔丁被缚于自己分裂的意志，而童小蕾则深陷于朱燕的不正常心理。无论哪一类，他们都在理想与现实的博弈中戴着镣铐跳舞，或许他们的命运是失败的，但强烈的与现实的对抗性让他们在叙事逻辑中获得了成功。阿尔贝·加缪说过，真正的艺术家什么都不蔑视，他们迫使自己去理解，而不是去评判。胡学文从未对其中任何一类人物进行是非判断，但是这些人物合在一起，则让我看到了他的鲜明主张。

朱文颖和她的南方精神传奇

郭　艳

朱文颖从《高跟鞋》《水姻缘》《戴女士与蓝》一路走来，《莉莉姨妈的细小南方》无疑是她创作中最为重要的长篇，爱者大爱，不喜者则相当不喜欢。无疑这是一部被忽视和被低估的作品，又恰恰是她到目前为止投入最多精神映射和反思追问的小说。这部长篇带着上世纪70年代作家浓厚的古典——现代的乡愁体验，叙述着属于独异个人的精神传奇。她的小说叙事在个人化情境中铺排开的是对于一个时代惊鸿一瞥式的打量，人物行走在都市亦徜徉在旗袍高跟鞋的韵致中。在对于物质器具生存景观的摹写中，试图触摸的是细小历史情境中坚韧的精神性力量，并由此体现出了苏州街巷绵软中的坚硬与执著，由此也突显了朱文颖对于中国当下文学的价值与意义。

《莉莉姨妈的细小南方》镜像纷呈，南方女性深入骨髓的某种根性在莉莉姨妈那里被揭示被袒露被呈现，这是一种同情理解中的叙事。无数的莉莉们徘徊在往昔的雨巷中，撑着的那把油纸伞渐变成为太阳镜、防晒霜、遮阳帽抑或防辐射太阳伞，然而不变的是对于烟雨江南和女性自我意识的深深沉溺。在这个文本中，男性以出走来对抗绝望与虚无，女性则以更为坚韧的内心挣扎来消磨时光。我家族的女人深藏在心里的粗鲁，外婆脖颈上绳子的勒印，强忍悲伤的脸，童莉莉肾病中悄然绽放的青春与记忆，一次次离婚与复婚，乐此不疲的对于美的饕餮和追逐……这些都是在无法把握男性和男性所建构的所谓历史时，女性所采取的姿态和方式。因此，当我们回望一个时代的时候，当现代革命中宏大的理想主义日渐成为过眼烟云的时候，我们的内心会悄然而问：属于我的记忆与历史何在？小说恰恰表达了上世纪 70 年代生人无法参与宏大历史叙事的内心独白，以及面对历史情境宽容而体谅的姿态。

被惊吓者的记忆碎片与历史真实

小说从最日常的世情叙事开始。在母腹中受到惊吓的外公终于出生了，文本从这里开始了关于莉莉姨妈的叙述。这是一个受到惊吓的个人的生活史，同时又是一部南方古旧家族被中国现当代一系列宏大历史所惊吓的人物命运史。在面对强悍粗暴的历史境遇时，阴郁的柔弱的孤独的避世的甚至于无能的人物保留了某种对于生活的诗意理解，却只能在南方的阴郁连绵中苟活与偏安。然而，恰恰在这样阴郁忧伤的情境中，小说写出了被历史所惊吓的一系列人物真正的命运感与历史感。沉默的孤独的个体在被主流历史疏离后的决绝与抗争，无论是以怎样的一种方式，只要是逃离了（或者是拒绝）主流意识形态强大的群体性意识，个体有可能主动或被动地保有一份对于时代独具面目的真切体验。在这里，站立在苏州街巷中的似乎是一个个平庸者，小说讲述的是他们暗淡无光甚至无聊的人生图景，然而，深植于这些镜像中的，是历史无法掩盖的记忆碎片，以及碎片中被打捞的真实。在对莉莉姨妈家族的南方叙事中，小说完成了对于历史叙述多面性的执著探求。

深植于日常的精神性传奇

童莉莉眼中和日常疏离与历史悖谬的父亲童有源，无疑是时代的另一面镜子。在父亲这面镜子的折射下，童莉莉的肾病、忧郁、消极甚至于某种小资情调都有了合理的来源与解释。小说塑造了一个站在时代路口沉默观望的年轻人，她不具有《长恨歌》中蓄意的对于当代主流生活的颠覆，而是在首肯现实存在合理性的语调中，悠长而缓慢地呈现出一代人对于历史与现实的欲说还休的纷繁意绪。正如莉莉姨妈是“一个把革命与浪漫联系在一起的理想主义者。她向往北京，那个火红的，纯净的、轰轰烈烈的地方。然而，她又是这样的一个理想主义者：她喜欢在蓝天下看鲜红的国旗迎风飘扬，却也喜欢在月圆之夜的梅树底下听父亲童有源吹箫”。童莉莉们因为血缘、身份、性情甚至于南方地域一贯的气质，她像父亲童有源一样无法参与主流历史中和理想主义有关的日常事件。作为内心充满现实生存欲望和精神爆发力的女性（可能这种欲望因其细小常常被宏大历史所忽略、质疑甚至于摒弃），她们在日常性中坚守着属于自身的纯粹性和不可言喻的自我性，并以此来对抗无法进入历史叙事的尴尬与失落。正如小说所说：“莉莉姨妈吃西餐时，她的背挺得那么直，她的脖子仍然有着天鹅般美丽的弧度。她面带微笑细声细气地和服务生说着话……美食、鲜衣、流淌的音乐、人世间种种看得见摸得着的快乐……我们这两个虚荣的、会娇声发嗲的南方女人……其实我那小资产阶级的漂亮母亲也是这样的，其实我那郁郁寡欢强忍悲伤的外婆也是这样的，其实这个家族的女人骨子里全都是如此，无一例外，只不过莉莉姨妈更为顽固无耻一些罢了。”

从日常性出发对于精致生活骨子里的沉溺，滋养着莉莉姨妈们无尽延展的内心与外表。面对一个粗糙的躁动的骤变的时代，保有对于有品质生活的昂扬激情甚至于成为了莉莉姨妈们的某种宗教。童莉莉和潘小倩兄妹的情谊，月夜、留声机、书场、养着花花草草的院落与洋楼，甚至于潘小倩和潘菊民突兀地塞给童莉莉的新衣服和一叠厚厚的钱……这些透过小说情节的穿插与推进，默默地叙述着有悖于时代主流的日常性生活之流。在被历史所惊吓的童、潘两个家族中，童有源和潘菊民以出走的方式逃离了现实的精神苦难，而童莉莉和潘小倩，则选择了坚守。在等待的过程中，人们以日常性的方式来逃离历史境遇的逼压，由此，僵硬的单薄的生命才得以复苏和醒转，一次次地带着不可言传的负气与娇憨，一头雾水又一路亢奋地建构着女性自身细小历史的精神传奇。

生命的解压与精神道场

无论在大小时代中，保有内心依然是女性不二的生存法则，即是所谓的柔弱胜刚强。面对家庭和子女的时候，来自于母性的建构性力量，让女性无法在生活现实面前义无反顾地出走或逃离。于是在守望的层面上，她们添加丝缕女人细小而坚韧的情趣、意味甚至于巧智乖张与反复无常。这种对于生命的解压和释放，因其细小又无章法，往往为经天纬地的男人们讪笑，但是女人们就是在这样的螺蛳壳里做着道场，这种道场所系的是人伦日用的温暖、情趣与快乐。每一个日常的惊喜、温润与趣味实际上连接着一个家庭几十年的兴味盎然。反之，每一个充斥呆板、冷漠与无趣的日子，同样导向没有任何审美意义可言的糟糕人生。女性内心之丰美与否，在相当程度上决定了一地域一时代家庭生存场景的模式。因此，在这样的打量中，莉莉姨妈们内心执著的闹腾，对精致生活形式主义的偏执就带着几分精神传奇的性质。小说通过莉莉姨妈的细小传奇为女性内心执著的精神力量构建了属于日常又超出于日常经验的叙事，让莉莉姨妈们的精神谱系在当代文学中占有了一席之地。

在无数的汉语小说文本中，男人用风花雪月、颓废浪荡来确证生命的存在和所谓精神自我的存在，相比较而言，莉莉姨妈们深入日常性的精神确证，以及跳跃在生存中鲜活强悍的生命力，这些更体现了女性面对生存本身坦然而坚定的姿态。尽管这种姿态更为个人化，却带着对于日常人伦丰厚的精神性体验，活跃在历史与当下的时空中。在面对历史强悍性力量的时候，莉莉姨妈精神性谱系所呈现出的真挚与温暖，是细小的，但却是深入女性生命道场的一缕温润的光，并因此弥足珍贵地建构着属于女性自身的精神空间。小说让南方在更具女性意义的历史想象中，走出了螺蛳壳道场的狭隘，充溢着独具朱文颖面目的精神气质与力量。

历史场域的游离心态与文学性抗争

当下主流叙事在不断地确证当代历史的种种重大历史事件的时候，又以各种不同的宏大想象来重构历史场景和历史人物，让历史与真实在众多的影像与文字中扑朔迷离。而朱文颖的这部小说却钟情于写男人们对当下的出走与逃离，这种对于历史场域的游离实际上表达了多重的意义：家庭内部无法“言说”的沉默，夫妻、父女之间无法真正交谈——无法抵达彼此的心灵，潘先生夫妇和子女之间基于时代与文化的“隔”，潘菊民和童莉莉之间错误的“对峙”，吴光荣和童莉莉之间戏剧性的“缘”与“怨”……我们都生活在传统之中，同时也深植于当下的价值体系，当个人和主流意识形态构成某种疏离乃至游离的生活姿态，那么其被边缘和被遮蔽的命运就无可避免。与历史场域的游离有时是主动的，更多可能是被动的，尤其是对于中国当代不断的历史动荡和政治运动来说，个人往往无法选择未来的生活。在被抛入大时代的生存当中，多数个体最清晰的感受恐怕还在于时代裹挟前行中的疏离感，但是却很少有人真正去写与主流宏大历史游离的个体以及他们的精神与情感挣扎。

《莉莉姨妈的细小南方》恰恰在这一点上始终保持着活跃的思考空间和饱满的情感力度。潘菊民的逃离在相当程度上展示了当代人物谱系中稀缺的人物形象，表达了非主流人物对于历史的独白与倾诉。我们在相当多的小说文本中会发现类似于童有源的人物，但是这样的人物会被划分为社会学意义上的各种类型：破落的遗老遗少，软弱的旧式青年，平庸的无能者……这些标签中的当代男性被无数英雄叙事和底层苦难叙事所遮蔽，这样的人物所呈现的历史感被强大的意识形态所遮蔽，同样也被解构意识形态的文本叙事所忽略。因此，童有源在《莉莉姨妈的细小南方》中的出现便具有某种形而上的价值与意义，朱文颖通过对童有源略显虚化的处理与叙述，呈现了一个旧时代人物在当代生活中的虚妄与抗争。一系列的出走、不谙世事、甚至于不负责任，对于生存现实来说是多么不合时宜，但是对于文学来说又是多么具有文学性，且在一定程度上表达了对于现实壁垒的文学性抗争。童有源没有能力成为中国式的多余人，但是却以自己独特的方式告别时代昂扬亢奋的合唱。

在《莉莉姨妈的细小南方》中面对祖父辈的历史，我无疑带上了鲜明的“70后”一代人的怀疑色彩。《长恨歌》中王琦瑶的个人历史依然是建立在对于主流历史的建构或解构姿态上，而在这篇小说中，无论是过去、未来和当下都无法给出一个明确的对于生存的解释，而正是在这种姿态的写作中，凸现出了一代人的自我建构意识：在不断地回望、凝视、质疑甚至忧伤与反讽夹杂的情绪中，以怀疑论者的精神来建构生存的合理性。似乎未老先衰，却又充满着对于历史与当下的无限关注与执著。这种身在历史场域内的游离性观照，让一代人有了某种对于现代与传统两端的同情性理解，因此奠定了对于祖、父辈遥望之中的同情与理解，让乡愁与诗意始终萦绕着南方家族的落魄历史。在反思主流历史的粗糙凌厉与炫目迷人的同时，带着无限的沉迷和探究，去叙述时代场域对于自己深深的刺激与伤痛。如果说所谓的社会学意义的文学解读曾经占据着中国主流文坛，那么，从这一代写作者开始，不是被社会先行设置了面对生存场域的姿态，而是写作者主动建构自我与社会的某种文学文化环境与场域。从某种程度上说，怀疑主义的思维方式让文学真正和自我的生命意志发生血脉联系。相对于弑父或者说无父的写作姿态，这一代人对于历史与当下的认知姿态，无疑映射了上世纪70年代一代人自我建构的真诚努力以及这一过程中痛苦的挣扎。

小说通过莉莉们内心无尽的坚韧最终抵达女性精神道场的温润与安然，对于逃离现实与历史的男性投去无限同情的一瞥，打捞被遗忘被遮蔽的历史与记忆的碎片，并以此来弥补宏大历史叙事所缺失的柔软声部，赋予这些人物真正的文学性。朱文颖从这篇小说再次出发，以中国南方及其女性的丰沛精神传奇给了当下文学一次惊艳。从生活现场中转过身段，从美女写作中抽身而出，进入对于历史现场和当下生存的精神叙事。她的莉莉们穿越了旗袍高跟鞋的女性符号标签，走入扑朔迷离的历史情境与记忆碎片中，在女性精神空间细小精致又抑郁狂躁的诗意中，走向精神传奇的开阔坚韧与明朗。于此同时，朱文颖最终将自己在文学史写作中和他人区分开来，真正成就了朱文颖和她的南方叙事。

近日在读《亚洲腹地旅行》，斯文·赫定笔下的亚洲腹地探险无疑就是他个人的精神传奇，即便在面临死亡威胁的时候，他依然会认为：“上路探险征服未知领域，和不可穿越的险地博弈，这一切都散发着不可抵抗的魅力，让我深深为之着迷。”在斯文·赫定充盈着19世纪末理性主义和科学精神的笔触中，我似乎又回到了少女时代阅读《哥白尼传》《赫胥黎传》的时光。深夜的寂静中，庸常烦闷的日常和考试在科学理性之光中离我远去，暗夜的宇宙苍穹却近在心智与灵魂的咫尺之间。所谓的理想主义可能就是在那样的情境中生根，且被几十年的庸常冲洗打磨而无法彻底根除。由此当我看朱文颖的《莉莉姨妈的细小南方》，没有读出人物心头的怪兽抑或是零余者的无法安适，而是读出了地域性知识所能够孕育出的一种精神传奇。朱文颖的叙事无疑是对于苏童糜烂庭院的一种反拨，也是对于王安忆上海南方的一种有益补充。朱文颖表达的是一种更为宽容的对于历史与当下的提问方式，且带着某种超越经验主义感知的敏锐和执著。与此同时，在一种地域文化内部反观与自省又是危险的，必然会带着某种不自知的文学偏好，由此，小说依然会被界定在阴郁南方的无力审美中，无法抵达更为强悍的精神场域。斯文·赫定在亚洲腹地的所有探险都有着“瑞典”的巨大意象和隐喻，又始终带着横贯欧亚大陆的豪迈不羁。朱文颖的南方在很大程度上丰富和充盈了江浙文化地域中的审美意蕴和精神情感多义性，更加期待她能够有着更多可以互为镜像的文化隐喻和象征，从而使自己的写作更加接近于对“沙之书”的追求。

贺捷生：红色故事的最佳讲述者

朱向前

合上贺捷生的散文集《父亲的雪山母亲的草地》之后，我写下了如下一段读后感——

在这个世界上，还没有谁像她那样，一出生就在襁褓中跟随父亲母亲经历了著名的二万五千里长征，整日整夜地枕着马蹄声入眠，伴着马蹄声醒来……在“苍山如海，残阳如血”的凄美画面里，在“马蹄声碎，喇叭声咽”的凝重旋律中，她踩着人民军队前进的鼓点和中国革命发展的脉动，走过了将近80年的风风雨雨。她是元帅的女儿，也是军队的女儿，她的精神血脉里，流淌着红色基因的血液。过了古稀之年，她拿起笔来，沉静地略带忧伤而又不失坚定和顽强地追溯和诉说真实而严峻的苦难辉煌，用深邃的情感、优美的笔调和崇高的信念，点亮了她悠长而曲折的生命轨迹，成就了这部世所罕见的元帅和女儿的生命之书和心灵史诗——这就是贺捷生将军和她的《父亲的雪山母亲的草地》。

这是我个人的感受，恐怕也能代表部分读者的感受。

本书共分四卷，第一卷“苍茫”从作者返乡寻根开始写起，父亲的忠诚、革命的艰难、鸿蒙的记忆、历史的陈迹纷至沓来，却都似莽原河谷般环绕着父亲的雪山；第二卷“血亲”从外公的故事写起，遥远的石桥、辽阔的围场、激情的年代、温暖的亲情前后交织，却都如牧歌长风般眷恋着母亲的草地；第三卷怀想前辈友人；第四卷写童年生活，看似逸出书题，但细观之下便可发现，它们其实都是在写父亲母亲的故事:第三卷“怀想”中的“父亲”扩展为“父辈”,如作者所言,“虽然我和他们没有传统意义上的血缘关系,可我精神血脉中的血,每一滴,都是从他们身上汩汩流过来的。他们不仅把我当成贺龙的女儿,也当成自己的女儿,军队的女儿。”第四卷“童眸”中“母亲”由血亲扩展为对博大母爱的无限向往和由衷赞颂。心怀“信仰的力量”,作者“追溯着,倾诉着,快乐着”,全书形散而神不散,达到了散文艺术的佳境。

文以载道,是中华文化的优秀传统。道之为用,不仅是信息的传达和理念的表述,更是心灵的律动和情怀的升华。文学的功用,大抵以引发情感的共鸣为先,一行行记录着万千世态的文字,向读者传达着穿越时空后依然令人感动和振奋的精神力量。《父亲的雪山母亲的草地》正是这样一部作品,作者用切身的历史体验传承着生生不息的红色精神基因,用一己跌宕峥嵘的心路历程,为我们揭开了红色历史中壮美动人的篇章。

一部中国新民主主义革命史,写满了先辈志士舍身报国、慷慨赴难的感人故事,在通往革命胜利的道路上,长征无疑是最为惊心动魄而又最具代表性的历史事件。经过二万五千里的征程,红军将士的身体和意志经受了极限的考验,一支军队的灵魂得到了洗礼与升华。正是伴着长征途中那一串串马蹄声,作者开始了自己对世界苍茫的认知。身为开国元戎之后,历史的风云际会、时代的流转变迁、人世的曲折坎坷、一己的喜怒悲忧,全都在不期而遇却又切近真实的情感细节里汇入作者的生活。从南北辗转的童年经历、父女相守的欢快记忆到飘零求索的现实境遇、血缘寻根的心灵苦旅,作者始终对美好的明天抱有坚定的信仰,这信仰的力量在时间的顽石上镌刻出无畏的希望,证明着红色历史所蕴含的巨大精神能量。在芭茅溪,作者从父辈的故事里发现了自我的底色,“或许是在战争年代的苦难中长大,父亲虽然没有传给我像他那样高大的身躯,却传给了我坚强不屈的性格,认准的事情谁也不能阻拦”;在英雄辈出的故乡热土上,作者用心收集着与父辈有关的一切,这其中有寻常巷陌的传奇故事,有写入史料的官方记载,甚而家乡那泥土的气息、草木的颜色,都被作者的笔触赋予了精神的力量,如“生命力旺盛、粗壮的叶子上长满芒刺”的茅草，“默默地在飞雪和寒风中坚守着自己的信念，仿佛要把干枯但却不肯弯曲的叶子扎到天上去，深深地刺进人们的记忆中去……”现实和回忆相互交叠，作者时而是在回顾，时而又是在召唤，她是要唤起人们对那段红色历史的向往，进而从中挖掘出适用于当下的精神价值。诚如作者所言，“后人不忘前人之师，在喧嚣的一切以商品衡量价值的今天，我们太需要革命先辈身上那种爱国主义和革命英雄主义精神了。而记住历史，记住书写历史的人，我们这个民族和国家，才有可能保持永远创造历史的活力。”而关于红色历史的永恒故事和不朽传奇，也必将在中华民族伟大复兴的道路上不断激励我们的精神和意志。

再说艺术价值。可以说，贺捷生将军是在年逾花甲之后，才开始了她的文学长征。潜深流静，百川归海，终于攀上了她个人文学生涯的顶峰。此时的她历经沧桑却初心不改，比之过去，更理性、更平静、更用心、更用情，也更投入，因而也更优雅、更优美，更回归了文学。常言道，散文之为体，须情真而辞达，形散而神聚。因为是叙写自己的身世生活，同时又是沉浸在“红色意境”之中，传承一个民族和时代的记忆，作者从下笔的那一刻起，便将浓浓的真情注入了文字之中。在长征的路上，散落的马蹄、如血的残阳，都在真情的回响中成为最美的声音；在不能遗忘的小镇里，作者在真情的呼唤下完成了身份的认同，“我是当年那支军队的女儿。我日夜想着回到你们中间”；无论是对父亲的追思、对母亲的怀念，还是对先辈的感恩、对友人的怜惜，都饱含着作者虔诚而真挚的感情。整部作品的文字又是如此温婉纯美，写景色如在眼前，寄情思感同身受，一切出乎自然，超脱绚烂而归于平淡。如《木黄，木黄，木色仓黄》一文中的这一段：“那时候战斗频繁，居无定所，父亲为了养精蓄锐，养成了在扁担上睡觉的习惯。他在两条凳子上放一根扁担，又在手指上绑一根点燃的香，躺下就能睡过去。当那根香烧疼他的手指，马上就能醒来。因此，他每次睡觉的时间，掌握得就像钟那么准确。”这样的细节是独特而神奇的，这样的叙述是精准而深情的。在历史的回眸处，作者用平实的心境，包容着万千情绪，锤炼出雅致的文字；在现实的观照中，作者用平和的心态，应接着纷繁的世路，涵养着心境的悠然。文字是人格和心灵的表白，正是作者高尚的品格和深厚的修养，成就了作品中一行行充满诗情的文字。

《父亲的雪山母亲的草地》是一部关于红色历史的文学记录，更是一座铭刻着红色信仰的精神丰碑。作者无疑是这段红色故事的最佳讲述者，特殊的生命体验给予作家特殊的创作资源和精神高度，这是一般作家所不可比拟的，也是可遇而不可求的。

张悦然：从小资产阶级梦中惊醒

杨庆祥

有时候，张悦然自己会试图解释她小说中某些情绪产生的原因，她很喜欢强调的一个事实是，她小说中的主人公大概都是出生在上世纪 80 年代的年轻人，从这个意义上讲，她小说中的人物都带有她自己的某些影子，只是有的深有的浅，而在中国的图书市场，张悦然的作品也一直被视为“青春小说”而书写着上世纪 80 年代出生的一代人的“成长史”。

这个“成长史”向内的部分，是张悦然小说中的对孤独的思考。

自从上世纪 70 年代末中国政府实施计划生育的基本国策以来，一对年轻的夫妇和他们的“独生子女”成为中国社会最基本的家庭单元。毫无疑问，与前此中国式的大家庭甚至是大家族相比较，这些独生子女在享受更多资源的同时也丧失了很多乐趣，其中最主要的一点就是兄弟姐妹众多所带来的集体欢愉感。这种情况下的孤独是有道理的。但是如果把这种孤独感完全归因于“独生”的情况，是否也过于简单？一个最基本的事实是，无论哪一个独生子女都不会是在隔绝的环境中成长，学校、社会依然提供了无限广阔的交流的可能。在我看来，独生子女的孤独感是确实存在的，但是这种孤独感却并非一定会成为一个普遍的问题，它之所以会成为一个问题，却是与上世纪 80 年代以来中国社会的结构变化密切相关。仅仅是某一个个体依然会在与另外的个体的交往沟通中找到情谊并消除孤独感，但是，如果整整一代人都陷入这种孤独感，那就必然与城市化以及城市空间生活有密切的共生关系。这是无法回避的社会事实，并立即会转化为一种心理现实。如此生成的孤独，人们将如何抵挡？

《好事近》中，中年男作家是一个没有外貌、没有性格、没有姓名的符号，而正是这个面目模糊的人物形象，构成了一个无处不在的巨大存在，《好事近》所有的叙事动力都来自这位中年男作家，他像一个旋涡把所有的人物都吸附到他的周围。张悦然虚构这样一个人物或者是出于她的无意识，也或许是刻意而为之，但是不管怎么样，一个问题是，这位中年男作家的魅力何在？他如何能同时吸引蒋澄和杨皎皎（实际也就是另一个“我”）。男人＋中年＋作家，这一人物符号的重心应该落在何处？杨皎皎、蒋澄和“我”，都是在“阅读”之中爱上这个中年男作家的，“作家”的意义在此被凸显和建构出来，“写作”和“阅读”成为一种“疗愈”的方式，通过“写作”，这个中年男作家发泄了“被压抑太深的欲望”，“把忧郁传染给别人”，而通过“阅读”，杨皎皎、蒋澄还有“我”被卷入一场畸恋之中，她们以为这会帮助她们找到通向世界的“入口”，抵抗孤独并完成自由。

通过写作和阅读可以疗愈孤独吗？张悦然也许对此满怀信心：“于是我终于明白，一个群体的重要。我需要你们，和我一起披着青春上路，茁壮地呼吸，用力博取时间。”这种信心来自于对“共同”书写和阅读的期待，我毫不怀疑张悦然的真诚，但是，《好事近》的书写和阅读证明了这种“疗愈”的难度。田村卡夫卡在《海边的卡夫卡》中满怀信心地上路时，也不会想到会有一个俄狄浦斯式的悲剧在等待他吧，因此，村上春树借大岛之口说：“不是你选择命运，而是命运选择你……于是这里边产生了无法回避的“IRONY”，企图借助“写作”和“阅读”这种在现代极具孤独感的方式来消除现代的孤独感，这难道不是另外一种反讽吗？小森阳一在批判《海边的卡夫卡》时指出：“精神创伤决不能用消除记忆的方式去疗治，而是必须对过去的事实与历史的全貌进行充分的语言化，并对这种语言化的记忆展开深入反思，明确其原因所在。”作为一个评论家的小森或许是对的，但是，正如《好事近》所隐喻的，如果语言本身已经被“去历史化”和“虚拟化”了，被卷入无尽的“游戏”之中，“疗愈”如何可能？作为一个小说家的张悦然或许更愿意尊重故事本身的逻辑，因此，《好事近》的“疗愈”方式最终不是“语言”，而是摧毁性地毁灭一切，在这个意义上，张悦然印证了布洛赫关于小说的可能性的言论：发现只有小说才能发现的。而“疗愈”，虽然重要，还是把它留给其他的人吧。

对现代小资产阶级生活的反思，是这个“成长史”的向外的一面。

在张悦然的《家》中，裘洛和井宇的“家”具有某种现代的品质。首先，这个“家”是没有婚姻来予以保障的，文中交代裘洛和井宇在一起生活了6年，但是并没有结婚。也许结婚与否都不重要，重要的是提供了这样一种信息，即裘洛和井宇的“家”更接近于同居生活而非婚姻生活，他们只是组建了一个简单的共同体并保持有各自的个体性。其次，这个家没有孩子。一个事实是，在中国人的传统观念中，“家”必然与生育相关，也就是说必须有父母子女才构成一个完整意义上的家，但我们发现，在裘洛的“家”里，是没有子嗣的，猫代替了子女的角色。

裘洛的这种生活具有某种典型性。在中国的大都市中，这种小资产阶级的“家”比比皆是。它们构成了中国现代生活最重要的一部分，并在一定程度上呼应着全球资本主义时代的普遍性生活模式。萨义德曾指出这种现代生活方式的蔓延所提出的重要挑战：“无子嗣夫妇、孤儿、堕胎，以及不继续繁育的独身男女，以不同寻常的坚忍聚集在这个高度现代主义的世界上，所有这一切都说明了嫡属性的困难。然而，在我看来，同样重要的还是随着这模式的第一方而直接产生的第二方，即产生不同的构想人类关系的新方式的压力……那么，男人和女人还有什么别的方法能够创造出相互的社会关系，以替代那些把同一家族成员跨越代际连接起来的纽带呢？”

对于《家》中的女主角来说，她在其潜意识里面其实有这种重构的焦虑。企图通过对自我所处的“虚假生活”进行反思，来获得真实的存在感。这是裘洛在小说的开篇就计划“离家出走”的主要目的。而在这之后，她其实是在试图重新对自己的生活进行定位，这里面就必然包括了萨义德所提到的重构人类关系的新方式。也就是说，裘洛对于自己和井宇的这种关系，对于自己和袁媛的这种关系，甚至对于自己和保姆小菊的这种关系都是不满意的，离家出走，也就意味着把自己从这些关系里面解放出来，重新塑造主体，并构建一种更新型、真实、有效的关系。通过“出走”或者说“逃离”来获得新的内在和外在，在这一点上，张悦然的写作与西方现代主义的主题联系在了一起，加拿大作家艾丽丝·门罗有一篇非常著名的短篇小说即名《逃离》，故事讲述一位年轻的已婚女性因为不堪忍受平庸的日常生活而离家出走，却半途而废，重回家庭。门罗的写作是否构成了张悦然的经验，这是另外需要探讨的话题，这里需要指出的是，现代家庭已经构成了一种普遍的情境，这一情境成为另外一套压迫和束缚的机制，对于它的反抗，因此也呈现出了同构性。

故事的发展出现了意外。第一意外是，井宇也遭遇到了裘洛同样的困境，并在互相不知情的情况下同样选择了逃离。这个时候，故事的视角突然发生了变化，从小资产阶级女性裘洛转移到了农村来的小保姆小菊身上。正如我在文章的一开始就提到的，小菊的故事乍看有些突兀，在一个充满小资情调的叙述中突然来一段底层叙述，怎么看都有点疙疙瘩瘩。但这正是这篇小说的张力之所在，在第一部分故事里，裘洛作为一个叙述者与作者的声音其实并无二致，他们似乎就是同一个人，但是在小菊这里，叙述者与作者完全分开了，这么做提供了一个更理性、更有抽离感的视角，只有在这样的叙述视角里面，裘洛的“离家出走”才不至于变成一个感伤的青春故事。从叙事学的角度来看，小菊的故事撑开了一个充满惊讶感的叙事空间。

在裘洛的眼中，小菊毫无疑问是缺乏教养的另一类人：“小菊初来的时候，她简直有些受不了。是一种草的味道，是干硬的粮食的味道，是因为吃得不好，缺乏油水散发出的穷困的味道。”虽然，小菊后来在城里待久了，这些味道没有了，甚至在裘洛这里“学会做比萨，芝士蛋糕和曲奇饼干，也懂得如何烧咖啡，开红酒”。但这些并不能改变她的身份属性，“裘洛不知道，这些花俏的技能，是否有一天，小菊真的能够派上用场”。在裘洛眼中，小菊始终不过是一个爱占小便宜、做事偷懒的乡下姑娘而已。裘洛不可能有变成小菊这种主体的欲望。但吊诡的是，在裘洛离家出走之后，却正是这个她看不起的小菊代替了她成为空房间的主人。小菊成为了裘洛的替代者。她不仅帮助裘洛打扫房间，喂养小猫，更重要的是，她成了井宇倾诉的对象，井宇的每一封信现在都必须通过小菊的阅读而获得意义。意义通过一个替代的“主体”得到了释放。在这样的情况下，小菊难道不正在慢慢变成裘洛吗？更重要的是，在裘洛的叙述让位给小菊的叙述之后，小菊的形象明显变得丰富和开阔起来，她生机勃勃，周旋在丈夫和中介人之间，在不同的空间之中挪移，并在阅读井宇的来信中开始思考婚姻、自由、爱情等小资产阶级才可能纠缠的问题。通过小菊，裘洛获得了“在场感”，她离开不过是为了让另外一个主体粉墨登场，主体的置换在这里似乎获得了可能。

作为小资产阶级的裘洛发现了生活的虚无之后，她面临两种选择，一是依靠个人奋斗成为一个更中产、更虚荣的主体，一个是离家出走，让另外一个主体来代替她，以此获得“新”的生活。她放弃了前者而选择了后者，但这种置换是否就是一种完美的出路呢？而且谁能够预料到，当小菊成为那个空房间的女人后，她不会面临裘洛同样的困境呢？离开这样一个小小的“家”（暂且不管小菊是否已经成为另外一个裘洛），是否就能够挣脱资本主义的生产链条，完成个人真正彻底的自由解放呢？

这里面的“进”和“出”值得探究。对于裘洛来说，她“出去”意味着她离开小资产阶级的情境，对于小菊来说，她“进去”意味着她有可能从一个农民的身份意识慢慢转化为小资产阶级的身份意识。如果将这种“进出”理解为一种交换的隐喻，我们是不是会得出一个非常悲哀的结论：资本主义正是通过这种不停的交换来获得其社会生产关系的复制和增殖。在这个意义上，小菊是无比庞大的小资产阶级的后备军中的一员。资本主义设置了一个情境，这个情境就是裘洛的家和老霍的家这样的社会空间，所有的人都不得不生活在这个情境以及作为这个情境的配置情境中。小菊进入裘洛的家也许不仅仅是充当一个“替换者”的角色，同时她也是一个“象征”的角色，也就是说，一旦某个主体因为各种原因离开这个情境，小菊作为一个象征物就被召唤进来行使其功能。

同为上世纪80年代出生的一代人，我们和裘洛、井宇面临的共同问题是，我们用何种方式来处理个人与日益“规定化”生活情境之间的关系？选择逃离——而不是更具有冲突感的反抗、抗争——实际上意味着我们不过是以一种更温和、更无害的方式来有限度地调整个人与社会之间的关系，这种方式的选择，大概也就体现了小资产阶级的“妥协”和“软弱”吧。张悦然由此触及了我们这个时代最有症候性的命题，那就是，在社会结构没有发生根本性改变之时，任何个体的解放都可能是有限度的，它不得不借助于历史的偶然性。这正是今天小资产阶级面对的历史困境，板结化的社会结构似乎已经成为不可改变的事实，我们只好借助一种浅薄的存在主义和虚无主义来予以“抵抗”，这种抵抗的假面，在我看来不过是一种托辞和借口，以此逃避对于自我更新和再造社会的责任和义务。

对上世纪80年代出生的一代人来说，很重要的问题是，是否存在一种克服孤独、翻转小资产阶级情境的“崭新生活”？这种“崭新的生活”会是什么样的生活？这种生活可以与我们身处的摇摇欲坠的历史与社会关联起来吗？由此我们可以开辟新的历史现场和想象空间吗？

这是张悦然小说中沉默的部分，这种沉默需要更多的写作来予以激活。

《吾血吾土》：他从大地跨入历史

陈晓明

范稳对文学始终怀着他独特的追求和态度，看上去文气的他实则是一个文学的硬汉，或者说是一个文学勇士。他只啃硬骨头，只写难的文学，也就是说，他的写作要翻山越岭，甚至要披荆斩棘。中国作家都有一腔豪情，莫言是平地风雷，张炜是登高望远，阎连科是山崩地裂，贾平凹是雄风出谷。范稳也在这一股文气中，他有一股劲，这股劲让他的生命与他的文学同在。

范稳成名作《水乳大地》，迄今为止 10 年过去了，依然还是站得住的作品，如果当代中国选 20 部最优秀的作品的话，我会选范稳这部。范稳出手就这么高亢，这使他后来的写作被业界寄予太高的期望。后来的《悲悯大地》和《大地雅歌》不得不在《水乳大地》的光圈之下有所逊色。蛰伏数年后，范稳于最近出版新的长篇《吾血吾土》（北京十月文艺出版社 2014 年 9 月出版）再次正面强攻，不是说强攻历史，而是他对待文学的那种方式，那种硬派写作的态度和笔力。

范稳的写作在中国作家中也算少见，他的认真执著是出了名的，他在写作之前要做大量的案头工作，要开展广泛的田野调查。写作《吾血吾土》的过程中，范稳就遍查史籍，寻访多位抗战老兵，甚至远赴中国台湾、日本希望获得更多的第一手资料。这也是这部作品史料结实准确的缘由所在。

历史的侧面与正面

《吾血吾土》讲述的是西南联大学生赵广陵及其数名同学于国家危亡之际弃笔从戎，参与抗战但又在此后的历史中命运沉浮的故事。此前，范稳已有3部沉甸甸的大部头小说，都是以贴着大地的方式来书写。与之相比，新作《吾血吾土》直接切入历史深处，在更具有实在性的史实层面运气发力。范稳擅长的以宗教神秘作内里的那种叙事已然隐匿，代之以完全现实化的生离死别、命运遭际。书写历史，在别人已然是一条老路；但在范稳，从大地跨入历史，就会有别样的侧面被强行打开。尤其是在21世纪初，对于那些真切的、被长期遮蔽的历史，范稳怀着信念与责任，他要让读者重新真实地面对那些铁血历史。

闻一多说："该怒发冲冠的时候，我还是诗人。"范稳显然想去捕捉住历史中的那些人的心性气质。人被逐入历史之中，历史如巨磨，如何能将个人磨得粉碎，即使没有粉身碎骨，起码也脱胎换骨了。小说就是试图要写出人与历史相遇，更准确地说，是要试图写出中国现代知识分子如何被卷入历史、如何被历史强行塑造。

小说由五部分构成，分别是发生于1951年、1957年、1967年、1975年、1985年，抗战老兵赵广陵5次对党和人民就其新中国成立前的"罪行"进行交代的告罪卷宗。赵广陵原名赵忠义，生于滇西龙陵耕读世家，后以赵广陵之名求学于西南联大文学系。炮火连天之际，课桌难安，他便以赵岑之名与另两位西南联大生廖志弘、刘苍璧一同毅然投考黄埔军校，加入国民党远征军入缅抗战，亲历松山血战等著名战役，在松山战役中身受重伤，成为面部毁了容的"无脸人"，获国民党四等云麾勋章。此间，他还一度化名"廖志弘"、"龙忠义"，受训于中美合作所，后不得已卷入国共内战山东战场，新中国成立后以赵迅之名在昆明搞戏剧。

繁杂多变的名字，正如老人复杂的过往经历，永远被"组织"怀疑，成为一生的"罪过"或"负债"，欲说还休却也难以厘清。悲情的抗战英雄也自此走上了漫长的赎罪之路。罪人之罪，不在其罪证，而在一位忠诚刚直之士，如何变成如此诡异难辨之人？这是历史之悖谬。

范稳式时空结构

范稳在小说叙述方面已经自成一格，其最大特点在于对时空架构的把握，这与其“大地三部曲”中的布局手法一脉相承。在《水乳大地》中，小说从 20 世纪峡谷历史的两端写起，依次交替，终止于上世纪 50 年代这一中间层。小说以 10 年为一个计数单位，将百年历史进行切割与重组，从而形成类似断代史的结构形式。而在新作《吾血吾土》中，小说以 1951 年的一次自我交代为起点，伴随着新中国成立后历次政治运动的时间推移，赵广陵不断“洗澡”却不断洗出新的污点，由此，过往的历史由近及远一环扣一环地被揭露出来。从创办迎春剧艺社起向前追溯至逃离内战战场的复员时期，进而上溯至内战时期、抗战时期、赵广陵大学时期直至其父兄亲族与经年家世。与此同时，从 4 年人民管制到以历史反革命罪判处 7 年有期徒刑，再到卷入“文革”旋涡之中，小说推进着这位老兵新中国成立后令人唏嘘怅惘的艰难命途。

在此，《吾血吾土》的时空结构与《水乳大地》中的形式几乎构成一个相反的处理方式。前者的时空布局是由一个中点开始同时向时间长河的两端延伸，而后者则是由两端向中间汇聚。直接表现手法虽略有差异，但最终却具有了相似的效果，即在“过去”与“现在”的巨大世事反差中凸显出有意味的对比与关照，将丰富的事件、关联的线索放入交叉的时空轨道，不断颠倒、翻转、推进，从而将时代的荒谬、历史的纠葛、乱世浊流中个人铜板一样的命运、对错不过毫厘之间的悲剧体现得更为入力。

此外，小说中以附件形式不断插入的家书、布告、致友人书、刑事裁定书以及墓志铭等，与作者此前的《大地雅歌》中“志”、“传”、“书”、“录”等形式有异曲同工之妙，这些书信如永不停驻的时间长河中压覆在河床中的砾石，作为一种定格历史的方式，标记并锁住了时间，让时空结构中点与线的勾连更为清晰而具有震撼力。

一个人的英雄主义

尽管说小说把个人史抛入大历史的故事并不新鲜，但范稳赋予了这样的个人史以浪漫主义和英雄主义的两股激情。在《吾血吾土》中，与浪漫主义激情始终平行推进的是英雄主义的豪气。现实的逼仄与不堪，无法抹杀甚至更加凸显了抗战时期的澎湃热血、豪气干云。以身报国的赤子之心、以命相搏的无畏勇气，加之军人的强悍与刚毅，共同塑造出了赵广陵抗战军人英武的形象。然而，从最初投身抗战到继之而起的内战，再到新中国成立后的种种诡谲波澜，赵广陵无所依附，游走于国共之间，却并未身心俱服于其中一方，在范稳笔下被凸显的更多的是一种个人英雄主义的豪迈。即使到改革开放后，不管是与日军老兵对峙、独自收藏战争遗物，还是执意冒险去缅甸，为死在战场上的战友迁坟，赵广陵几乎始终是以一己之力与一个时代的悲怆、荒谬与健忘对峙。行文过程中，浸染着英雄主义的笔锋极大地促成了崇高化的效果。

范稳对于情景的描写往往非常具有舞台感，日常的场景对话犹如赵迅创作的那些话剧舞台上的台词，使人恍然觉得是在聆听舞台追光中英雄的独白。这种修辞与表意方式将发生于当下的事情无形中推远，使人于当下便目睹着多年后注定被定格的重要历史瞬间。时空的间隔感烘托出悲剧英雄的崇高，而厚重的崇高感在为英雄设下的追光中熠熠不灭。如果我们还会疑心于史诗的格局是否有冗长繁复之嫌时，范稳饱满的激情还是能冲决历史叙事的沉重。

当然，小说在结构的紧致方面若能更加精练巧妙，依赖一些戏剧性的要素，小说内含结构会更有张力，范稳灵动的叙事特点能发挥得更加充足。

小说的生动也得益于在大历史的激情内里，范稳专注于营造个体生命之爱。这是范稳的小说写历史也始终能让人感动之处。早在《悲悯大地》中，那位活了200岁已然能够通灵的朗姆老祖母曾经说过一句洞穿生命历程的名言："爱就是命运。"这短短的5个字似乎成为《大地雅歌》所传递的主旨，而这一箴言所包藏的深意在浪漫主义激情的包裹中再一次流淌进"吾血吾土"。围绕着赵广陵跌宕起伏的命途，小说书写了出现并缠绕进其命途的4个女人的故事。作为初恋女神的常娟死于战地，却被永久地供在爱情的香案上；永远的明星舒菲菲耀眼而优雅，她是赵广陵年轻时的恋人，年迈时又陪伴在侧；第一任妻子卢小梅苦命而性格刚烈，最终跳崖自尽；相濡以沫的妻子舒淑文，既是孩子们的母亲，又是同舟共济的爱人。面对着赵广陵与4个女人的爱情纠葛，范稳有如《大地雅歌》中的行吟诗人，不懈地歌唱着对爱情的执著与坚守，使作品始终弥漫着一种极为纯粹的爱情的氛围。

"宁为百夫长，不做一书生"，这是年少时的赵广陵为爱发狠而撞开的命途，从此便再不能逃离爱情的眷顾与束缚。在此，浪漫主义激情点染中的爱情张扬着意志的绝对，更张扬着对家的永恒守望。"我们这代人，家国万里，命运多舛。命里就不该有家。"然而，在某种意义上，如普鲁斯特所言，"真正的天堂是失去的天堂"，家与故乡也总在失落之后才能更真实地存在。那些支撑起苦难的温情所描绘的虽然只能是家与爱情的梦中幻影，却也因其不可达而更加真实厚重。不是故乡的归人，方能永远在归途。小说最为动人处在书写那些刻骨铭心的爱情与时光蹉跎中历久弥坚的亲情。于是再一次，在爱的守望中，我们看到了生命最为可贵的那种质地和光芒。范稳笔下的人生与历史搏击，如此真切，如此惨烈，如此悲怆，但却无比坚韧。岂曰无衣？与子同袍。

历史迷踪与岁月“潜写”

——武歆的近期小说观察

黄桂元

大约两年前，武歆曾向我力荐《巴黎评论 · 作家访谈 I 》，现在想来，那本书一定是对于武歆近期写作产生了深刻影响。我注意到，雷蒙德 · 卡佛在接受《巴黎评论》访谈时，就一个涉及小说发生学的话题这样说过，“我感兴趣的小说要有来源于真实世界的线索，我没有一篇小说是真正地‘发生过’的，但总有一些东西、一些元素、一些我听到或看到的，可能会是故事的触发点”。这位美国作家还告诫同行，“一本接一本地写‘我生活中的故事’是很危险的”。这番话提示我注意到一个事实，武歆近期小说已悄然发生了隐秘的视点位移，即由对当下生活现象的同步透视，转向对历史迷踪与岁月奥秘的好奇与探究，展开充满想象力与现场感的叙述冲动，由此呈现出了一种韵味新异的叙事美学风貌。

敬畏、青睐与价值诉求

武歆自言对“红色”题材曾怀有“敬畏感”，总觉得那属于“宏大叙事，高大而遥远”。或许连武歆自己也不曾预料，他最终居然完成了由“敬畏”到“青睐”的书写蜕变，其标志性“亮相”便是已改编成 38 集电视连续剧的长篇小说《延安爱情》。此后他趁热打铁，一鼓作气，又相继出版了“红色爱情长篇系列”《北平爱情》《天津爱情》和《重庆爱情》等几部作品，以当年“解放区”、“敌占区”、“国统区”革命青年的不同心路与情感经历为蓝本，“试图将‘红色爱情’陌生化”。《延安爱情》的书名和故事都很诱人，顺势跟进的同题系列则难以继续复制“惊艳”效果，甚至还使人略感审美疲劳，但无论如何，武歆为拓展“红色叙事”疆域所付出的努力值得称道。武歆显然不满足于此，特别是他近期的部分中篇，毅然放弃“史诗叙事”、“民族叙事”、“战争叙事”或“英雄叙事”诸种模式，把故事置放于大时代的缝隙，大洪流的边缘，大背景的角落，从“小”处落墨，摹写历史悬疑、乡土变迁、民间传奇，展示陕北烽火岁月中的潜流状生活形态，这种轻处理的叙事策略，产生了见微知著、曲径通幽的意外效应。

于是在武歆眼里，陕北老区岁月简直是一座货真价实的“红色”富矿，“在陕北这块历史丰厚的土地上，在众多北方少数民族构建的游牧文化和汉民族的农耕文明相结合的基础上，曾经诞生了许多历史和生活的奇迹——包括红色奇迹”，然而如何勘探、开采和有效利用，以赋予“红色叙事”更多的书写可能性，却需要深阔的延展视野和独特的文本意识。2010 年秋，作为中国作协首批“定点深入生活”的作家，武歆再次踏上当年陕北的黄土地，自是踌躇满志。他从延安出发，一路向北，风尘仆仆，辗转于吴起、志丹、子长、安塞、延川、清涧、米脂、神木、延长、靖边、绥德等地，完成了一次历史性的漫行旅程，用他的话，“这次漫行的目的很简单，采撷陕北的‘红色故事’”。对于生长于沿海都市的“60 后”作家武歆，陕北老区的如烟往事又是何其陌生，何其遥远，所幸他拥有发现和融入的能力，虚构和再造的功底，这是胸有抱负的小说家的一种自信。

小说是叙事的艺术，但首先应该是发现的艺术，如米兰·昆德拉在《小说的艺术》中说的：“发现惟有小说才能发现的东西，乃是小说唯一的存在理由。”一个多月的寻觅，访谈，检视，吸收，体验，武歆获取了大量与传奇、民俗、爱情、口传、秘事、悬疑等词汇有关的内容，大长见识，满载而归。有些内容是全新的，几乎闻所未闻。在《去延长布展》中，小说写了延长石油史与“红事”之间的一些鲜为人知的史实，比如，延长石油不仅是中国第一口陆上油井、第一个炼油厂的诞生地，还是抗战时期军事用品的重要供给方，当年整个陕甘宁边区的上万只马灯、煤油灯，指战员冬季防寒用的凡士林和擦枪油等等，都依赖延长石油提供，历史见证了延长石油对于陕甘宁边区的发展壮大所发挥的巨大保障作用。但武歆没有陷入“宏大史诗”的书写冲动，只是择取散落在陕北老区岁月深处的一些“边角料”，以“潜写”的姿态探寻历史真相，洞悉人性奥秘，表达深邃的伦理关切。

武歆青睐“红色叙事”，缘于他对陕北老区独特历史存在的感同身受。“当年破衣烂衫的红军经过万里长征来到陕北，正是热情的陕北人才使红军得到休养生息，要是当年红军去了另一个地方，中国革命还会是现在这个样子吗？”他的追问、思考和书写，印证和诠释了美国社会学家赖特·米尔斯的一个观点，“如果思想家不能涉及政治斗争中的真理价值，就不能负责任地处理活生生的整体经验”。武歆相信，小说家只有同时成为有价值诉求和责任意识的思想者，才能充分施展自己的叙事抱负。

岁月潜写与“碎片”叙述

武歆以陕北老区为背景的中篇小说系列，分别发表于《中国作家》《北京文学》《大家》等刊物，并结集出版。我最初看到书，想当然地把书名看成了“陕北往事”，全书阅罢，才恍然发觉是《陕北红事》。“红”与“往”，一字之别，烛照出了作者的写作用心，却难言没有直奔主题的刻意。我有个很可能是先入为主的看法，“陕北”，“延安”，坐落着人们熟知的诸如宝塔山、杨家岭、枣园、凤凰山、王家坪、瓦窑堡等旧址，作为当年革命的“圣地”，其“红色”意味早已约定俗成，举世皆知，倒不如“往事”来得更朴素，更蕴藉，也更有想象空间。这些作品互无关联，自成一脉，却在同一个主题背景下分进合击，彼此印证，熠熠生辉，并以内在化的逻辑引力使得小说具有了平衡感与整体感。看得出来，武歆在确定“写什么”之后，在“怎么写”的环节上可谓煞费苦心。“写什么”与“怎么写”，本来就如同一币两面，既“同构”，又“互文”，成熟的作家不会顾此失彼，被此类老生常谈的问题所困扰。关键是，“红色”如何“叙事”，历史如何抵达现场？这就回到了小说叙事的原点和奥秘。

某种意义说，小说需要故事，故事成就小说，两者之间应该是一种互为养殖、相得益彰的关系。被誉为20世纪“最会讲故事”的美国作家辛格，就很不理解，更不能忍受一些“现代作家”把故事从小说中抽掉的做法，他警告同行，“把讲故事从文学中取消，那么文学就失去了一切”。武歆深谙此道，甚至还在小说里直接挑明，“我”的陕北漫行就是“奔故事”来的。《对峙》中，“上官文品神秘地告诉我，陕北到处都是红色故事，许多人就住在毛主席故居旁边，还有人的爷爷、奶奶那一辈都和红军、八路军来往过，甚至就是共产党人，故事就像陕北的黄土，不知道你把它们放在哪里，多得盛不下呀”。读到此处，我曾疑惑这些文字是实录还是小说？后来我明白了，这种现场感、纪实感恰恰是武歆的有意为之，他当然清楚，那些原生态的故事还不是小说，更不可能直接置换为“红色叙事”，使故事最终成为小说，还需要若干环节才能完成。

于是可以发现，武歆近期小说几乎就是“红色叙事”谱系中的“另类”。由于历史事件的当事者、在场者或见证者多已离世，需要作家在“叙述整合”中付出更多智慧和足够耐心，才能完成故事向小说的转化。小说中的“我”，即一路被称作“武老师”的叙述者，集旁观者、倾听者、转述者、复述者于一身，随着漫行的积累，故事在一种“被叙述”的过程中逐渐成形。武歆的对限知视角（热奈特称此为“内聚焦”）运用自如，你分不清他的小说有多少是纪实，多少是虚构，在纪实与虚构的语境里，故事被不断地肢解、割裂、切换、拼接、还原、打造，甚至显得支离破碎，正如略萨所言：“小说讲述的故事可以是不连贯的，但是塑造故事的语言必须是连贯的，为的是让前者的不连贯可以成功地伪装成名副其实的样子并且具有生命力。”这种“不连贯”，也使小说避免了直奔主题的单调、直露和笨重，既有叙述密度，又有叙述节奏的流动感，欲说还休，闪烁其词，并不道破，点到为止，即使真相已白，仍留下影影绰绰的缺口，供读者回味想象。

乡俗见闻，风景点染，东鳞西爪，随意松散，顾左右而言他，醉翁之意不在酒，已经成了武歆的叙述“绝活”。比如《瓦窑堡爱情》，“我”一出场，就讲如何被困在长途汽车站不能动弹，又如何被子长汉子谢兵从容化解，这些看上去游离主线的“闲笔”，其实正是言归正传前的铺垫。教书匠谢崇武和驴贩子谢尚文，本风马牛不相及，却围绕马梅姑娘衍生出了一段惊险的“三角恋”故事。谢崇武敌视谢尚文，是由爱情误区所致，直到谢尚文惨烈献身，其中共秘密党员身份的谜底才被揭开，不久，谢崇武也牺牲在山西抗日前线，马梅姑娘终因难以承受悲恸而下落不明，使人读罢竟觉恍惚，深感岁月的不可捉摸。《黑缨枪》属于民间亲仇命丧的伦理叙事。民国初期，石娃和俊娥这对本是同父异母的兄妹，却无意间结为夫妻，其隐秘而荒唐的内情只有其父刘县长知晓，他力阻未果，便暗中为石娃设计了一条死路。石娃娘查明冤情，跋涉复仇，用“黑缨枪”手刃了拓掌柜，并与刘县长血水飞溅，同归于尽，小说与传统的红色叙事语境似无直接关联，耐人寻味的是刘家后人遗留下的那句神秘箴言，“后不复造”，小说由此完成了对生命和人性的一种伦理期待。

因为“诡异”，所以真实

武歆小说常常会出现一些民间恩怨，但他的叙述兴趣不在于其如何传奇、惊悚，而是历史深处曾与岁月如影随形的诡异真相，正是由于它们曾经湿漉漉毛茸茸的存在，历史才更加真实而完整，而多年来我们却对接受历史的表面文章习以为常。这样一些岁月真相，往往属于庸常中的异常，日常里的无常，人物之间的恩怨纠缠也不是二元对立的非此即彼，非黑即白，如王国维论《红楼梦》中所说的，属于“通常之道德、通常之人情、通常之境遇”，并无“蛇蝎之人”，却恰恰构成了小说艺术世界中的“悲剧中之悲剧”。

由于年代久远，事件的前因后果经口口相传，后人转述起来通常都有数个版本和说法，使其枝蔓繁杂，旁逸斜出，莫衷一是，故事愈发诡异，也自然生出了扑朔迷离的悬疑色彩。《米脂的黄昏》的乡间恩怨故事始于1946年某晚，宇文鸣与呼延龙偶聚小饭馆，先斗气，接着斗枪法，这类民间摩擦本不算什么，但因枪声惊动了整个米脂城，而城里又正好住着一位中共大人物，问题便非同小可，虽最后排除了谋杀的嫌疑，当事人的命运却由此一波三折。为还原那个历史现场，宇文家与呼延家的子孙后辈在长达半个多世纪里各执一词，互不相让，“历史就像一个圆圈，那么多年过去了，始终没有离开那里”。这个“圆圈”在动荡的岁月河边，不过是一道诡异的涟漪而已。《对峙》中的“阴阳师”上官丘与红军团长段兴安的“对峙”关系，其实并无善恶之分。1935年，上官丘埋葬过一名红军传令兵，当时死者身上背着一只黄色牛皮包，上官丘无法把牛皮包与尸体分开，便一同掩埋了，麻烦由此而生。事后红军团长段兴安带人数次找到上官丘，要他提供传令兵的葬处并配合掘坟，被拒绝。掘坟有掘坟的理由，那只与死者一同掩埋的黄色牛皮包里装有重要文件，只有掘坟才能挽回损失；拒绝也有拒绝的道理，做“阴阳师”职业的若帮人掘坟属于大逆不道，天理难容。十几年后，上官丘想结束对峙，配合掘坟，段兴安却已在前线牺牲。上官丘花高价请人仿造了一只黄色牛皮包，并嘱传之子孙，当年的“对峙”也成为了一段诗意的传说。《统万城》小说中的爱情未必惊天动地，却一定惊世骇俗。民女莲莘不仅貌美手巧，且极有主见，她“不愿服从于任何男人，哪怕这个男人能够上天入地”，却偏偏被“一根筋”的大户子弟折双秦爱上了。莲莘一再拒绝，“我们俩不是平等的人”，痴情的折双秦则为了“平等”加速倾家荡产，以使自己早日一贫如洗。他的“败家”方式很特别，不去花天酒地，吃喝嫖赌，而是大肆散财，行善捐助，还拿出一大笔钱救活了7位奄奄一息的八路军战士，以至于沦落到家破人亡的惨境，还是被莲莘拒绝了。绝望中，他加入了八路军，精神面貌大不一样，莲莘最终被他打动。这些作品最能体现武歆引而不发、外松内敛的叙述功力。

《帮续阿姨回忆》是武歆最新发表的一篇力作，小说涉及的是一个满含着沧桑之痛的伦理事件。故事背景在一座老城市，绵延了近半个世纪。续阿姨曾有过一段古怪的婚姻经历，并没有随岁月流逝而在记忆中烂掉。她曾经的丈夫老菅在钢厂上班，除了寡言少语，也没有太多异常。改革开放后，他的身份才被暴露，原来老菅是 1949 年一对日本夫妻匆匆返国时留下的幼儿，这个谜团给续阿姨的生活制造了巨大的空洞和不确定性。随之老菅和儿子回到日本"失联"，只给她留下一把老菅当年自杀作秀的刀子，20 多年后老菅在日本病入膏肓，托儿子传话想让续阿姨赴日团聚，续阿姨拒绝了，20 多年来，那把刀子一直深深插在续阿姨伤痕累累的心房。其实，续阿姨和老菅都是挣扎在畸形岁月的不幸弱者和殉葬品，结局谁也不比谁更好。故事由五个记忆段落串起来，节奏舒缓，"我"在"帮续阿姨回忆"的过程中时断时续，却与一种柔韧的内在张力一同发展，流溢出诡异的沧桑之痛。小说结尾处异峰突起，这是叙述者最后一次见到续阿姨，"续阿姨的嘴唇慢慢地变白了，很快没有了血色"，接着身体四肢僵硬，像个石头，"全身慢慢地裂开了，随后发出了剧烈的响声，就像是开山炸石一样的声音"。续阿姨崩溃了，这样的结尾处理显示了一种道德激情的力量，在武歆小说中并不多见。

小说是一门融"发现"与"表现"为一体的叙事艺术，我对此深信不疑。如今的武歆，更擅长于以极简主义的笔法叙述搁浅在时光河岸的故事，这些故事曾经是岁月潜流里一缕缕波纹，一簇簇水花，在进入叙述者的视野之前已经干涸、龟裂、面目皆非，是叙述者滋润、复活了它们，使之气脉畅通，深味隽永。我还想说的是，读武歆的小说，不能期待一上来就出现令人惊艳的"碰头彩"。据说茨威格的写作是追求让每一页都出现高潮，这对于武歆是不可想象的。武歆喜欢随意叙述，如迎来送往一般身心放松，举重若轻，逐渐生成充满岁月感与现场感的叙事情境与小说世界，这也正是武歆小说叙述文本的魅力所在。

《西京故事》：如何守住我们的“尊严”？

吴义勤

在近年涌现的现实题材长篇小说中，陈彦的长篇小说《西京故事》以强烈的忧患意识、鲜明的时代气息和饱满的人文情怀直面中国当下的精神问题，呈现了独特的思想与艺术品格。作家承接中国现当代文学的优秀传统，以“尊严”作为小说的主题词，以具有思想和情感震撼力的笔触深刻探究当下社会城里人与乡下人、父辈与子辈两代寻梦者的精神危机与精神尊严问题。一方面，小说对老一代农民进城后的生存困境与精神苦闷进行了深刻的观照与揭示，标志着城乡冲突题材小说的新探索、新突破。在中国现当代文学史上，“城市”与“乡村”的冲突与融合、碰撞与磨合是经久不衰的母题之一。新中国成立后，宏大革命叙事话语确立，“进城”成为具有革命话语意味的词汇。城市改变了其优越的、象征现代性的地位，成为了带有腐败性、诱惑性，用于检验革命战士纯洁性的标杆。乡村文化则以其传统的道德感与善良的人性美而受到褒奖。上世纪 80 年代，“城市”与“乡村”又一次处于对立面上，城市祛除了“革命话语”的规约，保留了其现代、发展、前进的文学审美性，而“乡村”也因其传统文明的留存而备受赞扬。90 年代，随着进城打工热的狂潮，描写城市异乡打工者的底层文学兴起，城市成为寓意社会转型期人们思想情感裂变的染缸，“苦难”成为“卖点”，人物形象单一化、片面化现象突出。新世纪以来的文学创作中，普适性的人性关怀开始回归。人性情感由单纯的苦难书写、道德批判，转为对人性复杂与丰富的尊重。城市异乡人在都市奋斗的人性美，以及都市的包容和都市人的辛酸无奈、城市文明与乡村文明的冲突与融合，都得到了较为全面的表现。

《西京故事》正是此类作品的代表。作家没有理念化地将农民工作为简单歌颂的对象，也没有将城市简单塑造为欲望都市，而是站在中立的基点，在人性的视野内审视两者的关系，以此凸显民族精神在压抑中的延展。从时代与人的关系而言，小说对新一代青年知识者所遭遇的精神命题也给予了形象而深刻的回答，是对中国当代代际冲突小说的深化与发展。当下中国正处于一个众声喧哗、价值混乱的时代，人生观、价值观面临新的考验，应该追求什么样的人生价值以及如何实现人生价值再次成为尖锐的现实问题。这一问题，对当下特别是来自于农村的青年一代来说尤其残酷。《西京故事》延续了上个世纪 80 年代《人生》和《平凡的世界》所开创的思想传统，直面现实，本着“为普通人立传”的主旨，紧紧扣住“尊严”两个字，努力挖掘并呈现时代之痛与当代人的心灵之痛，全面展现当代人的生存困境与精神困境，立体而多维地揭示了当代中国人的心灵史、人性救赎史。

被摧毁的传统和自尊

“西京故事”就是中国故事，作家笔下的“文庙村”就是当下中国社会的象征与缩影。如同老舍的“茶馆”、夏衍的“上海屋檐下”一样，陈彦的“文庙村”也是个聚集各色人物的大舞台，是一个极具象征意味的生存空间。一个因孔庙著称的神圣地带，一个曾经被传统文化深深浸染的封闭安详的村庄，被现代文明叩开了大门，成了地地道道的“城中村”。如今的文庙村不再有宁静儒雅的尚孔之风，不再有神圣庄严的祭祀之礼，取而代之的是拥挤不堪的嘈杂和物质欲望的喧嚣。怀揣不同梦想、来自不同地域、有着不同挣扎的人们，为了生存暂居一起，建构了一个光怪陆离的“小社会”。在这个灯红酒绿的大都市一角，现代文明的工业马车以惊人的速度碾压着传统文明与传统文化。传统的文化、价值、伦理在巨大的现代工业文明的阴影之下，正在发出奄奄一息的哀叹，并以苍凉微颤的背影一步步地走向衰败。在这里，传统文明和文化的尊严正遭受着前所未有的严峻挑战与考验。传统走向何方？传统的尊严如何捍卫？陈彦在《西京故事》中的思考是沉重的，但沉重并不绝望，在作家笔下的小人物身上，我们仍然能感受到传统文化基因的流淌，能感受到他们捍卫文化尊严和文化价值的悲壮。

罗天福是充满悲剧感和崇高感的一个典型形象，是传统文化和传统价值的符号与化身，是老一代中国儿女的精神世界、伦理世界和人格境界的绝好诠释。罗天福的身上，积淀了中国传统农民最为典型的道德操守与价值观。他勤劳善良、吃苦耐劳、保守隐忍。在他这个以卖饼为生的城市异乡人身上继承了中国民族精神优秀的道德品质，同时也诠释了陕西人“不惹事、不害人、能下苦、肯背亏”的形象，他是千百万奔波在大都市的底层打工者的代表。他们默默无闻，血液里却始终蕴藏着传统民族精神的精髓，恪守做人的本分，并将这弥足珍贵的传统代代传承。他们是历史的创造者、社会发展的推动者，从他们心路历程的转变，可以看出中国社会发展的内在力量。正如东方雨老人所说的，罗天福就是“民族的脊梁”，他以诚实劳动、合法收入推进着他的城市梦想；他以最卑微的人生、最苦焦的劳作坚持着一些大人物已不具有的光亮人格。他的文化自豪感和价值尊严在儿子、女儿考上名牌大学这件事上得到了极大的实现。为了捍卫这种自豪感和价值尊严，他决心到城市里打工以支持两个孩子完成学业。然而，他坚守的价值观和道德操守与纷繁复杂的都市生存法则构成了巨大的矛盾：一到城市便处处遭人白眼，推销生意被当成盗贼打成重伤，房东郑阳娇怀疑他偷鞋，被人诬陷自家的饼掺假……城市的排斥与冷眼，使这个老农民举步维艰，自尊心严重受挫。尽管饱含艰辛和屈辱，罗天福并没有屈服，但儿子罗甲成的弃学出走却给了他致命的打击。这个老实本分的农村老汉，这个一心信奉靠自己的劳动吃饭的自尊老人，因儿子的出走而彻底崩塌。儿子是他的希望所在、尊严所在、光荣所在、价值所在，是他奋斗的精神支柱，但儿子的反叛、质疑以及出走，给了他巨大的心理伤害和价值困惑，加之旧伤复发，他终于病倒了。他到矿井区求儿子回校的那深深一跪，震颤了无数读者的心。这一跪满含他对儿子炽热的爱与疼惜，饱含着一个男人无可奈何的被毁灭的自尊，也饱含着对他所信奉的传统文化价值和文化伦理的迷茫与尴尬。

罗天福的精神危机在小说中最终得到了缓解，这缓解来自于女儿罗甲秀的聪慧懂事和自我价值认同的坚定，来自于罗甲成的归来与醒悟，更来自于东方雨老人的智慧与启迪。在小说中，东方雨老人与千年唐槐、老紫薇树，都是传统文明、传统文化价值的象征与隐喻，是民族精神之根。罗天福一家遭受危机时，卖老紫薇树一度成为解决问题的唯一选择；城市扩张的进程中，千年唐槐也成为被废弃和消灭的对象。奶奶死守着老紫薇树、东方雨老人整日给千年唐槐打针，这正是对日渐衰落的传统文明的守护与挽救。罗天福的痛苦，是今天所有还在坚守民族美德和传统文化价值的人们的共同痛苦。作家一方面浓墨重彩地展示着主人公人性的善与美，另一方面又深刻剖析着人物的精神痛苦与内心矛盾，从而把对当代社会的批判思考与对传统文明危机的审视上升到了时代和哲学的高度。

青年一代的困惑与迷惘

与罗天福等老一代中国儿女相对照，青年一代的人生困惑和价值痛苦更为触目惊心。青年一代怀揣梦想来到光怪陆离的都市，他们渴望成功、渴望尊严、渴望梦想和自我价值的实现，但是梦想和现实却有着巨大的距离。在上个世纪 80 年代，知识可以改变命运，高考可以改变命运。但是，随着现代化的高速发展和物质欲望的膨胀，物质对人的价值观和人生观正在发生巨大的冲击。对罗甲成、罗甲秀这些来自乡村的穷困大学生而言，高考成绩与考试成绩带来的尊严远远抵抗不了因贫穷而来的巨大自卑。在物质面前，在贫困面前，何为尊严？怎么才能守住尊严？这样的问题沉重而尖锐。成功与失败已被重新定义，他们究竟是成功者还是失败者？他们的内心挣扎和痛苦由此而来，他们面临着前所未有的孤独与迷惘。

在这新的人生考验面前，罗甲秀以女性的聪慧和坚强交出了一份合格的人生答卷。她不向命运屈服，自强不息、自食其力，以自己的勇敢、自信、韧性与毅力，走出了一条属于自己的路。她的拾荒、捡垃圾，表面上是放弃了人生的尊严，实际上却是对自我尊严的极大捍卫，是相信自己的双手可以改变命运的高度自信。而罗甲成则交出了一份失败的答卷。在乡村曾是罗天福骄傲的他怀揣梦想与自信来到西京，大学生活新的环境却使他渐渐迷失了自我。“官二代”与“富二代”舍友的攀比炫富，使他看到了自己物质方面的巨大窘迫。面对美丽的教授女儿童薇薇，他内心的自卑日渐加重，极度自尊而来的虚荣、自卑使他的内心越来越封闭，性格越来越孤僻，舍友也因此成了他内心的“敌人”和排斥的对象。他只能依靠刻苦学习来维持脆弱的虚荣与自尊。姐姐与父亲的拾荒更是让他觉得丢脸、无法忍受。他的人格和心理被极度扭曲：他羡慕同学有手机、电脑，他不愿穿母亲做的衣服，他厌恶自己农村人的身份和贫困的家庭，为获得以童薇薇为代表的城市人的认同，他不惜包场请童薇薇看电影；为竞选学生会主席，他更是到网上发帖子抹黑竞争对手……当他对童薇薇的爱情之梦破灭之后，他的心理防线全面崩溃，陷入了彻底的黑暗与迷茫，只能仓皇出逃。罗甲成是当今时代极有典型意义的人物形象，是新时代的高加林、孙少平、孙少安以及于连等人物形象的混合体，他的矛盾与痛苦几乎是所有底层青年的普遍痛苦，只要城乡差距、贫富差距、社会地位等级差距存在，这种人物永远都会存在。

面对物质的压迫与权力的诱惑，人生道路的选择对每一个人来说都是严峻的考验，堕落还是毁灭？沉沦还是救赎？答案不在别人，不在环境，而在于自己的内心。小说中，作家没有让罗甲成毁灭，而是让他在东方雨老人那里获得了救赎。东方雨老人代表的传统文明使罗甲成重新找到了自我定位，逐渐从自我迷失中走了出来。这是人性的回归，也是传统价值与精神的回归。陈彦擅长于用苦难的人生拷问人性的价值。一方面，为摆脱卑微的生活背景与社会地位，主人公以自我放逐的方式对抗苦难，最终失去了自我；另一方面，传统价值、个体的道德感与责任感作为最后的信仰，仍在制约着个体的行为，并引导主人公跳出苦海，实现了自我救赎。这两种力量不断拉扯着主人公，构成了人物思想上的撕裂、行为上的无奈与荒谬。小说对于罗甲成最后精神获救、人性获救的处理虽然难免有某种理想主义，但这背后突显的则是陈彦对于人性、文化和传统人文价值的坚定信念。

善与恶的复杂变化

与对城市外来者艰辛生活的表现不同,《西京故事》对“西门锁”这样的城市暴发户精神世界的揭示也非常成功。作家没有简单化、道德化、脸谱化地处理笔下的人物，而是把人性的关怀、“善”的观念与“爱”的情感结合，对社会各阶层的精神与人性问题进行了深入挖掘。西门锁是西京本土居民，是城中村内因出租房屋一夜暴富的有钱人。小说中，他一出场便因婚外情与老婆闹得不可开交，但作家终究没有将他塑造成简单保守、站在道德天平另一端的单薄形象，而是对他充满同情与理解，并赋予他丰富饱满、有血有肉的性格。他是生活的成功者，也是失败者，他也有他的现实困境、人性困境与精神困境，也有着他的无奈与痛苦，他也同样需要拯救与救赎。苛刻的妻子郑阳娇、不学无术的儿子金锁，使西门锁对家庭生活充满失望。婚外情的发生，既有人性堕落的成分，也有自我放逐的意味。女儿去北京上学，前妻突患癌症，这给了西门锁自我救赎的机会。对前妻无微不至的照顾弥补了他内心的愧疚，赢得了女儿的认可与接纳，但也引发了与现任妻子无休止的争吵与战争。夹缝中的西门锁最终遵循自己的内心，坚持照顾前妻直到其离开人世。对待罗天福一家，他也显现了宽容的一面。面对妻子对罗家的无尽责骂，他总在想方设法地为罗家说话。可以说，西门锁与罗天福、罗甲成代表着西京寻梦的两个不同阶层，代表着淹没在人海中苦苦挣扎的所有可怜人，让读者看到了在每个光鲜的形象背后，都潜藏着一颗痛苦挣扎的心。在这里，陈彦兼怀历史责任感与时代意识，展示的是现代社会人生苦难的丰富光色，呈现的是普适性的人文情怀。他通过逼视生活与心灵的困境与矛盾，用真实、细致的笔触描写个体在当下社会中心理结构的崩塌及重构，传达了对个体生存的人文关怀。

在艺术上，《西京故事》体现了作者驾驭复杂社会生活和多重情节线索的叙事与结构能力。小说平行展开几家的故事，故事线索清晰，情节充满张力，人物命运和情节冲突环环相扣，人物之间既平行又交叉，张弛有度，有条不紊。与此同时，小说重视对人物心理和情感的挖掘与展示，通过对人物的行为、语言、细节、场景的描写刻画人物性格，表现人物的思想、情感、性格转变。此外，小说的语言既个性化又有浓郁的地方色彩，特别是方言俚语的成功运用，为小说增色不少。小说语言契合人物的性格、身份和故事情境，具有原生态、毛茸茸的生活质感，体现了作家对民间语言的熟稔。

《老生》：告别二十世纪的悲怆之歌

陈晓明

贾平凹在年逾花甲时又迅速出手《老生》，就是再不客观的人，都难以否认他在文学上的创造力；至少他的勤奋是不可诋毁的，他对文学的奉献是无法漠视的。想想看，《秦腔》那么厚实的作品后有《古炉》，在乡村的泥地上看历史风雷激荡；随后又有《带灯》，乡村的今日现实被表现得如歌如诉，如怨如艾。《老生》着实令人惊叹，那是一个活得没有年岁的阴歌唱师唱出的悲怆之歌，是 20 世纪中国的“悲怆奏鸣曲”，让人想起贝多芬耳聋后写出的那种旋律。这是 21 世纪初中国的腔调，历经百年沧桑，唱师的嗓音已经沙哑，但字字泣血，句句硬实，20 世纪的历史，历历在目。对于唱师来说，说出是他的职责；对于贾平凹来说，那就是他的历史和命运。

这本被“烟熏火燎”的书写得并不顺利。过了知天命之年，写作不那么顺手，不是江郎才尽，而是总要触碰难度。贾平凹曾说他写《带灯》还伏在书桌上哭泣不已，后来在山坡上看到乡镇女干部那一袭花衣如野花一般绽放，灵感有如天助，写出了《带灯》。这回写《老生》看来是更加艰难，多少有点浪漫的故事已经消失殆尽，只有更加纠结的犹豫和更加艰难的选择。

小说的写作起因于数年前除夕夜里到祖坟点灯，跪在祖坟前的贾平凹感受到四周的黑暗，也就在那时，他突然有了一个觉悟：那是关于生死的感悟。从棣花镇返回西安，他沉默无语，长时间把自己关在书房里，什么都不做，只是抽烟。在《后记》里他写道：“在灰腾腾的烟雾里，记忆我所知道的年代，时代风云激荡，社会几经转型，战争、动乱、灾荒、革命、运动、改革，为了活得温饱，活得安生，活出人样，我的爷爷做了什么，我的父亲做了什么，故乡人都做了什么，我和我的儿孙又做了什么，哪些是荣光体面，哪些是龌龊罪过？”显然，贾平凹是由他祖辈的历史去看中国20世纪的历史，他不想回避，也不能回避。小说的封底写着四句话：“我有使命不敢怠，站高山兮深谷行。风起云涌百年过，原来如此等老生。”要讲自己的历史，要说出想说的话，得有多难？要在祖坟上磕头，要在书房里“烟熏火燎”，要经历三次中断，要站在高山上，得要经过一个可能是百岁的如妖如怪的老唱师之口。这么难说出的故事，这么难地说出，可能就是汉语文学发生的地方？

把文学做到历史中去

这部借唱师之口唱出的作品，是对20世纪中国历史的一次还愿式的书写。按理说，这段历史的书写已经够充分了，几乎穷尽了，几乎枯竭了。但是这段历史真的写透了么？真的没有可写的么？真的没有写的角度吗？正像阿兰·巴迪欧在《世纪》的开篇追问的一样：“难道这个世纪不是历史长河中最重要的世纪吗？”贾平凹这么一个大作家、老作家，又站在高山上，要完成一次书写，一次如同在祖坟前的磕头一样的书写。纵观贾平凹的写作，他还真是没有大历史的故事，他习惯于在西北的一个地界、一个村庄来布局，他能拿捏得准那些琐碎的人和事。自然朴素又怪模怪样，有棱有角又有滋有味，那是道道地地的乡土中国味的小说。50岁以后的贾平凹反倒感奋于大历史，《古炉》把大历史往小里做，做到一个村庄。《老生》则是把村庄、小事件、小人物往大里做，做到20世纪的全部历史中去，做到20世纪的中国的生与死中去。尽管贾平凹说：“如果把文学变成历史，文学本身就没有意义了。”但他这次是要把文学放在历史中来做，这是相当明确的。过去贾平凹的小说贴着生活走，并不在意历史大背景，它的历史充其量也就是改革时代的当下现实。《老生》是他一定要过的一关，他怎么处理 20 世纪的历史，这是他对自己的考量，即使有那么多的处理先例他也在所不惜。

擅长讲小故事的贾平凹如何面对大历史，这是一个难题，但难不住鬼才贾平凹。他果然有想法，且手法凌厉大胆。20 世纪的历史再大，也大不过《山海经》的历史。《山海经》作为导引的历史处理方式，给贾平凹提供了自由的空间，这是小说叙述方式上的，也是历史观和世界观意义上的。在祖坟上磕头磕出来的生死感悟，只有这样的历史才能容纳得下，才能浑然一体。

于是唱师这个幽灵般的讲述者被请出来了，其实他说什么已经不重要了，放在 21 世纪初中国如此轰轰烈烈的舞台上来看《老生》的出场，它甚至具有行为艺术的意义。就像多多 1998 年在《早年的情人》里写的那样："教我怎样只被她的上唇吻到时 / 疯人正用马长在两侧的眼睛观察夜空"，"为疯人点烟的年龄，马已带着银冠 / 寻找麦田间的思绪：带我走，但让词语留下……"《老生》在贾平凹的写作史上，与当下的宏大布景和文学现实，都不是多么协调的东西。但正因为有这么多的不协调，它就显得协调，并且意味深长。想想疯人用马的眼睛看夜空，想想为疯人点烟的年龄，想想"马已带着银冠"，那就是《老生》了，只有如此苍老的《老生》才能在这个时刻出场。

四个故事构成的"短 20 世纪"

小说分为四个故事，分别对应着陕北早期的苏维埃革命、解放初期的"土改"、"文革"以及改革开放初期。因为有《山海经》和唱师的讲述，贾平凹可以如此简要甚至武断地截取四个历史片段，贯穿始终的就是唱师、匡三，其中也有人物在第一、二场和第二、三场偶尔连接，第四场则只有唱师了。这样的一种历史叙事，已经无须概括故事及其含义，我们需要追问的只是讲述这样的故事意味着什么？这样的讲述又意味着什么？

这是关于生与死的故事——在祖坟上磕头触发的写作动机，并且始终是一个唱阴歌的唱师讲述的故事。小说第一个故事由老黑引入，那是20世纪早期陕北乡村社会如何为现代性暴力介入的故事。老黑拿着枪，王世贞拉着保安队，李得胜从延安来，这片土地上演绎着最为剧烈的社会动荡。枪所代表的现代性暴力改变了乡村、家庭和个人。乡村的盲目、野蛮与革命的偶然发生混合在一起，演绎着现代性在中国到来之惨烈，枪与死亡成为这一个故事的主题。随后的历史还是延续了革命的惯性，进入第二个故事，贾平凹的叙述归于平缓，这是老城村的马生、王财东、白土、玉镯的故事，阶级对立酝酿出的仇恨未见得平和，依然要死要活的斗争裹挟着乡村的那些琐碎的家长里短，贾平凹驾轻就熟，笔尖所触形神毕现，故而叙述显得十分轻松。但历史的结果并不让人平静，白土与玉镯的故事怪异却生动，重温了贾平凹乡土情爱的惯常模式。小说讲到第三个故事，阶级仇恨在“文革”斗争中再以更滑稽荒谬的形式重演，甚至推到另一个极端，但是历史的惨烈已经让位于变了味的荒诞。棋盘村多少有点像贾平凹的家乡，这样一场大革命的故事就由一个被随意指认的坏分子——全村最漂亮的女人来承担。斗争的凶狠掺杂着荒诞，仿佛悲剧也变成了喜剧，看来贾平凹对历史中的人性是彻底失望了。第四个故事讲到了改革开放时期，脱贫致富的欲望以戏生这样一个人物的经历来呈现，戏生当上了“当归村”的村长，带领全村种植当归，好日子刚开始就遭遇了瘟疫，全村死伤者大半。贾平凹选择的角度固然有讲究，“当归村”又意味着什么呢？土地回到村民手中，农民还是农民，但劫难却不可抗拒，历史像是在一个意想不到的时刻来完成它的报应。尽管我们可能会觉得小说这一部分太消极悲观了，气也略显短弱，这瘟疫也压不住、呼应不了老黑们的打打杀杀，但是，这些已经显得不重要了，或许贾平凹正是为了让历史如此无聊，了无新意，草草结束也有可能。抑或是这样渐渐缓慢弱下去的气息，表示着20世纪的终场？

这样四个片段拼合在一起，可以称得上是“短20世纪”的历史。它们本质上并无区别，动乱、战争、暴力、翻身、斗争、屈辱、颠沛流离，它们都归属于20世纪的本质——这是关于“世道在变”的故事。历史之变与生活的真实要找到一种结合的方式，贾平凹只能回到他最熟悉的乡村真实生活中去。读这部小说，你会惊异于贾平凹对生活细节的捕捉，那么多的小故事，一个个小片段，那种笔法已然随心所欲，笔力所及，皆成妙趣。惨烈让人惊心动魄，伤痛又有一丝丝的温热透示出来，足以让人感受到生活的质地。

天道与人道的对话

对于贾平凹这次迟到的思考来说，由这个唱阴歌的不死的唱师来诉说可能是一个必要的形式。何以还要在《山海经》的名义下来说出？贾平凹要把 20 世纪“变”的历史纳入《山海经》的史前史中去思考，这就是天道与人道的对话。天不变道亦不变，人间的打打杀杀、是非曲直、恩怨情仇、荣辱悲欢又有多少意义呢？人道大不过天道。贾平凹看不得人世间残害生命的那些事件和变故，而死亡周而复始或如期而至。贾平凹说：“没有人不死去的，没有时代不死去的。”

但新的世纪的到来都没有一点预示吗？小说最后是把死去的老唱师封存在窑洞里，这确实有点告别的意思。20 世纪初，也就是在 1923 年，前苏联诗人曼德尔斯塔姆在那首名为《世纪》的诗的结尾，也渴望新世纪到来的希望：“新的岁月的衔接 / 需要用一根长笛 / 这是世纪在掀动 / 人类忧伤的波浪， / 而蝮蛇在草丛中 / 享受着世纪的旋律。// 我的世纪美好而凄惨！ / 面带一丝无意的笑容，/ 你回头张望，残忍而虚弱 / 如同野兽，曾经那么机灵，张望自己趾爪的印痕。”这是什么样的期待？忧伤的曼德尔斯塔姆后来绝望了，在写出这首诗 11 年之后被逮捕、流放，不久死于远东流放地。阿兰·巴迪欧想从这首诗中读出 20 世纪复杂且有预示新生的启示性意义。他认为，这个世纪是一种可以看做部分被生命所超越的人性动物的世纪。他说，这首诗并没有在这种超越上驻足，“它牢牢地将这个世纪同野兽的活生生的根源的形象绑在一起”。重要的是，“它超越了在历史时间之中的存在”，“这个世纪的人必须面对历史的宏大，他必须支撑起思想和历史之间的兼容性的普罗米修斯般的规划。”然而，面对这个世纪，面对世纪的野兽，谁能像，谁又有那样的主体性，如同巴迪欧（设想的）那样超越时间中的存在，不屈不挠地发掘历史的英雄般的意志呢？

生长于21世纪初的贾平凹，确实没有给我们吹奏“一根长笛”去衔接“新的岁月”，而是用西北腔“说一句，念一句”去衔接史前史的《山海经》。可否看成这也是一种英雄豪情呢？他自觉承担了责任，他为了告别，为了不遗忘而写作，也为了历史不再重演写作。尽管他的告别有点晚到，却也有他独到的一种方式。他说：“人过的日子，必是一日遇佛一日遇魔，风刮很累，花开花也疼。”果真如此？我们何妨再信他一回。拭目以待吧。

《三个三重奏》：在没有光泽的所在寻觅真相

孙　郁

重奏

和一般的作家不同，宁肯在瞭望人间的烟火时，喜欢哲学式的归纳，以历史的、玄思的方式完成自己的表达。长篇新作《三个三重奏》的设计有重奏，也有和弦，彼此在分而又合的旋律里分散滑行。然而更吸引我的是作者文本中的“独奏”，那些“注释”，那些感叹于生活的笔墨，我以为其中有作者的寄托。宁肯常在离开叙述主题的闲笔里道出自己的本意，无疑，宁肯这部新作是一部剖析我们生存隐含的苦思之书，而作者不满足于展示，还增加了冷思。作者觉得线性逻辑无法呈现存在的全部，只有在多维的时空里，人物方立体起来。于是在主体的线条外，作者加色、加味，又有本真的独白。你既可以感受到作者的自信，也能体味到失败的苦涩。在挫折里建立的自信，倒是这部长篇小说的特有之味。

小说的议论方式，引起人们不同的看法。批评者有之，肯定者亦多。这大概和作者的学术情结大有关系。自《天·藏》开始，宁肯形而上的冲动一直未熄，且形成了自己的独特风格。在当代小说家中，以追问的方式拷问存在，易被书斋式的话语纠缠，白话小说百年，类似的尝试不多。作者自然也染上学究式的语句，给读者诸多的思考的诱惑。小说是可以用理性的方式介入情节的，纳博科夫、卡尔维诺就有过这样的尝试。这也是合奏里的变调，我们在这里听到了弦外之音。议论的使用更带有作者对小说形式变化的渴念，但其间也有形式无法表达的表达。叙述里的思考方便了读者的理解，但无意中弱化了故事自我打开的弹性。作者喜欢的方式，读者未必欣赏，宁肯的固执也牺牲了向读者的讨好。说他是有突围意识的我行我素者并不为过。宁肯不甘于旧有的叙述逻辑，总是向着未历的时空挺进。

一切从 80 年代开始

毫无疑问的是，这种先锋式的笔意，渐渐增加了小说的厚度。这厚度来自一种历史的贯穿性。小说绝不满足对当下存在的照相。他一直暗示着上世纪 80 年代的经验。当下中国何以如此，都与 80 年代息息相关。如果不是那个逻辑起点的错位，后来的一切可能是另一种样子。或者说，我们只有了解了 80 年代，才能够看清后来知识人的分分合合。小说在叙述自我的 80 年代生活的时候，启蒙意识下的朗然之思被后来的暗影缠绕着。作者的精神与 80 年代有着密切的联系，没有对 80 年代的理解，就无法认识《三个三重奏》。这构成了历史的逻辑。我们在这个延伸的逻辑里，看到了时代悲喜剧的发展轨迹。

宁肯一再写 80 年代的海边旅行，以及爱情的经历，看出一个激情的时代的轨迹。后来的人生如此惊心动魄，先前人们是无法料及的。那样一个有理想、有抱负的青年群落，是很少顾及自我私欲的探索者。想起后来人生的变异，一切都难以理喻。80 年代以来的历史错位，导致了社会生态的变化。先前的逻辑已经难以描述这样的过程，这是作者思考的因由之一。恰是选择的不可思议性，让我们窥见了文化里的宿命之影。在面对这段历史的时候，作者知道，现行的概念无效，那些被无数次重复的词语无法进入存在的核心。于是，佛教、周易、域外哲学，便走进文本的深处。而他对于存在的悖谬性的理解，也以诗的方式出现了。

词语之外的真意

在宁肯看来，无论哪一种理论，都对过去有阐释的通道，唯独不能面对未来。周易不是预测的，而是“逆袭”。未来的存在我们永远不知道。作者说周易“是一部飞速向后的书；除了让你明白过去，永远不可能让你明白未来”。存在的过程使不可能成为可能，但我们事先无法预料。公共性的存在是由无数各不相关的私人性支撑的，而私人性是不可控的。小说的叙述者注意到了鲁迅与汤因比的差异，他们都在单一色里看到了五色，而宁肯的思想也因之一直与复杂性纠葛在一起。

图书馆与看守所都是终点的象征。图书是一种智力的完成，死刑乃是生命的终结。但对于宁肯而言，这两个存在却是自己思考的开始。恰是在这个层面上，他以为占有的存在不是美的，远远地看，却有意思。杜远方在公司里毫无羞耻心，但在清纯未染的学生那里，却有了罪恶之感。居延泽征服了李离，不仅没有收获快慰，却有了对李离情人杜远方的恐惧。而敏芬的特点是，在罪恶那里感受到真的爱，道德与生命存在竟没有关系。真实里的虚幻，与虚幻里的真实，构成了词语之外存在的真意。

在小说里，作者借着杜远方的口说，没有写到书本里的存在才是真的存在。书本里的那些东西不过是日常和合乎逻辑的所在。《三个三重奏》在本质上是绕过逻辑化存在的文本。杜远方与敏芬的结识出人意料，居延泽和李离的爱乃姐弟式的怪异连接。而蓝莉莉对敏芬的同性之爱也有反日常性的奇异。这些夸大化的描述，因了场景与心灵感受的真切，显得颇多意味，读起来并无生硬之感。你会觉得它潜伏在我们的周围，竟被我们的作者悄悄捕捉到了。整篇小说写了白日里的黑暗，平淡背后的冲突，大家都在这个暗影里。日光下没有新事，而夜色里进行的却是历史的主调。

对于小说家而言，生活是鲜活的，但它居于词语的幽闭之中。

写作的功能之一是打破这种幽闭，使存在敞开，福克纳、博尔赫斯无不如此。贾平凹以说狐谈鬼点出本质；阎连科有他的神实主义，幻中带真；莫言则写田野鬼魂的狂欢、《聊斋志异》的凄艳之美，有滋有味。白话文处理生活，如果没有日常词语之外的力量，可能存在问题，这是许多作家意识到的。宁肯则有自己的哲学，他在《天・藏》里以思辨的方式进行拷问。那是远离世俗之所的面对。而《三个三重奏》是俗世的凝视后的一种盘诘，在荒诞的世间看人性的沟沟岔岔、长长短短。远离尘世的冷思，自陶渊明后已经很多，我们可以列出无数的名字。但在俗世里勾勒哲思，难而又难，那需要另类笔法为之。宁肯的写作，要做的思考恰在这里。

冒险的精神突围

在这个层面来说，他是在没有光泽的所在寻觅真相的人，以生命的燃烧，照着未见的路。这使我想起80年代的先锋写作，他的选择，可以说是30年前的文化思潮的延伸。80年代先锋式的写作，在词语间试炼着存在的要义，许多文本给我们诸多的刺激。但以哲学的方式达成自己的思想的，却为数不多。宁肯在别人未曾完成的路途开始启程。他知道，既有的叙述可能存在短板，而重新组合故事与词语，可能看到更为丰富的存在。小说不是重复以往，而是对陌生的追问。在没有航标的船上，什么都可能发生。

但这种选择的冒险时时伴随着作者。有时也带有脱离生活的生硬的痕迹。我个人觉得，那些哲思如果在叙述里不经意地带出，可能更为动人，《红楼梦》的伟大就在这里。但《三个三重奏》的叙述意图化较为明显，设计的痕迹覆盖了生活之迹，倒难见浑然的图景的美色了。这是尝试的代价，也由于这代价，我们才知道探索的艰难，也由此可以看见独行者的悲壮。而这种悲壮，多年以来一直与其为伍为伴的。

的确，长篇小说的价值，常常在于对不可能的存在的一种呼之欲出的、如诗如画的处理。无中生有是多么有趣！宁肯在最实在里进行虚化的演示，从俗世里提炼生命哲学的隐含，自然有别人没有的历险。这是思想的胜利，也是想象的胜利。他自己就快意于这样的劳作。比如他使用注释的方式来推演故事，这也招来了反对的意见。可是独创的所在也未尝没有。纳博科夫在《微弱的火》中使用过这样的方法，宁肯也在此用力甚深。

我在他的义无反顾的选择里，感受到精神突围的渴望。这也是他从今天的话语结构里挣脱自我的努力选择。诗与哲学使我们从污浊里走向圣界，长篇小说其实早已拥有了这样的功能。宁肯不倦地奔走在这条苦路上，他其实也品尝了其间的甜意。

饶有新意的长篇历史小说

严家炎

杨友今的长篇历史小说《大唐神韵：女皇武则天》（作家出版社 2014 年 8 月）出版，意味着很有必要重新识别武则天这位中国历史上唯一的女皇帝，给予她以确切的历史定位。唐朝实行开放政策，创造了最为史家称道的辉煌发展时期。武则天执掌皇权的半个世纪，在承继贞观之治和开元盛世之间到底有没有贡献，有多少贡献？同时又有哪些缺失和历史局限性？葛笑政说："作品没有回避历史事实的真相，某些章节有到位的甚至是精彩的描写。"是否果真如此？是否当真值得一读，值得进一步探讨和研究？

真实再现典型人物

恩格斯指出："现实主义的意思是，除细节的真实外，还要真实地再现典型环境中的典型人物。"文学是人学，因此《大唐神韵：女皇武则天》特别注意武则天这一典型形象的塑造。她 14 岁由选美入宫，成为唐太宗李世民的才人，李世民驾崩，她随同天子"幸"过的侍女入感业寺削发为尼。时隔一年，高宗李治到感业寺给父皇上香，旧情难忘，召见了武则天，然后悄悄地把她接回了内宫。苦尽甘来。她生下后来成为太子的李弘之后，受封为昭仪。武则天是一个进取心特强的女性，不甘寂寞，由内而外展开了她争权夺利的奋斗生涯，首先把王皇后和萧淑妃置于死地，自己坐上了皇后的宝座。接着又扳倒了以国舅长孙无忌为首的官僚贵族集团，协助夫君李治收回了皇权，牢牢地掌握了皇权。李治驾崩，她仍不肯退入后宫，废中宗李显为庐陵王，立第四子（幼子）李旦当有名无实的“挂名天子”，自己则以皇太后的身份垂帘听政，实行“造神运动”和“恐怖政治”，起用酷吏，大开杀戒，消灭政敌，把本人抬高到弥勒佛转世的高度，改朝换代，建立武周政权，成为中国历史上唯一的女皇帝。最终又在宰相张柬之等当权力量的逼迫下，将皇位传给第三子李显，死后照旧回到李治身边当则天皇后，并在其帝后安葬的乾陵前立一块无字碑，一生功过及是非曲直由后人去评说。

杨友今是文学大家周立波和周健明父子的学生；20世纪80年代初，他又拜文坛巨擘姚雪垠为师，学习写历史小说。在《大唐神韵：女皇武则天》的创作中，他继承了“茶子花”和“新历史小说”两大文学流派善于提炼情节和刻画人物的长处，特别讲究故事情节和细节的真实性、生动性、丰富性和相对完整性，意深情切，形象厚实。小说中武则天的所作所为，都是为了凸显其人性和个性的力量，达到塑造典型形象的目的。典型形象是小说内容的中心，其他一切环境、事件等的描写都是围绕着这一中心，并为中心服务的。杨友今从研究唐史出发，以自己丰厚的文学修养，在《大唐神韵：女皇武则天》中描写了武则天的文学形象、精神气质，以及跟她相关的历史事件和历史人物的错综复杂的因果关系，把读者带进了唐代特定的历史环境和历史人物中间，如临其境，如闻其声，生动地再现了唐代前期的历史生活，并给予武则天等历史人物以活脱的艺术生命。

作品相当成功地展示了几十个各不相同、个性鲜明的人物形象，其中如李治、长孙无忌、李勣、上官仪、许敬宗、李义府、薛怀义、上官婉儿、太平公主、魏元忠、狄仁杰、武三思等等，血肉丰满，呼之欲出，就其思想内涵和艺术水平而言，在当代历史小说中具有相当的文学高度和审美价值。以狄仁杰形象为例，可以说一出场就相当突出。大理寺呈递奏章，弹劾左威卫大将军权善才与左监门中郎将范怀义，误伐了昭陵的一棵柏树。皇帝李治未经深思就口谕要将两个官员处以斩刑。刚从县令破格提拔的大理丞狄仁杰觉得这样处理不妥，当场奏道："权、范二人虽触犯皇法，但并非故意，即使是滥伐，也为救灾，不构成死罪。"李治不接受，说昭陵是先帝的陵寝，自己作为儿子，连父皇的一块墓地都守不住，岂非大不孝！狄仁杰说："由先帝主持制定的《唐律》，是治国的法宝。假设意气用事，法律失去了尊严，人心浮动，怕只怕先帝九泉之下反而会不安。"又说："砍掉一棵树，可以补栽，人死了不可以复生……将军出生入死，浴血奋战，无非为了先帝所开创的大唐基业。如果仅仅因为他们错砍了一棵古柏，就要处以斩刑，那岂不是一错再错。"高宗皇帝显得有点尴尬。这时，皇后武则天出来说话："狄卿既然了解伐树的实情，又懂得国法，那么，事情就交由你处理好啦。"最后，狄仁杰不负众望，依法免除了权、范二人的死刑，改判革职除名，发配岭南。小说根据唐史，将狄仁杰清廉刚正、秉公断案的形象写得非常出色。他断积案1.7万件，竟未发生一件错案冤案，故享有"狄青天"之美誉。即使某些次要人物，甚至是昙花一现的人物，如骆宾王、王勃、李昭德、裴行俭、来俊臣和周兴等，虽然着墨不多，也都勾画得活灵活现，不落俗套。

当我们提及《大唐神韵：女皇武则天》人物塑造的典型和成功之处时，自然首先会想到武则天。这是一个很有深度和力度的形象，其突出的个性和丰富的人生阅历不愧为历史小说中女性和帝王系列的"这一个"。她通文史，多权谋，讲排场，爱风流，好事做了不少，坏事也干得非常绝。由于她视野开阔，纵横捭阖，算计精确可靠，狂野而冷静，温雅而暴戾，集妩媚、风流、刻毒于一身，形成了一个充满矛盾而又协调的混合体，创造出了一个鲜活而立体化的核心典型形象。

生活化描写深化主题

文学作品其实就是写人的生活，人物生活面的广与细，对于评判一部作品的成败优劣关系甚大。《大唐神韵：女皇武则天》以突兀多变、酣畅淋漓的生活化的描写，彰显了它的真实性、历史感和生活气息，展现了极富韵味的艺术力量。作者以入木三分的笔力，源源不断地把唐代前期的宫殿庭院、文物典章、朝堂礼仪、衣冠服饰、风尚习俗等绘声绘色地描画出来，精细而绚烂，不禁使人啧啧称道。

众所周知，历史小说的生活化描写，不只追求真实的效果，而且还具有深化主题内涵的作用。《大唐神韵：女皇武则天》以宫廷独特的生活为蓝本进行描摹，并把它作为绘制每幅图画的基本色调，如诗如画地再现当时历史的本来面貌，为读者营造仿佛身临其境的逼真感，体现了武则天时代强烈的生活韵律和政治色彩。可惜有的历史小说凌虚蹈空，华而不实，用故事化代替生活化，明显背离了对于真实生活的描写。《大唐神韵:女皇武则天》所呈现的生活画面，不但充满了客观生活的真情实感，并且还蕴含着深刻的思想内容。我们从作品变幻流动的画面中可以看到朝廷内外时而和风细雨，时而狂风暴雨，时而阳光灿烂，时而腥风血雨，围绕着武则天实现女皇梦想一轮一轮地推进，简直达到了疯狂的程度。这里转折性的一章是《双圣》，该章极有戏剧性：李治立武则天当了皇后，随即又感到自己处处受制于人，尤其发现武则天与道士郭行真厮混后，他气得脸色煞白，大叫："朕非废掉她不可，可恶的淫妇！"他把上官仪叫来起草废后的诏书，声称"一切由朕担当"。但当武则天得到亲信报告赶来责问时，胆小的李治又吓得惊慌失措，把事情推卸到上官仪身上，害得上官仪被武则天以谋反罪处死。从此武则天的垂帘听政便达到一个新的高度，权力大有盖过高宗之势。她首创铜匦（检举箱），起用酷吏，大兴告密风，先后杀李氏皇族近500人，灭大臣数百家，甚至残害自己亲生的儿女。她的统治风格是威权独任，顺我者昌，逆我者亡，恩怨必报。其治术则是神道设教，以天人感应制造太平景象，借佛教伪造自己是弥勒佛降生，演绎轮王政治，迷惑臣民，同时假借建造天枢、明堂、九鼎、肖神，以及封禅，一再改元，获取自信心，强化其神秘力量。

杨友今在姚雪垠的指点提示下，走上了新历史小说的创作道路。姚老特别强调，写历史小说，不可一笔一画都死扣着历史，演说历史进程，而要放开手笔，穿插点染史书外的多姿多彩的生活图景，既写历史，又写生活，大胆进行艺术探索，传统与创新相结合。正如有人评价的那样，杨友今的小说“以现实主义为基调，融入现代主义和后现代主义的创作技法”，创造了一种新的写作风格，为新历史小说流派又增添了新的色彩和芬芳。

中西合璧的结构方式

《大唐神韵：女皇武则天》涉及的生活面宽阔，内容复杂，线索繁多，无疑给艺术结构带来了困难。杨友今效仿《李自成》和《悲惨世界》等中外名著的结构方式谋篇布局，安排情节，组织结构，以武则天为形象中心，可以说做到了统筹兼顾，虚实得体，主次分明，繁而不乱。

小说叙事内容的基本成分是故事，内容的存在形态便是结构。确切地说，结构就是作品的一种艺术构造，它是围绕作品提出的主要问题的解决，所采取的一切描写和阐明生活的手段。车尔尼雪夫斯基说：“在活人的集团中所有的人都是按照下列条件行动的：一是人们之间所发生的情景的实质，二是自己性格的实质，三是环境的条件。”情节便是再现冲突的展开，以及读者在作品中所看到的人物的生活环境。它把人物的外貌、内心世界、性格、生活方式和行为透显出来，因此作品中再现的成分也就是结构的主要成分。结构大于情节，不过结构的一切主要手段都和情节有联系。杨友今在《大唐神韵：女皇武则天》中，兼取中西合璧的创作方法，故事编排跌宕跳跃，异峰突起，颇能给人以出神入化、应接不暇之感。小说以武则天的女皇梦想这一主线为纲，其他线索为目，纲举目张，层层推进，错落有致地演说故事情节，宜粗则粗，宜细则细，大起大落，简繁得当，疏阔处一笔带过，细密处浓墨重彩，情节交织扭结起来，人物形象次第从情节的冲突中显现出来。这种开放性的结构，能够给人耳目一新的感觉，有时很可以讨巧。如《大唐神韵：女皇武则天》下册第三十九章《神龙兵变》的末尾，作者通过武则天分别与宰相张柬之、崔玄暐，左羽林卫大将军李多祚三人的问答，实际上从科举制度的改革、全国户籍的翻倍、江山疆域的扩大三个方面肯定了武则天当政时期的重要建树。还借姚元崇的陈述，把狄仁杰对帝王后妃数量的看法公开提了出来。姚元崇说："当年王求礼上疏，请求阉割薛怀义，以免扰乱宫闱。臣亲眼见到了狄仁杰的批语：'知之而言，不知而言？阴阳易位，各有所需。三千嫌少，一个嫌多。天理何在，良心何存！'诸位再想一想，狄公所批，合不合乎人之常情？"结果是："殿内忽然都沉默了。"但这种结构确是很难驾驭的，故事情节的个别链条不容易咬紧，稍有疏忽则出现失调，使旁枝侧节产生"过剩"现象，如书中《泰山封禅》《滕王阁序》和《绿珠怨》等章节，就显得枝枝蔓蔓，对于中心故事情节的推动和重点人物形象的塑造似乎意义不大。

《大唐神韵：女皇武则天》采用了意识流手法表现人物心理的做法，有创新和可取之处。正如王蒙所说："我们的意识流不是一种叫人逃避现实，走向内心的意识流，而是一种叫人既面向客观世界，也面向主观世界，既热爱生活也爱人的心灵的健康而又充实的自我感受。"杨友今采纳意识流，突破传统历史小说写人的定法，某些章节以人物（主要指武则天）的意识流动来传达心理活动和故事情节，内外结合，可谓相得益彰。由此可见，作品的艺术结构兼学中外，不拘一格，既有继承，又有借鉴，应该说也是一种创新。

《大唐神韵：女皇武则天》创造性的艺术处理，使它所描写的主要文学形象获得了较强烈的美学力量。杨友今是一位学者型的作家，熟悉历史，学养较厚。他在对待历史事件和历史人物时，坚持从人物形象出发来反映事件的过程和结果，以武则天等人物命运的变迁为张本，挑选故事情节，安排艺术结构，使之既不脱离历史事件的本来面目，又能多角度、多层面地刻画有关人物的复杂性格，基本达到了"情节是人物性格发展的历史"的艺术高度。在我国当代新历史小说的创作中，可算是又一部不同凡响的匠心之作。

嘛呢石，静静地敲

——读万玛才旦小说

严英秀

《嘛呢石，静静地敲》这部小说集，我是陆续在飞机上读完的。在飞翔的静止中，在一万二千米的高度上，实在是读《嘛呢石，静静地敲》的适宜时机。在偶尔的气流颠簸中，将目光从书页上投向舷窗外时，看到的永远是云。它们或浓，或淡，或密密地堆积，或慢慢地游走。它们千姿百态，却无一例外地从容着、淡定着，好像从不急于赶往某个方向，好像唯此刻是永世安好。这多么像万玛才旦笔下的小说所呈现出来的一种生活形态：那些遥远的草原和村庄，那些混沌无名的时间，那些随日光流年渐次隐退的爱恨情仇，那些闲云成雨的人生，在大地的皱褶里无声地流淌，像是遗忘般诉说着关于一个民族的铭记。

行云流水，是的，这就是万玛才旦的小说给我的感受。纵观《嘛呢石，静静地敲》中的十个短篇，每一个故事都是平常存在，所有的篇章都是自然叙述。简单，平淡，从容，自然，是万玛才旦小说的基本风格。作为一个藏族作家，作为一个以青藏生活为创作题材的西部小说家，万玛才旦摒弃了盛行至今的写作模式：迎合东部期待视野的边地风情展示，民族宗教、文化炫美心态下的传奇追述，以及貌似深刻神秘的时髦而冷漠的“原生态”纪事。他走上了另一条道路，以当下普通藏人的日常生活为自己的书写内容。这样的选择不仅仅关乎到小说的取材方向，更是一种自觉的文化立场。

在小说集中，《午后》实在是一部饶有兴味的短篇佳构。少年昂本一觉醒来，记起自己和情人卓玛今晚有约，便心急火燎地走到了田间小路上。路上亮晃晃，如白昼一般，他抬头看了一眼天空说：“今晚的月亮真亮啊，刺得我都睁不开眼睛。”但他还是觉得舒服，因为“今晚的风很好”。接下来，昂本依次遇到一条蛇、听说他要去约会便莫名其妙地嘲笑他是傻瓜的少年贾巴、想嫁给他的20岁小寡妇周措、一只黑猫、一台手扶拖拉机、一只黄狗，还有想招他做上门女婿的东巴大叔，最后，他来到了卓玛家门前，却猝不及防地撞到了卓玛的父母兄弟所有人。“跟情人约会时被她家人看见是最令人尴尬的事”，“平常这个时候，卓玛家的大门都是紧紧闭着的，人都睡了，今晚不知为什么会这样。”小说的最后，卓玛涨红着脸说：“傻瓜，现在才是午后，太阳还在头顶呢。”少年昂本蒙了，过了好一会儿才说：“那我回去再睡一觉。”小说讲述了一个“几乎无事的喜剧”。但它简单而集中地体现了万玛才旦小说最炫目的特质之一：轻盈，洒脱，足够的善意，有节制的魔幻。日光之下无新鲜事，但有一个少年却将太阳当成了月亮，小说的卖关子给予读者的不是嘲弄，而是充溢的温情，只有胸怀太阳一样炽烈的赤子之心的青春少年，才会犯下如此“美丽的错误”。

万玛才旦的小说世界是简单的，但这样的简单绝不是一览无余的粗陋、场光地净的直白，而是幽深无边的青山捧出的那一声鸟鸣，是满园春色偶露峥嵘的那一枝红杏，是苍茫大海上驶来的八分之一的冰山，是历尽千山万水的朝圣之路在佛光下无语匍匐的那一拜。万玛才旦深谙简约之于短篇小说的重要性，他披荆斩棘，将婆娑缠杂的叙事藤蔓一一归顺，修理，删繁就简成精干利落的白描枝干。篇幅短小了，故事简洁了，但回味更悠长了，寓意更丰厚了。《嘛呢石，静静地敲》《八只羊》《脑海中的两个人》《一块红布》都是如此，看上去极为平实简练，却又充满了多重隐喻，是经得起深度阐释的小说文本。

《陌生人》的故事，看似波澜不兴，却激流暗涌。一个“陌生人”从遥远的大地方来到村庄，寻找叫卓玛的女人。他认定这是二十一个卓玛的故乡。藏语“卓玛”，即“度母”的意思，二十一度母，是雪域大地的慈悲之神。陌生人为什么来找卓玛，他是谁，有着怎样的过往？为什么他说“你们这里的阳光比我们那里的好”？为什么他口袋里有大把大把的钱，脸上却是“一副疲倦和哀伤的神情”？虽然小说始终未对这些问题给出答案，“寻找卓玛”这条主线的象征意味是含蓄的、潜隐的，但也是能指的、欲藏还露的。问题是，卓玛的“故乡”并不能给予这个执著寻找的陌生人什么有效的回应。这个小小的村庄，满街游荡着无所事事被廉价酒灌得摇摇晃晃的年轻人。小卖部里那个叫卓玛的女孩把“瓜子皮吐到前面的水泥地上，地上白花花一片”。为了挣到陌生人承诺的一百元钱，更多的卓玛纷纭而来——她们都不是他要找的卓玛。最后，一心想要离开这里的售货员卓玛跟着他走了，当然，她也不是他要找的卓玛。陌生人离去时“有点失望，也有点失落”，但这一点也不影响村人用他留下的三瓶酒继续热闹下去。我不知道为什么，几次读《陌生人》，心都被一种无可名状的忧伤牵扯着。也许，众生皆有神性，安宁趋善的生活就是佛境，但茫然和无知、浮躁和喧嚣，使得我们成了“故乡”的“陌生人”，神迹永在远方。那么，一个民族的文化传承，一种传统的有效延续，到底需要怎样的内里的支撑，怎样的精神的交接，才不至于在变异中遭遇坍塌，在“形式”中走向沦丧？

万玛才旦曾将广泛流传于藏区大地的经典民间故事翻译为汉语的《西藏：说不完的故事》出版。这是一个大故事套20余个小故事的叙述框架，而众多故事的源发是因为赎罪之人德觉桑布受大师旨意，要将如意宝尸背回人间，造福世人。但是，背宝尸过程中他不能开口说话，一旦说话，背上的宝尸就会飞回去，他又得重新去背。但如意宝尸太会讲故事，它以妙趣横生引人入胜的故事引诱德觉桑布，使其无论怎么克制小心最终都情不自禁地发问或感叹，从而前功尽弃，一次次从头再来。德觉桑布背宝尸的故事让我自然地联想起推石头上山顶的西西弗斯，但显然，它比后者多一份藏人智慧的轻松、有趣，少一份西方哲学的悲剧宿命感。在万玛才旦的短篇《第九个男人》中，我欣喜地看到“说不完的故事”传统对其小说叙事的渗透和影响。这使得万玛才旦的作品浑然天成地拥有了一种富有蕴藉的民族性，散发着一种迷幻而又亲切的气息。

《第九个男人》中的“第九个男人”，是作品中着墨不多但却属精心打造的“男一号”。这个人物猛一看，像极了背宝尸的德觉桑布，在女主人公雍措每讲完与一个男人的情史后，他都要情不自禁地插话，给予评价，偶或表示理解认同，但更多的是鄙夷不屑和愤恨。他的话往往只有寥寥一言半语，却有居高临下的优越、置身事外的敏锐。这“第九个男人”以他的插话串起了小说中的九个故事，同时也塑造了卓然不群的自我形象，使得读者眼前亮了心头热了，随同雍措一起对她将要开始的第九段生活，充满了幸福的期许。但幸福就像那个狡猾的宝尸，“扑棱”一声又飞回去了：这第九个男人其实和雍措所经历的前八个男人一样丑陋，他言行不一，是一个彻头彻尾的伪君子。如果说前面的八个男人分别代表了八种不同的人性之恶，那么这“第九个男人”则是那种最让人不堪忍受的阴暗。

应该说，这“第九个男人”算得上是万玛才旦笔下一个极富性格的典型形象，值得玩味再三。但我掩卷而思，意绪却总是缠绕到小说的女主人公身上。雍措，这是个怎样的女人啊，她正当年华，脑子和欲念一样简单，一不小心就陷进了狭促险恶的环境。男人们要掳掠她的身体，女人们则妒忌她的美貌。她先后遭遇了破戒的僧人、始乱终弃者、奸商、卡车司机、骗子、性亢奋的放羊娃、性无能的村霸、视女人为生育工具的独生子，饱经欺骗、凌辱、暴力和抛弃。小说开头第一句便说：“在遇到这个男人之前，雍措对所有的男人都失去了信心。这个男人是雍措的第九个男人。”然而，正是这个男人，成为伤害雍措最深的人。作品结尾，雍措不知去向，留给“第九个男人”的是雍措两根长长的发辫。雍措万念俱灰，削发为尼了吗？或者，斩断情丝，流落他乡，又去遭遇不可知的厄运？甚至，一死了之？

这实在是一个浸泡在苦水中的悲惨的女性，她命运多舛，令人唏嘘不已。但就是这样一个女性，这样一个极尽繁复的苦难文本，万玛才旦的笔调也是平静的、淡定的、从容的。他不渲染苦难，似乎苦难原本就是生活的本相；他不夸大同情，因为同情于残缺的生活无补；他不煽情人物的承受，甚至，他让雍措在面对接踵而来的打击时，脸上挂着的一度是茫然的、混沌的、麻木的表情——这真实的笔触令人心颤。这是一个蒙昧而坚忍、懵懂却宽厚的女性形象，她不同于那些熠熠生辉的完美女性，但却是代表着最民间的另一种“地母”。万玛才旦以冷静克制的叙事风格，塑造了泥沙俱下的当下环境中一个极为独特的藏族女子，更关键的是，他写出了她泥淖中的成长。生活在给了她那么多不应该的打击后，终究还是赐予了一点该得的礼物：雍措终于对自身的处境、需求，对自己与男人的关系有了清醒的认识，她最后离开了“第九个男人”。实际上，从物质的角度看，她可以在“第九个男人”身边衣食无忧地活下去。但在经历了这么多之后，这个女人终于懂得，孤独比饥寒更难忍受，心灵的流离失所比身体的风餐露宿更让人绝望。

这才发现，万玛才旦是个极会写孤独的作家。他的小说里，遍布着孤独之人。雍措是个孤独的女人，那个前来寻找卓玛的“陌生人”是个孤独的男人。因为孤独，放羊娃甲洛对着听不懂藏话的老外，自说自话，泪流满面；因为孤独，洛桑一个月里几乎有 20 天藏在酒醉里；因为孤独，没有“身份”被人遗忘了的孤儿塔洛，以背诵毛主席语录的讶异方式寻找着与他人的对话、对自我的确认和“命名”……孤独遍地，但这不是图穷匕现寒光闪闪的孤独，不是长空裂帛凄绝悲歌的孤独，也不是暗夜无边噬人心骨的孤独，万玛才旦小说世界中的孤独，是举重若轻落地生根的孤独，是高风徐来月挂经幡的孤独，它笼罩着一种优雅的、幽暗的、迷人的光晕，从容地，笃定地，平实地，甚至是幽默地，从每一个故事、每一个人物、每一段字句中浸满出来，氤氲开去，让读者情不自禁地沉湎于一种清冷、淡远而悠长的感伤中。因着这样的特性，万玛才旦的小说以其温和的立场、简约的叙述、白描的手法、朴素的语言，却得天独厚地拥有了诗一般的光华质地。

我想，写出这些故事的万玛才旦，又是小说家又是翻译家又是电影导演的万玛才旦，也该是一个孤独的人吧？正是因为有着一颗柔软而高贵的孤独之心，这个高原之子在一次次的渐行渐远之后，完成着一次次别无选择的回归，执著不懈地记录着苍茫的青藏大地上那亘古不息的欢乐与忧愁、消逝与生长。正是因为在孤独中守望着最本真的信仰，他才以笔为旗，在猎猎之风中，引领读者抵达月亮之下的孤绝之地，一起聆听嘛呢石，静静地敲……

重而诗性的土地挽歌

——刘玉栋小说的审美指向特征

李一鸣

如果人类的记忆可以分类的话，或可分为群体记忆与个体记忆，若将个体记忆再次予以划分，又可分为生命的存在记忆与精神记忆。这应该是个饶有意味的界定。当岁月执意在每个人的生命中烙下成长的印痕，而时间，则以另一种姿态，完成着对人类精神的着意镌刻，它不止是打破了时间的局限，亦是对存在的一种恒久指认。刘玉栋的小说，便是以生命的存在轨迹、精神的时间向度为坐标，将鲁北平原的大地苍生，那些阳光下深重的伤口，那些饱蘸泪水的诗意，以“清明上河图”般的美学结构，以俄罗斯文学式的饱蘸浓墨的深情深重的笔力，描摹出既独特又共知的土地之上的场景。时间的碎片、若隐若现的时代背景、符号化的历史意识，随着叙事者的故事纷纷展开，其间有自己的生命记忆，更多的则是作者以恣意驰骋的精神力量，完成对历史的自由打量与独立建构。这恰恰是优秀作品所深具的品格，它令读者得以全然重新体验那些曾经的生活，或感知从未经历的人类跋涉。

“冒险”的“轻逸”的诗性书写

一种生活，一种人人都在经历着或经历过的凡俗岁月，能引燃书写的热望，必有许多繁复的理由，而其间不可规避的一个重要因素，必源于这生活里诗性的饱满与充盈。刘玉栋的小说，无疑源自这样宽阔的诗意，从而使其文本凝结成大地上一枚枚诗性的露珠，或在太阳升起的晨光里熠熠闪动，或在星辰漫天的幕夜中兀自垂落。此间的诗性，绝非直观的眼中的诗情画意，而是神观的心中的一种更为悠长的意味，深远复深重，满怀着无数未知的冒险。这冒险来自对大地本质的“切近”之难，来自对人性意味的“考量”之艰，更来自易于为人诟病的“轻浅”之评。

《我们分到了土地》中，爷爷企盼得到一块好地，近乎以神圣的心情让孙子逃学一天来抓阄，在得到一号阄后，他掩饰不住内心的狂喜，而当发现一号阄所得到的土地只是五块地头子，他内心美好的期待顷刻被毁，整个精神瞬间坍塌，以至于最后孤寂死于地头。土地与农民的生命如此相连，而命运的敲打如此不堪。小说结尾处，作者设计了一个梦幻般的情节，“我踩在圈沿的高处，一手攥着缰绳，一手抓着鬃毛，然后轻飘飘地落在它的背上。我觉得自己猛地长高不少”；“我看到月光下有一个黑影，他一动不动地坐在那里，前面是一望无际的麦田，那是我们刚刚分到的土地。马儿突然停下来，我勒一下缰绳，它的两只前蹄跃起来，差点把我掀下去。它的身上潮乎乎的。它回过头，朝我夸张地扇动着鼻子”；“我望着月光下的那个黑影”；“泪水搅碎了月亮的光泽”。一个生命的逝去所带来的沉痛，却在浓郁诗意中以浅浅淡语出之。《幸福的一天》则让猝然去世的菜贩子马全以灵魂漫游的方式来满足自己对于人生幸福的怀想。这超越现实的荒诞化叙事，诗性地切入纯粹的人物内心。正如作者一篇作品的诗意浓厚的名字《风中芦苇》，对苦难的土地，生活于其上的苍生，成人世界的无奈与荒凉，孩子心念中的忧患与成长，无不以深重诗意的在场，把握着作品的律动，建构着作品的气质。作者心中诗与思的交织与印证、提示与补充，醇熟的诗意与深重，不仅不相悖，反而有着相辅相成的彼此梳理，不仅透视出作者的视野维度，亦彰显出作者大约已找到的传统与新意之间，一处弥足的中间地带。这避免了乡村题材写作的流俗，并于最为疏淡简洁的叙述中，呈现出丰富而复杂的深刻意蕴。

意大利作家卡尔维诺说，“我的写作方法一直涉及减少沉重”，他认为，“只要人性受到沉重造成的奴役，我想我就应该像柏修斯那样飞入另外一种空间里去。我指的不是逃进梦境或者非理性中去。我指的是我必须改变我的方法，从一个不同的角度看待世界，用一种不同的逻辑，用一种面目一新的认知和检验方式。我所寻求的轻逸的形象，不应该被现在与未来的现实景象消融，不应该像梦一样消失”。“轻逸”的本质所在，或可以他对米兰·昆德拉小说《生命中不能承受之轻》的评价来涵括，“实际上是对生活中无法躲避的沉重表示出来的一种苦涩的认可”。对于令人无法忍受的沉重的世界，在广阔的文学天地之中，“轻逸”的品质或可创造出与我们生活于其中的世界截然不同的世界。《给马兰姑姑押车》中的少年小红兵，《葬马头》中葬了马头的瘸子父亲刘长贵，叫骂的母亲，被斩头煮肉的滚蹄子马……这冒险的诗意中蕴含的“轻逸”，于刘玉栋用心的小说创造而言，恰如呼吸之于人的性命，无色无味、无可捕捉、无处不在、无可或缺。

时间掂量的生命存在

“所有的艺术作品，若不放在这门艺术的历史脉络下审视，就很难捕捉到它的价值：原创性、新意和魅力。”昆德拉在他的经典文集《相遇》中，曾反复提及，关于艺术作品与其历史脉络的诸般关联，似在揭示一种写作的习俗与仪式，让人借助这位智者的心智之光，发现文学审美略显陌生的一面。

在乡村小说的传统书写中，古今中外许多类似作品的共性之一便是下意识的怜悯，如托尔斯泰的“悯农”情结，如以赛亚·柏林评价过的屠格涅夫的《猎人笔记》，“唤起知识阶级对乡下农民生活的深广同情”，而“格里葛洛维奇的《乡村》与《苦命人安东》，对农民悲剧命运的描写，也曾让别林斯基与妥氏流下感动的泪水”。诚然，永远最多承受风霜雪雨旱涝灾荒的人间大地，以及大地上最为劳苦的人们，有足够的理由让人为之深掬同情悲悯之泪，而同时，这样的文本，亦折射出一种驱笔的惯性，即对某些书写传统的习惯性依赖，因此在重复阐释前人的意义之后，难免隐约透出脆弱或无力。

难能可贵的是，刘玉栋的小说作品，恰于此间展现出一种全然区别于传统作品面目的弥足新意。正是这种昆德拉式的“新意”，令作品同时生发出昆德拉的另外两个宗旨：“原创性”及“魅力”。刘玉栋的小说创作多是纯粹意义的乡村题材写作，土地、马匹、粮食、饥饿、命运、希冀、生死，这些土地上一刻不曾止息的人间岁月，命运遭际中的人生苦楚、离合悲欢，苦寒深泪，于作者笔下，竟无一例外全然生发出一种宽阔的、未可名状的梦幻般的气质，引人暗自为叹。哪怕死亡——他的许多作品均写到死亡，老年的壮年的青年的动物的，离奇的哀婉的悲情的，这些死亡，这些人类生命中最为痛彻复惨烈的哀恸，此刻亦奇异地以一种真正意义上的挽歌的旋律，覆埋了死亡仅仅对人类精神创伤的揭示。在他的作品中，生与死出现了忘我的彼此敬意，或者说，正如这些故事本身、及作者经由故事所传达的意味一样：一切都不是源头亦非归宿，一切，包括生与死，只是时间的一部分段落，自由、平静、深重、宿命，苍远。

不可否认的是作者对题材的有效把握。没有任何一种书写，比对自己熟知一切的书写来得更为自如。正如菲利浦·拉金说的，“面对世界，一个作者只消径自退回到自身的生活中去，从中觅取写作素材。”这样的作品，极有可能成为有魅力的作品。刘玉栋的笔触，总是投向他所生长关切的农村大地，但他的作品魅力并非仅仅来源于题材，以及对传统书写营造而出的消解，亦非刻意而为之的对传统叙述的疏离与异化，而是于精神的自由释放中，不着痕迹地解放，同时亦尊奉着文学审美的自我意识。

在这幅“鲁北平原上河图”之间，无数的人物，无尽绵延的故事，大地上的生命旅程与家园结构，既如此与你我相似，细细端详又似迥然不同，分地分马的时代，拍电报的旧年华，绵延多少年的传统的婚丧嫁娶，切真的情爱、怨怼与宽恕。此刻的鲁北平原大地，仿佛亦成了一条流动不息的时间的河流，安静浩大而深邃，每一段从容而来的生生死死，都被岁月镌刻于河面之上，生命的喜悦与哀哭，成了那些不朽的笔画，看似诗意、闲散，实则深重而哀婉。这条不动声色的河，暗藏乡村岁月文明的潜流，每个故事都漫漶出明亮、朦胧、安静、忧伤，如鲁北平原上一曲深藏在喉不能吟出声响的挽歌，或午夜里一个母亲哀恸的泪水，只于眼里深深包含，却从未溢出。

一个人与土地同样恒久的对话，土地、母亲、挽歌与泪水，既是向外以个体记忆揭示出的群体记忆，亦即向内对自我抵达了一种迷人的身份重塑。读者分明认知到，作者差不多就是作品中的每个人，而事实上又几乎不可能。身份上的能指与所指的巨大统一与相悖，亦令作品格外意味深远，冷静而繁复。

童年记忆的寓言意味

昆德拉曾经说过，“童年与少年……是一个我们无法重返也无法恢复的年龄，于每个人而言，都已成为一个恒久的秘密，而唯有小说家，才能令我们再次靠近。”作为一个具有特殊敏感气质的作家，刘玉栋擅于运用童年视角进行乡村叙事，用文字唤回逝去的记忆。法国哲学家巴什拉说：“在岁月老去时，童年的回忆使我们具有细腻的感情，具有诗人波特莱尔在浩淼气氛中那样‘微笑的懊恼’。在这位诗人所体验的‘微笑的懊恼’里，我们似乎已实现了懊恼与安慰的奇特综合”，“童年深藏在我们心中，仍在我们心中，永远在我们心中，它是一种心灵状态。”童年感觉的细腻、纯真、新鲜、敏锐，使作家手中的笔摆脱了成年的理性桎梏，在回忆中激活鲜活的艺术智性。像《我们分到了土地》《给马兰姑姑押车》《跟你说说话》《葬马头》《平原六章》《公鸡的寓言》等作品，都因为独特的童年视角而使记忆叙事赢得了灵动气质。这种儿童视角使小说呈现出两个世界，现实世界和超现实世界。表层看，他的小说无不瞄向现实：故乡记忆、乡民生活、人们内心世界的冲突与痛苦；同时，他的小说又具有超现实的映像，神秘、梦幻的色彩氤氲于小说字里行间，各种人物被蒙上一层传奇的光环，具有广泛的象征意义，甚至可以将之当作民族的寓言来读。对于现实世界和超现实世界的复写，前者写实，后者写意，前者显，后者隐，前者明，后者暗，两者交错融合，赋予他的小说以变幻莫测、神奇瑰丽、摇曳多姿的艺术魅力。

《我们分到了土地》中，作者有这样一段描写，“我爬上我们家的土房子，然后把那两块砖头挪到北面去，炊烟马上就从烟囱里钻出来。”“我看到太阳红得就像徐家铺子的油炸糕；我看到村北枣树林里有一个扛着猎枪的人在追赶野兔子，他的前面有一条黑色的猎狗；我看到村西马颊河大坝就像课本上的长城一样拐了个弯儿；我看到村南的土路上，卖豆腐的刘迷糊正推着小车往村里赶；我看到槐树底下刘长河跟几个小孩子正玩一种叫‘骑马’的游戏；我看到刘土地正坐在猪舍里，跟我们家那头白色的大肥猪友好地说着什么；我看到高台阶的老婆张春梅正扭着圆圆的屁股追赶她家的一只母鸡；太阳越来越红了，有一半已经扎进枣树林子，我看到炊烟罩住了整个村子。”在儿童俯瞰下的八个凝造涵蕴生命质素的独特意象，组合为一个乡村生活的立体画面，形成色彩斑驳、声响混杂、动静相间、浑然天成的具有童话意味的独特艺术氛围，产生了一种令人身临其境、回味无穷的艺术效果，寄寓作者感伤的回忆。《给马兰姑姑押车》，以一个孩子的眼光，细致传神地描绘了鲁北娶亲的习俗和押车儿童的心理，结尾处画龙点睛地放大了故事的内涵，“红兵隐隐地感觉到，这些令人向往的事情，结果并不是都那么令人高兴。红兵似乎明白了马兰姑姑为什么在这样的日子里失声痛哭。红兵坐在马车上，盯着冬日阳光下暗绿色的麦田，猛地觉得自己长大了不少。”

巴乌斯托夫斯基说，“对生活，对我们周围一切诗意的理解，是童年时代给我们的伟大。”刘玉栋以童年视角这一童年时代的馈赠，借助儿童生命本真的存在状态，捕捉象征人性的“存在的话语”，达至去蔽还原，呈现成人世界本来的面目，展现出一个暴力虚妄的世界，揭示历史乖谬之中人的抗争与韧性、无奈与决绝，表现了对人性的深层揭示。当然，与同样长于以童年视角叙事的莫言、余华、迟子建等人相比，刘玉栋的童年叙事还需要寻找自己的独特质素，在联翩小说的背景上以独立的姿态鲜明凸显出来。

《群山之巅》：这是“未名的爱和忧伤”

孟繁华

《群山之巅》是2015年文学界的“开年大戏”之一，这部作品对文坛和迟子建个人来说，都是一部极为特殊的小说：表面看，这是一部仅有20万字的长篇小说，在长篇小说体积和重量愈演愈烈的今天，迟子建用20万字发表长篇小说，不仅凤毛麟角，夸张地说，这也不失为一种胆识或优雅；从小说内部来说，它的丰富性、复杂性远远超出了我们的想象：它相貌平平看似低调，但却是一部极有“现代感”的小说：在叙事方法上，它不仅汲取了传统“说部”、尤其是满族说部的技法，而且对魔幻、荒诞以及民间传奇等技法和经验的运用，使这部小说有极大的叙事魅力和内在体积，它建构的巨大空间恰如层峦叠嶂的群山之间——那无尽的想象、冷硬荒寒的悲凉诗意，构成了它“未名的爱和忧伤”的主旋律，在巍峨的群山之巅的上空盘旋回响。

小说以两个家族相互交织的当下生活为主要内容：这两个家族因历史原因而成为两个截然不同的家庭：安家的祖辈安玉顺是一个“赶走了日本人，又赶走了国民党人”的老英雄，这个“英雄”是国家授予的，他的合法性毋庸置疑。安玉顺的历史泽被了子孙，安家因他的身份荣耀乡里，安家是龙盏镇名副其实的新“望族”；辛家则因辛永库的“逃兵”恶名而一蹶不振。辛永库被命名为“辛开溜”纯属杜撰，人们因为没有任何道理的想象命名了“辛开溜”：那么多人都战死了，为什么你能够在枪林弹雨中活着回来还娶了日本女人？肯定是一个“逃兵”。于是，一个凭空想象决定了“辛开溜”的命名和命运。“英雄”与“逃兵”的对立关系，在小说中是一个难解的矛盾，也是小说内部结构的基本线索。这一在小说中被虚构的关系，本身就是荒诞的：“辛开溜”并不是逃兵，他的“逃兵”身份是被虚构并强加的。但是这一命名却被“历史化”，并在“历史化”过程中“合理化”：一个人的命运个人不能主宰，它的偶然性几乎就是宿命的。“辛开溜”不仅没有能力为自己辩护，甚至他的儿子辛七杂都不相信他不是逃兵，直到辛开溜死后火化出了弹片，辛七杂才相信父亲不是逃兵，辛开溜的这一不白之冤才得以洗刷。如果这只是辛开溜的个人命运还构不成小说的历史感，重要的是，这一“血统”带来了令人意想不到的后果。“辛开溜”的儿子辛七杂因老婆不育，抱养了一个男孩辛欣来。辛欣来长大后不仅与养父母形同路人，而且先后两次入狱：一次是与人在深山种罂粟、贩毒品而获刑 3 年，一次是在山中吸烟引起森林大火又被判了 3 年。出狱后，他对家人和社会的不满在情理之中，但没有想到的是，他问养母王秀满自己生母名字未被理睬，一怒之下将斩马刀挥向了王秀满，王秀满身首异处。作案后的辛欣来尽管惊恐不已，但他还是扔掉斩马刀，进屋取了条蓝色印花枕巾罩在了养母头上，他洗了脸换掉了血衣，拿走了家里 2000 多元钱，居然还抽了一支烟才走出家门。他走出家门之后去了石碑坊，强奸了他一直觊觎的小矮人安雪儿，亡命天涯。于是，小说波澜骤起，一如漫天风雪。

捉拿辛欣来的过程牵扯出各种人物和人际关系。辛开溜与辛欣来没有血缘关系，但他自认还是辛欣来的爷爷。辛欣来强奸安雪儿之后，安雪儿怀孕并生下了孩子。辛开溜为逃亡的辛欣来不断地送去给养，为的是让辛欣来能够在死之前看到自己的孩子；而安平捉拿辛欣来不仅因为辛欣来有命案，更因为他强奸的是自己的独生女；陈庆北亲自坐镇缉拿辛欣来，并不是要给受害人伸冤，而是为了辛欣来的肾——他父亲陈金谷的尿毒症急需换肾。通过唐眉，陈庆北得知，辛欣来的生父恰恰就是自己的父亲陈金谷——当年与上海女知青刘爱娣生的“孽债”。辛欣来作为陈金谷的亲生儿子，他的肾不用配型就是最好的肾源。权力关系和人的命运支配与被支配的关系，是小说揭示的重要内容。因此，辛欣来面对缉拿他的安平说："我知道我强奸了小仙，你恨不能吃了我。实话跟你说吧，我早就想干她，看她是不是肉身。因为我恨你们全家！……我明明没在林子里吸烟，可公安局非把我抓去，说我扔烟头引起山火。我被屈打成招，受冤坐牢。你说我要是英雄的儿子，他们敢抓我吗？借他们十个胆儿也不敢！生活公平吗？不他妈公平哇！"辛欣来确实心有大恶，他报复家人和社会就是缘于他的怨恨心理。但是辛欣来的控诉没有道理吗？小说在讲述这个基本线索的同时，旁溢出各色人等和诸多复杂的人际关系。特别是对当下社会价值混乱、道德沦陷的揭示和指控，显示了小说的现实批判力量和作家的勇气。

当然，小说中那些温暖的部分虽然不能构成主体，但却感人至深。比如辛开溜对日本女人不变的深情，虽然辛七杂也未必是辛开溜亲生的。但辛开溜似乎并不介意。日本战败，秋山爱子突然失踪，"辛开溜再没找过女人，他对秋山爱子难以忘怀，尤其是她的体息，一经回味，总会落泪。秋山爱子留下的每件东西，他都视作宝贝"；秋山爱子对丈夫的寻找和深爱以及最后的失踪，让我们看到了一个日本女人内心永未平息的巨大伤痛，她的失踪是个秘密，但她没有言说的苦痛却也能够被我们深切感知或体悟；还有法警安平和理容师李素贞的爱情等，都写得如杜鹃啼血山高水长，是小说最为感人的片段。甚至辛开溜为辛欣来送给养的情节，虽然在情理之间有巨大的矛盾，但却使人物性格愈加鲜活生动。

《群山之巅》能够用20万字的篇幅完成了这样一个复杂的讲述，确实是一个奇迹。在我看来，重要的一点缘于迟子建小说技法上的先进性。如前所述，《群山之巅》不仅汲取了本土"说部"的技法，而且对民间传奇以及域外的魔幻、荒诞等技法，都耳熟能详、融会贯通。比如小说开篇是典型的传统"说部"的写法：辛七杂要重新打制屠刀，便引出王铁匠，屠刀打制后要在刀柄上镌刻花纹，于是有了绣娘的出场。"花开两朵各表一枝"，使故事清晰凝练一目了然；但作为"现代小说"，毕竟不同于传统的"说部"，其不同的功能要求，决定了现代小说的容量和讲述方法的丰富性。因此，在《群山之巅》中，每个人物的塑造方法都截然不同。比如小矮人安雪儿，虽然是法警安平的独生女，一个侏儒，同时又是一个奇人，不仅智力超常，而且能够预卜人的死期，被龙盏镇的人称为“小仙儿”。她的传奇性使这个人物在小说中大放异彩；还有辛开溜雪夜入深山等，与东北山里响马胡子的书写，都可找到谱系关系；法警安平，在枪毙一个21岁的女犯人时，女犯提出了两个要求：一是不能打她脑袋，以免毁容；二是给她松绑，她想毫无束缚地走。第一个要求不难满足，但第二个要求实难应允。但是，就在安平和另一个法警即将瞄准女犯心脏扣动扳机时，意外发生了：“一条老狼忽然从林中蹿出，奔向那女人。现场的人吓了一跳，以为它要充当法警，吃掉那女人。谁知它在女人背后停下，用锐利的牙齿咬断她手脚上的绳索，不等人们将枪口转向它，老狼已绝尘而去。”这一讲述的神奇性，多有魔幻现实主义的遗风流韵。多种叙事技法的融合，使《群山之巅》不仅有极大的可读性，而且在短小简洁的体积中蕴含了丰富的内容。这是小说叙事方法的另一种实验或先锋。

在我看来，小说的后记和结尾的那首诗非常重要，那是我们理解《群山之巅》的一把钥匙。后记告诉我们：每个故事都有回忆，每个故事都有来处，每个人物、细节都并非空穴来风。最后的那首诗，不仅含蓄地告白了迟子建对创作《群山之巅》的诗意诉求，更重要的是，这首诗用另一种形式表达了迟子建与讲述对象的情感关系。这个关系就是她的“未名的爱和忧伤”。她的诗让我想起了艾青的“为什么我的眼里常含泪水，因为我对这土地爱得深沉”。迟子建的故事、人物和讲述对象一直没有离开东北广袤的平原山川，这个地理环境造就了迟子建小说的气象和格局，但是，这个冷漠荒寒之地是如此的不尽如人意，又如此的令人难以舍弃，这就是她爱与忧伤的全部理由。她在诗中写道：“如果心灵能生出彩虹，/我愿它缚住魑魅魍魉；/如果心灵能生出泉水，/我愿它熄灭每一团邪恶之火，/如果心灵能生出歌声，/我愿它飞跃万水千山！”于是，我们理解了迟子建的“群山之巅”是什么：那是彩云、月亮，是银色的大海、长满神树的山峦和无垠的七彩泥土，是身里身外的天上人间。可以说，诗人期待的生活不是小说讲述那样的。但是，这就是龙盏镇的生活，没有人可以超越它。这样的生活尽管还卑微、还远不“高大上”，然而，那永无休止的琐屑、烦恼乃至忧伤，就是龙盏镇当下生活的真实写照和未来生活的历史参照。于是，诗人就有理由为那“未名的爱和忧伤”而歌唱。

《活着之上》：天问的回声

陈福民

在中国当代文学领域，阎真是一个辨识度极高的作家。2001年，中国文学及其读者通过一部《沧浪之水》记住了这位江南书生和他对于时代的深刻质疑与忧愤，十几年来未曾忘怀。客观地说，《沧浪之水》在艺术上虽属上乘，但远未达到非凡的不可比拟的高度，相对说来，文本采用了一种比较传统的现实主义叙述手法，人物性格也算不上多么丰富和复杂。然而，《沧浪之水》拥有一种在当时极为鲜明、有别于“芸芸众生”的气质和关切，提出了一个相当重要的时代命题，即从中国古典文人那里传习下来并本该成为现代知识分子立身立人之精神资源一部分的那些珍贵的事物，是如何一点一点被这个世界侵蚀与摧毁的。正是这种气质与关切，或者正是这个严峻的时代命题，令人扼腕长太息。直至今日，上述忧愤和关切非但没有得到缓解，反而愈发尖锐和沉重，特别是在新世纪以来，人文教育不断加大了它的行政化、产业化与市场经济权重与品质，上述忧愤与关切就愈来愈成为当代知识分子困兽犹斗的现实处境。这几乎成为阎真观察生活最核心的基点，是他挥之不去的梦魇，也是他对自己念兹在兹、但今天已然凋敝飘零的精神世界的痛惜与悼挽。所谓“夜正长路也正长”，有如芒刺在背骨鲠在喉。于是，又有了这部《活着之上》。

关于“活着”的天问

可以说,《活着之上》与《沧浪之水》是一对“连体婴儿”。尽管它们时隔 14 年之久，尽管《活着之上》中聂致远的博士身份与高校教师生涯，要比《沧浪之水》中的池大为来得更具典型性，也更细腻生动，但二者之间融会贯通的精神脉息却是一望而知的，它们的共同关切从未有过丝毫的放弃和改变。只不过,《沧浪之水》如其名字所示那样，还有一种“濯吾缨”、“濯吾足”的清扬之气概，而到了《活着之上》，阎真则把自己的批判视角彻底推到了看似浅显实则更为致命的追问：当“活着”成为压倒性、垄断性乃至唯一合法性的价值观后，在它之上到底还有没有我们值得信奉和持守的事物？我相信所有人的回答都不会有多大差异：当然是有的。但阎真的《活着之上》不再给你躲闪的机会，他直接追问：如果二者发生冲突，你会怎么选择？就像我们每天都会遭遇的各种细节，为了“活着”这个超级霸权，能否无情践踏那些积累了千百年的精神信仰？就如同书中聂致远的顶头上司金书记那样，除了自己的利益之外一切都是“小事”，或者如同聂致远的发小蒙天舒那般，为了“有朝一日”无所不用其极。这时候，人们的答复恐怕就要颇为踌躇了吧？

在并不夸张的意义上说,《活着之上》是一种已经被时代淡漠乃至遗忘了的“天问”。对它的回答有多么艰难，即可证实时代的沦陷有多么深广。特别是当“活着”越来越成为一种普适性的意识形态之后，那些少量敢于站出来或者试图站出来对它说“不”的抵抗者，往往都遭遇了灭顶之灾。小说通过对聂致远的遭际、纠结、持身和各种牺牲的描写，极为真实而有说服力地呈现了这一点，阎真让我们再一次听到了“天问”在我们内心的回响，催迫我们有机会认真想一想活着之上的意义。

这当然算不得非常新颖独到和罕见的追问。对于这类环境与人性的循环性关联的指控，人们早已经谙熟，它们真的太平常也太久远了。东汉李固之死，引发了“直如弦死道边，曲如钩反封侯”的千古叹息。沿着这个谱系，我们可以梳理出一整套相关范畴、人物及其命运，诸如“忠 / 奸”、“清 / 昏”、“廉 / 贪”等等。历史的表彰与那些人物的具体遭际基本都呈反向排列，前者高尚而惨烈，后者卑污却总是现实获利者。活着，以及之上，从那时起甚至更早，便成了一个问题。《沧浪之水》中的池大为，如果不按照“厚黑学”打理自己，要想“成功”那是万难；蒙天舒卖力觍颜、钻营角逐，永远是一个捷足先登的胜出者。这种在历史当中不断发生的“劣币驱除良币”的逆淘汰法则，迄今非但没有销声匿迹，反有愈演愈烈之势。

知识分子的视角与关切

与《沧浪之水》曾在一定程度上被误指为“官场小说”不同，《活着之上》最值得注意的，是它不折不扣的知识分子视角与关切。任何一种精神质询和规范性要求，都有它相适应的人群。在阎真的理解中，他当然希望“芸芸众生”都能听见他的痛苦叩问，但在一个更为准确的层面上，他的痛苦、关切和忧愤是留给当代知识分子的。对此他有鲜明的立场和态度，蒙天舒之流自不必言，即便是聂致远的大师兄，《历史评论》副主编周一凡，最高等级项目的评委，品学兼优的大学者，拿沉甸甸的大红包不动声色之后，又掉入凡尘大叹买不起房的苦经，都能让我们体会到阎真公私分明的理想性期待。我想，几乎所有人都能够理解，甚至异口同声指出“这完全是环境所致”。这么说肯定没错，但阎真在《活着之上》的描写中，对于构成这一环境的诸种要素，如权力交易、行政化等等，都做了鞭辟入里的揭批，但他显然不想让这种揭批成为知识分子个人主体推卸自身担当的无限后门。尽管阎真基本没有让聂致远大谈阳明心学，但阳明心学的格物致知及知行合一观，在聂致远那里是从未曾动摇过的立身立人原则，他不允许自己一面伶牙俐齿圣人之言另一面随波逐流蝇营狗苟。我猜测，在阎真那里，最痛恨和鄙视的，可能就是那种一面痛骂体制另一面钻营体制的“伪人儒”。因此，聂致远不能苟且于“活着”的哲学，并且一个人在那个环境中担当起来了。这情形，让我想到亚伯拉罕为索多玛城求赦免时向耶和华提出的“十个义人”的伦理假设。无论西方还是东方，都不会蔑视这十个乃至一个“义人”存在的意义。

与《沧浪之水》相比，《活着之上》把“钱”——经济状况与人格关系的现代资本严重性提到了一个触目惊心的高度。小说中在最现实的层面直接提到钱与经济压迫的场面次数不胜枚举，从赵平平及其母施加于聂致远的购房压力，到聂致远推掉东北老板个人传记的纠结，从“克扣”女儿安安出生的购物清单，到参加老同学佟薇薇婚礼的随礼，从版面费到大红包，从韩佳的凯美瑞到凌子豪的雷克萨斯……阎真此次谈“钱”不厌其烦，这是非常值得玩味的有趣的现象。聂致远们是信奉孔学义利观的人，深通“君子喻于义，小人喻于利”的道理，但在当下现代生产关系对传统农业社会结构全方面摧毁的条件下，他已经不可能再学着琵琶女的口气重复那些诸如“商人重利轻离别”之类的抱怨了。如书中交代，聂致远可以“不食周粟”，但他女儿安安起码要有粟可食。这一点，是现代经济关系假借赵平平之手抵消聂致远君子观的杀手锏。现代资本主义生产关系已经全面进入我们的生活体系中，因此，今天人们在谴责金钱对于人的品行的腐蚀压迫的同时，正视现实经济关系对于个人道德品格的真实含义，是特别必要的。

新世纪的当代“儒林外史”

《活着之上》在某种意义上可以读作新世纪的当代“儒林外史”。阎真既对生产和压迫这些知识分子的社会环境提出了强烈控诉，对于人文社科领域的高度行政化弊端深恶痛绝，也对与自己同行的当代知识分子有严厉的批判。同时，他也使用“外史”的手法，对书中大小人物予以或辛辣或善意的针砭嘲讽。吴教授虽然开始曾盛气凌人对聂致远构成权威性压力，但在后来又能慨然答允为聂致远推荐论文，出人意表。在评正高职称时两方相持不下，聂致远意外收得“渔人之利”，失利的孟子云和肖忠祥，一个号啕一个昏倒，几与范进中举后的疯癫相媲美，于夸张中活画出当代儒林众生相之不堪。而蒙天舒这个人物又复杂有趣得多，作为一个“小人物”向上爬的典型，除了觍颜、投机之外，他去外地参加学术会，竟越俎代庖自愿充当会务组接待成员，借此靠拢学术大佬，诸般行径既令人齿冷也令人喷饭，在如愿坐上副院长“宝座”后既曝肤浅虚荣，又能在遭受富豪同学凌子豪的鄙薄抢白时唾面自干。这个卑微而傲慢、可怜而可怕的性格，是阎真在本书中刻画得最为成功的人物之一。

《活着之上》对现代生活的理解、对当代知识分子精神状况的批判，都打上了鲜明强烈的个人烙印。作为一个观察者、写作者和批判者主体，阎真有着淌入血液、深入骨髓的中国古典思想精神来源。小说始于《红楼梦》亦终于《红楼梦》，但“红楼”中有关世界认知的那些哲学观念，如“色空”、“好了”等，聂致远并不感兴趣，他所感动和追慕的是曹侯于“绳床瓦灶”清贫寂苦中对《石头记》的“批阅十载增删五次”。关于这一点，阎真未必是要说服别人，但至少，他希望自己确信，精神上的丰富伟大的创造，隐约地与贫困相关。这里面似乎隐含着孟子“天将降大任于斯人也，必先苦其心志，劳其筋骨，饿其体肤，空乏其身，行拂乱其所为，所以动心忍性，曾益其所不能”这类信念。此外，小说中主要人物精神世界的关键词，多与气质、节操、风骨、淡泊明志宁静致远等中国古典文人的精神信仰有关。而西方知识分子那种对世界本体认知的狂热、对社会结构分析的痴迷等特性，在《活着之上》的知识分子那里基本没有痕迹。知识分子个体的道德精神自我完善、知行合一，对于阎真的知识分子观来说是首要功课。也正是这一点，让阎真与其他的知识分子批判性写作区分开来——他在进行严厉的社会批判时，一直警惕那种自我推卸、遗忘反思的外在化倾向。

周大新的“体贴”叙事

王鸿生

在漫长的阅读史中，我们总是会错过一些本不该错过的作家。而最遗憾的错过，莫过于已经与某些人、某些作品相遇了，却由于迟钝、忙碌或者美学兴奋点的错位，而未能及时地识别并预见其价值。从《汉家女》开始，我陆续接触了一些周大新的作品。2006 年的《湖光山色》直接切入时代病灶，构思凝练而放达，女主人公暖暖从资本与权力的合谋中艰难突围的形象，难得地透出一股鲜活的乡村新人气息。更让我感到震撼的是《第二十幕》，这部耗时 10 年完成的近百万字的长篇三部曲堪称 20 世纪民族丝织业的史诗，它以东方化的哀歌与赞歌相交织的和声，对尚家四代人的追梦历程进行了沉郁、漫长的咏叹，其平缓、细致入微的笔触，黏附于人性、世事和历史的地质层蜿蜒伸展，尚达志、盛云纬、尚昌盛、宁贞、卓月等系列人物结实、饱满，他们身上承载着气节、意志强度和文化底蕴。

2008 年对周大新是不幸之年，爱子周宁英年夭折，白发人送黑发人，周大新跌入了人生最黑暗的日子。长歌当哭之时，有什么东西能够慰藉一颗浸泡在痛苦里的心？卡夫卡有言，“诗和祈祷是伸向黑夜的手”，也许，对于一个拿笔的父亲来说，只有倾吐，只有通过语言把无尽的悲恸、忏悔、哀思、寻觅、希冀、幻想塑造成形，解脱的那一刻才会抵临。4 年后，凄婉奇谲、感天动地的《安魂》从天而降，熟悉周大新的朋友、读者一下子惊住了，原来，在这个腼腆的寡言少语的南阳汉子身上，竟凝聚着如此深沉、坚韧的力量。

《安魂》是以阴阳暌隔的父子对话结构全书的，从愤懑于命运不公的约伯式诘难，到打开天窗放飞轻盈的灵魂，从稠密得令人心碎的共同生活记忆，到宁儿的天国游历和生、死、善、恶探讨。周大新的小说脱胎换骨，变得酷烈、浩茫而超拔，但其叙事的气息、风骨则一如既往地温婉细腻、至柔至刚。《安魂》紧贴人生苦谛，也紧贴天下父母、子女的情思，语言那样揪心，又那样从容、安详。可以料想，面对古往今来的生死之谜，要成就这么一部属于现代人的“度亡经”，作者要付出的究竟是什么。

把《安魂》与《我的丁一之旅》放在一起比较，的确能引发一些有意思的话题。比如，时间与空间的不同设置、情性与智性的比例安排、口语与书面语的各自侧重、父子对话与自我对话的差别等，均可带来一些有深度的文学思考。同样是招魂，同样是亡灵叙事，同样是探索生命的足迹与奥秘，与史铁生深邃、玄远、自由无羁的“心游”相比，周大新的叙事显然呈现了完全不同的风貌。

周大新是极为体贴之人，“体贴”也是周大新式的现实主义创作特色，其要旨在于缩短、弥合甚至消除距离。早在本世纪初，通过长篇小说《21 大厦》，周大新完整地演绎和展示过“距离”的产生、消弭或再产生过程。如何面对和料理到处存在的“距离”，可说是《21 大厦》的隐性主题。这距离对叙述人“我”来讲，既是现代建筑横竖分隔的空间单元，也是人与人之间信任感的急剧降低；既是保安、清洁工与高管、总裁、画家、官员、科学家、演员的巨大差别，也是心与心的隔膜、误解及欲望的无限膨胀和人心的脆弱；既是自由的天空和壁画上跃跃欲飞的鸟，也是回望远去的老屋、庄稼地、村边小河的时间与怀想……小说以退役侦察兵“我”在 21 大厦当保安的换岗经历为主线，分别讲述了 4 层、58 层、32 层、43 层、地下 2 层各类住户和勤杂员工的隐秘故事。从旁观到走近，从无奈介入到赢得信任，“我”正是凭着体贴，凭着一份不那么自在的同情和简简单单的善意，开启了一扇扇紧闭的“门”，从而打破了横亘于人心的距离与隔膜，成为各种人生际遇的倾听者、知情者，同时，也成了善与恶、罪与罚、仇恨与报复、恐惧与忏悔、升腾与坠落的见证者、讲述者。

我们看到，在这部文体上有点冒险的小说里，体贴构成了一切“相遇”的前提。无论面对的事情如何不堪，无论“我”的感受、选择如何纠结，体贴都能创造性地提供动力、契机、转折，从而使“我”的角色、位置发生从被动到主动的颠覆性变化，使“我”最终成了一个可信赖的人。

“我”与“21 大厦”的关系，形象地转喻了周大新与他人、与语言、与世界的关系。一个不可忽略的现象是，在周大新的小说里，叙述人的身份或位置总是被摆得比较低，叙述的视角也比较节制、受限，但就是这么一位平凡的、声音不那么大的叙述人，却能一视同仁地对待出现在故事里的每一个人物、场景。他有尊严却不傲慢，饱含同情又固执于某种戒律、尺度，不管遇到什么样的人，不管他们做了什么样的事，都尽可能地去加以理解，不仅关切他们怎么样，而且关切他们何以会成为这个样。

就周大新而言，体贴不过是一种自然而然的做人、为文方式。在他笔下，体贴首先是仁慈、宽恕与感恩。《湖光山色》里的村支书詹石磴曾摆布、侮辱过暖暖一家，但在其失势、中风并遭到残忍报复时，暖暖却挺身而出施以援手。当暖暖因举报邪欲膨胀的前夫遭致暴打而卧床不起时，詹石磴被他弟弟背着进了屋，“那哥俩却什么也没说，詹石磴是说不出来，詹石梯是低了头把嘴闭着，只有一包东西从詹石磴那只尚能活动的手里掉在了暖暖的床上，之后，那哥俩就像来时那样悄无声息地很快走了出去”。这是个令人难忘的细节，掉在床上的是一包晒干了的红枣，升起在楚王庄上空的，却是一抹黄昏时分的人性余晖。周大新的叙述一般是柔和的、宽容的，但并不缺乏批判的尖锐性，有时正相反，由于与困境、与艰难、与丑陋贴得太近，体贴叙事往往更具有刺痛感。比如《第二十幕》里，年轻轻就在京做了处长的尚穹，没为尚氏创业出过一分力，却利欲熏心置亲情于不顾，从贪占、勒索转而找借口、打官司，企图拆分叔父创办的企业，为阻止这一无良丑剧，其瘫痪在床的生父竟咬住其手指死死不放，实在让人唏嘘不已。还有，《银饰》里为情欲错乱而死的碧兰、吕道景、小银匠，《向上的台阶》里被权力崇拜扭曲的廖老七、怀宝父子，作为欲望逻辑和蒙昧文化的牺牲品，其命运轨迹被刻画得丝丝入扣，读来让人五味杂陈，仿佛远去的历史烟尘忽然回头响起了闷雷。如文火炖肉，周大新的体贴还表现为语言上的耐心。以反恐长篇《预警》为例：一个严格自律、极为谨慎的核部队作战局长，先后挺过了美色关、金钱关、诬告关，却因轻信昔日战友之情，最终落入了对手精心设置的“留学”圈套，把女儿、妻子送往国外而沦为间谍团伙的人质。小说的“上阕”有惊无险、云淡风轻，“下阕”则狂风巨浪、步步惊心，但每过一坎，作者总是控制着情节推进的速度，并随时叠加心理交锋的层次、频率。因此，主人公孔德武身上的人性弱点和军人底线，才有充分现实感和强劲说服力，方韵、金满、金盈等反社会力量卷入情报生意的触因和各自说服自己干下去的理由，才抽丝剥茧地呈现出不同人格被残酷现实形塑的内在过程。一场严峻较量之所以被写得如此回环、往复、迟疑，时而果决，时而延宕，应不单单是为了发出一声“危险就在身边”的预警，也许，对世态、人性之畸变给予具体探究并作出精准把握才是这部作品的重心。

千年中国的德性文化、情性文化是周大新体贴叙事的起源与落点。他的语言贴心、接地气，不造作、不透支、不把玩，行云流水，随物赋形，水一般清雅，又土一般朴厚，读起来充满质感，隽永而绵实。方言、土地、先人，劳作、手艺、勤俭、敬畏、孝慈、礼数，已是融化在他血液里的亲切存在。天道人伦、两极互生、阴阳冲和、体用不二的中华智慧，潜移默化地塑造了他的思维形式和情感伦理取向。他小心地翻弄历史，摸索人性，常常能出乎意料地进入生活的暧昧地带，并及时回应着时代的焦虑。菩萨心、烟火气、小人物是周大新作品里随手可触的意象，他的目光习惯于朝下，心气却始终是向上的。心灵与土地的结合、抒情与叙事的结合、大叙事与小叙事的结合，这也是消弭文体“距离”的方式，他塑造的一系列可感知的伦理——美学形体，都不是观念化的产物，而具有扎实的生存、人性和文化依据。在打动今日读者的同时，周大新也向历史和传统表达了自己的敬意。

与建立在“观看”基础上的西方美学、叙事学相比，“体贴”的无距离感、非对象化、情理一体性，无疑值得当代文学实践给予激活。曾记得，在真理或美感的生成机制上，古人一向强调交感、会通、互涵、无间，强调内外冥合，身心不二，即所谓“以体悟道”。以体悟道是中国哲学的一大方法论，也是历代文化人致思、立言的传统功夫，如果说汉语中的体知、体认、体证、体现、体究等偏于认识论，那么体味、体察、体会、体恤、体谅就带有浓重的美学、伦理学意味了。周大新深谙以体悟道的精髓，他的小说从不缺乏交流感，在他的意识里，审美、认知、伦理也从来没有绝然分明的界限，他的体贴叙事是浑然统一的。

也许在有些人看来，这种贴着生活、贴着人物的写作方式业已过时。但请别忘了，资本、符号、景观所汇成的“同一化”过程，已催生出一种非常专断的力量，这股力量正在通过把个人变为一种符号、一种工具、一个部件来“消灭个人”。这也是今天叙事文学所遭遇的危机：人的类化使人们丧失了经验的独特性，生活的碎片化打断了记忆的连续性，私人性缩减、阻碍和扭曲了我们的交往方式与表达能力。这一切，正意味着我们每个人都可能丧失自己的历史，或者说，各种片段的凌乱记忆、感受、观念，因无法聚合为自我认同和社会认同，人类也许将不再拥有“故事”。而从传统中汲取抵抗这一非人化趋势的力量，正是周大新创作的价值和他带给我们的启示。

张宏杰：站在散文的悬崖边上跳舞

王 冰

上世纪90年代的散文创作是在动态中不断变动、分裂、衍化的，其中伴随着散文创作主旨、创作手法、创作文体、创作理论以及创作观念的更新，由此，我们可以推知一个散文作家在当下散文写作的位置和作用，准确判断当今散文写作的具体操作技术的优劣，并且能够从中深度观察人性的觉醒与演进，进而可以推知、探讨散文创作的本体意义和文化性质，以及以上因素对散文写作产生的潜在影响。因此，从这个意义上来考察张宏杰的散文，可以看出，他同样在散文写作实践中努力前行，并时时站在散文的悬崖边上，通过对历史人物和事件的眺望、观察和解剖，试图开辟一条属于自己的独特道路，并以此来实现自己的写作梦想。

记得清初钱谦益曾严词抨击以沈德潜为代表的格调派的拟古主张，从而打乱了明清以来独尊盛唐的统治，鼓励了一种能发挥个体性情的创作兴起。作为一种呼应，比当时诗坛宗师王渔洋年长8岁的苏州人叶燮（横山），认为“诗文之道无定法”，而“法”有“死法”和“活法”之分。所谓“死法”是指拘泥于成法，此法当然要摈弃；所谓“活法”，是指作诗要自成一家。为此，一个作家在写作中要有“胆”、“识”、“才”、“力”。而“胆”、识”、“才”、“力”这四个字，在这里，还是能较为恰当地概括张宏杰历史散文的写作特色的。可以这样讲，张宏杰的散文使人能够在一段时间血脉贲张，激动不已，其中的原因，不仅是很多人像他一样有着同样的“文学青年”的种种经历，而且是人们确实能够从他的散文中，体验到他在《自序：我的文学青年生涯》中所诉说的种种感受。

随心所欲与“不逾矩的写作”

应该说，张宏杰的创作是站在散文这一文体的悬崖边上的，这需要一个人的“胆”。但这个“胆”却是与“识”紧密相连的，这体现在张宏杰对散文内涵与外延的认识和把握上。

当今的散文写作与散文研究并没有厘清“散文”这一观念的内涵和外延，对于“散文”的文体界定、本质界定问题依然模糊，如此就致使本来就模糊不清的散文概念更加模糊。但是，散文作为一种文体，肯定有它的外延。一般来说，散文被定义为与小说、诗歌、戏剧并列的一种文学体裁，对它的解释有广义和狭义两种，而我是倾向于狭义的那种的，即 1921 年 6 月 8 日，周作人在《晨报》上发表《美文》时提出的那个概念，并稍稍扩大一些，因为一个定义如果将所有的东西都包括进去，那就意味着它将什么都要排除在外了。在观念还没有厘清的状态下，散文作者创作的散文作品的面目是可想而知的。当散文写作的基本常识已经被写作者忽略或者淡忘的时候，能够发现那些接近本质的东西，并用自己多年练就的表达方式和表达习惯，来完成一篇真正意义上的散文，已经成为每个散文作者几乎难以完成的任务。当然，张宏杰的写作无论难易，都会归入散文这一门类中去，因为其散文具备应有的构成要素。但是，他的散文又是游离于传统意义上的散文创作，张宏杰的散文创作实践，就是其在散文边界的悬崖上的狂舞，他总是在有意无意之间，忽视以上所说的散文应该具备的诸多要素，至少是在文字之间闪闪烁烁，这对于一个散文创作者来说，是需要一点冒险精神和胆略的。当然张宏杰的散文依然在一条正常的创作轨道上运行，里面有其对于散文文体的“洞见”，或者说对于散文写作实践中的“见识”，这使得他的散文创作在某种程度上能够“随心所欲”，但又“不逾矩”。

就拿《无处收留：吴三桂》来说吧。

《无处收留：吴三桂》是张宏杰年轻之时的作品，在这篇文章中，我们能感觉到作者的激情，能感受到他对正史中所描述的历史人物和事件的警惕。他尽自己所能，大胆想象，小心考证，用白描的手法勾勒出吴三桂的辉煌经历，当然也是其悲剧的经历。张宏杰舍弃了吴三桂在人们心中定性的脸谱，试图从历史的大背景和中国传统文化中，去揭开吴三桂的面目，揭示那张脸之后的内心景象，又是什么将他的内心铸造修剪成这一个样子的。在文章中，作者发现了埋在历史深处的诸多秘密，比如，他发现"大明朝的问题不在于遍地的水灾、旱灾、蝗灾，不在于四处蜂起的盗贼，也不在于几位奸臣或昏君。这些只是表象。在这一切的背后，支撑社会正常运转的精神支柱已经腐烂了"；比如他还发现"儒教的伦理规范有着天生的缺陷。它基于人性本善的虚妄假设，要求每个人都应该压抑心中活泼的自然欲望，通过极大的自我克制，服从于僵硬的道德教条。它没有为人的自然本性中软弱的丑恶的一面留下弹性空间，不承认人的平庸和趋利避害的本能，缺乏对人的基本物质需要的尊重与关怀。它只有最高标准而没有最低标准。它也许能激起社会动荡时期的某种道德狂热，却不适宜作为普遍意义上的人性调节器"；当然还有其他，比如单就他笔下的吴三桂而言，他发现"满洲人给他的地位再显赫，也无法抵偿投降使他付出的人格代价和名誉损失。如果那样，他将日夜承受舆论造成的心灵重压"；张宏杰还发现了吴三桂的目光短浅，发现了这个精明的投机者和真正的历史伟人之间的差别。可以说张宏杰的眼光和目力确非一般，他用他的胆识让历史人物站立在我们面前，也让那个时代环绕在我们四周，从这里我们看到了作为散文作家张宏杰的"识"，这是与作者的"胆"拴在一起的两个蚂蚱，互为作用，缺一不可。

发现散文才能发现的真相

"识"通俗意义上就是发现，既然是发现，那么至少与别人有些不同，这个词几乎所有作家都知道，但做到的不多，或者说能发现呈现在作品中的鲜见，能摆脱写作习俗，燃起文学创作不俗烽火的更是不易，要做到这些是需要作家的一种“识”的，否则就很难将一篇散文写好。张宏杰的散文之所以写得优秀，就是因为他胸中有识，由此就避免了与其他写作者的重复，即使是冲撞，也不是在一条轨道上的冲撞。这在他的《曾国藩：意志力的化身》中体现得尤为明显。张宏杰发现曾国藩一生成败的关键词，就是“意志力”，并认为曾国藩“用自己的一生，证明了人的意志力所能达到的高度，同时，也证明了一个人意志力的局限。曾国藩不仅有‘大境界’，还有‘大本领’，这是他从顽强刚毅中锻炼出来的”。虽然曾国藩“生平短于才”、“秉质愚柔”、“最钝拙”，但“他把儒家精神中刚健有为、光明磊落、忠恕待人、志诚慎独等优良品质铸到自己身上，涤去人身上常有的自私、虚伪、阴暗、猜忌，走入了道德的化境，达到高尚澄明的境界”。而这只是传统的人格之美集中在曾国藩身上，在风雨飘摇的末世做一次绚烂而又凄婉告别演出式的呈现，即使他是“事君至忠，事亲至孝”的古今完人，功比周公孔孟，名垂万世千秋，也是苦涩，也是“寸心焦灼，了无生趣”，他“猛然发现自己一生的奋斗，最后竟然如拔刀斫水，并不能丝毫影响水之东流”。于是张宏杰得出一个出人意料又在情理之中的结论，这就是曾国藩“以圣贤自期，一丝不苟苦学修行，并没有到达儒家理想，同治中兴不过是一片虚假繁荣，对世事沧桑人心难复深感失望，对自己一生灯蛾扑火式的努力极为沮丧。悲观与失望成了他晚年生命的主色调，这不是他一个人的失败，而是传统文化整体的失败”。可见张宏杰的散文在“识”上确实能高出别人一截的。在《女人慈禧》中，张宏杰也发现了慈禧的秘密，就是在其“扮演的双重角色之中，她本质上更是一个女人而不是政治家，虽然她刚强能干”，“可惜，历史没有产生这样的巨人，却把这个位置留给了她，一个过于专注自我的女人。这就是她的悲剧所在”，并认为“如果她遇到的是比较平稳的政治局面，我们有理由相信，她会很成功地完成她的政治生涯，不但会胜过历史上大多数女执政者，也会胜过大部分政绩平平的皇帝。如果是那样，她在历史上留下的决不会是骂名”。

对传统历史散文的开拓

“有胆”、“有识”就会生“才”，而这个“才”体现在张宏杰的创作中就是其散文中的“力”，即张宏杰散文的那种蕴藏于内而溢露于外的文字力度。记得清代桐城派代表作家刘大櫆在《论文偶记》中写道：“文贵疏，凡文力大则疏；气疏则纵，密则拘；神疏则远，密则劳。疏则生，密则死。”茅坤在评价苏轼时也说：“其疏宕袅娜处，亦自有一片烟波，似非诸家所及。”可见清朗疏朴的文风会带来一种汪洋澹泊、深醇温粹的风格，古人讲的“疏可走马、密不透风”，对于当今的散文而言，也是有很好的借鉴作用的。张宏杰的散文是具有这样的特点的，他的散文有一种书写的自由，这是一种心态的“疏”，沉在这种状态中写作，写出来的作品必然有一种无拘无束的力，这种力是宽泛的，四处涌动，有着热血的血性与高度。如果说散文的“散”的意思就是自由，那么“散文”的意思就是自由文，因此张宏杰的散文表现出了一种有较高自由度、较为壮阔宽远的景象。这点在《1913 年前后的袁世凯》一文中体现得最为明显，此文粗线条地勾勒出袁世凯在 1913 年前后的思想动态和行为举止，有些字句犹如举起的大锤，重重砸在人们的身上和心头。比如他写道：“甚至直到 1913 年 10 月，在他谋杀了宋教仁和粉碎了‘二次革命’之后，全国的主要政治力量还都对袁世凯表示支持，仍然寄希望于这个铁腕人物带领中国走出革命阵痛，走向独立富强。”辛亥革命后的形势在袁世凯眼里“不是‘好得很’，而是‘糟得很’。democracy 共和‘办早了’、‘办糟了’。”所以袁世凯“虽然他推崇西洋政治，事实证明，他对西方政治运作并不真正了解。他羡慕西方政治中的效率和秩序，但是对议会的制约却无法忍受”。于是袁世凯动手了，最终走向了帝制。比如他在《酷刑：残忍的游戏》中指出：中国人缺乏同情心的最突出的表现就是残酷。在《神女生涯》中，张宏杰写道：“说起来完全是一种错倒的因果，正是社会的放逐使她们获得了一块自由呼吸的空间，正是命运的打击使她们的生命焕发出流光异彩。人们剥夺了女子爱美的权利，偏她们能恣情纵意地张扬自己的天生丽质。”因此，对于张宏杰的散文创作而言，它的“力”并不在于浮在表面上那种笔墨的轻重与多少，而在于他对于意境与心力的那种把握，对传统历史叙述的那种开拓，因此，他的文章有一种很大的开阔度，并以此来支撑着自己散文的构架。当然，这并不是说，一个作家关注的事物越多，他所写的领域越宽广，他的散文就越有“力”，而是指其在散文中的那种神气、意境、品藻的有无与多少，这不能是刻意的，一旦有意为之，只能有所削弱，这点张宏杰是注意到了，并付诸自己的散文写作实践中。

最后存疑的一个问题就是，历史题材的散文写作，是散文家一个人当家吗？回答是显而易见的，所以张宏杰的散文也有很多疏漏的地方，或者是有些不能让人苟同的地方。比如他在写那些妓女的时候，就说：“成百上千条的规矩是为那些良家女子制定的，她们不配去遵守。这反而使她们的生命得以保留本来面目。她们站在正常社会之外，反而能有一个独特的观察视角，去看清礼教纲常仁义道德的真面目，看清人性和人生的真面目……她们是这个社会里为数不多的真正清醒的人。”这样的判断肯定是片面的。另外，张宏杰的散文中所写的历史是否准确，引用的史料是否有确切的来源，也是值得商榷的。而且，张宏杰后期的散文写作与前期的散文写作力度截然不同，所用功夫的深浅一目了然，似乎是缺少耐心了，于是整体看来，其后面所写的散文显得粗疏了，轻率了，没有文字的精心推敲，没有思想的用心冶炼，没有史料的充分研读，几乎与一般的普及型的历史读物没有什么两样了，加之叙述方面的问题等，使得张宏杰的散文还有待写得更为精细一点，当然这些需另辟专章论述，在此就不多言了。但是，瑕不掩瑜，张宏杰的散文创作是具有其自身的价值和贡献的，它对于丰富我们的创作、开启散文写作的道路，是有着重要和积极作用的，但散文创作并非一件易事，散文创作也不能只专注于单纯的线性叙述，如果要反叛传统的表达方式，就要真正去实践另一种新的散文写作模式，进行对散文文体新功能的寻找与写作内容的挖掘，这应该是对当下散文写作突围的一种途径吧。

《白色流淌一片》：从一个任性的“我”中走出来

金赫楠

2015年的夏天，打开“80后”小说家蒋峰的长篇新作《白色流淌一片》，我被唤起的是10年前关于他的阅读记忆。2005年，那是关于“80后”写作异常热闹、喧嚣的时代，也是在那一年，作为他们的同龄人，我集中阅读了包括韩寒、郭敬明、张悦然、李傻傻、孙睿等“80后”的作品，包括蒋峰的长篇处女座《维以不永伤》。清楚地记得，读完《维以不永伤》，蒋峰带给我的惊艳和震撼。

展现才华的处女作

《维以不永伤》，题目来自《诗经·卷耳》，原意是那些行军在外的男人只有依靠饮酒来摆脱对亲人的相思，蒋峰由此展开的却是一个“把这件事情写出来才不至于永远伤怀”的现代叙事。小说从一桩清晨发现的谋杀案写起，案子的侦破过程当中充满了各种戏剧性的因素：官员贪腐、少女未婚先孕、继母的阴谋、始乱终弃的爱情辜负，加上接二连三的死亡与命案的抽丝剥茧，完全具备一部悬疑推理畅销书的元素，写起来似乎难逃类型化的窠臼。而蒋峰通过交错时空、变换叙事人和叙事视角、拼贴文本、复调等西方现代小说技术的使用，重构了这个稍嫌狗血俗套的悬疑故事，赋予文本很强的实验性和文学性。文本结构上，整部长篇被肢解成4个不同文体和不同叙事视角的独立中篇，单独阅读就是一篇自足的小说，放在一起又串起来几个家庭、十几个人物跨度 30 余年的命运和人生。用作者自己的话来说，“这样写可以由您所好来选择翻开此书先读哪一部。”

在这部长篇中，蒋峰所展示呈现的才华是多方面多层次的，特别是叙事的自觉与用心——要知道，开始写作《维以不永伤》时候的蒋峰不过 20 岁。这些自然也让我欣赏和叹服，但还不是最打动和吸引我的。据说蒋峰写作这部长篇时就已有上千本西方小说的阅读背景，而且常常把小说拆开来看，研究作者怎样讲故事、怎样推进叙事。在这样的阅读背景和用心下，技术上的兴奋和娴熟应该不是最难的事情。我想，写作这部长篇时，蒋峰所面对的最大困难和挑战大概是：当他疏离于同龄人所津津乐道的校园、青春等最切身的经验经历，将写作兴奋点指向一个包含有伦理、情欲、命运、灵魂的撕扯与分裂等人性内涵如此丰富复杂的故事，彼时年轻的生命体验和认知力、情感力，要如何有效地完成炫目技术上的深刻精神加载？蒋峰至少部分地实现了这种加载，他对人物有一种深深的悲悯，表现出一种“深刻地理解他人的真理”的沉静与宽厚。小说的核心情节围绕两个杀死女儿的父亲而展开，两场极具伦理震撼的谋杀案，蒋峰在审视、审判他们的同时，努力探寻人物行为背后的隐痛，他设置出一个“罪与罚”的隐形文本结构，打开了一种灵魂的张力来处理人物和人物关系。

蒋峰的这部小说，在我当时目光之所及的“80 后”写作中，艺术性最强，文学追求最自觉、最明确。《维以不永伤》的写作和出版，开启了蒋峰真正意义上的文学议程。他对世界的眼光和思虑、他对文学的理解和表达、他的审美偏好与题材兴奋点，在这部长篇处女作中释放得淋漓尽致，且一直贯穿在后面的一系列写作当中。在巨大的文学野心和庞大的西方现代小说阅读背景下，《维以不永伤》的写作对蒋峰来说是一次阶段性的个体经验整理，更是一次个人化的小说理念实践和叙事技艺实验，如他自己坦陈：“一本大杂烩的小说，魔幻现实、侦探故事、诉讼小说、拼贴元素、罗曼斯情节，充满一二三人称的叙述，4 部里悬念由小到大，不过还是一个事儿。”我从中依稀看见作者本人的生活印记，更感受到了福克纳、马尔克斯、胡里奥，包括余华等对他的影响。在一片“为赋新词强说愁”的青春期感伤的小腔调中，对外在世界和内在心灵的直面和探究、对现代小说技巧的尝试，使得蒋峰在当时的“80后”写作群体中显得特别而出众。

自此，蒋峰便成为了我最期待的“80后”作家。

自我风格的延续与突破

长篇新作《白色流淌一片》和《维以不永伤》相似的文本结构，整部长篇由6个章节组成，每个章节都可以独立成为一个中篇小说。题为《遗腹子》《花园酒店》《六十号信箱》《手语者》《我的私人林宝儿》《和许家明的六次星巴克》的6个故事分别从希望、告别、成长、信仰、占有欲和爱情这些主题叙述了主人公许家明28年人生中不同的生命阶段和人生片段，从上世纪80年代写到现在，时间跨越30年，三代人的爱恨情仇，一个人短暂的、充满戏剧性和悲剧意味的人生和命运。整部小说延续了蒋峰的一贯风格：对侦破推理的题材热衷、结构的精心设计、情节节奏的有效控制、叙事人称的反复转换，以及草蛇灰线的各种情节铺陈与悬念设置。

《遗腹子》按照单双小节形成两条线分别来描绘两个怀孕的女人，章节的末尾处交集在一个名为许家明的男人身上，他是一个孕妇的丈夫和另一个孕妇的儿子。小说开篇就完成了主人公许家明的出生和死亡，这里是他的开始也是他的结束。蒋峰在小说的开始就亮出了故事的底牌和人物的结局，悬置了从开始到结束的漫长而跌宕的过程，这是蒋峰一贯信奉的小说策略：“永远不要从故事的开头写，我相信悬念是吸引人读下去的东西”。

《花园酒店》大概是全书中行文最为朴素沉静的一章，章节内基本采取的是线性结构，蒋峰以一种娓娓道来的笔调，以姥爷的视角来书写许家明和姥爷的相依为命的童年生活。这个章节的阅读，让我始终沉浸在一种疼痛里。姥爷和许家明夜里攀爬花园酒店的场面和对话，让人疼痛而感动；继父于勒和许家明之间深沉的父子之情，那一句淡淡的“我如果和你妈妈离婚了，你就不是我儿子了”，波澜不惊中带给读者的情感冲击力异常强烈。蒋峰很擅长描写与男性长辈之间的爱，情绪的渲染恰到好处，克制而到位。

蒋峰小说的语言方式实现了一种文本上的张力。当他近乎不加节制地渲染死亡时，语调却是极具温情的。他对自己小说中的各色人物都有一种含情脉脉的注视，无论主人公还是边缘角色，无论成功者还是失意者，甚至杀人犯，蒋峰都倾向于为他们寻找一种合理性，字里行间流露出对人物的心疼和体恤。而同时，蒋峰又在行文中表达出一种对生命和命运的无力感，眼睁睁地看着人物遭遇命运的无端突袭，眼睁睁地看着许家明熬过贫弱的童年、孤独的少年、刚刚找到了最爱的姑娘、刚刚打起精神来想要好好经营自己的事业和人生，死亡突然降临，无可奈何又无能为力。

《白色流淌一片》中，开篇就是植物人父亲和遗腹子的死亡，姥爷心力交瘁被癌症夺去生命、哑巴继父手上的数条人命，直至主人公许家明“像蟑螂一样”死于近乎荒诞的意外、年轻的打工情侣的杀戮……死亡的降临总是那么突兀而荒唐，蒋峰在小说中借李小天发出这样的感慨：“命运是个无耻的恶徒，又一次拿我们的生命去做恶作剧”，“回头想想，超级玛丽的死其实挺残忍的，没有提醒，只有告知，说不上哀伤，只是咯噔一下子知道自己完了，已经被这个完美世界抹掉了”。蒋峰在小说中写到死亡、分别和失败的时候，笔墨总是克制、平静又感伤、低沉的，而那种克制，恰使得小说在情节的关键处，获得了一种爆发前的充盈感。

“白色流淌一片”是小说的题目，也是贯穿在每一个故事里的意象，在每一章都有出现，分别对应着云、雪水、精液、面膜和奶精。作者自己显然很得意这个意象的选取和设置，书中每章当中出现这一行字的时候都用黑体字特别标示。但我在阅读中的感觉却是，这个意象在各章节中的分布和呈现，太过刻意和牵强。又或者说，我根本对这部小说的结构方式就是有疑问的。每一个章节的内部结构上都是一个自足完整的中篇，各章之间有间隔感，那么当它们连缀成一个长篇的时候，因为语感和节奏的不统一，整部小说的整体性是受到损害的。这种自《维以不永伤》当中开始使用的结构手法，当它的实验性和新鲜感已经没有的时候，结构上的祛魅反而会产生同质化和自我重复的嫌疑。

“80后”写作的问题与困境

从2005到2015，10年之间，“80后”写作群体发生了巨大的变化。青春文学不再是唯一的标签，市场和商业主导的种种喧嚣逐渐退去，已经进入而立之年的这个写作群体从青春期倾诉中走出来后，逐渐呈现出一种分化的趋势：除韩寒、郭敬明成为瞩目的文化明星，一些人成为职业类型化作家、网络写手，而另一部分则坚持着纯文学的创作。蒋峰说自己“立志要写出最好的华语小说”，对于创作的坚持和坚守已经成为他的文学标签，他的文学理想和写作野心已成为这代人的一个代表。

今天我们仍可以说，在“80后”写作者中，蒋峰在形式实践和意义探索上都是走得比较远的一个，也是个人才华非常突出的一个。其传奇性的个人经历以及对西方现代小说的迷恋，成就了蒋峰独特的文本魅力和艺术个性。对谋杀案、侦破推理题材的热衷，对叙事人称和视角的反复转换、文本拼贴、复调、重构等等现代小说技巧的迷恋，从《维以不永伤》《恋爱宝典》到这部《白色流淌一片》，一以贯之。读蒋峰的小说确实能够获得一种文字和叙事上的满足感。

从《维以不永伤》开始，死亡成为蒋峰惯用的叙事起点，对死亡的追索也成为他塑造人物、设置情节和推进叙事的有效方式。但当他太过习惯甚至依赖这种情节设置和情结渲染，纵容着死亡在小说叙事中无节制地反复，小说的合理性、真实感以及情感的冲击力会被大大地削弱。而对某种文本形式、某种情节与情结的过度依赖，往往会使作品面临同质化和自我重复的危险——而这，也是目前大部分“80后”作家所面临的最大问题。“80后”小说创作中普遍存在一种显而易见的缺失：与传统、历史和社会生活的错位，不能有效地完成自我、小我与外在社会历史的有效对接。他们的写作起点是从书写自我、直面青春开始的，即使蒋峰自己后来都承认《维以不永伤》“用力过猛”，这本身也是青春倾诉的一种文学表达。他们的写作缺乏的是一个进入大历史、大时代中的支点，一上来就很任性地从“我”开始诉说“我”。

这大概是因为出生于上世纪80年代，民族独立和现代国家架构这些庞大的事件已经基本实现确立，没有经历过大历史对自己直接的、短期内显而易见的影响，所以很容易会认为，对自己影响巨大的是隔壁班的那个男孩、是一只手袋的价格与品牌、是办公室倾轧的小得失。而当他们的写作想要进入社会历史层面的时候，那个与私人经验契合的点很难准确找到。

而当我们说起“80后”的时候，其实终究要落到：这一代人的写作，为当代文学、进而为当代文化和当代精神提供了什么重要的新的因素？他们受制于自己的时代、又得益于时代的独特眼光、思想力和审美力在哪里？对一个写作者来说，他所生长的时代生活制约着、影响着他的视野和认知世界的宽广度，同时也一定会成全养成其特定的打量和呈现世界的眼光。

《抗日战争》：珍贵的民族精神“家谱”

丁晓原

叙写第二次世界大战最具影响的纪实文学作品，大概要数温斯顿·丘吉尔的《不需要的战争》了。这是一部关于二战的回忆录，“由于他在描述历史与传记方面的造诣，同时由于他那捍卫崇高的人的价值的光辉演说”，获得 1953 年诺贝尔文学奖。王树增生之也晚，他不是丘吉尔那样的在场者，抗日战争于他是一段过往 70 年的故事。丘吉尔写作二战，提取的是自己的回忆；王树增写作抗战，首先需要让自己进入历史，由历史的后来人转换成某种意义上的历史的“当事人”。王树增深知这一转换的意义，所以他用长达 7 年的写作时间，研读史料、走访人物、勘察史迹，收集足以支撑自己写作设计的海量史料。我们读《抗日战争》，可以发现这是一种“注释性”的写作。第一卷正文 546 页，注释多达 37 页，860 多条。由此可见，作者对于进入历史的努力和其《抗日战争》的基本品格。

中国人民的抗日战争是世界反法西斯战争的重要组成部分。对于这一段中华民族凤凰涅槃、浴火重生的历史，报告文学作家从未缺席，有关这一题材的写作不计其数，作品或取一时一地一事之景展开，或以某一主题为统摄集纳相关的人事。王树增三卷本 180 万字的《抗日战争》，在作品的规模上创下了历史的纪录。而这只是这一作品的一个表象，其关键在于这是我所读到的第一部全时、全面叙写全民族抗战的报告文学。所谓“全时”，是说作品从 1937 年 7 月 6 日，在宛平县城“中国士兵与日本士兵保持着对视姿态”，写到

1945年8月15日本战败投降。作品以战争推进的自然时序为作品的结构线，以其间抗击日军侵略重大战斗战役为叙事点。所谓"全面"是指作品对平津失守、淞沪会战、太原会战、平型关战斗、徐州会战、南京保卫战、武汉会战、鄂西会战、百团大战、长沙会战、常德会战、滇缅战役等抗日战争中的重大战事都作了叙述。作品突出以军事叙事为重点，又能关联相关人事的叙说；以抗日战争为主要叙述对象，又将其置于二战的大背景中观照，穿插了欧洲战场、太平洋战争等重要战事的场景。可以说《抗日战争》是一部叙事纵深而又开阔的大作品。

王树增《抗日战争》最具历史价值的是作者秉持了自觉的"全民族抗战"叙事，超越了以往关于抗战叙事中常见的主观先行的意识形态叙事、基于单一的党派视角的叙事，从而使作品能更接近历史的真实，更真实地存录历史的本真。这是历史纪实作品的根本价值之所在。王树增明确地指认，"我写的是一部全民族的《抗日战争》。"在他看来，"历史发展到今天了，再也不能用狭隘的党派观点来分析那段波澜壮阔的民族解放史了。""公允地看待历史，只有一个途径，就是站在整个民族立场之上，站在整个中国人的命运之上。偏废任何一个战场，都无法解释这场战争，无法解释这场战争的结局，无法解释这场战争的逻辑。"确立"全民族抗战"叙事，这首先是对历史逻辑的尊重。在民族生死存亡的危急关头，中国共产党以民族大局为重，首先提出了建立抗日民族统一战线的主张；国民党也因势变异地强调，"如果战端一开，那就是地无分南北，人无分老幼，无论何人，皆有守土抗战之责，皆抱定牺牲一切之决心。""国家已经到了危亡关头了，既是中华民族的同胞，就应该大家一致起来杀敌救国。"可以说，抗日战争的最后胜利，是中华民族团结一致的胜利，是国共以民族利益为重、合作御敌的胜利。这是中国抗日战争的历史本真，是历史本有的机理，对此王树增有着充分的认知。基于此，《抗日战争》的写作以更多的篇幅或主要篇幅，对国民党正面战场的抗日作了记述。举凡重大的战役战事大多与正面战场相关，这是由抗日战争历史本身规定了的。但很显然，作品并没有因为要矫正过往抗战叙事的偏颇而走向另一种单边主义叙事，忽视中国共产党及其领导的抗日武装所作出的巨大贡献和牺牲。在作品中，作者爬梳出中国共产党从反蒋抗日到提出并践行抗日民族统一战线主张的史实，以充分的笔墨详写开辟敌后抗日根据地、八路军和新四军奋勇抗日的故事。共产党及其抗日武装的艰苦卓绝、因地制宜的战斗，使得“日军没有了后方”，“没有后方的军队是悲惨的”，“没有后方的战争注定失败”。由此可见，王树增的《抗日战争》是致力于完整的抗日战争历史书写的作品，是向历史全面致敬的作品。

一切历史都是当代史，但我以为历史书写的基本价值就是历史。王树增的《抗日战争》作为实体性的历史写作，正像作者自己所言，“在所有不堪回首的历史往事中，没有哪个事件比发生在20世纪三四十年代的中日战争给中华民族造成的创伤更为惨重”。我们阅读《抗日战争》时内心静默而凝重，我们在深切缅怀为中华民族捐躯的先烈的同时，对战争中生灵涂炭、山河破碎深感悲悯。书写这一历史，是为了勿忘历史，让战争不再重演，维护我们美好的和平生活。而作为当代史，《抗日战争》是一种旨归于当下与未来的精神性写作，其重大的价值在于对凝聚在抗日战争中伟大的中华民族精神的激活。王树增明确地指出，“我表面上写的是战争进程，实际上是想给当代读者提供一种精神上的启迪。”在我看来，《抗日战争》一方面写战争进程，另一方面写战争中人的精神存在。精神是作品中一个十分重要的主题词、关键词。王树增以为，战争是物质的抗衡，也是精神的较量；“赢得战争的最可靠的力量，将是中华民族的意志！”他强调，“就中国近现代史而言，中国人需要在精神上站立起来！”而一部抗日战争苦难辉煌的历史，其实就是中华民族精神上站起来的历史。

“起来，不愿做奴隶的人们，把我们的血肉，筑成我们新的长城……我们万众一心，冒着敌人的炮火前进！”“苦难的中国，有人醉生梦死，精神颓废；有人唯利是图，蝇营狗苟；有人贪生怕死，临阵脱逃；有人助纣为虐，叛变投敌。”人性杂色，但更“有人在与残暴的入侵者作决死的战斗。而这些人，是让苦难中国屹立不倒的脊梁”。透过抗日战史的叙写，《抗日战争》以浓墨重彩大写抗击侵略者的民族精神。抗日战争是一口汇聚着民族精神宝贵财富的深井，在王树增笔下英勇的抗日将士身上，集中地体现出民族危亡、匹夫有责的爱国精神，不畏强敌、为国赴死的牺牲精神，永不言败、敢于胜利的必胜信念。为国捐躯的八路军副参谋长左权，牺牲在抗日的第一线，“他是死于自己的职守，死于自己的岗位，死于对革命队伍的无限忠诚。”在对日寇战斗中，“有八路军战士使用红缨枪的记录。使用最原始的武器，与拥有现代化武器装备的日军作战，还要打胜仗，八路军官兵需要付出怎样的勇气和牺牲？”郝梦龄是抗战中阵亡的第一位军长，殉国时年仅 39 岁，烈士有言，“为争取最后胜利，使中华民族永存世上，故成功不必在我，我先牺牲”。在淞沪会战罗店争夺战中，“姚子青营全体殉国的壮举，被写入了中国抗日战争史，也写入了近代以来中国人抵御外侮的心灵史”。抗战将士的勇武和牺牲，正是伟大的抗日战争精神的真实写照！《抗日战争》中有的是这样的人和事，我们被深深地感动了，感奋着。王树增曾说过，“我写的虽然是历史，但永远是为当代中国读者、尤其是为当代中国青年所写的。老人读历史是观照自己，而没有经历过这段历史的青年，读到的是‘家谱’。”《抗日战争》无疑是一份珍贵的民族的精神“家谱”，今天我们谱写中华民族伟大复兴的中国梦，需要从中汲取无穷的精神力量。我想这是《抗日战争》这部作品最为重要的价值。

《这边风景》：历史与文学的时代证词

陈晓明

《这边风景》是一部极其独特的作品：它写于“文革”期间，完稿后“文革”结束，被束之高阁；上世纪 80 年代初期略有修改，但又放弃了；30 多年过去了，某日偶然发现手稿，再拿出来读，谁想到，时过境迁，历史反倒有一种不可磨灭的记忆，往事依然历历在目。我个人以为，这样几个方面的意义是可以强调的：

作品给那个时代留下真实的历史记忆。相比较上世纪 70 年代的其他作品，王蒙的《这边风景》对那个时代做了最为真实详尽的描写。尽管我们今天一直在反省乃至于挪用五六十年代的红色经典作品，但我们并未从理论的高度去认识那个时期的文学作品存在的历史合理性和必然性。

20 世纪中国文学一直在创建一种前进的、正面积极的叙事，王蒙的《这边风景》在这方面提供了一个饱满、充分的范例，它在独特的历史时期为历史作传，写出一群人在历史中的活动，它们也想创建一种历史，我觉得王蒙先生这部作品为那个时期留下了一种证词。尽管他其实对那个时期的表现也包含着矛盾和犹疑，但相当真实地还原了那个时期的历史实践。例如，他创建了一个正面的、积极的、承担起责任的主人公——伊力哈穆。他首先是一个少数民族的人物，但他又能理解历史先进性，能承担起如何引领村民走在创建自己生活的正确道路上。在当时的政治语境中，必须要写出历史的前进性，王蒙当然不能回避当时的所谓阶级斗争，但是可以看到，他把阶级斗争降到最弱化的状态，故事的主线是一个叛逃的故事，伊萨木冬却并不是主要人物，他最终还是回来了，而且得到了谅解，这个处理是非常有意思的。这样就消解了其中所谓阶级斗争的主线，更看不到两条路线斗争的实际线索。但是，小说的通篇几乎都是伊力哈穆带领村民劳动生产、在困难时期创建自己生活的故事。小说洋溢着对生活的热情，写出了维族人民克服困难、拥抱生活，永远不丧失生活信念的激情。

小说也写到阶级斗争和路线斗争，王蒙并未做宣扬和夸大，而是朴实地反映出那个时期农村的生活面貌以及阶级斗争的实情。其力求真实的小说笔法，今天看来，当然可以看出那个时期的荒诞性，但这是中国农村曾经存在过的事实，王蒙给那个时期留下了最直接的历史印记。

该作是中国当代少有的反映多民族生活的作品。我国是一个多民族国家，不少少数民族有其自身的文字、语言和文学，无疑都从不同的侧面反映了中国多民族的历史和生活现实，但在一部作品里详尽地反映如此多的民族在一起生活的作品，《这边风景》堪称创举。单就这一点来说，该作对于汉语文学就是弥足珍贵的作品。这部作品可以称得上是一部文化协奏曲，是多民族文化交融的真实记录。在那个阶级斗争盛行的年代，在这个多民族交往的村落，却处处体现出和解的伦理。不同的文化可以相安无事，不同的信仰也可以共存。这里面涉及的民族有 11 个之多，重点写的就有五六个民族，王蒙熟悉维语、哈萨克语，若无深厚的生活基础和感情，要写出不同民族的生活习俗、信仰禁忌、称谓、婚恋嫁娶等生活是不可能的，这显然是王蒙建立在他深厚的生活和真挚的感情基础上才能写出的。1963 年，王蒙从北京迁至新疆，一待就是 16 年，其间有 8 年时间在伊宁市郊区巴彦岱乡劳动。王蒙对伊犁有很深的感情，他强调文学创作要“重视生命、生活”，要有“乐观态度”，都出自这段经历。与伊犁各族人民的深厚感情，是他写下这部作品的依据。他确实热爱那片土地，热爱那里的人民。

《这边风景》人物形象鲜活。小说中描写了众多人物，都能给人留下鲜明的印象。不管是正面还是反面形象，干部还是群众，维族、哈萨克族或是回族，尤其是少数民族妇女的形象写得尤其生动。那个时期文学禁忌甚多，对情感的描写不能过分深入，但王蒙描写少数民族妇女对待情感的方式非常细腻，雪林姑丽的内心和情感渴望非常生动，王蒙写她们的劳动，甚至她们在劳动中打架、吵架，比如雪林姑丽、狄丽娜尔和库尔汗打成一团的场面，充分表现了维族妇女的性格，十分精彩生动。

这部小说语言朴实、生动、准确。王蒙是公认的语言大师，这部他写于中年时期的作品，在现实主义的创作方法规范下崇尚朴实、简洁，王蒙语言叙述和描写的准确生动还是可见当年的才华。就是放在今天，就现实主义小说的叙述和描写来说，王蒙也堪称老到精当，尤其是其特有的机智、诙谐、幽默，在行文中随时涌溢。尽管这部小说多少打上了那个时期的局限性，但是它的意义如此独特、重要，肯定是 20 世纪汉语文学的可贵文本。

《江南三部曲》：有深度的写作

吴秉杰

格非的《江南三部曲》从清末民初开始，跨越近百年的社会变迁，直写到了当代的历史进程，其难度可想而知。格非小说以个体命运折射历史，更为具体、丰富，同时也把历史中易于被忽略的因素揭示出来，这是文学深度的标志。他从 1994 年开始酝酿写作，收集资料与整理大纲，到最后“三部曲”全部出版，历时长达 17 年时间，而它的最终得奖，是对于作者写作一致的肯定。

格非的创作准备从地方志的发掘开始，几经调整，沉潜求索，努力透视上个世纪中国百年内在精神的衍变，从《人面桃花》中对于一个奇女子陆秀米投身辛亥革命的事迹的爬梳整理，引出连续不断的人生故事。梅城、普济村、桃源图、花家舍或许都带有隐喻的意思，在《山河入梦》中花家舍变成了一个人民公社。由《人面桃花》《山河入梦》至《春尽江南》，历史叙事、社会叙事转入家庭叙事，表明它越来越具体地贴近了个体生活。革命和变革是中国人上个世纪生活中不容回避的关键词，而“江南”也并非就是以往人们理解的温软乃至柔靡的代名词，近代和现代的革命和变革其实都是从南方开始发动的。历史意识和人生意识在此结合，这是小说的第一个贡献。《江南三部曲》中每一部都伴随着一个女子生命火花的陨灭，这也是它的特点，蕴有悲剧的因素。但我并不很同意台湾对于格非小说曾冠以“乌托邦三部曲”的评价，认为这仍是一种比较简单化的理解。“三部曲”的延续和发展，始终有一种“未来”导向，民间的生活意志和要求，构成了小说叙事的内在动力。有一个关于悲剧的久已不再被引用的经典定义，用来形容格非的这部小说，可能是比较适用的："历史的必然要求和这个要求实际上不可能实现之间的悲剧性的冲突"。而这同样是小说深度的追求。

一致的肯定并不等于获奖作品便没有缺点、弱点，没有批评的意见，但文学作品更重要的是它为我们提供了新鲜的经验、情感，蕴有独到的眼光，能与我们的人生发生共鸣。一般而言，相隔年代久远的生活和历史轮廓尚可以采用"传奇"的方式，撷取要素，铺陈刻画；而愈是接近当代，便愈是要求一种细致而更有说服力、让人信服的生活形态。从这点看，三部曲中的第二部《山河入梦》或许较弱些。可作为一个整体，它依然克服了局部的瑕疵，一种一贯的、充盈的情愫仍然在小说中澎湃、流淌，让人心领神会，一系列人物的命运让人难忘。那是中国人百折不回，在时代曲折中付出了生命的代价依然不改初衷，向往美好生活和追求进步的历史潮流。在《春尽江南》中，庞家玉在生命结束时所表达的"爱"、"不后悔"和追求，以及诗人谭端午所写的诗，由《祭台上的月亮》到《睡莲》，这些独特的美的形象，我觉得才是小说最让人感动的地方。

从上世纪 80 年代的先锋追求，到当前三部曲的写实追求，格非的小说经历了一个由观念的深度到全面还原生活和历史的深度的过程。不仅仅是观念上的颠覆，而是把历史转化为人生，寻求在现实中破解历史谜团和我们的精神困境。从先锋形态到写实形态，第一次突破，观念总是领先于生活，为此需要先锋的"语法"的改变，"引导"人们阅读生活；第二次，观念则是在生活之后，或深藏于生活之中，让我们能更切实地体会生活，我想，这也是符合写作的发展，尤其是长篇写作的规律的。于是，《江南三部曲》便把家族和传奇、革命和人生、爱情和追求、社会剧变和现实问题，在一个精神的主线上水乳交融地、自然地结合了起来。把我们生活中一个代代相因、永违常新的有关革命和变革的时代主题，通过连续的人生叙事有力地传达了出来。辛亥革命或可理解为是中国的政治现代性的开端，随后的时代变迁，各种历史潮流的冲激则是延续、继承、发展了这种现代性。我们是这种现代性的合法的继承者。但到了《江南三部曲》的终端，我们却又面临了新的更为错综复杂的情势，有了新的矛盾冲突、精神困顿和人生课题，这意味着小说开放性的结构，同样是“三部曲”重要的贡献。

文学写作总是要走在时代的前列，提出问题。与一般的大众娱乐消费不同，在这个交流的时代，它要一次次地点燃我们内心不熄的火种，调整我们的情感走向，使我们变得更加成熟。

《黄雀记》：以“隐喻”讲述我们的精神难局

张 莉

当我们想到文学史上那条著名的香椿树街时，许多鲜活的场景会在头脑中一一复现。那是一条永远与少年有关的街道，暴力如影随形地跟随着那些年轻人，我们甚至能看到他们在打沙袋，在寻思着如何武功高强，能感受到他们内心深处的暴力情感有如野草疯长……香椿树街上，那群被荷尔蒙激荡的少年们与“文革”岁月永远在一起。

《黄雀记》的故事依然发生在香椿树街。河流依然是肮脏的，阁楼依然是灰暗和压抑的，少年们似曾相识。但是，小说并没有停留在我们熟悉的地方，《黄雀记》依然在写香椿树街，但它并不只是写“文革”时期。“文革”结束，生活依然继续，在少年们长大成人的岁月里，世界发生了什么？

少年们生活在各种关系中、各种错误和罪恶中，也生活在某种难以言喻的命运轨迹里。保润、柳生、仙女，两男一女的结构是最普通的故事结构，但又不普通。在这里，保润并没有强奸仙女而真正的强奸者是柳生，但柳生家用金钱买通了仙女，她最终指认了擅长捆绑的保润。捆绑、谎言、背叛、复仇，以及命运的转逆，全部都在这部作品里。保润在柳生新婚时杀死了他，而仙女也不知所终。《黄雀记》是少年命运的续写，也是以别一种方式讲述当代中国人的生活经历。

每一种经历都有其恰当的表现形式，《黄雀记》选择了在封闭空间和为数不多的人物中完成。读小说时读者会紧张，因为人物命运环环相扣、逻辑自洽，现实和人物在这里都会发生轻微变形。这部小说明显有“言外之意”，“黄雀”在小说中当然不存在，但几乎每位读者都能想到“螳螂捕蝉，黄雀在后”。黄雀不只是黄雀，它有隐喻之意，那是由在后的黄雀所带来的震惊感和诡异性。这与我们的时代感受有着莫名的相近之处。作为小说家，苏童天然地对那种非理性和隐喻性的东西着迷——《黄雀记》中的隐喻，不只是为人物而设置，也为读者体验人生的秩序和无序而设置。

《黄雀记》中，独属于苏童的艺术想象力再次降临，他恰切地寻找到诸多隐喻来讲述这时代的种种，他再次寻找到独属于他的声音，原创了一个属于他的丰饶的文学世界。绳索隐喻了人与世界的种种纠葛，借由绳索，这部小说中的人物也具有了某种普遍性，保润不只是保润，仙女不只是仙女，柳生也不只是柳生，三个并不可爱的人物一路前行，没有宽恕和忏悔，也缺少反省和良善——这些人物身上，或多或少打着我们许多人的影子。许多原本熟悉的东西在此时发生了某种奇妙的变化，它们变成了一种意象而不只是物。它们变成了一种可以引人思考的东西。

那是扭曲和变形的现实世界。在《黄雀记》的地标性建筑井亭医院，有着极强指代色彩的疯人院中，保润练习着他的捆绑术，这一技术最终使他大祸临头。读者难以忘记他打的“法制结”、“文明结”，尤其难忘那两位住在“特一”和“特二”病房里的病号和他们的种种可笑与荒唐，他们是这个时代的富人和有权人，但同时也是失魂落魄的人。

失魂落魄的人、丢了魂的人在《黄雀记》里如此普遍：祖先的魂丢在尸骨里了，柳生和保润的母亲不断提到“你的魂丢了”，郑老板则把魂丢在了女人和金钱身上……丢魂显然是苏童对香椿树街人们精神处境的隐喻，此时此刻小说中的香椿树街哪里只是南方的一条普通街道，作家尝试以写意的方式勾勒80年代以来中国人的现实生活与精神疑难。

每一位读者都难以忘记《黄雀记》中那位头上有伤疤的老祖父，他执著找寻藏有祖先遗骨的手电筒的行为颇具隐喻色彩。老祖父的种种行为让人不得不想到，我们每个人都是一个谜，每个人身后都有沉重的谜题。没有人可以与他们的过去无关，没有人可以完全无视他们的过去。遗骨是否就是我们的历史？没有人知道。老祖父的行为或许在旁人看来很可笑，但并不可笑。老祖父之于魂魄的寻找与堂吉诃德之于风车的关系类似，为什么一位老人要如此执著地去寻找祖先的遗骨？因为他意识到我们的“丢魂”，因为他比他所在时代的所有人都敏感，他意识到了我们的失去和残缺。

作为当年的先锋派作家，苏童有他非同一般的对时代的理解力。《黄雀记》中有苏童对时代病灶的理解，也有他的锐利和宽厚。《黄雀记》的魅力在于隐喻性和写意性。它不是通常我们想象的那种长篇小说，它不是宏大的，也不是细小的，而是精微的。在这里，苏童将普通人物的命运放大——这是有如显微镜一样的写作，叙事者久久地注视着他的香椿树街上的年轻人，为他们追忆远去的青春，但更注视他们的长大成人以及成长背后死寂一样的秘密。顺着这些人物望去，读者们看到了香椿树街的改变，也看到了使这香椿树街发生隐秘变化的时代轨迹。

《国之大臣——王鼎与嘉道两朝政治》：一部厚重独特之作

杨志今

刚看到这部作品，我感到很吃惊。过去，我只知道，非史学科班出身的卜键，从学生时代起，就对明史有特殊的兴味和执著，并先后有关于明代戏曲、重要剧作家、帝王传记等多部颇具学术质量的专著问世，他的《明世宗传》更是在学术界和读者中赢得了很好的口碑。可让我没想到的是，他竟在不声不响中捧出了这样一部在清史界也具填补空白意义的沉甸甸的大作。记得几年前，部里调他到清史办任主任时，赋予他的主要任务是团结、凝聚众多清史专家高质量地完成好这项国家重大文化工程。几年过去，卜键尽心尽力地做好组织协调工作，建机制，抓管理，以保证工程的各项工作顺利推进，得到各方面的充分肯定。他在做好本职工作的同时，竟能抓住点滴业余时间，以“国之大臣”王鼎为切入点，深入到嘉道两朝的政治风云中，钩沉钻研，潜心思考，探究历史真相，捕捉时代脉搏，向书本学习，向专家学习，使自己变成了一位有别于他人的清史专家。对卜键来说，这是他人生和学术的一个重要的意外收获；对清史纂修来说，他快速积淀的专业素养，又帮助他更好地与清史专家们交流、沟通、对话、切磋，这又是一个两全其美的妙果。实际上从本书的“跋”亦可知，这部作品之所以能达到这样的学术品位，也同他主动向多位专家请教学习密切相关。从这个意义上看，这部书的写作，也为我们学术单位的领导同志如何把工作和学术研究更好地结合起来，相互促进，提供了有益的启示。

严谨的学理 《国之大臣——王鼎与嘉道两朝政治》从始至终都体现了作者良好的学术作风和治学精神。他是在充分地占有和熟悉史料的基础上动笔的。和卜键之前的作品相比，感到他对这部作品的写作有着更高更严的要求。基本史实皆有扎实的史料做支撑，书中的大量引文，都是从浩如烟海的清史资料中精心钩沉出来的，作者既不做先入为主的判断，也不做任意无据的推测，辨析和评点都是在史料的基础上，从严密的历史逻辑中推导出来的。他特别珍视历史的真实，将其视为作品的生命。有些情节，若史料不足，又找不到旁证的，作者均如实向读者作出说明，决不想当然地为博眼球而放胆想象，或为结论而结论。在对重要历史事件、历史人物的描述评点上，作者表现得非常克制、内敛，既不像现在有些历史著作抓住一点，敷衍开去，挥洒无度，也不同于他过去著作中有时表现出的那种才气外露，咄咄逼人。在对王鼎和众大臣的描述刻画上，他努力跳出个人好恶的藩篱，总能通过对史实的细心梳理和辨析，从一些品德方面有明显污点的人物身上，搜寻到其行为本身的某些合理因素。因清代离我们很近，史料太过浩繁，对此要做全面深入的比较、提炼，实非易事。为此，作者是下了苦功夫，甚至是笨功夫的。这种老老实实做学问的精神，在今天学术界浮躁之风日盛之际，尤其值得推崇和敬重。

卓异的史识使作者深知，任何历史同时也是当代人视野中的历史。史实是客观的，而通过史实发现和开掘其背后的深层原因，得出具有说服力的判断和结论，却是对史学家史胆和史识的考验。本书作者在充分尊重历史事实的同时，以敏锐的眼光深入开掘和寻找出了嘉道两朝诸多重大历史事件之间的内在联系、许多重要历史人物行为和心理的异同，也发现了诸多历史与当代的共通点和共鸣点。使我们在浏览历史、回味历史的同时，触摸和感受到了那段历史的鲜活生命和深层脉动，体味到了历史与今天的不可分割。比如对河道积习、河工腐败的层层开掘，让我们发现与今天的重大工程腐败何其相似。又比如，对整顿盐务、南疆平叛等重大事件的精彩呈现及得失总结，对今天都有特别的借鉴和启示意义。就大清朝来看，到了道光晚期，腐败已经弥漫到了整个帝国统治机器的各个环节，河工腐败只是其整体腐败、体制性腐败的一个缩影。鸦片战争中国战败，首先是自己打败了自己。作品用大量无可辩驳的事实告诉我们，即使像王鼎这样的廉臣能臣一直在用他们的忠诚奉献认真做事，实心做事，也只能是处理好几个案子，挽救一个工程，最终却改变不了清王朝快速衰亡的命运。与大批贪生怕死、欺上瞒下的官员相比，王鼎、林则徐们是无力回天的，他们的悲剧性人生结局是注定了的。作者敬重和呼唤王鼎、林则徐这样中国脊梁式的“国之大臣”，渴望这些精神的种子能够绵延不息、生根发芽。他满怀悲愤、满怀深情地书写了王鼎的以死抗争，可谓振聋发聩、撼人心魄。但同时他又清醒地看到，这聚集了王鼎人格生命的辉煌一爆，火光似乎转眼间就消失在冰冷的漫漫长夜中了。嘉道以降，大清朝实已气数渐尽。这种透过历史表象对历史本质和趋势的客观揭示，具有很强的说服力，表现出作者卓异的历史眼光和历史胆识。书中多处从史实导出的精彩点评，总能让我们产生强烈的共鸣，或会心一笑，或扼腕叹息。

独特的视角　本书既不是断代史的写法，也没用人物传记体的套路。从王鼎切入，以嘉道两朝政治家群体的升降荣辱、人生百态为舞台，从一个独特的视角，演绎了清王朝由盛而衰过程中国家治理体系的失灵和败坏，特别是廉臣们的孤独和无奈。这样一种视角，为作者的叙述、辨析、评点，提供了较为自由的空间。在时空的处理上，不必围绕一个人穷尽笔墨，也不必严格按时空顺序来铺陈，而是在人物事件、时间空间的相互转换中，让我们感受到帝国这架破旧机器的快速锈损，中国民族精神的日益丢失。对王鼎虽着墨较多，多数事件和人物围绕他展开，同时又不受此限制，而取多点透视法，体现了作者历史把握上的大局观，如林则徐的禁烟、销烟，南疆的平叛等，这些深刻影响中国未来历史进程的大事件及其中重要人物的表现，和王鼎并无太直接的关系，却有精彩而细腻的描述。

充沛的文气　本书在叙述语言、叙述手法上十分考究。叙述语言努力追求与史料引文在风格上的和谐，尽量保持文气的相通和连贯。这是一个很难达致的目标，既需要作者具备较高的古文素养，又需要作者具备将古文转化成现代语言，又不失其庄重典雅的能力。本书始终文气充沛，显示了作者高超的驾驭语言能力。越是到后面，越在保持典雅的同时，焕发出鲜活、生动的语言光彩。本书在人物刻画方面同样颇具功力，许多人物寥寥数笔，就形神兼备，这同样得益于作者的文学修养。如嘉庆、道光两代帝王的刻画可谓生动传神，使我们对这两位常常被忽视、不具大才的清帝有了不同于以往的新的认识。此外，在历史事件和人物的描述中，作者常常采用对比的手法，如把清代的人和事同明代比较、清代人物之间比较、嘉庆和道光比较、嘉道和康雍乾比较等，通过这些比较，使平常的叙述增加了历史的沧桑感和厚重感。当然，这也得益于作者对明清史的深入了解。

这部作品，由于作者太过追求文气和叙述语言的典雅，太过追求史料的丰富和多维度，某种程度上可能对普通读者的阅读造成障碍，一些奏折引得太长，叙述语言不够通俗，这对有一定古文和历史素养的读者来说，可能很过瘾，而对多数普通读者来说，就会形成要么跳着读不求甚解，要么慢慢看，太耗时费力。这就势必影响作品在更大范围的传播。因此，我建议本书可否再出一个较通俗的，可读性更强的，适合普通读者阅读的普及本。同时，也建议卜键在写作下一部书时，在叙述语言方面，可否尽可能寻找专家和普通读者都认可的结合点，即在保持文气和典雅的同时，向通俗方面靠一靠。

期盼作者的下一部作品早日问世。

《绍兴十二年》：细说往事向钱塘

晓　华

夏坚勇的创作始于上世纪70年代，带有那一代作家典型的特点，特别注重生活的积累，关注现实与脚下的土地，写作的体裁也很杂，新闻通讯、小说散文、戏剧影视，这样的经历使他的创作基础十分宽厚。上世纪80年代的文学浪潮使夏坚勇进一步获得了文学的自觉并完成了纯文学的转型，他开始以中短篇小说为文坛所知晓，《七月七看巧云》《吹皱一池春水》等曾让人们对他成为一个优秀的乡土小说家寄予厚望。

沉寂几年后，夏坚勇又一次蜕变，以一册《湮没的辉煌》享誉文坛，其后接着推出了《旷世风华——大运河传》。这是两部长篇历史纪实作品，也就是后来被命名的一个新的文学体裁：文化散文或大散文。《湮没的辉煌》以江南为文化版图，对这一带的文化史和文化名人的流变、迁徙和浮沉进行了叙述，而《大运河传》则开我国自然与人文地理景观文学性书写的先河，不仅对这一世界人工运河奇迹进行了详细描绘，更以此为线索，对与此相关的历史和人物以及运河文化进行了散点式的表现。不管目光投向何处，他的写作都包含了一个现代知识者的感喟与思索。不久前，夏坚勇再次为读者奉献了他打磨多年的又一文化大散文《绍兴十二年》（江苏凤凰文艺出版社2015年5月出版），显示了他在这一领域不倦的探索和持久的创造力。

“野史”中的文人性情

为什么是“绍兴十二年”而不是其他一个历史年份？就一般常识而言，这一年并没什么特别的事件，从历史学的角度说，它并不是关键的时段。其实，对这一问题的讨论应该再宽泛一些，那就是中国文人对历史的兴趣和绵延不断的民间修史传统。自古以来，中国的历史都是官修的，称为正史，其他都是野史。而这些野史中，文人的书写占了相当的比重。一本正史显然无法说尽天下事，更重要的无疑是正史的观念排斥了多样的民间价值观，而借古说今、借古讽今、借古抒怀又一直是中国文人的思维方式、话语策略和写作范式。正是在这方面，夏坚勇表露出传统文人的性情和面貌，他是带着忧患意识来叙写和感受历史的，《湮没的辉煌》《旷世风华》无不如此，而《绍兴十二年》尤其如此，这样的忧思当然来自于现实的触发，它是当下知识分子的分化与堕落，是官场的腐败，是国家的外交变局，是“爱国”的畸变，是一个普通人的愤懑与热望……所以，不仅是夏坚勇，余秋雨、王彬彬、李洁非、阿来、南帆、王开岭、王充闾、赵锐锋、赵柏田等等，许多作家都不约而同地将目光投向历史，形成了历史散文写作的潮流，这本身就构成有意味的、也亟待研究的文化与思想景观。

至于为什么是“绍兴十二年”，我以为不必深究，文人对历史的兴趣与一个史学家对历史的兴趣是不一样的，后者所求的是历史的真相和学术的创见，而对文学家来说，历史不过是材料，他的终极目的还在于抒发现实的情怀。这样，材料的选择就在必然中有着相当的偶然，这偶然在于个体历史学养的累积与平时的兴趣，在于史实中那些触动心灵的人与故事。可能被人们忽视但却具有决定意义的是书写对象的可创作性，也就是史实本身在文学创作上的可能性、想象的空间，是它的二度创作余地。如果从这个角度说，岳飞被害、皇帝无后、太后回銮、梓宫南归、真假公主、宰相弄权等故事足够激发一个作家的想象与创作冲动。对一个作家来说，这样的故事与人物一个就已然足够，等着夏坚勇的就是接通千载思绪，搅动纸上云烟了。

文学与史学的结合

《绍兴十二年》与一般历史著作的区别是它向细部的铺陈描绘。一般的历史叙事都要求有大的叙事框架，在具体展开时由有据可依的证据支持的转述构成。这样的历史叙事必定能见其大，但是不能见其小。换句话说，正统的史学叙事是以牺牲事件和人物的细部为代价的，是牺牲了日常生活或无视事件与人物的日常化存在的。在正统官方历史叙事之外的是大量的民间野史，而这些野史的叙事方式大都采取了回到日常、回到细部的方式，恰可与正史形成对照与互补。夏坚勇本次写作倚重的一些古代典籍如《东京梦华录》《武林旧事》《梦粱录》等就是这方面的典范。我们看到夏坚勇笔下的绍兴十二年就是日常生活的一年，是绍兴十二年临安的春夏秋冬。即使是神秘的宫廷，夏坚勇也将它还原到日常生活。它是那一年的百科全书。我们看到了临安的城建，感受到了那里气候的变化，知道了茶马的交易，也了解了寺庙与国朝经济的戏剧性关系，甚至那时的消防我们也能了如指掌，而退休大帅张俊宴请皇上的那场盛宴堪称舌尖上的南宋……所有这些并不是在拼细节、比还原，它们不是物的叙事，而是隐含了这样的伦理，即“道在日常”。夏坚勇是在用日常生活的描写来显示历史的意蕴，他认为日常生活是物质的、“此岸”的和身体的，是连续的和具象化的，在具有私人性的同时又具有普泛性，所以，它能在最细节化的层面上反映特定时期、特定地域和特定人群的生活方式。也正因为此，日常生活总是人们最真实、最丰富的生活，蕴藏着特定时期人们的价值观念、审美理想、风俗习惯、流行时尚以及文明程度和生活水平，是某一范围人们生活的生态史和风俗史。这个看似简单却是最基本的细胞，几乎包含了人们生活的所有秘密。这就是《绍兴十二年》叙事风格的基因，是它起自小年夜终于腊月“月令”式章节结构的依据，也是其舍大取小、举重若轻的聪明之处。

《绍兴十二年》并不是严格意义上的历史作品，而是文学与史学的结合。连同上面的细节叙事一样，文学的笔法、趣味和会心处处皆有，甚至，我们可以从这个意义上将这部文化历史大散文看作一部长篇小说。小说要成立，关键在人物。我们完全可以转变阅读的身份，将自己对南宋的知识清零，想象自己如同面对小说虚构人物形象的情况下来面对他们。可以毫不夸张地说，夏坚勇笔下的人物是活的，他们不是历史的符号，不是那些固定的身份，而是一个个有血有肉，有思想、有情感，特别是有性格的人物形象。这一点不能不归功于他小说家的基本功，当然，这更是作家自觉的美学追求。从“官家”宋高宗到秦桧父子、太后韦氏、柔福帝姬、文人胡铨、蜀将吴璘，连同那些“次要人物”如赵瑗、罗汝楫、范同、王继先等都写得活灵活现。

作品的中心人物显然是官家，宋高宗赵构。我们有理由推测夏坚勇的写作动机可能就是奔着这个偏安江南的皇帝而来的，他有着太多有意味的故事元素。故事哪个皇帝都有，相比较而言，赵构的故事并不出色，除了一半借助阴谋一半因为侥幸做了皇帝外，他的动作性实在不强，他低调、隐晦，小心、敏感、疑心重重，一直如坐针毡，如履薄冰。他虽然外在的动作性不强，但内心太丰富了，内心的犹疑、彷徨、冲突和煎熬实在太多。如何处理与金人的主从关系？如何拿捏与宗室的亲疏？如何和秦桧相互利用与终极搏杀？如何与文人们和谐相处？又如何与那些镇守一方的地方军阀打交道？……这些都让这个软弱而阴鸷的皇帝大伤脑筋。在刻画这一形象时，夏坚勇除了细节就是心理描写，这样的描写可以是直露胸臆的，也可以是侧面迂回的。杀岳飞、迎太后、葬梓宫、主殿试、召吴璘等是书中的几场大戏，或前台或幕后，处处是官家的影子，把他性格的多重性表现得淋漓尽致。能有此效果，文学的想象自然起了很大的作用，但正如学者赵园所说，“无论‘想象’还是‘叙述’，都非文学的专利。‘叙述’之为课题，固然不只与文学、史学有关，‘想象’作为能力，也非为文学者专擅。”夏坚勇用此可谓驾轻就熟，游刃有余。

“有我”之作

王国维说词境分有我与无我。夏坚勇的《绍兴十二年》无疑是“有我”之作，也就是说，它表现出鲜明的个人风格。这种个人风格首先是由作者随时出现的议论表现出来的。对文学作品中议论的有无与多少一直存在不同的看法，对小说而言，也许议论不能太多，但对散文而言，议论却是随便可以取舍的选项，用得好，不但无损作品，还是显示作品深度、智慧、力量的不二利器，更是作者情怀与胆识的体现。对此，夏坚勇显然有自己坚定的看法。我们在《绍兴十二年》中又一次见识到他对历史的洞见与穿透，也见识到他对现实的忧虑。比如他对官场的上下其手，他对当政者在利益与个人得失上的首鼠两端，他对科场的风险利弊等都有令人意想不到的生发。作者对南宋文人行状的记述是本书的精彩之处，不少考证与回放颠覆了我们对许多文章大家此前的景仰。在是非分明，而且也无刀刃在前的情况下，居然朱熹、张元干、张孝祥、范成大等名硕大儒都会对官家的投降路线送上赞歌。对此，夏坚勇认为是文人的“攀比性堕落”，“这时候，知识和良心也许可以这样谈判：我不‘卖’，别人也照样‘卖’，天下滔滔，并不会因为我一个人的坚守而干净一点；天下衮衮，也不会因为我一个的掺和而浑浊一点。而对于我自己来说，却可能收获实实在在的油盐柴米和‘幸福指数’。”这样的议论在书中随处可见，与此同在的是作家热可炙手的赤子之心与热血情怀。这是明处的有我之境，而可能被习焉不察的是作家的叙述语调，是不涉语义的隐形的声音。汪曾祺曾经说，写作最大的难度是找不到作品的调子，调子找到了，作品即可顺流而下一泻千里。应该说，夏坚勇是一个善于给自己定调定音的高手，他的几部作品调子都不一样，《湮没的辉煌》是低缓抒情的，《旷世风华》是沉重感喟的，而《绍兴十二年》则是戏谑、嘲讽间以激越。作品开头的一小节是这样的：“绍兴十一年腊月二十九的天气大致平和，至少没有下雪，因为翌日就是除夕，而且又恰逢立春，这时如果下雪，臣子一定会作为祥瑞上奏‘诏付史馆’的。”这就是作品的基调——那是一个不值得同情的王朝，它不配给予理解、同情，更不用说赞美。如同闻一多笔下的“死水”，索性扔它些破铜烂铁。面对这样的王朝，那般的帝王，夏坚勇有足够的自信，文人的风骨，知识者的智慧，现代的立场和面对现实的价值诉求，使作家旗帜鲜明地建立起喜剧美学的叙述主体，或冷嘲热讽，或严厉斥责，俨然判官，睥睨天下。

有这等情怀的人是不会放下自己的笔的，也不会喑哑了自己的声音。他总会借了他人的酒杯浇了自己的块垒。江南佳丽地，千里大运河，如今拿住的是偏安王朝细说往事向钱塘。不知下一站又是哪时哪地，何人何事？

《我们的踟蹰》：让我们重谈“爱情”

行　超

已经有多久，我们没有认认真真地谈论过爱情了？在我们这个时代，讨论爱情，渐渐变成了讨论婚姻与婚外情、暧昧与记忆，以及这背后的人际关系、社会形态、经济基础。正如在这个时代，当我们谈论小说时，我们谈论的是语言、结构、叙事方法、思想意义，这些似乎都是小说，但似乎又都不是小说。弋舟的小说《我们的踟蹰》是一部“严肃认真”地讨论爱情的作品。小说中，“各自经历了人间世态炎凉的沧桑男女”，他们之间的种种纠缠、试探、犹疑、义无反顾，唤醒了每个人心里有关爱情的幻想与怀念。

小说中弋舟所要表现的关于爱情与男女关系的思考，是由汉乐府的名篇《陌上桑》开始的。这个我们耳熟能详的妇人拒绝诱惑的故事，在小说中深发了另一层意义，“在李选看来，这更像是一则斗富的故事，罗敷用来抵挡诱惑的本钱，是杜撰出比诱惑者更有说服力的家底。不知为什么，李选觉得这个古代女子将自己的男人说得天花乱坠，完全是一种自我虚构”，“如果一个女人，身后有着罗敷所形容出的那个夫君，她还会被这个世界所诱惑吗？当然不，起码被诱惑的概率会大大降低。但是，又有几个女人会摊上这样的夫君呢？罗敷就没有吧，李选想，这个古代女人其实是在自吹自擂，外强中干，用一个海市蜃楼一般的丈夫抵挡汹涌的试探。”曾经流于说教的《陌上桑》的故事变得如此真实，它恰恰就是我们眼前的现实：一个女人，在面对来自异性和权力的诱惑时，她该如何抵挡人的本心中那份对于诱惑的渴望？也许唯一的方式是，她拥有，或是她想象自己拥有比这诱惑更强大的资本。又或者，这种抵抗其实根本就是欲拒还迎。就这样，两千年前的故事便与当下，与李选，与我们发生了联系。

作为新时代的“使君”，曾铖在面对李选时，除了不错的社会地位、财富和不算走形的外表，更大的砝码无疑是两人之间那“被偷走”的30年。30年前的两人是小学同学，虽然没有更多的过往，但至少彼此还有个不错的印象。30年后的现在，曾铖成了小有名气的画家，与李选一样，经历了离异。两人再度重逢，横亘在30年岁月中所有的回忆、痛苦以及内心那份残存的对爱情和未来的期许都泛起了沉渣，你来我往，这两个多少经历过一些人生起伏的人，仿佛劫后余生般地，在惺惺相惜中生出了一些情愫。然而正如张爱玲在《金锁记》里说过的，“老年人回忆中的30年前的月亮是欢愉的，比眼前的月亮大，圆，白，然而隔着30年后的辛苦路往回看，再好的月亮也不免带点凄凉。”当李选发现自己对曾铖真的动情了，而曾铖也不得不承认自己爱上了李选时，他们却不敢真的去爱了——30年毕竟太久了，这30年中他们各自经历了什么都无从知晓，更没有勇气去知晓。在浩大的岁月面前，妄谈爱情，显得那么荒唐，那么不切实际。

一场突如其来的车祸将这段似乎刚要开始的感情推向了死角。醉酒的曾铖撞伤了行人，几乎是奋不顾身地，李选推走了曾铖，替他顶上了酒驾伤人的罪名以及随之而来的种种麻烦。李选，这个动了心的罗敷，她当然没有办法招架这些麻烦，只能求助于多年来庇护着她的老板张立均。与“悬着”的曾铖相比，张立均更贴近现实生活中的成功中年男人形象。他有财富、有权力，并且善用这财富和权力，让自己在他人眼中成为了一个无所不能的强者。

张立均是李选“背后的男人”吗？恐怕他们彼此都不能承认这一点。张立均对李选的兴趣起源于她的憔悴和不安，这激起了张立均的保护欲。随之而来的是他作为一个强势男性的控制欲，轻易地开除跟李选一起出差喝酒的年轻人、几次短信的试探，甚至利用自己的关系摆平交警队的问题，在这一切的行动中，张立均都是在扮演一个可以掌控一切的、随时可以成为救世主的角色。在与李选的关系中，他习惯了一切都由他来调度，去茶馆、去酒店，他需要李选召之即来，挥之即去，他希望李选永远依赖他，甚至是依附于他。所以，当他发现他所保护的李选实际上是在保护另一个男人时，当他得知李选居然可以不依靠自己而筹得了那笔数额巨大的伤者抚恤金时，一往无前的他内心也开始“踟蹰”了。

在小说中，李选、李兰，甚至是黄雅莉，她们就像现代都市中的大部分女人一样，即使平日生活得再光鲜，在夜深人静、万籁俱寂时，都分明感受到“这个世界和自己彻底失去了联系”，孤身一人面对孤独。在这个社会中，她们必须依靠男人才能生活得不那么艰难：李选要依靠张立均帮她处理交通事故，又必须通过向雷铎借钱来了结与伤者家属的纠缠；与丈夫关系不佳的李兰不得不为了所谓的业务，在酒桌上与各色人等拼酒，最终把自己喝得走样；即使聪明通达如黄雅莉，也大抵是依靠与各种男人暧昧的关系及“清醒的定位”而走向了成功和成熟。我们无须回避，弋舟也并不粉饰，这基本上是一个男性掌握权力的时代。

然而在情感世界中却不是这样。在男女关系中，女人的勇敢和坚强常常出人意料。张立均的妻子曾经出轨，为了自己所谓的前途，他不得不忍气吞声地维持这段婚姻，但心里的裂痕却无法愈合。这个看似强悍、拥有权力和财富的男人，实际上非常需要黄雅莉这样极尽体贴而又不失分寸的女人带他走出困局。对于李选，当他给她发出那些试探性的短信又不肯承认时，他确乎已经爱上了她。“那个‘爱’字就在嘴边，但他发现，原来将要说出这个字时，自己会多么的犹豫”，也许就是在这样的瞬间，强大的张立均轰然倒塌，变得像李选一样虚弱而憔悴，甚至在情感上更卑微、更需要李选这样的女人来救赎的可怜人。

当然还有曾铖。曾铖不仅撒手了一场由自己而起的车祸，在与李选的情感世界中，他也变成了一个肇事逃逸者。情感中犯下了错误曾铖无力弥补，他只能再次回归世俗世界中男人所惯用的那套方式——用金钱承担自己的经济责任。逃逸的曾铖再次来到了自己前妻的身边，“多年来，曾铖已经养成了这样的习惯——每当他的人生遭遇坎坷，他便会身不由己地奔赴自己的前妻身边”。前妻戴瑶对于曾铖来说是一个永恒的避风港，她一如既往地缓解着他的不安与焦虑，“她像个教师，而曾铖，像一个时常犯错的学生”，“他从戴瑶这里获取的，只是一种犹如母亲一般的关怀，甚至可以这么说——在戴瑶这里，他可以像一个儿子般地撒娇”。曾铖对于戴瑶的依赖，并非法律关系的改变可以割裂的，这种依赖根深蒂固地藏在曾铖的骨子里，又或者，这依赖也不仅仅是对于戴瑶，很大程度上是对于女性。因此，曾铖会在情感脆弱的时候对李兰说“我想你”，他并非对这个发了胖的初恋还有什么想法，而是希望有人能再次给他那“来自女性的无以复加的温柔”，带他走出“男人生命的困局”。在世俗世界中，女性不可避免地成了弱者，然而在情感世界中，女性却总是在扮演救赎者的角色。

曾铖是弋舟笔下典型的“刘晓东”式的人物，他看似是《而黑夜已至》的徐果口中的“强势阶层”，但在内心深处，他孤独、踟蹰，他的内心深藏着秘密，甚至承受着比常人更沉重的心理负担。不同的是，刘晓东们自我判定的抑郁症以及他们内心的罪恶感，基本上都来自于时代和社会。在《所有路的尽头》《等深》中，刘晓东是上世纪 80 年代的“遗老”，那个年代的经历和回忆深深烙在他们心头，一生都无法抹去。然而在曾铖这里，弋舟隐去了时代与社会的原因，这让曾铖的孤独变得更为深刻——这种孤独来自人性本身，是每一个人与生俱来、永恒面对的。曾铖的孤独，也就是我们每一个的孤独。

然而当弋舟选择了书写人性之孤独，选择了书写爱情的驳杂与在爱情中的人的踟蹰时，他面对的是一个深不见底的黑洞。在这样的题材面前，所有的讨论都难以企及它最后的答案，更不必说，这只是一部区区十余万字的小说。正如弋舟在后记中所说，“这部小说断断续续写了很久，其间各种生活的纷扰还在其次，时常中断写作的根本原因，更在于我心中不时生出的厌弃之情——我几乎是在时刻怀疑着，这一次的写作，真的有意义吗？”在面对这样复杂的问题时，弋舟似乎还需要再耐心些，只有这样，才能真正写出现实的无奈、爱情的幽暗以及时光对人的消磨。

正像小说中黄雅莉所说，“踟蹰是一种古典情调”，在当下，大多数人早已忘了在爱情中踟蹰，这件复杂、纠结而充满意味的事变成了赤裸裸的、简单的现实。如今还在青春期的这一代人，甚至开口便说“再也不相信爱情了”，多么让人遗憾，他们还未长大就老了。在这个“爱情”令人羞于启齿的年代，因为弋舟的《我们的踟蹰》，让我可以理直气壮地重谈爱情。

改变命运的序言：鲁迅与“二萧”

阎晶明

好为人序是文人间开玩笑的事，这句话既非完全的嘲讽，也非十足的褒扬。但好为人序行为本身与好为人师的含义基本相近，既有关心与热情，也有指点与自负。通常来说，序言是一个著作者发出的请求，向他心目中尊崇的人，他的前辈、导师，敬仰的同道或权威人士。作序者一旦接受好意，也一定会尽全力为作者尽推荐之力。这是惯例，也是常情，是序言的通用规则。

鲁迅为别人作序不可谓不多，他非常清楚文人们谋求作序的目的。“代序却一开卷就看见一大番颂扬，仿佛名角一登场，满场就大喝一声采，何等有趣。”（《序的解放》）鲁迅对此深怀警惕。就文学作品的序言来说，鲁迅作序的特点是：一、他一般只为青年作家作序，以尽扶持之力。二、他为别人作序的目的，不是向人推荐自己发现了一个创作的天才，而是受中国青年带着血和泪的文字感染，让他觉得应该介绍给更多感同身受者。他看重作品与时代之间的直接的关联。三、他从来不回避作者在艺术上的不成熟和作品在艺术性上的欠缺与不足，他会直指缺点，也或者含蓄暗示。四、这种不足通常不应当是概念化、口号式的夸张，其实这些作家常常天赋才情，只是运用还并不熟练，他们没有功利的革命文学的标榜，却有一颗不安麻木与迟滞的心。

鲁迅为萧军、萧红作序，正是这些特点的体现。

鲁迅为萧军的《八月的乡村》、萧红的《生死场》作序，实非好为人序之举。“两萧”的小说加上叶紫的《丰收》，是一套名为“奴隶丛书”的作品，鲁迅为三位青年作家专门成立了一个叫“奴隶社”的社团。可以说，三位作家的作品从一开始创作就得到鲁迅的关心，寻求出版遇到重重困难和阻力，又是鲁迅为他们专门想办法出版，可以说，两萧的小说从创作到出版都蕴含着鲁迅的心血。在小说的创作过程中，鲁迅与“两萧”多次通信，那些通信中，既有对创作的关心，也有鲁迅个人心迹的表达，是研究鲁迅后期思想的重要资料，弥足珍贵。

先来说序。鲁迅为萧军《八月的乡村》作序，时间为 1935 年 3 月 28 日，题目为《田军作〈八月的乡村〉序》。田军是小说出版时用的笔名。《八月的乡村》是他著的长篇小说，作为“奴隶丛书”之一，小说于 1935 年 8 月由上海容光书局出版。鲁迅为萧红《生死场》所作的序，写作于 1935 年 11 月 14 日，题目为《萧红作〈生死场〉序》，作为同一丛书作品，《生死场》也于同年 12 月由上海容光书局出版。

鲁迅在为萧军萧红所作的序中，铺垫在文章中的底色，甚至鲁迅强调的主题并不完全是二部的小说本身，而是他一直在思考的中国，这思考不是文化学意义上的观察，甚至也不是国民性的批判，严峻的中国现实，混乱的社会状况，凋敝的世间景象，让鲁迅无法从现实中国脱离开目光和思索。在两篇序文里，鲁迅开篇所谈贯穿其间的一个主题，就是他所见的“现在的中国”。在为萧军《八月的乡村》所作序中，鲁迅借爱伦堡的话来表达自己眼里的中国。“一方面是庄严的工作，另一方面却是荒淫与无耻。”鲁迅说：“这末两句，真也好像说着现在的中国。”爱伦堡这两句话在序文中出现了三次，鲁迅借此递进式讲述中国历史与现实中的分裂景象。他由此将萧军小说置于重要地位，他说：“但是，不知道是人民进步了，还是时代太近，还未湮没的缘故，我却见过几种说述关于东三省被占的事情的小说。这《八月的乡村》，即是很好的一部。”即在“荒淫与无耻”之中，看到文学家进行的“庄严的工作”，这是一种文学的希望，更是中国不灭的火种。鲁迅为萧红作序是在上一序的半年之后，但其思考却如出一辙。这也是中国的情形并没有任何改变的原因所致。序言的开篇仍然是现实中国分裂的景象："难民虽然满路，居人却很安闲。""周围像死一般寂静，听惯的邻人的谈话声没有了，食物的叫卖声也没有了，不过偶有远远的几声犬吠。"就是在这样的情景中，《生死场》将鲁迅带到另一个世界，这里一样有苦难有挣扎，但"北方人民的对于生的坚强，对于死的挣扎"，一样是微弱的希望火种。而"坚强"与"挣扎"在这篇序文里也是三次被提及。

两序并没有在小说艺术上给予过度夸赞、褒奖，也没有以大师口气进行教训、辅导，他明确小说的意义，对其不足也一样或直言指出，或委婉暗示。他说《八月的乡村》"虽然有些近乎短篇的连续，结构和描写人物的手段，也不能比法捷耶夫的《毁灭》，然而严肃，紧张，作者的心血和失去的天空，土地，受难的人民，以至失去的茂草，高粱，蝈蝈，蚊子，搅成一团，鲜红的在读者眼前展开，显示着中国的一份和全部，现在和未来，死路与活路"，说《生死场》"这自然还不过是略图，叙事和写景，胜于人物的描写，然而北方人民的对于生的坚强，对于死的挣扎，却往往已经力透纸背；女性作者的细致的观察和越轨的笔致，又增加了不少明丽和新鲜"。他向读者推荐阅读，认为《八月的乡村》"凡有人心的读者，是看得完的，而且有所得的"。而《生死场》"精神是健全的，就是深恶文艺和功利有关的人，如果看起来，他不幸得很，他也难免不能毫无所得"。

鲁迅不但是小说的推荐者、作序者，同时也是小说的"策划者""出版者"。他为此成立的社团是奴隶社，设立的丛书名称是"奴隶丛书"，这一名称深有寓意。在《八月的乡村》序中说："我们的学者也曾说过：要征服中国，必须征服中国民族的心。"而《八月的乡村》的意义，就恰恰因为"但这书却于'心的征服'有碍。"在《生死场》序中更进一步指出了"奴隶丛书"内涵："然而我的心现在却好像古井中水，不生微波，麻木的写了以上那些字。这正是奴隶的心！——但是，如果还是搅乱了读者的心呢？那么，我们还决不是奴才。"强调是"奴隶丛书"，是强调现实命运的被迫性，而强调"决不是奴才"，却是不屈者的坚强意志。这与为萧军序文中的"于'心的征服'有碍"是精神内核上的完全印合。从 1934 年底开始，鲁迅对两位来自东北的青年作家的来信给予热情答复，不但在创作上关心，生活上鼓励，而且对两个穷困潦倒的陌生人提出的救助请求，尽力给予帮助。而且也是通过不断的书信往来，他不但接受了阅读他们小说并为之作序的请求，还答应了他们希望亲自登门拜访的请求。从此，不但鲁迅和他们成为师生，而且成为中国现代文坛的一段被评说了 80 年的佳话。又尤以鲁迅与萧红的交往为甚。1934 年 10 月 9 日，在致萧军信中，对萧军希望鲁迅阅读萧红的《生死场》和两人合著的文集《跋涉》请求，鲁迅慷慨应答："我可以看一看的，但恐怕没工夫和本领来批评。"11 月 3 日信中虽然没有答应对方的见面请求，但也只是表示"从缓"，"待到有必要时再说罢。"两天后 5 日信中即答应："你们如在上海日子多，我想我们是有看见的机会的。"待到 11 月 27 日，鲁迅即告知可到内山书店一见，并且详述乘车行走的路线。到 12 月 17 日，即发出"请你们到梁园豫菜馆吃饭"的请帖。1935 年 1 月开始，鲁迅为萧军《八月的乡村》出版、阅读、写序事与之进行了多次通信，这时鲁迅身体状况已差，而且手头应对的事情、文章非常之多，然而他从不让任何一个真诚求助、求教者失望，直到 4 月，即告"序已作好"。一直到 5 月 20 日，鲁迅还满足了萧军借款之求，"今天有点收入，你所要之款，已放在书店里，希持附上之条，前去一取。"书信往来中还时常会对"悄女士""吟太太"等称谓问题进行朋友式的交流。而广为人谈及的对萧红创作的说法，可见出鲁迅性情中的另一面。比如，1935 年 1 月 29 日致二人信中说："我不想用鞭子去打吟太太，文章是打不出来的。从前的塾师，学生背不出来打手心，但愈打愈背不出来，我以为还是不要催促的好。如果胖成蝈蝈了，那就会有蝈蝈样的文章。"

鲁迅与萧军萧红已成朋友，但对文章，鲁迅的原则不会因此而改变，过度溢美的话他不会讲，不足与局限他不回避。11 月 16 日信中说："那序文上，有一句'叙事写景，胜于描写人物'，也并不是好话，也可以理解作描写人物不怎么好。因为作序文，也要顾及销路，所以只得说的弯曲一点。"友情固然已经顾及，但也要理解成，即使为朋友艰难出版之书作序，也决不回避不足的点出，哪怕是用曲笔。

鲁迅对萧军萧红的厚爱已是中国现代文学史上的佳话。鲁迅对“二萧”创作的肯定也是由衷的。除去作序，其他场合也竭尽推荐之力。1936年5月，鲁迅接受美国记者埃德加·斯诺的访谈，在回答斯诺的问题“当今文坛上最有影响力的作家有哪些”时，鲁迅毫不犹豫地提到了萧红：“萧军的妻子萧红，是当今中国最有前途的女作家，很可能成为丁玲的后继者……”可见其拳拳之心。

其实，透过两篇序文，我们还应看到它们在两部小说整个创作出版发行的过程中，所发挥的不可替代的作用。不夸张地说，这是两篇改变命运的序言，萧军萧红从流浪的文学青年，成为30年代在中国颇具影响的作家，进而在中国现代文学史上有长久影响，《八月的乡村》《生死场》成为文学史上重要的作品，鲁迅的序及其相关的付出，起到了不可替代的作用。可以说，没有鲁迅，很难想象还能有这样两部小说后来的影响，考虑到连出版都很困难，文学史上是否还有这样两部作品。这些都是可以去思量的。鲁迅在那样的心境和身体状况中，在那样艰苦的环境和恶劣氛围里，坚持以反抗的奴隶的姿态，传递决不做奴才的意志，又以一团火的精神为青年作家尽自己的力量，这种精神和品格，永远是后来者应该时刻学习的典范。

走在童话的路上

——忆严文井

高洪波

上世纪 70 年代，我去访问老作家严文井，他介绍完自己漫长的人生和写作生涯之后，诙谐地承认自己“是个 60 岁的男孩子”。这种坦然的自白，使人看到了一颗率真的童心在跳动，而恰恰是因为这可贵的童心，才使我们有了一位个性鲜明的童话作家，孩子们有了一位可亲而又可敬的艺术园丁。

1932 年，当严文井还是一名高中生时，就已经开始发表作品，如果把这最初的文学活动也包括在内的话，他已经在文学创作这条崎岖的道路上行进了半个世纪。在这 50 年间，严文井经历了大时代的风风雨雨。从他青年时期对真理的求索，到投奔延安寻找救国救民的道路；从他经历了“十年浩劫”的磨难，到迈进历史的新时期；岁月流逝，人世沧桑，唯有一颗童心仍在他胸间跳动不止，不但没有磨损丝毫，反而更加炽热强烈。因为他热爱孩子、对孩子们的成长有一种执著的使命感和责任心。这可从新版《小溪流的歌》（人民文学出版社）、《严文井近作》（四川人民出版社）、《严文井童话选》（吉林人民出版社）、《严文井童话寓言集》（人民文学出版社）等一大批富有时代特色和清新优美的童话中得到印证。

在一次访问严文井的交谈中我才知道，他出生在湖北一个中学教员的家庭，父亲经常失业，家庭生活艰辛。他是老大，要帮助照顾幼小的兄弟们，于是还常常承担给小弟弟编讲故事的任务。那时节，他观察过蚂蚁们忙碌的生活，想象着那小小的昆虫王国的情景；他坐在长江边上注视过各种船只航行，憧憬着“孤帆远影碧空尽”的远方世界；他做过奇幻迷离、色彩斑斓的梦，这梦，直到他老年时，仍温暖着他的心。虽然童年的现实生活充满了悲凉和寂寞，但他却仍向往着美好的未来。10 岁时，他就一口气读完了《西游记》，接着就是《三国演义》《水浒传》和《七侠五义》。由于酷爱幻想性强的小说，他又找到《封神演义》《镜花缘》《聊斋志异》，正是这些富有民族特色的古典文学作品，给了严文井以最初的精神营养。紧接着就是了不起的安徒生了。安徒生的书里虽然写到许多奇特的事物，但他引导人去经历的却不只是奇异的世界。从他的如画的散文里，严文井感到一种诗意的享受，并意识到了童话和文学的巨大力量。他开始有了一种朦朦胧胧的创作愿望，要用笔来补足自己从前没有得到的东西。

当他尝试着用笔写点什么，还与童话无一点干系。这时的严文井写诗、写散文，也写小说。他以细腻的艺术感受，写成了他的第一本散文集《山寺暮》，这时正值“卢沟桥事变”的前两个月。接着长篇小说《一个人的烦恼》和一批报告文学相继问世。他追随着时代的脚步，要用文学来参加战斗。他在延安“鲁艺”任教期间，抱着对旧时代的诅咒和对新生活的热望，终于寻找到一个得心应手的文学形式——童话。他一口气写了 9 篇童话，集为《南南同胡子伯伯》，1943 年在重庆美学出版社出版。从此，儿童文学作家严文井出现在文坛，以自己独特的艺术风格赢得了大读者和小读者的喜爱。而他的一颗童心，也借助于童话这种最合适的形式，得到痛快淋漓的表现。

童心固然可贵，但作家为完成和表现童心所做的努力，所形成的艺术境界更使人感到珍贵。在访问时，严文井多次强调过：“童话虽然很多是用散文写的，而我却把它算做一种诗体，一种献给儿童的特殊的诗体散文。安徒生童话之所以使我震动，不是故事的情节，而是内在的诗意。”在严文井的创作中，这种诗的追求是异常明显的。他在上世纪 50 年代创作的《小溪流的歌》就是一首无韵的诗。那起伏的山峦、蜿蜒的溪流、江河、大海、阳光，构成一幅气势恢弘的图画。而《南风的话》《歌孩》《浮云》及《春夏秋冬》等篇，融自然风物和深刻的哲理于一炉，使执著的现实感与宏大的理想和谐地结合起来，“未来的世纪需要我，我要促进诞生、成熟和收获”（《南风的话》）。当然，把童心转化为诗心，是一种艺术风格的追求。对于小读者来说，似乎还不能使他们完全满足。要补充的是严文井作品中洋溢着浓厚的儿童情趣。这就要涉及作者的匠心。谈到这一点时，严文井深沉地说：“有人觉得儿童可爱，当做玩具。我从来是认真的，把儿童当做我谈话的对象。我们要把孩子当做能思考的小人，平等地对待他们。对他们讲话要开诚布公，不说套话。以这样一种态度写书，就不会把孩子当成什么也不懂的可以瞎糊弄一番的娃娃，就能写出既有趣，又有深刻思想的书来。”他主张儿童文学作家要学会用儿童的眼睛观察生活，力争多懂得一点孩子。

在严文井的童话创作里，这种充满儿童情趣的场景、生动的细节俯拾皆是。在即将发表在《朝花》第6期的一篇新作《“歪脑袋”木头桩》里通过一个小男孩雕刻的木头桩的头像的故事，表现了老人的一种固执而又可爱的性格。从老木桩上的头像被一群工人刨掉改成长椅子后的寂寞，到一群小姑娘拴起皮筋跳活了他的心、震响了埋在心底的久远的回忆，自始至终情趣盎然，匠心独运。20世纪50年代他那篇代表作《唐小西在下一次开船港》，把时间是物质在空间的运动形式这一很抽象的概念，生动形象地借助于唐小西的遭遇表现出来，曾经获得了许多国家的不同民族的小读者的欢迎。他们从世界各地给作者寄来信件，感谢他为自己在生活中提供了一个活生生的伙伴。

严文井在自己的作品里，努力输入着这种信念：鼓舞孩子奋发向上，意识到作为一个中国儿童的自尊与自信，从而成为心灵美的追求者。但是这种输入不是政治概念赤裸裸的陈列，而是艺术的生动表现。如在《不泄气的猫姑娘》里，就在不动声色的艺术描写中，写出了作者对孩子的热望，赞扬了不屈不挠的进取精神。小猫姑娘可爱而又淘气的行为，一系列的失败和挫折，使小读者充满惊喜和同情，但“春天过去，夏天将会帮助一切小动物变得成熟起来”。失败而不沮丧，永远乐观地奔向生活目标，这就是老作家给予小朋友们的启示。

谈到启示，严文井曾在《中国青年报》上发表过一篇短文，题目就叫《启示》。在这篇文章尚未发表时，我有幸在他的书房聆听了他的朗诵，当文井同志慢慢地读到“母亲在你背后，道路在你面前。母亲为你举灯照明，只要你永远记得那道光，道路就永远不会从你脚下消失”时，他停下了，深沉地说:“这虽然是写给一位青年朋友的，但这母亲和灯光的感受是我自己的。我忘不了自己在下放到湖北咸宁干校的前夜，母亲最后一次来看望我的情景。老人家一定要在我出门时为我打亮手电筒，照一道亮光。这是我母亲给我的最后一次祝福。不过，我们可以把母亲的意义推得更广，祖国也是我们的母亲。”他还风趣地告诉我，他将来写的最后一篇作品，可能就取名为《母亲》，以此表达他对祖国、对哺育过他的前辈的感谢。

那一年，我听了严文井同志风趣的自白后，我当时在想，他的“最后的作品”，也许只是遥远的未来。而对祖国——母亲的眷眷感情，他早已在50年前就逐渐开始偿还了，这童心、诗心、匠心与雄心所凝铸的作品，不正是最好的证明吗？

那些“装腔作势”里的进与退

——马小淘小说论

杨晓帆

马小淘的小说有趣且“安全”，像是牙尖嘴利的好闺蜜陪你看戏，场外插科打诨让你过足戏瘾，又让你在临界大悲大喜的关头全身而退。与我们这个时代烂熟于心的许多情感故事相似，她也写适龄女青年不谈爱情的痛定思痛，写少女心的最后一缕余烬，写婚姻功利主义，却少有那种文艺腔泛滥的喟叹与忧伤。生活的后果是已经被过滤掉的，小说既不毁坏什么，也不打算建立什么，甚至也无关于再现，只是为了说出而已。这是马小淘式的“说”，四两拨千斤，从日常生活里腾挪出小传奇，它一面成全了她最具辨识度的个人风格，有着被批评家津津乐道的戏仿反讽与语言狂欢，一面又容易让人看轻，如同她自己最熟悉的播音行当那样，先声夺人，背后的杂音和沉淀，反倒被忽略了。

如果说脱胎于青春文学的创作总有一个“寻找”和“漫游”的主题，马小淘小说的叙事动力常常是“后退”。刚刚进入职场，与男友欧阳雷感情长跑数年的林翩翩，发现电台领导竟然是自己大学时代的偶像叶庚，于是暗恋变成偷情，故事却没有往相爱相杀、妒忌背叛的言情戏码上发展。林翩翩校园时代的少女情怀还来不及死灰复燃，就已经自觉选择在克制中捍卫现实。她不爱欧阳雷，但“门当户对，郎才女貌”，她爱叶庚，但“完美是个圈套，相安无事就好”。就像林翩翩的娃娃脸被隐藏在成熟的电台声音下，她还未阅尽沧桑，就已经做到心如止水。这种后退的姿势，仿佛一块磁石，把小说中的人物都吸引到环形跑道上，即使那些奋力向前的人，最终也会返回起点。作为《不是我说你》的姐妹篇，《你让我难过》中的林翩翩对闺蜜戴安娜死心塌地被男友祸害的人生哀其不幸、怒其不争，但她同样大度成全着有妇之夫的正牌婚姻。抛开男女间、闺蜜间、父女间的冲突磨合，两篇小说标题中的“我”和“你”都可以只指向林翩翩自己。马小淘笔下的情感故事其实是女人们的独角戏，她们端坐在一间玻璃房子里，那些戏剧化的人来我往，完全敌不过她们头脑中的漩涡，她们为自己制造困境，又启动自我说服的引擎，圆一个退守现实的有理可依。

这种独角戏最精致的发挥是《春夕》。马小淘善于抓住那些让现实失衡的黑洞，“春夕是谁”，这个问题不仅误导着江小诺疯魔了一般追查男友钟泽的初恋，也误导着读者忘记小说的起点。这不是一篇为爱痴狂的小说，江小诺爱上钟泽仅仅是因为他的声音，她对这份“爱”的投入甚至远不如她和前任徐子清斗嘴来得起劲儿。《春夕》在技术上最精湛的呈现是几乎通篇的对话，跟贫嘴江小诺和徐子清的幸福生活相比，钟泽的声音更像一件安静的装置。是春夕的误导成全了“终身”——“在三十岁的男人里找个没过去的不可能吧。没胆量孤独到残年吧，那么，结婚吧。但行好事，莫问前程”。罗生门式的叙事圈套，一石激起千层浪的心理描写，这些都显示出马小淘少年成名、长期积累的成熟技艺，但《春夕》显得有些矫情却又真实动人的，还是一颗少女心。爱情中的自恋自导自演，因为渴望把握不确定的未来，所以要对过去刨根究底，尽管小说依旧以轻松自若、看破红尘的腔调收尾，《春夕》还是在退守实用主义的生活逻辑里保留了一点“天真”。

然而早在《琥珀爱》的纯爱故事中，人和人的距离感和情感错位，已经暴露出小说家不得不借上帝之手守住理想爱情的迟疑。马小淘笔下的女性形象都很强大，她们孤独但不感伤或焦虑，孤独是她们站稳脚跟的出发点，在杀入生活之前，她们已经与生活保持了一段安全距离，可以把一切意外都纳入一套元叙事中。在《两次别离》里，谢点点比林翩翩们退后得更加彻底，她准备嫁给朱洋，只是因为明白得过且过的道理。谢点点的语言更加戏谑，“爱情也没什么了不起，太较真换来的无非一身疲惫。何况活着总是疲于奔命，纵使没什么野心，无意飞黄腾达，每天还是要起早贪黑讨生活，哪有心思琢磨什么山无棱天地合的大手笔。那都是有闲阶级干的，伤筋动骨上天入地，劳心劳力破坏免疫力。”《两次别离》妙在脱轨，生活刻板的朱洋居然在与谢点点旅行日本的途中闹失踪，这段与生离死别毫无瓜葛的感情，竟然必须面对一场客观存在的别离，它甚至成为一个生产“爱”的装置，让冷静理智的谢点点动了“情”。而《两次别离》更妙在回归，朱洋再次出现，他不告而别的原因是什么并不重要，谢点点只需要一个解释，为她的脱轨之旅画上一个句号，让她回归自己关于爱的信条。在这个信条里，朱洋给所有食物抹上花生酱的古怪，与他迷失东京的离奇，都不足以撼动谢点点的私人生活。如果说《两次别离》也是马小淘小说创作道路上的一次偶然脱轨，让谢点点们从预先设定的理想生活中感到了动摇与不安，那么饶有象征意味的是，马小淘把最初在《今天》杂志上发表时使用的《迷失东京》一题，改成了《两次别离》。“迷失”终究只是朱洋们的事，它不能成为谢点点们的终途。最后，叙述者还是和那些小妇人们一起，用小说的长度将生活中不可捉摸之事一点点赋形，自圆其说，再在她们“自己的房间”里袅袅生烟。

有一间自己的房间，这是马小淘小说让人读来安稳的原因。它不是指女性主义文学的解放意识，也不是评论家指出马小淘小说中的宅女情结，而是指她经验世界的方式。“文二代”、新概念大赛出道的写作新星、祖籍东北、北京长大、中国传媒大学播音系的高才生，被马小淘那些活色生香、金句迭出的语言逗乐，当看到她丰富的履历，会以为她是一开腔就纵横捭阖的狠角色。但事实上读马小淘的散文，你更能读到她的乖巧端正，她的细腻悠扬。马小淘一直为《美文》《名作欣赏》等杂志撰写专栏，“爱到死，爱不死”、“小说之后，电影之前”，专栏名既是她通过文学艺术观望世界的方式，也是她喜爱的人生母题。《胭脂扣》《苦月亮》《撒玛利亚女孩》《夜访吸血鬼》《了不起的盖茨比》《东京塔》……面对这些风格各异的作品，马小淘并不追求多么深刻的哲理阐释，反倒把那些可能并非罗曼蒂克甚至有些惊世骇俗的故事，都一股脑放到平凡人的朴素感情中去体会。研究一个作家的阅读史或小说讲稿，常常能看出作家处理生活素材的方法或原型。马小淘阅读女作家的人生故事，她读出萨冈的轻盈、乔治桑的凌厉、张爱玲的孤傲与对美的偏执，她在《人间腊月天》里记萧红，“多少始乱终弃的男人，多少不在计划内的孩子，多少颠沛流离，多少爱恨情仇，多少鱼死网破”。这样的读法大约要被专业研究者质疑是“脱历史”的一味抒情，从这一点看，马小淘也的确是在一个较小的格局里阅读和写作，但或许正因为她经验现实的方式是自给自足的，她才有了一个不易被大众生活或精英意见搅动的支点。

这一支点让马小淘的小说即使在写实与热门话题的护航下，似乎仍显得不够“深刻”，例如她近期备受好评的《毛坯夫妻》和《章某某》，也算写到“北漂”和“Loser”，但批评家还是更多从“宅女”或“小资”的保守性视角，期待小说家可以驱赶她笔下的人物去正面强攻现实。然而，如果看到前述马小淘创作中一以贯之的“退后”姿态，就会发现《毛坯夫妻》和《章某某》创造了另一种可能。同样是全知视角，这两篇小说的内聚焦叙述第一次偏离了女一号。《毛坯夫妻》开篇第一句是“雷烈看着熟睡的温小暖，觉得她越长越像猫”，《章某某》的第一句是“听说章某某被拉走的时候嘴也没停，还在念绕口令”——这不再是能让读者有直接代入感的独角戏，读者只有通过温小暖的丈夫“雷烈”和章某某的老同学“我”，才能走进女主角。而这两个叙述者恰恰是不可靠的——雷烈爱小暖，但为生存摩拳擦掌疲于奔命的他，并不真正理解甚至厌倦温小暖的自我隔绝与随遇而安；“我”是见证章某某从大学时代追梦再一路坠落到悲剧婚姻里的舍友、闺蜜兼伴娘，但其实又只是看客，有幸能在同学聚会上参与最有料的话题。与雷烈或“我”相比，温小暖和章某某无疑是弱者，她们终将被时光扫荡到时代之外，如同“章某某”的名字滑稽得只剩下一个躯壳。但反讽的力量也在于此，正是这两个有叙述能力的强者，在带着我们走近温小暖和章某某。

马小淘是用搭积木玩具的耐心在展示温小暖的生活美学，北京城东郊五环外的毛坯房里，精致的西式早餐，高档装修的厨房和厕所，再配上一个黑白颠倒、衣容不整的待业女青年，温小暖的一切“错位”只在等待一个契机去照亮。在雷烈前女友沙雪婷的别墅里，本来也令人体恤的雷烈们的积极进取，像一盘快进播放的录影带，被直接跳到中产梦实现后的华丽定格，对比沙雪婷笑贫不笑娼的市侩庸俗，温小暖和毛坯在勿忘初心的坐标轴上被重新定位，以曾经的梦想和青春为名，自然是既朴素又磅礴。这个戏剧性的翻转并不离奇，可以假想，如果这对毛坯夫妇去拜访的是一个蜗居地下室的“北漂”，即雷烈口中那个有些复古却误用了的词——真正的“劳动妇女”，小说又会朝哪一个方向去发展。《毛坯夫妻》就站在进与退，树碑立传与反讽之间。温小暖用的仍是做西点、饮食男女一类“小确幸”的小资情怀，却烹出了样板生活之外的怡然自得，似乎建立起与消费文化无关的生活美学。但回归家庭、回归现实的相濡以沫、同甘共苦，雷烈最后的心悦诚服又真的是因为“懂”得了温小暖吗？还是只不过用“仿佛毕业就被冷冻”的温小暖，为自己圆一个青春不逝的梦？就像小说里突然出现的浪漫抒情：“学生时代的一切，如今和他们隔了一层毛玻璃，那青春而刚健的旧时光，在回忆里模糊得只剩美丽和温暖。而温小暖不同……”

“80后”青春文学的尾巴，仍以“怀旧”的姿态潜伏在更成熟的写作里。《章某某》的结尾，“我”对同学会上热烈回忆章某某的话题迟疑了，“我不想在众人面前提起她，我甚至不敢再去医院探望，我怕她见到我依然无动于衷，目光回到《播音创作基础》课本上”。拒绝回忆其实是因为惧怕遗忘，这个疯了的女同学、嫁作商人妇又被丈夫出轨的落魄女人，不应当成为故事的终点，她在回忆里被一点点复原，她是曾经的小童星、活在自己白日梦里的“鸡血章”、屡战屡败屡败屡战，头上一直有根绳子牵引她不断向上。“我”大约就是马小淘以前笔下的林翩翩、谢点点、冷然们，她们以退守的姿势适应了生活，但又隐隐希望章某某可以不转向，可以在必然失败里固守她的理想和尊严。很难说结尾的“怕”里，究竟有多少对章某某的同情或无奈，远离章某某，又是为了与怎样的自己保持距离。

马小淘在散文《北京的北，北京的京》里毫不讳言自己是别人眼中“温室里的花朵”，是“不折不扣的城市动物”，她立足北京、聚焦广电、站在20岁的尾巴上向着青春和未来左顾右盼。很难想象，站在这种姿势上的马小淘，操着类同的素材，会写出徐则臣《跑步经过中关村》、或者石一枫《世间已无陈金芳》那样的故事。但她看似无心、随意的写作，也会因为固定了圆心的进与退，有可能制造出许多别致的切点。马小淘说她喜欢那些轻盈、清浅，但又伶俐飞扬、疯狂的东西，这让我想起日本前卫艺术家村上隆的Mr.DOB，马小淘的小说或许就像那个米老鼠头像的变体，有着米奇可爱的圆耳朵和大眼睛，又可能猛然在微笑中露出尖锐的牙齿，让你大吃一惊。

《极花》：中国城乡“红与黑”的水墨风俗画

丁　帆

无疑，30年来的中国乡土人口大迁徙，给农村带来的是一些有灾难性征兆的后果：荒芜、空巢、女人、儿童……一幅幅失序画面构成了时代与社会的长镜头，更重要的是传统宗法伦理的颠覆和农耕文明秩序的丧失，往往让作家在中国经验的书写中失位和迷茫。因此，这些年来我们的许多作家总是习惯于站在一个道德的制高点上代“底层”穷苦大众进行社会控诉，这种自“五四”以来自上而下的“同情与怜悯”的美学抒情风格几乎成为百年来中国作家写作经验的宿命。能否打破这种惯性与魔咒，更进一步去思考那些不被众人所注意的暗隅里的人性呐喊呢？显然，贾平凹试图在《极花》（《人民文学》2016年第1期）这部作品中给出一个新的答案——在中国城与乡的轮回之中，写出一部人性深处自我搏战与修复的信史才是作家的终极目标。

我不能猜度作者起名“极花”的真实意图，但是我能够从这部作品中听到作者对异化了的人性进行反讽礼赞的阴冷笑声，直至发出真心的地下笑声。这种对恶之花的礼赞，在人性的层面上与司汤达的《红与黑》有着某种暗通之处，同时又与五四乡土小说的扛鼎之作《为奴隶的母亲》有着一定的血缘关系。但是，与上述两部名著所不同的，恰恰是乡土的巨变在这两部中外名著所没能表现出来的时代内涵——人在两种文明的格斗中呈现出的是一种失重的状态——打个比方，就像“极花”这种由植物变成动物，再变回植物的二次蜕变的过程，不正是小说“极花”的象征意义吗？如果将农村人比喻成植物，把城市人比作虫子般的动物。那么主人公胡蝶进行的两次蜕变，最终开出的那朵绚烂的极花，就分明预示了对人性的另一极的深刻反思和褒扬，而非陷入了那种非此即彼的平面化的人性书写之中。这就是作者将主人公胡蝶分离成客观的第三人称“他者”胡蝶和主观的第一人称的“我”的真实目的——让人物脱离作者和读者预设的轨道，在“庄生”与“蝴蝶”之间游弋徘徊，才真正廓大了主题的内涵，向着哲学的高度攀升。这又令人不得不想起作者在20多年前创作的《废都》，如果那里的男主人公尚还在“庄生”与“蝴蝶”中找不到那个可以抵达彼岸的自我，作者只得将人物进行“文化休克”的疗法，那么，在《极花》中，作者似乎找到社会文化的病灶，为这乡土文明的末世开出一服无药可救的偏方。

贾平凹在处理艺术与现实人生关系时往往是隐晦地表达他自己的文学价值观，这次他却明确地阐释出了他对文学创作观念的价值立场：“我们弄文学的，尤其在这个时候弄文学，社会上总是有人非议我们的作品里阴暗的东西太多、批判的主题太过。大转型期的社会有太多的矛盾、冲突、荒唐、焦虑，文学里当然就有太多的揭露、批判、怀疑、追问，生在这个年代就生成了作家这样的品种，这样品种的作家必然就有了这样品种的作品。却又想，我们的作品里，尤其小说里，写恶的东西都能写到极端，为什么写善却从未写到极致？很久以来，作品的一号人物总是苍白，这是什么原因呢？”带着这样的疑问，贾平凹实际上要解决的是百年来中国人的文化基因问题，在明明是已经向旧有的传统农耕文明举行了告别仪式，却又始终摆脱不了现代性给我们带来的文化困惑呢？也许只能思考到这样一个层面：“而20世纪的中国，中华民国的旗是红色的，上有白日，中华人民共和国的国旗更是红色，上有五星，这就又尚红。那么黑色或红色，与一个民族的性格是什么关系呢，文化基因里是什么样的象征呢？”毫无疑问，所谓红色是百年来文学倡导的主色调，那个“五四”的第一个10年确是揭露黑暗的年代，但是那是属于鲁迅的时代。20世纪50年代和80年代也曾出现过一瞬间的揭露黑暗面的文学流星，但毕竟是昙花一现。黑色是20世纪的禁止色，在那布满红色的天空中，难怪诗人们要在黑夜里用黑色的眼睛去寻找光明。红与黑便成为中国作家难以选择的二元色系，于是，许多作家便选择了中性或综合的色谱，灰色、赭色、棕黄、深蓝……凡此种种，一是逃避红色的猎捕，二是躲避黑色的危险，往往是以艺术的名义规避良知的表达。

我并不以为贾平凹在《极花》中很好地完成了他所预设的对人性黑暗面的揭露，相反，我们在仅有的简单故事情节的描述中，甚至看到的是作者在黑色的主色调中调和出了具有反讽意味的红色色系，他把自己称之为的“水墨画”浸染在一种浓厚的乡土风俗之中，透露出的是一种使人烦躁焦虑的色块。喋喋不休、絮絮叨叨充满着乡土民俗的细节描写，往往使人陷入阅读的审美疲劳之中，然而，当我们将这些啰唆的细节描写上升到形而上的哲学层面时，你就会发现，作者是在完成一种外在与内在合一的文化作用力的塑造。

我始终在胡蝶的两种生活状态中进行着这样一种思考：一边是穷困、野蛮、原始、宁静的农耕文明；一边是奢华、文明、现代、喧嚣的城市文明。那个从农村进入城市的少女胡蝶，哪怕是在收破烂的贫民窟里栖身也要追求现代物质文明的脚步，那一双从不离脚的高跟鞋，既是她对美的追求的象征，同时也是她试图摆脱农耕文明枷锁的一种仪式。当她被拐卖绑架甚至被强奸时，表现出的强烈反抗与出逃的信念当然是一个人的正常心态，但是，作家并没有在常态的写作构思中止步，其诡异的、独特的构思打破了人们的惯性思维方式。在亦真亦幻的描写中，作者又让主人公回归到了那个非人般的生活语境当中，用那个名字叫“兔子”的孩子作为两种文明形态勾连的纽带，我想，这千变万化的社会与时代，最不变的就是人性，人性的力量是超越时代和文化的永恒价值。于是，作品在两种文明的挣扎中，尤其是在二度循环中获得了对人性在常态与非常态下的真实描写，才能够显现出它的独特的价值意义。

贾平凹写了40年的乡土文学，总是在寻找新的突破口，我认为，他在形式上的变化再大也不会有太多创新，因为，人们看惯了他的艺术套路，尤其是陕西的风俗民情的描写。而读者期待的却是他能否在这个“最好的时代、也是最坏的时代”里写出人性的大动荡来，显然，《极花》是具备了这样的主题素质的，但是，作品被反反复复、絮絮叨叨的风俗与琐碎的细节所淹没了，而故事的情节却没有充分地展开，这是令人惋惜的地方。尽管作者已经砍去了许多文字，只保留了短短的15万字（这是在贾平凹长篇小说中罕见的现象），他“试图着把一切过程都隐去，试图着逃出以往的叙述习惯”，但是，正是过程的屏蔽，导致了阅读的障碍，跳跃性的描写往往陷入了无谓的场景细节描写之中而不能自拔。作者明明已经意识到了主题内涵的重要性，但又忽略了对它更加深刻的发掘。“我几十年写过的乡土，发生了巨大的改变，我们习惯了的精神栖息的田园已面目全非。虽然我们还企图寻找，但无法找到，我们的一切努力也将是中国人最后的梦呓。”作为一个艺术家，我们不能要求他像理论家那样去直陈社会和时代的好与坏、利与弊，因为他们是用“曲笔”来表达情感的，但是在情感的表达中，我们足可见出作家的价值观念的优与劣、高与低的。亦如贾平凹自己所言：“当今的水墨画要呈现今天的文化、社会和审美的动向，不能漠然于现实，不能躲开它。和其他艺术一样，也不能否认人和自然、个体与社会、自我与群体之间关系的基本变化。”就此而言，《极花》要表现的思想内涵是再明确不过了。

在长篇小说一步步远离社会和时代的今天，胡蝶们的悲惨遭遇固然值得我们深思，但是更加值得我们思考的问题却是：胡蝶们在文化巨变的时代潮流之中，她们能够蜕变成一个什么样的蝴蝶呢？我们从她们身上能够体验到现实的困厄吗？我们从她们的体味中能够嗅到未来文化与文明的胎动吗？

《匿名》：叙事迷局如何取消世界的边界

方　岩

《匿名》发表的时候，王安忆说朋友鼓励她“要有勇气写一部不好看的东西”。是否“好看”在很大程度上取决于读者的个人喜欢，难以定论。但是绵密的细节纹理、复杂抽象的命题和简约冷峻的语言，确实让王安忆以“匿名”的方式写出了一部无法通过其写作脉络来辨识的作品。

上帝的迷局

> 对于读者而言，阅读的期待与失落交替进行。这正是王安忆在叙事上的“霸道”和高明之处：为了避免这个故事被可能的主题和类型收编，她故意布置了这个“匿名”的叙事迷宫。读者在一次次阅读受挫后，只能依靠王安忆所指引的思考方向。如陈思和所言：“这个作家就变成了一个上帝。”

就情节本身而言，这个故事基本架构非常简单：一个被错认而遭到绑架的人被抛弃于与世隔绝的深山独自生活一段时间后，被人发现并开始重建对俗世日常的认知。于是前半部叫《归去》，后半部叫《来兮》。这种描述显然大大简化了王安忆在叙事上的野心。

事实上，王安忆无意叙述一个可能会被类型化或者说有鲜明主题的故事。但是在叙事的过程，她又让故事不断向各种类型或主题发出暧昧的召唤。在这个过程中她不断唤醒读者某种阅读记忆和阅读期待，却又在不断地挫败、消解它们。

具体说来，小说的开头充满悬疑，似乎要展开探案推理的故事模式；在家人找寻的过程中，展开的却是世情冷暖、人间百态、三教九流、芸芸众生的浮世景象，像是世情小说的缓缓铺展；被绑架的人在幽闭的空间里辨识外面动静，听着两帮人在为是否绑架对了人而争吵，在江湖黑话中辨识信息时，总让人感觉一个惊心动魄的黑帮故事将要发生；及至这个被错认的人被遗弃在深山里时，时间停止，万物静谧。一个失忆的人，忘记自身身份、历史和教化的人，与一个天地蛮荒的原始空间相遇，人与万物彼此打量，时间流转只是日升月落的循环。这样的故事氛围难免令人想起上世纪80年代的那些“寻根”故事；后来这个“匿名”的人被人发现，送进了小镇的敬老院。这个小镇民风颟顸而朴素，奉行一套未被现代社会熏染的处世原则和人际关系，而与这个人日常交往的都是些畸零的人，如丧失劳动能力的老人、患有白化病的少年、先天心脏有病的儿童、黑帮大哥等等，此时的故事在写实意义上有些像与现代主流文明保持距离的边地风情小说，在隐喻意义上又有些像与主流社会有些隔绝的边缘群体的故事。这些近似某个类型或主题的叙事往往是展开不久又转向别处。对于读者而言，阅读的期待与失落交替进行。我想，这正是王安忆在叙事上的“霸道”和高明之处：为了避免这个故事被可能的主题和类型收编，她故意布置了这个“匿名”的叙事迷宫。读者在一次次阅读受挫后，只能依靠王安忆所指引的思考方向。如陈思和所言：“这个作家就变成了一个上帝。”

王安忆一边苦心营造着叙事的迷局，一边又强势地掌控叙事的走向，这一切源于她所要实现的叙事意图，如其所言：“以往的写作偏写实，是对客观事物的描绘，人物言行，故事走向，大多体现了小说本身的逻辑。《匿名》却试图阐释语言、教育、文明、时间这些抽象概念，跟以前不是一个路数的。这种复杂思辨的书写，又必须找到具象载体，对小说本身负荷提出了很大挑战，简直是一场冒险。”很显然，王安忆试图用长篇小说的形式来讨论抽象的命题，而这种尝试不仅与读者关于小说的共识相抵触，而且对于王安忆本人而言也是一种巨大的挑战。所以王安忆需要利用既有类型/主题的小说惯常叙事形式来引导读者逐步进入她的抽象叙事，同时她也需要通过对具体经验的描摹渐渐完成写作思路的铺展和转变。

我们可以以《匿名》的上半部《归去》为例，继续谈论王安忆在叙事形式上的匠心之处。《归去》的内容分两部分展开，一部分是家人寻找失踪者并逐步放弃的过程，一部分是失踪者在被绑架、转运的过程中逐步丧失对外界信息的辨析能力并最终被抛掷于人迹罕至的深山老林里生存的过程。在叙事刚展开的时候，两个部分的内容交替进行、彼此映照。在这个阶段，既是现代世俗文明逐步展开的过程，也是失踪者逐步远离现代世俗文明的过程。事实上，这个现代文明的逐步展开还有更为长远的叙事意义，即为后来建立起的原始、野蛮的环境提供参照与铺垫。

在失踪者刚被带入山林时，王安忆的叙事发生了微妙的变化，她开始逐步减少了第一个部分内容的叙事容量，而渐渐加大了第二个部分的叙事容量。叙事比重和频率微妙变化的过程，其实就是失踪者逐步忘却历史、身份、知识、记忆的过程，而这些无一不是现代文明的标记。所以《归去》的结尾写到家属去警署注销失踪者的户籍时，有关现代世俗场景就完全在文本中消失了，而原始、野蛮山林及其隐喻“世界”开始统治了文本和叙事。至此，王安忆方能愈发从容地在一个迥异的“世界”中展开思辨和讨论，就像王安忆自己也承认的那样：“写到后面我得心应手了不少。”坦率地说，这确实是一个朴拙然而却颇具成效的叙述过程，正是通过对类型/主题小说叙事模式和阅读期待的利用，王安忆有效地把读者的思考引向了自身的叙事意图，而且借助微妙的叙事结构的调整和大量的铺垫，她也平稳地实现了从具体经验的描摹到“抽象的审美之旅”写作方式的转变。

极端的实验

> 王安忆煞费苦心地处理叙事形式，就是为了能够通过这个文本实现或剥丝抽茧、拂尘见金或大开大阖、信马由缰的自由“议论”。传统现实主义的中“议论”大多表现为具体情节的评价，王安忆的“议论”则溢出了这个范畴，更像是细节铺展中微弱的停顿，是关于细节的注释和补充。它的功能更像是细节、叙事的丰富，是一种以想象力支撑的抽象思辨形式。

“王安忆的小说越来越抽象，几乎摆脱了文学故事的元素，与其说是讲述故事还不如说是在议论故事。”陈思和非常精辟地评价了这部小说最终呈现的文本形态。甚至可以说，王安忆煞费苦心地处理叙事形式，就是为了能够通过这个文本实现或剥丝抽茧、拂尘见金或大开大阖、信马由缰的自由“议论”。传统现实主义中的“议论”大多表现为关于具体情节的评价，而这种评价又完全受制于作者试图灌输的价值观，在极端上甚至表现为把叙事降格为观点的例证。王安忆的“议论”则溢出了这个范畴，它更像是细节铺展中微弱的停顿，是关于细节的注释和补充。因此，在我看来，这种“议论”的功能更像是细节、叙事的丰富，是一种以想象力支撑的抽象思辨形式。

若在整体上把《匿名》视为一场思辨，便会发现它是一部依靠想象力来成全抽象思辨的叙事。首先，王安忆“处心积虑”地引导读者见证了，我们熟悉的一切是如何渐渐烟消云散的。她让我们清晰看到一个人摆脱历史、社会、语言、记忆以及身份、具体的生存环境——这些让一个人成为一个独特个体的建构性因素——的过程，并让我们心悦诚服地相信一个具有鲜明特征的人“退化”为只具备生理特征和生存本能的人是可能的。用具体的事件来展示这个过程固然必要，但是将具体、偶然的事件变得对读者具有说服力、引导性，则需要依凭强大的想象力所制造的迷惑性、欺骗性。其次，当这个只具备生物性特征的人两手空空、“赤裸裸”地走进那个只依靠自然法则运行的世界时，王安忆念兹在兹的关于“语言、教育、文明、时间这些抽象概念”的讨论和思辨才有了可能。

王安忆设置的情境中，“人”是自然法则的一个构成部分，或者说自然之一种，从这个角度来说，他与其他自然、生物并无本质的区别。只有当“人”与周围的自然、周围的世界相互识别、命名时，“人”才有了区别于其他自然的可能。换而言之，在这个情境中，王安忆试图重新演绎“人”的起源过程，即从“人”藏匿于“自然”，到“人”区别于“自然”这一过程。严格说来，只有到了后面那个阶段，上述那些抽象概念才有了可以依凭的具体材料，因为这些抽象概念的起源、发展无一不与“人”从生物性向社会性、历史性转变的过程相关。因此，在这个过程中，王安忆需要调动想象力提供细节、描述具体进程，由此那些抽象概念的讨论才能落实在具体经验上。尽管考古发现可能为这个过程提供一些实证性知识，但是在具体的语境中重建、演绎具有说服力的、鲜活的具体经验，则是需要非凡的想象力。

这一切都使《匿名》像是一场精心设计而又充满想象力的封闭性实验。她预设了前提，设置好参数，搭建了情境，全神贯注地观察记录实验对象的种种情况，做出猜测、判断，并试图引起其他人讨论参与的兴趣。所以在我看来，与其在知识的意义上去计较那些抽象的辩题的对错和方向，倒不如说王安忆在试探我们目前的知识、理论关于人、历史、社会等方面的认知边界，她使用的工具便是想象力，想象力越过认知极限的地方便是一片“匿名”的区域，而这个区域可能藏匿着新的智慧、真理和秘密。这也是何以王安忆会强调“耐心点，坚持看完下半部”的原因。因为，在后半部《来兮》中，那个实验对象走出了极端的情境、慢慢恢复了对周遭世界的感知后，王安忆的叙述也越来越接近读者熟悉的经验范围。这个时候，王安忆的实验已取得成效并接近尾声，她也不再需要以最大程度地试炼、冲撞甚至是瓦解现有认知及其承载的想象力为代价了，毕竟她最需要的是把这个实验成果带回现有的文明、以可以理解的方式呈现出来。

全球化时代的“失败青年”

——读石一枫的《世间已无陈金芳》

李云雷

石一枫的小说集《世间已无陈金芳》收入两篇小说,《世间已无陈金芳》与《地球之眼》,这两部作品都引起了文学界的广泛关注,让我们看到了青年作家对当代社会的观察与思考,及其对现实主义的新探索。

《世间已无陈金芳》以现实主义的清晰笔法,通过“陈金芳”这个人物及其内心的变化,勘探着我们这个时代的奥秘。小说从“我”的视角,写“我”20多年间与陈金芳的交往,以及陈金芳跌宕起伏的命运。陈金芳最初出现时,是从农村转学来的一个女孩,依靠姐夫在大院食堂做厨师,到“我”的初中借读,同学都因她的土气和虚荣而鄙视她,但“我”被迫练琴时有她这一个听众,与她在心灵上有某一点相通。初中之后,“我”继续读书练琴,陈金芳却走入了社会,成为了一帮顽主的“傍家”,她一改以往畏葸内向的形象,张扬霸气,是远近闻名的女顽主,但“我”也亲眼目睹了她与傍家豁子的激烈冲突。多年不见,在一次音乐会上再次见到陈金芳,她已是投资艺术品行业的成功商人,优雅,得体,熠熠生辉,穿梭在艺术家、商人之间,“我”此时早已放弃了音乐,在社会上混饭,也参与了几次陈金芳——此时已改名为陈予倩——烈火烹油般的生活,但因一件事的刺激又开始疏远。最后见到陈金芳,她已破产,躲在城乡接合部的一栋公寓里自杀未遂,脸上还有被债主打的青瘀，“我”将她送入医院抢救，她醒来后，很快被乡下来的姐姐姐夫接回老家了。在小说中，我们可以看到陈金芳的人生轨迹，她从农村来，在城市里奋斗打拼，失败后又返回了农村。我们也可以看到陈金芳形象的巨大变化，她从一个土里土气的乡下女孩，一变而为城市胡同里的女顽主，再变而为左右逢源的艺术圈明星，最后成为走投无路的破产商人。

可以说，在陈金芳形象与命运的剧烈变化中，隐藏着我们这个时代最深刻的秘密，那就是在这个迅速发展的时代，尽管看上去似乎每个人都有机会，都有个人奋斗的空间，但为底层人打开的却只是一扇窄门，尽管他们一时可以获得成功与辉煌，但终将灰飞烟灭，被“打回原形”。在这个意义上，此篇小说颇似菲茨杰拉德的《了不起的盖茨比》，它们同样让我们看到，一个底层人尽管可以抵达成功的巅峰，但终究无法真正融入上层，一有风吹草动就将从高处跌落。但《了不起的盖茨比》将跌落的原因归之于情感与一次车祸，注重的是偶然性，而石一枫则将这一悲剧放置在世界经济的整体变动之中，强调的是一种必然，也更具社会分析色彩，从顽主时代的自由竞争到2008年的金融危机，这些现实的经济因素构成了陈金芳命运的一部分。在这个意义上，可以说这篇小说重新回到了老舍和茅盾的传统，老舍对底层小人物命运的关注，茅盾的社会分析与经济学眼光，在小说中都有所体现，这篇小说具有一种清醒的现实主义。

石一枫的《世间已无陈金芳》为我们塑造了一个当代的“失败青年”形象，不只这一篇作品，近年来方方的《涂自强的个人悲伤》、文珍的《录音笔记》、马小淘的《章某某》等作品，也为我们塑造了一批“失败青年”的形象，这些作品描述了当代青年在社会巨大鸿沟面前个人奋斗的无望感，虽然着眼于个体青年的人生命运，但却对当代社会结构及其主流意识有着深刻的反思。在这里，值得我们思考的一个问题是：在当代，为什么会有这么多“失败的青年”？他们的“失败感”来自哪里？他们与历史上的青年有何不同？出路又在哪里？

“失败的青年”的产生，当然首先与当前社会结构的凝固化相关，随着阶层分化与贫富分化的加剧，社会流动性减弱，一个人的人生价值更多地由其出身与身份决定，这让出身社会底层的当代青年看不到改变命运的可能与希望，在“官二代”、“富二代”、“星二代”的面前，在难以逾越的社会鸿沟面前，来自社会底层的有为青年看不到出头之日。“失败的青年”产生的另一个原因，是我们社会价值标准的单一化，或者说意识形态化。失败是相对于成功而言的，而在我们这个社会，成功的标准又是简单而唯一的，那就是以金钱为核心、以个人为单位的“人上人”生活。在这样一种价值体系中，任何成功都是值得羡慕的，而不管“成功”是如何来的，相反，任何失败都是可耻的，也不管失败有什么理由。可以说这样一种价值体系，已经形成了一种新的意识形态，笼罩在我们社会的各个方面，甚至深入到了很多人的意识乃至潜意识深处，牢不可破。在《世间已无陈金芳》中，我们可以看到，陈金芳所信奉的恰恰是成功者的逻辑，正是因为这样，她改变命运的愿望越迫切，她的奋斗与挣扎也更具悲剧性。

相对于《世间已无陈金芳》，《地球之眼》是一部结构更宏大、意蕴更加复杂的小说。小说中来自社会底层的安小南也是一个“失败的青年”，小说描写了他走入社会之后的挣扎与奋斗，但与《世间已无陈金芳》不同的是，《地球之眼》将之安放在整体的社会结构中来考察，这包括三个方面。一是在安小南的奋斗线索之外，小说还描述了李牧光所代表的“官二代”的经历，以及以“我”为代表的中间阶层的处境，小说在这三条线索的相互对比与映衬中，从整体上勾勒出了当代青年的不同境况及其精神面貌。二是小说不仅涉及到了三个青年的生活历程，还通过他们所面临的问题，触及到了当代中国社会中一些重要而敏感的社会与精神问题，比如道德伦理问题、阶层分化问题、国企改制问题等等，这些问题构成了小说的有机要素，拓展了小说的精神空间。三是小说不仅将他们的命运安置在中国社会转型的大背景下，而且以全球化的眼光，将他们与整个世界的现状及其发展联系在一起，小说中安小南受雇看守“地球之眼”，不仅涉及到斯诺登所引发的窥视的伦理问题，而且让我们看到中国与世界经济联系的紧密，以及全球化时代经济运行的奥秘。在这样一个宏大的背景之下，安小南的命运便不仅与当代中国的社会结构相关，也与当代世界的整体结构密切相关。在这个意义上说，《地球之眼》是石一枫在《世间已无陈金芳》之后更大的一个探索，也展现了他对当代世界独特的观察与思考，如果说《世间已无陈金芳》可以在文学史上找到先例，可以在同代文学中找到相似的故事与人物，那么《地球之眼》则更加突显了石一枫的独特性——他开阔的全球化视野，及其将小说人物置于其中把握与思考的能力。

如果说，《世间已无陈金芳》让我们在当代中国的视野中关注“失败的青年”，那么《地球之眼》则让我们在当代世界的视野中思考“失败的青年”，而这不仅突显了我们这个时代最为显著的特征——全球化，而且也将中国问题纳入到世界范围内来思考。确实，陈金芳、安小南的命运不仅与中国相关，也与整个世界的发展与变化相关。在全球化时代，新自由主义席卷全球，不仅新一代中国青年被纳入其中，欧美与亚非拉等国的青年也被纳入其中，在资本所主导的全球化秩序中承担失败者的命运，这是一个全球化的现象，也是世界青年共同面对的问题。在这个意义上说，“失败的青年”所揭示的看似是青年的未来与出路问题，其实是世界范围内的社会结构问题。在《21 世纪资本论》等著作中，我们可以看到，当代资本主义已经发展出了新的形式与新的特征，一方面是全球化，一方面是世袭或裙带资本主义，这不仅是 500 年资本主义历史上所没有的，也是人类历史上所没有的，如何面对与思考当代资本主义并探索未来的出路，将关系到人类的整体命运。石一枫通过他的小说揭示了当代青年失败的命运，也向我们揭示了全球化时代资本运行的奥秘，他以现实主义的精神与方法深入到时代的核心，也以“失败的青年”形象让我们反思当代世界社会结构的合理性与合法性，他的探索不仅具有重要的文学意义，也具有深远的社会意义。

《慈悲》：工厂秩序的规训与惩罚

李伟长

关于个人与时代的关系，路内曾说："我肯定不是局外人。我不是站在外面，不是站在街边，我像是一个不小心闯了红灯、站在路中央观望着这个时代的人……有时候觉得看到的东西很可笑，有时候觉得自己站在那儿也很可笑。"这段话特别有意思。一个小说家不但把自己的身份想明白了，还把观察坐标以及可能导致的正反两种效果也意识到了，这份自醒颇为难得。至于路内真的是因为不小心闯了红灯站到了路中央，还是他有意站过去的，其实并不重要。重要的是，他站到了路中央，并在那个位置打量时代，回观历史。

主动正面时代

不做时代的局外人，而是置身其中，这个观察身份的自我认知在路内的创作中可以得到较为清晰的印证。他的多部长篇小说都与时代和社会有着隐秘的联系，尤其是时间纬度上的契合，堪称路内创作年表的指针。

《少年巴比伦》表面上写的是工厂里的青春岁月，笔触诙谐，故事忧伤，但小说的时空背景是上世纪90年代社会转型期间的国营工厂；《云中人》从一起失踪案写起，像是"70后"寻找精神归宿的一种仪式，作为时间背景的"2001年是个衰败与繁荣交相存在的年份”，其时工厂倒闭，下岗如潮，弥漫着凶猛、无聊而又骚动的情绪;《花街往事》写一群富有传奇性的家族群像，有正史的严谨和真实，也有野史的妙趣和诙谐，叙述时间则跨越“文革”、动荡的80年代和喧嚣的90年代三个阶段。

如果说路内的这几部小说的原始动机还主要在创造人物，那么到了长篇小说《慈悲》，路内则主动正面时代的社会性主题，即计划经济时代环境裹挟下的普通个人，身处具有强制性和封闭性的国营工厂中，如何被动地处理他与自己、身体、家庭、他者、工厂、社会以及时代的种种关系。工人们通过工厂这一限制性空间联接成共同体，工厂一方面成就工人的工作和生活，另一方面也限制着工人的流动和去向。计划经济体制下的国营工厂，既渗透着国家意志和阶级观念，也融入了工人作为个体人的基本人性和道德规矩，相互交集，彼此融合，慢慢发酵形成了一整套具有国营工厂特色、有形和无形的规则与秩序。

如何适应这套工厂秩序，是每个国营工人工作的内容，是他们大部分的日常生活，也是他们处理上述多种关系的具象表现。路内将普通工人应对工厂秩序的不同方式、遭遇和处境，用私人历史的取材方式，从时代生活中拓了下来。路内选了工厂秩序的两个点：“补助”和“踢阀门”。困难“补助”的申请和发放，包括怎么申请、发给谁、发多少，与权力相关;“踢阀门”事小，却可以被冠以“反革命破坏生产罪”的罪名，围绕“踢阀门”的举报、纠察和惩罚则是工厂秩序中最为森严和残酷的内容。

工厂秩序的四种方式

《慈悲》通过师傅、根生、水生和宿小东四个人物，写出了应对工厂秩序的四种方式——遵守、挑战、利用和超脱。

水生的师傅是个没文化的老工人，技术过硬。师傅应对工厂秩序的方式是遵守和顺从，凭技术吃饭，老实做工，清白做人。虽然有点个性和脾气，但总体上是个遵守规则的老工人，精神上有自我要求——“是杆枪就要立起来”。后来师傅女儿患病，加上还得赡养岳父岳母，一人工资养4个人，终于萌生了申请补助的念头。被拒后，他长跪在车间主任办公室门口。后来工厂书记出面，才拿到了生平第一笔补助。得了骨癌后，师傅知道死期将至，向厂里要丧葬费时说：“一个工人，没活到退休就死了，什么福都没享到——丧葬费应该是16块。”师傅期望做个自足的技术工人，他的生存哲学并不复杂，就是努力做一个体面的人。工厂秩序没有让他如愿，不仅没有让他死得体面，活着时也没有得到多少尊重：骨癌的病痛、下跪的屈辱以及随着那一跪破碎了的精神。师傅是一个纯粹的传统工人形象，他的不得善终某种程度上也意味着传统工人群体的开始消退。路内带着悲悯心创造了这个人物，所占篇幅不长，从师傅登场到离世，不过三十几页，但人物性格极有张力。这个企图与工厂秩序保持好关系而终于失败的老工人形象，为小说的气质感知和叙事方式定下了悲悯的基调。

根生则是个“我有我想法”的青年工人，与师傅相对安分守己不同，根生身上添上了逆反和挑战的色彩。他吊儿郎当的做派、对权威的满不在乎，显示出他对工厂秩序没有天生的遵循意识，也没有被驯服同化。工厂食堂短斤缺两，根生吃不饱，就和食堂的人打架。“踢阀门”可能判罪，根生总是不以为然，结果被人举报，倒了大霉，被保卫科抓住痛打了一夜，但根生死扛不认罪，不承认“踢阀门”，也不承认与寡妇汪兴妹有关系，结果还是被判了10年。劳改释放后，回到工厂，投机做生意，又被骗了个精光。

值得注意的是，“踢阀门”何至于根生被判了10年，李铁牛被判成反革命，游街示众？两人都和寡妇汪兴妹有过关系。李铁牛被捉奸后，汪兴妹供出了他以及他对工厂领导不敬的言论。根生踢阀门被抓后，同样有人检举他和汪兴妹通奸。性关系显然超越了生理本身，被作为道德净化与审判的对象，同样是工厂秩序中规训功能的重要内容。工厂不仅负责生产，还负责净化工人思想，性与思想常被摆在一起谈。性不仅仅是性，更与身体惩罚牵连，常常作为罪证被窥视，更有甚者，作为打击对方的手段被利用。

根生是被惩罚者，而宿小东就是躲在背后的打手。他既是这一秩序的维护者，又是利用者。宿小东通过告密、举报，煽起了工人心里本能的恶。捉李铁牛的奸，抓根生踢阀门，把绊脚石一个一个踢开，然后借此升迁，最终成为这个工厂的主人。宿小东不是一个简单的人物形象，而是一个具有多种隐喻的符号，一批曾经饮血国营工厂肥了自己的人物象征。路内没有用“恶人恶报”的因果给宿小东设置结局，他活得很好，将工厂也私有了。拥抱和利用秩序者如宿小东等，能在旧秩序中如鱼得水，也能在新秩序中获得新的位置。当计划经济下的工厂秩序变成市场经济的工厂新秩序，宿小东们并不会被抛弃，相反还可能拥有先机。

路内敏锐地意识到了根生与工厂及其权力意志之间存在一种紧张关系。这种紧张与其说是根生的本性所致，不如说是未经工厂秩序完全驯化的青年工人的一种自发性的对抗。结果是根生被施以身体惩罚，悲剧收场。工厂秩序这个大环境一日不瓦解，由此造成的紧张就一日不可消解，根生也只有失败这一个结局。只有在“人为的秩序”松解或者彻底崩溃后，根生才有可能获得他期望的自由。

水生对工厂秩序的超脱态度像个容器，既有师傅表面上遵循的意识和远离是非的态度，内心也有根生同样对秩序的不屑，但他不说出来。这种富有技术含量的超脱不是没有来由的，极端饥饿的家族记忆给他注入最早的清醒剂，即最朴素的观念——得活着，活着总有好事发生。师傅的言传身教也给他加固了自身保护层，不必期望工厂会给一个工人真正的尊严。工厂秩序的维持可以允许偶有善心，但不可能长久地给工人永不变质的优待。

水生既在秩序之内，也在秩序之外。他淡然地动作着，也淡定地生活着。因为口才好，他成了车间申请补助的代言人，各种困难经由他口吐莲花的表述，就变得煞有其事。在闹剧般的申请补助中，叙述显然也是一种权力，小说中反讽式的故事情节隐然藏着深意。当封闭的工厂秩序崩溃后，计划经济让位给市场经济，国营工厂老秩序被打破，水生获得另外的生存机会，凭技术赚了大钱。其他的被工厂秩序驯服了太久的老工人们，早已失去了适应新秩序的能力，只能再一次经历下岗这样惨痛的秩序变换。知识，在人为制造的工厂秩序中，往往被遮蔽和忽略，而在自发的新型的社会秩序中，知识才是水生的生存之本。水生这样看似扁平化的人物，恰恰是强制性的工厂秩序难以真正约束和规训的人。

文学的厚重与开阔

好的小说作品，并不在于小说家发现了什么，而是在于小说家用小说发现了什么。用早已嵌入历史墙壁的工厂秩序来解读这部《慈悲》，就能够体会到小说的开阔和深刻，能体悟到路内用小说的方式发现和解读了半个世纪里工厂秩序变换的秘密，以及个人处于其中的处境。随着计划经济体制的终止和市场经济体制的开始，封闭的人为秩序逐渐过渡到自发的社会秩序，曾经工厂秩序代表惩罚和净化思想的功能也失去了原有的载体。

一场跨度 50 年的人生，国营企业从辉煌到下岗的跌宕，工厂秩序的挤压和消解，一群人的死亡和消失，与时代环境相关的这些内容，被路内写得极为冷静克制。路内擅长的抒情句式，被他压成了一个个脆生生的字和一段段冷静得近乎残酷的句子。在洞悉历史秩序之后，重新面对历史和人世，路内化繁就简的写作方式，开启文学的厚重与开阔也就在情理之中了。

雷平阳诗歌：边缘线上的人与物

李　壮

“神啊，感谢您今天 / 让我们捕获了一只小的麂子 / 请您明天让我们捕获一只大的麂子 // 神啊，感谢您今天 / 让我们捕获了一只麂子 / 请您明天让我们捕获两只麂子”。许多人对雷平阳的印象，或许是从这首《基诺山上的祷词》来的。那种孤独站立于两个世界的分界线上呢喃自语的姿态，也正贴合雷平阳诗歌的精神气质。这首诗暗示出雷平阳写作中强烈的“边缘意识”：乡土与都市的边缘、蛮荒与现代的边缘、古老记忆与当下时间的边缘、现实与超现实的边缘、生与死的边缘。在这条边缘线上，雷平阳不断在回归 / 放逐、介入 / 疏离的双重骚动中来回游弋，倾听、对话、品味、挽留那些随风吹散的声音和记忆，直至彻底融身其中。这使得雷平阳的诗歌常显出一种“醉态”：不论是独登山巅的“醉氧”，还是豪饮之后的“醉酒”，都构成身心的充分释放，那些情感丰沛的话语和瑰丽自由的想象随即涌流而出，奔向滇东北高原上所有那些神秘而深情的人与物。

清晰古朴中的爆裂

雷平阳的大多数作品并不像这首“代表作”一样缥缈、奥秘，如一个不容偷窥的神圣仪式。更多的时候，雷平阳的诗歌自然、舒展、率性敞开、汪洋恣肆。他从不以繁复的技巧或陡峻的隐喻取胜，相反，其诗的情感走向如此清晰、抒情叙事如此直接、古朴的语言如此诚恳甚至近乎于笨拙，背后却有着裹挟千钧的力量，像河流裹挟碎石，沿西南高地等高切线的边缘浩浩荡荡奔流不止。《从东川方向看大海梁子》或许可以看作对雷平阳诗歌整体风格特征的小小隐喻："这可能是静止在哗变，/但它是有序的，只把愤怒体现在脸上/像一个癫狂的巨人/认真地，培养着体内的毒素。"雷平阳在诗中追求的，正是这种"有序的哗变"；他所赞美的，是"巨人体内慢慢蓄积的毒素"，而不是速成肉猪那因摄入过量激素而肿胀的肝脏。(《底线》) 雷平阳的诗歌正像是一片蓄积着毒素的内脏，它时刻处在饱和状态，一旦遇到振幅相同的声波，便会产生物理学上名为"共振"的效果，直至爆裂开来。

不论情感抒发、想象升腾还是故事讲述，雷平阳的诗歌语言都有一股漫延奔放之气，像澜沧江的江水一样不容规训。尽管在现实生活中它已被不断地侵占、拆解，但在诗人的记忆和想象世界中，它依然保持着一种执拗而悲怆的完整。云南大地上的山水风光、人物故事，一直是雷平阳诗歌写作的重要母题和第一驱动力。

故乡与现代的对抗和平衡

故乡风物在雷平阳诗歌中的重要地位，仅从其近年来几部诗集的名字便可看出:《云南记》《出云南记》《雨林叙事》《山水课》……云南的江河与山峦始终是诗人书写歌唱的对象：怒江、澜沧江、昭鲁大河，苍山、哀牢山、阿鲁伯梁子。同时，这些诗句并未停留在简单的观看、赏玩层面。雷平阳一直努力要将自己的灵魂与民族的记忆化入山川自然的呼吸之中，与之合而为一并相互诠释。雷平阳的许多诗歌，其实是一种重新寻找、融入原始自然呼吸的节奏练习。

说到"土"，这是雷平阳诗歌中一个重要的意象；它不仅与自然有关，更与生命有关、与人有关。土象征着原始，意味着万物生存继而腐朽的大轮回，也隐喻了生命的来处与归处。在《尘土》一诗中，雷平阳这样写道："终于想清楚了：我的心 / 是土做的。我的骨血和肺腑，也是土 / 如果死后，那一个看不见的灵魂 / 它还想继续活着，它也是土做的"，乃至与人世生活有关的一切，"都不是真的"，也"都是土，直白的尘土 / 戴着一个廉价的小小的人形护身符"。在这里，土与山水雨林一样，都构成了对"人"及其若干执念的消解，自启蒙时代以来被不断赋予意义直至超负荷运转的现代主体，在这里褪去遮蔽，裸露出最初的肌体，单薄、脆弱，却富有弹性。雷平阳不是要取消人，相反，他是要重新打量人，在一种"凌虚御空"般的神秘疏离感中重新体悟人世与命运。

这种体悟，首先发生于对自身情感模式的重新结构。《亲人》中，雷平阳以一种近乎偏执的语调写道："我只爱我寄宿的云南，因为其他省 / 我都不爱；我只爱云南的昭通市 / 因为其他市我都不爱……假如有一天我不能再继续下去 / 我会只爱我的亲人。"笔锋一转，诗人道出了"狭隘"的真正原因："这逐渐缩小的过程 / 耗尽了我的青春和悲悯"。看似不断缩小的结果，却道破了诗人本心里始终不渝的"大爱"与"大悲悯"。如果说"针尖"代表了现代都市生活中欲望膨胀、主体异变的标准路径（"我还要什么"），"蜂蜜"则是岁月侵蚀世事打磨之后我们尚能依凭的最后一点爱和温暖（"我还剩什么"），这首貌似简单的诗，便真的拥有了针尖般的刺痛感，以及浓蜜那渗着苦味的甜。

这在雷平阳的其他作品中有更直接的展示，即其笔下的山水，并不是简单的描形状物，而是与现代生活构成了一种微妙的对撞与平衡：诗人有"归园田居"的古老梦想，却是要安置在高速公路旁边，在车声水声的交响之中，品咂自己所经历的生活（《高速公路》）；他体验过快的人生、快的欲望，最终依恋的仍是慢的怒江、慢的苍山，以及最慢的"死去的乡亲还醒着的坟"（《快和慢》）；列祖列宗安息的坟山被夷为平地，"一座化工厂 / 在白骨堆上拔地而起”，在诗人的“一愣”之间轰然垮塌的，是西南边地小镇那记忆与传说构筑的总体神话。

在诗歌中讲故事

雷平阳喜欢在诗中讲故事，他的诗里出现过许多令我们印象深刻的人物与场景。《杀狗的过程》在一种不断重复的白描式叙述之中，那条被主人宰杀的狗一次次逃走又血肉模糊地走回来，等待主人以一种慈父般的温柔揽住它的脑袋，然后把利刃再一次插入它的脖子。这首诗写得残酷，读来每有心惊肉跳之感，但其笔触却又是如此单纯明净，像一柄清水中洗着的刀子。在另一首诗中，屠狗人的身影再次出现：“屠狗的人，临终前 / 效仿狗吠”，而村里所有的狗，都在清朗的月光下，匍匐在庙门之外。那人狗莫辨的吠叫声，仿佛“来自尘埃”，让闻听者产生出幻觉：“像死去多年的女人，又回到了身后”。温情与残酷、存活与死灭，在一种趋渐混淆的冲动中勾画出原生态式的生存图景，既真切又魔幻，恍若基诺山顶古人口中的低声祝祷。在雷平阳的笔下，人物往往诡异惊悚，背景中也常弥漫着垂老萧瑟之感，背后却总有一种哀伤的暖意和神秘的平安。

所有令人难忘的人物之中，有一个身影是相对特殊的，那就是诗人的父亲。《祭父帖》堪称一部个人小史诗。父亲的一生，既牵动着血脉流淌间独一无二的情感之痛，又隐喻了西南大地上无数孤独生命的佝偻背影；既投射出农业文明古老记忆的黄昏，又重温了历史进程轰然碾压的创伤。

如今，怎样更好地讲述“中国故事”、在艺术上彰显“本土性”，已经成为最引人瞩目的文学话题之一。理论认知与具体的创作之间或多或少总存在有时差；而这种时差的存在，会让我们更加珍视那些真正显示出“中国精神”、“中国风格”的作品。我想，这是雷平阳的诗歌近年来备受关注的重要原因：他总能将云南大地的山水风物与农耕民族的古老命运结合在一起，并赋予其坦率、亲近、质朴的语言肉身，令诗作呈现出一种由内到外的“本土质感”。人们对雷平阳的喜爱，背后似乎暗藏着否定的动机——中国诗坛一度泛滥的欧式语言与空洞无物的修辞炫技已令我们感到厌倦，雷平阳的诗歌正是对此类风气的反拨。由之引申开去，当此汉语新诗百年之际，雷平阳的写作似乎有着特殊的象征意义。

诗思的沉淀耕耘的印证

——金学泉诗集《穿越时空的行板》

吉狄马加

多年来，金学泉的诗歌创作总是在安然的状态下有条不紊地进行着，在有板有眼的探索和前进中，时而用汉文，时而用朝鲜文，时而又用汉文和朝鲜文交叉互译着书写，不间断地发现自己，不间断地表达自己。

金学泉作为著名朝鲜族诗人，首先擅长用汉文写作，已经出版了《缤纷的季节》《世纪之交的独行》等汉文诗集，他用汉文抒发着汉化的诗思和情感，许是因为双语创作的缘故，他的作品诗域辽阔，诗语别致，诗意浓郁，显得独树一帜，在当下的诗坛颇为惹人注目。

当然，金学泉也用自己的母语进行诗歌创作，直接地表现本民族所固有的情感底蕴。据我所知，他不仅在国内出版过朝鲜文诗集《多梦的白桦林》《某日某时的某种感觉》，还在韩国出版了《白桦林情结》等诗集，为国内外朝鲜文字圈的作家和读者广泛好评。

金学泉的朝译汉翻译和汉译朝翻译都是非常出色的。他翻译的韩国诗人金良植的长篇叙事诗集《银妆刀啊银妆刀》于本世纪初出版，产生过良好的反响。早年的金学泉还经常翻译朝鲜族诗人金哲的诗作，为其母语文学通过汉文翻译走向全国文坛做了诸多努力。

金学泉这次出版的诗集《穿越时空的行板》，是他间隔了较长一段时间之后出版的一本汉文诗集。显而易见，此间，金学泉的诗思沉淀过、发酵过，也甚至可能彷徨过，所以收入到这部诗集中的诗作愈发显得厚积薄发，耐人寻味。这部诗集中的诗篇想象丰富，情感饱满，诗思奔放，韵味十足。韩国评论家洪起三认为金学泉的诗一如他的为人，很有传统意义上知识分子的意味，通常在其诗篇里总能感觉到诗人隐约的身影和声音以及既奔放又有节制的情感，却见不到诗人直接的存在，折射出某种隐忍自重的哲学观和美学追求。正如《穿越时空的行板》中诸如《走进孤独》《裸露的森林》《芭提雅之夜》《大洋彼岸的洛杉矶》《古隆中感怀》《布尔津的月亮》等诗作，奔放之外，在有度的节制中我们感受到更多的象征中蕴含着含蓄的成分，令人读罢回味再三。

《穿越时空的行板》共分六辑，即“大江南北”、“异域万里”、“故乡情韵”、“时光隧道”、“月夜絮语”、“牧放灵魂”，作品的内容既是时空的宏观的，又是心灵的微观的，显现出诗人娴熟地驾驭各种题材和各种情致的能力，呈现出整体和局部、平面和断面以及景深与细节等方面有机而随意地融合于绝佳处的境况。

比如，诗人在《兰亭》中这样吟哦：“只因了酒和诗文 / 九曲流觞的典故源远流长 / 四十一位才子的才华 / 连同三十七位才子的诗文 / 与不朽的集序在岁月中传扬 // 王羲之洋洋洒洒的书法 / 与文采横溢的一段美文 / 流传至今 / 自由的灵魂幻化为某种痕迹 / 以传说涂亮天际多彩的霞光 // 用三桶水练一个太字 / 只有一点像羲之 / 那也是可喜的进步 / 君不见好一个正楷 / 正襟危坐在书法艺术的殿堂 // 兰草 / 翠竹 / 曲径 / 在此处和谐地融为一体 / 营造世代延续的文化意象”。在这首诗中，金学泉置身于绍兴兰亭现场，用“兰亭集序”和“九曲流觞”的典故发挥自己的想象，令诗思跨越千年的时空，翱翔于当下，不啻是对传统文化延续至今的富有见地的浪漫解读。

还有《遥望彼岸》：“此岸 / 是云南的小凉山 / 彼岸则是四川省 / 声名远播的大凉山 // 湛蓝的金沙江从这里流过 / 不知名的成群的候鸟 / 也在这里来去匆匆 / 告示季节从未间断的渊源 // 同是凉山 / 却有大小之分 / 分别在两个西南省份 / 炫耀高原湖泊别样的内涵 // 或许在下一次 / 我会从对岸的大凉山 / 到泸沽湖畔徜徉 / 隔湖体悟一番异样的灵感 // 立足此岸 / 总是感觉彼岸的神秘 / 料想如果已经置身于

彼岸 / 该会有怎样的诗句抚慰一湖的微澜 // 经幡和青葱簇拥格姆女神峰 / 母仪天下 / 普米族和摩梭人的心愿 / 隆起地标式巍峨的峰巅”。诗人在泸沽湖的南岸遥望着对岸即北岸，想象着大小凉山在自然景观与人文积淀上存在的差异和不同，把遐想一直衔接到未曾涉足过的对岸，足见诗人灵魂的驰骋与情感的飞翔已经覆盖整个湖面及周边的时空，令其不能自已。

金学泉的情感宣泄永远都是丰沛而多元、直率而含蓄、亢奋而又委婉的。《有关春天的某种话题》就有这样的情感抒发：“话题 / 有的时候会很长很长 / 有的时候会很多很多 // 就像南来的雁阵掠过一片蓝天 / 徐徐地剪开蔚蓝的天幕 / 宇宙便倾泻流星雨缤纷的传说 // 蒲公英的畅想 / 金达莱的芬芳 / 一如朝阳蝉翼般的流苏在天际喷薄 // 话题是这样持续的 / 季节是这样衔接的 / 故事就是这样勾勒时空的梗概与轮廓 // 一朵玫瑰 / 一杯葡萄酒 / 一次不经意的擦肩而过 // 为某种可能或不可能 / 为某种不可能或可能 / 忧郁着欣慰着思索 // 尔后 / 以匆匆的行色 / 沿着那个崎岖的话题孑然奔波”。这是一番真情的告白，既直白又婉约，彰显诗人复杂而热烈的内心世界，不乏一定程度上的模糊性和不确定性，给读者留下多义的思索空间，表现出作者别样的一种创作风格。

金学泉的诗有一个非常明显的特点，即无论是歌咏山水大川的还是吟诵人文景致的，无论是以内心展示为内容的还是以客观叙事为特色的诗歌作品，都有很强的节奏感和音乐感，韵脚整齐，读起来便朗朗上口，这在新诗散文化倾向日甚的当下是并不多见的。金学泉诗歌创作的价值和意义，主要在于他的汉文和朝文的双语书写，在于他的两种文字书写引发的两种文化和两种思维的交叉和交融，在于他能够自由地用两种文字熟练地开掘并表达不同文字圈的文学空间，在于他由此能够升华到多重的、多义的、多元的诗意的境界。一种语言就是一个世界，金学泉的双语书写有着视野、思维、意境和表达方面更加丰富、更加多样等诸多的优势和特色。其中，坚持母语书写是他最为本原的精神和文化基因所在，是他能够永葆自身民族特色的终极源泉。

金学泉以其诗人的天赋和勤勉，在灵魂的时空中不停地行走着、穿越着，其节奏犹如时光流逝的如歌的行板，循序渐进，张弛有度，韵致紧凑，缓急自如，自然地、和谐地、自由地、快乐地耕耘出一块块丰饶的田园，而这部诗集便是最好的印证。

天道酬勤。诗人与农夫毫无二致，只要耕耘就好，只要书写就好，久而久之，坚持下来，总会有收获的。让人们欣慰的是，随着人类对精神生活建设重要性的认识进一步加深，诗歌的作用越发显现出来，我深信作为诗人的金学泉，将会为自己的民族以及人类写出更多美好的诗篇。

那些青春而沧桑的小说

王 干

2013年有一部引起热议的电影，叫《致我们终将逝去的青春》，是赵薇导演的处女作。赵薇作为上世纪70年代出生的人，开始怀念、凭吊渐渐消失的青春年华，说明新一代的人们已经成长起来。文学艺术的一个重要功能，就是对过往岁月的阅读、记载和重新认识。

近来，“致青春”的情绪在文学作品中也多有体现，成熟的作家在回望消失的岁月，年轻的作家在经历了人生的风雨之后，也开始走向沉稳、大气，“80后”作家马金莲的《长河》、老作家王蒙的《明年我将衰老》、李唯的《暗杀刘青山张子善》等一批在审美上和题材上都有创意的作品，颠覆了人们以往的一些曾经拥有的阅读经验，延续着“五四”以来的文学传统。

沧桑感和青春性相互交融是近期小说的一个特点，作家在现实和历史的长河中进行了双重的拓进，探寻历史沉淀的余韵和谜底，展现了当下复杂的生存状态。李唯的中篇小说《暗杀刘青山张子善》是一部钩沉历史的小说。刘青山、张子善不是我们政府作为腐败分子枪毙了的吗？怎么会暗杀呢？历史就是这么奇怪，李唯在尘封的档案里发现他俩当年居然是国民党特务暗杀的对象，因为他们位居天津地委领导，是中共的高官，便有了一连串“暗杀”的故事。当然，最后国民党特务的暗杀阴谋失败了。

毛泽东有句非常经典的话，“在拿枪的敌人被消灭以后，不拿枪的敌人依然存在。”“拿枪的敌人”指国民党的有形军队，而“不拿枪的敌人”是指国民党的特务以及隐藏的反对共和国新生政权的敌对势力。60多年过去了，共和国的政权稳定了，当年那些“不拿枪的敌人”似乎已经烟消云散了，但是，威胁共产党作为执政党的敌人依然存在。这个“不拿枪的敌人”就是腐败，小说《暗杀刘青山张子善》以诙谐冷幽默的叙述方式，清晰地展现了这个“不拿枪的敌人”比那个拿枪的国民党特务要可怕得多，也要顽固得多。国民党特务费尽心机地要暗杀的天津地委一号、二号人物，在灯红酒绿面前，在金钱女色面前，很快被“暗杀”了，不是死于国民党的枪下，而是无形的敌人——腐败。所以，如果不能正确地使用权力，自己就会被关进笼子。小说当然是一种虚构，但是在虚构的同时，又脱离不了现实生活，当年刘青山、张子善迅速腐败的根源在今天没有销声匿迹，反而随着经济水平的提高，这个“不拿枪的敌人”升级换代，变得更强大、更狡猾了。

方方笔下的涂自强，是“80后”青年形象中少有的具备沧桑感的人物。小说《涂自强的个人悲伤》观照的是当下青年的生存状态，虽然写的是“80后”青年涂自强的个人故事，但小说写出了当下时代个人奋斗的艰难和困窘。有评论家将涂自强和路遥的《人生》里的高加林进行比较，上个世纪80年代，高加林的个人奋斗和成功与这个世纪涂自强的个人奋斗遭致的接二连三的挫败，形成的巨大反差，正是时代的变异和历史的沧桑。和方方早期的《风景》一样，小说氤氲着一股悲凉之雾，她对那些善良而正直的人们投注了更多的悲悯和同情，小说虽曰个人悲伤，但那个无情捉弄人的命运之手，岂是一个人的悲伤承担得了？《风景》写于1987年，距离2013年整整26个年头，真是沧桑中的沧桑。

如果说方方是对自己20多年前的小说基因的再繁殖和更新换代的话，那么“70后”作家刘永涛的《我们的秘密》则是向前辈的致敬之作。1986年朱苏进发表了中篇小说《第三只眼》，写台湾海峡两军对垒，一名解放军战士不小心被俘，成了敌人的宣传工具，企图抓住人性的弱点来动摇军心。如今，两岸合作，火药味渐渐散去。但好小说能够超越题材的限制，成为跨越时空的经典之作。20多年过去了，小说中那犀利不免冷酷、敏感而又带着阴暗的目光依然让人感到一丝丝寒意。刘永涛作为“70后”的作家，算不上名声显赫，但这篇《我们的秘密》显然是不可多得的好小说。和《第三只眼》写敌我对峙、明争暗战不一样,《我们的秘密》写的是日常生活，是平常得不能再平常的普通人故事。一个小公务员因为无聊玩起猜谜游戏，因此洞悉了很多人的秘密，灾难开始降临，他被送进了精神病院，到了精神病院之后，他再度窥视到医院和病人的双重秘密，他面临杀身之祸，只能逃亡到荒僻的山村。这样的作品很容易写得特别阴暗、冷漠，但作家在诡异中依然看见“光”，依然不忘记这个世界上的善意、良知、纯真,《我们的秘密》将人性、神性、鬼性和诗性完美结合在一起。

刘明艳的中篇小说《红星粮店》也属于“致青春”之类的“年代剧”，但它比之赵薇电影中的大学生时代、青春校园要少很多诗意，要现实得多、尘世得多，也残酷得多，当然也更有历史感。粮店的兴衰是中国社会变迁、成长的一个微缩胶卷，同时也是一代人青春消失的载体。小说的结尾，曾经的青年、如今的老板将业已消失的红星粮店的牌子重新挂起来的时候，历史已经不是简单的重复，它是记忆，也是新的开始。

王妹英的《一千个夜晚》则是残酷青春的乡土叙事，女性命运的难以言说、经验和粗粝的乡土体验让小说在一种返璞归真的书写中显得清新、自然。

小说贵在写人生经验，人生经验有来自自身的经历、体验和感受，也有来自他人的经历、体验和感受，也有通过阅读和想象的人生经验。在这些不成条理、相互交叉的人生经验里，有些被升华为哲学，有些被视为某种处世原则，还有更多的则不能浮现在海平面上，有些漂浮在生活的浅海，有些则沉淀在生活的底处。作家通过对人生经验的解密，或直接或间接地写出了时代的悲伤。

“50后”的作家虽然被称为过气的一代，但其内部每个作家的创造力并不一样，方方不减当年的才华与深度，李佩甫、蒋韵、张炜等人小说保持着足够的艺术水准，并且在某些方面有了新的尝试。李佩甫的中篇小说《寂寞许由》题目看上去有点古老，但小说写的是鲜活的原生态。在小说形态上，可以归为挂职小说，或外来者小说，李佩甫以挂职的身份冷静旁观地观察到当今中国社会的种种复杂形态。小说写出了中国乡村经济发展的艰难，也写出了乡村官员的复杂性。当我们在反思中国经济发展过程中的种种过失时，李佩甫用小说呈现出他的思考和困惑。成功的企业和成功的官员背后居然是如此令人啼笑皆非的荒唐，金钱的压迫导致了人性的扭曲，经济指标导致了官场的非常态竞争。李佩甫带着河南口音的叙述和生动的用词令人叫绝。这篇小说地域色彩强烈而辐射面远远超过具象本身，正是写实作品的大境界。

蒋韵的小说《朗霞的西街》写的是历史的传奇，爱情的真诚和历史的错落也造成了人物命运的跌宕起伏，真爱在一个不正常的岁月里，是那么的可贵和稀少。小说缓缓道来，写爱情传奇，写历史烟云给人物性格造成的悲剧。有评论者认为，蒋韵的《朗霞的西街》是对《白毛女》人鬼错乱故事的又一次解读，不同的是，人物的命运完全掉了个儿。张炜的《小爱物》也是关于爱、关于错乱的故事，在童话般的叙述中保持着对人、对自然万物的理解与博爱。

“50后”作家在回望历史或回望人生的时候将沧桑感转化为叙述的沉静和老到，而青春飞扬的“80后”作家中也出现令人惊讶的冷静成熟之作。马金莲是“80后”女作家，现在人们一提起“80后”作家往往都与叛逆、时尚、都市联系到一起，似乎“80后”是所罗门瓶子里释放出来的魔鬼，而马金莲的小说为我们展示了“80后”作家的另一面:冷静、淡定、从容。到目前为止，中篇小说《长河》可以说是马金莲的代表作，这部小说从春夏秋冬四季写了四个葬礼，男女老少四个人或因为病灾、或因为贫穷、或因为自然老去走完了生命的最后一程。“我的父老乡亲，在泥土里劳作了一辈子然后到泥土下面安睡，睡得沉稳，内敛，静谧，一如他们生前所具有的品行和经历的生活。”在这部小说中，马金莲在保持她冷静、从容叙事风格的同时，又愈发展现了她超常的艺术才情。在女性叙事价值上，可以说这是一部当代的《呼兰河传》，马金莲和萧红一样写出了家乡父老乡亲苦难中的人性美，写出了死亡的洁净和生命的尊严。鲁迅在为《生死场》作序时称赞萧红写出“北方人民对生的坚强，对于死的挣扎，却往往已经力透纸背”，马金莲写出了西海固人民的生的坚强，同时也写出了他们面对死的洁净和崇高，“村庄里的人，以一种宁静大美的心态迎接着死亡”，“死亡是洁净的，崇高的”，尤其写少女素福叶的短暂一生，灿若桃花，唯美之至。

中国有句老话说，人生的悲剧在有牙时没豆，有豆时没牙。对一个作家来说，也存在这样的二律背反，年轻时才华横溢，但缺少底蕴，火气太旺，等人生积累丰富了，往往才情又丧失，言之无文了。马金莲的沧桑感和超越她这个年龄应有的冷静和淡定，使她在同代小说家中成为翘楚。

王蒙作为新时期文学的一面旗帜，在年近八旬时不仅耕耘不止，而且还保持了青春时期的喷发的热情和初出茅庐的清新，在《明年我将衰老》里，作家杂糅了多种现代主义手法，甚至还将当下流行的穿越叙事手段也巧妙地化为小说的元素，通过多重视角方位的叙事，阐释了对生命、情感、岁月以及人生的深切理解和犀利洞察，其中有睿智的审视，也有旷达的情怀，有对逝水年华的追忆与眷恋，亦有笑看沧海桑田、坐看云起云落的从容豁达。小说超越了爱情主题的一己之悲欢得失，有一种天阔云闲的自在气象，激情饱满，文气丰沛。在艺术上，碎片化的故事、跳跃的时空、奔涌的情感激流、第二人称的叙事视角、内心独白或者深情对话，都呈现出一种陌生化的审美品质。小说汪洋恣肆，文采飞扬，成为他近年创作的一个新高度。虽然宣告“我将衰老”，其实是“青春万岁”的另一种表现形态。

和王蒙那种青春洋溢的文风有点相似，艾伟的《整个宇宙在和我说话》是继当年航鹰《明姑娘》之后再写盲人精神领域的作品，航鹰展现的是身残心不残的心灵美，而艾伟展现的是内心的空间巨大无垠，失去视觉的人反而获得更大的想象空间，与宇宙对话的路径更为奇妙。

蒋一谈的《透明》写了一个离异男子的复杂情绪，对孩子难以割舍的亲情让他尴尬、局促，最后暖意重生。小说写得虚实一体，黑白融合，对人性的理解和描写入骨进髓。毕飞宇的《大雨如注》直接抒写的是中学生的教育问题，写出被压抑的青春最后释放的是丧失母语，颇有警世意味。

铁凝的《火锅子》直接写沧桑，小说描写老人晚年的欢乐和烦恼，简约、隐秘，和《笨花》的质朴形成呼应。苏童的《她的名字》写了一个人姓名的沧桑，一如他过去的《人民的鱼》《白雪猪头》等短篇一样，从一个小的切口去描写人物的命运、历史的变迁，在不经意中，变来变去的名字居然成为时代的一个痕迹。曾剑的《穿军装的牧马人》，直接写战士的青春，本来参军充满了幻想，但当了牧马人，变成了另种青春之歌，人与动物、人与自然，充满诗意。欧阳黔森的《扬起你的笑脸》写青春消逝在乡村的教师，苦涩而温馨。

“李白斗酒诗百篇”，说的是青春飞扬，“庾信文章老更成”，说的是人情练达。文学是青春的，文学也是沧桑的，伟大的作品总是能够在青春中见沧桑的褶皱，在沧桑中浮现青春的流动，曹雪芹的《红楼梦》如是，托尔斯泰的《复活》如是，福楼拜的《包法利夫人》如是，在这个意义上，这些青春而沧桑的小说可以说不苍白，甚至有点伟大。

作为文化动力的多民族母语文学

刘大先

不久前，在凉山彝族自治州参加中国多民族母语文学研讨会，与不同民族、不同语言的学者交流，并到彝汉双语教学的乡村小学进行实地调研，引发了我关于多民族母语文学的一些思考。

所谓多民族母语文学是指中国境内除了通用的汉语之外，拥有自己民族语言和文字的口头和书面文学。这是一个由来已久的文学事实，在主流文学批评和研究领域却始终没有成为引起广泛关注的学术命题。应该说，这是由于我们不合理的文学观念所造成的。我们的教育、媒体、学术体系中常规化的“文学”更多以书面文学的小说、戏剧、诗歌、散文等现代文类作为主要内容，母语文学在这种文学理论法则中是作为亚文学形态出现的。

然而，新世纪以来不同民族语种文学蓬勃发展的态势，已经让我们越来越无法闭目塞听、固步自封。这一方面得益于中央文化方针和民族政策的扶持，比如《民族文学》多种少数民族文字版的诞生；另一方面则因为地方族群精英出于一种文化自觉和文化自信，意识到较之于其他资源，文化同样是一种重要的资本，各种地方民族语文学杂志、书籍也大量出版。由此，中国文学得以展开它在汉语之外丰富复杂的面貌。维吾尔文、哈萨克文、蒙古文、朝鲜文、藏文、彝文、壮文、傣文……都产生了大量的文学作品，即便那些没有文字的民族也有自己丰富的母语口头文学传承。这些母语文学丰富了“中文”的内涵与外延，也让“中国文学”具有了在文化内涵、美学品位、文体风格、修辞方式上的多层次多维度的拓展。

为什么要关注母语文学？显然不光是民族平等政策在文学领域的反映，而是对于中国当代文学复杂现实的敏感与尊重，因为不同语种的多民族文学所关联的世界观、人生观、价值观、历史观，是中国文学深厚的思想源泉和实践动力，许多语种比如柯尔克孜文、朝鲜文、哈萨克文、蒙古文等还涉及到现实的地缘政治与文化交流。无论从何种意义上，中国多民族母语文学都到了不得不引起严肃的学理探讨的时候了。

母语是一种思维

文学是语言的艺术，两者之间的密切联系毋庸置疑。它们的关联并不仅仅是语言作为文学的表现工具，而是语言在根本的意义上构成了文学整个的形成方式、内容及内涵。20 世纪哲学发生了一个从认识论到语言论的转型，即语言不再被视为一种手段，而是一种方法论。人们普遍认识到，我们都是通过语言来认识世界，通过叙述来把握实在，语言就是存在的家园。这种“语言学转向”带来的冲击对于人文社会科学是巨大的，它提醒人们认识到拥有何种语言就拥有何种看待世界的方式，语言实际上是一种思维。

按照 1951 年联合国教科文组织的界定：“母语是指一个人自幼习得的语言，通常是其思维与交流的自然工具。”母语在本体的意义上，构成了操母语者最初的精神、情感、思想与心灵世界，这决定了母语文学的基本底质；表现于外在形式上，则构成了母语文学参差多态的美学风貌。母语的多样性和通用语的标准化之间构成了一定的张力结构，从而为文学多样性提供了巨大的生存空间和展示平台。

多民族母语文学作为中国文学的丰富性构成，至少在两个层面上具有补充、充实、创造的功能。其一是它们各自具有地方性、族群性的内容，保存了不同文化、习俗、精神遗产的传统。藏文、彝文、蒙古文、维吾尔文、东巴文等都有丰厚的典籍，如《萨迦格言》

《福乐智慧》《突厥语大辞典》和毕摩经书、东巴经书等，这些多元性存在打开了中原汉语言文学之外广阔的文学空间。其二是那些掌握母语同时又掌握第二、第三种书写语言的作家，会将母语思维带入到另外的书写语言之中，让传统的母语书写文学、民间口头文学滋养着当代作家文学。比如我们会在蒙古族的赛春嘎、巴·布林贝赫、玛拉沁夫、阿尔泰，维吾尔族的黎·穆塔里甫、阿拉提·阿斯木、买买提明·吾守尔，哈萨克族的唐加勒克、艾多斯·阿曼泰、胡马尔别克·壮汗，彝族的吉狄马加、阿库乌雾、贾瓦盘加、时长日黑，藏族的阿来、扎西达娃、次仁罗布、尼玛潘多等作家的作品中，读到有别于传统汉语文学的特点。后一点尤为重要，应该说母语文学书写，从纵向历史发展来看，是对于传统母语文化的承传创变，革故鼎新；从横向的现代进程来看，为现代汉语的发展起到了促进和变革的作用，带来了新质，丰富了现代中文写作的内容和形式。

如果我们将眼光放到全球范围，就会发现多民族母语文学是一种世界性现象。以英语为例，俄裔美国作家纳博科夫的俄罗斯语、法语背景，让《洛丽塔》《微暗的火》为英语输入了新鲜血液；奈保尔、拉什迪、石黑一雄这 3 位移民英国的作家，将特立尼达和多巴哥、印度、日本的母语文化因子带入了英语文学世界；华裔美国作家赵建秀、汤婷婷、谭恩美的作品，使中文作为一种“积淀性”的文化记忆渗透到他们的写作之中；还有获得多项美国文学大奖的哈金，最初在中国大陆受中文教育，其后来的英文写作就有很大程度上的母语痕迹，形成了一种独特的 Chinglish（中式英语）的特点……

反观中国文学中的多民族母语文学，它们以其母语文学传统和新兴的母语文学创作在中国文学内部构成了本土话语的张力，让中国文学的话语模式和思维空间不再局限于汉文化，而是包含极其丰富元素的各种共同体的独特结构体系。

文学是一种记忆

1992 年，联合国环境与发展大会在巴西里约热内卢举行，通过了“生物多样性公约”。生物多样性的重要意义在于能维持生态平衡，克服单一性所易于受到灭绝性危机的弊病。文化多样性观念从生物多样性理念中汲取营养，核心意义在于对于文化多样性的维持，有利于防止在日益全球化、现代化、一体化的文化进程中的片面性、单向度、平面化的危机。

中国的多民族社会具有天然的文化多样性资源，多民族母语文学便是其最直观的体现。作为“中国记忆”的非物质文化遗产，《江格尔》《格萨尔》《玛纳斯》三大史诗已经为人所熟知，还有各式各样的小型史诗与口头文学传承，如壮族的《莫一大王》、彝族的《支格阿龙》……以傣族为例，一般大众可能只知道召树屯和孔雀公主的传说，但它还有“五大诗王”(《乌沙巴罗》《粘芭西顿》《兰嘎西贺》《巴塔麻嘎捧尚罗》《粘响》)，六大悲剧叙事长诗(《葫芦信》《楠波冠》《宛纳与帕丽》《线绣》《娥姘与桑洛》《叶罕佐与冒弄决》)等。以前，这些作品都被放入边缘的“民间文学”或“民俗学”的角落中，如果要从母语文化记忆的角度加以研讨，则能得出融合特殊性和普遍性为一体的理论成果。

当代母语文学更是文学多样性的现场，据维吾尔族学者姑丽娜尔统计，2000年以来，维吾尔族作家总共发表接近100部中长篇小说，而1971年创刊的杂志《喀什噶尔》更是成为柯尔克孜、塔吉克、乌兹别克等多民族的文学园地。除了本身就有悠久母语书面文学传统的几大民族语种文学之外，一些原先只有口头文学的民族，母语文学也有自己的新兴发展。壮族学者陆晓芹梳理过1986年创刊的《三月三》《广西民族报》等壮语刊物的历史，壮文作品如蒙飞的长篇小说《节日》、石才以等人的《古荒河畔》等都获得了全国性的奖项。当代文学研究者如果忽略这一类作品，不能不说是汉文文学中心论的偏颇，也不利于认识真正的中国文学现实版图。

涉及到跨境民族时，情形更为有趣，比如苗族母语文学。苗族学者吴正彪认为，1958年“新创苗文”在川黔滇广泛使用后，一些民族自治地区开办了苗文学校，唐春芳、燕宝、潘光华、王廷芳、石启贵等用苗文写作了许多作品。从国际上看，以“国际苗文”创作的作品，就有澳大利亚苗族作家李岩保的《谁之过》《苦难的生活》，美国苗族作家杨岩的《被剥夺的爱》和李哲翔的《孤儿》，泰国苗族作家玛茨的《回顾》，法国苗族作家李查盘夫人的《未选择的爱》，老挝苗族作家侯智的《你是谁的女儿》等。他们或者回顾迁徙的历史，或者讲述流散的生活。我们如果将国内外的苗语文学作比较，可以对主体、认同、历史、传统等全球性共通话题有更深刻的认识。

社会学家涂尔干曾经创造出“集体欢腾”的概念，指出与亲属、社区、宗教、政治组织、社会阶级等关联的集体欢腾是凝聚族群的关键——集体意识通过部落的庆典、仪式、舞蹈、宴会、节日、歌曲等对文化进行创造和更新。而在与狂欢相区别的日常状态中，文化是如何维持的呢？涂尔干的学生哈布瓦赫发明了“集体记忆”的概念，认为正是集体记忆保持了某个族群文化的延续和发展。再到阿莱达·阿斯曼和扬·阿斯曼，又进一步从集体记忆中发展出“文化记忆”说。可以说，多民族母语文学正是文化记忆的一种方式：它既有存储性记忆也包括功能性记忆，既有意愿性记忆也有非意愿性记忆，既接受官方记忆也容纳民间记忆。最关键的，它是以文学意象的方式进行记忆，从而与定型式的“历史”书写区别开来，使得记忆具有了绵延不绝的灵活的流动性。这是一种生生不息、流变不已的有生命、有质感、有温度的记忆，承载着过去，活跃于当下，展望着未来。

实践历史与文学生活

多民族母语文学为当代文学提出了几个关键性命题。一是从文化到文学的翻译问题。它们之间以及与通用汉语之间的相互借鉴、彼此促进、文化融合与创变是中华民族文学与文化复兴的思想与精神资源。二是媒介与文学问题，即在新媒体、多媒体的语境中，母语与通用语、外国语之间的彼此交流方式与引发态度的转变。这涉及到社会转型、文化变迁和“技术转向”所带来的挑战与契机。三是主体间的问题，母语文学关联着文化身份与国家认同，如何在中国内部确立各民族的互为主体性，以及作为整体的多民族国家与他国之间的美美与共、千灯互照，其中显示出巨大的理论生长空间。以上这些实际上关乎时代的重大命题（比如边疆与民族问题），都是一般主流文学批评和研究话语所无力触及的。如果我们的批评家和研究者依然停留在审美与鉴赏的层面，或者只是跟随商业写作的潮流、西方话语的热点人云亦云，那么就会与我们时代重要的文学话题失之交臂。

母语文学并不是抱残守缺的骸骨迷恋，而是以平等共处的姿态，从独特的角度看待历史与现实，它有着“穷则变，变则通，通则久”的内涵。就像冯骥才早年一部小说《神鞭》中写到的人物傻二，他会辫子功，在武林中被称为“神鞭”。但是在义和团抗击八国联军入侵的时候，辫子被洋枪打断。时代的变化来临，傻二开始改用手枪，成为北伐军中的神枪手。这是个具有“民族寓言”性质的文化小说，傻二有句著名的话“辫子剪了，神留着”，可以视为一种寓言：民族文化应当顺应时代与社会环境而改变，但其灵魂和精粹却一直保存着。从某种意义上来说，多民族母语文学也是如此，随着语境的变化，它的语言和文字都发生了许多变化，但文化的精魂历久弥新。它们既书写了历史，其本身也是历史的一个组成部分。它们从传统中赓续而来，历史的养分和现实的处境交织创新，形成了我们时代的“效果历史”。所以，它是一种实践的历史，更是历史主体的实践。

从现实的角度来说，多民族母语文学不仅在书写历史中成为改变历史的文化动力，同时也是中华民族实实在在的文学生活本身。因为文学并不是无源之水、无本之木，如果一种语言与其使用者的日常生活关联不大，只存留在少数精英的知识领域，必然会逐渐走向弱化乃至灭亡，历史上的文言文、拉丁文、梵文就是例子。而如果某种语言文学有活力，必然是因为它与其所有者的生活、生产、生命息息相关。多民族母语文学提醒我们注意的是，文学可能既有风花雪月、阳春白雪的一面，有娱乐休闲、放松愉悦的一面，有批判反思、沉思超越的一面，同时更是一种日常的生活方式与生存智慧。了解并理解中国多民族母语文学，其实就是了解和理解中国各民族的民众及他们的生活实际。重新认识、阐释、创造、复兴中国文学与文化，在此一念之间将获得无穷的动力源泉。

发现与反思比历史本身更重要

何建明

被称为二战时期“世界三大惨剧”之一的“南京大屠杀”事件已经过去了 77 年，今年 12 月 13 日是我国的第一个“国家公祭日”。

意大利历史学家罗齐曾言，没有叙事，就没有历史。历史叙述是对历史的记录和描述，它的重要功能在于“传递”历史。对一个成熟作家而言，艺术地叙述事件或人物本身已经不是主要的创作问题。最根本的问题是，你的作品到底能不能给读者和社会带来一些新的认识和深刻的思想高度，尤其是在纪实历史事件和历史人物的问题上。

对于像“南京大屠杀”这样的历史事件，创作者容易把重点放在日本鬼子如何残杀中国人的血腥场面和过程上，这毫无疑问是记录“南京大屠杀”的重要部分，但一味地把笔力放在血淋淋的场面和敌人的残暴本身，并不一定就是好作品，也未必会对历史罪行的根源与后果进行彻底反思与省悟起到效果。就报告文学和纪实体作品而言，真正的艺术感染力并非是直截了当、平铺直叙的单纯叙述事件或人物的“躯壳”，它应当透过事件本身和人物的“躯壳”，追索其内在的“血质”和“灵魂”的本质。而要实现这一目标，作者就得在挖掘事件或人物时特别注意“老题材”的新发现、新角度。

真实是历史的灵魂

真实才是历史的灵魂。我是今年3月底才开始动心写“南京大屠杀”的。从进入采访到成稿，前后半年时间，时间实在太紧。创作一开始就碰到最主要的问题，就是如何把这样一个人人皆知又人人不太清楚的大事件本本真真、艺术化地告诉世人。同时，还需要与已有的众多关于南京大屠杀的文学艺术作品不同，显然这是个难上加难的事情。不过，当我阅读完以往所有的几本关于南京大屠杀的作品后发现，那些作品或受当时的历史影响、或受创作者的功力、或受掌握的材料有限等影响，都让我看到了重新创作“南京大屠杀”的巨大空间。我决心从上面这三个方面增强。在采访幸存者和阅读大量历史资料的过程中，令我惊喜的是，许多东西以往的创作者基本上都没有去关注。比如“南京大屠杀”是怎么形成的？在日军占领南京时中国国民政府当时是如何应对的？蒋介石及他的军队到底是真抗日还是假抗日？日军为什么那么轻易地杀害了30余万人？除了受害者外，施暴者是如何看待这场大屠杀的？“第三者”——国际人士他们那个时候帮助中国或日本人干了些什么？日本兵是如何变成杀人不眨眼的魔鬼的？中国军队和中国人自己有没有值得反省的问题等等，这些引起我思考的“疑团”，都在采访对象口中和4000余万字的史料中找到了！这样的发现，令我欣喜若狂，创作激情顿时倍增。

什么叫深入生活？对作家来说，双脚走在大地上是一种生活样式；数月数年地扎在一个地方，实实在在吃住在那儿是一种生活样式，但这仅仅是“一种样式”的生活而已。真正的深入生活，是看你的心和眼睛还有感情是否“落到”或“沉到”了那个你所最需要的“艺术点”上。这个“艺术点”，就是你创作作品所需的原材料和滋长成艺术品的根基。再者就是调动你以前所有的生活“经历”和生活体会。尽管在此次创作“南京大屠杀”之前，我并没有多少这方面的直接生活，但间接生活并不比专门研究这一事件的人少。当年实施南京大屠杀的日本侵略军就是从我故乡的长江口上岸的，小时候就一直听老一代讲述日本人如何一路烧杀抢，我读小学时就是在一座被日本炮弹炸掉了一半的旧庙，那旧庙的主人是位财主，是我同桌的姥爷，而这位财主就是被日本人的炮弹炸死的。大家都知道的《沙家浜》，就是一出抗日戏，而我的出生地就在“沙家浜”，我的爷爷、奶奶、大姑姑，便是与日本鬼子周旋的“沙奶奶”、“阿庆嫂”等。在写作过程中，这些从小积累的生活便自然而然地涌现出来，派上用场。

多角度呈现历史

至于如何写“南京大屠杀”，血腥的大屠杀现场和事实肯定不能避开，这也是揭露日军罪行的重点。然而，即使对这些重点事实的本身的叙述，显然也要保持客观性。所以我的书里，除了中方受害者的讲述外，近一半内容是让施暴者自己来“讲述”其犯罪经历，同时还找出许多“第三方”的见证者来“讲述”，这种效果与人们日常听到的法庭审理案子一样：当我们听完原告陈述之后，又“逮”住犯人“自供”，再找出“第三方”来“证言”，如此这般，案件本身便可达到无懈可击的最终目的。同时还可使案情层层剥离、情节精彩纷呈，起到环环紧扣之效果。

但仅关注这一层是远远不够的。在追寻“为什么我们输得那么惨”和“日本人为何要残暴地屠杀我那么多同胞”等问题时，我把视角投向了当时的“国军”和蒋介石统治集团内部，以及那些被日军残害的中国军人及南京市民身上，结果发现了太多令人意外和伤感的事。比如：半心半意的抗战国策、混乱无序的军事指挥系统、失之毫厘的战机、自相残杀的恶性后果、可憎可恶的汉奸、贪生怕死且极端自私的军人与奴性十足的百姓等等。与之相反，我看到日本精心谋划的侵华战略与战术，普通国民对国家和天皇的效忠之心，从最高指挥官到普通士兵都能写“战地日记”。日本侵略军用的是“乡土部队”，即按兵员的户籍地组成部队师团支中队，如大阪团、京都旅、冈田中队等，这种部队编制，让士兵们谁立功、谁厌战，一清二楚地暴露在“老乡”眼里。如此“人盯人”、“人跟人”的部队编制，使得战斗力和竞争性特别强盛，由此也有了臭名昭著的“杀人比赛”等恶魔行为。透过上述这些对“敌方”的深入了解和叙述，作品就更具客观性和厚度。而这些，要使作品成为力作与精品，依然是不够的。

对历史题材的创作，贵在通过事件本身和人物的命运来提炼和总结出具有现实意义和未来意义的文学思想及警世价值。透过“南京大屠杀”，我们可以看到的东西太多，尤其是国与国之间的差异性，这种差异性决定了两个国家之间的决战必然是你死我活的残酷结局。过去关于南京大屠杀的作品，几乎都是清一色的揭露日军杀人的残暴，血淋淋的场面，惨不忍睹，触目惊心。但在我看来，这是远远不够的，甚至是肤浅的。因为当我倾听那些幸存者的讲述，尤其是在阅读那些参与南京大屠杀的刽子手们自己所记述的现场经历，以及看过诸多当年中日两国政府、军界的史料时，另一种强烈的情绪冲击着我的胸膛，这便是：有备而来的日本侵略者和无序无备的中国政府与中国军队；狡黠与精明的日本军人和麻木、自私、贪生与奴性的中国百姓。如此强烈的对比，让我看到了血淋淋的“南京大屠杀”背后的那么多民族屈辱与国民劣性。

从自己开始反思

我们就来讲一个南京大屠杀前后的汉奸问题吧——

不用说，南京大屠杀肯定是日本人干的。但为什么日本人要制造如此令人发指的大规模集体屠杀事件？多数国人并不知道当时我们内部的汉奸事实上帮了日本人不少忙。南京大屠杀之前，一场“淞沪大战”打了3个多月，那时蒋介石政府对日决战的军事部署和所投入的兵力，应该说还算不差，且相当一部分军队的装备也并不比日军逊色，而我们的用兵数量则在日军的两倍以上，但最后仍然败给了侵略者。深追其因，我们会发现，很大程度上我们是被自己队伍里的内奸出卖了。大汉奸汪精卫当可不说，他手下的一个机要秘书黄俊竟然在关键时刻把我军最高机密——封锁江阴的长江要塞、不让在武汉的日本战舰队伍支援上海——通风报信给了日本驻南京大使馆，随后日舰日夜兼程、毫无顾忌地逃出我江阴防御要塞，加入了上海的战役，最后造成我军被日军水陆夹击，全线溃败。

在南京保卫战初期，我方军民数十万人共同对敌，登陆初期的日军像瞎子摸象，总有无数汉奸突然冒出，他们明的、暗的冒出来为日军点灯引路，毁我要害。有位当时的南京守城军人如此披露："当时南京一到晚上根据命令是要实行全城宵禁的，所有灯火都要熄灭以免遭到日军飞机的轰炸。但却意外地发现街道那边居然有个地方有火把在晃动，接着火把附近就遭到日军飞机的轰炸。第二天才听说西门附近守军储存军火的地方遭到了轰炸，弹药损失很大，而那个晃动的火把应该就是潜伏在城内的汉奸所为"。"除轰炸之外，汉奸利用投毒的方式来毒害我们的士兵。有一次在医院吃饭的时候正好遇到一个班的士兵被送来洗胃，食物中毒，后来才发现是他们喝水的水井被人投了毒，全班士兵除了少数人未中毒之外，大部分中毒严重。虽然经过紧急抢救活了大部分，还是有一名士兵因为中毒太深去世，想来应该也是城内汉奸的'杰作'……"看看，这就是我们的一些民众所为！

这位亲历者还说："日本人固然可恨，但相比于听命行事的鬼子来说，那些丧失良心、泯绝人性的汉奸更令人痛恨。他们在日本人占领时，为侵略者摇旗呐喊、欺压同胞。当抗日战争一结束，大批曾经的汉奸摇身一变又成了国民党政府的座上宾的情况屡有发生，这也是我抗战后坚决脱离国民党部队的一个主因。"

中国与日本有过几场大战，稍远一点的是甲午战争。那一仗打输的原因，就是因为朝内朝外的汉奸与日本人里应外合，造成了我大清军队最终的毁灭性失败。

日本进攻南京和后来在城内进行的大屠杀，其时大汉奸、小汉奸真是不少。有名日本兵初进南京城时，没有发现他原先很害怕的中国军人，却看到街头两旁有许多举着日本太阳旗的中国人，他们嘴里喊着："日本万岁"、"欢迎皇军"，脸上堆满了谦卑的笑容。"为什么这些中国人就不恨我们？真是百思不解。”这名日本兵在日记里这样说。

在日军进驻南京城后，又有一些中国人为了从“皇军”那儿领取一份食物，竟然领着日军，恬不知耻地将那些藏身于民众中已经脱下军装的中国守城军官兵身份告诉侵略者，导致不少手无寸铁的中国军人活活被日军刺杀或烧死……1937 年 12 月 13 日是日军进驻南京的第一天，沿街民居和一些商店，出现了不少太阳旗，甚至还有“欢迎皇军”的标语。到后来，这种现象就非常普遍。自然，这里面有的是因为害怕日本人，但绝不排除相当一部分人在侵略者面前很快成为了出卖灵魂、求荣获取的汉奸。

当我看到这些从未被披露的历史真相时，我想大家一定会与我有同感：屠杀同胞的日本兵可恶，给日本鬼子当帮凶的汉奸更可恶。

不仅仅是沉默与哀悼

看看今天，各类人群中的那些主动的、变相的、明里暗里为个人利益而背叛国家、背叛民族、背叛党、背叛友人、背叛亲人的人还少吗？这样的人，假如侵略者再到中国，他们很有可能成为叛徒、汉奸。即使侵略者不来中国，只要一有机会，这样的人照样也会千方百计出卖国家和民族的利益。古人曰：食其禄而杀其主，是不忠也；居其土而献其地，是不义也。卖国取利者，汉奸也；喜取小利、毫无忠义、爱玩是非者，亦汉奸也；在今天，各种各样的投机分子还少吗？我们公祭在日本侵略者屠刀下死去的同胞的同时，难道不该清醒地意识到如今在我们身边的潜在现象吗？这便是我为什么在叙述完“南京大屠杀”过程之后，用很重的笔墨“十问国人”的全部用意。

我以自己的真切感受来提醒国人这样一句话：国家现在建立了抗战和“南京大屠杀”公祭日活动是一个很好的形式，但这还远远不够。一个仪式上的沉默与哀悼，只能产生大环境、大氛围中的瞬间感动与触动，只有通过深入的了解、冷静的思考，才能形成主张与观念，并从历史的经验与教训中认识个人层面和国家层面及时代层面等种种深刻的问题，这样才能在一个人内心构筑信仰、坚定主张。一个人的内心强大了，才是真正的强大。一个国家何尝不是?

文学在叙述历史时，能够让世人在警示中获得些什么，是文学永远在企及和追求的目标。这就是为什么重要历史事件和历史人物一直是我们文学不可穷尽的宝贵素材之原因。

少数民族题材创作之概想

李梦薇（拉祜族）

最近，偶然读到几篇关于拉祜族的文章，细细品读，感觉似乎缺失些什么，也许对拉祜族而言，几位作者仅只是停留在走马观花的层面。然而，我觉得那种把自己所认为的文明的符号烙印在别人的生活里，用“苦难叠加”的方式来呈现边地少数民族的生活状态，完全忽略了他们的精神世界，忽略了即使是再微弱的生命也会如花绽放的主观臆想，实在是显得有些轻率。因此，读这样的文章，难免会让人有种不畅快的感觉，也由此引发了我对少数民族题材创作的一些思考。

众所周知，作家创作少数民族题材的作品，需要对少数民族本身进行深入细致的体验，必须对少数民族的历史文化、民风民俗、宗教信仰、心理特质、情感经历等等进行严谨深入的考察。因为任何一个哪怕是最弱小的民族都需要你带着发自内心的尊重去体验、去感悟。一个作家，如果把自己摆得过高，总是以一副救世主的面孔和姿态去关注少数民族的历史与现状乃至未来，那么，如此而为的文章，想必定是远离生活、苍白乏味的。有些作者容易爱心泛滥，一看到田间地头挥汗如雨、衣服破旧的农民就泪如雨下而大抒感慨：他们太可怜了。可怜吗？我想，不！我不明白为什么他们会有如此的感慨？是不是农民们都穿着绫罗绸缎去田间地头作业他们就是幸福的呢？试想，那将会是一种怎样的境况？或许，那时农民们最为担心的还是：走路刺棵子划破了衣服、下田泥污弄脏了衣裳该怎么办？事实上，这些作者们恰恰忽略了最重要的一点：可怜与幸福，其实就写在农民们的脸上。你只要看看他们挥汗如雨时挂在脸上那份灿烂的笑容，你只要听听田间地头不时飘来的欢歌笑语，你就会明白他们是可怜的还是快乐的。

不可否认，边地少数民族的生存状况与城市相比是落后的、贫穷的。但我想，物质的匮乏并不完全等同于精神世界的贫乏。就拉祜族而言，它之所以千百年来虽历经战乱、天灾、迁徙等众多的苦难却没有消亡，这无疑是和本民族强大的文化力量、精神支撑有关。面对苦难，他们勇于挑战并超越苦难，这种精神，在拉祜族的叙事长诗《牡帕密帕》中就有迹可循。再比如，作曲家雷振邦之所以创作出脍炙人口、深受边地民族喜爱的歌曲《婚誓》，和他深入边地民族体验生活的扎实行动以及严谨踏实的创作态度是分不开的。他是用心灵触摸到了拉祜族的灵魂和拉祜族充满诗意的精神世界。因此，他的作品捕捉到了拉祜族超越苦难的人性之美。

杭州师范大学教授俞世芬曾说过：“小说抒写苦难的目的性本无需太强，这样做并无损于它应有的魅力与深度。”但在当下，一些作家在写作中却过分夸大生活中的苦难。也许，他们是希望通过此举以博得读者对弱者的同情，却殊不知，这样的作品有时恰恰会适得其反，甚至伤害到民族感情。

是的，边地民族可能需要关注、需要帮助，但却不需要同情和怜悯。

边地民族的快乐悲伤、幸福痛苦，只有生活在这片土地上和民族文化历史氛围下的人民自己最清楚。哈尼族作家黄燕在一次回归本民族的创作体验中，发现哈尼族的土掌房低矮潮湿、光线昏暗并且多是人畜共处。出于爱心，她到处呼吁改善哈尼族的住房，想让他们能有更加文明的生活。直到有一天，她看到的一幅场景让她改变了初衷：在一户光线暗淡的土掌房人家，一束阳光透过不大的窗户照进屋里，照在一头猪的身上，那头猪在暖色的阳光照耀下，显得愈加的毛光水华、膘肥肉厚。主人家阿爷搬来了凳子，点燃了烟斗，静静地欣赏着这头猪，那幸福的笑容比山花还灿烂。一刹那间，她突然有所感悟，觉得这就是他的幸福生活。阿爷说，他在夜里听着猪、羊不时发出的哼唧声，会让他内心感到安稳、踏实。

边地山寨的生活是如此的单调，也是如此的忙碌而辛苦。每天日出而作，日落而归。在这里，交通不便利，生活不富足。可是，每当夜晚降临时，山寨却是一片沸腾，男女老少围着篝火对歌、跳舞，踩起的黄灰在苍茫的夜空中弥漫，欢歌笑语穿透了黑夜，穿透了山水。快乐在这里就这么简单，就这么随意。

俗话说，心中有爱，看到的皆是爱，而心中有悲，看到的都是悲。作家在创作少数民族题材的作品时，呈现的事物应该是全方位的，有喜有悲。作家应该通过抒写对真善美的不懈追求来超越苦难。

近年来，发生在拉祜山，却广为流传在外的两件事让人感到温暖。一次，在一个拉祜山寨，有几个外省的企业家看到几个小孩围在温度很高的温泉边煮鸡蛋，有个企业家就对小孩说："等鸡蛋煮熟了给我们吃点好吗？"孩子们笑着看了他一眼便低下了头。等他们转了寨子一圈回来，孩子们依然还在那儿，却没有抬头看他们。他们心想，孩子们肯定没有把他们的话放在心上。可是，等他们走出好远准备驾车离开时，几个孩子光着脚飞奔而来，把手里的鸡蛋急忙塞给企业家们，说："鸡蛋现在才熟，给你们吃。"说完，像被风推着跑一样跑远了。"给你们钱。"企业家们喊道。孩子们头也不回，喊道："不用了。"在这些孩子的身上，我们看到了他们心灵的纯真，看到了民族文化对他们的熏陶，对他们灵魂的雕塑和心灵的净化。

另一件事：一天，几个外省旅游者到一个山寨游玩，看到一位拉祜族青年身上背着的纺织挎包很漂亮，于是就想出钱买下。几个人忙着商量要出多少钱，该怎样讨价还价。可是，当那位拉祜族青年得知客人很喜欢他的挎包时，却毫不犹豫地摘下递给他，真诚地说："你喜欢，就送给你。"在他的眼里：友情和钱财无关。我想，这些行为似乎与贫富无关，但这些品格却与民族文化和民族精神相关。

去年，我在高寒山区的一个佤族集聚地体验生活，那里的老人不会讲汉语，多数年轻人讲汉语也不熟练。所以，每到一个寨子，我都必须请个学生充当翻译。也许，有的作者对此现象可能会简单地归结为：这些人都是文盲或半文盲。然而这种想法，我觉得本身就是对民族感情的一种伤害。因为少数民族文化也是中国文化的一部分，他们用自己的母语传承自己的民族文化，这有何错？

在那里，我看到几个漂亮的佤族女人。她们读过书，受过教育，都在深圳、昆明等地待了几年，也都有机会留在大城市，可最终她们却都选择回到了这里。我忍不住问她们：“这里条件比城里差远了，你们怎么还要回来？”她们回答我：“这里自在、舒服。”

这句话让我感触颇深。在这里，全寨一家亲，农忙时，相互帮衬，没有伪装，没有功利，他们信奉宗教、敬畏自然。她们的行为，也让我明白了一个道理：其实，在哪儿生活并不重要，重要的是精神的充实。

归根结底，我们写作者，一定要尊重民族文化，作品要有厚度，要能抓住民族文化的灵魂和精髓，不要片面夸大、强化某一面，因为生活不是单一的，人性亦如此。

文学批评的“过剩”与“不足”

雷 达

当今的文学创作从数量上看是繁荣的，当今的文学批评从数量上看也很繁荣。如果注意一下每个时段集中评论的话题和作品，我们又可能会产生一种话语自我繁殖和理论过剩的感觉；而富于主体精神和独特见解的、有个性风采的、敢“剜烂苹果”风格犀利的、有言语美感的评论却很少见。这“过剩”与“不足”之间，形成了巨大的反差。

文学批评文章之所以给人“过剩”之感，在我看来，首先是因为同质化、平庸化的东西太多，它们的角度、思路、思想资源、评价标准、话语风格都大体一样，既提不出什么尖锐的问题，也不可能作出什么意外的评价。价值立场也许都很“正确”，但价值立场不能代替文学批评本身，它们的审美精神是狭窄的和单一的，没有显示出审美的丰富性、多样性，更谈不上观念和方法的创新。有人说，纸媒的文章编辑和审阅比较严格，显得规范、严谨，温吞水，面目相近；而微博、微信等新媒体上的文章，发表渠道便捷，反而显得活泼、生动、接地气，它们的芜杂则是另一个问题。这话有一定道理。二是，有些论题相对固化，隔几年就会转圈儿似的重新讨论一回，例如振兴文艺评论的问题、市场化与社会效益的问题、深入生活的问题、城市文学问题、底层叙述问题等等，不一而足。这些问题无疑是重要的，值得反复讨论，但这样的讨论又往往是平面推进，原地兜圈子，以至讨论者也不免疲惫。三是，研究队伍的庞大与研究对象的单薄之间的不平衡。当代文学的研究者队伍可谓庞大，高校教师、学生，再加上文联、作协和各科研机构的，人数可想而知。他们的研究对象主要集中在“一线作家”身上，像莫言、贾平凹、王蒙或者张爱玲甚至胡兰成，都变成了“唐僧肉”，研究他们的论文加起来，恐怕比他们本人的著作要长出十倍百倍。影视界有个词儿叫“翻拍”，现在的许多文学论文也可叫“翻论”，在同一研究对象身上不停地“推陈出新”，其可研究性、可创新性就值得怀疑了。

此外，功利性和非审美的批评是当今文学批评“过剩”的又一重要症结。今天的批评者很难将批评行为当作一种单纯的审美过程、一门学问、一种鉴赏艺术，虽然他们也深知文学批评在本质上是非功利的，具有独立的品格，应有一个神圣的空间；但其介入文本的方式却常常是功利性的、策略性的。从本质来看，有效的文学批评是一种表达和阐述的精神活动，在社会文化生活中具有不可小觑的引领力，其功能在于对文学对象的介入，简言之，就是通过批评让读者亲近文学，而不是成为文学的陌路人，让读者乐于体悟自己也乐于了解世界。但是，由于文学批评的实用化、工具化、商业化及习惯性伦理，有效的批评难以应对“文本之外”的现实，而沉浸于“文本内”有见地的声音往往会被非文本的意义阐释或过度阐释所淹没，文本被肢解，文学批评的功能被异化，文学批评的审美空间受到挤压。文学评论如何搞已不单是发挥个人才能的事，批评家在今天面对的是一个非常复杂的“话语场”，他们在人情、资本、前文本和习惯性评价伦理的链条上的缩手与尴尬也就在所难免。也许情况比这还要复杂。我们需要的是读者、批评家对作品介入的单纯和热情，批评者与作品的交流正像哈贝马斯所说的“公共性交往”，而非“策略性选择”；一些“粗暴”的批评，在某种意义上仍是法国批评家蒂博代所说的“寻美的批评”或“求疵的批评”，他们大体上也还只是面对作品。

在这个功利化审美的“话语场”中，最难得一见的是不同立场者的“和而不同”的互动。当批评被“科学化”后，当代文学评论也被纳入一种史料式的研究规范。这种研究自有其理论高深之处，但是大量考据性的批评远离了性情与温度，不再关涉经验与经验之间的可交流性，尤其不善解读诸如悲欢离合、爱恨交集、喜怒哀乐、生老病死等人生的复杂情感状态。在批评和研究最为密集、人数最为庞大的高校，文学批评与作品、人生的脱节现象令人担忧。一方面，规范的批评方式被认为更“科学”、更“学术”，也更容易得到高校评价体系的认可，而个人化色彩较浓的批评文章很难算作学术成果；另一方面，其文学的审美判断在多数情况下显得并不鲜活，充斥于其中的多是一种没有热度的呆板的“冷批评”。由于文学研究与文学批评被功利化制度的犁铧掘开了鸿沟，经典研究与跟踪批评也都不能很好地对话，评者自评，读者自读，热者自热，冷者自冷，互不相涉、漠不相关；一些重要的、先锋性的创作得不到及时有力的评论，一些带有典型性的创作难题得不到及时的正视，而一些无关宏旨的话题却铺天盖地。很多文学研究者复制着似曾相识的论著，炮制着批量的论文，这种“过剩的利益生产”最终淹没了那些有个性风采的美文批评。这种复制性也许具有不可阻抗性，它威胁着每一个具有独立批评话语能力和艺术个性的批评家，也就是说，无效的话语繁殖淹没了有效的意义阐发，文学批评的“不足”之症反过来侵蚀了文学本身，这才是真正最可怕的。

当然，当下批评的“过剩”与“不足”远不止这些。健康有力的文学批评的出现需要一个个质地坚实见解独具的文本，更需要一个良好的文化语境，而批评家自当具备一种在公正立场“说话”、直面作品的批评伦理。倘若能进一步改善历史文化语境，能斩断作品与它后面种种非文学因素的联系，大量没有意义的过剩与复制自然就会减少，一种深入到作品内部的有效批评和探究文本奥秘的“美文批评”也才有可能更多地出现。

大历史中的民族凝聚力和家国情怀

范　稳

■编者的话

2014年，范稳的长篇小说《吾血吾土》出版，作家在长达4年的时间里查阅史籍，深入滇西地区，采访200多位抗战老兵，并远赴台湾等地，最终完成了这部反映西南联大时期一代知识分子投笔从戎、御敌救亡的英雄史诗。

写作中，范稳对“大历史中的民族凝聚力和家国情怀”有了更为深刻的理解，本文即是他对于这一问题的思考。范稳提醒大家：目前国内抗战文学的缺席，是我们的作家对这段宏大的历史疏于发现，还是已经遗忘？这是需要去认真思考的问题。

民族抗战，一定是全民族共同参与的反法西斯战争。一个又一个微小的“局部”构成了我们的抗战史诗；也正是这些有着特殊意义的“局部”，诠释了一个大中华的概念，少数民族抗战的文学书写在此方面的缺失，不能不说是一种遗憾。

对抗战历史的重新发现，有助于作家再次认识我们民族曾经经历过的那一段血与火的历史。在历史中再发现既是抗战文学书写的唯一途径，又是对遗忘的拒绝和抗争。对抗战历史题材的书写实际上就是一项还原历史的宏大工程，是任何一个有历史感的中国人永志不忘的义务和责任。

毋庸置疑，20世纪上半叶的八年抗战是中华民族的大历史，这场艰苦卓绝的战争让一个一度陷入混乱的国家得以浴火重生，也让一个有“东亚病夫”称谓的民族从此跻身世界大国之列。今天我们重新来书写和反思这场全民参与的反法西斯战争，既可看到这个民族原有的痼疾，也可看到它屹立于世界民族之林的希望。在八年抗战中，国家前所未有地统一了抗战意志，民族令人感慨地合力凝聚。在黄钟大吕的历史语境里，中华民族在铁蹄下的坚韧、在硝烟中的挺立、在外侮面前的团结抗战，让我们为之自豪和骄傲。我们更看到一个又一个的中国人用自己的血肉之躯，书写了这一段浸透着民族血性和奋起抗争的伟大历史。

黄仁宇先生提倡用“大历史观”来观照中国人民的抗战史和所有的历史，这样才能不将历史割断；而对小说家来说，他试图以一个人的一生来还原某段历史，让他的命运成为大历史中某个有血有肉的注释。“大历史观”让我们看到了中国抗战伊始，还是一个如胡适先生所说的“类似中世纪的国家”和一个武装到牙齿的现代化国家的抗争，落后、贫瘠、混乱、一盘散沙，这注定了我们的抗战必将艰苦卓绝；个人的命运则能让我们形象地感知这段历史的血腥、艰难、悲壮和崇高。

我所生活和工作的云南，本来地处西南大后方，但由于滇缅战场的开辟，它仿佛在一夜之间就置身于战火的硝烟之中。云南本来就是个多民族省份，滇缅边境地区更是多个少数民族聚居地，如傣族、景颇族、傈僳族、阿昌族等。这些民族在那个时代许多地方还处于刀耕火种、结绳记事时代，比胡适先生说的“中世纪社会”还更原始蛮荒。比如我在景颇族地区的采访中得知，抗战时他们甚至还没有自己的纪年。平常说到某年的事情，他们会说“烧大山火的那年”，“发大洪水的那年”，而说到 1942 年日军的入侵，他们会说“日本人来的那年”，“老鹰山上日本人杀了我们 5 个人那年”等等。但是，当日寇的战车闯进我们的国土时，他们在短暂的慌乱之后，那些有血性的少数民族汉子们就像我们有血性的好男儿一样，拿起了弓箭、大刀、土枪、长矛，走进了抵抗者的行列。在彪炳史册的滇缅战场上，我们不应忘记这些民族兄弟，他们和我们一样，用鲜血和生命保卫着我们的共同家园。

但至今，我们还很少看到此方面有影响力的文学作品。倒是台湾电影《赛德克·巴莱》让我们看到了台湾的山地民族在反抗日本殖民斗争中可歌可泣的一段历史。我们所理解的民族抗战，一定是全民族共同参与的反法西斯战争。许多人甚至可能不知道偏远地区的少数民族，同样经历了反法西斯战争血与火的洗礼。据我所知，在滇缅战场上就活跃着数支由少数民族武装组成的抗日游击队，他们中既有土司头人，也有普通山民，但他们都同样有一颗不当亡国奴的不屈之心。而且，曾经有一支景颇族游击队还受到滇缅战场上盟军美国人的支持，训练他们担负一些敌后侦察、破坏、游击作战等特殊任务。这些事迹即便在我们的官方史料中也少有记载，文学书写则更难得一见。一些身处边地的写作者或少数民族作家尽管在此方面也有所涉猎，但因为种种原因，他们发出的声音传达不到更远、更广阔的地方。这些隐匿在原始森林和高山峡谷中的战斗，尽管仅是局部战争中的局部，但正是这一个又一个微小的“局部”，构成了我们的抗战史诗；也正是这些有着特殊意义的“局部”，诠释了一个大中华的概念，在这个大家庭里，每一个中国人，无论他来自哪个民族，生活在哪片土地，都对自己的国家肩负着保卫她的神圣使命和家国情怀。少数民族抗战的文学书写在此方面的缺失，不能不说是一种遗憾。

在今天这个开放的时代，当我们重新钩沉和梳理我们的抗战历史时，我们会发现许多被忽略甚至遗忘的历史。无论是敌后战场还是正面战场，无论是国内战场还是境外战场（比如中国远征军的缅甸战场），无论是一个地域、一个族群的抗争，还是一个家族、一个位卑未敢忘忧国的普通民众的报国热血，我们的文学发现和书写都还远远不够。应该承认，在抗战历史题材的表现上，影视作品热闹于非虚构类作品，非虚构类的纪实文学又多于小说、诗歌、散文等虚构类文学作品。是我们的作家对这段宏大的历史疏于发现，还是已经遗忘？这是需要去认真思考的问题。

我个人认为，对抗战历史的重新发现，有助于一个作家再次认识并学习我们民族曾经经历过的那一段血与火的历史。在历史中再发现，既是抗战文学书写的唯一途径，又是对遗忘的拒绝和抗争。

遗忘有自然性遗忘和选择性遗忘之分，前者是被时间打败的遗忘，后者是受主客观因素左右的遗忘。

我在采访一些抗战老兵的过程中，面对他们满脸被时间刻下的深刻皱纹，面对他们努力想看清往昔峥嵘岁月的浑浊目光，常常感到深刻的无奈和悔痛，还感到这两种遗忘模式对我们历史真实的戕害。在他们能够清晰地回忆自己战火中的青春岁月和战场上的呐喊时，要么是他们不能说，要么是没有人愿意听。而今天，当我们急于想再现一个民族的宏大史诗，急于想知道一个有血性的中国人是如何抛家别子，走向保家卫国的战场，又是如何穿着草鞋布衣、拿着过时的武器与侵略者搏杀时，我们却只能从他们零碎而不确定的回忆中得到一些“断简残章”。它让我们这一段宏阔的历史破碎化了、扭曲化了，像雾中的景象，模糊不清了。

因此，对抗战历史题材的书写实际上就是一项还原历史的宏大工程，是任何一个有历史感的中国人永志不忘的义务和责任。它不是一种应急性的任务，也不是某种一时的热门和热点。它应该成为我们今天必须补偿的一项“债务”。在我对抗战历史的重新学习和研读中，我常常感到自己原来如此无知、如此肤浅，过去我所理解和认知的抗战和那段真实的岁月相差甚远。比如一说到抗战，我们大多会想到和日军在战场上金戈铁马的浴血奋战，而在阅读了大量史料和采访了许多抗战老人后，我才逐渐明白中华文化的坚守是我们得以赢得抗战最终胜利的第一块基石。这种文化有着数千年的光荣传统，有着“宁为玉碎不为瓦全”的血性，有着宁死不当亡国奴的骨气，有着家即是国、国即是家的家国情怀。

在西南联大，那些学富五车的教授们抛家别子，流亡大半个中国，在云贵高原让中华文脉不断，弦歌不辍，联大的学子们在他们的先生们的感召教诲下，要么以读书救国为己任，要么奔赴疆场。自有联大以来共有 8000 多学子毕业，从军抗日的就有 1100 多人，即每 100 人中有 14 人投笔从戎。正是这些热血青年，让我们看到了那个时代青年知识分子的家国情怀。在山城重庆，这个战时陪都在经受日寇长达五年半的无差别轰炸中依然屹立不倒。一个老人告诉我，重庆是个雾都，在有雾的季节，形成了有名的“雾季话剧艺术节”，陪都的话剧场场爆满，抗日剧、街头剧、爱情剧，既鼓舞了人们的士气，也舒缓了抗战岁月的艰难。老舍先生领导的中华全国文艺界抗敌协会以及来自社会各界的文艺团体，让文艺从来没有像那个时代那样，起到了鼓舞人心、激励士气、延续文化、团结抗战的作用。正如《义勇军进行曲》中唱的那样，“每个人被迫着发出最后的吼声”。我死而国生，我们的国家正是在他们的鲜血与怒吼声中得以拯救，得以重生。

这样一段宏阔的历史，我相信每个有志于抗战题材书写的写作者终其一生，也只能是触及到冰山一角。我们只有不断挖掘、不断发现，才有可能不愧对我们的先辈为抵抗外侮而洒下的鲜血，不愧对这段历史的悲壮与辉煌。

抗战题材小说的新突破

贺绍俊

■编者的话

一直以来，中国的抗战题材小说写作在一定程度上存在着缺陷和不足，作家能否在面对这样的宏大历史时寻找到小说写作的入手点，是这一题材文学作品是否能取得突破的关键所在。

贺绍俊的观察从近期几部有关抗日战争的小说作品入手，认为它们在不同领域实现了对这一题材的突破：黄国荣的《极地天使》将抗日战争放在国际视野中，是一部关于战争与和平的大合唱；何顿的《来生再见》和范稳的《吾血吾土》从战后老兵的生活现状入手，以“打扫战场”的方式实现了对战争的重新叙述；曹文轩的《火印》延续了作家一贯的唯美主义写作倾向，以非暴力的美学处理血与火的战争现场，在抗战题材文学作品中独树一帜。

战争小说，特别是反映关乎民族命运的抗日战争和国内几次革命战争的战争小说，在当代文学中一直占有很大的分量，但因为题材的特殊性，形成了比较顽固的写作模式和思维定势。最近的几部反映抗日战争的文学作品，在不同侧面显示出了作家对这一题材的新突破。

今年是抗日战争胜利70周年，文学的纪念方式就是推出一批反映抗日战争的文学作品。我更加感兴趣的是，作家能否以此为契机，寻找到当代战争小说的突破点。战争小说，特别是反映关乎民族命运的抗日战争和国内几次革命战争的战争小说，在当代文学中一直占有很大的分量，但因为题材的特殊性，形成了比较顽固的写作模式和思维定势。问题在哪里无需多说，关键是在创作实践中如何去突破。也因为如此，我在阅读最近的反映抗日战争的文学作品时，格外在意作家们点点滴滴的新突破。

《极地天使》：世界反法西斯战争的眼光

黄国荣的长篇小说《极地天使》在题材上给人们带来新意。小说写的是在乐道院里发生的故事。乐道院在山东潍坊，是美国传教士在19世纪末修建的一个教会中心。抗日战争时期，日军占领了乐道院，将这里作为关押同盟国侨民的集中营。毫无疑问，关押在这里的难民遭到了非常不人道的迫害，因此人们将乐道院称为东方的“奥斯维辛”。黄国荣发现了这一未曾涉足的题材，小说同时通过这一题材打开了一扇窗户，将抗日战争题材引向一个更加开阔的空间：国际主义的空间。小说开头，黄国荣告诉读者，远在英国伦敦的主人公之一苗雨欣，决定回中国的故乡，是要去参加在潍坊市召开的世界反法西斯战争胜利60周年纪念大会。这就一下子把中国抗日战争纳入了世界反法西斯战争的伟大洪流之中。

的确，并非黄国荣所写的乐道院才涉及国际性的话题，比如早有人写过缅甸战役。但黄国荣所写的乐道院把我们的视线从战场扩展到了抗日战争时期的民间日常生活。众多同盟国的侨民曾经与当地的中国百姓友好地生活在一起，也帮扶着中国人克服战争带来的艰难，但最终，他们仍然逃不脱战争的厄运。透过乐道院这一小小的窗口我们发现，日本发动的侵华战争不仅危及中国人民，也危及世界人民。黄国荣显然认识到了乐道院的特别意义，他说：“我们过去老说外国帮助中国人抗日，很少有人说，也不知道中国人是怎么帮助同盟国的。而1942年3月至1945年8月，山东潍县侨民集中营的历史，就向世人做出了有力的回答。”小说集中写了关在集中营里的同盟国侨民与当地中国普通百姓之间特殊的关系。小说中苗雨欣和许子衡这两个人物尤其光彩夺目。苗雨欣是乐道院里教会医院的助理医师，在日本军队强占乐道院的那一天被日本的宪兵队长山本正浩强奸了，但她忍辱负重，坚持留在乐道院的教会医院，帮助关押在这里的同盟国侨民。许子衡是乐道院内广文中学的校长，学校被日本兵占有后，他在乐道院外精心组织着一次次对抗日寇的行动，暗中促成侨民们成立起自救会，千方百计为侨民们筹钱筹粮，最终在战斗中献出了自己的生命。他们虽然身处中国大地，却成为了世界人民的“天使”。黄国荣说他这样写的目的就是要“突出反法西斯斗争的民间性”。

此外，小说还塑造了不少感人的外国人形象，如美国领事格拉斯特担任起自救会会长的职务，以外交官的智慧与日寇周旋。还有深爱着苗雨欣的音乐老师托米，带着懵懂眼睛去看待战争丑恶的、刚过10岁生日的黛丽丝，身不由己参加战争却有着正义感的韩侨朴元直，一个个都栩栩如生。黄国荣努力接近他并不熟悉的外国人物，可以说，乐道院也开启了黄国荣的世界性眼光。他从乐道院这一题材中拓展出过去抗日战争题材中被忽视的主题，这就是对生命的尊重。格拉斯特在小说中有一段话，他认为战争已经给人类带来了灾难和痛苦，希望参战的任何一方都不要再制造人祸了。博爱、和平不能只停留在口头上。《极地天使》是一部关于战争与和平的大合唱，尊重生命是其中的一个声部。略感不足的是，这个声部还没有达到它应有的强度。

《来生再见》《吾血吾土》：直面历史的“打扫战场”

中国现代史上的战争主要是抗日战争和几次国内革命战争，这些战争既关乎民族存亡，也涉及政权更迭。这就带来中国战争的一个特点：战争结束后，战争所体现的阶级斗争仍没有结束，战争背后的政治蔓延到参与战争的所有人身上，影响到参与者以后的人生命运。我把这种情景称为中国现代战争史的特别现象——始终没有完结的“打扫战场”。这也是一种特别的政治态势，政治化的战争思维在战争结束之后仍未终止，就像每一场战役结束后都有一个打扫战场的阶段。一个人参与战争的方式成为他的身份印记，从此再也无法抹去，无论你用什么方式“打扫”，也始终无法“打扫”干净，必须带着这个印记去生活，这个印记也许会带给你荣耀，也许会带给你苦难，一切都是由政治的博弈所决定的。

范稳的《吾血吾土》和何顿的《来生再见》不约而同地都选择了“打扫战场”作为突破口。《吾血吾土》写的是中国远征军的几位老兵的遭遇。《来生再见》写的是抗日战争中发生在湖南境内的常德会战、长沙会战、衡阳会战以及在战火中浴血奋战的几个普通战士。两位作家都不是简单地再现战争的历史场景，而是从这些老兵后来的生活轨迹倒溯到当年的战场，将战争历史与战后的经历打通了来写。我们发现，尽管老兵们参加的战争已经熄火，但他们一直还没有从战场上走下来，一直处在“打扫战场”的状态之中。

《吾血吾土》像是一个剥洋葱的结构，每剥下一层，就看清里面的一层真相，所剥的洋葱是主人公的一层又一层的身份。这非常精准地揭示了中国当代政治的战争思维本质。主人公赵广陵当年在抗日的战场上出生入死，按说是一名民族英雄，但因为中国的政治斗争，不得不以隐姓埋名的方式生存。范稳通过一个老兵的遭遇揭露了极端政治化的战争思维对于民族精神的伤害。何顿的《来生再见》也采取由今天回溯历史的结构方式，正面揭示了“打扫战场”的政治现象带给社会心理的影响。《来生再见》的主人公黄抗日是一名普通士兵，何顿的用力点不同于范稳，他是以一个后来人对于老兵的敬仰来写的。小说中的“我”是一位小老板，父亲则是当年参加过抗战的黄抗日。“我”过去总觉得父亲活得窝窝囊囊，从来不愿意向亲人们讲述自己的往事。直到有一天，父亲从报纸上看到纪念常德会战60周年的报道时，触到他心里的疼，要儿子带着他到当年打仗的地方走走。“我”这样才开始走进了父亲的精神世界。小说通过儿子的视角再现当年的战争，这种讲述方式显然包含着“我”的情感倾向。何顿的情感倾向使得小说的主题表达更简洁，也使得作者比较超脱意识形态，有效地表达了他的写作意图：“老一辈很了不起，他们在中华民族最孱弱和自己最无奈的时候，付出了很多，却没有得到应有的尊重。”在何顿的情感倾向里，还有一个“痛苦”的心结——痛苦是父辈们内心的痛苦，何顿了解到这一点后，他的尊重就变得更为沉重。

从这一点来说，《来生再见》与《吾血吾土》是相同的。所不同的是，两位作家分别选择了不同身份的人物来体验“打扫战场”所带来的“痛苦”。范稳选择了知识分子，自然就把这种“痛苦”纳入到历史反思的谱系之中。而何顿选择了出身卑微的普通士兵。何顿是一个依赖于民间的作家，他一直把自己的文学思想寄养在民间的大水池里。他忠实地面对民间，对他在民间所获得的思想资源不作任何渲染，因此他的小说为我们提供了一种平民化的英雄叙事，一种去神圣化的抗战叙事。何顿从历史出发，一直走进现实。这一切其实都来自对现实的批判，因为过去对侵略的抵抗者在现实中成为了被遗忘的抵抗者。何顿要让人们再一次记起这些被遗忘的抵抗者，这本身也传达了他对抗日战争的理解。我以为，何顿秉承的是一种人民的历史观，他认为抗日战争是一场人民的战争，抗日战争的胜利是人民的胜利。何顿所理解的人民不是在意识形态中被符号化的人民，而是具体的、活生生的个人，《来生再见》让我们看到了真正人民历史观的战争叙事，也显示了这种战争叙事是具有广阔的审美空间的。

当然，即使从“打扫战场”的角度看，两部小说也留下了一些遗憾。《吾血吾土》进入到知识分子的历史反思，却没有找到如何从反思的思想困境中走出来的路径。而《来生再见》的平民化的英雄叙事在处理上略显简单。

《火印》：以非暴力美学处理战争叙述

曹文轩的长篇小说《火印》是作为儿童文学类型出版的。说起儿童文学，我们马上会想起《小兵张嘎》《小英雄雨来》等反映抗日战争的优秀作品。《火印》同样也是以一位孩子为主角的，小说中的主人公坡娃是一个十来岁的放羊娃，与小马“雪儿”结下了友情，但雪儿被日本兵强征去当战马，坡娃要救出雪儿，雪儿也要摆脱按在身上的火印所带来的耻辱，于是就发生了一系列精彩的故事。我更看重曹文轩以自己所坚守的审美原则来处理充满血腥和暴力的战争故事，他让我们相信，在战争叙述中同样可以贯彻非暴力美学。

曹文轩是一个追求优美达到极致的作家，他以往的作品多以表现童年美好记忆和淡淡乡愁为主，但这一次曹文轩却以优美的美学原则去进攻血与火的战争，让人不得不产生由衷的敬意。以优美的美学原则讲述战争，自然就会在叙述中贯彻非暴力美学。比如《火印》这部小说涉及暴力、血腥、凶残、苦难，而且这种民族战争中的苦难是一种撕裂开来的苦难，跟曹文轩过去所写的苦难完全不一样。当作家必须真实地将这一切传达出来的时候，还能不能仍然采用过去的优美风格？能不能让读者获得一种优美的审美体验？曹文轩通过这部作品给予人们非常肯定的回答。无论是处理暴力，还是处理血腥和恐怖，他首先在语言文字上追求精准和优美，同时在修辞上营造一种文字屏障，以避免直接呈现所带来的感觉刺激；而在叙述方式上，他不去丑化、妖魔化，更不对暴力和苦难进行渲染。哪怕写到日本军官河野的死，曹文轩也是以文学化的语言叙述河野跟着马坠到悬崖下。我以为，曹文轩的处理更吻合文学欣赏的要求。

在小说的叙述中，曹文轩始终保持着拒绝暴力美学的态度。曾经暴力美学大行天下，何况我们将暴力分为正义与非正义，于是作家在书写暴力时就觉得在道德上获得了豁免权，这是导致暴力美学在小说叙述中泛滥的根本原因。从这个角度说，曹文轩在《火印》中的姿态很值得我们反省。曹文轩对优美的坚守还表现在对传统小说基本元素的坚守，如故事的完整性、人物形象的塑造、语言的锤炼、风景描写等等。这些基本元素常常被反小说、非小说的现代观念所摒弃，但这些基本元素往往带来和谐与协调的叙述风格，而和谐与协调正是优美的归宿。

说到底，文学是审美的，文学的思想意义也是通过审美的方式传递给读者的。在抗日战争题材的创作中强调这二者的辩证关系并不是多余的。有时候，当题材的思想意义过于强大时，会使作者忽略了对文学性和审美性的自觉追求。一些人写抗日战争题材的小说，为了突出思想意义，就一定要把侵略者丑化，一定要把暴力渲染到极端，好像不这样就不能调动你的仇恨似的。但我以为，这样表达出来的仇恨是很浅层次的。

挑剔地说，曹文轩还是显得拘谨了些，如果他能像小说中的那匹马“雪儿”一样无所顾忌地追求自由精神，他的突破或许会更大一些。

抗战文学叙事的三个坐标

徐　剑

■编者的话

在纪念中国人民抗日战争暨世界反法西斯战争胜利70周年活动落下帷幕之时，对抗战文学的反思并没有结束，而是刚刚踏上了另一种开始。

徐剑以诗意的笔法深入反思了中国抗战文学的现状及其所存在的问题。他认为，抗战文学叙事应该放在中国文学、东亚文学和人类文学三个坐标中去考察与评价。他援引福克纳的话说，作家“心底古老的真理”应该是文学的上线，也是底线。

与此同时，他还提出了这样的思考：当下的抗战写作是应该秉持尊重、遵守当时战争真实的历史意见；还是站在今人的立场上去审视那场战争，叩问对错、点评失败与胜利；或者按照当时历史意见进行所谓“客观”的陈述；抑或完全按照作家的战争历史观、和平观、人性观，恪守自己对那场战争思考的独立意见？这的确值得深思。

难道唯有普世价值和人文情怀，才是评判人类战争文学优劣的唯一标准吗？

抗战文学的书写还是要回到战争真实本身，回到历史意见本体，回到福克纳矗起来那个人类文学古老真理的本尊，一切归零，重新开始。没有经历过战争的作家，既是遗憾的，却也是幸运的，拉开了历史的时空，也许对那场侵略战争看得更加清楚，更能从一个深邃的哲学视点上、从博大的时空域面上、从更高文化和宗教点位上来叙述和反思这场战争。

随着寒蝉声竭，中秋月儿圆，中国作家对这场时隔70年的战争文学叙述，或许又要重新归于寂静。然而，对于军旅作家而言，倘若文学的野心犹存，如果一直秉持战争文学才是军事文学的至尊之境，那么，这场兵燹与一个民族的自省，这场抗战与一个国家的记忆，这个东方主战场与一部史诗般战争文学的呼唤与孕育，才刚刚开始。大凡有志于此的中国作家，皆会重整行装出发。

毋庸置疑，热度未凉的胜利日盛典，文学仅是其中一个小小乐章，却热闹非凡。诗人、小说家和报告文学作家轮番上阵，挥舞如椽之笔，为大阅兵盛典演奏了一曲文学的序曲。检视70年来抗战题材的文学创作，有高原而无高峰已是不争的事实，令人感到喜忧参半。所谓喜者，每个年代的作家都完成了自己的书写使命，留下了对这场战争的个人和民族记忆。所谓忧者，战争已经过去70载春秋，我们至今还没有一部真正意义上关于中国反法西斯战争的史诗之作、巅峰之作、传世之作，以向人类发声。我们在文学战场上依旧没有从心理、精神、气势、哲学和文化高度、乃至审美与情感层面慑战敌人，征服对手，感动世界。为此，文学评论家们痛心疾首，慷慨陈辞，开具各种药方。然，万变不离其宗，不是悲伤、悲悯、悲怆之说，便是人性、人道，人伦之理，抑或宽容、宽宥、宽大之怀，最终再落入揶揄、反讽、寓言般黑色幽默的反战窠臼。难道唯有普世价值和人文情怀，才是评判人类战争文学优劣的唯一标准和尺度吗？难道除了反战之外，中国战争文学攀向世界文学高峰之路就再没有出口？

无论是70年前那场喋血之战，还是后来的文学抗战，以至去年在欧美之地展开外交舆论攻防战，中国军人、作家和外交官们赢得都非常艰难。于是，旧年血泪冲撞于脑际的便有三组主题词：真实、意见、坐标，叩击成三个巨大的战争天问：究竟什么样的文学书写才能最大限度地逼近战争真实、心灵真实、文学真实？在拉开70年的时空之后，中国作家应该秉持一种什么样的历史意见、时代意见、独立意见？抗战文学到底存不存在中国文学、东亚文学、人类文学的坐标？三种向度、三个坐标，交错、扭结在一起，拷问着没有战争经历的中国作家的良知、心智以及历史观、哲学观、文学观、宗教观和对战争的思考。

所幸，这次抗战70周年庆典活动，随着两岸走近，兄弟一家亲，比之抗战胜利50周年、60周年，一些曾被屏蔽的正面战场抗战史得以昭示天下，让人洞见到了昨天历史如此庞杂繁复；一些隐姓埋名，被时代风尘淹没的国民党军队抗战老兵，受到国家的承认、尊重，重新找回了尊严。特别是日本笔部队当年随军作家的战地写作，亦可窥见一斑，从另一个侧面洞照了过去年代中国人一厢情愿的说辞是多么幼稚可笑。这些日军战史、口述史以及国民党军队正面战场史等，无疑令我们最大限度地贴近了战争的真实与残酷。虽然那场战争的血痕早已经干涸，但历史的伤口并未愈合，梦魇依然。那些褪色的文字仍可如剑戟一般刺穿我们的心脏，似危峰一样峥嵘，戳破和平天空。之前，中国贤达伟人、先辈长者谆谆教导后代，要将发动侵华战争的极少数军国主义分子与广大的日本人民分开，绝大多数的日本人民也是战争的受害者，似乎在同一个历史时空中选错了对象，显得过于宽容，过于苍白，从某种意义上说就是一个巨大的反讽，也给后代带来后患无穷的政治、外交包袱。要知道，战时的大和民族，已被人类心中深埋的兽性和恶行强占了，每个家庭接到侵华应征入伍通知书的瞬间，可谓欣喜若狂，感到是对天皇效忠的神圣时刻降临了。母亲送子、妻子送郎上战场时并无伤感，而是沉醉于一种无上荣光的骄傲里。而作为社会良心的知识分子整体沉沦、堕落，被选中随军侵华的战地作家，简直就是天大的荣耀，他们写于烽火前方寄回国内的文稿，动辄发行几百万册。这些文学书写根本看不到所谓悲伤、悲悯、同情，字里行间透出来的是森林法则、弱肉强食，是一种杀人为乐、胜者为王的法西斯文学王道与叫嚣。即使到了战后，这些参战的日本作家无一忏悔，一如侵华老兵归国后的集体缄默一样。因此，且不说日本军人兽行杀戮，只要看看随军和尚片山玄澄在南京城里连杀6名中国俘虏，竟然无半点慈悲之怀，就可以窥见这些日本佛教徒、医学士和小学教师之类，一踏上中国的土地，便迅速与军部法西斯分子高度融合一致，一支有文化的军队貌似文明，却这样极容易地自觉毁灭人性和人类，这才是我们逼近战争真实时感到战栗和可怕的事情。所以，在中国发生日本兵用刺刀挑着小孩举向天空，在南京城里两个日本军官挥战刀比赛杀人纪录，杀害赵一曼的凶手在她生前变态般性虐暴行等等，简直到了令人发指的地步，都不足为奇了。

越接近这些战争真实，中国作家的心灵就越无法平静，这种真实会把良善尚存的人逼得发狂，笔指天问。由此，我想到何建明写“南京大屠杀”时仰天俯地的十问，想到华人女作家张纯如面对南京杀戮演绎成人生魔障，而无法解脱时，唯有以死了断。亲历战争的老一代作家田间、冯德英、刘知侠，目睹战争真实场景，以枪作笔，以剑舔墨，发出中国人民最后的吼声，这正是那代战时作家心中的文学真实。为此，我们得以读到田间的战斗短诗：假如我不去打仗 / 敌人用刺刀 / 杀死我们 / 还要用手指指着我们的骨头说 / 看 / 这是奴隶 /。我们得以看到铁道线上、微山湖畔，那些飞车走壁的快乐英雄，弹着土琵琶扑向敌人，这也许是最早抗日神剧的鼻祖了。毋须苛求于这些经历战争的作家在面对同胞血溅大地时，还能冷静、客观，甚至要悲天悯人，宽宥敌人，那简直是对他们心灵真实的最大亵渎。由此，亦给今天遥望那场战争的年轻作家画下了一个问号，当下的抗战写作，我们的心灵真实与文学真实，究竟是应该秉持一种尊重、遵守当时战争真实的历史意见；还是按照 70 年后已经变化了的战争与和平的思考，站在今人的立场上，去审视那场战争，叩问对错、点评失败与胜利；或者按照当时历史意见进行客观的陈述——一个问题突兀而来，这些历史意见之中，有多少又是重新叙事时虚构和戏说过了的？——抑或完全按照作家的战争历史观、和平观、人性观，恪守自己对那场战争思考的独立意见。这其中的选择，对于每位作家的心智、情感、理性而言，都是一场炼狱和考验。

战争的烽火早已寂灭，雄关漫道，苍山如血，只留下一抔战争的冷灰，携带着战争文学的昨天、今天和明天，并在这些废墟之上划出一道清晰的坐标，即抗日战争中国文学、东亚文学和人类文学的叙事坐标。孰重孰轻，谁左谁右，忽高忽低，斯人斯文，谁更接近人类普世的文学标准？可谓仁者见仁，智者见智。福克纳在战后接受诺贝尔文学奖的答辞里，对于战争文学的叙事，早作了响亮的回答："一位作家在他的工作里除了心底古老的真理之外，不允许任何别的东西有容身之地，没有这古老的普通真理，任何小说只能昙花一现，不会成功。这些真理，就是爱情、荣誉、怜悯、自尊、同情与牺牲等感情。若是他做不到这样，他的气力终归白费。因为他不是写爱情而是写情欲，他写的失败是没有人失去可爱东西的失败，他写的胜利是没有希望和同情的胜利，他不是为满地白骨而悲伤，所以留不下深刻痕迹……"毫无疑问，福克纳划出了一条人类文学的上线，也是底线。用这条上线、底线来审视中日战争期间的中国文学、东亚文学和人类文学的坐标，偏与正、深与浅、高与低、成功与毁灭，一目了然。中国作家站在中国叙事视野下讲述中华民族被蹂躏、奴役和反抗的故事，而日本作家却在大东亚共荣圈的天空下，以占领者、胜利者姿势讲自己的故事，皆完成了作家自己对本族的战争发动，鼓蛊与激荡。然而遗憾的是，中国作家的抗战叙事，并没有耸立成一座非人工所造的世界文学丰碑。同样，日本作家的侵略纪事更是一地鸡毛，不值一提。还有评论家们指点迷津的人性、人道和反战究竟走了多远，对于抵近人类文学的高峰，还有几里路程，一望便知。

历史往往是经过风雨和岁月沉淀之后才看得更加清楚。一场中日之战，将两个民族的爱恨情仇都卷了进去，并纠缠至今。对于中国军事文学的写作，一场新征途的冲锋号刚刚吹响。显然，70年来中国抗战文学、东亚文学和世界文学的坐标，我们皆已经尝试过了，问题是如何从前人已探索过的路径之外，解决好如何写，在哪个坐标下写的问题。窃以为，还是要回到战争真实本身，回到历史意见本体，回到福克纳矗起来那个人类文学古老真理的本尊，一切归零，重新开始。没有经历过战争的作家，既是遗憾的，却也是幸运的，拉开了历史的时空，也许对那场侵略战争看得更加清楚，更能从一个深邃的哲学视点上、从博大的时空域面上、从更高文化和宗教点位上来叙述和反思这场战争。让满地白骨跃动的磷火，重新点亮文学的星空，不论对敌后抗战还是正面战场牺牲的勇士、烈士和黎民百姓，都应该给予应有的尊重与虔敬。70 年前，3500 万白骨堆集成荒冢般的不周山，一个个孤魂野鬼徉徜于卢沟桥、淞沪、台儿庄和太行山、中条山以及武汉、长沙、常德和衡阳城郭之上，用倒下大写之人的喋血牺牲，写就了一部皇皇大书，等着中国作家去记录，刻成碑碣般的文字。因此，我们需要最大限度逼近战争的真实，站在战争旧址上，对旧年血痕进行文学书写和反思：为何当年慷慨赴燕市的壮士最终沦为汉奸第一人，为何八女投江换来一命的抗联师长最终投敌？为何正面战场大规模阵地阻击之战皆以失败、撤退而告终？为何出卖杨靖宇的竟然是自己的同胞？无数中国抗日志士和家庭的故事都像雪花一样飘逝了，等着中国作家去扩容，去放大，去复原成一曲曲战争和人性的黄钟大吕。

抗战 70 周年胜利日庆典落幕了，又一个逢十大庆的日子旋转回到零公里处。假如中国作家少一些功利，少一点为节庆一拥而上的书写，沉静下来，气沉丹田地十年磨一剑，在纪念抗日战争胜利 80 周年到来时，中国军事文学是可以拿出一两部站在人类文学巅峰上发声的传世之作来的。对此，我深信不疑。

生命风景繁花满树

——我看第九届茅盾文学奖获奖作品

何向阳

第九届茅盾文学奖评出，格非的《江南三部曲》、王蒙的《这边风景》、李佩甫的《生命册》、金宇澄的《繁花》、苏童的《黄雀记》五部作品上榜。五部作品从内容上看，既有对于中国近百年历史和知识分子心路历程的探索和精神图景的描摹，也有对于中国历史中特别时期的边疆风景和少数民族生存状况与情感生活的珍贵存影；既有对于改革开放以来30多年的农村变革和农民人格成长的剖析与思索，又有将一座城市作为观察对象，以与这座城市共生的方言而对位的种种繁复生活的描绘，还有对于少年成长中的不安不适与焦虑危机的探询和追问。

五部作品呈现出不同的艺术风貌，《这边风景》《生命册》以朴素但不俗的现实主义风格为主，无花活更无邀宠，而是脚踏实地、老老实实的，是从生活中来的现实主义，同时白描功底深厚，含而不露、耐得寂寞而又胸襟开放、充满睿智，并不是板结的现实主义，而是开放的或者是抒情的、理想的现实主义，但同为抒情的、诗化的现实主义，《这边风景》则更浪漫些，有着与那个年代和那片风土相契相合的风格。相比之下，李佩甫的乡村叙事较沉重些，这个沉重也是中原水土或平原风物养成的。《江南三部曲》与《黄雀记》虽都致力于人物成长与人格生成的细部，但前者的风格更冷峻、沧桑，后者的叙事更猛烈急促，与少年的心境有着文本的呼应。《繁花》在风格上是最具特色的，它的方言应用、话本传承，它的细碎的内核与看似琐屑外观的对位性，令人俯读之时更需要文学的耐心与美学的会心。

关于历史与个人的深切思考

《江南三部曲》由《人面桃花》《山河入梦》《春尽江南》三部构成。格非酝酿多年的雄心落在纸上，这部作品与以往读到的百年家族史的写法绝不相同，它抛弃了过于浓厚地将历史作为“历史”去写的兴趣。它的视点也在历史，只是在“历史中”的“人”的兴味，这个“人”不是英雄或创造伟绩的人，而是历史中的常人。格非选择了与自我身份对位的知识分子，正因如是，格非的选择有着自我印证或者自我反思的意味。所以，它进一步去除了大开大阖的某种历史的戏剧性，在这部写“江南”家族一代代人的精神成长的长卷中，看不到以往我们在家族百年史小说中习惯见到的某种闭合式结构，各有其名的小说人物也并不是连贯严谨的，而是保持着生活中常有的形态：松散、不突出，虽有血缘相系，但亲戚与传承的关系也并不紧密或丝丝入扣。人与人之间、今人与故人之间的这种散淡的关系，恰恰暗合了知识分子式的君子之交的常态。

这就是为什么在曾是先锋作家的格非这里看到的是苍茫。也正是这种苍茫，在为我们呈现一个“散文化”的格非，同时也隔开了他两个时期的写作，如果说前期的先锋写作，我们只见其尖锐还看不到如此寥廓的视野的话，那么“江南”时期的格非为我们呈现了他的历史的与众不同，这个历史的百年也有起伏跌宕，但并不是剧烈和猛然发生的，这种内在的起伏性的历史发现或可是格非由先锋作家成为一个作家的标志，这个“作家”没有前缀词，而是朴素真切地兴味于跌宕剧烈的历史后面和历史之中的不动声色地演变着的人。这个人，才是历史与写作的观察中心，这个人，在这三部曲中大都具有揽镜自照的意味。虽然第一部《人面桃花》写的是晚清末年、民国初年江南官宦小姐陆秀米与时代梦想、社会剧变相互纠缠的传奇人生，是因《桃源图》发疯而出走的父亲，是“表哥”、抱着“大同世界”梦想寄居在家的革命党人。第二部《山河入梦》为我们展示了20世纪五六十年代的江南，就任梅城县长的陆秀米之子谭功达的建设蓝图屡遭搁浅，下放到“花家舍”后，他在与姚佩佩的爱情磨难中渐渐领悟到自己梦寐以求的“桃花源”已然实现。在第三部《春尽江南》的主体故事和长达20年的叙事时空跳跃中，我们看到的是谭功达之子谭端午和庞家玉夫妻及其周边人群的人生际遇和精神衍变，但作为读者，当对于附着于革命、大同等精神意义上的历史遭到解构，或者建构历史的热情淡化以致消逝之时，个体在社会变迁中如何处理自我与历史之间的精神困境以及这困境如何获得解决的问题会不自觉地跃然纸上。

格非并非不自觉之作家，他的理性与认知支撑着一个作家兼理论家的思索，伴随这一思索的是作为一个曾深陷于现代主义的作家对于《红楼梦》式的中国传统叙事的悉心修复，作为一部向传统小说致敬的作品，格非现代叙事中对于明清白话小说典雅的语言风格的借鉴相当成功，历史于此不再只有一种简单的线性的维度，而呈现出原本广阔的立体空间和多维阐释的可能。当然，对于历史的兴衰成败，生命的波澜壮阔以及命运的纵横交错，大多数情况下我们的追问可能是无解的，困境永存，但我们欣慰地看到关于历史与个人的思考在文学的书写中向前迈了不止一步。

青铜年代里的“黄金”

个人就在历史之中，参与或创造着未来的历史。王蒙的《这边风景》为我们呈现出另一种寥廓，这种寥廓还不只是空间的、地理意义上的辽阔，而是从时间上看，时隔40年之后我们再回眸曾经走过的一段岁月历史时的寥廓。这种宽阔是新疆生活带给一位作家的，是一位汉族青年知识分子从新疆多民族尤其是维吾尔族、哈萨克族人民身上学习到的，这种辽阔进入了他在特殊年代的一段生命，并进入到他的性格，改变了他的认识，当然也为他的文字打上了烙印，文化的风景由此展开，呈现出与众不同的旖旎风情。

新疆对于王蒙的写作而言，不仅只是1963年到1979年的度过，也不仅只是见证了一个汉族青年知识分子生命中年轻而美好的岁月；不仅只是一个怀有诗情的青年人与维吾尔等各族人“同室而眠，同桌而餐，有酒同歌，有诗同吟”而结下的“将心比心，相濡以沫，情同手足，感同一体”的深厚友谊。王蒙从新疆那里得到的不仅只是一个作家从不同民族的文化风习中获得了经验、灵感和启示，不仅只是在“文革”非正常岁月里，在边地，在各族人民中获得的挚爱亲情，甚至不仅只是“第二故乡”的纪念、怀念、爱情、祝福和快乐，更不仅是“别一样山水，别一样歌弦，别一样礼节和风姿，别一样服饰，别一样民族，别一样语言”。新疆给予王蒙的更多，多到超出了一个作家的创作风貌和艺术品格。“除了北京，乌鲁木齐是我最熟悉的城市”；“新疆是我的第二故乡”，王蒙不止一次提到，“我爱听维吾尔语，我爱讲维吾尔语”，维吾尔语是“我的另一个舌头”。这些文字传递出的信息，都在告知和提醒我们，王蒙的创作中，新疆文化的影响，在于为我们呈现了儒家的仁爱、庄严，道家的自由、旷达。同时，还有一个属于民间的、边地的、田野的，积极快乐、天真奔放的整体的王蒙。

《这边风景》为我们呈现的是这样一个王蒙，当我们读到爱弥拉、雪林姑丽，读到泰外库马车夫时，我们读到的是一位作家在人物身上寄寓的深情，这种深情是人民给予的。在这个意义上，“琐细得切肤的百姓的日子”里、“美丽得令人痴迷的土地”中，在“活泼的热腾腾的”人民身上，作家才说“我找到了，我发现了”。我们知道，作家的发现绝不止于一段过往的岁月或是青春的自我，而更是那些在困难的岁月中如“黑洞当中亮起了一盏光影错落的奇灯”的温暖的理想，这种理想和爱的信念是当地人民给他的，所以作家才会在叙事文本之后加入了形成对话的“小说人语”，其中写道，“我们有一个梦，它的名字叫做人民”，同时自思，“你聪明的，你爱人民吗？你爱新疆的各族人民、维吾尔族人民吗？你爱雪林姑丽们吗？”

无疑，王蒙是爱的，正如他1985年在散文《心声》里，针对维吾尔语言的学习写道，“这是一扇窗，打开了这扇窗便看到了又一个世界，特别是兄弟的维吾尔族人的内心世界。这是一条路，顺着这条路，你走进了边疆的古城、土屋、花坛、果园，进而走向中亚和西亚，走向世界。这是一座桥，连接着两个不同的民族，连接着你的心和我的心。这是一双眼睛，使你发现了少数民族的文化和历史。反转过来帮助你发现自身的文化和历史"；"这是耳朵……这是舌头……这是灵魂……这是信念、是胸怀，是一种开放得多的时代精神，使你更少偏见更多理解地走向边疆而且走向世界。"在2001年《祝福新疆》一文中，他写道，"不同民族的友好相处，团结一心，这不仅是国家的统一、社会的安定的重要保证，也是一种心胸，一种智慧，一种活泼开放的学习与求进步的态度。没有比在与不同民族的同胞的往来中有所收获有所心得更令人快乐的了，八面来风，博采众长，兄弟情谊，解困济危，其乐也何如！"其乐也何如！这不仅是一种理性的认识或者文化的态度，而是在这认识与文化之上的一种兄弟式的情感往来和发自内心的真正的快乐。正是这种挚爱带来的乐观，才成就了《这边风景》中的人民性，并使之成为青铜年代里的"黄金"。

转型时期的人的"现代化"

李佩甫的《生命册》写的仍然是他写了30多年的平原。"我"从乡村走入城市，成为一名教师后又辞去工作而"下海"，"我"眼见"骆驼"在追逐金钱的过程中欲望与贪婪的膨胀而最终丢失了初心和理想，身陷囹圄，人财两空。但这只是小说的主干，小说的独到之处在于主干四周的旁枝，作家的笔在城与乡之间腾挪，但他的立意似乎并不在于乡村图景或城市风貌，而在于"平原"土壤。可以说中国文学最有成就的部分正是以乡村为背景展开的叙事，如果抽掉了乡村叙事，我们的文学史就难以完整全面，在乡村叙事的传统中，我们看到了鲁迅、沈从文，看到了赵树理、孙犁、柳青，看到了陈忠实、莫言、贾平凹等等，在近年的关于乡村的书写中我们也看到了李佩甫的文字与思索，他的思索是厚实有力的，也是尖锐不安的。厚实是因为有扎实的来源于生活的底子，不安源于作为一个有良知的现实主义作家对于社会转型之时人格变化的记录的责任。

全面深化改革如何在乡村的层面上展开，农民距现代化还有多远，身为一个作家虽然并不会像社会学家那样具有解决问题的方案和能力，但并不意味着作家可以逃避时代与现实的追问。李佩甫是一个有使命感的作家，自《李氏家族的第十八代玄孙》《无边无际的早晨》开始，他的视线一直没有离开现实的乡村，乡村也在他的考察与注视下发生着剧烈的变化。如何呈现这样一种变化，如何为乡村文明形态作传，如何从中发现我们应该去除和留存的文化，是当今中国作家面临的最重要的问题之一。李佩甫的关注点在人格，在人与土地的关系，在现代化实现历程中的人的现代化、农民的现代化，所以，他的小说才会在生活中的许多疼痛与伤痕之后，想急切地“找到一个能‘让筷子竖起来’的方法”。也正是这一点，对于人心、人格的挖掘，使李佩甫的乡村小说续接了鲁迅为源头的现代意义的乡村书写，并呈现出与以往的文学的乡村图景不一样的面貌。

城市经验的非凡书写

金宇澄的《繁花》与苏童的《黄雀记》为我们提供了当代文学书写中难能可贵的城市经验，尽管两者的叙述风格与美学意味各不相同，但是无论以上海为背景的大都市，还是更具普遍性的“香椿街”，其间人的生计、人的世相、人的境遇、人的创伤、人的记忆，都有着被作家唤醒并重新擦亮的可能，无论大城小城，我们看到的是乱花迷眼背后的个人的历史对大历史的补充与修正，是生活的无限丰富性和复杂性，是表面光鲜背后的深微的灵魂喟叹。

《繁花》为我们提供的书写方式是说书人式的，小说以三个不同家庭出身的人物贯穿全篇，资本家出身的阿宝、干部家庭出身的沪生、工人出身的小毛，并通过三人的社会关系辐射到上海诸色人等的“众生相”，一个万花筒一样的绚烂世界在传统的“说书”中次第展现、独树一帜。小说成功打破了欧式叙事的囚禁，复活般地改造了中国的话本传统，其间方言、对话，也将我们带入现代都市生活的现场，文化的地理记忆，日常生存的不屈以及生命本身的脆弱。《繁花》呈现了一个熟悉又陌生的上海，一个有无数谜底的纸上建筑的“城市”，风景甚为可观。

《黄雀记》讲述的是保润、柳生、仙女之间的爱恨纠缠，与《繁花》一样，这爱恨也在时间的跨度中行进沉淀，只是苏童的书写方式对位于少年思绪之绵密，当然也对应于对生命的深度痛惜，童年视角、少年创伤，一直是苏童小说关注的主题，这部小说以不断变换视点的交叉叙述，冲突与迷失、误会与猜忌、疯狂与理智、幽禁与出走，对位于一个荒诞故事中的真实情感，不遗余力地打捞人性的幽深、人格的多面，显示出苏童一以贯之、不曾衰竭的文学先锋意识。

生命风景，繁花满树，我们在第九届茅盾文学奖五部获奖作品中看到了近年来中国作家在长篇小说创作领域探索的努力和取得的成绩，当然，思想性与艺术性相融并达到一定高度的作品依然是时代对于我们作家的要求。在中国当代文学前行的征途上，我们已经看到了繁花满树的生命风景，对于未来，我们有理由怀有更高的期待。

边界写作”：文化的守望与开拓

赛娜·伊尔斯拜克（柯尔克孜族）

我用“边界写作”这个概念来描述一种跨文化、跨族别、跨语言、跨地域的写作现象。它具体表现在，在经济、文化全球化的趋势下，具有多重族籍身份或多种语言表述能力的作家，以别的民族的语言文字进行创作，以期传达一种独特的地方知识和文化特质；同时立足于“边缘化”的写作优势去关注人类共享的生命体验，在“跨文化”的写作实践中实现个体的自我价值。这种“边界写作”的现象在世界范围内非常普遍，而在国内，很多作家，特别是少数民族作家，也都面临同样的写作语境。

一

汲取多种文化的“边界写作”正逐渐成为民族文学乃至世界文学的一股重要力量。2000 年至今，诺贝尔文学奖获奖者中有多位具有跨文化背景，如多丽丝·莱辛、勒克莱齐奥、穆勒等，他们的写作均有“边界写作”的色彩。其中，在中东欧这块多种语言和文化交锋的地方，生活在跨文化的语境里，也注定了穆勒的“无所适从”。在罗马尼亚，她是讲德语的“少数者”，到了德国，她的身份又是罗马尼亚移民，这些因素无形中加大了她寻找归属感的难度，因此她说：“写作，是唯一能证明自我的途径。”

印裔英籍作家拉什迪曾这样阐述其小说《撒旦诗篇》的特性：在崭新的、突变中的人类生存、文化、思想、政治、行动和歌唱的联动结合中，呈现混原性、异质性、杂合性及其转型。“为种族混杂而欣悦，又为绝对纯粹而恐惧”（《想象的故国》）。可以说，处于全球化时代的每一个个体在文化心理上都不可避免地处在漂泊不定的状态之中，人们的文化视角再也不可能单一固定，来自异国他乡的文化景观不断地改变着人们的思维习惯，人们在文化心理上都变成了漂泊者。“漂泊者”穿行“游走”于两种地域、两种文化、两种传统、两种语言之间，身处特色迥异的文化世界的夹缝之中，能借鉴多种传统，却又不属于任何一个传统，既不完全与一种文化合一，也并非完全与另一种文化分离，而是处于若即若离的状态。这是一个独特性与互补性共存、差异性与沟通性共存的世界，是一个“道并行，不相悖”、“和而不同”的世界。

随着全球化趋势和异质文化之间的不断交融，“边界写作”现象将更加地普遍，文化的守望与文化的开拓也将成为重要的话题。从语言上疏离母语到从精神上回归母语意识和母语文化，是每个“边界写作者”必然的心路历程。值得关注的是，“边界写作者”在面对两难语境的同时，也获得了“跨语际”写作和“跨文化”写作的优势，从而写出具有独特意味的作品。

将视野转向国内，中国少数民族作家使用汉语进行创作的现象非常普遍，比如彝族诗人吉狄马加、藏族作家扎西达娃、鄂温克族作家乌热尔图、哈萨克族作家叶尔克西·胡尔曼别克、维吾尔族作家帕蒂古丽等，形成一个庞大的群体。他们一方面守望着本民族深厚的语言文化传统，另一方面不断开拓，自由穿行于各种民族文化之间，用全新的表现形式展示少数民族文化的独特个性和精神内核。双语写作，多重视野，这已是当代少数民族作家的重要特点。

以藏族作家为例，“边界写作”的现象非常普遍。例如，扎西达娃的小说把西藏的神话和传说同时代意识糅为一体，充满了象征和隐喻，将小说的焦点向民族传统文化转移，表达了回归民族文化母体的渴望。从上世纪 90 年代开始，阿来以开阔的视野、平等的民族观念感受普世性的价值存在。他的《尘埃落定》是“边界写作”

的典型文本。阿来的作品一方面与其民族的民间话语、文化传统、经验方式密切关联，另一方面又在宏大的文化场域中，以隐喻、象征、寓言等手法展现人类精神世界中共同遭遇的种种困境和迷惑。他虽然是用汉语写作，但母语意识、民族民间文化资源、民族文化心理及其精神实质却在作品中密集出现。多重的文化身份使他的创作拥有了一种丰富性。在“对话”的语境下，阿来通过对本民族历史的真诚叙述，从对地域文化和民族性的咀嚼、探寻、阐释，最终走向对人类共同精神的体悟。

二

千百年来，新疆是四大文明交会之地，一直与周边的民族及相关地区发生着各种各样的文化碰撞和融合，有着丰富多彩的文化。新时期以来，面对开放的文化环境，新疆少数民族作家在注重本民族的文化传统的同时，注意吸收各民族的优秀文化。在创作上，新疆少数民族作家以母语创作为主，但也出现了许多用汉语创作的作家，如叶尔克西·胡尔曼别克、阿拉提·阿斯木、帕蒂古丽等。他们大胆走出桎梏，深涉民族命运、社会心理结构等内在的精神世界，以开阔的视野审视和解读本民族的隐秘心灵史。

叶尔克西·胡尔曼别克的多元文化视角为她的创作带来特殊的优势。评论家陈柏中认为，“她的《永生羊》《枸杞》《草原火母》等作品在不同民族文化的相互参照中，艺术地把握世界和审视本民族的生存状态。它们带着草原文化的精神血脉走向了更广大的世界，具有更自觉的现代意识和审美眼光。”她笔下的人物、动物生动地传达出哈萨克族人民对自然、生命的哲思，诗意地折射出游牧民族的传统和人文心理。对故土的深沉依恋，对文明冲突的敏感，对由边缘走向中心走向世界的渴望，对人的生存困惑的深入思考，对真诚写作的坚持，使她能够从自己的文化土壤和生存境遇中引发出悸动心灵的表达。

维吾尔族作家帕蒂古丽散文集《隐秘的故乡》《散失的母亲》

披露出久别故土的漂泊心态和追寻精神家园和心灵锚地的主题。其作品将多民族聚居地的贫瘠、友善、苦涩、沉重、乐观、顽强惟妙惟肖地呈现在读者面前。她曾写过这样一段文字："哈斯木家的辣椒炒茄子，乌斯曼家的土豆炒洋葱和回族人家的白菜萝卜炖粉条，饭菜虽是在各家的锅里翻炒搅和，却是你家的菜里有我家的肉，我家的菜里有你家的调料，他家的饭里有我家的油盐，这饭菜也是'混血'的。"这是弥漫着浓浓民族融合气息的新疆，作家的追溯亦是追寻对精神家园的普遍认同和归属感。具有多元文化背景的民族作家，徘徊于两种或多种文化之间，必然有冲突、矛盾、困惑。从"边界写作"的主题和美学特征来看，帕蒂古丽的作品表现出了文化之间的冲突、对话与调和的过程。

维吾尔族双语作家阿拉提·阿斯木的长篇小说《时间悄悄的嘴脸》体现了维吾尔族文化的幽默深邃，充满哲理和诗性。他将维吾尔族及其他少数民族的语言智慧融进了汉语的表达，以一种独特自由的方式讲述了一个寓言式的故事。一个叫艾莎麻利的男人在开掘玉石的过程中获得了财富，但却心存贪婪和残忍，与对手结下冤仇，逃往上海之后改变容颜再度回到新疆，与熟悉的人们朝夕相处，如同隐身人一样观看朋友、亲人、仇敌等各种人的嘴脸，后来又再次换回真实面目，在善良的母亲及哲人的教诲下，弃恶扬善自我救赎。阿拉提·阿斯木试图把维语通俗、准确、独特、幽默的表现形式和汉语优美、清晰、可爱的形式结合起来进行表达，把两种文化的优势结合起来。作者对独特语言意识的追求使作品产生了一种新的阅读效果。关于两种文化、语言融合的问题，阿拉提·阿斯木说："我用汉语写作时，我的思维是交叉的，有汉语的，也有维语的。有些表达，我用汉语表达可能显得非常简单，但如果用维语来表达就会显得更微妙、更有意思。有些表达，我用维语可能比较直接、比较简单，我就用汉语寻找更恰当的表达。有时候，我是把维语、汉语的表达形式揉到一块儿，形成自己独特的表现形式。"

三

在新疆，文学创作的丰富性正是地域空间广阔性和区域文化多样化的具体体现。在长期的“你中有我、我中有你”的交往渗透中，人们依然要重视差别的存在。耿占春在《在混血中寻求美德》一文中写道:“这个混血时代给每个族群带来了一系列问题……各民族之间只有在承认并学会相互尊重各族群原有的文化习俗和宗教传统的基础上，才能相互共处、相互学习，并达到共生共荣的目的。”

新疆的许多汉族作家作品都有“混血”的特质。曾经在新疆生活工作过的作家王蒙就具有“跨文化写作”的独特优势。他的小说如《这边风景》《淡灰色的眼珠》体现了一种多民族文化相互辉映又相互交融的美，一种混血的美。多民族文化交融的特点，不仅表现在他反映的生活是多民族的，人物是多民族的，而且表现在这些作品的艺术构思，包括思维方式、表达方式，也常常出入于汉语和维语之间。年轻一些的作家，如沈苇、刘亮程、李娟等，也具有同样的写作特征。他们既可以用两种或多种文化相比较的视角来观察生活、审视生活，又可以交替使用两种思维方式来表现生活、创造人物。

总之，依托于丰富多元的文化背景，作家们能够通过多重的视野来观照生活，从而写出具有跨文化视野的作品。特别是在少数民族作家的作品中，我们能深刻地感受到母语或母语思维对于其艺术思维的影响，以及民族民间文化资源给他们所提供的丰富文化养分。如何植根于本民族土壤，如何继承本民族文化传统，如何面对多元文化的冲击，实现语言的整合、转换与文化的创新，是使用汉语进行创作的少数民族作家面临的挑战和机遇。

网络文学评论

《回到明朝当王爷》:“穿越行善”的快感神话

李　强

《回到明朝当王爷》是月关的成名作，小说写的是“九世善人”郑少鹏穿越回到明朝正德年间，成为秀才“杨凌”，然后一步步掌握实权，对内改革、平定叛乱，对外抵御侵略，最后受封为“西伯利亚王”的故事。

与一般的穿越小说主人公遭遇意外或借助宝物而“穿越”的方式不同的是，《回到明朝当王爷》里主人公的“穿越”是由负责勾魂、投胎的“牛头马面”促成的。现代人郑少鹏因做善事而死，积下阴德，阳寿增加了三年，但“牛头马面”在勾魂时出了差错，“为了逃避责任，他们只好买通崔判官将他送回阳间，让他借尸还阳，把这三年阳寿用尽”。在“穿越”之前，他一共经历了“九次死亡、八次转世”，分别变成了“温州富商”、“副市长”、“当红歌星”等，借尸还阳之后，他尽量做好事。但是，行善的富商终究没有逃脱被漂亮老婆所杀的命运，揭露贪腐的副市长最终也被同伙干掉，当红歌星在赈灾义演时意外死亡。为了避免让他成为“十世善人”，“牛头马面”最终把他送去了明朝正德年间。

值得注意的是，郑少鹏的9次死亡，不是简单的“善人不能善终”的悲剧，而是9次“改邪归正的成功人士”的意外死亡：在行善之前，温州富商是抛弃结发妻子的奸商，副市长是与人狼狈为奸的贪官，当红歌星是外表光鲜却内心挣扎的人。等他们良心发现，开始行善积德的时候，这个世界直接用死亡终结了他们的肉身。此间的“行善”之路坎坷如斯，作者只好借“牛头马面”之手将郑少鹏送去了明朝。在那里，郑少鹏/杨凌将一人一家的“小善”升级到整个民族的“大善”，他“想在这个时代做出一番事业，用自己的努力避免后世的诸多悲剧”。这些“后世的诸多悲剧”也就是中华民族的历史创伤记忆，穿越者的“善行”就是“修正”历史的轨道。在作者笔下，穿越者郑少鹏/杨凌吸取近代中华民族的经验教训，让他用渐进的、保守的举措去修复民族的创伤记忆。

在《回到明朝当王爷》里，修复民族的历史创伤记忆就是从历史源头上采取措施避免后世的悲剧。小说共11卷，除了第1至3卷主要讲杨凌入宫的故事之外，其他每一卷都有几个决定历史走向的重大事件，这些事件又都对应着中国近代史上的“屈辱”：第4卷下江南铲除贪官，为政治改革、发展商业做准备，对应的是“创伤”的根源——封建制度；第5卷开展海外贸易、第6卷打击倭寇、第7卷降服海盗，都是海洋战略，对应着晚清以后西方势力自海上用坚船利炮打开国门的“屈辱”。第8卷平定蜀地动乱，其中有对民族政策的思考，对应的是数百年来的边疆民族问题。第9卷铲除刘瑾、第10卷剿灭白衣军，进一步为改革清除阻力。第11卷平定宁王叛乱，瓦解蒙古，开发辽东，对应的历史记忆是满洲入关，汉族政权倾覆。

穿越历史小说的主人公大多利用现代知识调动各种因素去“修正”历史的轨道。《回到明朝当王爷》中，杨凌相信以后的“中国历史”会遵循自己的设计来展开。从这个意义上来说，穿越历史小说的情节展开过程就是改写历史的过程，但这并非单纯的“假设——论证”，而是一种历史观念的审美化表达。优秀的历史小说能够通过叙述建立起自洽的逻辑，产生“可爱”且“可信”的叙事效果。《回到明朝当王爷》在叙事方面主要有两大优点：

首先，月关在小说中借鉴了传统小说的创作手法，主要继承了中国古典小说特别是英雄传奇小说的传统，但在背景材料、细节处理方面则遵循了西方现实主义的要求。

月关从小熟悉《杨家将》《呼家将》《说岳全传》等英雄传奇，是小孩中间的“说书先生”。应该说，“会讲故事”是月关成为“大神”

的决定因素，英雄传奇这种根植于民间说书传统的小说类型在网络时代很容易引起读者的追捧。更难得的是，月关在写战争、权谋争斗时能够将细腻的情感与宏大背景结合起来，在紧张激烈的冲突中表现人物的性格特点。以《刘六军来》为例，杨凌固守待援，有流民要入城，但奸细也可能趁机混入，杨凌因为同情流民而犹豫要不要开城门，小说展示了他内心激烈的斗争：是要拯救流民的“小善”还是要赢得战争进而改变历史走向的“大善”？作者很快就让杨凌从无奈悲伤的情绪中走出来，去思考战争问题的根源，在更大的格局里审视自己的改革大业：

这是一个漫长的过程，或许在他有生之年也不能看到它开花结果，但是利用手中的权力有意识地去培养它，却能让历史少走些弯路，抢在那长达数百年的愚昧、落后到来之前，让它实现。

现在，这一切刚刚开始，已经渐现曙光，决不能让它受到破坏，决不能让人用无穷的破坏毁了这个希望，这场动荡，必须尽快平息！

殷殷如雷，低低传来。杨凌霍然抬头，只见远处平坦的驿道折弯处尘土飞扬，黄沙滚滚中有无数人马的身影若隐若现，铁马金戈，杀气盈野，尘埃里现出一面大旗，迎风招展，上书斗大一个“刘”字。

刘六来了！（第370章《刘六军来》）

这一章里，杨凌的情绪经历了从无奈到悲愤再到激昂的变化，视野由局部到整体，由眼前到未来，整个转变过渡自然，情感拿捏十分到位。作者将人物的内心冲突与紧张的外部氛围对照，写得张力十足，“十字路口”的选择之后，人物形象也因此“立”了起来。

在处理小说的背景材料方面，月关是按照现实主义的“客观真实”特别是“细节真实”的要求来的。《回到明朝当王爷》中有许多对明代官阶制度、边疆形势的详细介绍，还有一些对中西方政治经济体制的思考，特别是第378章《帷幄》，杨凌、成绮韵、阿德妮三人对明代政治和经济体制的探讨，第380章《游戏人生》杨凌提出的借平定叛乱推行改革的思路，都显示出了作者较好的历史知识储备。在月关的其他小说里，这个特点也很鲜明，例如《大争之世》

里对春秋时期吴国的相关史实、制度等背景资料的介绍,《步步生莲》中对北宋初年西北地区政治势力的分析,《锦衣夜行》里对明初政治形势的把握等等。

其次,女性元素的运用也是穿越历史小说快感机制的重要内容。《回到明朝当王爷》中,这一元素的功能主要有两种,一是推动情节,二是满足凝视欲望。杨凌身边的女性多达12个,被读者戏称为“十二金钗”。依照现代婚恋观念,杨凌与“十二金钗”中的很多人在爱情方面都有些“先天不足”,但若从情节和主题的角度去分析,就会发现每一个都是不可或缺的。这些女性来自不同社会阶层,怀有不同技能,这保证了小说展现社会的广度,更为小说的情节进展提供了各种可能性。她们的形象塑造是在嫁给杨凌之前完成的,嫁给杨凌之前,她们的行动与小说的核心情节密切相关——她们不是被嵌入故事之中的点缀,而是推动情节的重要元素。这种结构与《水浒传》有些相似:梁山一百单八将的角色塑造是在他们上梁山之前完成的,他们各自的经历串联在一起,推动着整个故事的走向。

“用女性来推动情节”这一策略背后实际上有一套“观看/YY”的阅读情感机制。劳拉·穆尔维认为电影镜头的“凝视”会带来男性主体观看的快感,同样的,在“男性向”的小说里,对女性的“观看”也是制造快感的重要方式。小说中男主角与“十二金钗”情爱场景的描写,便是直接通过女性的身体来满足这种“观看”的快感。这也是该作以及其他一些“穿越历史小说”成功的一大秘诀。

月关利用英雄传奇小说的叙事和网络时代男性阅读快感机制,建立起了一个近乎完美的“修史”神话:屈辱的近代史被修正为酣畅淋漓的胜利故事。今天,人们已不再满足于不改变基本的历史走向的“重述”,而是参与到历史“行动”之中,以“穿越”的想象性实践去改写历史、修复创伤记忆。但是问题在于,这些想象性实践的基础本身就是一种叙事。在当代的历史想象里,晚明以来的历史都是一种悲剧叙事:自明代后期开始,中国就因为封建统治者的盲目自大、闭关锁国,最终落后于西方世界,到晚清被列强欺辱,丧权辱国。这种“封闭——落后——挨打”的因果解释,背后其实是激进的“富强/崛起”的意识形态诉求。为了扭转近代中国的屈辱历史，杨凌为“明朝”选择的富强路径，是以西方近代化道路为参照的，这是一个漫长的历史记忆塑造的产物。作者将这种被规训的历史想象作为自己叙述的基础，无疑是很讨巧的。

一个值得注意的事实是，月关在《回到明朝当王爷》后有意识地尝试过穿越历史小说之外的小说类型，如奇幻类的《狼神》、都市类的《一路彩虹》，但反响都一般。后来就干脆回归了自己最擅长的类型，先后写了《大争之世》《步步生莲》和《锦衣夜行》。变换的是历史背景，不变的是穿越历史然后改变历史的核心故事。观察月关的创作转型过程，特别是其中读者互动的作用，我们不难得到一些启示。读者将他的其他作品不受热捧的原因归结为“过于贴近现实”、“缺少YY元素”、“没有胜利故事”。月关的转型，与其说是作家探索个人风格的尝试的过程，不如说是一个被读者的趣味和想象力所规训的过程。

讨巧的历史设定，加上绚丽的叙事，穿越历史小说不需要多少关于历史叙事与现实的反思就能获得读者的热捧。但是，“穿越”的时空旅行，既不能让人们逃离这个自己的时代，去“穿越行善”，也无法让人们以真正“崛起”的姿态去重述历史。我们应该注意到穿越历史小说作者的姿态和意识的某些问题，他们对于“写”带来的快感是缺乏警惕性的。他们意图通过“穿越”去“改变历史”，却对作为叙事的“历史”的限度缺乏认知，看不到“屈辱史”叙事的建构性；另一方面他们又满足于自己制造的“历史叙事”的快感而缺乏节制，让叙事的幻象代替了严肃的历史本身，胜利的快感压制了反思。“穿越行善”过程中的核心矛盾、焦虑总是被作者妥帖地以叙事的方式掩盖，“升级行善”之旅的快感来得太容易，后面再“升级”就难以为继了。这也能够解释为什么杨凌的故事在受封“西伯利亚王”后就不得不停止，因为再展开下去，之后的故事就有沦为“小白文”的危险。叙事的幻象编织得越美好，“穿越历史”这个行为就越轻佻，“历史”就越容易与真正的现实焦虑、矛盾擦肩而过。那些本来能够促进反思的矛盾困境，作者都用“小说金手指”（网络小说中主角拥有的能够给自己带来巨大帮助的法器或者记忆，可以给穿越者提供未来参照）让杨凌“有惊无险”地躲避了，如此轻巧地“穿越历史”，“行善”变成了叙事幻象造就的快感神话，对真正需要反思过去以重新出发的中国人而言并非益事。

■链接

作者简介：

月关，本名魏立军，最早以“梦游居士”为笔名，在起点中文网发表武侠同人小说《颠覆笑傲江湖》和东方玄幻小说《成神》。《回到明朝当王爷》是他改名“月关”后的第一部作品，小说发表之后受到读者热捧，成为“穿越历史小说”类型的代表作，2007年荣登起点年度月票榜榜首，在2009年“网络文学十年盘点”中被评为“十大人气作品”。

此外，月关还著有小说《大争之世》《步步生莲》《锦衣夜行》《醉枕江山》等。

网友评论：

作者把一个人的经历从鬼门关写起，首先就吸引了眼球，然后是步步杀机，环环相扣，波谲云诡，起伏错落，激荡生风，哈哈，确实是老辣。而且难得的是主人公的人生轨迹正好暗合了我炎黄子孙富国强民，种族延续，民族融合的线索，而且有种种现代思想观念和古代传统的撞击所产生的火花，实在是精妙绝伦。

——网友红莲儿:《回明最大的优点》

起点历史类文中，《回到明朝当王爷》起到了很大的作用，从此以后起点历史文成绩好的大致都是这个套路……早期的历史文，比如《中华再起》《新宋》《窃明》等大都着眼于对历史的改变，对屈辱史的反思与规避。而后来的主流文这方面就淡了很多，开始偏向于穿越男主角的奋斗史以及对当时社会的全方位描述，使得小说更加的通俗吸引人。

——网友 zzjulien :《浅谈起点主流历史文》

《回到明朝当王爷》有别于其他历史穿越文的地方，在于它在运用大量笔墨进行描写叙述的同时，暗暗地阐述抒发了作者自己的历史观点和见解。这些观点和见解有时仅对当时的事件进行品评，有时又以郑少鹏这个现代人的视角，以现代社会的问题与古代的经历进行对比反思。……作者聪明地以夹叙夹议，或者干脆以隐性柔软的笔调来阐述抒发自己的观点，读者读起来不会生出阅读教科书似的厌恶感，反而会隐隐感到这部书加入这些东西，整体格调又上升了一个层次。

——紫禁风云:《意外当中的赞叹》

《后宫·甄嬛传》：封闭的后宫，背水一战

王玉王

流潋紫创作于2006–2009年间的网络小说《后宫·甄嬛传》是宫斗类网络小说的一部经典之作，小说讲述了女主人公甄嬛被选入宫，陷入残酷的后宫斗争之中，最终凭借智谋与手段成为太后，走上后宫权力巅峰的一生。在这一过程中，甄嬛对于皇帝玄凌的爱情幻想破灭，昔日朋友安陵容成为不死不休的敌人，后又失去了最爱的男子玄清和一生的挚友沈眉庄，从一个向往爱情的少女变成了一心复仇的绝望妇人，虽然最终登上太后之位，却觉得自己一无所有。

流潋紫笔下的“大周后宫”，是一个与现实世界不同的架空世界，为观众带来了超离于现实之外的阅读快感。这个幻设的宫廷世界，犹若金庸笔下的江湖世界一般有着相对封闭独立的特性、丰富完备的架构要素，以及最关键的一整套精密完备的制度体系。这套制度体系的存在，使得“想象后宫”完美地迎合了大众对宫廷的设想。这样的设置，最适宜引起读者对于古典美的向往和追怀，小说中对于古代器物、服饰极尽奢华的描写，以及古典诗词文赋的大量引用，构筑了一个光怪陆离的充满古典美的奇观世界，使读者可以暂时超离于现实世界的琐碎与机械质感，放纵想象，体验古典世界别样的韵味。

在《后宫·甄嬛传》中，流潋紫创造出了一个器物华美、设置完善、等级森严而又绝对封闭的“大周后宫”，以甄嬛为代表的后宫佳丽青春美丽，却陷入不死不休的宫廷斗争之中，无从超脱。大

周后宫是一个大观园一般的女性世界，网友“疏影1927”在分析《后宫·甄嬛传》时说：“女作家尤其是年轻一点的女作家，总是对那种杀伐征戮的宏图霸业缺乏兴趣，反而是那些淹没于正史中的寂寞黯淡的女子更能撩拨她们某种兴奋的神经……激发了一些女孩探究的兴趣……”流潋紫本人，则从女性的角度阐述了同样的观点：“纵观中国的历史，记载的是一部男人的历史……而更多的后宫女子残留在发黄的史书上的，惟有一个冷冰冰的姓氏或封号。她们一生的故事就湮没在每一个王朝的烟尘里了。”《后宫·甄嬛传》暗合了女性对于自身历史的探究欲望，那些在书中挣扎的女子，总能引发她们的同情与遐想，对于女性读者而言，书中描写的“那些淹没于正史中的寂寞黯淡的女子”实际上也成就了她们的“千古女子宫廷梦”。《后宫·甄嬛传》在器用名物、习俗礼仪、人物形象、语言风格等方面对《红楼梦》的全面模仿，也提示了读者以爱怜悲悯的心态对待小说中的女性角色，这种爱怜悲悯，除了对人物命运的关切以外，也总是包含着一种审美上的认同，读者以优雅灵动的花、鸟比喻这些女子，或者仿照《红楼梦》，品题“甄嬛十二钗”，都体现了读者对这种浓郁的古典审美氛围的认可和喜爱。

另一方面，“大周后宫”是在对中国帝制时期历代后宫制度的借鉴、加工、齐整化和严密化的基础上创造出来的，宫中女子按照等级被赐予下至更衣、采女，上至贵妃、皇后的30余种位份，这种等级制度决定了宫中女子的地位尊卑和权力大小，而等级的升降则完全取决于皇帝的宠爱。借由这一套制度，“大周后宫”成为了一个可以独立运转的完全封闭的世界，生存于其间的女子皆终生无法逃离。在《后宫·甄嬛传》之前的一些以宫廷为背景的小说中，女主人公往往尚可以逃离宫廷的束缚逍遥江湖（如《大漠谣》中的金玉），或者得到帝王全心全意的爱和保护，虽身处后宫却能够独享爱的世外桃源（如《独步天下》中的东哥），最不济也可以以一死逃离宫廷斗争的命运，实现道德与爱情的升华（如《步步惊心》中的马尔泰·若曦），然而甄嬛一己的生死却牵连着整个家族的命运，她既不能死，也不能逃，她的帝王更永远不可能只爱她一人，可以说，甄嬛完全失去了逃离这个后宫世界的一切可能。

封闭的后宫世界为矛盾的设置提供了极为有利的空间，在这个无路可退、只能背水一战的世界中，甄嬛身边的每一个人都是潜在的敌人，矛盾一触即发，甄嬛从一开始的小小常在一路上推倒各种BOSS，最后连皇后皇上都不放过，成为后宫巅峰之最的整个过程险象环生，激烈紧张，冲突不断升级，很容易激发读者的阅读兴趣。“大周后宫”的设置，使《后宫·甄嬛传》暗合了男性向“升级文”的快感创造机制，使读者在阅读中陪伴甄嬛“披荆斩棘”，击败一个个欲置甄嬛于死地的“上位者”，走向胜利，释放在现实生活中受到压抑的反抗欲望。

在这个后宫世界中，甄嬛等人物面临着每个人在现实生活中都会不断遭遇到的关于利益与道德的抉择。大周后宫对于读者而言不仅是一个遥不可及的异世界，也是现实生活中职场和家庭的写照。不同的是，后宫世界将这种利义选择的焦虑推向了没有出路、无法逃离的境地，因而甄嬛的每一次违背初心，无论是为了家族还是为了爱人，都是那么的别无选择、无可指责。可以说，正是这样无奈而又无可指责的甄嬛，为现实生活中的每一个人背负了良心的负担，也因而最具有打动人心的力量。

同时，大周后宫也是一个关于女性身份和自我认同的试验场。这个封闭的后宫世界，一方面是男权极度强化，享有绝对控制权的世界，另一方面却又是一个完全以女性为主角，使各不相同的女性充分展现自我力量，相互竞争的世界。后妃们一方面受到男权的极度压抑，一方面又可以无所不用其极地彰显自我，共同构成了一个充满女性奇观的异度空间。在这里，关于女性的一切评价标准都被充分实现并最终还原为一个强权男性（皇帝）的偏好和需求，那些在现实社会中习以为常的“理想女性”的标准，在小说中被解构为男性权力欲望与繁衍需求的产物，阅读架空世界中的甄嬛，实际上给了女性读者一个审视自身、看待两性关系的新视角。因而甄嬛的一生，也是女性现实处境在虚拟世界的投射，那些从女权主义角度分析《后宫·甄嬛传》的评论也由此产生。

安陵容这个人物总是受到读者的关注和同情，或许便是由于她身上有着太多当代女性似曾相识的困境与无奈。她向往浪漫的爱情，却被现实无情打击，她没有显赫的家世，因而付出百倍的努力也不一定能够成功，她也曾经善良聪慧，却只能步步沦陷变得势利而冷漠。恰恰是安陵容的平凡打动了读者，读者哀悼着安陵容过早逝去的如花生命，哀悼她曾经拥有的温柔善良，又何尝不是在缅怀曾经单纯的自我。

概言之，流潋紫所创造的“大周后宫”在审美方面追摹《红楼梦》式的古典韵味，在叙事方面便利了矛盾的设置与激化，同时又暗合了当下社会职场、婚姻中的诸多规则与现状。对于故事中的女主人公而言，这是一个比大多数以古代宫廷为背景的网络小说中那个世界还更加严苛、更加孤立的环境，在这里，女主人公甄嬛只能没有退路地独自抗争，并且独自背负一切为求生存而犯下的过错。这些特征在《后宫·甄嬛传》之前的宫斗类网络小说中已经初露端倪，终于在《后宫·甄嬛传》中得到了强化和完善。可以说，《后宫·甄嬛传》在宫斗类网络小说中具有集大成的经典性意义。

■链接

作者简介：

流潋紫，本名吴雪岚，1984年出生于浙江湖州。2005年开始文学写作，陆续在各大杂志发表短篇小说和散文，成为文学网站的专栏写手。《后宫·甄嬛传》是流潋紫所创作的宫斗题材网络小说，2006年开始在晋江文学城连载，2007年2月起由花山文艺出版社出版发行第1-3册，其后，广西师范大学出版社出版4-5册，重庆出版社出版6-7册。2011年12月，浙江文艺出版社出版《后宫·甄嬛传》(修订典藏版)。

网友评论：

叶澜依就像丹顶鹤，清高如寒梅但无奈一入宫门深似海。镂云开月馆的合欢花，她的轻声唱罢：心悦君兮君不知。对清有情，却误困深宫。对她来说又何尝不是一种痛楚呢？桀骜不驯，那也是圣洁的鸟儿才有的天性。如她驯兽女般的洒脱和自由。但对于心中所爱，却会异常地温柔。她跟后宫中争宠的女子都不一样。她的此生不过是误入红墙。

——网友妃若兮烂:《从百鸟特征分析甄嬛传中的人物》

安陵容，给我一种始终若即若离的印象，她虽很少站在前台，尤其是面对甄嬛，感觉像一个幽灵，作者也是如此刻画她的，在此，我不想从所谓道义或道德上来评价安陵容……知道别人利用自己，却依旧执迷不悟……所以安陵容的“自戕”名副其实，这是她自己的选择，远比温实初的自宫来得更为痛快，更为惨烈，更令人叹服。

谁说安陵容没有掌握自己的命运？“我自生来我自解，相恨相轻惹人笑！”安陵容应该是笑着死的，没有人读懂自己，这是一个秘密，命运允许陵容保有一丝神秘，如同任何一个女孩子一样。

——网友子非鱼:《温实初的“自宫”与安陵容的“自戕”》

允礼是个“理想主义者”，嬛儿是个“现实主义者”。所以允礼给予嬛儿的是“仙境”之爱，嬛儿赠予允礼的是“尘世”之爱。

——网友五月橙苑《我看允礼:理想主义者之殇》

《将夜》：儒家文化的再演绎与“民间景观”的重建

孟德才

《将夜》是猫腻2011年8月至2014年4月连载于起点中文网的一部东方玄幻小说。在小说中，猫腻虚构了一个昊天统治的世界，昊天是规则的化身、人间万物的主宰者。在人间，根据对待昊天的态度不同又分为道门、书院、佛宗、魔宗四大势力。《将夜》以浓郁的笔墨呈现了昊天、书院、道门、佛宗、魔宗之间的理念冲突与战斗征伐。其中，追求自由、勇于反抗是小说重要的主题之一。人间的大修行者夫子，为了探索新世界，冲破昊天的束缚，不惜牺牲肉身登天一战。夫子的徒弟宁缺为了守护唐国，与道门的观主生死相搏，谱写了一曲可歌可泣的赞歌。

猫腻自己这样评价《将夜》：“单以审美来说，《将夜》是我最喜欢的，也是我自认做得最好的，因为这本小说的根骨在于古代的中国，我们最熟悉的那个中国。”在猫腻创作图谱中，《将夜》是一部极具东方古典气韵和思辨色彩的力作。较之前作，《将夜》表现出不小的突破：从思想主题层面来说，《将夜》在《朱雀记》《庆余年》《间客》的基础上再度推进，集中探讨了“大时代如何重建信仰”的命题，更为深入和抽象。从小说审美层面来说，《将夜》语言更加娴熟、老练，那种空灵曼妙、极具思辨力度的文风，令许多网文读者耳目一新。当然，《将夜》最大的魅力还是在于它抓住了中国文化的精魂——对传统中国的重塑与对儒家文化的再演绎。

《将夜》颇为出彩之处在于成功地塑造了一大批以儒家历史现实中真人为原型的人物形象。比如夫子的原型是孔子，小师叔的原型是孟子，大师兄李慢慢是颜回，二师兄君陌是子路。猫腻在此如此大规模地使用原型人物，实际上是有风险的。因为读者对原型人物固有的认知会影响到作者对小说故事情节的安排。如何既能保持原型人物固有的性格特征，又能将其毫无违和感地嵌入到故事世界中，是考验作者功力的一大难题。然而，猫腻成功地克服了这一难题。他巧妙地将《论语》中的孔子及其弟子若干人等，在《将夜》的世界里实现具象化，不仅保持了孔子众人原有的性格特点，还赋予他们与小说世界、与当下社会相吻合的新面貌、新特征。以夫子形象为例，小说对夫子的塑造在继承了孔子“温而厉，威而不猛，恭而安”性格特点的基础上，为其增添了极浓的凡俗气息。小说中的夫子和历史中的夫子都具有“知其不可为而为之”的理想主义性格特点，但最大的不同在于，历史中的夫子长期以来被封建统治者搬上神坛，成为“礼”（规矩）的守护者，而小说中的夫子则颇具“革命导师”的气质，他毕生的追求却是要打破昊天制定的种种规矩。

猫腻对儒家精神的再演绎已经超离了儒家文化的内部范畴。他广泛吸收中西文化中积极向上的元素，重塑了一种儒家精神为主体但内涵更为广泛的“书院精神”。在《将夜》中，佛宗、道门、魔宗、书院四大势力并存，其中佛宗一直在做他们认为应该做的事，道门是在做他们认为正确的事，魔宗则是为了反对而反对，只要道佛两宗想做什么，便反其道而行之，唯有书院，他们只做让自己高兴的事——就像他们反复声称的，“书院什么最大，道理最大”。正是在这一思想的主导下，书院成了世间最敢于蔑视权威、挑战规则的地方。《将夜》中，昊天是人间一切规则的制定者，是万千修行者和普通民众的主宰。人间最大的修行者夫子想要打破昊天的规则，不惜牺牲自己的生命，化月登天与昊天激战。夫子及书院这种敢于挑战一切规则的“逆天”精神，与“破旧立新、追求自由”的五四精神极为相近。此外，“书院精神”还汲取了启蒙思想中的人本主义因子。

《将夜》中有一个情节值得玩味。夫子登天后，人间第二的修行者知守观观主突袭长安城，书院弟子宁缺依托长安城惊神阵与之周旋，在长安城生死存亡之际，宁缺受到长安城民众众志成城、抵御外敌的精神感召，写出“人”字大符从而击败了观主。猫腻独具匠心设计的“人”字大符乃是对启蒙思想中的人本主义精神的隐喻，“以人为本”、“众志成城”也是“书院精神”的应有之义。以儒家精神为主体，融合了中西文化中积极向上的精神品格的“书院精神”是猫腻对儒家精神再演绎的一个创举。

与猫腻对儒家文化再演绎相对应的是，猫腻身上有一种整体性的思想立场，那便是对世俗之趣的由衷赞赏，笔者称之为“世俗意”。猫腻曾在《将夜》后记中这样写道，“我较会写人，那些世俗的、琐碎的，我很擅长抓细节，因为我有生活呀，不管是酸辣面片汤，还是桌上的两盘青菜，不管是两口子的吝啬还是后来杯茶赐永生，都是我的嗨点与趣点。”比如说，《将夜》中的唐国民众都极会享受生活，尤重世俗之趣，日常的饮食起居，虽然简单却不乏精致与情趣。无论是书院后山还是长安城随处可见的街道小巷，尽是一片其乐融融的生活景象。唐国的缔造者夫子就是一个极其世俗的人，他善于享受生活中的每一件乐事，比如不远万里跑到极北的热海只为吃到一条新鲜的牡丹鱼。宁缺和桑桑初入唐国的都城长安时，虽然也曾为这座“一文钱，难死主仆俩”的城市而头疼，但不久他们便爱上了这座充满世俗之趣的城市。主仆两人开了一个名为老笔斋的铺子，每日煎面卖字，日子过得不亦乐乎。宁缺常对人说，“一世人，不过两碗煎蛋面”。这其实也是猫腻本人的一种生活态度。

猫腻对世俗生活发自内心的热爱及其敏锐的感知力，催生了一个又一个鲜活的“民间景观”。猫腻笔下的民间社会，是凡俗的、普通的，但并非庸俗的、无意义的。在这种凡俗的民间土壤中滋生着一种极具生命力的价值观，诸如“饮食男女”这种浸润在日常生活中“不似信仰的信仰”。夫子为了阻挡昊天的化身桑桑返回神国，带她吃遍了人间最美的食物，穿上了最好看的衣裳，和相爱的人度过了最美的春宵。这些对人类而言最美好的事情，对于昊天来说却是一种毒药。它降低了昊天的神格，使之沾染上人间的印记难以磨灭。夫子用来对抗昊天最厉害的武器就是人间的“饮食男女”之道。对生活的爱，本身是一种信仰。这种力量看似很微小，但由它汇聚而成的“红尘意”却可以拖住人间主宰者昊天返回神国的步伐。

猫腻在《将夜》中为我们呈现了一个全新的“民间景观”。在中国已有的现当代文学作品中，知识精英们对民间的呈现大抵有两种倾向：一种是如沈从文、汪曾祺的乡土小说，将民间进行诗意化处理，民间被塑造成人类得以救赎的“乌托邦”，民间的意义虽然被凸显，但却因过度诗意化，而失去了市井凡俗之气。另一种倾向如1980年代末的“新写实”小说，民间被置于待拯救的结构中，被塑造成庸常、烦琐和无意义的聚居之所，遮蔽了民间潜在的诗意性。无论上述哪一种倾向，知识精英们对民间的呈现都是有所欠缺的，世俗生活世界及其内部远为复杂的经验和可能并没有获得结构性的显现。而猫腻作为一名网络时代从民间摸爬滚打出来的作家，他对民间的呈现既保留了民间固有的世俗气息，又升华了民间的诗意气质。巧妙地融合了民间的凡俗性与“乌托邦”属性，这是猫腻小说中“民间景观”的独特意义所在。

在猫腻的创作图谱中，《将夜》是一部求新求变之作。猫腻试图用这部作品来完成对自己已有创作模式的突破，小说文风和创作手法较之前作都有很大改变。猫腻在《将夜》中探讨的问题，尤为抽象、颇有形而上学之风，但小说结尾收束略显仓促，前文埋下的许多包袱并没有得到有效释放。总的来说，《将夜》是网络文学中一部不可多得的大作，它具有深切的现实关怀和思辨立场，对于儒家精神和民间生活的重新探讨，均具有极强的启迪意义。

■链接

作者简介：

猫腻，原名晓峰，生于1977年，湖北夷陵人，被誉为“最文青网络作家”。1994年考入四川大学，后来退学打工。2003年开始写作网络小说，其主要作品有《朱雀记》《庆余年》《间客》《将夜》以及正在连载的《择天记》，其中《朱雀记》获得2007年新浪原创文学奖玄幻类金奖。

2007年开始在起点中文网连载《庆余年》，引起巨大的反响，随后的《间客》荣膺起点首届金键盘奖年度作品。2013年，猫腻凭借《将夜》夺得起点中文网年度作家桂冠。2014年5月，猫腻签约腾讯文学，开始连载《择天记》。

网友评论：

《将夜》这本书，题材很小，内容很大。题材很小，的确很小，无外乎便是一家两口之间的事。内容很大，大至世界。而书中情节一如既往的一波三折；书中的人物颇具特色；情节也是一如往常般激昂。书中的伏笔也是极好的，故事的一步步推进，转换间也不觉得怪异突兀，更多的还是让人有一种豁然开朗的感觉。

——网友紫剑之剑圣:《浅评〈将夜〉》

有不少人说《将夜》烂尾，但我认为它很有意思。首先上帝是个女人，其次男主后来变成吃软饭的。就这么个设定，已经是四星。最后天有情，天下凡，从此再无天注定。不是很愉快的人权时代来临了吗?

——网友“霏刀”:《God is a girl》

本书主旨就是：与天斗，其乐无穷。书院之人，狂妄肆意，追寻自由，前期一切不过是与天斗争的铺垫，举世伐唐，青峡之战，书院道门之争，这一切的一切不过是为了将这个世界逼到悬崖，让这个世界处于崩溃的边缘，只有这样才能求变吗，寻求改变，先破后立，追求世界之外的风景。

——网友白衣冠京华:《浅淡猫腻与〈将夜〉》

无论他（宁缺）在别人眼中多么无耻，贪生怕死；终有心，有情，有坚持。对桑桑的情谊，对复仇的坚持，即使因此丧命也绝不动摇，这就是他的天下，他眼中的世界。宁永劫受沉沦，不向诸圣求解脱。这是大勇气，也是大坚持。

——网友唐峥:《小人物也有拥有的权力——宁永劫受沉沦，不向诸圣求解脱》

《琅琊榜》：中国古典“美男子”形象的网络重生

邵燕君

自电视剧《琅琊榜》9月中旬热播以来，其网络文学的出身再次引人关注。诚然，作为一篇10年前的老文，其迟滞效应的火爆足以为网络文学再添一笔重彩。然而，与《步步惊心》《后宫·甄嬛传》等2011年最早改编成电视剧的网文不同，《琅琊榜》的重要意义不在于促进网络文学的主流化，而在于显示一种“二次元”文化进入“主流文化”的路径——这是一场网络“腐文化”向“主流文化”发起的逆袭，背后是一场静悄悄发生的性别革命。

这里的“主流文化”并不是指政治文化，而是一种男权文化下的审美文化。《琅琊榜》故事的主题，如果按照传统文艺的方式演绎，就是“江山美人”——“江山”是男人的江山，而“美人”专指女人，所谓“美色”就是“女色”。但是在《琅琊榜》里，我们发现这一不言自明的性别权力结构发生了变化——这里的“江山”有女人的份儿了，大将军倪凰、悬镜司长史夏冬、谋士秦般若都是以自己的职业身份堂堂正正地出现在朝堂幕府的，她们是“女装花木兰”，完全是职业女性形象的自然投射。同样，这里的“美人”也有男人的份儿了。这部电视剧最具吸引力之处不在于权谋（如《甄嬛传》），也不在于虐恋（如《花千骨》），而在于男演员“颜值高”——男一号梅长苏和男二号靖王。男主“颜值”的价值比重在一部影视剧中明显上升，这背后是“腐女”的力量——十几年来，“腐女”文化在“二次元”的“女性向”空间暗自生长，终于在消费主义护佑下破壁而出，向“主流文化”领地挺进，且老少通吃，全方位“霸屏”。

“腐女”的“腐”在中文、日文里都有腐败之意，也与妇女的妇同音。“腐女”是喜好耽美（幻想男男情爱的故事）女性的自嘲称谓。20世纪90年代末，受日本耽美动漫、小说以及台湾耽美小说的影响，中国大陆的耽美创作群体逐渐孕育成型。其作品以小说为主，也包括漫画、广播剧、原创音乐和同人视频短片。耽美是典型的“女性向”创作，即不但作者和读者都主要为女性，更重要的，这种书写所投射的，是只从女性自身出发的欲望和诉求。中国耽美文化的兴起与网络文学的兴起是同步的，应该说，正是网络的出现，使女性终于有了一个自己的公共空间，可以避开男性的目光，生发自己的欲望，幻想一种更理想的亲密关系。她们摆脱了在数千年来男权文化统治下的从属意识，试图建立一种更平等的关系；她们借助一个男人的目光，去看另一个男人，从而让自己从欲望的对象变为欲望的主体。那些女人们“YY”出来的美男子一个个活了起来，他们在性幻想层面拨动着女性的心动指针：男人没有貌是不行的，就像在男人的世界里，女人只有心灵美，从来都是不行的；同样，借助两个男人的生活半径，耽美创作将言情的背景从后宫后宅拓展到朝廷江湖，《琅琊榜》是一部著名的由女性书写的“历史大叙述”，与之同期的另一部作品《随波逐流之一代军师》的作者随波逐流也是女性，而此书在起点男频长期霸榜，是网文界的一个传奇。

从“女性主义”的角度来看，“腐女”文化对于女性解放的推进虽是在地下层面进行的，却相当触及根本，其进军“主流”的方式也相当策略。她们很少高举“女性主义”的大旗，在与主流男权文化短兵相接时，更是一片萌萌的粉红色。她们从来不谈颠覆“看与被看”的性别权力秩序，只以“膜拜”去迎向“凝视”；她们也从来不谈同性恋的合法权益，只站在有两个以上帅哥主演的电影海报下笑，然后成群结队地去买票。于是，由男性主导的影视业就要争相去“卖腐”，那些充满“罪与罚”的黑暗禁忌就这么被一次次曝光了，在哄笑中被泡软了。这背后当然有消费主义无坚不摧的力量，这一力量本是物化女人的，女人们也乖乖地被物化了，然后在

"拜物"中悄然转身，行使起消费者的权利。这种影响力还在持续上升——拜独生子女政策所赐，中国将出现一个古今中外前所未有的庞大的"女继承者"阶层，到那时更是"得腐女者的天下"。当然，这些在腐女们这里可能都是无意识的，她们只想自己玩，这是一场"静悄悄的性别革命"，羞答答的玫瑰静悄悄地开，不期然间，樯橹灰飞烟灭。

同样是不期然的，在腐女们的欲望目光中，一种来自中国古典传统的男性审美观再度开出花来，让我们再见"美丰仪"。1840 年鸦片战争以后，中国人的审美自信也被坚船利炮击沉，全盘接受了西方审美观。我们或许已经忘了，中国女人眼里的美男子并不是健美肌肉型，而是银盔银甲的白袍小将、玉树临风的白面书生——中国传统戏剧里的武生和小生，正代表了这两种美男形象，《琅琊榜》男一号梅长苏及其前身林殊也正是这两种形象的合体。梅长苏凝聚了中国正史、传奇、诗词、戏剧中最帅的人物和最帅的瞬间：淝水之战谢安的轻描淡写，赤壁之战周瑜的羽扇纶巾，诸葛亮的运筹帷幄，王阳明的淡定超然……

当然，正如东浩纪在《动物化的后现代》一书中所说，日本的宅文化虽是江户文化的继承者，但不在它的直接延长线上，中间夹着美国。以梅长苏为代表的网络重生美男也不是魏晋风流的纯种子孙，中间夹着欧美日韩文化和二次元文化。催生他的腐女们，也爱卷福（英剧《神探夏洛克》中的男主角）和都教授（韩剧《来自星星的你》中的男主角），也爱宁泽涛这样的运动员型"小鲜肉"。与中国传统的文弱书生不同，梅长苏一点都不弱。虽然风一吹就倒，但他是全剧最有力量的男人，他的力量正来自"文"，"文治"代替"武功"成为力量的核心。在英剧《神探夏洛克》里，夏洛克的神机妙算被指认为一种新的性感（smart is a new sexy），这不由得让人想起乔布斯在全球制造的苹果神话，这些都在回应着当年培根说的"知识就是力量"（knowledge is power，或译为知识就是权力）。与蒸汽机时代不同，在网络信息时代，力量被数字化了，智与美结合成为一种以性感命名的新权力。所以，梅长苏的智谋也可以被颜值化——夹杂着"腹黑"的权谋以颜值为外挂，唯"美可敌国者"方可“以帅治国”。

不管怎么说，从李云龙到梅长苏，中国电视屏幕上男神形象的转型还是显示了某种“大国崛起”的印记。中国观众，至少是女性观众，终于跨过了资本原始积累期对粗鄙力量的崇拜。仓廪实而知礼节，入小康而慕风雅，中华民族伟大复兴的“中国梦”里不应只有“狼图腾”，还该有“美丰仪”。在《琅琊榜》里，服装之美、器物之美被人屡屡称道，看着剧中的居室风景，很自然会想起东邻日本。转念一想，和风受唐风影响，剧中虚拟大梁朝尚在唐前。如此一来，自然升起“天朝大国”的文化自信。“山影制造者”和拥趸者中恐怕有不少哈韩哈日族，文化交流，投桃报李，受日韩文化滋养多年的中国 ACG（Animation、Comic、Game 的缩写，即动画、漫画、游戏的总称）一代，该到文化反哺的时候了。据说，这次韩国对《琅琊榜》的引进节奏明显快于此前的《甄嬛传》，与中国大陆同步推出。想想去年，华夏女性的芳心还要靠都教授抚慰，今年，我们终于可以派出梅长苏了。

虽然有“腐文化”的隐秘动力，《琅琊榜》仍然是一部非常主流的电视剧，它的“主流性”正体现在它是“以美治剧”。美从来都是最大的政治，最深的政治，无论是性别政治还是国族政治，同时也是最“去政治化”的政治。在这里，美与技术紧密联系在一起，“颜控”也是“技术控”，这种超价值的中立的技术至上原则，正是“后启蒙”时代兴起的主流价值观。以美为器，无往不利，何况这个美以如此“萌”的方式与智力、技术结合，成为网络时代的新性感，以此负载传统文化，一定能在文化输出中成为一把锋利的软利器。与主流保持距离，一向是亚文化者应有的警惕。但这一次，我想，所有的“腐女”，所有的“女性主义”者都会乐观其成。因为我们知道，在这把利器的内里，有一道暗锁已经打开。

《欢乐颂》：资本浪潮中的女人们

薛 静

不得不说，《欢乐颂》这个书名，起得极不走心。先让人联想到的当然是贝多芬的名曲，再结合“现代都市”的标签猜测一下，又不免让人感到主旋律之气扑面而来，直到翻开封面，才知道这不过是主人公们所在小区的名字。

然而与书名的不走心相反，书中家住欢乐颂小区22楼的五位姑娘，却个个生动鲜活，连每个人的名字都别有一番意味。何安迪在福利院长大，被美国家庭收养并凭借聪明才智成为金融精英，旁人往往知道她似中似洋的“安迪”，而不知道她姓何。我根何在？探寻自己的身世，也正是安迪归国的目的。富二代曲筱绡，看了这名字，出生之际爸妈抱着《新华字典》找汉字的样子就已跃然纸上，有经验没文化的富一代，最终选定了两个看起来很有文化实际上却没啥意义的字，给掌上明珠命名。樊胜美，单看“胜美”两字，就已经是樊姐的小画像，这个名相当一般，搭配一般的姓氏更加俗不可耐，只靠一个“樊”撑起了文气，只可惜对人物而言，樊家却恰恰是胜美的拖累。关雎尔的名字最美，一看就是城市中产家庭出来的“窈窕淑女”。邱莹莹单纯明朗如晨露，她和应勤一样，都是城市中那善良、笨拙而勤奋的小蚯蚓。都说人如其名，能将主要人物的名字与背景、性格暗中对应，又做到如此浑然天成、不露痕迹，作者着实费了一番心思。

书名的粗与人名的细，正是《欢乐颂》“大粗小细”整体风格的一种反映。《欢乐颂》虽然于晋江文学城首发连载，但是作者阿耐却并非典型的网络文学作家。言传江浙民营企业高管才是她的正职，网络写作不过是个副业，因而早年间她也写过几部纯粹为了过瘾的穿越和武侠，转身去书写改革开放 30 年经济历程的《大江东去》，就得了国家的“五个一工程”奖，每部作品上百万字，从不设置付费阅读，收入不以为意，写作仅为娱情。这样的潇洒和任性，恐怕没有几个网文作家能够做到。

因而《欢乐颂》这部被作者标记为“轻松”风格的作品，也就充满了任性之气。女主角安迪天赋异禀、身家显赫、貌美动人，不但追求者个个都是青年才俊，而且还有个老谭这样神通广大又死心塌地的男闺蜜，简直是主角光环耀眼得不能再耀眼。富二代曲筱绡也是外挂全开，一个海外归来的不学无术小太妹，竟然能接连啃下大单，危难时刻还能让日理万机的安迪挂着蓝牙来遥控指挥。什么逻辑都先放在一边，作者自我投射为何安迪，无限宠溺着曲筱绡，让这两个人物骄傲地成为超越凡人的存在。

如果故事只是这两个“人生赢家”的二人转，那么《欢乐颂》不过是又一部玛丽苏小说。但是《欢乐颂》的有趣有味之处，恰恰在于 2202 的三个“凡人”。如同 50 多年前那部讲述中国农村社会主义改造的《创业史》，“高大全”的主角梁生宝，远远不如充满矛盾、动摇、最终做出选择和改变的梁三老汉来得血肉丰满。半个世纪后，这部讲述中国城市市场经济浪潮的《欢乐颂》中，那些挣扎于传统社会秩序、现代资本逻辑中的年轻姑娘，恰恰成为梁三老汉的精神传人，她们选择着自己的道路，也选择着中国的道路。

三个平凡姑娘中，樊胜美最为光鲜亮丽，也最为灰败沧桑。甫一开篇，她便坚定着“扎根海市，深入繁华”的理想，“洗澡化妆做头发换了一件又一件的衣服，终于选定一件烟灰色双宫丝连衣裙”，脚踏高跟鞋，摇曳生姿地去相亲，结果却意兴阑珊地回来，随即就向邱莹莹吐槽相亲男“还敢厚着脸皮问我愿不愿意跟他一起按揭买房”。但关上房门，听见邱莹莹和关雎尔讨论要不要相亲，又不免黯然神伤，“她都一大把年纪了，除了一大堆的衣服，一无所有”。

30 岁的轻熟女，美艳娇媚的容貌和洞察人心的情商，都是她的资本，她怀揣着这份资本，想要在上海这座繁华都市以小搏大、站稳脚跟，但是现实的残酷一次又一次将她拍醒，告诉她婚姻的本质不过是市场上的等价交换，而她那点姿色和风情，远远不如贤惠、听话、工资高、家庭好来得实惠。而樊胜美的骄傲又不允许她低头，于是越挫越勇，她离开“市场”、直奔“赌场”，势要一头扎进有钱人的圈子：“那酒吧开幕就不一样了，那些有份受邀的主儿，都是方方面面的人尖子。我呢，今天要去掐几个那样的尖儿，所以今天是打破头皮也要去的。”（阿耐《欢乐颂》第一部第一章）

虚荣、拜金，似乎已经成为樊胜美毋庸置疑的标签，而“没事儿，有樊姐”的义气担当，与想要依靠男人衣食无忧的投机取巧，又构成了她令人爱恨交加的一面。直到《欢乐颂》第一部篇幅过半，樊胜美如无底洞一般的家庭浮出水面，她光鲜亮丽的外表才被捅破，露出灰败暗淡的内里：游手好闲、打架闯祸的哥哥，重男轻女、一味索取的父母，让樊胜美承担着远超过她能力的重担。除了用她自己有限的资本套牢一个男人，似乎别无选择。于是，前半部读者积攒的对樊胜美的所有厌恶，都瞬间化为同情，她的世故与功利，也都沾染上了一丝悲凉。

然而随着剧情继续展开，安迪、奇点、曲筱绡、王柏川一齐出手相救，想要把樊胜美拉出家庭的泥潭，但是樊胜美却在大家的帮助中屡屡心软，哥嫂将瘫痪的老父丢到王柏川父母家，王出面处理，她还不免觉得他照顾不周太心狠。于是，可怜之人的可恨之处也就显现出来。樊胜美承担着这份重担，有其家庭的压榨，更源于她自己无止境的懦弱与让步。对大都市繁华、自由、独立的渴慕，和被小乡镇闭塞、愚孝、重男轻女所拉扯的现实，构成了樊胜美身上最丰富的层次。

从小城镇进入大都市，樊胜美、邱莹莹以及泛化到关雎尔，她们所面临的人生转型，正是整个中国社会从目前的“土”字形逐渐转为纺锤形的一个缩影。她们这些受过教育、白领行业的青年女性，作为中产或准中产阶层，也将是推动中国城市不断向前发展的中坚力量。同样，她们的欲望与焦虑，也是整个社会当下正在普遍面临的问题。

和几十年前的社会主义改造不同，计划经济模式是充满粗放的男性气质的，特别是在物质条件极度匮乏的中国，我们为必需品而奋斗，崇尚力量、积极劳动，追求宗教式的清苦与受难，革命的激情与青春期的荷尔蒙交相辉映。而市场经济之后引入的新的逻辑，则是精致优雅的女性气质，必需品被冗余品所替代，满足欲望被创造欲望所替代，我们需要不断消费、消耗，才能让经济流动起来，于是懒人经济、假日经济诞生，作为“买买买”主力的女性，以这种方式浮出历史地表，成为“资本”主义的“上帝”。

而 2202 的三位姑娘，正是转轨中的一代。她们所要争取的，表面上看是能够立足上海、过上衣食无忧的都市生活，实际上却是离开传统话语和秩序，依靠经济转型获得女性话语。关雎尔被迫相亲、邱莹莹要面对有处女情结的男友、樊胜美要摆脱重男轻女的家庭，她们为何要留在上海？因为在这一代青年女性身上，城市许诺给她们的礼物，除了阶层的提升，还有性别的解放。

“一定要留在上海！”三位姑娘以一种几乎押注赌命的方式，代表千百万从乡镇跳入城市的青年，推动着中国轰轰烈烈的城市化进程，她们将青春投入到繁华都市的资本浪潮之中，誓要成为新时代的弄潮儿。

■链接

作者简介：

阿耐，女，1990 年弃政从商，现为浙江某民营企业高管。2004 年左右开始利用业余时间在晋江文学城上进行创作，行事低调，从不透露真实姓名、照片，也不以作家身份参与公开活动。作品《大江东去》是中国首部荣获中宣部第十一届“五个一工程”奖的网络小说，此外还有代表作《食荤者》《余生》《不得往下生》《回家》等。

网友评论：

《欢乐颂》的一开篇，已经是新世纪的第二个十年，那个“阶层形成”的时代悄悄地落幕了，凭借着天资、出身、能力、机遇，刚出场的人物们已经被定位在一个个阶层里，于是，《欢乐颂》不再是奋斗史，而是此时此刻的一个社会切片……作者想让我们看的是各个阶层的状态与可能性。

——苏七七《我们的时代，我们的悲欢》

历来以女性为中心的小说，爱情都毫无悬念地成为第一主题，在那些作品中，女性往往通过爱人和被爱，完成生命的价值体现。但残酷的现实说明，爱情并不能让女性实现真正的救赎和自我救赎，现代女性对内心和外界的情感诉求同样重要。《欢乐颂》中的5个典型人物，虽然没一个能够离开感情，但爱情已非她们的生活全部……女性命运、情感、行为方式、思维习惯在21世纪中国大发展的大气候中的成长轨迹，才是读者应该给予更多关注的主题。

——才云鹏《一直在转型路上的阿耐》

《欢乐颂》看到最后，我反而最喜欢樊胜美这个角色了。正如小说里安迪描述樊胜美那样：她能揣着一颗苦得像黄连一样的心，照样将生活过得有滋有味，她最坚强。

——李牧《生活真的只有活在其中才能深有体会》

华文文学评论

黄碧云：以文字照亮那没有光的所在

饶 翔

在新世纪初年为台湾麦田出版的黄碧云小说集《十二女色》所撰写的序言中，王德威曾大胆预言，“以黄碧云的创作活力来看，在新世纪中必有更多的惊人之举。”果不其然，出版于2012年的《烈佬传》日前为黄碧云夺得第五届“红楼梦奖：世界华文长篇小说奖”首奖，她由此成为自2006年“红楼梦奖”设立以来，获得首奖的首位香港作家。

生于1961年的黄碧云，毕业于香港中文大学新闻系，后又取得香港大学社会学系犯罪学硕士学位。她的生活经历堪称丰富，做过舞者，担任过新闻记者，同时拥有律师执照，并长期在国外游历。她自20世纪80年代步入文坛后，保持着旺盛的创作力。此前还曾获得第三届和第十二届香港中文文学双年奖小说奖、第四届香港中文文学双年奖散文奖、第六届香港书奖、《亚洲周刊》2012年度十大小说等殊荣。与另一位也曾获得“红楼梦奖”提名的董启章，同为香港文学界的中坚力量。然而，与董启章庞大精密、富于实验性的文学构筑有所不同，黄碧云的小说创作更有一种直面现实人生的质朴生气。

从“烈女”到“烈佬”

《烈佬传》很容易让熟悉黄碧云创作的读者联系到她此前的长

篇小说《烈女图》。出版于1999年的《烈女图》以“我婆”、“我母”、“你”三代香港女性的命运浮沉，勾勒出香港百年的近现代史。黄碧云以“温柔与暴烈”之刀，雕刻出的女性浮雕群像，其间充盈张扬着自觉的女性意识，借用王德威的话说：“泰初无道，故女子有写；写在男子建构的世界夹缝中，写在自觉的身体里，写在虚无中。”

何为“烈女”？汉代有《列女传》，记载上古至西汉的百余名具有通才卓识、奇节异行的女子；而《明史·列女传》则专门记载节烈女，在入传的290人中，为夫守节、殉夫的女性约有120人，事迹都冰霜惨烈。古代典籍记载传奇女子，而黄碧云的《烈女图》却反其道而行之，叙述平常女子的故事，书写普通女性的日常生活，她们在平凡、琐碎、坎坷的生活中历经磨难，表现出坚韧的意志力和不屈的生存力量，是为“烈女”。

《烈女图》标志着黄碧云创作的一种转向，由异乡漂泊行旅，回归本土历史经验，化而为文字，甚至以桀骜难懂的本地方言为叙述语言，堪称冒险；同时，其为普通女子绘图立传之志，显露出她视线“下移”的写作立场和历史观。《烈佬传》便是这一写作脉络的延续。从西西到董启章、黄碧云，香港作家念兹在兹的“我城”，于其间深耕细作的本土文学意识，已结出丰硕的果实。

《烈佬传》讲述了上世纪50年代，香港一名自11岁就沉沦“白粉”（毒品）、赌博，反复出入监狱，花耗了半个世纪的努力才成功戒毒的“烈佬”的自传故事。以世俗眼光看来，如此一个“堕落放纵”之人，如何能称为“烈佬”？作者却说，“我的烈佬，以一己不坏之身，不说难，也不说意志，但坦然地面对命运，我慑于其无火之烈，所以只能写《烈佬传》。”作者所感喟的，是“烈佬”与“烈女”一样，以一息尚存之“烈”，飞蛾扑火般卑微而顽强的生命力。

在书写人物奇特甚至酷烈的一生时，作者采用了第一人称“我”的叙述方式，同时交叉使用粤语及书面语。为使粤语更贴近下层市民的口语，作为土生土长香港人的黄碧云甚至准备了一本广东话字典，学习了不少方言的写法。这样的叙述方式给作者和读者同时提出了挑战。于作者而言，为“烈女”立传以第二人称“你”，而为“烈佬”立传却以第一人称“我”，作者与叙述人之间横亘着如此迢遥、似乎不可跨越的距离，使得“我成为‘我’，是我最难的工作”。而就读者而言，叙述语言造成了阅读的障碍（甚至对于粤语方言读者也不是那么轻易）。作者的这种双重阻隔，在写作和阅读层面均形成了一种“陌生化”的间离效果，加之主人公极度“非主流”的人生经历，使作者和读者都无法产生“代入感”，也因此保持了冷静观察与思考的必要距离。

黑暗的孩子

《烈佬传》以倒叙开篇，阿难（周未难）60 岁这一年，结束了他最后一次的牢狱生活，监狱长告诉他有善导会的职员来接他，出狱后直接入住善导会康乐中心宿舍。小说第一章“此处”倒叙他自 11 岁离家入黑道，与“小伙伴”阿牛、阿生一同追随大佬王天瑞入帮会，看酒吧、赌博、吸毒、贩毒、制毒，直至在帮会之间的争斗中，大佬被大火活活烧死，手下四散谋生。迫于生计，并为满足毒瘾，阿难专扒醉酒的美国水兵的钱包，因此锒铛入狱。

第二章“那处”以阿难的监狱生活为主，阿难坐监狱的日子越来越多，在“里面”的日子多过在“外面”，生命似乎陷入了一种死循环：坐监、出狱、继续吸毒、偷窃、再入狱……但在此过程中，经历身边人事变迁：阿牛离开黑道，结婚，开出租，病死；阿生亦离开黑道走“正道”，做到议员，后被人揭发使用虚假文件，身败名裂，锒铛入狱；妹妹远嫁美国，父亲离世……这群人曾经活动的地区——湾仔也已高楼林立，虽美丽依旧，却已不复是他们的湾仔了。

第三章“彼处”才从开篇阿难 60 岁最后一次出狱时开始正叙，叙述他在善导会宿舍与一群病友（瘾君子、精神病人、残疾者）为伍的生活，经过多次搬迁、辗转，最后搬到老人院“安度”晚年，也从此告别了吸毒生涯，以衰老之躯，重新融入社会。小说至此渐有暖色，尤其是患有脑疾的阿启与患有肾病的阿莲，不顾身边人耻笑，结婚怀孕的情节，尽管作者的笔墨仍然相当冷静克制，但读来却颇为感人。“此处”、“那处”、“彼处”，将时间的流逝织进空间的转换，既形成了小说的结构，也形成了人物的生命结构。

《烈佬传》也容易让人联想起白先勇的长篇小说《孽子》。白先勇说，《孽子》是“写给那一群，在最深的黑夜里，犹自彷徨街头，无所归依的孩子们”（《孽子》题记）；而黄碧云说，《烈佬传》也可以叫做《黑暗的孩子》，“如果有一个全知并且慈悲的微物之神，他所见的这一群人，都是黑暗中的孩子”。在白先勇书中，那是一群游荡在台北新公园中，被逐出正常伦理秩序的同性恋者；在黄碧云笔下，这是一群游荡在香港“湾仔”、逸出正常社会秩序之外的吸毒者、贩毒者、小偷、帮教徒、狱中人……

如果说，白先勇的“孽子”们是一群由于“先天”原因而被“父亲”驱赶出家门的不幸者，他们像是因不可违抗的命运而无罪得咎，故而作者笔下不无体恤、温暖、义愤，以及人道主义式的浪漫与悲悯；那么，黄碧云的“烈佬”们的命运更像是后天选择，咎由自取，这里并没有必然的社会原因，有的只是命运的偶然、人性的羸弱一个生物学意义上的酷烈的人类的“丛林”，因而，作者的创作本意也就不在救赎，她以一种直陈其事的方式如实记录，摒弃抒情，或许她只是想以平静而坚忍的文字照亮那些被忽视的人类社会的边缘角落，那没有光的所在。正如她的夫子自道：“锦上添花易，知识分子有字，名门望族有钱，各自记录自己的历史，这样的一群人，我不写，就没有人知道，他们所活过的，也是我们的小历史，愈小至无。以小而面对大，我想是这一代写作人的责任。”

命运之书

当小说设置了它的叙事起点，也便设定了它的叙述语态。《烈佬传》是一位 60 多岁的老人在回顾其一生，“行至水穷处，坐看云起时”，无论这一生如何不堪回首，再回首也已是百年身。尤其是在如此一位“烈佬”讲来，再大的事也只三言两语，不期期艾艾，不怨不憎，在平淡中隐约带出命运的沧桑感。在“彼处”一章，人物因戒毒而导致意识混乱，小说以类似意识流的方法，在人物纷乱的回忆与思绪间，裸呈其内心世界。

阿难回忆幼时与妹妹在上海度过一段快乐的童年时光，上世纪50年代“偷渡”至香港，与父亲会合。如果他仍留在上海，他的命运会是怎样？如果他没有在11岁与阿生一起偶入黑道，如果当年父亲找到离家出走的他，他的命运又会怎样？

大佬王天瑞年轻时被黑帮老爸送往英国念书，期望从此过常人生活，后来回到香港，仍步父亲后尘，走上黑道，最后惨遭横死。在一次与手下下棋时，他像是自问：“如果你一生是一盘棋，你可以想几多步，你可不可以看通自己全盘棋，你几时先知道是赢是输？这盘棋有没有人赢过？”

在阿难生命中出现的不多的几位女性，都似萍水相逢，又相忘于江湖。住阿难对门的过气明星范丽丽患上抑郁症，一晚她请阿难和阿白陪她出去走走，两人先后撇下范丽丽回屋，当夜范丽丽跳楼身亡。阿难自问：如果他当时不离开陪着范丽丽，她还会不会跳楼？

一度与阿难合伙行窃的阿娇，在一个悲伤的晚上，求阿难让她试毒，阿难犹豫之下还是给了她一粒毒品，她后来也沦落为“道友”。阿难自问：如果当时没有给她那一粒，她的命运又会是怎样？“这种快乐，要付上一生做代价，我知道的”。

与阿难有过短暂之欢的妓女爱丽思，当初就告诉阿难，有一天她会戒毒，从良，嫁人，生子生女，教育他们“将来做一个有用的人”。多年以后，两人在街头相遇，爱丽思果然结婚了，却没有生孩子。她的命运是否已经改写了？个人过去的历史能被一笔抹去吗？“我在他人的命运里，有一个角色吗？像范丽丽？爱丽思？阿娇？”“如果我们的命，不是我们自己的，还会是其他人的，这样每做一件事，都不只是我们自己的事。”

“再行一次，我会不会行这条路？”“但不可能再行一次。”这是在狼藉了大半生之后，我们的主人公悟出的“命运”。《烈佬传》以不长的篇幅，勾勒出红尘中众多人蚁的生命浮沉，使之成为一本丰芜的命运之书。

吴念真的电影剧本与文学

严蓓雯

最近，北京的吴念真编剧作品回顾展共播放了台湾作家吴念真参与编剧和策划的四部电影《无言的山丘》（1992，王童导演）、《恋恋风尘》（1986，侯孝贤导演）、《儿子的大玩偶》（1983，侯孝贤等导演）、《光阴的故事》（1982，杨德昌等导演）。《光阴的故事》拉开了台湾新浪潮电影的序幕。新浪潮电影虽名为“新”，但其实延续了早期台湾电影的“悲情”和“言情”，只是这一浪潮下的电影更注重社会写实，大量从本土文学中吸取养分，成为当时台湾生活的抒情记录。虽然胶片不时冒出雪花，耳边都是闽南语对白，但不知为什么，影片却深深打动了今天作为观众的我。它们拍摄的时间离现在已有30来年，有些讲述的年代更为遥远，但我仿佛在这些活动的影像中，看到了被现代繁华掩盖的悲苦，也看到了人心深处微弱却倔强的一点点温柔的闪光。

我想，这某种程度上也是编剧吴念真的文本特色。在大导演们发挥各自的影像语言和人生理念时，吴念真也在作为创作底本的剧本里不动声色地铺垫了个人的风格和元素：萦绕不去的矿区背景，贫穷饥饿的无助卑微，城乡差异的心中之痛，殖民势力的两面嘴脸……总结起来，就是对那些背负生活重担的人的同情，和对造成人间苦难的种种缘由的展现与诘问。

翻开吴念真的小说，这些主题元素就更为明显了。虽然以上电影都不是根据他的小说改编，但在这些文字里能看到许多貌似不经意的生活细节，被融入他创作的剧本之中；也看到了循环出现的情绪和主题，依靠导演的会心理解和再度创造而形象化了。而且，也正是在这些属于吴念真的特别个人的记忆和主题中，我隐隐地有种似曾相识之感，仿佛他诉说的不是上世纪七八十年代的台湾，甚至不是20年代日据时期的台湾。

一

吴念真一个隐而不显的创作主题是殖民的两副面孔。《无言的山丘》里，矿工冒着生命危险开采的并不是自己的矿山，而是日本人的"财产"。与脏兮兮的矿工相比，一身西装的日本矿头十分文雅干净。在唱机大喇叭放出的古典音乐里，他坐在日式拉门前，拿着精致的咖啡杯，望着眼前山林轻盈的绿色，日光在叶间跳跃。只有在日本矿头眼里，这座堆满中国矿工尸骨的矿山才如此富有生机，如此美丽。而后来他带人去妓院搜寻被妓女偷藏的金子，手下粗暴地到处翻找、甚至搜查处女女佣的下体时，他却戴着礼帽、弯腰欣赏院子里的假山鱼池。他戴着白手套的双手未曾沾染煤渣、鲜血，但他的所谓文明、优雅全是建立在中国劳工和妓女的血泪上。

同样，《〈儿子的大玩偶〉之三"苹果的滋味"》里的美国人也以文明的面目出现。虽然是台湾乡土作家黄春明提供了原著故事，但从众多小说中，单单撷取了这一个，应该是编剧的用意。小工阿发被美国车撞断了腿，美国人"殷勤"地帮他治病，给他生活费，还提出送他的哑巴女儿出国学习。病房像"天堂一样"，窗帘白白的，沙发白白的，连被绷带裹成个粽子的爸爸"也是白白的"，和警察去寻找阿发家人、差点迷路的破烂不堪的黑色贫民窟形成了强烈对比。片尾，一家人在雪白的病房里嘎吱嘎吱咬着美国人送来的苹果，脸上露出幸福的表情。

如果单从影片来看，一时间并不觉得美国人有什么不好——那么，吴念真本人的小说《是的，哈姆雷特先生！》更为清楚地刻画了美国人"身为父母"的"用心"。开篇便是几个中学生在念"I、N、

T、E、R、N、A——”将小说置于“国际”(international)视野下。主人公“哈姆雷特”是一家纺织公司的老板，他一开口便是：“My son，三个月了，我们的工作一直毫无进展！Land，girls，我要的仅仅是这些罢了。”他口中亲切的“my son”是中国下属，而他要的“仅仅”是中国的土地和人力。面对公司前美丽的稻田，他说：“我喜欢它！我多爱这土地，还有天啊，这美极了的日落，令我想起我的得克萨斯。”口口声声喊着下属“我的好孩子们”的哈姆雷特，是觊觎中国富饶土地和廉价劳工的资本家，虽然已不是日据时期赤裸裸的土地强占，而化作了商业资本的运营，但依然依靠不平等的方式，对中国进行剥削。如果说前现代中国的穷困依然有本土的原因：人口过多、资源不平衡、地区差异大，那么现代和后现代的中国的艰难和困境，全球资本的扩张性劫掠难逃干系。如小说和电影中展现的，资本经常以文明优雅的形象出现，但内里，却是一番“将你的财产视为我的财产，将你的土地和人民为我所用”的嘴脸。在这些几十年前的创作中，我们难道不能看出一些今日的痕迹？

二

吴念真的另一个创作主题更为突出明显，就是饱含深情地书写贫苦的底层人民。《无言的山丘》里的“九份”是台湾著名矿区——吴念真的家乡，他父亲跟电影里的主角一样，也是矿工。矿工家庭的痛苦非一般人所能理解，早晨出工，晚上不知还能否吃上家里的晚饭。那里人都称矿难为“灾变”，一场灾变到来，去世的是矿里的工人，留下的是一个个嗷嗷待哺、耄耋待养的家庭。长工阿助兄弟俩从地主那里逃出来，是因为矿工工资更高，可以早点存钱买地，安葬父母，娶妻生子；可他们到矿区的第一刻，看到的却是矿山爆炸后血淋淋的残缺肢体。即便他们的辛苦所得最后也许可以完成梦想，但必须躲过爆炸、出水、塌坑种种致命危险，所以许多生命在完成梦想前就被矿山的黑洞吞噬了。《无言的山丘》说的是20年代日据时期的采矿工，到了1981年的小说《悲剧剧本》，情况似并无多大改变。《悲剧剧本》里，老师要大家写一篇《我最喜欢看……》的作文，国忠小朋友写："我最喜欢看到爸爸的脚的颜色和我一样，因为那表示坑内没水，坑内有水的话，爸爸的脚就会泡得白白的好像皮肤生病，而且坑内有水的话我祖母说很危险，就会骂爸爸，爸爸就不高兴，妹妹就会哭，我不知道要干什么才好。"《恋恋风尘》里也有悲苦矿区的影子，阿远生病昏迷前，眼前浮现的是矿工父亲受伤，被焦急的工友抬出来的情形。这些都是镌刻在吴念真记忆深处的悲惨场景。

采矿危险，贫穷饥饿更是利剑。《恋恋风尘》里，阿远有三四个弟妹，小弟弟什么都偷吃，"连牙膏也吃"。小说《富贵村的喜剧》里，大头旺的傻瓜女儿看见他手里提着肉，"突地便把手里的生番薯一把扔掉，也吐掉嘴里的白渣渣，双手夺了过来"。为了不让她吃生肉，大头旺只好把她绑在门边。仅仅为了能吃饱，矿工们也不敢放弃工作。《悲剧剧本》里，老太太的丈夫已在矿难中去世，但儿子还是不肯放弃工作，儿媳咳嗽不停还要去搬石头挣钱，老太太只好骂："好，都去，都去，夫妻俩都去，做到死！让孩子跟着我，让我拖磨！"

这是饱含同情才有的剧情和文字；目光浸润在贫苦之中，文字与那些目不识丁的人同眠。父辈如此辛苦，走出山区又如何？到了吴念真这一辈，有了读书的机会，但贫困家庭依然无力支持他们继续升学。山里的孩子，一读完初中就去了台北打工，跟父辈从地主家逃出来、希望能有一份更好的生活一样，他们也希望在霓虹酒绿的台北开始新人生。结果，《少年仔，找工作》里的少年俊仪刚下火车就被人骗，就算找到了工作，这些"俊仪"们也跟《公休日》里的阿东、阿助一样，平时睡在厂房楼上，空气里都是机器的味道，只有公休日可以"出去走一走"："阿东伸手把铁门又哗啦啦地推上去，像打开宝库的门一样，外头竟是白花花的阳光和亮晶晶的世界。"晚上，阿阳被冲床轧断手指的手隐隐作疼。他把绷带全拆了，把手伸到灯下静静地看着，"像观赏什么宝贝似的"，而阿东安慰他："被冲床轧断手指的不只有你，对了，那天师傅不是说了吗，手指断了就省得天天担心被轧断了。"他们的确没有父辈下矿那种直接的生命危险，似乎需要“担心的只有手指”，但他们的青春甚至成年，就这样在“一部部硕大的机器就像沉睡的怪兽”的、“宝库一样”的厂房里，消耗殆尽。

在这样的背景下，《恋恋风尘》就不仅仅是部爱情片；而少年阿远和阿云的感情距离，也不完全是阿远去当兵而造成。青梅竹马的这两个年轻人前后来到台北寻找机会，但一个只是骑摩托车给老板送货，一个在裁缝店里整日缝缝补补。有天，两人相约去给家人买礼物，可以在回老家时带回去，但就在两人感情最亲、甜蜜逛街的那刻，摩托车被偷走了。摩托车是阿远的谋生工具，也是老板的财产。虽然后来阿云的钱都给了阿远去赔摩托车，但经济的拮据一下子又从爱情里抬起头来。我想就是在那时，未来的无望已埋进了阿云的心底。

《恋恋风尘》的编剧有两位，朱天文和吴念真，从吴念真小说一贯关心的主题来看，应该是他在朱天文的爱情故事背后，埋伏了年轻人被牺牲的主题。他们没有财力继续深造，也没有财力留下心爱的女友。电影结尾阿远痛哭，是为阿云跟他分手痛哭，也是为青春梦想终于不再而痛哭。台北没有给他希望，也没有给他爱情，却逼迫他成了年。

写到这里，我似乎意识到那份熟悉是什么。如今，依然有不少人从事着危险的采矿工作，“在五千米深处打发中年”；也仍然有许多小镇的年轻人，没有突破高考分数线，来到南方城市的工厂里打拼，“咽下一枚铁做的月亮”。但感谢时代的火车，我们迅速忘却了发展道路上那些悲苦时期和那些被牺牲了的年轻人。可他们就在我们前进的站台上，远远地望着我们。在出站的人群中，有他们的面庞。吴念真书写的是上世纪初的悲惨劳工和七八十年代的年轻人，但他的现实主义记录今天依然鲜活，因为世界上依然有因贫困而挣扎在生存底线的人群，依然有因穷苦而被切断前进道路的年轻人。如何书写他们，甚至如何改变他们的命运，是如今创作者需要回答的问题。虽然吴念真也很悲哀地说，“以创作者为主的电影时代已经过去了”，但面对那些车站里茫然看着未来的年轻面庞，面对装配流水线前组装最新款手机的国际产业链最低端的产业工人，我们创作者该怎么书写呢？他们自己都拿起了笔，而我们应该背过脸去吗？

台湾六、七年级作家：记忆内爆与伦理承担

陈国伟

在目前许多论述中，都倾向于把2000年之后台湾的“后乡土/新乡土”书写浪潮，与六年级世代作家的正式崛起画等号，包括范铭如、郝誉翔、陈建忠等学者，都在论述中特别凸显台湾六年级作家在“后乡土/新乡土”书写浪潮中的核心地位。当然六年级作家对于台湾乡土书写的再进化的确功不可没，也足以成为世代重要的标签，但六年级作家对于台湾文学史的介入，可以推移到上世纪90年代中期以前。随着酷儿（Queer）理论的翻译引介，伴随着四年级作家朱天文《荒人手记》、曹丽娟《童女之舞》，以及五年级作家陈雪《恶女书》等重量级作品出版，洪凌与纪大伟以新世代之姿，结合既有的学术资本以及科幻、推理、奇幻等跨类型叙事，在台湾文坛掀起新感官小说的新风，可说是台湾六年级作家创作的第一度“高潮”。

然而这股高潮的背后，其实是一股亟欲回应全球跨国资本主义与都市文明的书写动能所形构出来的。到了世纪之交第二波崛起的六年级作家手里，原本作为主要命题的都市，让位给了乡土。因此，包括吴明益、甘耀明、高翊峰、张耀升、伊格言初期的作品，以及王聪威随后的转型，都被编入“后乡土/新乡土”的写作阵容，一直到进入21世纪前10年，另一波的转变才又开始萌芽。

不过正当六年级作家甫站稳脚步之际，台湾的七年级作家已“成群而来”，2011年由杨宗翰策划出版的“台湾七年级文学金典

系列”，可以视为台湾七年级作家在文学史的集体登场。黄崇凯在《台湾七年级小说金典》后记中指出，也许七年级作家因为本身知识条件、城乡差距的影响，使得感觉结构有所差异，但可确定的是，他们一方面承继着前辈作家的文学系谱，一方面又共享着这个世代特有的集体经验“网路社群”。

作为朱宥勋所称“重整的世代”的一员，陈栢青（叶覆鹿）同样也在2011年出版的《小城市》中，承继并重整了上世纪90年代以来城市文本对于跨国资本主义和大众电子媒体的关注，结合新世代在网路虚拟界面所体验的记忆、人际与情感关系，先一步成功地写出七年级作家对于现代文明思考的代表作。

《小城市》是以多线叙述交织构成的小说，主要角色包括：出版《红色大书》书写了绑架案却造成伤亡、冲击了警察体制因而神隐，却被神秘的《新闻报》编辑找到而委托假冒七年级撰写专栏的作家杜若也；直到三个月前才发现儿子叶渐渐是因为在捷运站被同学“杠子头”推落轨道变成植物人，并导致死亡的母亲叶红蛮；还有即将跟市长柳子骥的女儿冥婚，却被刑警铁兵卫识破是婚姻诈骗准备逃之夭夭，而意外掉入市政中心抗议封锁线内的韩欢。

然而随着杜若也对于自己接受的委托案的起疑，他突然发现这座城市似乎失去了对于整代人的记忆，最后一届参加大学联招的七年级考生全部消失了，随之出现的是电视节目中关于“红衣小女孩”都市传说的流行，但就在此时，报社突然决定要举办“七年级同学会”，邀请柳子骥市长担任特别来宾，并且在现场公布“红衣小女孩”录影带的真相。最后，杜若也终于知道，原来这一切是一场取代城市集体记忆的大规模行动，一组为全体市民的记忆“重新开机”的“小程式”，由于10年前发生了捷运出轨意外，造成大量参加大学联考的考生丧生，死者的血液洒遍了半座台北市，因此高层决定设计出另一个恐怖记忆予以取代，也就是“红衣小女孩”的都市传说，透过杜若也假冒的七年级的亲身体验、媒体的强力报道，以及七年级同辈间的口耳相传，最终成功完成任务。而且只要有社会重大的伤亡事件，主政者便可以修改个体记忆，启动记忆的重新开机，但有时也可能给予当事人救赎。

透过这样一个有如迷宫般、不断在虚拟与实际层次翻转的复杂故事，陈栢青展示了我们所居处的城市与社会，是以怎样的驱动力在运转，以及在资本主义的运作逻辑下，台湾已然成为法国后现代理论家鲍德里亚（Baudrillard）所定义的以“拟象”的生产为核心的“消费社会”，而身处于其中的七年级，所有的想象与记忆，也被媒体与网路中的视觉影像完全支配与决定。正如江凌青在评论中所指出的，陈栢青也同样采用一套“视觉植入”的策略，展现出七年级世代记忆的形构过程。也因此读者们在阅读时会油然兴起“原来我们这一代都活在电影里，无论是走路吃饭搭公车的回忆都是掺了摇滚配乐的画面”的奇异之感。

借由无处不在的电视新闻、监视器、摄影机、媒体影像所生产出来的拟象，主事者得以掌控即将成为社会主力的这一群七年级生:“接下来的十到二十年，他们将是整个社会的中坚。他们会占据消费、流行时尚、娱乐还有政治的中心。”所以他们要投入所有资源，打造一个七年级的神，“或者说，宣传神的‘福音’”。甚至他们运用捷运站摄影机中的影像，剪辑成一套新的恐怖记忆，用以清洗七年级与社会大众既有的创伤记忆。而一如柳子骥所说的，“这就是台北城构成的真相。这是一座记忆之城。”在其中的人们被取消了时间，只需要靠记忆过活。但也因为如此，七年级世代的感觉结构与集体记忆，终究只能是主体与客体、真实与虚构界线通通取消，而可能陷入不断重新开机的追索与寻觅中。

然而面对近似的城市与文明景观，稍晚于2013年出版《零地点》的伊格言，选择了当时台湾最具争议性的核四（指台湾岛内第4座核能发电厂）兴建与否议题，积极地介入了当时的辩论。小说以核四工程师林群浩为主角，预言2015年10月19日中午12时30分，由于核四开始运转引发了事故，由于严重的辐射污染透过水源进入人体造成体内暴露，台湾北部将成为重灾区，政府迁都台南，从此封锁台湾。

在形式上，小说以两个时间轴交错书写，其一是2017年4月27日，核灾后第556日，林群浩由于休假，成为唯一没有因为灾变而受难的核四工作师，然而由于事前他陆续接收到关于核四运转危险的相关资讯，在核灾后成为政府监管的对象，必须定期向心理医生李莉晴报到，进行梦境影像的侦测。在此同时，“总统”大选仍持续进行，原核安署署长贺陈端方由于组织探勘队，深入灾区有功，以英雄之姿成为最有胜选可能的执政党候选人。然而，她却担心林群浩的梦境影像，可能暴露核灾不为人知的真相。其二从2014年10月11日核灾前373日开始倒数，当时林群浩与女友小蓉感情相当稳定，小蓉原被母亲抛弃，因此从小在宜兰头城的天主教育幼院长大。小蓉对于媒体上曝光的核四安全报告感到疑虑，而林群浩从原本的高度自信，随着总体检的不顺利以及无能为力，以及主任陈弘球透露的政治因素及采购弊案，也愈感到担忧。陈弘球甚至告诉林群浩，若核四出事，务必要带走他的手机与电脑，更显示出核四情况极不乐观，但就在林群浩被告知延后商转的同时，事故便发生了。

选择如此贴近现实且敏感的题材，作为一个具有学术训练背景，对自我定位有高度意识的创作者，其实伊格言冒着相当大的风险。作为一个具有文学行动主义的作品，它挑战时间的多重性：面对现实中政治风向的极度不确定性，小说的形成作为一种真实，必须比核四的商转现实还要更早“成真”，才有可能站在“预言”的启动时刻。理想的状态是，截断核四商转的时间表，让小说内层的真实因为现实的未完成而一并崩坏，这是伊格言创作《零地点》的真正意图。但就小说的本体论而言，这是一种终极的自毁，因为它将自我的价值架构在确保小说的再现永远不会实现，也就是当核四停建，末日没有发生，小说透过虚构完成了它的现实意义，但再也无法确认小说家对现实发展的“推理”是否为“真理”，而无法证明小说家是否真的有洞见。而在《零地点》书后收录的伊格言与骆以军对谈中，伊格言显然非常清楚这一点：

我当然不希望《零地点》成为现实。在这里，小说和现实的互动是颇具辩证性的，我相信这或许足以延伸小说本身的视野。如果台湾的未来是盒子里那只薛丁格的猫——在那真正的毁灭降临之前，我想所有的“预言小说”都是这样的情形：小说本身是预言，而当小说与现实产生互动，小说与现实合看之时，整件事就变成了一个寓言，指向那个非生非死、亦生亦死的状态。台湾非生非死，台湾亦生亦死。在那恐怖的灭绝时刻尚未临至之时，它尚未塌陷为单一结果。我们还有机会。

也因此，《零地点》这样的书写，其真正价值不在于是否在当下获得验证，或是指向一个必然会发生的未来"预言"，而是在于一种自身对未来承担的伦理启蒙。关于这点，蔡建鑫透过德里达（Jacques Derrida）的《不要浩劫，现在不要》（"No Apocalypse, Not Now"）一文，提出了从解构主义的观点，文学创作指涉的就是自身的毁坏，也就是文学不可能的境况，也因此书写核灾必然是书写文学的毁灭。但核灾对德希达来说只是一个事件，不是未来，因为未来完全不可知，所以不论是小说的本体，或是其所描绘的对象，都不可能是未来。然而正因为如此，《零地点》作为德里达式的"零度写作"，不是过去也并非未来，是一个促使未来得以到来的事件，一个创发过去和未来的地点。最重要的是，他促使在场的（历史的、时间的、当下的）我们思考，应该对未来担负起怎样的伦理承担。这是对文明的思考，而且弥足珍贵的是，这是台湾六年级作家式的思考。

※ 台湾文坛以作者的出生年份来区分作家，1970 年以后的作家被命名为"六年级作家"，1980 年以后的作家被命名为"七年级作家"。

蒋晓云：一步一步走向有光的所在

李　涵

台湾作家蒋晓云是一个传奇。她祖籍湖南岳阳，1954年生于台北，1975年发表处女作《随缘》，1976年起连续以短篇《掉伞天》《乐山行》，中篇《姻缘路》三度荣获联合报小说奖，被夏志清、朱西甯赞誉为张爱玲的后人，年轻而博得如此文名，真是天赋造化。1980年后她赴美留学，成家立业，停笔几十年。2011年春，蒋晓云重新执笔写“长短篇”小说《桃花井》，随后出版了《百年好合》，加上早期作品的结集《掉伞天》，三部小说集在去年和今年被引进大陆。

蒋晓云让读者看到了港台文学的另一种样貌，一种和大陆相似又相异的写作风格。港台文学大规模引进是近几年的事情，从早期的朱天文、朱天心，到随后的张大春、董启章、骆以军、黄锦树，以及尚未引进的舞鹤，这些作家的特点虽然各不相同，但文字总体都偏重实验性和现代感，师法西方文学的痕迹较为突出，主动寻求在口语化叙述手段表达之外的另一种书面语体尝试。

蒋晓云的文风和他们截然不同，这会使读者微微困惑，以为她属于更早期、更老派的文学创作源流。其实，蒋晓云和朱天文、朱天心同属于《三三集刊》的成员，也曾和朱家姐妹一起受教于胡兰成。她自称“眷村外的孩子”，蒋晓云坦陈“虽然我只比她们大一两岁，可是感觉上好像是差了半代，我看到她们的时候大家都还是小朋友，可我回来她们已经变成文坛大师了，我们之间相处的感觉和印象好像还是30多年前，我到现在还没办法把她们当大师，我看到的都是她们的少作，她们作品最成熟的时候我已经不在台湾了，可能还需要点时间去看她们的作品”。

蒋晓云赴美读书，没有赶上这一辈台湾作家、甚至上一辈台湾作家的文学写作潮流，她早期的作品和朱天文有相似之处，外省二代出身的她们，在写作内容的选择上也有较多追思怀乡的母题，随即朱家姐妹转向更现代的写作尝试，创作了《荒人手记》《巫言》《古都》等堪称“文字炼金术”一般的小说，从文字的层面解剖故事，将情节敲碎打破，作为置放和熔炼文字的容器，并不追求故事的圆融完整，而是在有限的情节中实验文字延展性的最大可能。

在这之后，出现了走得更远的骆以军，他已经完全将情节消解到原子层面，拆分成最细微的粒子态，不追求在纸页上重现故事，而是试图还原甚至深挖诸如视觉、听觉、触觉、幻想、臆想、狂想等多层次的主观世界，这些文字讲述的早已不是故事，而是一些现实的隐喻。同为外省二代，骆以军已经不再将生活原型化为有情节的故事，而是建造出自己身世经验的隐喻，书写一种被流亡、被遗忘、被渐渐灭绝的恐惧和无措。

如果抱着这样的印象去读蒋晓云，读者会惊讶地发现她完全没有这样强烈的“现代感”，她文字的最大特点就是白描，没有层峦叠嶂的隐喻和文字实验，就是平平常常地讲故事，而且讲的也是周围人的故事。就像她在《百年好合》的序言中所说：“讲的是‘素人’的事，写的时候实非‘素描’，故事虽属拼凑和虚构，我创作时，人物的一生却历历在目，他们的英灵也与我同游天地。我清楚地知道他们从哪里来，会到哪里去，在这个世界上留下了什么样的痕迹。”蒋晓云的文字自有一种魔力，它不是破解文字迷障的智力快感，而在于用浅白的文字最深入地探索传统中国人情社会中的转圜进退，并且在这些人事技巧之中，书写她所经历过的人与事。

《掉伞天》《桃花井》和《百年好合》分属于三个阶层与三个时期，虽然是短故事集，除了《掉伞天》是结集而成的纯短篇外，《桃花井》与《百年好合》都属于“长短篇”，即一系列故事中的人物互相穿插，每一篇讲述其中几个人物的故事，而他们又是另一些故事里的背景和串场，连缀起来好像一幅长卷画，每一页又都独立成章，有着自己的小故事。

在《掉伞天》里，蒋晓云描摹上世纪七八十年代经济腾飞下的台湾中产阶级年轻一代的情感生活，白描的文字下透出老辣。经济腾飞的台湾，男女青年的感情却充满着波动和危机，双方都在掂量与判断，男性不愿意太早结婚，因为没有稳定的经济基础，他们或者留学或者当兵，在年轻时先挑几个“备选”。女性因为年龄的限制，没有机会也不敢等太久。在年轻时爱上一个男生，等了几年，就只能不信也信似的等下去，“随缘”是“嫁鸡随鸡嫁狗随狗”的“随”，爱情夹杂在烦琐的生活俗事之中，喘息尚且不易，爱情只是一种必要的形式和流程，她们在意的是实用而非浪漫。女性的理想是在婚姻中谋得自己的用武之地，年龄到了，真正成为一个妻子，将自己悬着的心安放下来，如果年龄稍微大一些，从家庭到自己都会感到惶惶然。

蒋晓云书写这些中产家庭出身的男女，他们即使在异国，心里悬系着的最大事情依然是怎么处理婚姻。少女意气的蒋晓云文笔相当老辣残酷，毫不留情地剖析出这些男女在现实面前的自保和计算，在婚姻关系中给自己留足了逃跑余地，拿不起放不下，只愿意尽快草草了事，毫无激情和希望。年轻的蒋晓云看得深、看得透，心也足够狠，这正是年轻的征兆。

等到几十年后重新执笔时，年轻时的“狠”也渐渐磨得淡了，也许更多是因为几十年人事的历练，让她看到了更多的悲剧并非源于人性之恶，或者哪怕是庸俗的自私，也有片刻的善意闪光，更因为历史造就的无奈，才带来了人们的隔阂、算计与不信任。在《桃花井》里，蒋晓云围绕一个年轻时逃亡台湾的前国民党县长李谨洲返乡的故事和他周围的人，展现两岸分离给人们带来的情感创伤。李谨洲老年时回到湖南老家落叶归根，80年代的台湾老兵成为香饽饽，家乡的小市民自然不肯放过给他续弦的好时机，同时自有小算盘。小儿子慎行的女儿们回乡探亲，又受到大陆文化的“震惊”，表现在口音、称谓和如厕之类的细节中。

李谨洲晕晕乎乎地和董婆结了婚，殊不知董婆一家最惦记的是他的金条和美元。结果李谨洲发现后，脑溢血晕厥躺倒在床。李谨洲逃亡时带走了小儿子慎行，留下了大儿子慎思，他们在大陆与台湾都受到政治冲击和迫害，在李谨洲病逝后，小儿子回湖南处理后事，两兄弟在历史造就的隔阂间达成了和解，算计着李谨洲的董婆一家带着小市民的占便宜心思，想捞点好处，本质上亦不乏善心，希望能谋得一个好名声。董婆尽心尽力照顾病重的李谨洲，希望的只是能埋在他的祖坟里。当这个愿望无法达成时，她默默地上吊死去。台湾老兵和大陆民众因为历史而被隔绝两岸，回返旧地，却带来重重阻碍，理解的障碍就像台湾海峡一样横亘在其中，难以轻易跨过。

在《百年好合》里，蒋晓云"一步一步走向有光的所在"，她书写民国时期的名媛女性，因为她不想让这些女中豪杰埋没。蒋晓云试图把从亲友那里听来的旧事与当年时事糅在一起，"小说开场以生于民国元年的上海女子兰熹为主人公，家族经营着举国闻名的企业，而后举家颠沛逃难到美国，百岁时又回到上海办寿宴，寿宴上来的人，彼此不是沾亲就是带故"，这些女性都是奋战在人生浪涛中的传奇角色，她们大都出身富户，善于持家、善于经营、有超强的耐力，可能当过舞女也当过侧室，命运波折，但她们都辅佐丈夫在美国打出一片天下，老了之后焦虑于富贵闲人的日子。她们的一生就这样过去，很传奇，也很寂寞。王安忆作序称赞："她的人物族谱与张爱玲的某一阶段上相合……张爱玲攫取其中一段，正是走下坡路且回不去的一段，凄凉苍茫；蒋晓云却是不甘心，要搏一搏，看能不能搏出一个新天地。"在专栏作家小宝眼中，"蒋晓云这种有教养又聪明的文字非常少见，她整个叙述节奏非常好，她看人的眼光可以很毒，但她写的时候又非常收敛"。

这是蒋晓云三部小说呈现出来的创作风貌，从这三部作品里就可以较为明晰地看到她创作风格的变化，不变的依然是那支直中红心的健笔。我期待着蒋晓云下一部作品的出版，期待再次读到她对人性的犀利观察，这让我在回到周围的现实时，能够将这些微妙又独具东方特色的中国式人情看得更加清晰。

台湾的鲁迅，南洋的张爱玲

王德威

“台湾的鲁迅”和“南洋的张爱玲”是为了说明华语语系文学研究的潜力，以及与中国大陆文学的对话关系。

谁是“台湾的鲁迅”？我们想到原籍彰化的医生赖和（1894–1943）。赖和早年接受“书房”教育，打下汉文基础，日后以汉诗见知于世。而赖和更大的贡献在于推动台湾的新文学。他主持《台湾民报》编务时，曾大量介绍五四作家作品，鲁迅正是其中之一。赖和平生崇拜鲁迅，想来他不只分享鲁迅藉文艺改变民族精神的抱负，对大师在医学与文学间的选择，也有惺惺相惜之感。

鲁迅在上世纪20年代已进入台湾文学视野，以后几十年随台湾的历史际遇而受到不同待遇。鲁迅的《故乡》写于1921年，1925年就在《台湾新报》上刊登。1931年，赖和刻意以鲁迅《故乡》为蓝本写出《归家》，描写一个受过教育的城市（台湾）青年人回到家乡所遭遇的状况。这里的问题在于鲁迅如何被“移植”到了台湾，启发一位台湾作家，为台湾特定的历史境遇，写出独特的作品。

赖和的白话小说创作始于1926年的《斗闹热》《一杆称仔》等，一出手就中规中矩。在以后的10年里，他为台湾社会造像，被侮辱与被损害的奋斗百姓、自命清高的遗老逸民、不甘于现状的叛逆青年、村俗无知的顺民，不一而足。凭着这些造像，赖和首度为殖民台湾的精神史写下记录。尤其《一杆称仔》有个耐人寻味的血腥结局。赖和似在暗示，暴力是打破殖民交易不公的唯一出路。有意无意间，他呼应了大陆左翼作家的风格。但回看赖和在汉诗中所显现的侠气，才更理解他抗议精神中的历史向度。

我们也想到了另外一位重要作家陈映真和鲁迅的渊源。陈映真是上世纪50年代以来台湾左翼文学及论述的领衔人物，也是台湾小说界最有原创性的作者之一。他早期的作品如《我的弟弟康雄》《故乡》《乡村的教师》等，已显露他强烈的人道主义关怀以及沉郁内敛的叙事风格。与此同时，陈映真开始涉入政治活动。上世纪70年代末期以来，他持续发表小说及政论，批判台湾政治经济。1985年至1989年间，他更经营《人间杂志》，以媒体形式介入台湾社会。

陈映真的作品受到鲁迅以降上世纪30年代左翼文学的启发，他也一向以鲁迅风骨作为效法对象。陈映真自己曾说："鲁迅给了我一个祖国"，"鲁迅给我的影响是命运性的"。除此，他对日本及欧洲文学也多有涉猎。影响他最大的外国作家包括日本的芥川龙之介、俄国的契诃夫等，前者幽暗暧昧的生命视野，后者深沉婉约的笔触风格，都可以在他的作品中找到印证。

日本学者松永正义曾指出，鲁迅体验所给予陈映真的是尽管身处"台湾民族主义"的气氛中，"他还能具备从全中国的范围中来看台湾的视野，和对于在60年代台湾文坛为主流的'现代主义'，采取批判的观点"。钱理群更进一步说明，陈映真还通过鲁迅获得了从第三世界看台湾的视野。

的确，陈映真念兹在兹的是以鲁迅为代表的左翼人道写实使命，但论者也指出其作品至少含有下列思想线索。由于家庭的基督教背景，原罪意识及天启愿景往往成为他作品不自觉的潜在文本。上世纪40年代台湾文学所引进的忧悒婉转的东洋色彩，也一直衬托他叙事言情的底色。更值得注意的是，尽管陈映真以写实主义为职志，他所经历的文学环境以及所吸纳的文学资源，却使其作品反映了一代台湾文学的现代主义意识。

陈映真曾以许南村之名，史论自己的创作背景及限制："基本上，陈映真是市镇小知识分子作家"，"在现代社会的层级结构中……处于一种中间地位。当景气良好，出路很多的时候，这些小知识分子很容易向上爬升……而当其向下沦落，则又往往显得沮丧、悲愤和彷徨”。换句话说，陈映真和他所要批判的对象，其实分享了同一背景与资源：他对社会的批判也正是对自己原罪的忏悔。由此产生的张力最为可观。由是推论，陈映真的文学观总是自我否定、抹销的文学观，是达成目的的手段。他显然低估了自己作品意识形态以外的吸引力，而他的文名也恰恰建立在这矛盾之中。这一方面，陈映真也与鲁迅相照映。

陈映真的创作可分为三个阶段。自 1959 年至 1968 年入狱前，陈映真的小说往往突出一个充满浪漫忧郁气质的人物，借由这一人物对理想的追寻、挫败以及悲剧性下场，透露无从言说的政治憧憬及历史环境的限制；陈映真的关怀也及于上世纪五六十年代台湾的阶级、族群等现象。

1966 年前后，陈映真的风格逐渐转变，《最后的夏日》《唐倩的喜剧》《六月的玫瑰花》等作以嘲弄讽刺取代了忧悒浪漫的色彩。但接踵而来的牢狱之灾，使得他的创作生涯中辍。1975 年陈映真出狱后，文风丕变。《华盛顿大楼》系列小说批判台湾的跨国资本主义经济结构，以及新兴中产阶级的物化虚矫。国族主义显然不能满足他的视野，他毋宁更关注全球化趋势下的资本帝国主义竞争，认为唯有从经济阶级的角度切入，才能切中问题所在。另一方面，相较 90 年代学界流行的后殖民论述，他反倒开风气之先。但总体而论，陈映真此一时期的创作显得急切，他对“主义先行”的坚持影响了他的叙事力量。

80 年代以来，两岸关系逐步解冻，陈映真得以更为直接地发抒个人意识形态寄托。此一时期他最受瞩目的作品是以《山路》为首的三部曲《山路》《铃铛花》《赵南栋》。三部作品各经营了一广阔的时间向度，借此陈映真对往事不仅作乡愁式的回顾，也更进一步叩问历史与记忆、革命与颓废的辩证关系。

2001 年，陈映真又推出以《忠孝公园》为题的三篇小说，政治关怀浓烈如昔，但笔调更为素朴沉重，《山路》三部曲所散发的抒情色彩不复得见。

离开华语世界的重镇台湾，我们讨论海外张爱玲现象的最新发展，就是“南洋的张爱玲”的书写。张爱玲是 20 世纪末中文与华语世界最受重视的作家之一，60 年代因夏志清的品题进入经典。她后半生在海外的漂泊经历和 90 年代作品挟海外盛名重回大陆，足以说明一代华语语系的语境和论述对现代中国作家和文学史的影响。

但“张爱玲”出现在马来西亚，产生的则是相当不同的地域特色。马来西亚华文文学是治当代文学者不能忽视的版块。马华文学的发展从来是华语语系文学的异数。尽管客观环境有种种不利因素，时至今日，也已经形成开枝散叶的局面。不论是定居大马或是移民海外，马华作家钻研各样题材、营造独特风格，颇能与其他华语语境——台湾、大陆、香港、美加华人社群等——的创作一别苗头。以小说为例，谈及台湾的李永平、张贵兴、黄锦树，大马的潘雨桐、小黑、梁放或是海外的黎紫书时，几乎可以立刻想到这些作家各自的特色。

在如此广义的马华文学范畴里，李天葆占据了一个微妙的位置。李天葆 1969 年出生于吉隆坡，17 岁开始创作。早在 90 年代已经崭露头角，赢得马华文学界一系列重要奖项。以后他完全沉浸由文字所塑造的仿古世界里，这个世界浓艳绮丽，带有淡淡颓废色彩。

李天葆同辈的作家多半勇于创新，而且对马华的历史处境念兹在兹；黄锦树、黎紫书莫不如此。甚至稍早一辈的作家像李永平、张贵兴也都对身份、文化的多重性有相当自觉。李天葆却有意避开当下、切身的题材，转而堆砌罗愁绮恨，描摹歌声魅影。“我不大写现在，只是我呼吸的是当下的空气，眼前浮现的是早已沉淀的金尘金影。要写的，已写的，都暂时在这里作个备忘。”

正是因为李天葆如此“不可救药”，他的写作观才令人好奇。有了他的纷红骇绿，当代马华创作版图才更显得错综复杂。但李天葆的叙事只能让读者发思古之幽情吗？或是他有意无意透露了马华文学现代性另一种极端征兆？

李天葆的古典世界从时空上来说，大约以 60 年代末的吉隆坡为坐标，前后各延伸一二十年。从四五十年代到七八十年代，这其实是我们心目中的“现代”时期。但在李天葆的眼里，一切却有了恍若隔世的氛围。

李天葆的文笔细腻繁复，当然让人想到张爱玲。这些年来他也的确甩不开“南洋张爱玲”的包袱。如果张腔标记在于文字意象的参差对照、华丽加苍凉，李的书写也许庶几近之。但仔细读来，会发觉李天葆（和他的人物）缺乏张的眼界和历练，也因此少了张的尖诮和警醒。然而这可能才是李天葆的本色。他描写一种捉襟见肘的华丽，不过如此苍凉，仿佛暗示吉隆坡到底不比上海或香港，远离了《传奇》的发祥地，再动人的传奇也不那么传奇了。他在文字上的刻意求工，反而提醒了我们他的作品在风格和内容、时空和语境的差距。如此，作为“南洋的”张派私淑者，李天葆已经不自觉显露了他的离散位置。

张爱玲的世界里不乏南洋的影子，南洋之于张爱玲，不脱约定俗成的象征意义：艳异的南方、欲望的渊薮。相形之下，李天葆生于斯、长于斯，显然有不同的看法。尽管他张腔十足，所呈现的图景却充满了市井气味。李天葆的作品很少出外景，“地方色彩”往往只在郁闷阴暗的室内发挥。他把张爱玲的南洋想象完全还原到寻常百姓家，认为声色自在其中。新作《绮罗香》中，《雌雄窃贼前传》写市场女孩和小混混的恋爱，《猫儿端凳美人坐》写迟暮女子的痴情和不堪的下场，《双女情歌》写两个平凡女人一生的斗争，都不是什么了不得的题材。在这样的情境下，李天葆执意复他的古、愁他的乡；他传达出一种特殊的马华风情——轮回的、内耗的、错位的“人物连环志”。

归根究柢，李天葆并不像张爱玲，反而像影响了张爱玲的鸳鸯蝴蝶派小说的隔代遗传。这些小说作者诉说俚俗男女的贪痴嗔怨，感伤之余，不免有物伤其类的自怜，这才对上了李天葆的胃口。

张爱玲受教于鸳蝴传统，却“以庸俗反当代”。李天葆则沉浸在吉隆坡半新不旧的华人社会氛围里，难以自拔。他“但求沉醉在失去的光阴洞窟里，弥漫的是老早已消逝的歌声；过往的莺啼，在时空中找不着位置，惟有寄居在嗜痂者的耳畔脑际。与记忆、梦幻织成一大片桃红绯紫的安全网，让我们这些同类梦魂有所归依”。

问题是，比起鸳蝴前辈，李天葆又有什么样的“身世”，足以引起文字上如此华丽而又忧郁的演出？这引领我们进入马华文学与中国性的辩证关系。李天葆出生的 1969 年是马华社会政治史上重要的年份。马来西亚自独立以来，华人与马来人之间在政治权利、经济利益和文化传承上的矛盾一直难以解决，终于在1969年5月13日酿成流血冲突。政府大举镇压，趁势落实排华政策。首当其冲的就是华人社会的华文教育传承问题。

“五一三”因此成为日后马华文学想象里挥之不去的阴影。然而阅读李天葆的小说，我们很难联想他所怀念的那些年月里，马华社会经过了什么样惊天动地的变化。《彩蝶随猫》里一个侍婢出身、年华老大的“妈姐”一辈子为人作嫁；世事如麻，却也似乎是身外之事：

韩战太遥远，越南打仗了，又说会蔓延到泰国，中东又开战，打什么国家，死了些什么人，然后印度尼西亚又排华了……新加坡马来亚分家，她开始不当一回事，后来觉得惘惘的……六九年五月十三日大暴动之后，她去探望旧东家，天色未暗就知道出事，她替她们关门窗，日头余光一片紫绯，亮得不可思议……

与写实主义的马华文学传统相比，李天葆的书写毋宁代表另外一种极端。他不事民族或种族大义，对标榜马华地方色彩、国族风貌的题材尤其敬而远之。与其说他所承继的叙事传统是五四新文艺的海外版，不如说他是借着新文艺的招牌偷渡了鸳鸯蝴蝶派。据此，李天葆就算是有中国情结，他的中国也并非“花果飘零，灵根自植”的论述所反射的梦土，而是张恨水、周瘦鹃、刘云若所敷衍出的浮世狎邪的人间。在这层意义上，李天葆是以自己的方法和主流马华以及主流中国文学论述展开对话。他的意识形态是保守的；唯其过于耽溺，反而有了始料未及的激进意义。

李天葆对文字的一往情深也让我们想到他的前辈李永平与张贵兴。李永平雕琢方块文字，遐想神州符号，已经接近图腾崇拜；张贵兴则堆砌繁复诡谲的意象，直捣象形会意形声的底线，形成另类奇观。两人都不按牌理出牌，下笔行文充满实验性，因此在拥抱或反思中国性的同时也解构了中国性。黄锦树将两人归类为现代派，不是没有原因。两人都颠覆了五四写实主义以降、视现代中文为透明符号的迷思。

比起李永平或张贵兴，李天葆的文字行云流水，却可能只是表象。他征引古典诗词小说章句，排比20世纪中期的通俗文化（多半来自台湾、香港），重三迭四，所形成的寓意网络其实需要仔细破解。而他所效法的鸳蝴派本身就是新旧不分、雅俗夹缠的暧昧传统。究其极致，李天葆将所有的“中国”想象资源搬到马来半岛后，就算再正心诚意，也不能回避橘逾淮为枳的结果。正是在这些时空和语境的层层落差间，李天葆的叙事变得隐晦：他为什么这样写？他的人物从哪里来的？要到哪里去？中国性与否也成为不能闻问的谜了。

郁达夫在《骸骨迷恋者的独语》里坦承：“像我这样懒惰无聊，又常想发牢骚的无能力者，性情最适宜的，还是旧诗；你弄到了五个字，或者七个字，就可以把牢骚发尽，多么简便啊。”由这样的观点来看李天葆，不也是个“骸骨迷恋者”吗？徘徊在世纪末的南洋华人小区里，时间于他就算刚刚开始，也要以过去完成式出现。但李天葆毕竟不是郁达夫。郁达夫信手拈来的中国旧体诗词是一种根深柢固的教养、一种关乎中国性验明正身的标记。李天葆其生也晚，其实错过了旧体诗词的最后时代。他熟悉的只是过时的流行曲，“地道的时代曲，但承接了浓艳诗词的遗风”。

如上所述，我以“后遗民写作”的观点探讨当代文学里有关事件和记忆的政治学。作为已逝的政治文化悼亡者，遗民指向一个“与时间脱节的政治主体，他的意义恰巧建立在其合法性即主体性摇摇欲坠的边缘上。如果遗民意识总已经暗示时空的消逝错置、正统的替换递嬗，后遗民则变本加厉，宁愿错置那已经错置的时空，更追思那从来未必正统的正统。”

以这个定义来看李天葆，我认为他堪称当代后遗民梯队里的马华特例。摒弃了家国或正统的凭依，他的写作艳字当头，独树一格，就算有任何感时忧国的情绪，也都成为黯然销魂的借口。他经营文字象征，雕琢人物心理，有着敝帚自珍式的“清坚决绝”，也产生了一种意外的“轻微而郑重的骚动，认真而未有名目的斗争”。“张冠李戴”，因此有了新解，而我们不能不感觉到绮罗芳香里的鬼气，锦绣文章中的空虚。

李天葆是20世纪末迟到的鸳蝴派作家，流落到南方以南。就着他自觉的位置往回看，我们赫然理解鸳蝴派也可以是“离散”文学。大传统剥离、时间散落后，鸳蝴文人抚今追昔，有着百味杂陈的忧伤。风花雪月成了排遣、推移身世之感的修辞演出，久而久之，竟成为“癖”。就这样，在南洋，李天葆兀自诉说他一个人的遗事，这大约是他对现代中国 / 华语文学流变始料未及的贡献了。

儿童文学评论

《替身》：发掘那些被遮蔽的艰辛与痛苦

徐 鲁

不久前，笔者从一篇文学评论中读到了两个触目惊心的句子，一句来自苦命的艺术家凡·高的书信集《亲爱的提奥》："我们的生活是一种骇人的现实，我们自己被它无限制地驱使着。"另一句出自小说家卡夫卡笔下："我们的日常生活，远比世界大战更令人惊战。"这两个句子，我觉得都可以拿来作为张之路的长篇小说新作《替身》的题记或注解。

《替身》讲述的是一个听起来有些不可思议、却又是那么真实和充满疼痛感的故事。这个故事有两条相互交替的叙事线索，分别叙述着著名歌星苏眠和草根出身的大学生肖子航这两个人的命运遭际。

出身寒微的小城青年苏文斗，本来只是南方一个小县城越剧团里的一位道具制作匠的儿子，因为跟着父亲在小剧团里濡染日久，身上的艺术天赋得到了开启和绽露，加上自身的形象、声音等条件也比较好，渐渐走上了演艺道路，最终成为一名粉丝无数的当红歌星。但是，所有成功的花朵，都是奋斗的血雨浇灌而成。不经历几番风雨，怎么能见到彩虹？苏文斗在成为当红歌星苏眠的奋斗历程中，历尽了种种艰辛和磨难，甚至忍受了难以与人言说的波折和委屈。他从"苏文斗"变成"苏眠"，正如从毛毛虫变为蝴蝶，多少挣扎、多少扭曲、多少痛苦，都被遮蔽在观众的鲜花、掌声和舞台上的光环之中，所有的甘苦冷暖，只有他自己来承受。

然而，命运女神对他有温暖的眷顾，更有冷酷的挤压。演艺场既是星光闪耀的青春秀场，也是纷纭复杂的社会场、名利场和尔虞我诈的商业战场。于是我们看到，尽管成名之后的苏眠极力想隐藏起那些难以与人言说的、曾经在底层中苦苦奋斗和挣扎的经历，但是，在残酷的商业竞争和冷酷的资本力量面前，他个人的那一点点所谓隐私，又总是如影相随，甚至总会被人当作羞辱他、要挟他和控制他的秘密武器。而疯狂和痴迷的粉丝们所追逐的，也只是他热闹、辉煌、光鲜的那一面。再忠诚的粉丝，也感受不到他的孤独无助，想象不到他内心的屈辱与痛苦，以及他精神上的创伤和抑郁。

实际上，从小说一开始时出现在读者面前的歌星苏眠，就已经是一个身心交瘁、不得不悄悄去求助心理医生的抑郁症患者了。虽然他还只有28岁，但是，那个光影斑驳、欢声雷动的青春秀场，那个充满了诱惑、欺诈、阴谋、贪婪、甚至恐吓的商演舞台，几乎已经压榨、扭曲和摧毁了他整个的心灵与肉体。他的身体已经虚弱得没有唱歌的底气了，他已经意识到自己快要垮掉了。

一个歌星连唱歌的力气都没有，就意味着他的艺术生命快要结束，但是眼前还有许多演出合同马上需要兑现。就在苏眠的音乐经纪人和投资人吴维平心急如焚的时候，小说的另一个主角——从江南小镇考入京城的草根大学生肖子航出现了。

按说，像肖子航这样从外省考入京城的大学生，每年何止成千上万。如果他只是出现在某个大学校园里，那么，一个大学生和一个著名歌星之间，也许很难发生什么命运上的牵系。他们或许就像两只在各自青春的河流上漂流颠簸的小船，各有各的航道，各有各的河湾。可是，仿佛是造化弄人，抑或是生活现实的必然驱使，和当年的苏文斗一样出身卑微、却又心志颇高，对眼前的生活现状心犹不甘的肖子航，怀着碰碰运气的心理，同时也揣着一个隐秘的梦想，出现在了京城里一个每天都会聚集着上百号人、等着被某个剧组找去当群众演员的地方。这个地方被附近的居民戏称为“新马太”，指的是新街口、马甸、北太平庄这三个紧密连接的区域。

小说里把这个地方称为“电影场”。出现在“电影场”里等候命运眷顾的每一个人，尤其是那些一文不名、被称为“北漂族”的年轻人，心里都揣着一个梦想。这使我想到朱丽娅·罗伯茨和理查德·基尔主演的那部《风月俏佳人》，开场时，一个穿花衣的黑人男子说的那几句台词："欢迎你到好莱坞来！每个来好莱坞的人都有一个梦。你的梦是什么？你的梦是什么？"

仿佛原本就有某种因果联系，肖子航被人推荐给了音乐经纪人吴维平。从此，他的人生和命运就与歌星苏眠紧紧联系在了一起。他陷入了一个经过精心策划和设计的，有点无可奈何和荒诞不经、又有点美丽与幸运的"圈套"之中，一步步地做了歌星苏眠的"替身"。从形象外貌到演唱才艺，从谈吐举止到精神气质，从日常生活用度和习惯，到出现在公众视线里的时间安排……他被全面地做了培训、改造和包装。也就是说，正像当年的"苏文斗"被"苏眠"全面替代、"苏文斗"只能隐身在"苏眠"心中一样，现在，"肖子航"也只能以"苏眠"的身份出现在公共场合和苏眠的粉丝面前，而真正的肖子航，除了会在自己的校园和同学面前出现，其他任何时候和任何场合，都必须是隐身的，他的一举一动，都不再是肖子航的，而是歌星苏眠的了。

一切都在绝密之中进行。我们可以想象一下，这样做会有着怎样的"表演难度"。不，不仅仅是表演难度。小说里写道："他（肖子航）仿佛是在做着一次次离奇而又惊险的飞行，演员、特工，离奇、惊险，云里雾里，上下翻飞。"

做一名当红歌星的替身，无疑是陷阱密布、险象环生的。在苏眠和他的经纪人这一边，原本就有一个强大、霸道和手段阴险的商业竞争对手"宋总"在步步进逼和跟踪他们；还有苏眠未成名前，被一个心理阴暗、心术卑劣的小人捏在手里的所谓"隐私"相要挟；再加上苏眠众多疯狂和痴迷的粉丝的追拥，以及无处不在的"狗仔队"和媒体记者的秘密调查……而在肖子航这边，他也必须去面对和应付同学的怀疑，去直面纯真的恋人何一梅对他的好奇与猜疑，甚至还要去应对那个势力强大的"宋总"派出的"情报员"段元生的跟踪与盯梢……

无论是苏眠还是肖子航，都要面对无处不在、防不胜防的各种对手的跟踪与设计。他们必须努力去做到真正的"无缝对接"。"替身”的日子，正如臧克家早年在诗里写到的那样，“这可不是混着好玩，这是生活，一万支箭埋伏在你周边，伺候你一千回小心里一回的不检点。”两个年轻人所面对的，也绝不仅仅是一个青春名利场，而是一个不是你死就是我亡的“战场”。是残酷的商战，也是惊心动魄的心理战；既需要斗智，更需要斗勇；是真与假、美与丑、升腾与坠落的考验和拷问，更是善与恶、罪与罚、正义与卑鄙的较量和搏斗。他们并没有试图去与艰难、残酷的生活达成妥协与和解。不，他们几乎是别无选择地迎接了冷酷和险恶的生活现实对他们的人生和命运发出的挑战。他们甚至不惮于拿出自己全部的青春、热血和生命作为赌注。他们被迫着要去承受残酷的生活给予他们的全部重量和凛冽。或者说，他们被迫着必须去与命运赌上一把。

张之路不愧为一位讲故事的“圣手”，一位技艺高超而又有着深沉的悲悯情怀的小说家。他把一个貌似荒诞和热闹的、通常只会被许多人想当然地当作“娱乐题材”来消费的“替身”故事，写得如此严肃、深邃和充满了悲悯意味。这一代人青春的艰辛、疼痛、丧失、凋零，这一代人的“怕与爱”，这一代人无法逃避的内心的挣扎、纠结与反抗，乃至青春和生命的祭奠，还有欲望丛生的时代里那些未泯的人性的良善、纯真和温情……都在作家看似冷静和客观、实则充满了道义感和悲悯情怀的叙事里得以呈现。

随着小说故事的层层深入，苏眠和肖子航两个人的命运结局，也紧紧揪着读者的心。肖子航进入苏眠的生活和内心世界越来越深入，他离原本的自己也就越来越远。按照这种逻辑走下去，肖子航的“替身”人生最成功、最完美的时候，也势必是他最彻底抛弃自己、让真正的肖子航完全消失的时刻；而歌星苏眠，随着他的身体状况越来越糟糕，他的个人演唱会、与媒体见面会、与粉丝见面等等活动的全面被替代，他觉得，他离舞台上和粉丝眼中的那个“苏眠”，也是越来越远了。

所幸的是，无论是强大的竞争对手还是众多狂热的粉丝，无论是无处不在的媒体还是演唱会的举办方，都没有发现“替身”的任何破绽。其间虽然不断出现过怀疑、猜测、甚至时间上和地点上的“穿帮”事故，但最终都没有被坐实。肖子航沿着一条谁也不知道的“秘密通道”，全面地、成功地、不为人知地代替了歌星苏眠，站在了欢声雷动的舞台中央，被所有的歌迷接纳了。而此时，真正的苏眠几乎已经病入膏肓，完全不可能重返舞台了。

故事至此，一种极端和残酷的、究竟应该何去何从的生活现实，摆在了两个年轻人面前。这不是电影和戏剧故事，这是他们真实的人生故事。小说家似乎是不动声色地把两个主人公的命运，既带到了光环炫目的青春舞台上，也送到了孤立无援的人生悬崖上。他们将如何继续下去？他们应该怎样选择和怎样“收场”？

小说的结局是：苏眠早就秘密地写下了遗嘱，并且叮嘱自己的亲人，让肖子航永远作为自己的“替身”，作为真正的“苏眠”，开始他新的人生。他深知，他从苏文斗变成苏眠，曾经付出了多少艰辛、屈辱和磨难。今天的“苏眠”这个名字、身份、地位、影响力，都是他用奋斗的汗水和痛苦的眼泪一点点地换来的。他愿意把“苏眠”这顶桂冠戴在肖子航头上。因为，只有在肖子航那里，他的梦想才能得以继续。苏眠这样对自己的老师、朋友和经纪人吴维平说道：“我死了，就是苏文斗死了，而不是苏眠死了。不用鲜花不用追悼会，鲜花和掌声我承受得太多了。不要声张，不要让任何人知道，因为在舞台上，苏眠还活着，还在照样唱歌！这个游戏是我的创意，很精彩的创意，你们也可以看成是一个行为艺术……肖子航代替我，我不在了，肖子航也不在了，只有苏眠还在！”他用颤抖的手写下了自己无怨无悔的选择与期望：“我虽然死了，但是我还活着。因为肖子航代替了我！肖子航就是苏眠！苏眠的歌还活着。唱歌！永远唱歌！”

而肖子航最终也在“活着还是死去，这真是个问题”面前，义无反顾地做出了自己的抉择：他将要永远以苏眠的身份在这个世界上活着，完成苏眠没有完成的歌唱事业。

《替身》不是一本仅仅为了要抒发生活中的悲伤的小说，张之路也不是一位悲剧作家，但是，他用这个扣人心弦、使人心灵战栗的故事，一层层发掘出了那些被遮蔽在浪漫的娱乐光环之中的艰辛、痛苦和挣扎，让我们看到了一种被隐藏和遮蔽在娱乐圈与演艺舞台背后的、比文学艺术更真实、更凌厉、也更残酷的生活真相。

那是一曲曲凄艳的青春劫，也是一幕幕悲壮的青春祭；那是年轻的眼泪在舞台上纷飞，也是青春的翅膀卷起的风暴。这也正是为什么读着这本小说，我会不由自主地想到了“我们的生活是一种骇人的现实”和“我们的日常生活，远比世界大战更令人惊战”这两句话的原因了。而张之路作为小说家的悲悯情怀和底层关怀意识，同样也表现在这里。

只有那些生活在痛苦的阴影里，或者曾经在悲伤的阴影里生活过的人，对他们所从事的每一项事业，无不感到热爱、敬畏和珍惜。然而，我们大多数人却把那一切看得过于简单和平淡，甚至有意消解了其中的沉重和艰难。法国作家尚塔尔·托马在《被遮蔽的痛苦》里写过这样一句话：“一本书无论有多悲伤，永远都不会像生活一样悲伤。”《替身》这本小说，也可以为这句话作证。

《凤凰的山谷》：向万物有灵的生态秩序致敬

崔昕平

儿童文学作家金曾豪的新作《凤凰的山谷》，是晨光出版社“青青望天树·中国原创儿童生态文学精品书系”中的一部作品。当这个长长的书系名称映入眼帘的时候，“生态文学”4个字着实给了我一个大大的惊喜。

金曾豪创作过不少优秀的动物小说，如《狼的故事》《苍狼》等。此番创作《凤凰的山谷》，可谓有着充足的前期积淀。而生态文学最基本的特质在于，它不是以人类中心主义为理论基础、以人类的利益为价值判断终极尺度的文学，而是以生态系统的整体利益为最高价值的文学。儿童生态文学的创作，不能局限在了解动物、关爱动物的层面，而是要立足于考察和表现自然与人的关系。金曾豪的作品很好地摹写了这一视角。在《凤凰的山谷》中，小山村的一切景物都浑然而和谐地交织在一起：美丽灵秀的山村、“碧水泱泱”的凤凰潭、“正值盛年”的樟树林、温顺的水牛“豆豆”、活泼的小公鸡“赳赳”、护犊子的老母鸡“刘桂花”、好动的小主人“奔奔”……一派田园牧歌式的美妙风貌。全景式的写作手法，使动物与人的种种心理活动都跃然纸上，身处其间的动物与动物、人与动物心灵相交，和谐相处，产生了从未有过的畅然而惊喜的情感体验。一只“很小很小的鸡”登上一头“很大很大的牛”的头，“豆豆”于是稳住脚步，不让“赳赳”掉下来——描摹出憨态可掬而又生动温暖的画面；龙年老汉对着水牛“豆豆”唠叨日常细事，“豆豆”便认真听着，因为它“听得懂语调，听得懂由语调传达出来的善意和亲切”——善意和亲切，是一切动物相互交流的法宝。默契的交流之中，盈盈的爱意跨越一切界限，在人与动物、动物与动物以及各种生物与自然之间氤氲。“在山野里，如果你觉得孤独，就错了。这里必定有许多许多晶晶亮的眼睛，在你看不见的地方监视着你呢。”这正是作家努力营造的一个活生生的自然生态，芸芸众生，你中有我，我中有你。

作品呈现出松弛自如的写作状态，一种介于口语与书面语之间的语言习习的、娓娓的，切合着儿童的语感节奏，如话家常，一股乡间独有的闲适、随性的气息缕缕而来。作者描绘乡间景物与动物，充满了传神之笔。如写到水牛豆豆从容的步伐，“脚下还有一种因为欢愉而产生的弹性”，金曾豪的文字也美妙如斯，欢愉而充满弹性。作品有着让人过目不忘的形象剪影，更有些让人过目不忘的句子、意境。凭借多年创作动物小说的经验，无论是白狗、黄鼬、野鸭，作家总能寥寥几笔就直入内心，将这一物象活灵活现地展现出来。各种声音背后蕴含的感情都借助各种拟声词在作者的笔下得到了传神的表达。耐心而细腻的写景，将作家对自然生态的赞颂诉诸笔端。生态和谐之美如汩汩山泉，自笔端莹莹流淌而出。作品的文字时而缠绵抒情，时而随性延宕，时而又果断干练。阅读过程中，常常被作家简洁质朴的文字“击中”，比如“秋天老了”。故事讲述的信手拈来的小情趣也常常让人忍俊不禁。比如描述一只母鸡不断换地儿下蛋，“浪漫得不得了”。这一切在并不紧张的情节发展过程中形成了自有的语感跌宕。

“生态文学”创作，不是一个概念化的解说，而是对于生命的思索，是很见创作者心中境界的。《凤凰的山谷》中涌动着对一切生命的敬畏和讴歌。作品中写到，“在土地面前，牛和庄稼人都乐于弯下腰来，他们是土地的崇拜者”；龙年老汉在割掉了稻子后，会“猜想田地会有点累”。作品中有对动物母爱天性的赞颂，为保护孩子，母鸡“刘桂花”面对乌鸦、面对大白猪、甚至面对鹰都凛然不惧，以命相搏，决绝到令对手震惊。作品中还有动物间质朴动人的亲情与爱情，像举家营救儿子、牙齿咬出淋漓的鲜血的黄鼬，像看到母鸭死去而愤然殉情的公鸭，像为营救母兔而数月徘徊的公兔，还有为了小母牛一反常态发怒狂奔的水牛“豆豆”，都提请我们以一种平等的眼光重新审视我们身边的动物，以一种崇敬的心态重新解读我们称作“生命”的万物。作品中还出现了一些带有传奇色彩的片段，如黄蛇循着同伴的皮做成的琴的声音缓缓而来，并在蛇皮上做了一次轻轻的长吻。奇幻的场景，道出的却是万物有情的天伦。

作品中，黄鼠狼、刺猬等各种天敌的轮番出场，不断打破小乡村的宁静，推动着故事的演进。各种生物知识足够令生活在城市中的孩子眼界大开。但是，即使是物种之间的相互争斗、搏杀，也并没有显得多么血腥，只是维持着生物链中的某种平衡。作者还有意识地编织了一个戏剧性的情节，让曾婆婆多年前被乌鸦偷走的金戒指经过一番食物链的轮回，长在了她挖出的萝卜上。一个看似巧合的故事道出的却是自然万物因果关联、密不可分的平衡关系。

而一个具有现代商业头脑、充满贪欲的人的出现，将这种平衡彻底打破，将老辈朴素的生态保护观全盘颠覆，也将和谐与美好瞬间毁灭。一个所谓的“凤凰潭度假山庄”的改造计划忽然降临在这片祥和而自有规则的宁静之中。突然而至的贪欲，血腥的气息牵动故事急转直下，作家的笔触忽然间变得触目惊心。力竭而死的公鸭跌落在湖里时，作家写道“凤凰潭哆嗦了一下，像中了一支毒箭”。捍卫凤凰潭的战争中，人与物的智斗最终以人的胜利而告终，凶残的人将野鸭碾压得不成样子，将刺猬活活剥皮，将家犬“银子”阉割致死，甚至连崖顶的瀑布也被破坏，小山村的祥和友善瞬间幻灭得令人不忍直视。作家用 90% 的篇幅描绘渲染的和谐美好，只因一个人的贪欲便毁灭殆尽，让人在扼腕的同时震惊于人类的破坏能力，让人反思高智慧灵长类动物的文明进步带给其他生灵的究竟是什么。文学是生活的镜子，生态文学正是对于严峻生态现实的文学反映。生态文学作品的价值，已经远远超出了纯文学领域。它唤起的是对整个人类文化和社会发展模式的批判，是人们的生态良知。金曾豪的这部《凤凰的山谷》，恰恰契合了生态文学代表作家卡森在《寂静的春天》里亮出的观点：“征服自然的最终代价就是埋葬自己”。

当然，在作品90%的篇幅中，故事主要矛盾冲突的始终隐藏、蓄势不发，小的冲突与冲突之间没有紧密地衔接；丰富的物种、全景式的呈现，都令作品头绪众多，需要慢慢品读，才能勾勒出一个完整的乡间生态。这样的创作是带有实验性的。应该说，金曾豪用他的写作实践，传达了生态儿童文学创作样貌的一种可能。

梅子涵“中国风”系列绘本：蓦然回首的珍惜与感动

李学斌

日本图画书专家松居直在定义图画书时，曾这样说：“什么叫图画书？图画书是文章说话，图画也说话，文章和图画用不同的方式都在说话，来表现同一个主题。”这表明，图画书中，图和文都具有独立的叙事功能，谁也替代不了谁，它们是相映生辉、相得益彰的关系。这一点其实就将图画书和传统的连环画区别开来了。

美国图画书研究者、作家尤里·舒尔维茨则认为：“一本真正的图画书，主要或全部用图画讲故事。在需要文字的场合，文字只起辅助作用。只有当图画无法表现时，才需要用文字来讲述。”这又是在强调图画书中，图在叙事上的主导作用。足见，对图画书而言，图画的讲述功能对其整体艺术效果至关重要。而在这一点上，举凡西方诸多经典图画书作品，（如《野兽出没的国度》《活了一百万次的猫》《月亮的味道》《驴小弟变石头》《爱心树》等等）在图文关系及各自的叙事功能上都莫不如此。

相比较而言，国内原创图画书因起步晚，基础弱，许多时候在图画书文图关系与艺术呈现上还略显青涩。然而，毋庸置疑的是，新世纪以来，在多方面汲取发达国家图画书发展经验与艺术滋养基础上，原创图画书的艺术表现力已经获得了长足发展。不仅推出了《小鼹鼠的土豆》《宝儿》《团圆》《荷花镇的早市》《小石狮》《一园青菜成了精》等优秀原创图画书作品，而且在图画书的题材领域和艺术表现形式上也不断探索，逐渐形成了具有本土化、民族性特色的文图风格。如希望出版社近期推出的梅子涵“中国风”系列图画书就是一例。该系列秉承图画书图文并重的艺术理念，试图以其富有抒情色彩的回忆性叙事构筑图画书的表达空间，并由此呈现跨时空的情感体验和人生况味。

从内容看，4 本一套的“中国风”体现了两个主题：亲情回味与感恩表达。前者主要书写平凡日子里的血缘亲情与岁月深处的温暖记忆，如《迎面驶过》与《外婆，你好吗》。后者则娓娓叙述了成长路上，那些看似不经意的陪伴、牵扶在懵懂记忆里留下的淡漠印痕或温馨感动。如《树叶与小鸟》和《走过小木桥》。

作为成人视角亲情追忆的内容结构，《外婆，你好吗》的情节始终笼罩在眷念与珍惜的情怀中。字里行间，那种深情缅怀、温馨回味的气息静静流淌。而写实略带夸张的绘图风格，则将那个时代滞重、单调的氛围很好地呈现了出来，颇能体现岁月绵延中，记忆模糊而又清晰的样态，以及内心里随思念而渐渐丰腴、朗润起来的一帧帧黑白颜色的往事画卷。这其中，外婆的不辞辛劳、和蔼亲切、盈盈爱心，都蕴蓄背后、暗含其间。所以，外婆去世后，每年去探望就成为“我”心头思念的深沉表达，成为祖孙亲情无尽绵延的真实写照。“人生就是这样，总要分别，在一起的时候真没有好好珍惜啊。”当一个个细节在爱意浓浓的回味里复活，那些曾经的温馨和眷念就在时光的暗影里化为了心头绵绵不绝的思念和感伤。图画书里，故事线条粗粝而散淡，但感情却异常浓酽。现时的成人视角看似平淡、隔膜，实际上，恰恰是立足于今天的缅怀，才使得那渐渐斑驳的记忆画面具有了现实的沧桑与历史的厚重，也由此在文与图的合奏中弥散出岁月荏苒、世事变迁、亲人已逝的恍惚与怅惘。小时候，“外婆抱着我上船，搀着我上船”，现在，我送的是一个小小的盒子，用红的布包着的。“坐船的感觉依旧，江水的声音依旧，但是我的外婆不在了。”这种双重视角的叙事，比之单纯的童年故事，更让人能够从中体悟到人生不同阶段的个中三昧。

而这样的情感表达既是私人化的，也是普泛性的，它诉说了亲人间血脉相依的牵念与依恋，也表达了平凡人生里的珍惜与感动。

这样的叙述和记忆，不仅是故事，更是生活在岁月里留下的一个个瞬间、一条条印痕，它衔接着一段段人生，也弥散在浩浩汤汤的岁月风尘中、熙熙攘攘的人生江流里。

《迎面驶过》写13岁那年，“我”独自去老家过年，同时，期待着在那里见到被下放当地、劳动改造的爸爸。“我”给爸爸写了信，热切期待着与爸爸的相聚。可是，一直到走，都没有收到爸爸的回音。“我”带着满心惆怅，乘车独自离去。回来后才知道，就在“我”乘车离去的途中，爸爸坐着从对面开来的车来看“我”，“我”和爸爸就这样擦肩而过……

人生中，许多真切的情感、滋味，年少时懵懵懂懂、毫无知觉，常常是长大后才咂摸出其中的真味。而正因为触摸到了童年那些深深浅浅的印记，我们也才更加懂得珍惜，懂得爱。这样看来，长大后，回望童年的那些印痕，不仅是对过去的缅怀，更是对现时的珍惜，要知道，平淡生命里那些莹莹动人的爱，恰恰就是闪烁在我们生命夜空里的一粒粒星子，它在温暖一颗颗孤寂心灵的同时，也照亮了我们走向未来的漫漫长路。

因为是回忆视角，生活化的场景更多逗引起情感的回味，而不是故事的品赏。从这个意义上说，《迎面驶过》与《外婆，你好吗》体现了创作者的一种艺术理念：图画书不仅仅在于叙事，而且还能够抒情；图画书完全可以立足童年而超越童年，进而传达出更宽广人生空间里的成长体验、生命蕴涵；甚至于，经由这样的探索性表达，图画书还可以在私人情感与普遍人性的融合中寻觅到新的内容主题、艺术空间……

这种表达理念在该系列绘本的“感恩”主题上也有集中体现。《树叶与小鸟》是一个富有哲思与童话意味的故事。它的题旨关乎生命回望与成长感恩。

树叶曾经为小鸟营造过游戏的乐园，曾经陪伴小鸟玩耍，为小鸟飒飒伴唱……可是，等到她渐渐枯黄，从树上飘落下来时，小鸟却不认识它，远远离开它。树叶有些失落，它怀着想要“独唱”的梦想，继续寻找别的朋友。因为它相信，可以找到别的朋友。

正如梅子涵在题记中所写：我们都是树叶，我们也都是小鸟。

我们茂盛过，鲜艳过，最后落下了，还是在大地，在生命原野；我们飞翔，站立，是因为有天空的包容，别人的托起……所以，当飘落的树叶想要独唱的时候，小鸟要记得树上玩耍的岁月，要记得树叶陪伴的一个个往昔。作为图画书的内容主体，文字的诗意叙述富有张力。情节中，此在的树叶与小鸟的交往仅仅是一扇窗，透过它，我们眺望或品味到的是自然界所有生命从诞生、发展到寂灭的缩影，以及其中所蕴含的深沉哲意。

与《外婆，你好吗》的写实风格有所不同，《树叶与小鸟》更多是一种写意画面。讲求物象的色彩质感和构图意味，并以大量的画面留白构筑图画叙事的想象空间，从而增强了“小鸟与树叶”故事的余音、余味。

同样是“感恩”主题，《走过小木桥》则又回归写实，以童年亲历的一件小事，传达出成长的丰富内涵。胆小的“我’，不敢抄近路走小木桥。有一天，眼看要迟到了，可“我”仍然在小木桥边迟疑。“我”多想有人能帮自己一把，可又害怕受到嘲笑。就在这时，做大队鼓手的他从小木桥那一边回头向“我”走来……从此，“我”就一直走小木桥了。确实，正如作者所说：所有童年，所有成长，都是走过一座座“小木桥”的。你怎么能够忘记那一个个牵过你手的人呢？平凡中的善意和不经意的援手，常常因此温暖了我们的内心，也让这种生命里的暖意得以绵延和生长，成为让世界生生不息、莹莹动人的光亮。

总之，4个故事隐隐贯穿着一条红线，那就是亲情与感恩。是的，亲情往往是陪伴我们走完漫漫人生长途的精神依托；而感恩则是生活给予我们继往开来的生命姿态。

需要说明的是，除了题材内容的特殊性之外，梅子涵“中国风”系列图画书在图文关系上也颇具特色。通观4本图画书，文和图的独立叙述功能尽管都有所体现，但“因文生图、以图释文”依然是文图关系的主导方面。只不过，关涉到不同内容与主题表达需要，每个故事的图文风格迥然有别而已。比如，《树叶与小鸟》因是诗化的童话故事，情节的意象性十分明显，于是画家采取了背景虚化、凸显形象的绘图方式，以此强化树叶和小鸟不对等的交往，以及由此衍生的象征意味。而《迎面驶过》由于是特定时代的亲情故事，因此朦胧往事和清晰记忆的交融就采用了“淡化环境、写意呈现”的方式。而且，灰白颜色的冷色调也让读者感受到那个时代的冷酷，以及留存于人们心灵上的某种挥之不去的清冷印痕。

与此类似的，还有《走过小木桥》。同样是写意画，但是由于绿色的融入，则赋予画面温馨、暖意，也更多带给人们希望和憧憬。

至于《外婆，你好吗》，尽管在对外婆的缅怀中多有伤感之情，但是却难掩对童年沐浴在外婆慈爱光晕里的温暖回味。暖色调的画面处理中，爱的绵长、持久与亲情的深邃、浩瀚都触手可及，让人真切体味到了血缘亲情的深广与博大。

应该说，作为系列绘本，这样的题材内容与构图风格就图画书而言是“非典型”的，它体现了原创图画书实践层面上的一种探索。这里，且不论其读者效应如何，至少这样的探索方式值得肯定。而且，就图画书的艺术表现力来说，图文二元、殊途同归的艺术呈现方式所赋予作品的也显然是 1+1 ＞ 2 的效果。从这个意义上说，梅子涵“中国风”系列图画书的艺术表达无疑是一种有意义的艺术尝试。

《小猪波波飞》：小猪们的博物馆

安武林

在一张推荐书单上，看到金波先生推荐《小猪波波飞》，以为是个外国绘本，所以不曾留意，总觉得现在推荐的外国绘本太多，明明是只萤火虫，偏偏要说得像月亮一样大，无限解读，让读者困惑不已。心想：如果这是外国绘本，就不去读了。

后来，才知道这是高洪波先生写的一个系列，顿时来了精神，立即找来阅读。好家伙，“小猪波波飞”系列，24本，简装本，不贵，但沉甸甸的。高洪波先生是个诗人，散文和随笔也写得龙飞凤舞，颇有激情。更重要的是，他参加那个《幼儿画报》的“男婴笔会”10年了，一帮老头儿快快乐乐地写幼儿文学。人常说十年磨一剑，高洪波这套书也算是他10年来孜孜矻矻磨砺出来的。他有童心，有幽默感，有激情，有文采，加上这10年他把自己的心已经捶揉得软软的，我想这部书一定很好看。

“小猪波波飞”是一个系列作品，每一本都由一个单独的故事组成。读第一本，我已经乐不可支了。在世界经典的儿童文学作品中，猪一直充当着可爱的形象，比如美国猪威伯——美国已故作家怀特《夏洛的网》作品中的主人公。而高洪波这套书，算是地地道道的中国猪了。24个故事，已经把这个具有中国民族特点的小猪刻画得栩栩如生了。那只美国猪是给小学生看的，这套“小猪波波飞”的书却是给幼儿读的，所以，这只小猪的身上，很有幼儿的特点。比如说，幼儿生长的过程中会得湿疹，这就是《湿疹小猪》;会感冒，它就是《喷嚏小猪》；会掉牙换牙，那就是《掉牙小猪》。波波飞的形象虽然是童话形象，但它却来自于作家对幼儿成长真切的观察，细致的触摸。写幼儿文学，最关键的两个字是“柔软”，一读之下，就能感受到幼儿的呼吸、声音，就能有触摸他们皮肤的那种感觉。若非如此，那就不是优秀的幼儿文学作品。

作家、评论家李东华曾经在读我的幼儿童话的时候，这样描述她阅读之后的感受：读起来，有一种毛茸茸的感觉。这个评价用在高洪波的“小猪波波飞”系列上，也是特别的贴切，特别的准确。应该说，“小猪波波飞”是对幼儿成长的一种细致的观察、一种细腻的描写，也许是因为他写诗歌的缘故，那些语言轻盈犹如蒲公英在空中飞过一样，轻柔、流畅、干净、明快。作者在写这些作品的时候，我似乎都能看到他脸上的笑纹，以及从内心洋溢出来的那种真诚而又清澈的快乐，似乎都能听到他爆竹鸣响般的笑声。很显然，这是一种极致的快乐，这种快乐是无法与人分享的，但是，高明的读者自然能从作品中体察到。也难怪，10年来，他能一直坚持参加男婴笔会，为《幼儿画报》撰稿，有谁能拒绝那种享受极致快乐的机会呢？

高洪波是幽默、风趣、乐观、豁达的人，他的作品同样体现了这个特点。小猪波波飞这套书风趣、幽默、生动、快乐、透明。高洪波犹如一个老顽童一样，领着一群小猪在飞奔，他让我想起了那个领着豆子打仗的顾城。虽然书中只有一个主人公，但却好像幻化成很多小猪一样。这当然是一套具有阳刚之气的幼儿绘本，但让我惊讶的是，高洪波那样一个壮实的男人，具有草原般广阔气质的男人，却能对幼儿的吃喝拉撒睡洞察得如此细致，可以说比一个育儿期的母亲的心还要柔软还要敏锐还要敏感，实在不可思议。可以说他在写作这套书的时候，完全是一台掘土机，一直在顽强地拓展，想把幼儿的世界尽可能最大限度地展示出来。从这个意义上说，这套书很有气势，很宏大，它不仅要求作者有敏锐的观察力，还要有丰富的想象力。这是一套全方位展示幼儿生活的绘本书，至少作者所展示的空间已经足够宏阔了。

作者在刻画小猪波波飞的时候，已经从生理、心理、情感、生活、想象等角度切入了幼儿的世界。我以为，这是一套以柔软的心打造的具有幸福的陪伴意义的亲子读物。是目前国内绘本的一个典范。高洪波是个诗人，在写作的时候采用了具有诗歌特点的语言，其中还有一些是用儿歌来点缀和描写的。这是他的长处，可以让读者有更多的文学享受。而我，几乎是在哈哈大笑中阅读完的，似乎，他就站在我对面，因为我们太熟悉了。我想对高洪波先生说："哈哈，你简直就是开了一个小猪博物馆。"我相信，孩子们没法不喜欢小猪波波飞这个形象。

《婷婷的树》：学不来的“淡”与“静”

殷健灵

有好几年时间，我着迷于孙犁的散文和小说，特别欣赏他简妙文字的淡而有味，还有不经意为之却又无处不在的诗意。即便是犀利的观点，也说得温和儒雅；再短的篇幅，也能曲折回环，朴拙中藏腴润，平淡中见真情。如此简静，又如此丰富。大约是年龄渐长的缘故，已经看不得“火气”太重的文字，倒是慢慢悟出年轻时不懂的“好”来。读孙犁的时候不由得想，儿童文学作家里是不是也有孙犁式的人物呢？答案自然是有。我心里想的，便是金波先生。

这几年，和金波先生的交往渐渐多起来，读他的作品也更多。最初只是读他的童诗，觉得他的诗除了童趣，更迷人的是难以言传的格调和书卷气。读着，仿佛能看见空中飘着音符。他的散文和童话也有诗的意趣，尤喜叙述语言的自然朴素，看似不事雕琢，实则是洗练的浅白，褪尽火气，流淌着“淡”与“静”。那样的调子令人迷恋和向往。

写儿童文学的作家，大多文如其人；反过来，大概只有表里如一、心存纯真的人才写得了儿童文学。我崇敬金波先生的人和文，经历过波折，心地依然能照见波光和云影，他从不激烈地去说一桩事，再大的烦与躁到他那里也能云淡风轻。因此，我喜欢和他聊天，也想学学他的“淡”与“静”。也就是在闲聊的时候，听他淡淡地提了句，80岁后，他开始写人生中第一部正儿八经的小说。

不知道多少人可以在80岁上开始他的“第一次”。开始“第一次”，需要激情和勇气，很多人在年轻时就已经丧失了这些，单从这一点上说，金波先生的这第一部小说便不同寻常、意义非凡。我好奇的是，写惯了抒情的诗、想象的童话的金波先生是如何在现实世界里编织故事的。一棵树，将会衍生出怎样的波澜起伏？我无法想象那是一个怎样的故事，只是隐约听说小说的形式新颖，14 个章节前都配有十四行诗，加之尾声，构成一部创新的十四行诗花环体小说。可以想见的是，这是一部慢慢“磨”出来的小说。

因为期待，便有了种种预设，但读到小说时，我还是惊讶了。曹文轩先生在序言里也提到他的“惊讶”，《婷婷的树》让他重新思考小说之“轻与重”“浅与深”。我惊讶的，除了这两层意思，还有一层，我深深意识到——小说归根结底不是“写”成的，而是“修”成的。

《婷婷的树》讲了一个简单不过的故事：小女孩婷婷因为养的蚕没有桑叶吃，求助于邻居靳爷爷，靳爷爷便去给婷婷找桑树，受过幼年创伤的 17 岁大男孩坐坐也加入了找桑树的队伍。但好不容易找到的几棵桑树，却给推土机推倒了。靳爷爷、婷婷和坐坐从土堆里刨出一棵细弱的小桑树，移栽到小区的院子里。可是小桑树却引来了意想不到的麻烦，它占去了邻居姬老板的车位，也引发了坐坐的“失踪”、婷婷的“出走”，围绕这棵树坐坐和婷婷以及周围的人都有了各自的成长……20 年过去，桑树和孩子们都长大了，小说也有了一个不是结局的结局。

一棵桑树、8 条蚕，意想不到地营造了一个属于靳爷爷、婷婷和坐坐，也属于更多人的小世界，这个世界里有生命的历程和沉甸甸的思考。它是关于自然的，也是关于生命的；关于生活的不易，也关于人生的无常。初一看，小说是如此纯净清澈、童趣盎然，每一字每一句，都可教人安静愉悦。可是不知为什么，合上书页时，心中却久久回荡着淡淡的惆怅和难以言说的感伤。

我最喜欢的人物，一个是靳爷爷，一个是坐坐。

这个靳爷爷，一定是现实中金爷爷的化身吧。他如此亲和平易，怀着一颗温润之心，小孩子在困难时会第一个想到向他求助，他把孩子的小事当做大事，他从来没有忘记自己的童年，保持着对自然的敏感体察。再细小的情感、再微不足道的话语，到他那里，便有了特别的价值。靳爷爷的形象让读者看透一个小说里并未言说的真理：“当一个人渐渐明白了生命原来不只是自己的，也是别人的，生命和生命之间就有了融合，你中有我，我中有你。”

那个坐坐，他是如此叫人怜爱。幼年时目睹父母双亡的惨剧，小小的心从此受了伤，他“吓傻了”，可是幼年阴影竟没有扭曲他天性的纯良，他孤独，总是善意地请人到他家里去“坐坐”，他愿意助人，自从有了小桑树，他也重新发现了自己的价值、使命和责任。我们在这里看到的，是一棵细弱的不会说话的桑树，改变了一个男孩成长的命运。

《婷婷的树》如此的简单，却又如此的丰富。作者只是从容地叙述，看似浅淡却笔力千钧，让近似于“无”的故事完美地达到起承转合、风生水起。它牵引了读者的目光与心，靠的不是故事的噱头和技巧，而是潜藏其中看不见的内核——它来自作者的修炼与操守。这是一部情感浓郁的小说，但一点都不“煽情”。金波先生想用一种“淡”来写人生的“浓”，想以形式上的“轻”来超脱生活的“重”。他在写他的“牵挂”，这些牵挂的内容是丰富的，包含着思念、思考、追忆、慰藉和补偿；他甚至想用轻松和童趣，不着痕迹地表达他内心深处的孤独、忧郁和感伤。他将诗意带到了小说里，《婷婷的树》的诗意不仅来自镶嵌其间的十四行诗，还来自于故事本身的留白，言犹未尽，引人联想。

人到了 80 岁，一切皆可看破，也无限接近了生命的本真：简单、平白、朴拙、淡泊、天然。但是，并不是每个人都能抵达此等境界。这是一世的修炼，学不来，更走不得近道。所以说，《婷婷的树》不是“写”成的，而是金波先生用一生智慧和体验“修”成的。他值得每一个像我这样的后辈学习和仰望。

《寻找鱼王》：古老而长新的中国故事

李敬泽

野地与少年，这是张炜长久执念的主题。在他浩瀚的小说世界里，那些精灵般的少年在野地里、在群山间和大水边如灯一般闪烁，万事万物于明暗之间焕发灵性的光。

张炜对新时期文学的一项重要贡献，就在于他重新建构了少年，也重新建构了野地。在他这里，少年不仅是一个生理阶段，不仅具有成长和成熟的向度，少年的故事不完全是过渡性叙事，少年在野地游荡，他和野地互相发现和界定，由此构成一个道法自然的精神世界，它与成人的、世俗的、变化不定的社会遥相问难，成为世界的另一种可能、另一个面向。

张炜心中一直住着一个少年。张炜写了很多书，他却一直不曾想起，他原本可以为孩子们写书，他的少年故事应该讲给少年。大概是出版社的编辑们看出了此中一片天地，纷纷鼓动，写吧写吧，于是，张炜写了《半岛哈里哈气》《少年与海》，现在又写了《寻找鱼王》。

于是，我们有了一位新的儿童文学作家。在中国，“儿童文学”指的不仅仅是儿童，而是以0岁直到18岁的未成年人为对象的文学。这种能指与所指之间的不对称约定俗成，但也是一种下意识的闪避，“大人”们似乎宁可忘记，在大人和小小的儿童之间还有少年，还绵亘着一段孤独、焦虑、躁动、令为人父母和为人师长者头疼不已的青春期。闪避的结果是，书店里扑天盖地都是“青春文学”：同龄人写而同龄人读，这在世界各国的书店里都是罕见的现象，似乎是，在我们这里，年长的人们沉默无声，只有青春期的孩子们相互倾诉和抚慰。

“青春文学”的流行是文化之病。经历着急剧的社会变化、快速的经验折旧，我们似乎已经失去了与孩子对话的能力和自信。在家庭里，我们怯于和孩子们深入地讨论价值和意义问题，我们把复杂的价值疑难简化成一个粗暴的终极律令：必须上进、必须成功。我们本该知道，成功不是人生和世界的答案，但是我们却无法给出更具说服力的故事——故事，求其本义，就是过去的事，是人类丰富经验的凝结和延续，是年长的、见多识广的讲述者在传授人生的智慧。在这个意义上，讲故事的能力和自信就是文化的能力和自信。成人书写的贫弱和青春期自我书写的繁盛，透露着“故事”的危机。

而《寻找鱼王》是真正的故事。一个立志成为鱼王、获得成功的少年，先后师从于两位老人。你也许可以想象，他最终学得绝技，显耀于世。这是武侠小说式的“成人童话”，它许诺着承认和成功，把人的成长解释为游戏打关的顺利与挫折——你需要的仅仅是外在的“装备”。但在《寻找鱼王》中，两个老人传授的并非成功之路，而是对人生宽阔、丰富的理解。人生还有美、有爱、有慈悲，还有敬畏和谦卑，还有耐心和持守，还有信义，还有自尊，这些事，都是比成功更重要的事。

在荒山上、野水间，孩子与两个老人相依相随，老人是孤独的，他们经历了、远离了人世纷争，但是老人将纷争化为经验。现在，在远离尘嚣的地方，老人把这一切教给孩子，这不是仅仅关于此时，更不是关于手机、服饰和发型，而是关于更长久、更基本的事，长久得如同山水，基本得如同自然。

由此，《寻找鱼王》回应着中国儿童文学的一个紧要危机，我们所缺的或许就是这样一种文化自信，不管世事如何变迁，不管每一代年轻人过着什么样的物质生活、怀着什么样的热望和梦想，时间和自然之中依然存在着指引人生的恒常之理。成年人、老人依然有话可说，不是说教，不是规训，而是在大地之上、古老相传的故事中，把那些基本的人类经验，关于人类如何达至善好生活的经验传递给后人。

当然，这种自信的前提，首先是我们自己是真的信的。而张炜恰好就是那个信者，多少年来，他一直是那个游荡于野地的少年，而这野地不仅是浪漫主义文学传统的野地，也是齐东野语的、蒲松龄的旷野，现在，他走到这个时代的少年面前，像一个老人、像一个同龄人，讲述古老而长新的中国故事。

《刘慈欣少年科幻科学小说系列》：科学认知与想象力叠加的卓越之美

舒　伟

科学和科学幻想的世界并不排斥文学的审美，但科幻叙事必须使来自科学认知的想象得到形象化的文学体现。而且，科幻叙事既要对现实世界进行映射，也要对人类的内心世界，对深邃的人性进行探索。

《刘慈欣少年科幻科学小说系列》（广西师范大学出版社，2016）共有 5 册，5 册的标题分别是《孤独的进化者》《十亿分之一的文明》《第三次拯救未来世界》《爱因斯坦赤道》和《动物园里的救世主》。除了作者是凭着长篇科幻小说《三体》而获得世界科幻界最高奖之“雨果奖”的著名科幻作家刘慈欣，这套丛书还有一个值得称道的新颖独特之处：每册图书的后面都有理论物理学家李淼对书中故事所揭示的或引以为据的科学知识的讲解。这无疑是一种全新的结合，是科幻叙事与科学认知的结合。此外，这套丛书的读者对象为 8 至 15 岁的少年儿童，这无疑也是一个举足轻重的创举。作为一套全新视阈的少年科幻小说系列，其重要意义尤其值得关注。李淼还对这一系列的作品进行了科学家视阈中的归纳和提炼：《人和吞食者》《诗云》《坍缩》《山》《梦之海》《微观尽头》等作品体现了故事的宏大性；《信使》《坍缩》《命运》《纤维》等作品体现了时间和空间的想象；《诗云》《乡村教师》《白垩纪往事》《山》《人和吞食者》《微纪元》讲述的是文明的可能；而第五册的主要内容关乎文明的核心——爱，揭示了刘慈欣这套针对少年读者打造的科幻叙事作品的独特魅力。

这套少年科幻小说系列的推出无疑具有重要的现实价值：既能满足少年儿童的文学阅读需求，又能为他们提升科学认知的素养和兴趣。与此同时，丛书还呼应了社会各界，包括家庭、学校、教育部门所重视的培养下一代科学人才的共同呼吁。丛书的推出为人们解决长期困扰自己的关于知识和想象力之博弈提供了一种行之有效的应对之道。众所周知，科学家钱学森生前难以释怀的“世纪之问”引发过人们的热议与思考：“为什么我们的学校总是培养不出杰出人才？”与此同时，我们还可以在媒体上看到对某个国际评估组织进行的一项调查结果的报道：中国孩子的计算能力世界领先，但想象力却非常之低。由此人们自然要对我们的教育进行反思，进行拷问。有不少人进而认为，是应试教育策略和灌输式教学方式造成了学生高分低能，尤其缺乏想象力的状况。这自然向教育工作者发出了重视培养孩子们想象力的呼唤。人们也认识到，儿童与青少年幻想文学作品在启迪小读者的想象力和审美敏感性方面具有无可替代的作用。然而，在人们引用爱因斯坦所言的“想象力比知识更重要”的同时，也容易产生另一种倾向，即把想象力和知识对立起来，甚至将它们看作一对“天敌”。人们担心，在给少年儿童传授知识的过程中，会导致他们想象力的消隐。这是因为“知识符合逻辑，而想象力无章可循”。当代社会的学校教育十分注重知识因素，但在现实生活中，成人为少年儿童灌输知识的同时可能会消蔽他们的智慧，因为知识化不等于智慧化。当代哲学家马修斯曾这样表述这个两难问题：幼童必须学习常识（知识与经验）。但常识作为前人成熟化的认识结果，对它的汲取正可能遮蔽和消解幼童的思维智慧。常识合理地解释一切现象，但不幸的是，许多知识和判断就容易陷入常识的规范。导致想象力和创造力的弱化，即整个思维变得机械和平庸了。这无疑是一个悖论。

实际上知识和想象力两者之间并非水火不容。人类的想象力在很大程度上依托于自身的认知水平。尤其是工业革命以来，现代认知科学对人类想象力的推动和启发前所未有，同时也催生了现代科幻小说的兴起。1818年，英国女作家玛丽·雪莱发表了被称为“第一部现代意义上的科幻小说”的《弗兰肯斯坦》。1895年，H.G.威尔斯发表了《时间机器》，随后以一系列科幻作品开创了英国科幻小说创作的第一个高峰期。只有当人们明白了科学认知具有何等力量，足以改变现在和未来；只有当人们认识到宇宙是按照自然规律运行的，而不是按照上帝或魔鬼的意志运行的，现代科幻小说才可能出现。工业革命以来，科幻小说受到最广泛欢迎的时期正是科技迅猛发展的时期。回顾人类社会历史，社会生产力的发展就是科技的累积发展，并由此改变着人类的生活环境。工业革命带来的变化对于知识分子和作家群体产生的影响是重大而深刻的。诗人拜伦和雪莱以及他们圈子里的人士都清楚地意识到他们生活在一个全新的时代。雪莱在牛津大学读书时就拥有一台显微镜，而且他在伊顿公学上学时阅读了大量的自然科学类书籍。他的夫人玛丽对当时兴起的科学实验也有着浓厚的兴趣，她的《弗兰肯斯坦》向人们表明，生命是如何通过实验室的电流被注入那些僵死的躯体的。玛丽对于她那个时代的科学知识非常关注。（塞缪尔·瓦斯宾德尔的《玛丽·雪莱的〈弗兰肯斯坦〉中的科学态度》对此进行了全面考察）工业革命时期，众多科学发现深刻地拓展了包括刘易斯·卡罗尔在内的知识分子的认知视野，爱丽丝从兔子往下坠落时的所思所虑就反映了维多利亚时代人们对于地心引力的推测。（卡罗尔本人还曾设想过利用地球重力作为能量来驱动火车行驶）

今天，即使没有接受过专门科学教育的作家，仍然要比过去的作家们了解更多的科学知识，在论及科学知识时更加娴熟。在当今社会，科学技术已经渗透到社会生活的方方面面，包括各种信息媒质当中。新的科学技术催生了新的叙事主题，由此激励着科幻小说的创作。无论是克隆技术、生物技术、航天技术还是计算机科学的新进展，这一切都可以在科幻小说的世界里得到形象的、夸张的反映。

当然，在工业革命以降的漫长岁月中，科幻文学潮起潮落，但总是以成人为读者对象的。专为少年读者打造科幻叙事作品无疑是一项极为有益的创举，而且具有现实可行性和重要的时代意义。刘慈欣的科幻叙事作品无疑是国内科幻文学的上乘之作，想象力和故事性颇具吸引力，而李淼的科学解读更为少年读者打开了一扇新的神奇视窗，是科学认知的拓展，也是前沿理论科学的讲述和启迪。

从文类特征看，科幻小说具有“包容性”特点，即人类认知的形象化包容性，因此对启迪少年儿童的思维和想象力具有无可比拟的优势。首先是对科学之美的直观感受，来自于科学发现和科技进步所激发的可能性总是令人振奋的，也是丰富多彩的，正如《西方科幻小说史》的作者奥尔迪斯所言：“自从开普勒以来，人类在科技现实方面所取得的科学想象的发展和完善精细，本身就是一个令人激动不已的故事。”科幻小说正是兴起于激荡着科技变革浪潮的 19 世纪，从诞生于充满探索与求知的英国工业革命时代的《弗兰肯斯坦》，到那些后来对于未来的科学和科技发展的可能结果做出各种正面或者负面预见（包括它们对人类社会和人类生活产生的影响）的当代科幻小说，日新月异的科学理论和科技发展为科幻小说的创作提供了无限的可能性。作家 H.P. 洛夫克拉夫特在致好友的信中写道：“在我的生活中，最震撼我心灵的事情是 1896 年我发现了古希腊世界，还有 1902 年，我认识到无穷尽的宇宙空间存在着无数的太阳和星球。有时我认为这后一件事对我的冲击和影响更加强烈，因为关于宇宙不断发展的认识所揭示的天长地久、绵延不绝之磅礴壮观仍然在产生着那无可比拟的震撼。”

科幻叙事由于其内在价值（叙事、认知、启示、预见等）和文学意义，具有特殊的崇高之美和想象之美。奥尔德斯·赫胥黎在《文学与科学》中论道：“那些根子扎在当代生活事实里的科幻小说家，即使是二流作家，他们的幻想跟过去对乌托邦和千禧年的想象一比较，也是无比的丰富、大胆和神奇。”的确，恰如刘慈欣本人所认识到的，现代宇宙学的大爆炸理论比之于古代的创世神话，显得更加壮丽，更震撼人心。广义相对论的时空观具有无限遐想的诗意，量子物理学的微观世界能容纳多少精灵！科学和科学幻想的世界并不排斥文学的审美，但科幻叙事必须使来自科学认知的想象得到形象化的文学体现。而且，科幻叙事既要对现实世界进行映射，也要对人类的内心世界，对深邃的人性进行探索。威尔斯笔下的那些火星人、莫洛克人、月球人，还有兽人等，难道不可以视作人类内心冲突的一部分吗？

根据现代认知科学对人类想象力的研究成果，知识越丰富，想象力就越深远。没有人能够幻想出一个与人类的经验世界毫无联系的世界。理解了事物之间的因果关系，人们的想象力并不会受到破坏，反而能够插上知识的翅膀尽情翱翔。诚如托尔金所言，“幻想是自然的人类活动。它绝不会破坏甚或贬损理智；它也不会使人们追求科学真理的渴望变得迟钝，使发现科学真理的洞察变得模糊。相反，理智越敏锐清晰，就越能获得更好的幻想。”科幻小说“呈现了一种现实性的非现实性，表现了人性化的非人类之异类”，是根植于这个世界的“另外的世界”。它把想象之美和认知之力结合起来，是少年儿童的最佳读物之一。

抗战题材少儿小说的历史担当与艺术追求

王泉根

战争年代："零距离"的接触

从现有资料考察，最早涉足抗战题材儿童小说创作的是陈伯吹。1933年，陈伯吹接连出版了两部以抗日救国为主题的童话体中篇小说《华家的儿子》和《火线上的孩子们》。小说塑造了"华儿"这一象征中华民族精神的儿童形象，表达了"誓以全力抗战"驱逐日寇的意志。茅盾在1936年发表的《大鼻子的故事》《少年印刷工》《儿子开会去了》等儿童小说，以上海"一·二八"抗战为背景，反映了都市儿童高涨的爱国热情，在当时产生了重要影响。

抗战期间，无论是大后方（重庆）、根据地（延安）还是"孤岛"（上海）的儿童文学，都有直面抗战、砥砺意志的精彩儿童小说面世。如丁玲的《一颗未出膛的枪弹》、萧红的《孩子的讲演》、司马文森的《吹号手》、秦兆阳的《小英雄黑旦子》、周而复的《小英雄》、柯蓝的《一只胳臂的孩子》、苏苏的《小癞痢》、贺宜的《野小鬼》、董均伦的《小胖子》、苏冬的《儿童团的故事》、刘克的《太行山孩子们的故事》等。尤其是华山的《鸡毛信》、峻青的《小侦察员》、管桦的《雨来没有死》，把抗战题材儿童小说创作推向了新高度。

华山的《鸡毛信》以12岁的山区牧羊儿海娃为八路军送信、

多次遭遇日寇为线索，刻画了海娃的勇敢机智、临危不乱，同时又不失孩子气，作品险象环生，一波九折，极具可读性。海娃是生活在大山深处的儿童，小说处处从“山区”落墨，使人物性格在“山区”的环境中得到充分自由的发展，作为小英雄与山区放羊娃的性格两面浑然一体，从而使人物形象更加真实可信，也恰到好处地体现了“山区少年”在对敌斗争中成长的方式。管桦的《雨来没有死》，则刻画了一位生活在水乡的孩子，同样也是小英雄与孩子气有机融合的典型。雨来善于游泳、淘气、好动、点子多，这些儿童行为的描写既丰富了雨来的性格，同时也成就了他的小英雄本色。海娃与雨来的成功，说明那个时代需要这样的形象来展现中国人的斗志，需要肯定、褒扬这些“有志不在年高”的少年英雄，激励感召千千万万的孩子。

第一波抗战题材儿童小说，直接诞生于战火纷飞、全民抗战的激情燃烧岁月。与战争的“零距离”接触，是第一波小说的显著特点：作家本身就是这场战争的亲历者、参与者、目击者，因而作家本人与作品中的人物同处于战争环境，作品的题材、内容、形象完全来自战争一线，呈现出时代生活与英雄事件的本真状态，写的就是身边人身边事，具有强烈的现场感；作家的创作动机与作品的社会效果，都是为了直接服务抗战、赢得抗战，实现“文艺必须作为反纳粹、反法西斯、反对一切暴力侵略者的武器而发挥它的作用”。（郭沫若）第一波作品奠定了抗战题材儿童小说爱国主义、英雄主义的基调，将爱国情怀、英雄本色、儿童情趣有机地融为一体，其艺术魅力至今依然深植孩子心田，同时产生了海娃、雨来那样在百年中国儿童文学发展历程中难以磨灭的艺术典型。

“十七年”期间：“近距离”的观照

抗战题材儿童小说创作的第二波热潮出现于共和国成立后的“十七年”时期（1949–1966）。加强少年儿童的革命传统教育，用爱国主义、理想主义、集体主义引领儿童，是这一时期儿童小说创作的主脉。抗战题材的作品责无旁贷地发挥了这方面的重要作用，成为激励当代儿童崇尚英雄、追求理想的形象读本。

第二波抗战题材儿童小说的作者，他们在战争年代还是青少年，有的亲历过战争，也有的尚未成人，但对那场战争都有着刻骨铭心的记忆与感受。因而他们是“近距离”地观察抗战、回忆抗战、叙述抗战，所反映的人或事，有亲历、有目击也有虚构，他们期待用自己的作品在润泽新一代儿童的精神成长中发挥认识作用与教育作用。影响较大的作品有：徐光耀的《小兵张嘎》、胡奇的《小马枪》、郭墟的《杨司令的少先队》、王愿坚的《小游击队员》、杨朔的《雪花飘飘》、黎汝清的《三号瞭望哨》、王世镇的《枪》、杨大群的《小矿工》、萧平的《三月雪》、李伯宁的《铁娃娃》、任大星的《野妹子》等。

小兵张嘎是“十七年”抗战儿童小说塑造的一个突出的典型形象。小说再现了抗日战争最残酷年代冀中平原的斗争场景，以“枪”为线索结构故事。从游击队老钟叔送给张嘎一支木头手枪始，到区队长亲自颁奖真枪终，中间经历了嘎子爱枪、护枪、缴枪、藏枪、送枪等一系列事情，突出描写了村公所遭遇战、青纱帐伏击战与鬼不灵围歼战等三次对敌斗争高潮。作品将人物放在严酷的生存环境中，正面描写战争的艰苦性、复杂性，在运动中塑造了张嘎这样一位既机智勇敢、敢爱敢恨，又顽皮不驯、野性十足、满身“嘎”气的少年英雄形象。真实可信的人物性格与环环相扣、一气呵成的故事情节，使小兵张嘎赢得了小读者的广泛喜爱。小说改编成电影后，更传遍全国，上个世纪五六十年代长大的那一代人，几乎没有不知道小兵张嘎的。

新世纪：“远距离”的反思

上个世纪 70 年代以来，抗战题材儿童小说的创作以陈模描写战地“孩子剧团”的长篇小说《奇花》（1979）、王一地描写胶东半岛抗战传奇的长篇小说《少年爆破队》（1980）最为重要。两位作者在少年时代都曾经历了抗战，陈模本身就是孩子剧团团员，王一地还当过儿童团长，因而他们的作品具有一定的亲历性与现场感，是第二波抗战儿童小说的延续。这以后，由于整个儿童文学小说创作的兴趣与重点转向校园小说、青春文学与动物小说，抗战题材一度沉寂。进入新世纪，抗日战争再次进入儿童小说的创作视野，并奇迹般地出现了第三波热潮。

需要特别关注的是，创作第三波抗战题材儿童小说的作家，全是“70后”、“80后”，他们生长在市场经济的和平年代，那场战争早已成为历史。他们只是从教科书、小说、影视以及长辈的口述中，才了解了现代中国这样一场血与火的战争。因而远离历史与战争的他们，一旦选择抗战作为表现对象，就必须克服“隔”和“疏”的矛盾。想象抗战、诠释抗战、反思抗战，就成了这一波小说的重要特点。主要作家作品有：薛涛以东北名将杨靖宇浴血抗战为背景的长篇小说《满山打鬼子》《情报鸟》，毛芦芦以江南水乡抗战为背景的《柳哑子》《绝响》《小城花开》三部曲，殷健灵以上海滩“孤岛”为背景的长篇小说《1937，少年夏之秋》，童喜喜以南京大屠杀为背景的童话体小说《影之翼》，赖尔以皖南新四军抗战为背景的长篇穿越小说《我和爷爷是战友》，李东华以山东半岛为背景的长篇小说《少年的荣耀》等。

第三波抗战题材儿童小说的年轻作者，为什么如此寄情于抗战？钟情于那一代战争环境长大的少年儿童？他们究竟要表现与表达什么？“80后”女作家赖尔在《我和爷爷是战友》一书后记中的自白，可以代表第三波小说作家的心声：“我在故事的假设中找到了许多值得当代孩子们思考的问题，同时在故事中体会到当代孩子们普遍缺乏的东西。”“读到那个时代的价值，读到一种成长的责任。”——试图从抗日战争中寻找当代少年儿童“精神成人”的宝贵资源与进取动力，这就是第三波小说的价值取向与审美愿景。

《我和爷爷是战友》中两位主人公——“90后”的高三学生李扬帆和林晓哲，正是身处解构经典、嘲笑英雄、颠覆理想、娱乐至死的所谓“后现代”语境中，因而缺失理想、信念与追求，迷茫、郁闷找不到北。但正是战争——当他们穿越到那一场伟大的民族抗战，他们的灵魂经受了彻底的洗礼。两个“90后”，一个成了抗日英雄，一个为国捐躯，实现了自己的人生价值与理想。整部小说刻画了一幅气壮山河的“红色穿越”场景，赋予抗战儿童小说以深刻感人的艺术力量。理想的重建与召唤，精神的砥砺与升华，民族下一代重新寻找英雄、追求崇高、铸造精气神的浩然之气弥漫全书，这就是第三波抗战题材儿童小说的重要价值与审美追求。

2015：“烽火燎原”

系列小说的集体登场

2015年是世界反法西斯战争胜利70周年、中国抗日战争胜利70周年。早在2014年4月，中央党史研究室宣传教育局、北京师范大学中国儿童文学研究中心、长江少年儿童出版集团在北师大共同主办了“烽火燎原原创少年小说笔会”，邀请张品成、张国龙、薛涛、牧铃、肖显志、李东华、汪月玲、韩青辰、刘东、毛云尔、赵华、毛芦芦等儿童文学中青年实力派作家，共商加强抗日战争题材原创少年小说的创作，倡扬爱国主义、英雄主义精神。

经过一年多的锻造、打磨，“烽火燎原原创少年小说”首批八部作品终于集体登场。八位儿童文学作家，八部抗战题材小说，跨越半个多世纪反思中华民族的抗战史，在抗战小说的题材内容、人物形象、叙事视角、艺术手法等方面，都作了新的突破与探索，意在引领当下少年儿童精神生命的健康成长，体现了新世纪抗战题材儿童文学的艺术自觉。这八部长篇小说是：肖显志的《天火》、张品成的《水巷口》、牧铃的《少年战俘营》、汪玥玲的《大地歌声》、王巨成的《看你们往哪里跑》、毛云尔的《走出野人山》、毛芦芦的《如菊如月》、赵华的《魔血》。

抗日战争是一场全民族参加的战争，既是全面抗战也是全民抗战，这一历史事实在“烽火燎原系列”中有着生动的展现。八部作品依循史实，告诉小读者们：这是一场全民的抗战、全国的抗战、全面的抗战。共产党领导的新四军奋勇抵抗誓死保卫衢州（毛芦芦

《如菊如月》)，巧传作战信息击败进犯苏北的日寇（汪玥琀《大地歌声》)，国民政府组织的中国远征军在缅甸孤军抗敌，野人山大撤退历尽磨难（毛云尔《走出野人山》)……八部小说把我们拉回到了那个烽火硝烟、生死存亡、凤凰涅槃的特殊年代。

战争年代少年儿童的成长轨迹自然迥异于和平年代，但战争年代的少年儿童毕竟都一样是孩子。如何从儿童自身的维度与现实生存环境刻画抗战儿童形象？八部小说在这方面均作了有益的探索，既坚持生活真实与艺术真实的有机统一，又努力探寻儿童世界与成人世界的合辙融合。这种“探索”主要体现在从儿童的角度看战争、写战争、感悟战争，从天真烂漫的童心入手，分析他们是如何一步步走向抗日的原因，刻画他们对战争与敌人是如何一步步“理解”和“醒悟”的。世界文学“成长小说”的艺术理念，大致遵循作品主人公经历“天真——受挫——迷惘——顿悟——长大成人”的叙述模式。用此尺度观照，我们的抗战题材儿童小说何尝不是另一种意义上的“成长小说”？而且是一种更为“逼真”的成长小说，因为每一位主人公的成长，都面临着血与火、生与死的抉择与考验。

《大地歌声》(汪玥琀）中的二嘎起初是个小戏迷，经历了朋友小顺子一家的惨死后，开始意识到周遭环境的突变，毅然冒死帮地下工作者传递情报。疯言疯语、江湖气十足的小叫花“黄毛”，曾在鬼子手下混吃混喝（肖显志《天火》)；受奴化教育影响的潘庆，一开始对宣扬武士道精神的教官还心生崇拜（张品成《水巷口》)；牛正雄最初加入国军时还当了“逃兵”(王巨成《看你们往哪里跑》)。但黄毛最珍视的朋友串红惨遭日军杀戮，他惊醒了；潘庆亲历日军枪杀无辜村民，他震怒了；牛正雄的家乡被烧被屠，他不再害怕打仗了。家园的毁灭、亲人的逝去，血淋淋的现实给幼小的心灵留下永远的创伤，也因此让少年们真正成长了起来，走上复仇之路。当然，促使少年成长的力量并不仅仅是“复仇”，更深层次的力量来源于每个民族骨子里所具有的热爱和平、追求幸福的天性，在第二次世界大战期间，这种天性突出地转化成为反法西斯精神。《少年战俘营》中的刘胖是国军孩子，爷爷被红军打死；龙云是红军后代，母亲被国军活埋。然而二人在日本法西斯的罪恶面前舍弃了“小我”

之恨，一致坚定起对日寇的民族大恨。面对鬼子的利诱、分化、打压、折磨，他们绝不投降，绝不屈服，最后携起手来，勇敢地杀向敌寇，双双牺牲。这些少年的成长，是其反法西斯精神的觉醒；他们的担当，也由此不仅具有民族大义，还具有了世界意义。

烽火长明，警钟长鸣

70年过去了，在新世纪成长起来的一代少年儿童，虽然身处资讯发达的现代社会，但对于那一段中华民族的惨痛历史，那一场席卷全球的反法西斯侵略的战争，尤其是对于70年前处于战争年代的中国同龄孩子的生存状况与精神面貌，今天的少年儿童又能知道多少呢？是否有被遗忘的危险？无论是战争年代“零距离”的接触，还是“十七年”期间“近距离”的观照，抑或是新世纪“远距离”的反思，以及2015“烽火燎原”系列小说的集体登场，这些出生于不同年代的作家，之所以要用儿童小说的艺术形式来直面抗战、描写抗战、反思抗战，并希望以他们的反思来感召与感染当下的少年儿童，其目的正是为了让我们一起来面对这段历史、反思这场全民族的抗战，加倍地珍惜和平，不忘历史，烽火长明，警钟长鸣。

战争题材儿童小说的难度

刘秀娟

“第二次世界大战之后，欧洲犹太人写他们悲伤的故事，至今已数百本。日本人因为自己的侵略行为惹来了两枚原子弹，也写个不休。中国人自20世纪开始即苦难交缠，八年抗日战争中，数百万人殉国，数千万人流离失所。生者不言，死者默默，殉国者的鲜血，流亡者的热泪，渐渐将全被湮没与遗忘了。”藉由台湾学者齐邦媛之感慨，我们便知道，对于抗战历史的疏离，不独独是大陆文学的问题。

多么悲哀与无奈。不过才70多年而已，这段并未完结的历史已经散逸得难以追述。“纪念”，便是这湮没与遗忘的对抗。于今日而言，哪一种纪念的方式能比文学走得更深远更长久呢？

然而，自新时期以来，抗战题材的儿童文学寥寥，相对于鲜活的当下生活和无羁的幻想文学，儿童文学的艺术探索显然没有向历史题材领域做深一步的探触，提及起来，还是要历数《鸡毛信》《小英雄雨来》《小兵张嘎》等早期的作品。上世纪80年代虽有三两部，且颜一烟的自传体小说《盐丁儿》还改编成了广播剧和电视剧，但并没能打破这种沉寂。

转过一个新的世纪，儿童文学作家似乎萌发了对历史的叙述热情。除了张品成这位以书写革命历史题材见长的作家之外，一批年轻作家都出人意料地创作出了抗战题材的小说。今年以来，更多的作家加入到了抗战历史的写作中。这让我们充满了期待：对这段灾难深重的历史，他们有什么新的发现和认识？对于被湮没的战时儿童生活，他们如何穿透 70 多年的迷雾，给予鲜活的重现？会有什么震撼人心的故事？同时，我也非常担心，作者进入历史的深度如何？选择的角度是否巧妙？还有，面对厚厚一摞作品，这一本和那一本会有什么不一样？

厚重的历史文化感与丰盈的生活情状

几乎不约而同地，作家们选择了“故乡叙事”，以回望的、缅怀的情绪，在书写抗战的同时极力表达对故乡风俗人物的怀念、对吃穿百事的留恋以及对故乡文化性格的理解。甚至可以说，作家们由此完成了一次对故乡的集体抒怀，这浓郁的乡愁、文化的哀叹似乎在他们其他的作品中还不常见。

薛涛的童话和小说往往具有一种超越性，充满强烈的隐喻色彩，少有像《满山打鬼子》《情报鸟》这样写实千里冰封的东北大地。时代的潮流不断地冲刷大上海，作家们尽力用文字为老上海拍照留念，殷健灵在《1937·少年夏之秋》中所写的上海日常生活情状，大概比她任何作品都要精细到位，在这之前，我们似乎不觉得她是个会写“老上海”的作家。李东华的《少年的荣耀》因为带着对父亲深挚的悲伤和怀念，写到父亲和自己共同生活的山东老家时处处充满深情，缓慢而富有耐心地描摹故乡风貌，这是她之前作品里少见的地域表达，以现实主义笔法写出了与浪漫主义的“红高粱”不同的高密。衢州的历史是毛芦芦有意识地寻觅多年的，《如菊如月》的前半部称得上是这个浙江小城宁静而富有韵致的挽歌，明显比她之前同类题材的创作更加从容和丰满。以书写都市校园生活为主的汪玥琀，也在《大地如歌》里表达了对家乡淮剧的熟稔，一招一式透露着她对此地文化的自豪。赵华的《魔血》把抗战历史和太平天国在四川的历史贯通起来，也算是一种尝试。

尤其值得一提的，是史雷的《将军胡同》。用作者自己的话说，《将军胡同》是“站在北京的城墙上写出来的”。作品里的吃喝玩乐、言行举止处处透着北京文化的情韵，对作者来说，北京文化不是背景，不是捎带着的表达，而是小说的主旨。在史雷笔下，民族大义、家国情怀并不抽象，它凝结在“天棚、鱼缸、石榴树，先生、肥狗、胖丫头”的生活追求中，相融于邻里朋友之间的信任、互助、谦让、有礼等善行上。“玩物丧志”的图将军败光了祖上的家业，却不曾丧失孝顺、诚实、善良、乐观、刚直的性格，虽是个从没上过战场的“将军”，在家国意识上却不曾有一点儿含糊。小说充满“玩物”，人物故事也都围绕这些玩物来结构，图将军跑到东直门去买一点儿冰块，为的不过是借一丝儿凉气，让病重的母亲喝上一口正宗的酸梅汤，为了这份“地道”，他最终在家门口与日本特务同归于尽。小说在自然流畅的关于“物”的叙述中铺垫着人物的命运走向。对这些看似无用之物的钟爱与不舍，透露着人们对生活的热情、对生活情致的追求、对自然万物之美与趣的发现和体味、对天真童心的尊重和守护，是生活美学在俗常生活里的具体体现。

日本人来了，生活的恒常之美被打破了，人们不得不行动起来，保护自己的家园。可以说，从日常生活进入抗战叙事，是大多数抗战题材儿童文学作品的选择，这些作品也因此而具有了坚实的生活基础。相比之前的抗战题材儿童文学作品，它们对于生活本身的诗意有了更自觉、更丰厚的表现，也因此从早期那种硬朗、明晰、爽快的风格，转变为一种富有诗意的、含混的、复杂的讲述，同时，原本单一的政治伦理也与家庭伦理、乡村伦理等多种价值体系相互交融，带来更加完整、丰盈的历史书写，人物的情感也更加丰富。

“战争”与“儿童”构成叠加的难度

写好战争题材已经面临很多史学和技术的难题，要在“儿童”这个方圆之内，把复杂多面的历史转化为简洁的、读者可理解的叙述，把尸横遍野、血流成河讲得不刺激感官却能震撼心灵，其艰难可想而知。不唯在中国，整个世界儿童文学史中，也无非仅有《太阳帝国》《铁丝网上的小花》《穿条纹睡衣的男孩》以及《铁路边的孩子们》（一战背景）等几部备受称赞的作品。即便如此，还有评论指责《太阳帝国》“以儿童为中心削弱了战争主题的严肃性”。说到底，是因为战争具有彻底的“反儿童性”，在这个恐怖而无所适从的世界，孩子将失却他最为重要的“安全感”。

矛盾的是，战争又几乎是所有国家、所有时代的儿童热衷模拟的游戏，以至从简单的对抗演变为现在逼真的、需要投入大量金钱和精力的网络游戏。其实，他们所钟爱的并非真正的战争，而是经由战争故事所“讲述”出来的战争，是战争故事里的英雄、正义、力量、勇气、智慧、激情吸引着孩子，无论是《三国演义》还是《林海雪原》《铁道游击队》《小兵张嘎》，孩子都是忠实的拥趸。然而，“红色经典”之后，我们却没有多少能在孩子中间传阅的战争故事，青少年对于战争的热情基本上都倾泻到了网络游戏中。

那么，如何以严肃文学的方式向孩子讲述历史和战争？这是最深刻的教育，却是最艰难的艺术。

要打动现在的读者不容易，他们已经“见多识广”，面对关于历史的雷同讲述，他们心怀质疑、排斥、颠覆甚至嘲讽，读者和作者之间达不成信任契约。如果不想沦为“抗日神剧”，作家必须要有充足的“史识”准备和讲故事的能力。

抗战题材的小说，首先要有个好故事。战争和故事具有天然的亲缘。人类流传最为广泛和长久的故事，往往由战争催生；另一方面，战争也藉由故事存在，人类历史大大小小的战事数不胜数，那些能童叟皆知的，往往经由故事而流传。比如希腊诸神之战，比如三国之战，历史与文学谁更是本体，似乎已经难以辨析。抗战历史也一样。普通大众，尤其是青少年，不是谁都能进入浩繁复杂的历史研究，他们认识自己民族、记住民族历史的方式，大多是经由文学故事。

能看得出，这些作品在故事的结构上非常用心。《少年的荣耀》以沙良的生日礼物小锡枪作为引线，带领读者钻进被日本人占领的大木吉镇，也就自然而然地进入了故事。当我们快要把这支玩具枪遗忘的时候，在结尾处，弟弟沙吉“打响了他手中的枪，他用想象中的子弹，一共射出了两枚，一枚射向潘子厚的心脏，一枚射向潘子厚的脖子”，而这正是沙吉的母亲被日本人所射击的部位。毛云尔的《走出野人山》中，作者自觉避开了与日本人的接触和战斗，把笔力集中在国民党远征军从缅甸战场溃败后，几个士兵以不可想象的磨难穿越原始丛林的故事。这一队人马最后只有“小虾米”活了下来，整个故事，几乎就是一路的死亡。可是每个人有每个人的死法，并不刻意。张品成的《水巷口》中，看到最后燃起的那场与日本人同归于尽的大火，我们才对男孩马起方的转变释然。

所以，抗战题材的小说并不是单靠作家的“想象”能够完成的故事。它必须要同时完成历史真相与艺术想象，这二者不是矛盾，而是相得益彰。对于历史真相的了解越广阔、越深切，越能为艺术想象提供兼顾的基础和灵感，同样，越是精妙的艺术想象，越能形象地、真理性地表达历史真相。

“乐观主义”与“神化倾向”的问题

正因如此，哪些作品下了笨功夫，做了最基础的史实考察，哪些作品的故事更结实，哪些作品来得轻易，读者从故事里自有判断。往往一些具有家族叙事性的作品，在根基上会相对扎实。《少年的荣耀》来自作者父辈的亲历。在父亲反复的讲述中，她已经在脑海中建立了一个相关的历史场域，那些人物在其中生活多年，名字、形象、关系、故事才渐渐清晰起来。这是一次漫长的写作，不断对话、修正、沉淀，才有了笔下的从容。毛云尔的小说来自舅舅的讲述，这位当年的远征军直到老年仍保持着他坚毅的军人气质，舅舅和外公参加远征抗战的历史想必在毛云尔的心中已经反复组合、审视了多年。而《将军胡同》对史雷来说也是强烈的叙述冲动，一个到中年才踏上文学之路的写作者，他把多年的积累和热爱都回报在这部作品中了。

可也不得不承认，有些作品写着写着就容易陷入“乐观主义”和“神化倾向”，一旦故事遇到门槛便难以行进，潜移默化也好，偷懒也好，总之，类似“抗日神剧”的桥段就出现了。

罗伯特·麦基在他的名作《故事》中提出，“故事是生活的隐喻”。在他看来，很多失败的故事并不是来自于讲故事的技巧，而恰恰是对于故事所存在的时代生活缺乏洞察：“一切陈词滥调的根源都可以追溯到一个原因，而且也是唯一的原因：作者不了解他故事中的世界。这种问题的出现，往往是作者选好了一个背景便开始写剧本，想当然地认为自己已经了解其虚构的世界，而事实上却一无所知。当他们搜肠刮肚寻找素材时，脑海中却一片空白。那他们怎么办？只好求助于有相似背景的戏剧、小说、电视和电影。从其他作家的作品中，剽窃我们看过的场景、演绎我们听过的对白、乔装我们见过的人物，冒充为自己的作品。重炒文学的残羹冷炙，端上桌的只是乏味的拼盘。哪怕他们也许确实才华横溢，却始终缺少了对故事背景及背景中诸般事物的深刻理解。对笔下故事中的世界进行深入的了解与洞察，才是臻于新颖和卓越的根本。”

严歌苓曾自述，《小姨多鹤》的故事在她心里储存了20多年，她不轻易下笔，为了把握多鹤的性格和心理状态，几次前往日本，住下来，观察“多鹤”的同胞，体味塑造她的那种文化和生活。即便这样，这个小说的结尾还有很大问题。故事进行不下去的时候，人物写走了样的时候，是停下来，迎难而上，还是要点小聪明敷衍过去，决定了历史题材书写的成败。

可是不得不承认，我们面对的是残破的历史，这让作家们的书写格外有难度。塑造我们历史观的是并不全面的历史教育，在相当长的一段时间里，我们所做的，不是发掘和呈现历史，而是掩盖甚至歪曲，在书写历史尤其是近代史上，我们“先天不足”，资料难以获得，亲历者逐渐逝去，当我们有意识地想倾听、记录的时候，能够讲述的人已经非常稀少，而且讲述者年事已高，记忆的残缺可想而知。加之抗战之后，我们又经历了几十年的动荡不安，很多个人记忆也被自身遭遇所修改，变得不那么客观、全面。从这个角度而言，这应是一个民族所要做的补课，而不仅仅是作家。

儿童视角不是“浅化”和“矮化”

虽然战争题材的儿童文学作品通常会被统统冠以“儿童视角”，但“孩子的生活”和“孩子眼中的生活”是两个不同的概念。在战争题材中采用“儿童视角”，需要极大的技巧。像《穿条纹睡衣的男孩》这样，它一定是要呈现出一个摈弃了背景、常识和先见的世界，利用一个孩子对世界有限的理解、有限的生活范围、有限的语汇，去表达战争所带来的生活的变形、荒唐、混乱、残酷，同时也就提供了一种看待战争的新的角度，这个新的角度往往就让作家看到了新的故事。而《美丽人生》则是利用了成人——儿童双重视角的巧妙冲突，这种冲突本身就构成了故事性。它是技巧，但是说到底，它还是取决于作家对历史和生活的洞察以及思想是否深刻。

真正能完成儿童视角叙事的抗战小说并不多，作家努力如此，但是经常地，作品中会出现一个孩子的思维所无法容纳的生活，这时候就只能仰仗“画外音”的叙述来弥补。这样一来，小说所叙述的世界，真的是孩子眼中的世界吗？那些超出他理解范围的事情，在他的眼中如何“变形”？大多数小说中，孩子所理解的战争与成人的战争生活“方向”是一致的，只是程度有所差别，多是深与浅、整体与局部、简单与复杂之间的区别。

集中阅读近期的抗战题材儿童小说，发现多数作家在写孩子的日常生活时游刃有余，但是在面对战争带来的巨大变化，尤其是直接面对矛盾冲突（日本人或者汉奸）时，就变得有点手足无措，急匆匆行进，草草收场。比如毛芦芦的《如菊如月》，有个很新颖的矛盾设置：主人公是当地女子和日本人的弃儿，这女子后来疯傻。一边是伶牙俐齿、开朗活泼、爹娘恩宠的如菊，一边是棋艺高绝、孤苦伶仃的疯女人，还有一个传说中的日本父亲，抗战爆发，这必然要构成一种极为紧张的矛盾。作品的前半部分行进顺畅，但是带领日军侵占衢州城的生父一出现，叙述就乱了步伐，也失了真切，原本这是重头戏，却没能产生震撼人心的亲情、爱情、个人恩仇、家国大义的矛盾冲突。这不是一个人的问题，而是很多作家的短项。

虽然把“儿童视角”作为一个评价的标准，我觉得完全没有必要，但是如果在这方面有完成度更好的作品，至少可以带来耳目一新的感觉。但是，不必刻意去追求所谓“儿童视角”的效果，否则有削足适履之弊端。

无论如何，我们应该特别重视这样一次集体的攀登，不断增加的作品数量也在不断地增加我们所能抵达的高度。历史日益暗沉下去，打捞变得越来越难，想以镜子般的态度还原现场已经越来越不可能。然而，历史不会消失，在作家们的努力下，它会成为一个民族终究要完成的史诗。

听一听儿童文学的脚步声

刘绪源

新加盟的生力军

2015年儿童文学的实绩，有一部分是由新加盟的成人文学作家完成的。小说家马原拿出了他的第一部长篇童话《湾格花原》；散文家赵丽宏继《童年河》后，出版了第二部长篇少年小说《渔童》；虹影在写出《奥当女孩》后，奉献了新著《里娅传奇》；张炜在《半岛哈里哈气》和《少年与海》之后，创作了第三部少年小说《寻找鱼王》；阿来也写出了他的少年题材中篇小说《三只虫草》……这些作品中，最引人注目、艺术上也最成熟的，我以为是《寻找鱼王》和《三只虫草》。

张炜的前两部作品似乎还未找准儿童文学脉搏，不是描写密度过高，就是立意太过虚玄。《寻找鱼王》一改过去的节奏，写得简洁、明晰、丰满又耐人寻味。故事很有传奇性，写的是高山上的捕鱼人，高山缺水少鱼，捕鱼成了稀罕的职业。这里捕鱼分“旱手”和“水手”，前者大多不会游泳，擅长在没有水的地方找鱼；后者则生活在水边，到了旱季就束手无策。小说中的男孩先后拜两位年近80的“鱼王”为师，这一男一女、一“旱”一“水”的师傅本是一对恋人，后来成了仇家，他们的人生波折都与无处不在的“族长”有关。那“旱手”是一位悲苦的哲人，一生都在逃离和避世，也一辈子在思考和反思。他并不急于教孩子捕鱼技术，却在临终前将许多宝贵的人生经验传授给他。“水手”是一位多情女子，她对旱手的爱始终不渝，一生都在悄悄地保护和等待（当然也在怨恨）。小说最后暗示我们：真正的鱼王应是强大无比的自然之力，世上万物都须以大自然的平衡为王，不然，无论什么“族长”或人间的“鱼王”都将遭致毁灭。这是一部内涵深邃的小说，同时又是很好看的作品，它在人物描写和探讨宇宙人生上的深度上，在以往儿童文学中是少见的。

阿来的《三只虫草》也为儿童文学带来了博大的气象和清新的气息。小说由一位优秀的、几乎有点天才的藏区儿童的“逃课”开场，可谓别出心裁。这是个充满孩子气又有旺盛求知欲的少年，但又一直惦记着家中的困难：奶奶买药缺钱，姐姐买衣服也缺钱。他早就想好了，到放“虫草假”时要好好挖虫草，要赚两千块，一千给奶奶买药，一千给姐姐买衣服。当学校忽然通知今年不放虫草假时，他发现所有计划都要泡汤，这才逃学。他第一天独自上山就挖到 15 只虫草，回家分成两份，7 只是奶奶的，7 只是姐姐的，还多一只他留给自己，后来想想，又从上面两份中各抽一只，给自己留了三只虫草。他不断盘算它们的用处：要给关在狱中的表哥买一副手套，要给他最喜欢的两位老师买剃须泡和洗发水……这部小说的最动人之处，就是小主角的这份拳拳之心。后来，虫草季正式开启，他们家大获丰收。但干部和喇嘛不断来抽头，他自留的三只虫草也很不甘心地交出去了。县里的调研员答应送他一套百科全书，从此，他的心全系在百科全书上。他对书的向往令人心酸，也让人心颤。他最后还是没拿到这套书。小说在实写他心灵历程的同时，虚写了官场的腐败，以讽刺笔调勾勒了虫草的“官场旅行记”。这部作品保持了阿来一贯的诗意风格，在他的创作系列中无疑也属上乘。

事实证明，儿童文学并不好写。一个成熟的成人文学作家，需要掌握儿童文学的一些基本特点，才能在这一领域自由驰骋；但同时，他们还须拿出自己的最好作品，才可能在这一领域获得成功。那种认为既是为儿童写作就不须太过费力，拿出几成力气就行的看法，只能说是一种无知的误解。

抗战题材的长篇

2015年是抗战胜利70周年，很多出版社推出了抗战题材的长篇系列。但长篇创作很不容易，系列性专题性的组稿，往往难出精品。所以，真正成功的作品，大抵都在系列之外，并且都是早有酝酿、很个人化的创作。

这一题材中最成功的，我以为是史雷的《将军胡同》。这部作品浑然天成，气象高远。写的是抗战时期北京城里皮影戏班子的父女、前清八旗的落魄子弟、富有但爱国的姥爷一家，从这三个家族的命运，透视了沦陷区不同阶层人们的思想、情感和遭遇，展示了那一特殊年代广阔的生活画面。其中写得最出色的是八旗后代图将军，他是个混混，什么生计都不会；但也是高水平的玩家，孩子们喜欢的他都会，且玩得极精。他卖光了家产，不得不去拉车；但他身上的义气、侠气、爱国精神在那个灰暗时期显得特别感人。他最后死在日本人的枪下，死得很偶然，也极不明智，但将其个性展现得淋漓尽致。这是一个立得起来的"典型"，当下创作中如此丰满的典型人物已不多见。小说充满了"京味儿"，作品以儿童视角展开，姥爷家的孩子"我"与戏班出身的少女秀儿，都童心满满，因他们和图将军的交往，使作品妙趣横生，使这一重大历史题材成了真正的儿童文学。看得出这是一部长期积累的作品，有自己特殊的厚度，不可能是应命的急就章。

另一部有个性的成功之作是曹文轩的《火印》。作者强调，战争只是小说的题材，他所经营的是艺术品。又说，他追求的是一个好故事，小说的前身就是故事，小说不能没有故事。但我以为，以人物性格交织成的故事和以悬念巧合编织成的故事，不是一回事。《火印》是前者，此书人物塑造的成就远在故事性之上。写得好的除那匹良马雪儿和马主人坡娃外，日本军官河野和小日本兵稻叶也都相当丰满，并真实可信——这是本书重要的文学贡献。河野是在北海道牧场长大的，是一个有文化的军官，也是养马的专家，他不愿看到日本军队滥杀无辜，也反对虐马，所以一再阻止日本兵射杀抢夺雪儿的坡娃；但他毕竟是法西斯军队的一员，正是他下令罚坡娃父亲服一个月苦役，将坡娃关在边上天天看他父亲受苦；在雪儿逃走后，又要烧掉村里所有房子，独独留下坡娃家的；最后，在战事紧张时，也是他下令轰毁整个村庄。稻叶则是一个稚气未脱的小兵，他热爱生命，同情各种小动物，对雪儿生出的小马驹百般照顾，以至小马驹认准了他是自己唯一的主人，为了寻找走失的马驹，他死在中国军队的枪下。这些人物的个性和复杂境遇，是以前战争题材小说中很少见的。这样由故事凸显复杂人物，由复杂人物牵出深层的思考，正是现实主义文学的题中之义。只是，书中的马写得过于神奇，也太通人性了，这与强调故事而不是更强调写实，可能也有一定关系。

刘耀辉的《布伦迪巴》不是小说，而是一则童话和一篇长散文的组合，在同类题材出版物中这是最独特的一种。《布伦迪巴》本是上世纪 30 年代捷克的儿童歌剧，成稿后仅几个月，德军就入侵了。作者是犹太人，很快被关进了捷克最大的集中营。不料，在这个通往灭绝营的中转站里，德国法西斯要制造一种自由的假象，让那里的艺术家们为犹太孩子办美术班、音乐班，这部儿童剧正是在这样一种奇异的环境中排练并演出的。无论是音乐家、小演员还是台下的观众，随时都会遭到杀害，但他们依然演得那么认真投入。在惨绝人寰的年代里，居然有那么执著的视生死于度外的艺术家，一丝不苟地教儿童绘画，给儿童排戏，这是为什么？因为他们明白，人类文明的传承常常就是九死一生的，作为艺术家，他们不能放弃任何一丝传承的机会，他们已把这看成神圣的天职。同时，他们也在用自己的艺术态度宣告：刺刀可以夺去生命，却不能夺去他们的灵魂，他们的灵魂是自由的，艺术所表达的是内心的自由，它不受刺刀玷污。刘耀辉将当年的歌剧改写成童话，又将这童话的来龙去脉及70多年来有关法西斯、有关艺术、有关儿童的史料及感想写成精彩的长散文，这新颖的编撰方式，也是为传承人类的文明。

新人走向成熟

读近年的儿童文学，最让人感到欣喜的，是一群30多岁的年轻作家迅速走向成熟。他们有生活、有个性、有才华，创作力极其旺盛。其中几位已成长为令文坛瞩目的一流作家，例如汤汤、小河丁丁、舒辉波和顾抒。

2015年，汤汤完成了她的"土豆系列"，包含十多部独立成篇的长短童话，如《美人树》《愤怒小龙》《水妖喀喀莎》。她将自己的人生经历写入这组作品，但都转化成为童话，这无疑是个独特的尝试。此外，她还出版了两本童话新著《伊扣回来》和《守护神一个》，这是她的《喜地的牙》的延伸，写的是其中的双胞胎姐弟欢天和喜地的故事，在艺术上更显成熟，读来轻灵有味。《天上的永》也是"土豆系列"中的一篇，巧妙地透露了童话创作的奥秘。作品写了土豆的一个疑惑：为什么那些还没长大的娃娃，尤其是还不会说话和走路的，都爱往天上看，还常常开心地笑？老人们说，小娃娃能看到天上的神仙，长大了就看不到了。土豆爱孩子，常常抱着那个叫"小米"的孩子，她顺着孩子的眼光用力盯着天上看，竟真的隐隐看到一个倒挂在云端的小神仙。原来小米长不大是因为小神仙的恶作剧，土豆干预了神仙世界的事，让小米变成了正常孩子。婴幼儿看到神仙，可视为一种象征，因为这一阶段的孩子，大人们真的是不了解的，童话作家只有像土豆那样顺着孩子的眼光努力去看，才会有接通童年梦幻的希望。当然也有人再用力也看不到，写童话不能力胜于才，还得靠各自的造化。

小河丁丁写得最好的是短篇小说，也包括带童话色彩的幻想小说。他在《爱喝糊粮酒的倔老头》之后，自觉地沿着这种醇厚、幽深、世俗而又高雅的风格向前发展。《田螺手链》写的是幼儿，是两个被大孩子们看不起的五六岁的爱哭的孩子，作者对他们寄以无限同情，描写真切细微，“我”与小女孩间的情谊写得很迷人，写出了人生的不圆满。《命》的时间跨度很大，几乎每10年一跳跃，作者写得从容平静，转折处都自然有味；所写的是三位盲人及其家人的心理和命运，充满真实的人生质感。盲人以“算命”为生，那个盲人孩子从小就想弄清“命”是什么，作品最后写道：“那个寻觅太久的答案就在心中若隐若现，想说又说不出来，而且也不必说。给人说命好比给盲人说颜色，说的是一回事，听的又是一回事。”这包含着深刻的哲理，也就是说，即使能知道命运，这“知道”和实际的人生体验，并不是一件事。这很耐咀嚼，但更耐咀嚼的还是小说中的人物心理和人物关系，那几位命运很不好的人，他们的生活里有一种让人一说起来就会鼻酸的特别的美——对这种古老民间的凡俗的美的发掘，是小河丁丁最重要的文学特色。

舒辉波的长篇小说《飞越天使街》是一部直面人生的有力之作，但不是新闻式写作，作者是将人生的甜酸苦辣全都纳入心胸，沉浸于文学的波涛之中，然后才以饱满的真情铺展故事。2015年他除了出版一本短篇集《你听我说》外，新作不多。据说他正在追踪几位10年前采访过的底层少年，要写一组总题为《梦想是生命里的光》的纪实作品，也许不久就可陆续面世，我们翘首以待。

回首2015年的儿童文学，最该祝贺的还是顾抒。这一年，她先后完成了幻想小说《森林里的森森和林林》《布诺坐上公交车走了》《草籽之歌》;她的短篇集《蓝花井的咕咚》出版了，短篇小说《圈》还荣获陈伯吹国际儿童文学奖。《布诺坐上公交车走了》是顾抒迄今为止最见分量的作品，在这扑朔迷离的故事中，布诺的形象十分奇特，他如影随形，什么都知道，“我”的一切都要跟他商量，读到后来，才令人惊惧地发现，这不是真人，只是从小就存在于“我”心中的一个谈话对象；“我”的爸爸是“调度员”，调度什么？作者没说，但读到后来又会惊觉，他不就是公交车调度员吗？他工作忙，故事讲得不耐烦了，就以“某某坐公交车走了”匆匆作结，小时听多了这种结尾，长大的孩子早已忘却，但这结尾方式已进入孩子的潜意识，所以她无论讲谁的故事到最后都是“坐公交车走了”。

作者只顾半真半假地说个没完，说得好玩极了，读者一边听，一边想，心中就有了丰满的多层次的故事。这故事中，“我”童年的孤独和父亲身不由己的悲剧命运影影绰绰，足以让人泪下。作者很明显地受了于尔克·舒比格的影响，但主要学他那东拉西扯、半真半假的叙述方式，作品内涵则完全是自己的。《草籽之歌》写一个校园暴力的受害者（打人和被打的都是女生），不敢对父母和老师说破真相，在绝望中遇见一个奇怪的小男生，多次给她以启示，还在她差点陷于偷盗时阻止了她，她终于坚强起来，不再逆来顺受，但后来发现这小男生并不存在，那只是她心中的意象吗？这也是幻想小说，也有点扑朔迷离，但我阅读时竟至于泪流满面。在作者这些幻想中分明都有着结实的人生的质感。

2015 年之前，顾抒曾对自己作品的“单薄”有过认真的反思，并力求突破。上述的两篇新作，已经不显单薄了——这里有一些值得总结的东西。其实，她所说的这种单薄，在幻想类作品中是很难免的，即使村上春树的成功之作，也有人觉得“有一种空空的感觉”，我想这感觉是切实的。幻想再巧妙，终究是虚设的，不可能像托尔斯泰那样以真实密集的细节堆出人生的厚度。但幻想小说是现实和幻想的结合，要想不单薄，只有在“现实”这部分加重加厚；同时，在幻想中，也注入更多现实的底蕴。顾抒的成功突破，奥妙正在于此。

这让我联想到另外两位勤奋的青年作家——陈诗哥和孙玉虎。他们都是舒比格的爱好者，也都擅写幻想类作品。陈诗哥到现在为止所表现出的主要是诗的才华而不是小说的才华，所以在童话创作中，所写的几乎都是“有意味的没有意思”（周作人语）的作品，与舒比格则更其形似。2015 年他出版了《风居住的街道》和《故事马上开始》两本集子，其中的作品每一篇都好看，但放在一起，难免有一种单调感。这其实是“单薄”的另一种体现。他的有些篇幅较长结构较复杂的作品，更适合高年龄的孩子读，我以为就不应再局限于“没有意思”，而应像顾抒那样写得“有意味而有意思”才好。对陈诗哥，我的建议是从舒比格的氛围中走出来，走向更大的幻想和文学的天地，还应把自己切实丰富的人生体验也置入童话中去，这才能写出厚重的新作。

孙玉虎在 2015 年有两篇令人瞩目的作品：《遇见空空如也》和

《上上下下》。前者充满奇异的想象，写一个刚刚失去父亲的少年在突如其来的围困中努力脱险，不断失败，最后还是在父亲的帮助下才得到成功。他写的也是一种内心的被困，但整个作品都是在虚设的幻象中展示各种挣脱过程，于是就有"单薄"感。后者是人与电梯之间的情感交往，也充满想象力，但这里有了更多的现实生活的底蕴，切实感人的内涵大大增加，读来就不再感到单薄。前者只是好玩，后者则能给人以美，因其更有真情实感的支撑。

"真生命"与结构问题

2015 年 1 月，少年儿童出版社推出了谢倩霓的"薄荷香"系列：《一个人的花园》《总有一朵微笑》《一路遇见你》。这是带有"自叙传"性质的小长篇，写学龄前与初入学时、小学二三年级及五年级的生活。作品充满童年趣味和生活气息，虽然没有完整的故事，拿起来却放不下，且回味无穷。按理说，如像秦文君"小香咕"系列那样有个总体的悬念，作品将更好读。但谢倩霓说，这些素材在心中酝酿太久，对于她太珍贵了，她怕外在情节的设计会破坏心中的美感。这给我们以重要的启示：作品结构之难，往往发生在确有"真生命"的作品中；那些不具备多少真生命的编造之作，构想一个完好结构反倒是轻而易举的事。

在 2015 年的陈伯吹国际儿童文学奖评选中，我有幸参加复评，读了 20 部中长篇，对上述问题有了更深切的思考和体验。可以说，在儿童文学的中长篇中，不重视结构，草率对待总体布局，甚至写到哪算哪的问题已相当普遍和严重。这与出手太快、作品出版太容易、编辑不对作品把关是有关系的。虽然结构在作品中并不是第一位的文学要素，但有时结构上的长短的确影响着作品的质量。这里试举两部优秀的小长篇，作一对照。

韩青辰的《小证人》与彭学军的《浮桥边的汤木》，前者荣获这届陈伯吹国际儿童文学奖，后者虽未获奖但在复评时高票通过并得到评委们盛赞。在结构上，前者较为沉重缓滞，但内容更显厚实；后者轻灵可读，悬念强烈，厚重感则稍逊。两本书都是有“真生命”的，都调动了作者的真情实感。前者可能酝酿更久，内心的投入更多，但也因此屡做加法，颇添重负。在写法上，作者钟情于托尔斯泰与肖洛霍夫的笔法，从容描摹，力图展示更深广的人生场景。但托尔斯泰在写《复活》和写《高加索的俘虏》时，笔下的密度和进展速度完全不同，更不用说他那些写给低龄儿童看的《启蒙读本》《俄罗斯读物》了。鲁迅也强调为儿童写作要“浅显而且有趣”，他在翻译上坚持“直译”，译本大多艰涩，但为儿童翻译的《表》却轻灵明快，极为可读。可见，即使是那样的大家，为儿童写作时也是要换一副笔墨的。《小证人》如能在结构上巧作剪裁，笔墨再快捷灵动些，一定能吸引更多小读者。《浮桥边的汤木》有一个很抓人的开头：10 岁的汤木偶然听到了别人要杀害他的计划，他如说出去父母也将被害，而时间只剩 3 周。作品写了在这仅剩的 21 天里男孩的变化，写得惊心动魄，也顺理成章，写出了男孩的成长，这一过程是有结实的生活细节支撑的。这让人想到海伦·凯勒的《假如给我三天光明》，很能引发读者对生命的珍惜。而谜团解开竟是一场误会，这后面的情节显然压不住前面悬念的烈度；反过来，通俗剧式的悬念也会干扰读者对成长过程的体验，让人只关心最后的结局。所以我觉得，开头“听见”的场面还不如不正面写，只写那男孩当天归来魂不守舍，此后言行变得非常奇怪，但却迅速成长成熟起来，直到最后，才揭出他曾经听到过一段对话。美学上“期待大于惊讶”的原理，正可用在这里。这两部作品，其实可相互借鉴，各取对方所长，这至少有益于今后的创作吧。

韩青辰和彭学军在结构上都是用心的，是下了功夫的。这也可证结构之难。但有更多作品，包括一些非常优秀的作品的结构问题，却在于下功夫不够。比如多次获奖、也荣获本届陈伯吹国际儿童文学奖的《少年的荣耀》，结构上前重后轻，前面花很多笔墨写了父母和老家，后面干脆放弃不写了，最后一章也匆匆收场，显得不够匀称。舒辉波的《飞越天使街》前半部分量极重的“母亲”到后半也不再出现，未能完整照应全篇。牧铃的长篇《忠犬的背叛》故事性极强，但此书前半是第三人称叙事，从中间开始，又变成第一人称了。看来，要重视结构，这在儿童文学界和童书出版界，已到了需要大声呼吁的时候了。

还有另一种关于结构的情况，我是从另一部荣获本届陈伯吹国际儿童文学奖的长篇《血驹》想到的。作者黑鹤是当下中国最有可能成为像西顿那样的世界一流的动物小说家的，但他的作品结构出现了自我重复，总是写某一动物奇特的出身和艰难的幼年，中间常有一段被迫远离家乡，最后则多是奇特的死。而西顿的作品却少有重复，这就是差距。要突破自己长篇结构的套路殊非易事，连屠格涅夫也未能解决好。建议黑鹤狠下决心，在今后几年中力避上述三大场景，对突破瓶颈及未来的巨大发展，这却是不可少的过程。

在追随永恒的路上

——曹文轩的儿童文学创作思想

赵　霞

书写现实与追随永恒

当代中国儿童文学作家中，曹文轩可能是最为清晰、明确地表述其自我创作理念的一位作家。这在很大程度上或许缘于他兼为批评家的敏感。这些理念不但是他个人创作经验的提炼和总结，也包含了作家对一个时代的童年及其文学现状的敏锐洞察和判断。

有意思的是，在曹文轩的创作思想表述中，我们似乎总能看到一个恍惚与时代的主流趣味背向而行的身影。在新变不断的当代童年生活现实面前，他提出了“追随永恒”的创作命题，主张当下童年生活并非儿童文学书写的全部，作为儿童文学写作者，“你不必为你不熟悉今天的孩子的生活而感到不安”，而仍应真诚地去“动用”、书写你所熟悉的那种生活，哪怕它已经属于过去，因为“感动人的那些东西是千古不变的”。在以欢乐为主旨的儿童教育观和儿童文学观日渐普及时，他又提出了“苦难”书写与阅读的命题，主张“快乐并不是一个人的最佳品质。并且，一味快乐会使一个人滑向轻浮与轻飘，失去应有的庄严与深刻”，因此，儿童文学应当关注苦难的书写，今天的儿童也有必要在阅读中认识、体会这样的苦难。

他的这些理念站立在创作实践的基石之上。在《草房子》《红瓦》《青铜葵花》等作品中，作家一次次地回到自己的童年时代，回到那段在今天的生活视野里正日渐模糊的过往岁月，去寻索、体味旧时童年的独特温度。与那个时代的环境相对应，他笔下的桑桑、细马、青铜、葵花们所体验的，也是一种不同于今天许多孩子的艰难贫瘠的生活。像作家自己所说的那样，这些书写努力发掘着时光流逝里某种永恒的感动，以及生活苦难中某种珍贵的温暖。这么多年，曹文轩执著地坚持着他的创作理念，也以此执著地抗衡着这个时代童年文化中的某种健忘与“傻乐”。

他的执著没有变成自说自话的写作，而是得到了来自读者的热情回应。代表作《草房子》自 1997 年初版以来，不断重版，至 2015 年，总印数已逾千万册。他的读者中有大人，更多的当然是孩子。他们深深沉浸在曹文轩笔下苦涩而温暖、负重却有力的生活世界中，时空和经验的距离并未阻断他们对这个属于过往的、不一样的童年世界的关注。这让我们想起作家所说：“今天的孩子，其基本欲望、基本情感和基本的行为方式，甚至是基本的生存处境，都一如从前。”童年社会学一定会对这样的判断表示不满，但在更基底的人文思考的语境中，它又确乎道出了有关童年理解的某种深入的洞见。儿童文学最了不起的表现力，不在于它对当下儿童生活现实的及时摄录，而在于它能够透过童年生活变化的表象，去发现蕴藏在童年身上的永恒的审美内涵与人文精神。

2016 年，曹文轩成为首位获得国际安徒生奖的中国作家。本届国际安徒生奖评委会高度评价其作品“讲述孩子勇敢面对巨大的艰难和困境的故事”，并认为他的创作“有助于推进一个尊重童年现实世界的文学传统在中国的形成”。而事实上，“现实”一词并非我们理解曹文轩儿童文学创作思想的核心。他倡导的“苦难”写作与阅读，最终的落点不是一种苦难的现实，而是这现实背后更“永恒”的生活精神。

有重量的写作与思考

我们注意到，“永恒”和“苦难”，其实都是曹文轩同一种儿童文学观的鲜明表达。这个儿童文学观贯穿了曹文轩迄今为止的全部写作，那就是，儿童文学是一种有着思想和情感重量的文体，儿童文学的写作也应体现这种重量。

重量一词，也是曹文轩的作品留给我们的突出阅读印象。尽管在世界儿童文学的经典序列中，颇不乏以纯粹的童年游戏情味取胜的作品，但这种形态的写作方式显然不属于曹文轩。读他的作品，在享受其叙事的流畅性的同时，我们总会感到一种难言的沉滞，它似乎拖曳着整个文本，使它和它里面的角色都难以无拘无束、没心没肺地飞翔起来。他笔下的少年们往往被迫或自愿地承担着超出其年龄的生活重负，这重负是生计上的，同时也是精神上的。这使成长中的他们像是压在石头底下的草芽，不得不在生活的压迫下努力寻找长大的方向。曹文轩看重这样的成长，在他笔下，那些最终穿过生活的负重走向成长的少年们，他们的身上也多了一份特殊的厚重。这或许正是曹文轩想要借“苦难”的书写传递出的童年生命和情感的力量。

当然还有思想的重量。出版于 1999 年的《根鸟》，是一部向巴西作家保罗·柯艾略的名作《牧羊少年奇幻之旅》致敬的作品。少年根鸟为了一封莫知源头的求救信，踏上了出门寻找大峡谷和“紫烟”的旅程，他经历了艰险、欺骗、诱惑等等的考验，最终坚守住心中的执著，完成了自己梦想的追寻。作为儿童小说的《根鸟》，某种程度上是一部思想大于故事的作品，在这样的作品中，曹文轩对于一种充满重量的儿童小说美学的偏爱一览无余。他的幻想小说《大王书》，同样挟带着思想的恢弘之重。近年来，曹文轩与插画家合作，创作了《羽毛》《夏天》等一批重要的图画书作品，尽管这是一类显然以低幼儿童为主要阅读对象的儿童文学文体，但由曹文轩执笔的文字故事，一样带上了明显的思想重力。

这使曹文轩笔下的童年有时显得过于沉重。儿童文学当然是可以和应该有这样的重量的，关键是它如何以儿童文学独特的审美精神，如何以童年感受世界的独特方式，来表现童年的身体对于这生之重量的独一无二的接纳、理解和承担。就此而言，曹文轩的“以重写重”是可以探讨和商榷的。但这正是他的创作个性。从上世纪70年代末初入儿童文学写作之路开始，他保持着对这样一种有重量的写作方式的坚持。在2015年的一次访谈中，他提出了“记忆力比想象力更重要”的观点。这一看似有悖写作常识的观点，其实还是对当前儿童文学写作中欠缺的情感、思想和文化重量的一种张扬与强调。他这样说:“这些年，我们一直强调想象力对于文学的重要性，却忽视了记忆力。于是，我们看到了，我们的儿童文学在热衷于上天入地，在星际穿越，在装神弄鬼。但我越来越觉得，对于作家而言，记忆力比想象力更加重要。”很显然，他所强调的记忆力的重要性，是针对当前儿童文学写作太过热衷的那种缺乏重量的想象力游戏有感而发。和这样的想象力相比，那些贴身于我们记忆的、带着生命温度与重量的情感、思想和文化内容，才显得格外重要和珍贵。

生活和艺术的辩证

曹文轩在他的早年创作思想中提出过一个引人注目的命题:“儿童文学作家是未来民族性格的塑造者”。今天看来，这一命题的思维和修辞方式带着它所属那个时代的文学话语特征。后来，他对这一命题的表述作了“修正”，提出“儿童文学的使命在于为人类提供良好的人性基础”。从民族到人类，从性格塑造到人性基础，曹文轩对于儿童文学及其艺术功能的理解经历了重要的转化与升华。

但有一点是“永恒”的，那就是曹文轩对于儿童文学责任感的一贯坚执。在这一点上，他的立场始终明确而坚定。儿童文学不只是游戏的艺术，它还应该能够为儿童提供生活的榜样，指引生活的方向。他在其写作中探询的“永恒”、“苦难”以及有重量的，归根结底，都是这一责任意识的体现。在一个全民娱乐化的时代，这种建立在对于儿童文学艺术性充分理解基础上的文化责任感，正是这个在当代儿童生活中变得日益重要的文类所格外需要的一种品质。曹文轩的创作姿态因此带上了那么一点堂吉诃德式的意味，他的那些看似与时代趣味“背向而行”的创作理念，其实是想要努力为今天这个时代的儿童文学挽回它应有的理性和尊严。

曹文轩曾援引王尔德的“生活模仿艺术”说来强调儿童文学相对于儿童生活的意义。正如艺术常常提供了生活的榜样，儿童文学也应该成为儿童生活的榜样。这个命题当然还可以进一步探讨下去。显然，生活模仿艺术并非简单地让人们照着文学和艺术指点的样子去生活，它的真理性得以确认的一个基本前提，乃是艺术本身确乎提供了关于生活的真实见解。这就反过来对艺术本身提出了要求。在儿童文学的问题上，如果要让“生活模仿艺术”，儿童文学艺术本身恰恰不能违背童年生活的真相，还要能从这生活中发现、揭示其真正的意义与价值。也就是说，一种足以成为儿童生活榜样的儿童文学艺术，不只是对童年生活的艺术化书写，它还要以艺术的洞见烛照生活，以辨明其最真实的方向，揭示其最重要的价值。对曹文轩来说，他的儿童文学创作仍然走在这样一条需要一直努力的艺术之路上。

国际安徒生奖揭晓前夕，上海的《新民晚报》发表了与曹文轩的访谈。访谈最后，曹文轩坦称，“我当然很在意这个奖项”，但“不论是否能够幸运地获得奖项，对于一个作家来说，最重要的事情还是写作品”。国际安徒生奖不会是曹文轩儿童文学写作的终点，当然也不是中国儿童文学艺术的终点。真正卓越的写作从无终点，而是永不疲倦地走在追随文学永恒之义的旅程上。

艺术评论

我看青山多妩媚

铁 凝

最初认识张洁，是从她的文学开始。从《捡麦穗》到《无字》，近40年的文学生涯，她的天生丽质、敏感、优雅的文字，她那炉火纯青的流淌着微妙节奏感的叙述才能，她对人性、苦难、爱、背叛、理想、希冀、庸俗、纯真的刻骨描绘，是如此地撞击人心，即便写于30年前的短小散文，30年后再读，我依然胸口发热。而她在最重要的作品中，对现实、历史、民族、革命、社会、文化的开阔、奇峻的视野，正派、独到的见地，“较真儿”的敏锐表达和不屈追溯，无不让人心生敬意。她的文学始终是灵魂在场的文学，她如冰似火，细腻而又率直，“愚钝”而又犀利，泼辣而又脆弱，孤高而又谦诚，那是一种不可复制的气象，一种欲说还休的斑驳。我就问自己：你真的认识这位“从森林里来的孩子”吗？（注）

后来认识张洁，是从她的摄影作品开始。不久前出版的《流浪的老狗》一书，有张洁独自旅行拍摄的百余幅照片，配以她为这些照片所写下的文字。张洁不把这些照片称为摄影作品，也不曾为自己配备专业摄影器材，简单的行囊里仅一架“傻瓜”相机而已。她喜欢的是行走本身。“有人生来似乎就是为了行走。他们行走，是为了寻找。寻找什么，想来他们自己也未必十分清楚，也许是为了寻找心之所依，也许是为了寻找魂之所系……只有在行走中，在用自己的脚步叩击大地，就像地质队员用手中的小铁锤探听地下宝藏那样，去探听大地的耳语、呼吸、隐秘的时候，或自己的瞳孔聚焦于天宇，并力图穿越天宇，去阅读天宇后面那本天书的时候，他的心才会安静下来。”张洁说。也因此，张洁的拍摄是朴素天真的、自由放松的，幽默亦开怀。文学造化、艺术修养、审美趣味的浸润，使她的镜头有一种天然的对朴素风景的热忱与兴致。而她对构图、对光的自觉取舍和捕捉，又仿佛受过专业训练。她拍欧洲老火车站台上油漆剥落的木椅，即将进站的大巴，小镇教堂，乡村旅店，街灯、老屋、厕所、拴马环，“自视甚高的树”，庞贝，雪中的书亭，令人叫绝的劈柴堆里的雌雄木桩，小角落里常见大气势。她拍西班牙海岸的白浪、德国的森林、希腊奥林匹克老赛场那块阅尽沧桑的大理石领奖台。她坦言：喜欢那些老而弥坚的味道。尽管破败，却依然从容；尽管没有当世的浮华，却处处散发着历史、文化悠远的气息。这样的喜欢，也就让人理解了为什么她会把一张石头砌就、窗棂残缺的拱形空窗起名为“不动声色的震慑”。华沙街上一辆童话般漂亮的马车，马车上载一只带雕花铁饰的精美木箱，原来是这城市的普通垃圾车。张洁让读者见识了如此艺术的垃圾车，她同时还把镜头伸向（她常自叹因为机器是“傻瓜”，她无法将镜头“伸”得更理想）宛若巨狮与人拥抱的山岩，更还有貌似凌厉、冷峻的一群巨石在呵护脚下一蓬巴掌大的小草。有一张照片是草丛里两只恋爱中的螳螂，张洁拍到了它们觉察被打搅时那瞬间的恼怒表情——千载难逢的昆虫表情，使我想起法布尔在《昆虫记》里对身材纤细、本性凶狠的螳螂的神奇描绘。这位独立不羁的行者张洁，却原来对小生灵有着如此谦卑的照应，要不然，她何以会对山间给过她纯净注视的几只羊久久不能忘怀呢。在高高的山岗上有她每一次远行的追寻，若心灵引导她匍匐于小草，她亦绝不敷衍。我就问自己：你真的认识这位“从森林里来的孩子”吗？

新近认识张洁，是从她的绘画开始。如果摄影是她的兴致所至，信手拈来，随心所欲，绘画却被她看做第二职业。她选择了油画，并拜专业画家为师，足见其郑重的态度。这有点冒险，却符合张洁的性格。她表示过在艺术上不喜欢重复别人和自己，甚至不喜欢风格的“定格”。这需要勇敢和强大的行动力，需要过人的艺术感觉和造形能力，而这几样张洁都不缺少。近两年冬天，张洁由美国回到北京小住时，我曾去她的寓所拜访。在虽已搬空却仍散发着典雅气质的几个空房间里，弥漫着画布、乳胶、油画颜料和调色油的强烈气味。一只松木画架支在从前的书房中央，架上是刚起轮廓的新画。其余房间，墙上均是她的画作。有时她就身穿沾着油彩的深蓝色卡其布工作服见客，让我惊异这就是那位对生活细节和品位既严格又挑剔的、有着那么多“风姿绰约”的时光的、获过国内国际数十种大奖和荣誉的张洁吗？我看着面前不再年轻的张洁，她洒脱、淡定，一个心无旁骛的艺术劳动者，她的容颜正焕发出仅凭年轻还不配拥有的老象牙般的光华，真正是“豪华落尽见真淳”了。她不再是花朵，她更似坚果：润泽，沉实，劲道，淳厚。我想起前苏联著名芭蕾舞艺术家乌兰诺娃，为什么在近60岁还能担纲出演《天鹅湖》中的少女奥薇丽塔，那是她的打不倒的功力与技巧所赐，更是她见识、体味过花开花落，才有资格更准确、更深刻地诠释花开的绚丽与夺目，花落的辛酸与凛然。

我没有问过张洁为什么下如此功夫研习油画，窃以为这样的提问是愚蠢的。她曾在书中不经意间流露，摄影的收获是让她一脚踏进了别人看不见的色彩。绘画何尝不是如此，想来张洁心中正发生着必由绘画才能描述的景象。她的画大多没有命名，选材亦无约束，不似有些职业大画家比如塞尚，一辈子画过那么多家乡的维克多山也不腻烦。张洁更在乎所画对象最初给她的转瞬即逝的强烈触动或震动。虽然她好像没有受过太多“流派”或“主义”的影响，但和写实主义相比，张洁显然更倾心于表现主义。她画深水、苍云、白桦、旧屋、老车、夕阳，也画女人、神马、雪豹、远山。有一幅构图“出格”的女性头像，我称之为油画写意：一尘不染的天蓝色背景占据画面大半，迎候一个线条简练、不计较多余细节的女人侧脸的闯入。她那蜜蜡般的肤色、微垂眼睑的矜持与洞悉世事般的超然，疑似对作者心绪的某种泄露。

一帧画于2008年的豹子，我愿意把它叫做雌性的雪豹。画中雪豹正在回眸，被绸缎般亮丽而又锋利的阔叶草簇拥。那柔韧、结实的颈部与修长、矫健身躯所构成的优美曲线，衬着层次丰富的橙黄色炫目背景，使整个画面充满弹性的紧张感。逆光中的雪豹，当它的脖颈被一团侧光照耀时，作者有意凸显的这个局部就焕发出糅杂着淡紫罗兰色的高贵。接着你会被雪豹的眼神吸引：孤傲、警觉，又充溢着湿润的忧郁，一种不打扰同类亦不打扰人类的自尊。我被这豹子的眼神所打动，强烈的主观刻画刹那间连接了动物和人心的沟通。对照那幅“写意”的侧脸女人，与这雪豹竟有一种灵魂与气质上莫名的神似。在张洁的画作里，与生俱来一种人与动物、动物与风景之间的平等和信任。在她心中的风景里，也说不定动物比人更像人。我不能说这幅作品在艺术上达到何样高度，但我可以说，张洁已显示出她作为一个艺术家所必备的锐利眼光、表现能力和叛逆之心。她的画面常大胆运用橙黄、橙红、橘黄等颜色，亦有大面积绿色入画，更证实了她对色彩的自觉训练与胸有成竹的把控。黄和绿是油画颜料里最容易被“画脏”的颜色，张洁呈现给观众的是热烈的明澄和清透的丰富。

我也喜欢那幅“门”，尽管张洁认为这不是她最心仪的作品。一扇打开的旧门，半面封闭的白窗，有纵深感的两个空房间被居中的淡灰色门框隔开，使画面交织成一种既错落又稳定的透视关系。我喜欢它不是因为它空，是因为画家能把空旷表现得如此饱满。陈旧的灰色水泥地面与外间橙红、锈红相杂的墙壁形成的反差，与里间海蓝色墙壁形成的对比，栗色门板上的几块青柠颜色借这一切做着并不刺眼的跳跃。被门框遮住大半的里间空房，因为一束柔光的透进，顿时带给人视觉上的依恋，所有的颜色安排都因之活跃起来，正所谓没有光就没有颜色。而房间里每个角落的气味也被搅动起来，这空屋旧门，一座房子的神秘呼吸，这故事结束的地方，在不同观众的眼里，又会引诱出多少不同的开始呢。

曾经听过这样的说法：画是无声的诗，诗是有声的画。我对这种比喻持保留态度，它轻而易举地混淆并冲淡了文学和绘画各自独立的艺术价值。比如俄罗斯艺术中的一些“情节性绘画”，往往受着太多的文学的“羁绊”，画家在那些作品里努力想要完成的，本应交给作家去做。夏加尔曾说：“油画中往往隐藏着更多的话语、寂静和疑惑。这些话语一经说出就会削弱本质性的东西，把人们引向别的道路。”立体主义和抽象主义对艺术史的介入，能够证实上述道理。

它改变了观念和观察世界的方式，解放的是人们感觉的局限。画就是画，诗就是诗，如果诗已经是有声的画，张洁就不会再有拿起画笔的冲动。在作家笔下无法发生的事，在不拘一格的画家笔下什么都有可能发生。这是绘画的魅力，也是为什么会有优秀的作家非要暂时放下文学，拿起画笔不可。那是一种不掺水的生命的本能，一种令人艳羡的充沛的艺术才情。在画布和画框的局限中，她的绘画、文学和摄影正自由地遥相呼应。

“我看青山多妩媚，料青山见我应如是”。读张洁的画，我会想起辛弃疾的佳句。那里有人与大自然浑然天成的相互倾慕，有天下大同的欢悦情怀。张洁如“孤侠”行走天下，是满目青山不断呼唤出她在艺术表达中的大不安分与大自在。至于青山见她是否“应如是”，就我对张洁的粗疏理解，这或许根本不在她的料想中。她已超越了对相看两不厌的期待，也因此她更彻底、更决绝。我于是发现了自己对张洁更多的未知，便更要问我，你真的认识这位“从森林里来的孩子”吗?

让我们静心读一读张洁的画。说到底，每一次对艺术和文学的欣赏，其实都是为了更深入地认识和理解我们自己，更响亮地开掘我们灵魂深处那些尚未醒来的颜色和表情。这便是艺术和文学于人类世界的隐性意义。

我看青山多妩媚，艺术真在，青山即在。

注:《森林里来的孩子》，张洁小说名字。

张洁画展小记

李敬泽

张洁的画好不好，我不知道。我只见，题为《黄昏》的画里，那匹小兽——谁知道呢，也许兽不小，但世界大——那匹兽侧身而立，似乎是在奔跑中忽然停下来，因为天上夕阳高悬，像一个白炽的、透明的洞口，夕阳下，是黑的灰的白的翻滚的山或云，野马也尘埃也，在地平线上奔腾奔涌。

那兽，停住了。

不要以为这是什么隐喻——我要说那兽就是张洁我未免过于愚蠢。张洁或许只是百感交集地远远看它。后来，在另一幅画里，我断定我走近了它，那原来是一头豹子，它那么年轻、华美、精悍，傲而且娇，它占据着画面的中心，回眸，但是并不看什么，它完全陷在它自己的深处。

这是谁呢？我亦不知。

张洁老来作画，不作中国画，作油画。当然是这样，很难想象一个提着毛笔画几根竹子涂几笔山水的张洁，画油画的张洁才是张洁，她是不交响的交响乐而绝不是丝竹；而且国画难免要写字，要题跋，张洁垂老，惟求无字，油画至少让她不用跟这个世界再费口舌解释或者争辩。

而且要有光。油画有光。张洁不能忍受没有光。她的画无门无派，无根底无来历，有的只是光——光的上面和下面、前面和背面，光的奔跑和流连，光的柔和和威严，光的浓稠和薄淡，乃至光的不讲理，光的任性、放纵和黑暗。这个作画者，原不是为了照亮什么给人看，于她而言，这光就是此在。

张洁老了。对此她从不讳言，朋友们也不对她讳言。她画破损废弃的车、遗弃在岸上的船，这车这船是张洁吗？我也不知。车轮前无名的花开，破船在暗自努力长进土地，她画的是自己吗？或者她对着亲爱的老车老船怀着一份刻薄的嘲讽——你看看你，你还在做梦和折腾，你并不肯真正停下来。

但那总该是张洁了吧？那三幅人物，是张洁的自画像吗？——2011 年的一幅，2014 年的两幅。

是的，我想象那就是张洁。我能认出她来。那是我们深爱的、敬畏的张洁，那个对世界高扬着下巴的张洁，那个眼中有玫瑰和枪炮的张洁，那个卑微得如一粒尘土随时准备自我遗忘和被遗忘的张洁，那个被深厚的蓝所沁染的站在地上飘在天上的张洁，那个注定奔跑、注定孤独的孩子……

音乐综艺节目除了PK，还能留下什么

任晶晶

2012年《中国好声音》的横空出世，像一记闷棍敲在了湖南卫视的头上，为了挽回国内综艺娱乐先锋的江湖地位，今年，湖南卫视号称要连续4季打造4档音乐综艺节目，开年头一炮就是重磅推出的外购韩国版权的《我是歌手》。与以《超级女声》为代表的音乐综艺节目不同的是，《我是歌手》从已泛滥成灾的素人选秀中另辟蹊径，把明星歌手重新拉回腥风血雨，节目的参与者不再是充满新鲜感、大家一无所知的新秀，而是成名已久的职业歌手。节目自开播以来，立即吸引了极高关注度，每周五晚在电视机旁看《我是歌手》，似乎成了继《中国好声音》之后的又一全民综艺事件。

Beyond成员黄贯中被淘汰、齐秦主动要求退出、杨宗纬被无情地PK掉、陈明不舍的离去……无论节目本身怎么煽情，PK总是真刀真枪的。早已是“殿堂级”的歌手们，如今像新人一样紧张兮兮地站在PK台上，尴尬、兴奋无处藏身，没有比这更“残酷”的事情了。表面上看，节目吸引眼球的仍然是这些专业歌手之间的相互厮杀和竞争淘汰，以及扣人心弦、直到最后才揭晓的各个“关子”。然而，与以往不同的是，我们看到节目现场的观众似乎少了歇斯底里的喧嚣呐喊，多了持续感动下的沉醉以及长时间的鼓掌喝彩，这自然是专业歌手才会带来的专业呈现，但这种呈现又不同于普通商业演出的“秀”，更多了一份精心、紧张和真诚。因此，《我是歌手》的歌唱拨动了更多观众的心弦。

该台曾经推出的《超级女声》代表了一个草根时代的兴起，繁花似锦的舞台不再只是少数人的独占和专享，主角变成了“想唱就唱”的普通百姓，观众也有了选择的权利。这种草根性焕发了强盛的生命力，唤起了全民参与的热情，也带来了暴涨的节目收视率。然而，《超级女声》一直没有解决一个矛盾，即选手草根性与舞台专业性。任何舞台都是需要专业支撑的，歌唱比赛更离不开音乐的品质。虽然有各种 PK 环节和专家点评在力图提升选手的专业性，然而这些一夜爆红的选秀歌手并没有太好的系统训练和时间积累，即便主办方费尽心思地采取各种培训手段想提高他们的专业性，但“台上一分钟，台下十年功”的规律显然不是短时间就能达到的。而为了保证收视率，节目就开始主动变得媚俗，去引导观众关注舞台以外的东西，从而使得音乐节目日益脱离音乐属性，成为一档不折不扣的八卦娱乐节目，观众人群也迅速低龄化甚至媚俗化。

这种节目形态自然不能得到观众和社会的认可，浙江卫视《中国好声音》的成功使湖南卫视终于意识到了问题的所在，歌唱比赛必须保证音乐的品质和歌唱的专业。因此，《我是歌手》实现了一个比较大的转型，专业的演唱、专业的编曲、专业的现场乐队、专业的音效，连主持人都由专业歌手担当。这些因素的结合，使得每一次的节目都成了精心准备的现场演唱会，观众们终于有了一种无与伦比的音乐享受感。当然，节目的环节依然离不开观众投票的竞争淘汰。歌手们都需要挖空心思地进行选曲、编排和演唱，没有一个人不紧张，没有一个人敢怠慢，没有一个人不谦恭。这是已经习惯于商业演出的歌手一种久违的状态，也是他们成长时期反复经历过的状态，正是因为这种磨练，他们才能成为一名优秀的歌手。许多人会担心这些成名的歌手会因为竞争排位而影响自己的声誉，这种担忧其实没有意识到“歌手”一词的本质内涵。歌手并不是一种身份，而是一种职业。那种把它当作身份体现，希望通过种种方式，营造高贵和神秘感的歌手，因为距离会逐渐被观众所遗忘。而如果只是把它当成一种职业，专注歌唱本身，全身心地投入演唱和面对观众，才能获取各种营养和灵感，才能更加从容面对各种竞争并受到舞台真正的尊重。

当然，现在对《我是歌手》做一个好的总结陈词还为时过早，毕竟它才刚刚开始，虽然它有了一个好的开端，但它必须考虑持续的影响力，而这种影响力如果仅仅停留在小情小调，流连于音乐比赛的主题，那么它很快就会枯竭，即便这些歌手再职业。因为任何艺术形式，内涵与良知都应先于技巧。而作为一档电视综艺节目在吸引观众的同时，更要考虑能为观众留下些什么。这种只聚焦于比赛名次的节目最后不可避免还是会成为一个名利场，大家的谈资或议论迟早会落在歌手获利收益的比较上，从而不断加重参赛歌手的心理负担，直至身心疲惫。比赛不应该成为音乐综艺节目的最终目的，必须建立一种更高层次的目的来吸引歌手和观众的参与，如果这种目的不再只是为了个人的名次，而是为了更高的社会关怀，超越了个体狭隘的价值观，那么它就会拥有一种更强大和广泛的影响力。从这一点看，央视推出的《梦想合唱团》是一个很好的探索，与其他音乐综艺节目不同，它没有停留在对个人价值的关注，而更进一步追求集体价值、社会价值的实现。参加的选手，人人带着梦想而来，人人都为公益而来，不再怀揣一夜成名的奢望，而是希望通过这个平台，放大自己的力量去实现帮助他人的愿望。参与其中的歌手们参加比赛并不是为了最终的名次，比赛也并不是在比拼技巧和唱功，而是用歌声和情感在传播一种爱的力量，现场的精彩表演结合公益梦想，穿插场外感人故事，整个舞台呈现出浓厚的人文关怀，从而让已遭受娱乐化冲击的电视观众感受到了一股温馨向上的清新之风。

电视剧《赵氏孤儿案》：经典的现实烛照与艺术重塑

梁振华

“赵氏孤儿”是自古以来最富盛名的“中国故事”之一。这个故事的起源，最早可追溯到《左传》，后经过司马迁的重塑，尤其是元代纪君祥杂剧剧本《赵氏孤儿》的出现，它以各种文学形式在民间广为流传。杂剧《赵氏孤儿》篇幅不长，但其强大的戏剧张力和其中蕴含的中国传统文化精髓，使其跻身中国古典悲剧最具代表性的剧目。法国大文豪伏尔泰和德国文化巨擘歌德都曾被其折服，并亲自进行过改写与改编。

3 年前，陈凯歌导演了电影版《赵氏孤儿》；如今电视剧版本也登上了荧屏，即阎建钢导演的电视剧《赵氏孤儿案》。“赵氏孤儿”的故事被一代代人讲述，可见其魅力已经超越了古今。但人们忍不住要问：在电影版之后再拍这样一部电视剧，其意义究竟在哪里？电影版的《赵氏孤儿》虽采用了元杂剧基本的故事架构，但实际上却拆解了这个具有史诗性质的古典悲剧，把它变成了一个传输导演观念的现代戏。或者说，故事的核被替换了，而这个核，就是人间大爱和人性至善。面对一个几乎所有要素都被剧透到无人不知的故事，阎建钢的勇气和担当令人敬佩。我们必须说，敢于面对和创作这样的作品，本身就是一个向传统文化致敬、打捞传统人伦精神的行动。

当然，改编经典光有勇气是不够的，还需要创造性的智慧。电视剧版首先要面对的困难就是：在将这个并不复杂的故事扩充为符合电视剧体式的长篇叙事时，如何能做到忠实于原著及其负载的精神内涵？从电视剧成品呈现的效果来看，《赵氏孤儿案》作出的努力是卓有成效的。该剧既承传和诠释了故事本身的传统文化内涵，又创造性地赋予骨架以血肉，使之以前所未有的丰满形态示之世人。

人物形象的塑造是《赵氏孤儿案》用力尤深之处。剧作抛开了为主人公寻找新的动机的努力，把劲使在了将矛盾、冲突及其对人性的挖掘还原到历史语境里，着力去丰富前因后果和每一个逻辑空隙，程婴、屠岸贾、赵武等等这些本来面目模糊的历史人物，一个个变得立体和丰满起来。或者说，电视剧《赵氏孤儿案》创造了一个发生这一千古悲剧的历史环境，在战国那个烽火四起的年代里，个人的命运不由自主地裹挟进了国家的命运之中。这样的处理，使得电视剧建立了自己的大逻辑，程婴的义举、赵武的复仇等一切情节都有其来龙去脉，不突兀。

表面上看，《赵氏孤儿案》依然围绕看似过时的一种传统中国精神——“忠义”——展开，但它绝非只是简单地讲述一个“愚忠”的故事，它的忠，不再是对个人的忠，义也不再只是对个人的义，忠义的对象引申到了国家的层面，成了大忠大义。在这个故事的另一个核心点——复仇主题上，《赵氏孤儿案》所做的就不仅仅是继承，更有了极好的发挥，它引入了一些现代的价值观念。或者说，电视剧借助许多现代社会才产生的理念，合理地超越了个人和家族复仇的叙事，把简单的复仇故事提升到了一个更高的层次。比如，赵武在最后陈述杀屠岸贾的理由时特别强调：屠岸贾之该杀，是因为他投敌叛国弑君，而非杀了他赵氏家族300余口。赵武对屠岸贾有着切齿仇恨，但他没有因为自己的仇恨就破坏国家的法律，在国法与家仇的矛盾中，赵武选择了前者。再比如，程婴在教导赵武时说，忠义是本，仁善是源，忠义固然重要，复仇固然重要，但如何能不仅仅在肉体上获得胜利，而且在精神上实现超越才是最重要的。因此，电视剧的结局是屠岸贾不仅败了，而且终于看清自己的罪恶，回到都城，自尽而亡。这些都是原来故事中所没有、也不可能有的，这种创造性的改变超出了传统的以“忠义”为最高准则的精神，具有了一种朴素的“人道主义”色彩。

《赵氏孤儿案》成就的仍然是一个动人心扉的悲剧。屠岸贾自尽之后，程婴亦饮毒酒而死，程婴的死为整部电视剧的悲剧画上了最终的句号。19年前亲生儿子死去时，程婴已经注定必死，但却活着，他的悲剧不是死，是带着痛苦活着。程婴以他对屠岸无姜的教育，完成了对屠岸贾的复仇：屠岸无姜亲手毁掉了屠岸贾苦心经营几十年的政治阴谋，这显然比赵武杀掉屠岸贾更富戏剧性，也更有力量。从小受程婴教导的屠岸无姜，最终将“忠义”放在了“仁孝”之前，因而程婴救下的不仅仅是赵武，还有屠岸无姜的灵魂。《赵氏孤儿案》的悲剧性不再局限于程婴献出亲生骨肉的痛和苟且偷生的辱，而是他19年与国敌家仇日日相对的琐碎和漫长，是他愚公移山般一点一点打垮屠岸贾的坚持和忍耐。这种悲剧精神，既保存了原来故事的人性深度，又有了现代意义上的悲剧色彩，一如俄狄浦斯知晓自己杀父娶母的命运时的痛苦，一如哈姆雷特面对“存在还是毁灭”的犹豫挣扎。悲剧落幕时，大雪满都城，这既是冤情得雪，又是还世界一片清洁。

《赵氏孤儿案》为观众塑造了一个更亲切、更立体，也更具有代表性的程婴形象。在这部戏里，程婴成了春秋战国时期义士的一个代表，也成了数千年中国士大夫精神的一个代表。他为上忠，为下善，忍辱负重，舍生取义，而且坚持的是大义。对程婴而言，就算是皇帝的儿子，也不会比自己的孩子更宝贵，但他之所以愿以自己的骨肉去死，是因为他深深懂得托孤的背后所隐藏的重大文化价值。赵家孤儿不仅仅是赵家血脉，更是国家忠良的象征，是忠良最终必将铲除奸邪的火种。正是从这个意义上，深受传统文化熏陶的程婴在关键时刻献出自己的儿子，才是可能的，也才是可信的。事实上，这种牺牲精神及其背后的文化内涵，一直绵延于中国的历史中，无论是古代还是近现代。个体和家族的复仇，最终消解于国家和民族的和平稳定上，这是一种大义，也是中国古代文化的一种风骨。《赵氏孤儿案》对今天的中国而言，具有着特别的意义，它不失时机地提醒我们，尽管现在是一个富裕的和平年代，但我们的传统文化和民族精神不该被抛弃。谁也不能保证和平是永久的，在国家和民族的危机关头，我们同样需要有献身精神的英雄挺身而出。

“中国梦”，时下正成为人们的共识。这个充满了瑰丽色调的词汇，到底有什么样的蕴涵？笔者看来，“中国梦”的要义之一便是传统文化的复兴与苏醒。而传统文化的苏醒，绝非是要写古文、背古诗那么简单，其核心是让人们尊重、学习和认同中华民族的传统文化价值。在这个道德失序、物性崛起、人性矮化的时代，重温传统文化中的仁义礼智信，是何其迫切何其紧要。在这一点上，《赵氏孤儿案》作出了榜样。这部戏的大胆和创新之处还在于，它没有因古而古，故意将台词处理成附庸风雅、诘屈聱牙，而是力求口语化。而且程婴也不再是原来那种悲苦的形象，他更多了一分幽默，一分智慧，这些可能部分观众刚开始看时会略有不习惯，但如果考虑到观众层次的年轻化，这种尝试反而是积极的。这些创新性改编，都有助于让更多的年轻观众接受这样一部沉重的悲剧，继而更好地理解何为忠义、何为牺牲。在这样一个信息化的时代，衣食住行的各个方面都在发生日新月异的改变，但总有些东西是不该变也不能变的。在荧屏里充满了哭哭啼啼的家庭戏、小三大斗原配的感情戏和男女青年的偶像剧甚至是雷人剧时代，拍一部如此严肃的千古悲剧，并且既能完整地保留原剧中的文化内核，又恰当地融进了许多现代意识，是极为难能可贵的。

讨论《赵氏孤儿案》，不能不说说它的导演阎建钢。无论是《秦始皇》《尘埃落定》还是《中国地》，阎建钢的作品总是有着独特的标识：聚焦“大历史”，挥洒中国精神，具有人文气息和家国气概。《赵氏孤儿案》一剧，集中地体现了阎建钢的导演风格和文化品位。在吐槽历史、拆解历史、戏说历史盛行的当下，阎建钢固执地选择对历史“正面强攻”。《赵氏孤儿案》开播当天，阎建钢导演在微博上写道：“对自己而言，《赵氏孤儿案》是我的静心之作，敬心之作，精心之作。一生只有一次面对这部经典的机会，惟有如此。”导演对待历史经典的态度，决定了电视剧的品格。正因为静心，才可以心平气和，而不刻意献媚于观众喜好；正因为敬心，才有对民族文化经典的尊重；正因为精心，才能够奉献出这部融合了现代意识的古典悲剧优秀之作。

今日中国的电视剧创作，受制于唯收视率至尊的单向度评价体系，先天符合大众趣味的家斗、宫斗、谍战、武侠题材占据了荧屏绝大部分生存空间，历史情怀、现实承担与诗性品质早就在“重口味”、“轻趣味”前沦为了牺牲品或者不值一提的点缀——传奇止步于传奇，争斗终结于争斗——一切只为刺激观者的感官，只为感官强刺激背后收视率数据和曲线图。笔者以为，电视剧创作的市场属性固然不可否认，但将市场属性与审美品位截然对立则是一种思维方式上的偏差和错位。对历史多一份诚意与敬意，对现实多一份热忱，对人和人性多一些思索，在构思上多一些匠心独具的创造，在创作制作上多一些精益求精的追求……对作为一种戏剧形态的电视剧来说，与市场化所要求的“精彩度”、“观赏性”没有必然矛盾。戏剧有其规律，那就是要张力，要矛盾，要情感，要冲突；但戏剧也有其本质，那就是要文化，要价值，要情怀。从这个意义上说，《赵氏孤儿案》对经典的创造性改编，是具有典范意义和经典价值的——当兼顾文化审美品位与观赏性的精品剧创制成为潮流，并以其亲和的面孔获得观众青睐之时，趣味低劣、粗制滥造的“神剧”和“雷剧”，自然会被优胜劣汰的市场法则所汰除。

从小说到电影：新写实背后的文化隐喻

张慧瑜

由“第四代”导演谢飞担任艺术总监、王竞执导的电影《万箭穿心》根据方方同名小说改编。一方面影片延续了电视电影自新世纪诞生以来关注社会现实的传统，就像王竞执导的其他两部获奖片《我是植物人》《孩子那些事》一样；另一方面新写实作家对于刻画日常生活的追求、“第四代”导演所秉持的人道主义底色都使这部作品具有了现实的质感，再加上青年演员颜丙燕出色地演绎了这个粗粗拉拉、脾气火爆又刚烈坚强、忍辱负重的武汉女人，可以说，尽管在2012年没能收获大票房但却赢得了诸多好评，并得以入围2013年北京国际电影节主竞赛片单元（只有两部国产片）。如果说故事所讲述的年代是上世纪90年代正处于工人下岗潮中的工业重镇的武汉，那么讲述故事的年代则是中国崛起和金融危机的时代，下岗女工、苦情母亲李宝莉的“登场”显得意味深长。

新写实的“态度”

不管是小说，还是电影，印象最深刻的就是这位豪爽、泼辣而又苦命的李宝莉形象，正是这个人物的出现成为作家方方创作这部作品的初衷。方方虽然不是在武汉出生，却是在武汉长大，武汉是她的作品中除了女性身份之外最为重要的主题。1987年方方发表成名作《风景》，这部作品与同一年问世的池莉小说《烦恼人生》一起被批评家命名为“新写实小说”的开山之作。有趣的是，新世纪以来两位武汉女作家又各自都写了一部武汉女人的小说，一个是池莉的《生活秀》（2001 年），另一个就是《万箭穿心》。

新写实小说作为先锋写作之后最重要的文学创作潮流，也是唯一跨越上世纪 80 年代、延续到 90 年代的文学现象。新写实小说以相对中性、客观的笔法描写特定历史或现实情境中的人或事，既不同于“现实主义”对现实背后总体社会图景的探讨，也不同于先锋文学对语言叙事、文体形式的实验，恰如方方的《风景》借死婴之眼记录家里人的日常生活，不介入也不批判。就像八九十年代之交出现的“新纪录片运动”，新写实作家热衷于记录平凡人物“一地鸡毛”式的庸常生活，这与 80 年代的文化氛围以及城市改革让每个人浸入“柴米油盐”的琐碎人生有关。更为重要的是，新写实笔下的人物虽然与生活存在着这样或那样的矛盾和不适，但是总能找到理由接受现实，因为挣扎或生生不息地生活下去本身就是对人生与社会变迁最好的回答。

在这个意义上，《万箭穿心》也是一部典型的新写实作品。相比丈夫、知识分子的懦弱和短命，出身城市底层的李宝莉不管经历多大的变故，哪怕忍着、认命、赎罪，也总能找到说服自己活下去的理由，即使最后儿子也不认李宝莉这个母亲并把她指认为杀父凶手之时，李宝莉依然能够想通，“人生是自己的，不管是儿孙满堂还是孤家寡人，我总得要走完它”。小说的结尾处，一无所有的李宝莉欣然来到汉正街照样做起女扁担。相比电影，小说中还写到了李宝莉的母亲，同样也是一个经历“文革”与新时期的大起大落，虽然最终沦落到菜场卖鱼，但是母亲却不在意，只要堂堂正正地做人。

这也正是方方所要表达的最“朴实无华”的主题：“唉，人生就是这样。面对生活，大家各有各的活法，各有各的思路。当然也就各有各的辛酸，各有各的快乐，各有各的苦痛，各有各的幸福，各有各的温暖，各有各的残酷。”在这里，历史被抽空了具体的意义。这种用坚韧的生命来对抗 20 世纪分外剧烈的政治、社会变动给个人带来的伤害和倾轧有其合理性，但是问题在于母亲的“示范”效应，只能让李宝莉逆来顺受。正如父亲看房时留下的那句“万箭穿心”的谶语，任凭李宝莉如何不甘地要把“万箭穿心”变成“万丈光芒”。无奈新写实的态度或惯例并不是创造奇迹或改变生活，李宝莉只好相信母亲的话“一忍再忍”。

电影《万箭穿心》有一个英文名字叫“Feng Shui”（风水），确实，这座被楼下的马路“万箭穿心”的房子成了李宝莉的克星。如果说在90年代国企改革攻坚战中下岗冲击波成为严重的社会问题，文学创作中的“分享艰难”成为度过社会危机的文化腹语术，那么十几年以后在方方创作这部作品之时，下岗已经成为过去完成式，此时值得追问的不是李宝莉们所经历的“人生的大劳累和大苦痛”，而是为何这间能够看见江水的“福利房”专门和李宝莉过不去，李宝莉为何就该如此宿命般地被“万箭穿心”。

“文化”的政治学与双重空间

《万箭穿心》最大的叙述动力就是争强好胜的李宝莉一次又一次地遭遇“万箭穿心”，就像苦情戏所必需的一个又一个更大的灾难“宿命般”地砸在弱女子身上，可是李宝莉并没有变成值得同情的、刘慧芳式的好女人，因为李宝莉的悲剧完全是她自己一手造成的。正是她的刻薄、粗俗和没有文化，导致做厂办主任的丈夫马学武被搬运工羞辱，如果她听从好友万小景的劝告对马学武好一些，丈夫也就不会出轨；如果她不以向警察告密的方式让警察把丈夫捉奸在床，丈夫也不会重新回车间做技术员，更不会突然下岗，继而去跳江自杀。这些仿佛都来自于没有文化的李宝莉与有大专文凭的丈夫之间“不幸”的婚姻。这种知识分子与工人之女的“结合”以及文化与没有文化的“苦恋”，是上世纪80年代反思文学的重要修辞。

在小说中，李宝莉的母亲之所以会从革委会主任变成下岗工人，是因为“‘文革’一结束，废掉成分，时兴文凭”。或许正因为文凭对于母亲的影响，使得只有小学水平的李宝莉对文凭看得格外重，这也正是她选择跟来自乡下“其貌不扬的马学武结婚”的根本原因，并且坚信“有文化的人智商高，这东西传宗接代，儿子也不得差。往后儿子有板眼，上大学，当大官，赚大钱，这辈子下辈子都不发愁”。果然，李宝莉的儿子不仅学习好，而且考上了名牌大学，并且挣到了大钱。这显然验证了李宝莉把“文化”作为“文革”后“当大官、赚大钱”最大保证的认识。而这种对于知识、文化、教育的崇拜正是七八十年代之交“拨乱反正”的产物，只不过彼时是通过恢复高考、落实知识分子政策来批判“文革”中知识分子接受工农兵再教育的“荒谬”，而在《万箭穿心》中文化、文凭却成为合理化阶级分化最为重要的意识形态说辞。也就是说，李宝莉与马学武的差距不是文化水平，而是一种阶级身份的差别，这尤为体现在李宝莉与房子的关系上。

出身底层的李宝莉想通过房子来改变自己的阶层或者说命运，小说开头详细描述了李宝莉第一次看新房给她带来的“高贵感”、“幸福感”和“电影里贵夫人出行的派头”，李宝莉觉得“我是不是一步登天了”，正如电影中所呈现的李宝莉搬进新房第一晚的那份惬意和得意。不过，第一晚还没有度过，马学武就和她提出了离婚，彻底击碎了她的人生美梦，但这并没有唤醒李宝莉对儿子上学“当大官、赚大钱”的认识。电影中当李宝莉第一次搬家到楼下的时候，大仰拍镜头中看不到顶的高楼似乎要把李宝莉压扁，李宝莉从来没有拥有过从楼上往下望的权利，也就是说她从没有占有过这间房子。更不用说当李宝莉走进“自己的”房间时，产生的是无尽的争吵以及接二连三的沉重打击。最终在儿子的奚落之下，李宝莉飞奔跑“下”楼梯。

与现代、整洁的“空中楼阁”对李宝莉的驱赶相比，熙熙攘攘的、低矮老旧的汉正街却是李宝莉的“天下”，不管她是卖袜子，还是做女扁担，只要在汉正街就“满街都能听到她的笑声”。汉正街与高楼对于李宝莉来说恰好意味着两种不同的阶级空间、人生和归宿，一个是室内的、学习的、脑力劳动的空间，另一个则是室外的、体力劳动者的空间。喜欢李宝莉的小混混建建就居住在汉正街上，按照小说中的说法，建建始终如一地坚持年轻时对李宝莉的告白，“你蛮对我的性格，我恐怕这辈子只会爱你一个人”。小说结尾处，一种少有的乐观喜悦的色彩出现了：“望着乱七八糟、嚣声嘈杂而又丰富多彩、活力十足的汉正街，建建仿佛看到哪里都有李宝莉的影子”。李宝莉还是从隐居高楼之上的中产阶级三口之家回到了学历低的、住在仓库里的建建身边，因为在文化、阶级的修辞学中，李宝莉最终只配得上建建这样的男人。

在电影的结尾部分，李宝莉用自己的扁担挑着自己的行李最终离开了这间“万箭穿心”的房子，摄影机镜头从楼上的房子俯视、监视李宝莉推着建建的面包车离开小区，演员表从屏幕下方升起。这个注目礼仿佛是房子对李宝莉的送别，也是死去的丈夫、长大成人的儿子作为房主对女人李宝莉的驱逐。在这里，李宝莉之所以会遭受“万箭穿心”的天谴，正是因为她试图逾越阶级的鸿沟，贪心找个学历高的丈夫而住上“单位福利房”。从这个角度来说，“祸根”从一开始就种下了，李宝莉住了本来就不属于她的房子。在这个意义上，《万箭穿心》如此准确又直白地讲述了作为社会热点的房地产与阶级分化的寓言，这也正是这部作品的力量所在。

电视剧《寻路》创作谈

王朝柱

就创作规律而言，一切有历史责任感的严肃作家、剧作家在进行构思和创作新作品的时候都会发出这样的自问：我为什么要写这部新作以及如何才能写好这部新作？我在构思和创作每一部文学、戏剧或影视作品的时候不仅要发出同样的自问，而且还要经历长期而又痛苦的深思熟虑，方可动笔进行创作。

自从大型史诗电视剧《寻路》在央视播出以后，来自各方的朋友，尤其是同行的文友不约而同地问我：你为什么要把这段极其复杂的历史搬上电视屏幕，而且还要冠以《寻路》的片名？我思虑有日，遂决定把近3年以来创作《寻路》过程中的甘苦如实地写出，愿听取各方朋友与文友们的批评、指正。

《寻路》，顾名思义，探寻中国革命之路。

自鸦片战争以来，中华民族及其志士仁人为探寻中国革命之路前仆后继，用生命铺成了一条革命之路，用鲜血染红了一条红色之路。

中国共产党自诞生以来，她就继承了中华民族这一光荣的革命传统，用生命将这条革命之路铺得更宽，用鲜血将这条革命之路染得更红。

为此，成千上万的中国共产党人无怨无悔地倒在了这条革命大道上，是他们的鲜血把这条革命大道染得更红。

《寻路》所表现的就是这条长长的探寻中国革命之路中的一段：

自1927年“四·一二”大屠杀至1932年宁都会议，短短的5年，毛泽东和他的战友们历经千难万险、九死一生，终于探寻到了一条“农村包围城市，武装夺取政权”的大道——尽管在前进中还有着这样那样的阻力和反复。

这5年，给后人留下了太多的启示，是一笔了不起的精神财富。我是一位年过七旬的老童生，只想用一颗真诚之心去认识、歌颂这段历史，以及带领人民创造这段历史的毛泽东、周恩来、朱德等先贤。

这就是我写《寻路》的缘起，同时也是这部电视剧的戏魂。为了立此存照，我把这段话写在文学剧本《寻路》的前言——《几句想说的话》中。

一、《寻路》的历史启示

自1921年7月中国共产党诞生，到1927年“四·一二”反革命政变近6年的时间里，中国共产党处在幼年时期，她的核心成员和基本队伍绝大多数对马克思主义知之甚少，对未来建设一个梦想中的社会主义新中国则更是茫然——这是因为在他们每个人的心中只有对“社会主义天堂”苏联有着一种最为美好的憧憬，因此从某种意义上说，那时绝大多数的共产党人只是凭借一腔救国救民的热情，在虔诚地进行着所谓的苏联模式的社会主义革命。更为可笑的是，远在莫斯科的第三共产国际并不了解中国的国情，却又手握尚方宝剑，对中共中央领导机关的改组赋予生杀大权，对中国革命道路的选择则更是说一不二，他们就像是《西游记》中张开五指的如来佛祖，主观地操控着孙悟空等去西天取经那样，严厉地把控着中国革命前进的方向。事后追论，中国共产党参加领导的第一次国内大革命岂能不败？

历史发展有着自身的规律，这不可抗拒的规律一定要惩罚那些尚未认识规律的人。那时的中国共产党人天真地认为蒋介石是革命的，真诚地欢迎他为总司令的国民革命军抵定大江南北，进占东方冒险家的乐园——上海。令共产党人猝不及防的是，蒋介石突然发动了“四·一二”反革命政变，大肆叫嚣对共产党“宁可错杀三千，不可放走一个”的反动口号，对中国共产党人发动了最为疯狂的反革命大屠杀！霎时之间，神州大地到处都是白色恐怖，无数的英魂悲愤地飘游在血雨腥风之中。这时，也唯有在这时，毛泽东等中国共产党人才会悲怆低吟：“黄鹤知何去，剩有游人处……”

是啊！中国真正的革命之路在何方？

时人和后人皆知：在共产国际起伏变化的历史中，无产阶级夺取国家政权的革命只有两次，一是法国的巴黎公社起义，再是俄国的十月革命，前者失败了，后者成功地建立了第一个社会主义国家。虽然这两次无产阶级夺取国家政权的革命发生在不同的国家，且又前后相距几十年，但是他们的革命形式却是相同的，那就是以城市为中心发起暴动进而夺取国家的政权。这就是共产国际尊称为的十月革命之路或曰城市中心暴动之路。

大革命失败之后，处于彷徨中的志士仁人异口同声地发出这样的自问：中国革命向何处去？远在莫斯科的第三共产国际武断地下达了命令：中国共产党人必须走十月革命的道路，在大江南北、黄河上下举行城市暴动，夺取中国革命的胜利。从此，中国共产党开启了长达近 8 年的以城市为中心的革命。他们先后举行南昌起义、广州起义、两打长沙……待到李立三左倾路线在党中央取得统治地位之后，竟然认为全国范围内的革命高潮不仅要马上普遍到全国，而且还荒唐地认为中国革命的高潮已经到来，并将掀动世界的高潮。他除去以中央名义发出《目前政治任务的决议——新的革命高潮与一省或几省的首先胜利》，还公然提出会师武昌、饮马长江、直捣黄龙的可笑口号。结果，导致了全国白区百分之百、苏区百分之九十的大失败。由此，也授给了蒋介石屠杀中国共产党人的借口。据史料记载，在不到半年的时间里，被杀害的著名共产党人有陈赞贤、杨闇公、汪寿华、邓培、李大钊、陈乔年、陈延年、赵世炎、罗亦农、向警予等数十人；1927 年 3 月到 4 月，前后走上刑场的中国共产党人、工农群众和革命学生超过 12 万人，从是年 5 月到 11 月被杀害的革命者有 16.8 万人。如果加上在瞿秋白、李立三、王明等左倾冒险主义路线下牺牲的革命烈士和工农群众、革命学生，何止百万计啊！我想这些长眠地下的英灵一定会大声疾呼："在中国搞城市中心暴动是条葬送中国革命的死路！"

但是，远在莫斯科的第三共产国际撞了南墙还不回头，继续派遣在苏联学习并忠诚于共产国际路线的留学生回国，顽固地坚持城市中心暴动的道路。他们不仅在党的中央机关公开地大搞教条宗派式的结党营私，而且还无情地打击远在井冈山、赣南和闽西等地努力探寻"农村包围城市，武装夺取政权"之路的毛泽东等同志。

说到毛泽东，我就很自然地会想到"天行健，君子以自强不息"这句古语。如果再加上他的出身、学养以及丰富曲折的革命经历，使他又养成了独立思考，不迷信权威，只相信真理，敢于抗上的叛逆性格。因此，当大革命失败之后，他断然地谢绝了瞿秋白希望他到上海中央机关工作的好意，坚定地说了这句史有所记的话："我不愿意跟你们去住高楼大厦，愿到农村去，上山结交绿林好汉。"

从此，毛泽东站在"枪杆子里边出政权"的革命起跑线上，义无反顾地踏上了一条探寻"农村包围城市，武装夺取政权"的中国式的革命道路。请看：

秋收起义失败之后，上自湖南省委，下到参加秋收起义的不少同志仍然坚持执行中央攻打长沙的命令。毛泽东审时度势、力排众议，反复说明不能攻打长沙的道理，遂带领绝大多数工农红军向罗霄山进军。为了凝聚革命力量，大刀阔斧地进行了三湾改编；为了寻找革命的落脚点，他在改编王佐、袁文才部队的基础上，逐渐创建了中国第一个井冈山革命根据地。

与此同时，中央以秋收起义失败和不继续执行中央命令攻打长沙等大中城市为名，开除了毛泽东的中央政治局候补委员。事后，湖南省委特派员又误传开除毛泽东中央政治局候补委员就是开除党籍，遂在红军指战员中引起了不小的震动。毛泽东为了井冈山革命根据地的稳定和发展，十分大度地说，那我就不当前委书记了，改当师长，继续指挥工农红军打土豪，筹款子，把中国革命进行到底。对此，毛泽东同志不止一次地笑谈自己当过几个月的民主人士。

朱德、陈毅率部上井冈山，实现了朱、毛两大红军的会师。虽说革命队伍壮大了，但这两支红军队伍又因构成、领导作风等不同，很快又在建军、根据地等原则问题上发生了分歧。由于革命形势瞬息万变，这种原则分歧没有得到根本解决，且持续了两年多的时间，遂先后导致了工农红军在湘南的失败和南下粤东的失败。尤其在陈毅两次取代毛泽东为前委书记期间，严重地破坏了党对军队的绝对领导，削弱了工农红军的战斗力。对此，毛泽东先是坚持真理，在原则问题上寸步不让。接着，当他感到无力回天的时候毅然决定愤而辞职，上山养病。不久，陈毅自上海带回中央要毛泽东复出的来信，朱德又真诚地说出“朱毛不分家，一分家就打败仗”之后，毛泽东同意复出，并召开了著名的古田会议，从理论上解决了有关长期争论的建军原则问题，从组织上对工农红军进行了相应改组。

接着，毛泽东顶着中央数次下达攻打大城市的命令，和朱德、彭德怀等率领工农红军冒着严寒酷暑转战千里，克服千难万险，取得了三次反“围剿”战争的伟大胜利。同时，毛泽东也在指挥反“围剿”的战争中锻造成一位杰出的军事战略家。更为重要的是，毛泽东和他的战友们终于探寻出一条符合中国革命实际的“农村包围城市，武装夺取政权”的革命之路。

这就是中国共产党探寻中国革命之路的真实写照：一条是教条式地照搬苏联十月革命，走城市中心暴动的道路，把中国革命引向失败；一条是从中国实际出发，逐步地探寻出一条“农村包围城市，武装夺取政权”的革命道路，把中国革命引向最后的胜利。

这也是《寻路》留给后人的历史启示。

二、《寻路》的现实意义

历史是一面镜子，可鉴古今、知兴衰。从这个意义上讲，第一代共产党人毛泽东、周恩来、朱德等带领工农红军抛头颅、洒热血，演出的这部大剧“寻路”中的经验和教训，对今天的中国共产党人实现“中国梦”——继续探寻中华民族伟大复兴之路是有着很强的现实意义的。

其一，道路决定命运

中国共产党参加的第一次国内革命战争为什么失败？因为那时的党中央在第三共产国际的领导下，走的是一条放弃领导权，不懂得“枪杆子里边出政权”，完全为国民党做嫁衣的错误道路。十年内战——或曰土地革命时期搞的南昌起义、广州起义等为什么全都失败了，因为那时的党中央顽固执行的是一条错误的城市中心暴动之路。同样，白区的工作为什么会遭到百分之百的损失，他们撤到中央苏区之后，为什么在他们的领导下，中国工农红军会被迫退出中央苏区，遂又演出一幕“叫花子打狗，边打边走”（毛泽东语）的长征？因为执行的还是左倾机会主义的错误主张。

对此，我们不能不问那时党中央的负责人——尤其是从法国、苏联留学回国的领导者们，你们为什么会犯如此严重的左倾教条主义错误呢？在我看来，这些同志大多出生在富裕的家庭，从小就不了解身处低层的农民，更不了解黑暗落后的旧社会，仅仅凭着一腔救国救民的热情少小离家，远赴他国求学。因此，他们很自然地只知外国先进，不知中国为什么落后。因此，他们回到祖国以后，很自然地会形成不顾国情，死死地抱定外国的强国之路，打算一夜之间就把贫穷落后的中国变成苏联。可以想见，由他们这些言必称希腊，口必说苏联的“客里空”领导中国革命岂能不败？他们所说的“山沟里出不了马克思主义”，批评毛泽东倡导的“没有调查就没有发言权”，否定“农村包围城市，武装夺取政权”等理论，是何等的无知和可笑。

诚如前文所述，毛泽东生在农村，成长在动乱的旧中国，他不仅了解我国的国情，而且更熟悉中国不同阶层的农民，加之他注重调查研究，在战争中学习战争，终于历经长达5年的革命实践，和他的战友们一起在井冈山、赣南闽西中央苏区探寻出了一条“农村包围城市，武装夺取政权”的革命正路，并取得了三次反“围剿”的伟大胜利。

这是两条截然不同的道路，向人们昭示了一个真理：革命道路的正确与否，决定着中国革命的胜负。我作为《寻路》的编剧真诚地希望，为了国家的命运、民族的复兴，中国人民一定要走在革命的大道上。

最近，习近平同志语重心长地讲了这样一段话：“全党同志必须牢记，道路决定命运，找到一条正确的道路多么不容易，我们必须坚定不移走下去。”

其二，先知先觉们的蜕变与重生

自鸦片战争以后，中国逐渐沦为半封建、半殖民地社会。为救国救民于水火之中，一批又一批自誉为先知先觉者们争相去西洋欧美诸国、去东洋日本游学，希望窃取所谓的天火照亮黑暗的中国。这就是我国最早的知识分子。

说到知识分子，我很自然地会想到毛泽东说过的一句话：皮之不存，毛将焉附？意思是说知识分子不是独立的阶级，他的社会活动必然依附在一个载体上。同时，我又想起动笔写《辛亥革命》前的一件往事：中央主管部门的领导两次和我约谈，明确指示，“一要旗帜鲜明地反对‘告别革命论’，二要写出参加辛亥革命那一代知识分子的两面性，即革命没有知识分子是不行的，但他们在革命中的言行和功过又是十分复杂的。”对此，我是赞成的。

在我动笔写《寻路》之前，我又细心地检点这些先知先觉回国后的革命经历和下场，再次发现有些风云一时的先知先觉蜕变了，一步一步地走向自己的反面，甚至成为反动统治者的帮凶；还有一些窃火者从容不迫地走上统治者的绞刑架或断头台，他们的灵魂得到了升华和重生。如果我们把探寻中国革命之路比做一个熔炉，这些先知先觉有的经不过炉火高温的冶炼，遂蜕变成一堆炉渣；有的就像孙悟空一样炼成了钢骨铁身、火眼金睛。请看：

汪精卫曾是同盟会时期宣传革命的笔杆子，后又是孙中山先生的文胆和接班人。但是，他一俟从政争权，思想迅速地向着反动的深渊滑落，待到抗日战争爆发以后，他很快又变成了万夫所指的头号大汉奸。

廖仲恺与汪精卫同是同盟会、国民党的骨干。孙中山先生仙逝之后，廖仲恺因坚持孙中山先生亲自制定的联俄、联共、扶助农工三大政策，遭到国民党右派的暗杀。但他的革命精神却在熊熊的烈火中得到了重生。

陈独秀、李大钊同是中国共产党的创始人，时人尊称为南陈北李。后因陈独秀蜕变为托派，被党中央开除出党。李大钊因在北平坚守革命，被奉系军阀张作霖逮捕，送上绞刑架。他的革命灵魂同样也得到了重生。

我在创作文学剧本《寻路》的时候，也多次触碰到这个议题，同是向西方窃火的先知先觉，王明蜕变成苏联攻击中国的叛徒，而革命烈士恽代英、蔡和森等虽死犹荣，他们的精神化作了浴火重生的凤凰，自由地飞翔在万里长空。

从某种意义上说，蜕变与重生也是一种规律，一定会在不同的革命阶段中发生。换言之，既然改革开放是一场革命，那些曾经将改革开放叫得很响的先知先觉们也会蜕变与重生。为此，我希望看过《寻路》的观众要擦亮双眼，看看他们之中有没有人蜕变成叛徒，或拿着外国的钱当间谍出卖国家的利益，或把贪污来的大笔钱送往外国的银行……惟有如此，我国才能确保江山万代不变颜色。

其三，理想与信仰

理想，是革命者为之终生奋斗的方向；信仰，是革命者取之不尽、用之不竭的力量源泉。诚如习近平同志所言："理想信仰就是共产党人精神上的'钙'，没有理想信仰、理想信仰不坚定，精神上就会'缺钙'，就会得'软骨病'。"

为此，我创作的《寻路》就是要浓墨重彩地张扬革命的正气，在每一位革命家的心中牢牢地树立一杆理想和信仰的大旗，光照千秋万代，昭示革命自有后来人。请看：

周文雍、陈铁军相伴走向刑场，向世人宣示举行刑场上的婚礼；杨匏安写下"慷慨登车去，相期一节全……"的绝命诗，从容地走上敌人的刑场；杨度在实现了"但哦松树当公事，愿与梅花结后缘"的理想大愿之后，又挥毫写下这首自挽联："帝道真如，如今都成过去事；医民救国，继起自有后来人。"遂安详地驾鹤西去。同样，恽代英、蔡和森、彭湃等烈士都是高喊着"打倒蒋介石！""中国共产党万岁"等革命口号从容就义的。

同时，《寻路》也重笔写了革命队伍中失掉理想和信仰的叛徒。

当革命处于低潮时，他们在生死的考验和利益的诱惑下，一个个无耻地出卖革命、出卖同志。事后追论，贪图安逸、生活腐化是他们政治上堕落的开始。如党的总书记向忠发把见情妇置于党的利益之上，终被敌人逮捕；顾顺章玩女人、抽大烟，违背党的纪律耍魔术，终落入敌人的手中。如果没有钱壮飞同志破译密码，设在上海的党中央就会全军覆没。这是何等严重的教训啊！

时下，随着改革大潮的冲刷，党的一些高级干部腐化堕落，相继落马，在群众中造成极坏的影响。为此，《寻路》的播出，使人民群众对中央从改进作风入手，反对形式主义、官僚主义、享乐主义和奢靡之风，必将会有更深入的理解。

中国的改革开放已经走过 34 个年头，且摸索出一条有中国特色的社会主义道路。但我依然认为：如果中国改革开放要想大踏步地前进，全党、全国人民还必须继续探寻改革开放之路。

这就是我为什么写《寻路》的原因。

《雷雨》的典范性

——为纪念《雷雨》诞生八十周年而作

田本相

《雷雨》的典范性，在当前也会给我们以深刻的启示，让我们懂得怎样在既有的历史条件下，抓住历史的症结加以大胆的突破。敢于面对前人所未曾解决的问题，善于发现现实生活中的诗意，从而写出无愧于时代的佳作。我们纪念《雷雨》的诞生，就是希望像曹禺那样创造出我们时代的《雷雨》。

《雷雨》诞生80周年了，关于《雷雨》的评论和专著可谓汗牛充栋。本文要讨论的问题就是:《雷雨》在中国话剧史上的历史地位和对当下的启示。

我在30年前写的《曹禺剧作论》是这样说的:"《雷雨》是标志着中国话剧走向成熟阶段而飞出的第一只燕子;他的现实主义成就为中国话剧的现实主义的传统奠定了一块有力的基石，而他的民族化群众化的尝试，显示着中国话剧民族化群众化的最初实绩。"

翻开中国话剧史和中国现代文学史，关于《雷雨》的评估，在"文革"前，尽管人们也认为它轰动一时，长演不衰，甚至有人将1936年说成是《雷雨》年，后来茅盾也有"当年海上惊雷雨"的赞诗，周扬对它也作过很高的评价;但是，对于《雷雨》的诞生及其地位和意义，却未能给予客观而深入的回答。

而引起我思考《雷雨》的历史地位问题，是近年来关于《雷雨》发表所涉及人事的讨论，这里有着关于史实的回顾与辨识，也有争论。于此，引发了我对《雷雨》的诞生及其戏剧史的背景问题的思考。发表的史实自然应该弄清楚，但更重要的问题是，《雷雨》究竟是怎样诞生的，也就是说，为什么是曹禺而不是其他的剧作家写出具有这样里程碑意义的《雷雨》，为什么《雷雨》成为标志中国话剧成熟飞出的第一只燕子，也就是说，曹禺是在怎样一个戏剧文化的背景下将它创造出来的，它的历史地位和价值究竟在哪里？

任何历史发展的节点，都会有标志性的事件、人物、作品诞生；反过来说，这些标志性的人物作品就成为历史的里程碑。

曹禺的《雷雨》在中国话剧史上的地位，如果简明地加以概括，就是它的典范性。

何谓典范性。我是根据库恩的"范式"论衍化而来的。不过，我将它的意涵归纳为三点：一是它的革新性，也可以说是革命性。在思想理论观念、创作方法、技术手法上都具有创新，解决了发展史上他人未能解决的关键课题。二是它的经典性。对一部作品来说，无论在思想和艺术上，都可以同历史上出现的经典作品相媲美，它不但在历史上是集大成者，更具有艺术的持久性。三是它的示范性。由于它而开启了新的戏剧创作的门径、新的戏剧观念、新的创作方法，从而引领了新的创作潮流，甚至缔造了艺术的传统。《雷雨》就具有这样的典范性，是其他剧作家的剧作所未能达到的，也是曹禺的其他剧作所没有全部具备的。

我们没有必要对曹禺的五部经典《雷雨》《日出》《原野》《北京人》和《家》作高低之分，但是随着历史的推移、研究的深入，《雷雨》的潜质和潜能以及它的影响逐渐被揭示出来，那么它的历史意义和价值也日益更加清晰而鲜明。《雷雨》开辟了曹禺自己的戏剧道路，也开拓了中国话剧艺术的道路。

我有这样一个看法，《雷雨》和《雷雨·序》是一个整体，是曹禺创作美学和创作实践的完美统一。在中国话剧史上，《雷雨》犹如中国现代文学史的《狂人日记》，《雷雨·序》犹如雨果的《克伦威尔·序》，这两者构成曹禺的戏剧宣言书，宣告着中国话剧有了自己的方向，自己的原则。这两者一并展现了它的典范性。这种典范性表现在以下四个方面：

首先，曹禺提出一个崭新的戏剧观念——戏剧诗的观念。他声言，他写的是一首诗，而不是社会问题剧。显然，这是他针对五四以来，尤其是胡适的易卜生主义及其代表作《终身大事》所引发的所谓问题剧的潮流而发的。

其二，《雷雨》所蕴含的深刻而广阔的人文主义关怀，对人生、对人、对人性的深刻思考和对人类命运的关怀，以及他对宇宙的憧憬，是其他剧作所未能达到的。正如王国维评价《红楼梦》所说的："红楼梦，哲学的也，宇宙的也，文学的也。"《雷雨》也具有这样的典范特质。当我们仅仅把《雷雨》演绎成一部社会学的悲剧的时候，也未尝不对；但是，沉浸在《雷雨》的人物、情境、情节中的是他对人生、对人、对人类的哲学的沉思。

其三，由《雷雨》树立起一个新的典范，可以说是诗化现实主义的典范，这是一个以塑造性格为核心，创造诗意真实，讲究说故事，讲究穿插，讲究场面，既可读又可演的为中国人所情愿接受的话剧范式。如夏衍就在曹禺剧作的"示范"影响下，创造出《上海屋檐下》这样的杰作，以致在中国形成了诗化现实主义的宝贵传统。

其四，从文明戏、五四新剧以来，一直困扰中国戏剧人士的核心问题之一，即如何对待这个西方的舶来品。我们已经有了成百次的实验，但却经历着一次又一次的失败。《雷雨》的示范性，在于它提供了最佳的范例和经验，那就是以他人的金线制成自己的衣裳。当那些用比较文学的尺子来观察《雷雨》，所举证的种种"影响"和"抄袭"的例证，在今天看来，都一一展示了曹禺的高度的摄取力和消化力。在这部戏剧中，古希腊悲剧、莎士比亚、易卜生、奥尼尔甚至情节剧，都融化在《雷雨》的熔炉中，它是曹禺用了 5 年之久的酝酿，长久的构思和打磨，谱出的一部"雷雨"的交响乐曲。

任何事物的发展，都有一个从量变到质变的进程。

从创始阶段的文明戏，到五四新剧，再到《雷雨》问世，还不到 30 年。如果作为一个新兴的剧种，在这么短的时间内，其成绩相当可观了。但是，就对话剧艺术的本体来说，应当说中国人那时还没有尽得其妙，知其精髓，对当时话剧发展的核心课题还处于摸索阶段。究竟是哪些问题影响中国话剧的发展？

其一，是对话剧艺术本体的认识还缺乏很好的理解，尤其对话剧创作的艺术基本上还处于模仿阶段；其二，在话剧观念上，从胡适、欧阳予倩到洪深，都将话剧作为传输思想、传输主义的工具；其三，在演出上还处于爱美剧的阶段，没有专业的、职业的剧团，更没用足以养活剧团的剧目；其四，缺乏艺术创新的意识，一是艺术个性的创新，一是民族的创新。

以上就是《雷雨》诞生的戏剧文化的背景。也是中国话剧发展迫切需要解决的核心课题。

那么，是什么使曹禺走到话剧发展的历史制高点上，是什么支撑曹禺走向《雷雨》？我以为他有四个支柱。

一是曹禺是带着深厚的中国文化艺术的传统和精深的戏剧文化传统去接触西方戏剧的。

二是，对于西方戏剧史的了解，尤其是他对从古希腊悲剧到易卜生、契诃夫，再到当代的奥尼尔的研究，不但使他成为西方戏剧史的教授，而更重要的是他与那些戏剧大师进行了心灵的对话，可以说是神交。他从中得到的是思想的启示，是灵感的点燃，是灵魂的感悟。

其三，他是带着经历了文明戏和五四新剧的种种事变和教训而接触话剧的，使他对这段戏剧史有着深切的观察，以及对核心课题的思考。加之他的恩师张彭春给了他最好的戏剧教育，发现了他演剧的才华，启迪了他的戏剧智慧，不但使他成为一个名噪一时的天才演员，像莎士比亚、莫里哀一样有着亲历的舞台经验；而且带着他改编外国名剧，引领他跨进戏剧创作的道路。

其四，他有着独到的人生体验。他生活在那个“黑暗王国”一样的家庭，尤其是那个爱着他又被他看成是“暴君”的父亲，以及有关的家族和家庭的人和事，都让他顿悟了人生。他在一个看来狭小的家庭里，感受到了人生的大悲苦，人性的大世界。

以上，自然不能全部概括。但是，这四个支柱是一个有机的整体。

看来，《雷雨》的成功是偶然的，但是，它却是为时代所孕育，为历史所积累的结晶。尤其是曹禺那种十年磨一剑的创造精神，让他登上中国话剧历史的一个峰巅。

我想，《雷雨》的典范性，在当前也会给我们以深刻的启示，让我们懂得怎样在既有的历史条件下，抓住历史的症结加以大胆的突破。敢于面对前人所未曾解决的问题，善于发现现实生活中的诗意，从而写出无愧于时代的佳作。我们纪念《雷雨》的诞生，就是希望像曹禺那样创作出我们时代的《雷雨》。

靠什么维系剧作艺术的生命力

王　苹

自1997年的《断腕》到2013年的《青蛇》，田沁鑫的十几部话剧中，有一半以上，属于对经典小说或者由史料改编而成的作品，这是她成功的重要原因。以讲述晚清名妓赛金花之传奇一生的《风华绝代》虽然也属于其中的一部，但所反映出的创作问题，又很值得我们深思——

田沁鑫的传奇剧《风华绝代》自2012年于各大剧场上演以来，已经历经百余场。在商业上，该剧无疑是成功的，尽管这种成功的效应，多半来自主演刘晓庆的个人魅力，也正因此，该剧上演后，褒贬不一，但归结起来大都集中在“一流演员，二流导演，三流剧作”上，可谓一针见血。自1997年的《断腕》到2013年的《青蛇》，田沁鑫的十几部话剧中，有一半以上属于对经典小说或者由史料改编而成的作品，这是她成功的重要原因。而以讲述晚清名妓赛金花之传奇一生的《风华绝代》，显然也属于其中的一部。但为什么会产生差异如此大的评价呢?

对主演及商业宣传的过度依赖，导致剧作创作用力过少

从笔者收集到的资料及所做的相关观众调查显示，《风华绝代》的观众群体中，有一半多为刘晓庆的粉丝，尤其以女性观众为主。

在该剧的商业宣传中，制作方提及到的三个看点，一是以田沁鑫为首的两岸三地强大制作团队，二是刘晓庆与该剧人物经历契合的传奇人生，三是晚清名妓赛金花真真假假的传奇野史。唯独对于剧作本身的魅力，及其像《生死场》等剧一样给观众带来的内心震动效应，没有提及。田沁鑫曾经说："作为一名导演，不能盲目迎合观众。"又说："我坚持表达有戏剧品质的作品，我做《生死场》《赵氏孤儿》《四世同堂》等戏剧，其实创作理念一直就是一个——做能给世界人看的作品。"而从《风华绝代》的制作缘起看，该剧却恰恰摒弃了导演一贯坚持的戏剧品质，并迎合了观众对于名角名人的八卦好奇之心。刘晓庆认为，赛金花这个角色与自己的个性有很多相似之处：热情、好强、不畏人言、敢说敢做。而宣传中也着重强调了刘晓庆与赛金花相似的大起大落及丰富情爱经历。这些作为宣传手段，本也无可厚非，但却导致在实际演出中，刘晓庆的个人魅力压过了其他角色的光环，使得其他角色、服装、舞美、灯光、音乐都不遗余力地在为主角一个人服务。让剧作最终呈现出一种热闹、华丽、大制作却内容空洞、情节拖沓、台词烦琐的大杂烩面貌。

有观众评价说，《风华绝代》就是刘晓庆一个人的戏剧，系裁缝般为她一个人量身打造的剧作。该剧创作初始，便已经定好了主演刘晓庆，田沁鑫在整个创作过程中，也无疑太想突出刘晓庆这样一个风华绝代、光芒四射的明星演员，她认为："中国女演员中很少有像刘晓庆这样有着这么深厚这么丰富人生阅历的，由传奇人物来扮演传奇人物，再合适不过。"所以在整个剧作的创作过程中，便受此"干扰"，过度注重了赛金花作为大使夫人会操多国语言、开书寓自立谋生、为救国而会见瓦德西的传奇经历，并有将所有大事件都汇集于赛金花一身的倾向，最终导致忽视了剧作的内涵、细节、精神品质，创作出了一部热闹华丽但空洞贫乏的《风华绝代》。

对小说《孽海花》模仿借鉴的偏差，导致有其形无其实

在《风华绝代》的创作中，作者无疑借鉴了曾朴所著的晚清知

名谴责小说《孽海花》的结构及其内容。此部小说以晚清状元洪钧和名妓赛金花的婚姻生活故事为情节主线，将清末 30 年间重要历史事件的侧影及相关奇闻逸事，加以剪裁提炼，熔铸成篇。小说采用“珠花”似的结构，“从中心干部一层一层的（地）推展出各种形象来，互相连结，开成一朵球一般的大花”。这种结构方式，相比起《儒林外史》等直线型结构，颇具独创性，使得作品逻辑更为紧凑。《孽海花》从赛金花与状元洪钧相识时写起，到洪钧被其活活气死，而赛金花因向往自由脱离家庭去上海开设书寓结束，中间勾连起中外各大历史事件。

《风华绝代》则接着《孽海花》的故事，从赛金花在上海开设书寓开始，到出狱后人生萧条风光不再、嫁给蓝颜知己魏斯炅结束。因田沁鑫侧重于表现赛金花独立大胆、义气热情、不畏人言等自由个性，所以在材料上结合《孽海花》对赛金花生平的介绍，选取了赛金花离开洪钧家后的生活经历。但材料虽然不同，结构却照搬了《孽海花》的创作，将八国联军进京、慈禧西逃、李鸿章求见、同八国联军统帅瓦德西交涉、《孽海花》出版等或真实或传说的真假事件，借助赛金花这一个人物，串联在一起。只是田沁鑫模仿到了《孽海花》的形式，却忽略了其能成功最重要的因素，是借助事件刻画出了一系列生动形象、活灵活现的典型人物，而不只是像《风华绝代》那样，各色人物和各类事件走马观花般一一上场，但除了主角赛金花，没有一个能够让观众迅速记住他们的性格特征甚至名字。

在《孽海花》中，曾朴将赛金花塑造成一个聪明乖巧、善解人意又机敏老辣、富有手腕的“放诞美人”的形象，在随丈夫出使欧洲各国时，能操外语的她，远远盖过了其夫的风头，而在回国后，依然如浮花浪蕊般追求情欲，并在丈夫死去后，自主决定命运，离开家庭，利用上海名流的关系，开设书寓。曾朴笔下的赛金花，更符合历史史诗中的真实人物，他深入到了灵肉合一的人性层面，让一个大胆自由、带有旧时女性弱点但又放荡不羁、深陷情欲物欲孽海不能自拔的赛金花，呼之欲出，抵达读者面前。

而《风华绝代》中的赛金花，有真实人物的风情万种、传奇经历，却并无她的神韵风采，或者说写出了其身体，但没有为其注入灵魂，导致长达 3 个小时的时间里，观众只看到刘晓庆卖力地周旋于各个大人物之间，时而风情说笑，时而撒泼耍赖，时而义正辞严，却无法随其深入到赛金花这一本质上的悲剧人物的内心世界，看到她在历史沉浮中，为自身命运而抗争或者流连于各个男人之间时，其实充满了无奈不甘和破釜沉舟般的无助与痛苦，她表面上彰显出的对于命运的不屈服，在其凄凉的晚景映衬中，更显出人物的悲剧本质。田沁鑫在最后一幕，拖沓地点出了赛金花的落魄结局，但却用大团圆的结局，又迅速消解了这种命运的悲剧。

对传奇剧定位与实际创作的偏差，导致热闹调侃多于内涵表达

在谈到《风华绝代》作为传奇剧的定位时，田沁鑫说："按照莎士比亚传奇剧的定义：1. 偶然、巧合浪漫的传奇故事；2. 空想性质的乐观精神，表达宽恕、和解等主题；3. 悲剧情节发展进程中的喜剧转向。这是我们创作该剧的基本概念和努力方向。"田沁鑫对于传奇剧的把握，无疑非常精准，只是，涉及到具体的创作，却并未将这些原则在剧作中一一展开或者实践。从以往的创作来看，田沁鑫擅长悲剧表达，无论是《断腕》《生死场》《赵氏孤儿》，还是《四世同堂》《红玫瑰与白玫瑰》《青蛇》等剧作，即便形式上有幽默元素，但人物的悲剧性本质，却并没有改变。尤其她擅长表现女性命运的悲剧性。而该剧却因其必须具备的偶然、巧合、浪漫、空想、喜剧等因素，让擅长表达悲剧的田沁鑫，明显有些力不从心。

对比传奇剧的定义可以看出，《风华绝代》具备了偶然、巧合、浪漫的传奇故事，如赛金花书寓开张之日，各方名流前来祝贺，赛金花得以结识荣禄、盛宣怀、革命党人魏斯炅等人，而皇储大阿哥突然降临，命其不要玷污其师洪钧声誉，同时赛金花对蓝颜知己魏斯炅留学日本的资助，也在同一天内一起发生。及至后来赛金花受李鸿章之托，救下北京城，也皆具备巧合性。赛金花本人对男性的

周旋讨好，其实是对个人命运乐观精神的表达，但该剧注重了这一点，却忽略了在其乐观个性掩盖下，因其悲剧命运，而对宽恕、和解等主题的彰显。作为逆时代潮流而上、张扬情感自由的赛金花，她的种种心机、对男人的利用、对机会的攫取、对物质的欲望，无疑是作为个体的人，毫无自觉的悲剧命运的体现，在时代的洪流中，赛金花并非自觉地在寻找自由，她只是一个个性张扬的个体，抓住了时代可以利用的节点，她的精神与灵魂，其实还套着旧时代的枷锁，而且她无意打破这种束缚。该剧显然没有表现出人物的这一悲剧性，也更谈不上对其宽恕或者让其在抗争中，达成对命运的和解。

至于"悲剧情节"，剧作更少涉猎，田沁鑫甚至有意弃掉了赛金花晚年凄苦的材料，只撷取了能够让赛金花具备现代女性独立精神气质的史料，即便是对于赛金花入狱的情节，也是借助于小报记者的讲述来简单完成的。出狱后与蓝颜知己的幸福婚礼，虽然算得上喜剧，但却因没有前期的悲剧情节发展的铺垫，而缺乏对观众心灵的震动。甚至为了表现喜剧性，田沁鑫用人物嘴里穿越般蹦出的GDP、CPI、hold住等现代词汇，插科打诨，调节气氛。但这些新鲜词语的运用，反而因为时代相距太远的原因，让观众产生滑稽调侃而非喜剧之感。田沁鑫借助赛金花的口，说出如下豪迈言辞："我红极一时，即便是人生大起大落，也挡不住我的光芒，一代新女性的光芒！"这句话有昭示创作主题、回应题目《风华绝代》的意图，但同时也让赛金花这一形象，在流水账般的历史史实中，因内涵不足，气血虚弱，而有被刻意拔高了的人为痕迹。

由此可见，《风华绝代》被观众归入"三流剧作"，并非批评过度。相比田沁鑫其他无论谁做主演，都因剧作成功而依然能够在舞台上大放光彩的作品，精气神不足的《风华绝代》，如果脱离开刘晓庆，很难说还能达到现在商业上的成功。而一个不能将生命延续下去的作品，它昙花一现般的成功模式，也值得创作者尤其是以戏剧品质为个人追求的导演田沁鑫的深思。

《功甫帖》真伪争议：中国书画鉴定的当下窘境

陈履生

2013年9月，上海藏家在纽约苏富比耗资约5037万元人民币购回宋代苏轼的《功甫帖》。虽然《功甫帖》不是中国书画史上的名帖，而且只有两行9个字，但是，因为与苏轼的关系，此次拍卖回流被认为是一件大事，甚至有人说“值得每一个中国人为之感到自豪”。从表面上看，能从纽约的拍卖会上拍得苏轼的书帖令人激动，在十年二十年前难以想象。可是，按照现行的中国法规，如果把它带回上海还要缴纳6%的关税以及17%增值税，也就是说最少还要花1200万人民币才能进得国门。这是一个让无数人想不通的问题，然而国家的政策就是如此，对于藏家来说必须面对。11月27日，龙美术馆微博透露已于海外完成交割，《功甫帖》抵达上海自贸区，办理了相关手续，并有望在龙美术馆浦西馆开馆展上与观众见面。如果不付那1200万税钱的话，展完之后还得出境回到它原来所待的地方，令《功甫帖》的回归面临尴尬。

正当人们为这件事情议论纷纷并替买家感叹的时候，12月21日，《新民晚报》第一版报道：“昨天，上海博物馆书画研究部3位研究员钟银兰、单国霖、凌利中向本报独家透露了最新的研究成果，经过他们鉴定与考证，这件《功甫帖》是‘双钩廓填’的伪本。”可谓是平地一声惊雷，本来就不是一件很顺当的事情，现在成了“伪本”，不仅5037万元人民币打了水漂，重要的是原本存世有限的苏东坡的书法又少了一件。显然，如果没有此前高价拍卖回流所引起的社会反响，仅就一件宋代书法的真伪问题，也上不了《新民晚报》的头版。而就一件宋代书法真伪问题的探讨在大众媒体上首发，过去也很少见。至于其中牵涉到的公立博物馆与私立博物馆的关系问题，以及其他的很多问题都还没有在真假的本体上展开，就已经成为街谈巷议的大众娱乐。为何一个严肃的学术问题成了一种街头架的围观，实在也是值得身在其中的人好好反思。

事到如今，《功甫帖》的拥有者已经发了几通声明，纽约苏富比也作出了回应，而在呼唤声中，3 位研究员的论文则在 2014 年元旦的《中国文物报》上刊发。该说的都已经说得差不多了，该抖搂的基本上也已尽显无疑了。直到 1 月 6 日，整个剧情又发生了变化，有人发表声明称《功甫帖》为真迹，并愿意接手购藏。从娱乐性的角度看，剧情发展到这时候，越来越偏离学术和理性，江湖气掀起了大众娱乐的又一个高潮。

《功甫帖》事件实际上是近年来不绝于耳的中国古代书画真伪问题稍高级别的街谈巷议，其真伪争议所反映的本质问题是中国书画鉴定的当下窘境。无疑，中国古代书画真伪鉴定是复杂的专业问题。鉴于中国古代书画真伪鉴定的复杂性，几年前曾有国外大拍卖公司建议停止拍卖中国古代书画，而在国内各拍卖公司艺术品拍卖会上的真伪争论已经成为家常便饭。人们现在好像已经耳顺了，习惯了这种议论，反正是愿打愿挨的事情，无关乎国计民生。可是，一个泱泱大国，一个具有超越五千年历史文明的古国，怎么到了今天连一个关于文明和历史真伪的事情都无法廓清，国家机构、政府组织、学术团体、专家学者不能说是无动于衷，但无处下手以及无能为力，却令当代文化蒙羞。回想 20 世纪 80 年代初，在中央领导同志的支持下，代表国家利益和主流声音的中国古代书画鉴定组在北京成立，但随着谢稚柳、启功、徐邦达等小组成员的年事已高或相继离世，很长时间以来，中国古代书画由谁来鉴定一直是一个疑问，而当下谁来鉴定书画鉴定家又是一个新的疑问。因此，中国书画的鉴定在这十余年间基本上是随遇而安，业界中除了专业的文博单位之外，社会上并存着拍卖公司与电视台这两方面的势力。拍卖公司表现出的是利，电视台表现出的是名，两者中都有文博单位的

“专家”参与，但主导的并不是文博单位。这之中文博单位的“专家”犹抱琵琶半遮面，一方面基于专业伦理，一方面又受到利益的诱惑，而有些深度介入到具有经济利益的鉴定之中，使得公信力急剧降低，已经到达了历史上的最低点。

乱象丛生说明社会体系的无序。没有专家和自诩专家的当下，面对《功甫帖》的问题即使论述得再圆满也是徒劳，因为个体的语言能力难以建立起权威话语。可怕的“一家之言”会葬送苦思冥想和严谨治学。即使抛却书画鉴定自身的复杂性，从艺术创作本身来看，笔法中的一勾一捺极有可能因为书法家的身体、情绪状况，毛笔等工具的顺手程度，风晴雨雪的气候影响，所带来的笔迹的差异性可能判若两人，如果仅就此中些微的差异来判别真假，无疑会带来误判。因此，笔迹的比对难以完全还原它的历史真实。而像《功甫帖》中有关前辈徐邦达先生的论断，也有可能因某人一句“误记”而浑水再起，因为死无对证。显然，《功甫帖》事件的可悲之处是它出现在当下，如果在20年前，徐邦达先生一言九鼎，也就无须劳动像《新民晚报》这样的大众媒体。可是，当下鉴定这一专业话语权平分天下，业余的干了专业的事情，鉴定则成了一种无奈的大众娱乐。没有主流话语，更失去了鉴定的尊严，这就是当下中国书画鉴定的窘境。

无疑，在专业范围内进行各种形式的探讨均有必要，但通过大众传媒来导引，则容易使人们陷入误区。就目前的状况来看，《功甫帖》最终将会形成一个无法收拾的残局，而由《功甫帖》所牵涉到的中国书画鉴定的全局问题，则需要政府部门积极面对，从宏观上解决中国书画鉴定的主流话语问题。其重中之重的工作是，建立一个国家权威的中国书画鉴定体系，培养专业的鉴定人才，用科技创新打开鉴定中的技术瓶颈，从而在根本上解决中国书画鉴定的主流导向问题，而非任凭社会的力量和娱乐的方式去左右中国古代书画真伪的鉴定，或者仅停留在上世纪的鉴定结果之上。

命运中的于是之

梁秉堃

一

上个世纪50年代初，于是之在《龙须沟》中扮演了主要角色程疯子。他当时只是一个23岁的青年人，可是演出却“一炮打响”，演绝了，誉满全国，被北京市文联正式嘉奖，奖品是一套灰色布质的中山装。他的表演还被评价为：“这出戏是奠定了北京人艺的基础，也奠定了于是之的基础。”显然，这里是指现实主义创作方法和道路的艺术基础。没有耕耘，就没有收获。那时，于是之不但跑到龙须沟边上到老街坊们那里深入生活，还天天都写一篇有心得感受的“演员日记”。由于他非常熟悉城市的平民生活，在排练开始以前就充分发挥了想象力，勇敢地、创造性地写出了6000多字的《程疯子自传》，把程疯子的家庭、地位、经历、文化、性格、思想、感情……一一细致入微地道来，而且交代出这个有钱人“外家”生养的儿子，以及自己母亲的悲惨命运，最后生活又是怎样完全破落下来，他万般无奈地沦落在天桥撂地卖艺，更是过着屈辱、贫困的日子。因此，真实可信地写出了程疯子整天“疯疯癫癫”的个人原因、家庭原因和社会原因。这个自传完全可以当作优秀的短篇小说来读，不但受到了导演焦菊隐的充分肯定，更受到了剧作者老舍的高度赞扬。大约从这个戏演出起，于是之就已经算是“成名成家”了吧。

二

然而，好景不长，道路坎坷曲折。仅仅3年以后，于是之在《雷雨》中扮演大少爷周萍，由于对生活不够熟悉，难以展开想象力，而碰到了“鬼打墙”。如他所说:“‘程疯子’成功了;后头就是《雷雨》的周萍，惨败。足见演员是骄傲不得的。《龙须沟》里的人物几乎都是我童年时的街坊四邻,《雷雨》里的就不行了，特别是周家的人，他们从未在我的生活里露过面。为了排戏，也找了一家名门望族去看了几次，谈了谈，只觉得听着新鲜，引不起我任何举一反三的想象来。戏组里的同志们也用他们所记得的生活启发我，同样无效。现在想起来，我那时就像一块湿劈柴，怎么也燃不起火苗来。”后来，戏组的工会小组在每周“工会日”里，都要拿于是之当作重点，帮助突破表演创作上的难关，这种“隔靴搔痒”式的帮忙，只能是越帮越忙，最后到了无路可走的可怕又可悲的地步。在万般无奈的情况下，于是之竟然对导演苦苦哀求说:“干脆你教我吧，你叫我怎么做我就怎么做吧！”最为严重的时候，他排起戏来由于紧张而站位不对，导演硬是上场用手大力掰动着演员的双脚，而且根本没有掰动。于是，于是之羞愧难当得面红耳赤，连连摇头，再也说不出一句话来。想想看，于是之是一个要求自己很严格、自尊心又极强的人，他如何能受得了如此的对待啊？在这种情况下，于是之完全丧失了排戏、演戏的信心，他甚至出现了要马上辞职、改行去做共青团工作的念头，认为自己“根本就不是块能演戏的材料”。甚至，他还极为难过地认为“自己这么年轻就成了浮名过实的没有出息的人……”他实在是不肯也不敢再想下去了。此刻，于是之在表演创作的道路上，已经跌入了惨不忍睹的低谷。

三

有人说："冬天来了，春天还会远吗？"很可惜，于是之是经过了长长的"六年半"之"冬天"，才迎来了"春天"的。那是1957年，在梅阡根据老舍小说改编的剧本《骆驼祥子》完成以后。于是之看了剧本，热血沸腾，忍不住地跃跃欲试了。他并没有申请扮演主要角色祥子，而是立即写了申请扮演次要角色人力车夫老马的报告，同时，申请报告的字数并不比老马在戏里的台词字数少，其中已经包括了他对人物既有深度又有广度的丰富想象和全面理解。于是之经过艺术创作上的迂回徘徊以后，终于欣喜若狂地再一次找到了"大海里游泳"的美妙感觉，再一次找到了当年扮演程疯子以前的那种强烈的创作欲望和激情。

于是之早在上小学三年级的时候，就住在北京城的一个大杂院贫民集中居住的地方，院子里就有一位拉人力车的车夫，胡同的附近就有一个专门租给车夫人力车用的车场子。他正是和邻居拉人力车的车夫们朝夕相处，共同生活，知己知彼，非常熟悉的。那些车夫们有个"请会"组织（一种民间自发形成的经济互助形式，大家把血汗钱集中起来，以解决穷哥儿们一时的急需之用），一当要发个通知，记记账本的时候，就都要找是之——大杂院里少有的"知识分子"，过去帮忙抄抄写写。为此，于是之又一次在深厚生活积累的启发、激励下，全身涌动着饱满的、热烈的、不可多得的创作热情与灵感。他甚至觉得如果不扮演老马，不把这个自己熟悉的人物送上舞台扮演好，那就会有一种"如鲠在喉，不吐不快"的痛苦感觉折磨自己，也愧对当年的那些老邻居们、那些同甘共苦的穷人们。于是之之所以看中小角色老马，大约有这样两个重要原因：首先，是对这样的人物有着熟透了的生活积累，可以充分展开想象力的翅膀高飞远行；其次，很看中了人物身上那些难能可贵的哲理性，也就是说这是一个完全可以塑造成能够入诗、入画的艺术形象。他在创造老马形象的时候，真有一种得心应手的感觉，从外部形象到内部形象都是如此；从一举手、一投足，到一个表情、一句台词，无不引发出观众的丰富联想和深刻感悟。这个只有两场戏，二三十句台词的小角色，最后在舞台上呈现出来的艺术容量是能够写出一篇出色的短篇或中篇小说来的。在于是之看来："老街坊车夫老郝叔早已作古。他无碑，无墓，所有辛劳都化为乌有。他奔波一世，却仿佛从未存活在人间。说也怪，人过中年，阅人遇事也算不少，但对老郝叔，我老是不能忘记，总觉得再能为他做些什么才可以安心似的。"一次，评论家问："比较而言，你更喜欢自己创造的哪个角色呢？"他想了想回答："《骆驼祥子》中的老马还好一点吧。"

四

于是之乘扮演老马的东风，接着又迎来了一个崭新的局面。1958 年的春节，北京人艺上演了老舍的新作《茶馆》，受到观众的热烈欢迎。从《茶馆》刚刚交稿的时候起，于是之就深深爱上了这部戏，并且积极申请扮演主人公王利发掌柜。他说："我特别喜欢《茶馆》。它是通俗的、平民的，但又是非常深刻的，还有，它美。""我觉得在还能演戏的时候，演上《茶馆》这样的剧本，以后再去干什么别的事，我都知足了。"他继而更十分坦率地表明："我狭隘地不喜欢高贵的、情节太多的作品；喜欢以性格为主的作品，觉得后者更真实些；不喜欢浪漫主义而喜欢现实主义。因此，在戏剧上，喜欢《龙须沟》《茶馆》。不是不想更开阔些，但始终未能突破。这大约与身世有关。或者可以说，从《龙须沟》到《茶馆》塑造了我。"于是之扮演的王掌柜是继扮演程疯子、老马之后，又一次获得了可喜的成功。如果说《茶馆》是一曲人生的交响乐的话，于是之扮演的王掌柜就是这交响乐的灵魂。在《茶馆》首演的当天夜里，老舍看完戏以后兴奋不已，回到家中夜不能寐，坐到写字台前大笔一挥，为于是之留下了这样的墨宝——"努力如是之者，成功其庶几乎？"然而，更令人没有料到的是，于是之收到这条幅以后，竟然一声不吭地锁进抽屉里，既没有向旁人显露，更没有裱起来挂在墙上，连平时接触比较多的朋友也一无所知。而且，这一锁就是30个春夏秋冬，如同根本没有发生过这件事一样。同时，他却是这样谈到了《茶馆》的艺术魅力之所在："这个剧本写得'真'，就像老舍先生为人那样'真'。老舍先生是结交三教九流的，他是精通世故的，他不精通世故写不了《茶馆》。但老舍先生对人对事又是非常真挚的，我觉得缺少了这种真挚也写不成《茶馆》。一个老人，精通世故而不世故，返璞归真，待人特别真诚，我觉得这种品格就决定了他写东西不撒谎，不浮夸，不说假话。我们看过老舍先生《出口成章》中的那些文章，他有时不惜用比较刻薄的话反对那些充满生造的新名词、华而不实的文章。由于老舍先生有那么一种品格，所以在他的作品里头，就没有故作多情的东西，没有矫饰，没有文字上的做作和雕琢。而且对那种文学现象，老舍简直是深恶痛绝。但评价他的真实，我不愿用'提高'、'加工'这样的词，倒情愿用提炼或筛选这样的词。他的《茶馆》，真像沙里淘金一样，排除了大量沙子之后，找出了本身就有光的那点东西，他既没有拔高，也没有夸张。"显然，于是之把《茶馆》辉煌创作成就的首功，如实地奉献给了剧作者。

五

一声霹雳，"文化大革命"似乎从天而降，人们还没有弄清楚是怎么回事，它就已经来到了身边。于是之刚刚从国外出访回来，下了飞机，就被关进"牛棚"里，失去了行动自由。北京人艺过去演出的《茶馆》更是成为特大的、"反革命修正主义文艺路线"的"毒草"。于是之后来说："对《茶馆》的批判，批判中也点了我的名。我惶恐，我要求自己要'态度老实'，于是我批判了自己，也批判了《茶馆》。假如老舍先生还在，我会坦率地告诉他这些事的。他将怎么对待我呢？大约是宽容，但我更希望受到他的责备，这于我能够心安。"在当时的情况下，于是之连演戏的资格也根本给取消了。后来，是之自嘲地在叶浅予给他扮演的角色画像上加以说明，三幅画——1948年《大团圆》里拉提琴人；1958年《茶馆》里王掌柜；1978年《丹心谱》里丁文中。“正好十年一幅画，很可惜，1968年由于‘文革’中丧失了创作的权利，没有扮演角色，也没有可画之对象。”更加让人动容的是，是之十分悲伤地说：“文化大革命开始那年，我才39岁，就让人家从舞台上给轰下来了……当时那种难受劲儿，比让我去死好受不了多少……”

六

老天爷真是不公平，于是之发现自己的身上出现了老年痴呆病（也就是弥漫性脑血栓病）之先兆。具体地说，就是记忆力明显减弱，伴之以越来越口齿不清的毛病。在北京人艺建院40周年1992年7月16日的时候，老版《茶馆》于首都剧场进行告别演出。应该说，这是于是之扮演王掌柜的绝唱。那天，不但观众席里坐满了人，就连剧场两边靠墙的通道上也都站满了人。然而，于是之几度忘掉了台词。他说：“两三年前，我就有了在台上偶尔忘台词的毛病，这逐渐使我上台就有了负担。再演《茶馆》，久不登台，我这负担就更觉沉重了。果然，演了400场的熟戏，在舞台上偏偏屡屡出毛病。我害怕第一幕伺候秦二爷那段台词，它必须流利干脆，前两场就已经出了些小毛病了，那一天就自觉要坏。开幕前，后台特别热闹，院内、院外的朋友们纷纷要签字留念，我就特别紧张。我跟天野同志说：‘我今晚要出毛病，跟你的那段戏，你注意点儿，看我不成了，你就设法隔过去。’天野叫我放心，他说他‘随时可以接过去’。幸亏他有了准备，届时我真就忘了词，他也就帮我弥补，勉强使我能够继续演下去。这以后，不只一处，每幕戏都出漏洞，我在台上痛苦极了。好容易勉强支撑着把戏演完，我带着满腹歉意的心情向观众去谢幕。我愧不敢当，观众偏鼓掌鼓得格外的热烈，而且有观众送花束和花篮，还有不少观众走到台上来叫我们签字，我只得难过地签。有一位观众叫我在签字时写点什么话，我不假思索地写了一句话——‘感谢观众的宽容。’我由衷地感谢那位观众，他赐给我一个机会，叫我表达了我的惭愧。当听到一位观众在台下喊着我的名字说‘再见啦’时，我感动得不能应答，一时说不出话来……我演戏以来只知道观众对演员的爱和严格，从来没想到观众对演员有这样的宽容。”也就是在这个时候，于是之说过一句自我调侃又充满悲愤的话——“也许我在舞台上说得太多，老天爷惩罚我不让我再说话了”。

七

在 1995 年秋天，于是之又有一次模仿毛泽东讲话的严重失语。同行者是这样回忆的:“这天晚上宾馆组织了一个联欢会。观众是住在宾馆里的来自全国各地的旅客。一些旅客听说大名鼎鼎的于是之在场，十分希望他能即兴表演一个节目。主持人走到于是之面前说:‘是之老师，您行吗? ’于是之答:‘行！行！我今儿行！’于是主持人向观众介绍——‘著名表演艺术家、全国人大代表于是之先生也来到了咱们这个联欢会场，接下来，请是之老师为大家表演节目！’人们欢迎的掌声是非常热烈的。于是之拿着一个写好的纸片走上小舞台。所谓于是之的表演，仍然是保留节目，用湖南口音模仿毛泽东在第一届全国人大第一次会议开幕词的那段话。会场上安静下来以后，于是之开始表演——‘我们正在前进，我们正在做我们的前人……’毛泽东的讲话只念了半句，便卡在那里。停了半分钟之后，他静了静心，重新端起纸片，开始第二次试着往下念，但第二次又卡在那里。于是开始第三次念，而第三次只念了四五个字，就念不下去了。片刻之后，他把纸片从眼前挪开，双手垂了下来，十分沮丧地说——‘念不了了……’在场的观众一惊，停了半天，于是之又重复了一句——‘念不了了！’主办方的人见状，匆匆走上前把他搀扶了下来。于是之嘴里嘟囔着——‘这儿灯太暗，纸片上这字儿看不清楚……’后来，我们回到了自己的房间。于是之瘫坐在椅子上。几个小时之间，他好像老了 10 岁，他嘴里自言自语地嘟囔着——‘完了！这回真的完了！真完了！全完了……’

多少年来，我从没看到过于是之的神色那样惶恐。不管我怎么劝慰，他嘴里喃喃着的只是几个字——‘完了！真完了……’夜已经很深了，他躺在床上辗转反侧。突然，他坐起身，眼睛盯着我跟我说——‘看来，我是绝对不能再回到舞台上去了，我完了！’说到此处，于是之热泪盈眶，接着就轻声啜泣起来。”在片刻以后，于是之竟然又说出了这样的话来："我这条鱼（于）算是他妈的背透了。一辈子走到哪儿赶上的尽是开水。"

八

虽然，于是之在坚持表演当中，一再努力失败，又一再不肯服输。表面上看似乎平静，内心里却从来没有罢休。他与舞台确乎是有着难舍难分的不解之缘。1996 年秋天，他的戏剧生涯已经有半个世纪之久，怎么能够轻而易举地走下献出了青春又献出了终身的艺术“圣坛”呢？这时，于是之竟然爽快地同意了在我执笔的《冰糖葫芦》里，客串扮演一个只有两次短暂出场、只有几句台词的群众角色。我们选择了和他一起主演过《雷雨》《虎符》和《洋麻将》的老演员朱琳大姐作搭档。他们扮演一对知识分子老夫妻，每天早晨都要出来散步，而且几乎每天都要互相提醒不要忘记带上家里防盗门的钥匙。这天，老先生发现自己的钥匙不见了，很着急，一再埋怨是老伴儿拿错了钥匙；老太太根本就没有丢钥匙，坚持认为是老先生把钥匙胡乱放在什么地方，自己忘记了。经过认真的、风趣的争论以后，在老先生衣服的口袋里找到了钥匙。

我和于是之商量好："这段戏的情节比较简单。同时，我只给你写 10 句左右的台词，而且每句台词都不超过 4 个字。"他连连点头，表示："只要这次没有问题，咱们以后还可以接着来。"仿佛眼前出现了能够继续演戏的曙光。那天排练场上的气氛是严肃而热烈的，大家非常关心地来看于是之排戏。导演陈颙也格外的耐心，告诉于是之不要着急慢慢来，戏不多，很快就会完成。朱琳对于是之说："我已经把两个人的台词都背下来了，万一你忘了我可以提醒，一定会很顺利的。”是之更是笑着点头，表示感激。他们坐在那里对台词的时候还好，基本上可以丢掉剧本了；站起来走地位也没有遇到什么大问题。出人预料的是在休息以后，导演进行细致的排练时出现了麻烦。有几句台词于是之总是说不出来，特别是“钥匙”两个字老卡壳。只有四五分钟的戏，硬是排了将近一个小时也不能完整地串下来。可以看得出，别人都没有任何不耐烦的表现，但是于是之的脸色渐渐泛红起来，显然是有些着急。排练场上变得安静极了，大家都有所担心但又不肯吭声，期盼着情况能够有所好转。于是之不时皱着眉头，连连地摇头，样子显得很不自然，甚至有些尴尬：越是心急就越是说不上台词来；越是说不上台词来就越是心急。导演想缓和一下气氛，让大家休息一会儿。在休息的时候，不幸的事情终于不可避免地发生了。是之突然有些激动，手在发抖，站起来用很不连贯的语言，对自己，又对导演说：“我是有病……不然……这点儿戏早就排完了……你们着急，我更着急……我耽误了时间，实在对不起大家。……可是没有办法……怎么办呢……到底该怎么办呢……”导演赶忙解释：“你的情况大家都知道，千万不要着急，今天排得基本上差不多了，再从头儿顺一顺就可以过了嘛。”吃午饭的时候，郑榕和我以及陪同来排戏的于是之夫人李曼宜，把包子和稀粥端到他的面前，劝他吃点儿饭，先休息休息、放松放松。于是之坐在椅子上一动不动，不肯吃饭，也不肯吭声。他的脸色苍白，眼睛直瞪瞪地望着楼窗以外很远很远的地方，心潮翻滚，痛苦已极……这时，我想起了不久以前，在他楼上书房窗子前边说的话：“我好几回都想顺着这儿走下去。”

九

如今，于是之和林连昆都已经辞世，这里是他们生前的一个“镜头”——

在于是之住院期间，一天，他在电梯间里意外地看到了同样来住医院的林连昆。两个人相对无言，很久很久，一个是说不出话来；一个是不知说什么话才好。四只眼睛互相凝视着，心里都有说不出又说不尽的话……大家都知道，他们两位的表演风格是很相似的，又是取得巨大艺术成就的好演员。于是之曾说："我的表演，只有林连昆能够说得清楚。"医院里这最后的一幕，没有任何语言的一幕，实在是很能耐人寻味了。

于是之很喜欢表演，一生的最大愧疚就是没有把戏演到底。他也很喜欢书法，在晚年曾经写过两幅墨宝——一幅是"落花无言，人淡如菊"；一幅是"留得清白在人间"。或许，这就是他当时的主要心声吧。

只有在深夜痛哭过的人，也许才能懂得什么是生命。

于是之说："人的性子就是命，咱们不能和命争。"

人有命运吗？有时候命运是很不公平的。人们在命运的随意播弄面前，常常是无能为力的，很无奈的。真是：小势可造，大命难违啊。

人生之许多道理是在你经过以后方才知道的，那已经为时很晚。大约，这就是我们永恒的惆怅所在吧。

中国电影需要“别离”什么

魏术学

从2013年的票房收入和观众观影热情上看，中国电影已“从容”地走入了似锦的繁华中。但这不能掩饰电影发展中存在的种种问题，目前看来，除了传递某种情感，中国电影似乎更多地承载了娱乐的功能，相对忽视了人文性和社会性的开掘，愈发倾向于视觉本体。可以想象，长此以往，形式的单一会带来影视轮盘的最终倾斜，从而丧失多年培养起来的观影群。近年来，中国电影一次次冲击奥斯卡，一次次落败，均不及一部小成本的伊朗电影《一次别离》所获得的成功。由此引发的创作话题引人深思。

与虚情假意、思想贫血“别离”

《一次别离》凭真情实感赢得了世界电影人的尊重。该片通过民族意识和民族信仰汇聚成特有的民族性格，展示了生生不息的民族文化。它是在生活逻辑之内，对心灵的深度测试，在诸多谎言之下，人人都背负着各自道德范畴内的罪孽，然而把守最后一道关卡的恰恰是每位卷入事件者的共同认知：信仰。

由此观照我们的国产影片，多数作品找不到核心价值；作品立意不高、情节滥俗、虚情假意；多数创作没有经过哲学层面上的思考，没有提炼升华，仅仅是肤浅的思维集成、媚俗的审美情趣；作品缺乏精神和现实的双重意义，缺钙软骨，贫血乏力。赝品情结成为一种通病，不断复制无主题搞笑、主观性较强、或体现人性之幽暗多变可怖的作品让中国影视偏好于负面表达。《一次别离》提醒我们，应建构中国电影前行的目标，努力将民族精神和影像意义结合在一起，制作出情感正面、主题鲜明，体现中国精神、气质的优秀作品。

与高成本铺张、浮夸肤浅"别离"

《一次别离》场景单一、技术平实，没有那些花里胡哨的技术卖弄。干净、原生态的镜头一直在绵密细致、质朴低调、与生活同步地控制着情节走向。不靠狗血纷飞的情节、不靠惊世骇俗的台词、不靠人头落下的画面，甚至不靠背景音乐煽情，完整地展示了一个涵盖家庭、婚姻、教育、道德、法律等元素的大众家庭的浮世绘。

相较而言，一些华语影视制作还在将成本扩大化、场面多样化、情节需要以外的技术复杂化。究其原因，这些外衣包装下，显露出了制作者贫瘠的想象力和创造力。在这个影像全民化时代，企图用技术来对抗江郎才尽的恐慌，靠技术上的糊弄、铺天盖地的宣传，实现影片自身的商业需求，必然走不了多远，日益冷静的观众也早晚有一天会觉醒。中国电影应该将视觉追求替换为美学追求，使故事、信念成为影片的核心表达，而不是虚妄的自我权威追求，跳出创作实践之外的胡闹。在当今的文化进程中，有中华民族自身语境的构建和展示，是中国电影走得更远之必要条件。

与胡编滥造、急功近利"别离"

《一次别离》通过家庭的一次别离，客观、理性地展示了当今伊朗人真实的生活，他们的生存现状以及人性在谎言和信仰面前的真实。每一个细节都经得起生活逻辑的检验，传递了一种底层的人文关怀，回旋着现实的气息，充满了精神信仰的力量。

随着票房升温，中国电影的黄金时代已经来临。于是，各种剧开始扎堆，如宫斗、家斗、抗战，几乎所有的剧作里都有狂热的、莫名其妙的爱情、灼人的情欲，在情节上无休止的冲突、纠结、虚荣、控制乃至透着制作者自身的各种一厢情愿。回归现实主义叙事功能是中国电影能否实现自己影像上民族精神崛起的关键。多维度的故事、制作时与现实相互印证的情境、表达出与我们相关联的真实人物的情感，而且是真正体现民族特性的人物观念，这是中国电影任重而道远的实践归途之一。

与流水账式的叙事“别离”

剧作是思考的艺术，思维质量决定戏剧的力量。编剧如何建构自己的价值体系，实现理论与实战的结合，是我们当前的重大课题。《一次别离》导演阿斯哈·法哈迪是学戏剧编剧的，有着扎实的戏剧基础，他将家庭危机与生活困顿交织成伊朗现实社会的窗口，透视出不断受各种观念冲击下，即将崩解的家庭里，每个人都在欲望与信仰的矛盾中挣扎的状态。他把故事高度集中在两个家庭里，将事件聚焦到纳德照顾自己痴呆的父亲后发生的一切上，危机层层加重，悬念始终不减，意外不断出现，激烈的冲突推动着最后高潮的来临。纳德最终妥协并同意支付赔偿金给女佣，但他还是要求女佣对真主发誓她的流产确因纳德推搡所致。女佣意外地退缩了，无法逾越的信仰支柱挺立起来。即使全片的结尾，在女儿选择随父留下还是与母离开时，剧作都做到了令人意想不到。这些看起来就像我们身边发生的琐事，但却在编剧精巧的结构布局下变成了一个令人着迷的故事。

如今，我们可以说进入了全民编剧时代，很多原来写诗歌、散文、小说的作家们也统统披挂上阵。他们中有些是“天才”，如部分优秀小说家转行触电获得成功，但更多的是冲着资本而来。很多人为了赚钱而写剧本，剧作中也见不到思考的诚意，更没有明确温暖的主题，情节虚假、人物可憎、结构凌乱。同时，情节缺少对生活的发现，缺少真情实感，东拼西凑，嫁接移植，如此下去可能会对未来的行业带来不利的影响。

剧本和影片是互为见证、互为造就的因果共同体，剧作故事情绪的力度决定着观众情绪的“潮涨潮落”，人物内心开掘的深度则决定着影片的口碑。强有力的剧作筑造影片的高度，没有好剧本就没有中国电影的一切。正是剧作的力量让这部伊朗电影脱颖而出。

与缺少真诚影像表达者“别离”

如今，优秀编剧抱怨剧作被拍瞎了的现象并不少见。为了实现真正的自我表达，阿斯哈·法哈迪自编自导，为中国电影提供了成功的案例。中国也不乏这样的优秀创作者，如北京电影学院文学系薛晓路、曹保平、庄宇新等多位教师，就成功实现了自编自导，把对生活的思考抒写在中国银幕上。数码时代到了，每个执著于视觉文学的创作者都可以实现自编自导的梦想。不得已这样做的目的是为了避免二度创作其他导演歪曲剧作的本意，最大程度地保护作品叙事的完整性。

值得注意的是，“数字化”和“技术融合”使电影别离了胶片时代，但制作技术的发展决定不了影片的思想灵魂。文学内容的表达成败决定着影片的最终命运。可以说，数码使电影越来越简约，编剧从桌边走到摄像机的距离也在缩小，当人们用手机就可以拍摄视觉中发现的一切，从敲打键盘编写故事到指挥摄像机呈现故事的实践也就越来越近了。《一次别离》就是编剧兼导演创作出来的一个奇迹。

非职业导演的明星效应

高小立

人们曾经熟悉的“转型”或“反串”，现在叫“跨界”。网络时代，一个新鲜词一经面世，便迅速流行起来。近几年，作家、影视演员、歌手转行做导演，尤其给了“跨界”一词强有力的传播。其实各领域都存在着跨界现象，很正常，但到了明星队伍里，就显得格外显眼，因为明星的社会效应大大强于普通人，再加上其粉丝的作用。随着娱乐文化的强势发展，明星会愈加繁忙，明星跨界也是必然趋势，成为一个正常现象。

其实明星跨界不是什么新鲜事，早年的歌星一旦出名，便有剧组邀请其出演影视剧的角色，毛阿敏、韦唯、那英都出演过影视剧；反过来，演员一经成名，便有唱片公司涌上来为其进行包装，比如陆毅因电视剧《永不瞑目》一炮而红后，过了一把歌星瘾；孙俪因出演《玉观音》一夜成名后，便频频出现在歌唱舞台，尽管二人的唱功都备受诟病，但人气反而大涨，被冠之为多栖明星。

娱乐时代的明星跨界使明星本人和投资人不仅取得了人气，而且获得了丰厚的利润，这种双赢的事对于以赚钱为目的的文化商家和明星经纪公司来说，不会熟视无睹地等闲视之。所以，作家、明星跨界看似个人行为，实际是各大娱乐或影视财团的幕后推动。跨界现象最突出的当属作家及电影界明星向导演的转型，数年前就出现了电影明星拿起了执筒的跨界导演，观众熟知的周星驰、姜文、周杰伦、徐静蕾、徐峥都是成功的实践者和榜样，作家及明星通过跨界当导演既证明了自己的导演才华，又有可能通过入股、多角色的参与不少获利。

如果说早年周星驰、姜文等明星的跨界更多立足明星本人不满足只饰演个角色的电影梦的话，那近年、尤其是今年以来大批明星的跨界，可谓直奔商业上的利益追求。商业嗅觉敏感的影视公司深谙电影是导演的艺术，不甘局限于从舞台到影像演绎上的跨界，坚信作家及明星跨界导演的号召力与影响力，他们瞄准了这一带有讨巧意味的赚钱方式，寻找合作者，进行精心策划。2011 年，光线传媒就调整了影业的定位，大力发掘内地新导演，在徐峥的《泰囧》创下票房奇迹之后，企业尝到了明星跨界当导演的甜头，把目光投向了极具票房人气的赵薇、邓超，乐视、博纳等影业公司也紧随其后，制作了郭敬明的《小时代》系列、韩寒的《后会无期》。自 2012 年底的《泰囧》至正在上映的《后会无期》，徐峥、赵薇、郭敬明、邓超、肖央、韩寒接连推出自己的导演处女作，而且票房全部超过数亿，其名气甚至一夜间跨越了张艺谋等大牌导演，正巧张艺谋的《归来》与之前后脚上演。作家、明星导演们的票房佳绩恐怕会让打拼电影界多年、科班出身的新老导演们虽不至于怀疑自己的才华，但会恨、会怨、会无奈很多创作之外的东西，不说也都懂的。

有票房作证，作家、明星跨界当导演一时成为影坛佳话，这无疑会引来更多的电影投资人寻找人气明星加入导演队伍，近年出现的明星导演都挣钱的现象，是偶然还是必然结果，出于理性的投资人可能会权衡利弊、慎重选择，因为之前大有明星当导演票房失败的案例，王力宏、杨采妮等导演作品，票房惨淡。上影集团总裁任仲伦曾坦言："明星导演"现象是中国电影产业发展很快、但并不成熟的表征。他认为："中国电影现在处于所谓'影响力为王'的特殊阶段。"尽管如此，近期跨界导演票房的一路凯歌一定不乏趋之若鹜的跟风者。

抛开票房成绩，从电影创作规律、电影作品本身来看，明星当导演的利与弊是显而易见的。下面不妨针对其优劣做个简单罗列——

明星效应带来的粉丝经济　与其说当下娱乐的强势，不如说是明星的强势，明星就是眼球，就是焦点，明星的大批粉丝，是票房坚实的后盾，粉丝们发自内心的传达也远比商业宣传更为深入人心。作家中的明星郭敬明的粉丝从小说到电影，追随其数年，在电影《小时代》首映式上，其粉丝大声宣称会至少看三遍。由此看出，粉丝对其偶像拍摄的电影，已不顾故事、人物、影像等电影本身的品质，更无关价值导向，有点像“情人眼里出西施”，在粉丝眼里，偶像拍得电影没有烂片。韩寒从出版首部长篇小说《三重门》开始到电影《后会无期》的公映，其十余年积攒的粉丝不可谓不庞大，他们早就对韩寒的首部电影翘首以待了，观众不冲类型、不冲演员，就冲韩寒的名字，制造出了数亿票房。歌星肖央执导的《老男孩之猛龙过江》，估计首批观众多是“筷子兄弟”的歌迷，加上之前在网络热播的微电影《老男孩》的粉丝基础，影片插曲《小苹果》的助推，票房也是轻松过亿。邓超从热播电视剧《幸福像花儿一样》到热映影片《四大名捕》，再到火爆舞台的话剧“麻花”系列，其粉丝范围更大，邓超执导、主演《分手大师》，对粉丝来说，是难得的双重福利，据说很多粉丝也是看了数遍。

明星效应带来的呼风唤雨 明星就是号召力，首先明星在融资上占有明显优势，现在的投资人只要听到某个明星的名字，都不问电影题材、故事内容、人物设置这些基本的电影要素，投资的冲动直接奔向明星，甚至会追着明星掏钱。二是明星当导演可以凭自己的人脉请到别人请不到的演员加盟，配置出自己理想的演职员阵容，比如赵薇可以请来好友王菲为其影片唱片尾曲，估计凭自愿的话，王菲不会给观众一般不看的冗长的片尾配唱。有些演员甚至甘愿友情出演，观众从《分手大师》的开头中看到出场的明星多到有点数不过来。有时大片导演遇到大牌演员也会被其牵着鼻子走，但明星当导演是绝对地自己说了算。三是各大院线对明星的另眼看待，排片率明显高于同期上映的其他影片。

明星效应带来的营销策略 现在各大媒体的娱乐报道，都是围着明星转的，所以明星当导演的影片在营销上不用费什么脑筋考虑营销策略，媒体不请自到，甚至蜂拥而上，更有网络写手为其摇旗呐喊。像《分手大师》邓超辗转近 30 个城市的卖力宣传，一个邓超足以打败各种极尽能事的营销策划。在当今影片营销胜过影片内容的电影宣传中，从出品方到院线都不愁明星导演影片的宣传。

作者电影、明星导演容易实现电影的自我诉求。电影虽作为多方合作的产物，但明显带有导演个人的强烈色彩，这让电影编剧和演员望尘莫及。近年编剧自己执导筒的创作现象屡见不鲜，包括明星编剧郭敬明、韩寒，一是不甘仅限于文字上的传播而放弃大银幕上的自我展现，二是不情愿自己的孩子让别人养的心态。郭敬明、韩寒、肖央都是自编自导，是人们常说的作者电影，带有强烈的个人风格，从编到导，对电影的呈现一以贯之，在电影诉求上自己说了算。郭敬明当时被说服的一点就是“你的故事已经写了5年，我们找了很久，想找一个适合的导演，但这个故事里所有的人，怎么说话，怎么做事情，他们的矛盾、性格，只有你才是最清楚的”。郭敬明心悦诚服地接拍了自己的《小时代》。韩寒的《后会无期》，从故事到语言都带着强烈的韩寒印记。徐峥曾坦言之所以会去做导演，是因为演不到自己想演的电影。《致我们终将逝去的青春》热映时，赵薇在接受记者采访时曾表示，“从上电影学院导演系之前我就知道，我一定会拍一部属于自己的电影。”

既然是很形象的“跨”，就有距离的存在，所以，跨界导演的劣势必须要正视。以上粉丝、融资、营销三大优势，除了商业价值外，其实和电影本身及电影所具备的文化价值、艺术品质没任何关系，没有一个是成就一部好电影的必然条件，作家、明星跨界当导演需跨越的距离主要表现在四个方面：

缺乏驾驭一部电影的综合能力 有人说，现在的电影标准就是票房标准。但票房只能是一部电影的商业标准，有票房的电影不一定能留得下来，传得出去。如果电影只盯住票房，电影商家可能会盲目跟风，一窝蜂地推出明星导演，这无形中对降低导演门槛的做法起到了推波助澜的作用。导演是一部电影的核心人物，如何呈现一剧之本，如何激发演员的创造力，是否掌握了当今最先进的电影技术，不是演了几部电影就能领悟和胜任的。导演首先要具备文学修养，其次要具备专业知识，第三要具备丰厚的生活积累，第四要有独到的艺术发现。如果谁都能当导演的话，国家有必要每年培养那么多的专业导演吗？如果一窝蜂地推出明星跨界导演，势必会造成电影创作的乱象。伤的将是中国电影的整体水平。

秀自己大于拍电影 与其说明星导演“拍”电影不如说明星导演“秀”电影，从近期《小时代》《分手大师》《老男孩之猛龙过江》《后会无期》四部电影都可看出其“秀”的功夫。《小时代》秀的是时尚，《分手大师》秀的是搞怪，《老男孩之猛龙过江》秀的是美国梦，《后会无期》秀的是段子，四部电影皆概念和形式大于内容，不是用旁白交代故事与人物，就是靠台词一带而过，故事碎片，人物苍白，甚至不知所云。导演结构一个故事的能力、塑造人物的功力、揭示生活本质的高度都尚显乏力。谈起两位作家的电影，有种看电影不如看小说更精彩的想法。

不可持续发展 在好莱坞，演电视剧的演员甚至不能胜任演电影，分工很明确，虽也曾有电影明星汤姆·汉克斯、安吉丽娜·朱莉和朱迪·福斯特执导电影，但都是昙花一现。所以明星导演不太具备可持续的良性发展。影视财团的电影目标就是赚钱，不大会考虑创作导向和中国电影的可持续发展这些政府需要深思的问题，他们力推明星导演本身就有撞大运的嫌疑，有赚一把就走的感觉。比如《分手大师》，从编剧开始就是为邓超量身定做的，邓超给自己当导演，极尽这些年他在银幕和舞台上的搞怪能事，把自己的搞怪长项都挖掘了出来，可谓厚积薄发。试想邓超再继续导演电影，他下一部不再搞怪的电影会怎么样，的确要打个问号了。郭敬明的《小时代》系列画上句号后，他还有勇气接拍其他编剧的作品吗？如果继续拍自己的作品，但没有艺术创新，市场也很难说。类似姜文、周星驰这样成功的明星导演毕竟是少数，眼下一些明星当导演的快速成功可能就是昙花一现。

不珍惜资金 以上谈了融资对于明星来说相对容易，弊端是反而不珍惜手中的钱，比如不精心打磨剧本、分析人物，不深入体验生活，匆匆上马，有些明星导演虽请来知名导演做后盾——杨采妮请了徐克，赵薇请了关锦鹏，韩寒请了贾樟柯，但他们毕竟不便越俎代庖，抱着尊重明星的态度小心翼翼，面对变幻莫测的电影市场，很难保驾护航。

导演作为一部电影的灵魂人物，其全方位的知识储备，是跨界导演面临的专业挑战；电影作为文化产品，其具备的艺术品位，更是跨界导演应该坚守的艺术底线。跨界导演，任重而道远。

电影《黄金时代》：我们今天怎样谈论萧红

李墨波

导演追求讲述的间离效果，结果把感情也间离掉了

在观影之前，我有一些担心。担心影片戏说情感，八卦野史，用那个低俗的三角恋的故事来消费萧红这个名字；或者诗化一切，无视时代的苦难，一味寻求小清新的民国范儿，站在一个时代意淫另一个时代。欣慰的是，这些毛病电影都没有犯，无论是情节还是台词都严格地遵照史实，少有戏说的成分。但是它又偏向了另一端，犯的是另外的错误。

李樯的编剧可谓“严谨”，片中所演内容全有出处，几乎无一处是编剧自己的创造。那些曾经在各种回忆萧红的文章中出现过的情节和细节，原封不动，拿来我用。

萧军从延安回到西安后，恰好碰到萧红和端木蕻良从房间里出来，彼此相对，十分尴尬，胆小的端木怕和萧军起冲突，跑到聂绀弩屋里帮他刷身上的尘土，为的是讨好他，好让他从中调解帮忙。如此细节，大家一定以为是编剧的想象，其实不然，此细节来自于聂绀弩的《怀念萧红》，原文如此：“我刚走进我的房，端木连忙赶过来，拿起刷子跟我刷衣服上的尘土。他低着头说：‘辛苦了！’我听见的却是‘如果闹什么事，你要帮帮忙！’”……

类似的例子比比皆是，充斥全片，甚至连演员的台词都是照搬原文，在梅志的《忆萧红》中，周海婴说的是上海方言，于是在影片中，虽然父母讲的都是普通话，但是周海婴却奇怪地讲起上海方言，而鲁迅的台词，几乎完全出自萧红的《回忆鲁迅先生》。

影片完全舍弃了戏剧性的营造，所遵循的线索不是人物情感，也不是戏剧冲突，而是萧红的大事年表。也许编剧觉得这些碎片化的大事记无法连缀在一起，于是加入了演员们面对镜头的讲述。这一招可谓“讨巧”，每当叙事进行不下去的时候，就会有人出来对着镜头说明剧情，提炼中心思想。所有叙事上的漏洞，都可以在这里打上补丁；所有故事无法给出的信息，都可以在这里交代。那么丰富复杂的内容就在演员们面对镜头的独白中一笔带过。导演甚至让萧红自己在影片的开头自报生卒年，做作到不忍直视。

这样的创作态度不说懒惰，至少是畏缩。面对一堆传记资料，创作者们保守无为。

自知无法从这些碎片中营造出戏剧性，编剧返身回来，采取一种中立的态度，只求呈现，不加判断，不仅在人物的是非上采取中立，同时也没有情感的立场，全片呈现出一种态度上的指向不明：不指责，不偏袒，不控诉，不煽情。

拒绝煽情固然是好的，但电影毕竟是诉诸情感的艺术，在讲述的态度上可以克制和理智，但在情感上一定要有立场，不偏不倚绝不是电影应有的态度。

这些萧红人生的散乱碎片，彼此并无情感上的联系，浮光掠影，不痛不痒，剧中每个人物也都是点到为止，毫无神韵。导演追求讲述的间离效果，结果把感情也间离掉了，使影片难以积聚起情感的力量。面对萧红如此悲惨的一生，观众竟然无法动容。

剧中人物直面镜头的讲述，意图营造出一种纪录片式的真实和间离，主创们号称这是他们的影像实验，但这样的手段着实老套，被很多电影使用过，用得好的如伍迪·艾伦的《安妮·霍尔》，可谓神来之笔；用得不好就生硬造作，失败的例子有贾樟柯的《二十四城记》，用故事片伪装纪录片，既不真实，也无戏看，显得不伦不类。

电影本身建立在假定的基础上，需要用整部影片去建立起观众的幻觉，追求的只是情感的真实。但《黄金时代》却轻易地抛弃掉戏剧性，而去模仿纪录片的真实感，选择了一条最错误的道路。

人物传记片虽然依托真实人物而成，但也需要血脉贯通，全须全尾，有自己独立的生命。影史上那些成功的传记片都自成一体，不需要人物原型做扶手。用舒婷的《致橡树》作比，传记片应该是作为一棵树的形象和原型站在一起，“你有你的铜枝铁干，我有我的红硕花朵”。而《黄金时代》则完全像是缠绕在萧红原型上的藤蔓，必须要有萧红真实的人生做注脚，不了解萧红生平的，恐怕理解电影都困难。

传记片贵在神似。精神上接通了萧红的气脉，只知恪守史料，小心翼翼，呈现出来的却未必真实。

很遗憾，《黄金时代》是一部无魂的电影，电影并没有从萧红的人生中梳理出她的精神脉络。关于萧红，电影可以讲述的精神实质到底是什么？当我们谈论萧红时，我们究竟在谈论些什么？

想要了解萧红，必然要从她的短暂的人生和她的文学中去寻找

萧红是那个时代最杰出的作家之一，她的《生死场》和《呼兰河传》在当时描写农村的作品中独树一帜。她笔下的乡村，力透纸背，让人难忘。不迎合诗意，却又不失韵致，不粉饰，不夸张，是时代的真实见证。

第一次看《生死场》时，完全被其描绘的残酷农村震撼到，她笔下的农民真实得让人触目惊心。这小说既有梵高的炽热，又有蒙克的恐惧，这是一幅惊心的画面，大胆喷溅的色块、粗粝的笔触，就那样脏脏地刷过去，在一堆拉扯的线条中，依稀能分辨出狰狞的面孔。这面孔有痛苦的撕咬，更多的是空洞僵直的眼神。这是旧时中国广大农村最常见到的那种面孔，完全丧失掉一个人的高贵和丰润，他们如风中被侵蚀的枯树，如严寒中苟且偷生的动物，他们紧紧地贴附在贫瘠的土地上，忙着生，忙着死。天地不仁，以万物为

刍狗。

你很难相信，这样的小说居然出自一个23岁的女孩之手。萧红是那种天才式的作家。所谓天才，他们眼中的世界是异于常人的。他们眼中的世界天然地带着情绪，或灿烂或灰暗，总是弥漫着浓烈的调子。他们不需要再费尽心思，通过技巧把眼前的世界陌生化，他们天然地具有再造一个世界的能力，他们一出手即为巅峰。

萧红天生具有用语言捕捉自己情感和思绪的能力，看她的信件，那么纠结的情绪，居然都被她说得通通透透。她的小说大多是自传性质的，她完全凭借才华写作。她最著名的两部作品《生死场》和《呼兰河传》，在小说的结构和技巧上都不甚经营，完全是凭着一股真气，凭着自己的天才，硬生生将那块土地和土地上的农民捧在读者眼前，元气淋漓。她的文体是天才式的，在其中隐藏着她对世界的观点和态度。她虽然不以思想和理论见长，但是她用直觉准确地把握住了这个世界。

萧红的小说中充满了苦难。这苦难到底从书中弥漫出来，浸染了自己。萧红的一生正像是一部她自己写作的小说，女主人公尝尽世间艰辛，不幸早逝，整篇笼罩着悲哀的调子。萧红短暂的一生颠沛流离，从她的文字来看，她开心的时候少，愁苦的时候多，她的生活中总是充满了变故，始终无法安顿下来，她疲于应付，筋疲力尽，大部分时间里，甚至无法解决吃饭的问题，要打起精神来同饥饿作斗争。丧母、男人的欺骗和背叛、疾病缠身、弃儿、早逝，她几乎遭受了一个女人所有的苦难。上帝给了她多少才华，就给了她多少苦难。

生逢动乱的年代，在新旧更迭之间，必然要付出代价，而萧红正是那牺牲者。她遭遇的种种苦难，大部分都拜时代所赐，最后让她殒命的也不是什么大不了的病，如果不是身在香港，如果不是时逢沦陷，她也许不会匆忙地去世。一个时代留不住属于它的天才作家，这是这个时代的可耻和悲哀。这时代并不黄金。我的生死场在你眼中成了黄金时代，其中的误会有一个世纪。

观其一生，我只感觉到深深的悲哀。这是时代的悲哀也是身为女人的悲哀。如果电影要从中提炼出一个主题，大约总脱不开女性的独立。

这也是她在文学创作中反复述说的主题。她作品中的女人几乎全是悲剧的命运，她在作品中不失时机地为女性鸣不平，似乎嫌自己的作品不够有说服力，干脆用一生去增加那悲剧的力量。

她追求女性的独立，冲破家庭的羁绊，但恰恰又因为独立得不够彻底，重又陷入困境。在她身上呈现出这个问题的复杂和艰难。她有着女人的天才和缺点，有着女人的刚强和软弱，她见证了女人的苦难，探讨了女性的自强与自毁。她让我们重新思考女性的命运，唤起我们对女性的悲悯和尊重。

萧红就那么仓促地离开了，无声无息，匆匆忙忙，萧红生前似乎意识到自己的早逝，也曾有过生命易逝的苦恼，她在诗中这样写道："生命为什么不挂着铃子，不然丢了你，怎么感到有所失？"

从呼兰河到青岛再到上海，最后到香港，萧红一路向南，匆忙地走向死亡。临近生命的终点，她在最南端，回望北中国，回望呼兰河，回望自己的童年，写出她最优秀的作品《呼兰河传》。

如果没有文学，她只不过是当时中国众多悲惨的女人中普通的一个，悄无声息地生，悄无声息地死。正是这些光辉的文字，让她在匆忙路过这个世界的时候，摇响了自己的铃铛。

电视剧《平凡的世界》：点亮生命燃烧青春

肖云儒

一部作品能够进入实态舆论（街谈巷议）和拟态舆论（微博微信），乃至成为社会文化现象，这本身就是一种评价、一种殊荣。

谈一本书、一部电视剧有多维标准、多重角度，在各自的语境下都会有各自的道理，我们不好轻易地以青诋白。但是其中有一个共同的十分重要的标准，则是看作品能不能对人的内心世界和价值走向发生影响，发生多大的影响。网上有年轻人说："我们要像少安一样去奋斗，像润叶一样去爱。"表明《平凡的世界》原著和电视剧，在这个根本点上站住了。

人只有不断改变生存现状，在苦难的磨励中向上向善才有价值，相信生活，相信青春的奋斗，相信精神的引领，相信爱……这些，就是《平凡的世界》展现给我们的价值观。电视剧以真切的生活场景、人物性格和青春故事，将这种价值观浸润到观众心里，其间有命运的迂回起落，有性格的复杂变化，有内心的冲撞突围。一块平凡土地上，一群平凡人的人生，就这样感动了我们。它追求平凡，却显示了崇高；追求醇厚，却显示了智慧。

我看了一些报刊和网络、微信上的反映，有点赞的，从中可以归纳《平凡的世界》所以火的几点原因。

一是它给每个人、特别是青年人心中潜藏着的改变现状、改变命运的激情烧了一把火。人生的过程不在长短，精彩的瞬间胜过漫长的平庸。

二是它给每个人、特别是草根阶层追求有精神价值的形而上生活鼓了一把劲。正如一位年轻的朋友说的：我们可以在其中清楚地找到自己的影子，借以寻找我们自己的路。

三是给当下社会冲破过分追求物欲和娱乐的云霓，注入了新的激情。人永远不能没有理想，不能没有对琐屑人生之上那个意义世界的追求。

四是在深度改革到来的今天，点燃了一部分人对上世纪 80 年代农村改革初期激情的回忆和眷恋。新世纪以来，由于现代化进程中出现了文化瓶颈，“80 年代”逐渐被建构为一个充满真实和豪情的时代。《平凡的世界》对平凡的肯定、对苦难的挑战，携带着那个年代的真实诉求，今天都重又有了意义。

五是以深挚而执著的爱情，给了当下年青人一种略显陌生的、新异的温暖。并不荡气回肠，却有生死相依；没有华丽表白，却给了我们一份爱得浓烈的世界。

六是路遥的诗性现实主义话语文本与网络时代的语言风格在反差中呼应。路遥的语言隔过受西方文化影响、兼涉的现代语言，在口语化层次与网络语言相通，却又比即兴的网络语言多了一份诗性和质朴。正是在这种悖谬中呼应的张力产生了艺术魅力。

以父辈故事讲述历久弥新的人生哲理，精神和感情的流脉便这样接通。都是熟悉的黄土地上的种种，都是日常可见可感的亲切。这样的真实与平凡，我们不能不融入那个世界。冯友兰说，道德文化精神是可以超越时代“抽象继承”的。《平凡的世界》上述种种精神，已经温暖、还会温暖一代代的读者和观众。

也许像有人指出的，原作以青春励志的光彩给当时农村生活的苦难敷上了过多亮色和诗情；也许由于原作描绘的那一段青春生活本身的局限，还不足以打开当时社会更深层的症结，而电视剧又基本保留了原著这一面貌，有人感到了遗憾。其实也可以这样认为：也许正是回旋于作品中这种淡淡的诗意，才让我们感受到了难得的青春魅力。

是否忠于原著，往往成为名著改编的雷区。从长篇小说到电视剧，是一个相对独立的再创造过程，不但艺术样式、结构布局和话语体系的差异，决定了创造性转换不可避免，不同创作者在不同时代、不同审美对象面前，也必然需要创造性转换。田晓霞牺牲后，孙少平与太空人对话，虽然原著有，但将文字符号引发为虚构想象，直接转化为影视的真实画面，多少显得突兀和不协调。我还是主张改编要紧紧抓住原著的精魂，然后遵循电视剧的创作规律展开。虽是改编的再创造，心态也不应是敬畏的，而应该像创作一样自由。

有人为田晓霞的牺牲惋惜，其实这是路遥最坚持的。他在写小说第三部时，我正好陪老作家丁玲重返延安。晚上我俩为这本书聊到深夜，他说作品一定要悲壮。他认为青春远不是阳光、春风，而是苦难——奋斗——失败——再奋斗的悲壮。他用田晓霞的死，宣叙了自己悲壮的青春观。其实编导还是作了不少调整和重构的，较大的变化就是孙少安、孙少平作为第一主角的易位。进城发展的孙少平本是原作着墨最多的主角，这符合路遥以他弟弟王天乐为原型的构思创作实际，也符合作者自己早在《人生》中就表现出来的改变生存方式的强烈青春追求。现在电视剧将留在农村创业的少安调到第一主角的位子上，似乎是想更典型地反映那个时代的历史环境，也体现了孙少安作为人物谱系枢纽的特殊位置，暗喻了“土地”是民族生活的精神母题吧。

无源之水

——戏剧现状有感

张　先

每一位有责任感的戏剧家在对中国戏剧（乃至于艺术）发展有所了解之后，都会感到自己正处在一个尴尬的时代。戏剧创作中的传统意识和对曾有时光的美好回忆为现代纷乱的生活感和观众的娱乐心理所不容；单一的政治批判与纯粹的社会功利又为艺术家们所意识到的艺术观（主要是西方的文学传统）所排斥，而将艺术创作的社会价值、审美价值和其不得不承担的经济价值完全分离又非最佳的解决方法；现实的一切使戏剧家深深感到困惑。然而，细想起来，这种困惑并不像拉·封丹寓言里那头饥饿驴子的困惑，它不是一种选择上的困惑，而是一种戏剧家对于现实的认识与把握出现断裂后的困惑，一种无路可行的困惑，它来自从心底翻起的对于一切的怀疑情绪即不信任感，它来自戏剧家们不敢承认却又时时意识到的认知现实能力上的恐惧。

对当代的戏剧家来说，现实变化得如此之突然，如此剧烈，就像一场不断革命的连续剧。真理与现实，逻辑和定律，戏剧家赖以建立信心和勇气的基石在现实面前塌落。艺术创作、戏剧创作不再像一个温情脉脉令人沉醉的春梦，反而像一位面上绽着冷笑的凶神。对于我们的戏剧家来说，现实的困惑与痛苦似乎并不使他们畏惧，他们也从不将其与“人的存在”这种带有生命意识的命题相联系。他们更惧怕的是对于这些困惑与痛苦的价值的估算与评价。他们不清楚这些困惑与痛苦有没有价值；也不知道将其写入作品会不会受到欢迎；更不明白自己为什么能产生这些痛苦与困惑。由于有这么多带有功利性质的畏惧心理，使戏剧家在反映认识现实的困惑与痛苦方面显得特别幼稚与乏力。戏剧创作与理想和现实的双向脱节从来没有像今天这样严重。

尽管戏剧家们辛苦劳作，尽管戏剧节评奖接二连三，但是戏剧家内心被现实袭扰所产生的困惑与痛苦却没有成为戏剧作品的主要内容，戏剧家认知现实所产生的断裂感也没有成为他们作品的基调，至于因为困惑与痛苦而必然会引发的对于社会及人生价值的评判，则更难以在剧作中觅到踪影。这些事实说明了一个结论：戏剧家群落正在失去从事戏剧艺术创作的能力。

戏剧艺术从诞生那天起，便具有了其他艺术种类所无法替代的特性。它是对现实与未来最彻底、最真实的模拟与幻想。它能最集中、最强烈地体现出人类的情感变化规律。从这种模拟与幻想之中产生出戏剧艺术认识客观、开拓心灵世界的总体精神，而在总体精神中，对现实与未来的认知意识又是其主要内容。西方戏剧的发展沿革始终没有背离这种认识意识为主要内容的总体精神，始终将人类通过体验反观自身的存在当成主要目的。从古希腊戏剧到现代派戏剧，戏剧的总体精神被不断张扬光大。然而，对于中国戏剧家来说，这种将戏剧艺术创作与体验人生、认知人生、服务人生相联系的意识还未建立起来，剧作家的意识还未达足以把握戏剧样式的高度。出于此，戏剧创作队伍的整体性失落就是必然现象了。理解戏剧创作产生危机的原因是容易的。困难的是，我们的戏剧创作怎样才能向戏剧艺术赖以生存的总体精神归复。

首先应该提出的是剧作家的真诚精神，艺术创作来自于真性情，剧本创作也是如此。剧作家不仅对创作的动机要抱着满腔真诚态度，而且在整个的创作过程中也不能有任何的虚伪和取巧，剧作家要有一种起码的能力，真诚地面对自己、面对现实的能力，要有一种为人生真诚的态度。中国传统的文艺思想中，无论退避还是进取都有着明显的功利性。退则独善其身，进则齐家治国。这种功力背后孕含着的是一种对客观有选择的退避技巧。不对探索未知抱着巨大的热情，而对现实却要求有立竿见影的效果。这种传统倾向使剧作家的创作常常有不真诚的成分。它不只表现在创作动机上，也表现在创作流程中，更表现在对自己内心真实感受的掩饰和默许外来因素对自身感受的修正上。创作动机的不真诚可以使作品的格调落在很低的层次上，这是剧作家本人能够意识到的，而后两种不真诚由于各种因素的遮掩往往是戏剧家自身难以发现的。所以，其影响也就是严重的。只有在创作流程中始终保存着真诚的情感，对内心的灵魂冲动不加丝毫的掩饰，才会使剧作在现实面前挺起身来。前两年由中国国家话剧院上演的剧目《活着》,（改编自余华的小说《活着》）曾在社会上引起一定的反响。但很多戏剧评论将其成功归结为：对中国社会的政治化生活的控诉，甚至是在反映文化大革命等等；将主人公福贵理解成为中国农民的代表，一切中国式的灾难的最后承受者。其实，福贵不过是我们所有人的缩影，无论在哪个国度，人生的内容就是不断地向周围的环境和其他同类告别。这也是余华小说最动人的地方。从经典改编的剧目还能保有一些艺术质量，而出自现实的创作，却很难发现出这些来自人类精神生活的立足点。例如被炒作成为一种文化现象的校园戏剧作品《蒋公的面子》则是在此方面具有代表性。作品讲述了在1943年，蒋介石任国立中央大学校长，为了拉拢学校的知识分子，请了三位学校的教授去吃年夜饭，三位教授要不要给“蒋公”面子而去赴宴的故事。力图表现民国时期和当下的中国知识分子的不同，期望达到对中国社会特定历史和特定阶层的指摘和嘲讽。作品出自一位在校的戏剧文学专业的学生之手，表现出了她的才华和能力。但社会的评价使作品变成了另类的“主旋律”。因为阐述的基础来自于一种较为幼稚的认知：即在创作者的意识里，社会中的人与人是不平等的。

多年来，我们的戏剧创作习惯于“社会现实”的范围。一切的出发点，一切的目的地，都瞄准着最实际的功利目的。实际上，戏剧家最主要的工作应是深入体验和关注人的最主要的生存内容——精神世界。我们当前戏剧剧本创作水平低下的根本原因，就在于剧作家对人精神世界体验认识上的贫困。

对于精神世界确立的艺术家来说，追求个性化的人格，追求人格的健全、独立与完整是其进行艺术创作的主要目的。在现代社会里，他们更关注的是人的情感、精神与心灵的痛苦，那些人际关系没有被破坏，而人的精神世界却在垮塌的痛苦；那些在外表看来毫无痕迹而人的内在心灵却已被剥离、被抽空、被贩卖、被撕裂的痛苦；那些关于人生美好的期望无法本质实现的痛苦。体验这些苦难，描写这些苦难，因为这些才是戏剧家能够做而应该做的事情。在戏剧界深受尊敬的老剧作家王正，在思考他们这一代戏剧人为什么没有出现大师级的剧作家时真诚地写道："天性善良，实事求是，富有同情心，是我们同代剧作家中许多人共有的特点。我们循规蹈矩、唯唯诺诺，有时不得不表面上随大流，但我们不会昧着良心去害人。这种做人的原则和品格，正是我们精神财富的一种体现。但是，作为剧作家，我们的真实的、独特的、有价值的人生经验和思想成果是否都鲜明地体现于我们的创作中了呢？当我提到这个问题的时候，我的心灵不由得感到一种震颤。'做人'和'作文'都应该绝对诚实，但这两者在我们身上却长期处于分离状态。我很不愿意承认这一点。"王正体会到了这样一种痛苦，这样一种外在轰轰烈烈的社会，使人内心日趋分离的痛苦。实际上，"做人"状态与"作文"状态在一个艺术家身上长期分离的情况在戏剧界是普遍存在的，其本身就是很好的创作素材，遗憾的是没有几个人像王正那样真诚地将其揭示出来。

关注人的精神世界，从来不是一个简单的认识能力和艺术观念的问题，同时也是一个如何理解、认识戏剧本质规律的戏剧观念的问题。如果我们从探索人的精神世界的角度出发，去观察我们生存的环境，去查看人与人的关系，我们就会重新界定什么是戏剧所能表达的内容及戏剧艺术应该怎样表现人的真正生存状态，甚至会重新理解戏剧性的问题。戏剧文本创作的空间会豁然开朗起来。也只有在这样的基础上，剧作家们才能更关注人生总的命题，使我们的作品从本质上获得现代意义。

《战狼》：王者归来正其时

范咏戈

如果说影片《战狼》中特战队员冷锋是位一击必诛的当代中国军人的超级英雄、“王者”，那么这部影片的成功也是“王者归来”：观看影片《战狼》有一种久违的感觉。很长一个时期以来，银幕是“小清新”当道，充满青春怀旧的，以爱情时尚为主题，小清新、小情调……乃至所谓的“小鲜肉”成了银幕主角。这固然满足了电影观众多样化的需求，但总让人感觉缺了点什么。在一些人误以为这些就是中国电影的票房保证时，现在突然杀出一部有“狼性”、刚性内容，有3D大片视觉冲击的电影，把国家意识的内涵表现得淋漓尽致，也把习近平主席提出的军人要有军人的样子，军队要有军队的样子通过影像给予有力的标识和清晰的印证，很为中国电影提气。更令人欣喜的是，对于这类主流电影，当下观影主体——青年接受了它，市场接受了它：其票房过5个亿，创下同类题材多年来的“第一”。

《战狼》“王者归来”的意义有这样几点。首先是它对战争类型电影的创新。众所周知，军事题材是个比较特殊的领域。英雄主义情怀，大国崛起中民族精神的张扬，始终是它应当高扬的情怀。但这种情怀的流露应力避雷同、概念和口号化。《战狼》通过其军人信条“犯我中华者，虽远必诛”，本身有其深厚的文化内涵，它源自西汉抗匈名将陈汤“明犯强汉者，虽远必诛”。中国是世界上少有的统一局面维持最久的国家，靠的是源远流长的中华雄健豪放尚武精神，这也是今天中国军人的血脉。《战狼》以此统领足见其情怀博大深厚。影片全力塑造的特种兵战士冷锋，忠于祖国，铁血柔情，既符合习近平主席对于新一代革命军人“有灵魂，有本事，有血性，有品德”的“四有”标准，也吻合了中国老百姓长久以来对于重大义、轻生死的英雄好汉的形象企盼。出于战友情他搏命营救战友，为了追杀枭首他在命悬一线中排雷……这个具有理想军人色彩的硬汉受到社会大众和军迷影迷热捧便不难理解了。影片表现在最后的实战中，他一只脚踩在一触即发的雇佣军的地雷上，还通过报话机“幽默”了一把：问心仪已久的女队长“你有没有男朋友？”让其更接地气，更鲜活。而另外的画面也十分精彩，即最后冷锋把毒枭追到了，经过一番打斗扔在国境线这一侧，这时对方来了一支建制部队追杀冷锋，但是冷锋仍然很淡定。因为这时在冷锋后面的天空中出现了我们的直升机群，这个画面寓意了个人英雄和国家、军人和军队的关系。如果冷锋后面没有强大的国家、军队的支持，他是不可能战胜对手的。影片其实是在表现个人英雄与集体英雄主义、爱国主义的结合、升华。从这一点上，与单独表现孤胆英雄的美国大片区别了开来，并因此构成《战狼》的宏大叙事。这些年虽然我们一直在强调讲好中国故事，却在某种程度上忽略了对人物精神世界的开掘，《战狼》启示我们：要讲好中国故事，就要下功夫塑造好一批既具有当下性又具有前瞻性的人物形象，这对于主流电影尤其重要。《战狼》从故事层面则是通过一系列情节，把军事电影惯见的红蓝军演习变成了和一支境外来的雇佣军真刀实枪的战斗。影片在这里的用心，给“素练之卒不如久战之兵”以及这部“纯爷们儿”的影片以十分生动的诠释。

《战狼》的变演习为实战不仅拓宽了军事片的表现空间，同时在电影的艺术和技术的关系上也给我们带来新的启示。这些年我们的电影总有一个标杆就是美国大片。但从某种意义上说美国大片是高科技所拜赐。《战狼》写特种部队，狙击手、电子战、甚至基因武器……集中了现代军事高科技手段。作为国内首部3D动作电影，其中使用的武器装备无论从数量还是质量上都颠覆了以往的制作。3万余发子弹，动用国内现役所有种类直升机进行实战拍摄，在最后那场大规模的实战戏中，有 32 辆现役坦克同屏出现。《战狼》体现出的创造中国式大片的诚意带来了强烈的视觉效果。作为一部主旋律影片，它很注重以商业片和类型片来包装，因而激起了 20 多岁的年轻观众群体的注意。这部影片以时代的审美特征构建叙事风格，将武侠片、动作片、军事片融合在一起，真枪实弹的战斗场面，科技感十足的现代化装备、令人炫目的科技制作，战争大片必备的要素在其中都有体现。它没有投合市场绑架的思潮，但是它确实投合潜藏在年轻人内心需求的潜能，并有本事用各种方式包括借鉴好莱坞的方式来激发这种潜能。片子除了硬装备，同时还和当代文化有直接对接。影片始终有一种“游戏感”，包括平民化的台词从战士的口中说出来。这些流行的文化元素也是让《战狼》受到欢迎的重要原因。事实上《战狼》对市场的测试，表明我们的观众对这样的类型片完全能够接受，市场也足够宽容。只要以职业情怀真实表达智慧的艺术想象，讲好中国故事，塑造好人物形象，战争片就能够走出瓶颈。所以,《战狼》的“王者归来”意义特别重要。人们期待以《战狼》这部影片为起点和拐点产生更多的优秀战争片，扬军威、扬国威，把主流价值讲述得有声有色。这也许就是这部现象级的优秀影片带给我们的启示。

动画电影《大圣归来》启示录

仲呈祥

暑假中，一部国产动画新作《大圣归来》受到广大观众好评，实现了社会效益与经济效益双丰收，被誉为影坛喜人的文化现象，给我们带来了宝贵的启示。

启示之一，这一文化现象昭示出一条中国动画艺术发展的正确道路，也为整个中国当代电影的健康繁荣提供了具有普遍借鉴意义的成功经验。习近平总书记在著名的“四个讲清楚”中首先精辟指出：每个国家、每个民族都应讲清楚自己独特的历史传统、文化积淀、基本国情，都应该走有自己特色的发展道路。我以为，大到国家建设，小至动画艺术，都应如此。中国动画艺术有自己虽不长但值得自信和骄傲的历史传统和文化积淀，这就是以新中国上海美术电影制片厂万氏三兄弟为代表的“中国动画学派”，以《大闹天宫》等作品享誉全球，积累了写意传神、国画构图、营造意象、追求意境等丰富多彩的艺术积淀，培养造就了一代又一代中国动画观众，不仅是青少年，也包括中老年。这是我们必须要讲清楚并以高度的文化自觉与文化自信去传承弘扬好的优秀传统。显然，《大圣归来》与《大闹天宫》一脉相承。前者自觉继承了后者中蕴含的中华民族优秀的文化基因，如孙悟空的勇于抗争精神、扶助弱小品格等等，自信这些优秀的人文精神能与时俱进，至今仍有强大的生命力。因此，《大圣归来》珍视《西游记》和中国动画学派前辈们留下的宝贵遗产和创作资源，充分考虑新的时代语境和当今观众的审美需求，沿着中国动画艺术优秀传统至今仍有生命力的价值取向、美学追求的顺势方向去丰富、深化、发展，去结构既富民族特色又富时代精神的新的故事和新的人物形象。这正是《大圣归来》获得成功的真谛。这与时下那种背弃中华民族优秀的文化艺术传统，妄自菲薄，或东施效颦、盲目西化，或戏说历史、逆向颠覆的创作倾向大相径庭，划请了界限。推而广之，对于整个中国电影，我们何尝不应认真反思一下对于上世纪40年代以《一江春水向东流》《八千里路云和月》《乌鸦与麻雀》《小城之春》等为代表的左翼进步电影的历史传统、对于新中国成立后以《女篮五号》《红色娘子军》《青春之歌》《早春二月》《阿诗玛》等为代表的共和国的写人民、为人民、服务于人民的人民电影的历史传统，以及改革开放后以《人生》《天云山传奇》《巴山夜雨》《人到中年》《野山》《黑炮事件》等为代表的与时代共同着脉搏、与人民共同着呼吸的现实主义深化的反思电影的历史传统，对于前辈电影艺术家留下的丰富的艺术积淀和美学遗产，我们究竟珍视得如何？继承得如何？发展得如何？

启示之二，《大圣归来》出人意料地赢得了惊人的高票房，这一事实，雄辩地证明坚持习近平总书记指出的“把服务群众与教育引导群众结合起来、把满足需求同提高素养结合起来”的“两结合”方针，是促进包括动画艺术在内的整个文艺事业持续健康发展的有力保障。马克思早就深刻指出：任何精神生产在生产自身的同时，也在生产自己的欣赏对象。“再美的音乐，对于不辨音律的耳朵也是没有用的。”同理，再优秀的电影，对于完全不懂得欣赏电影须通过视听快感进而获取精神美感的基本规律的观众，也是没有用的。观众是既需要适应，更需要教育引导和提高素养的。优秀的电影也需要培养懂得欣赏电影艺术的观众。《大圣归来》的成功，一是对应了潜藏于广大观众鉴赏心理深层的代代相传的对于中华民族古典名著《西游记》和动画杰作《大闹天宫》的集体记亿和深切怀念，二是对应了不仅是广大青少年暑期中特殊的精神文化需求、而且也包括成年人对经典名著改编的动画片的关注心情。片名《大圣归来》，观众实际呼唤归来的“大圣”正是集体记忆中那个代代相传的体现了中华民族自强不息、厚德载物的通人心、系民情、接地气的“孙悟空形象”。毋庸讳言，在这个被称为信息化了的“读图时代”，面对市场经济，一些动画片一味迎合市场低级趣味，以大量高科技的视听感官生理上的强刺激语言画面，去冲淡乃至取代了动画艺术本应给观众带来的思想启迪和精神美感。这是很令人忧虑的。《大圣归来》不是如此，编导既注重利用 3D 现代高科技精心制作惊心动魄、引人入胜的语言画面，以增强作品的吸引力和感染力，又注重实现内容上中华优秀传统文化资源的最佳配置和中华美学精神的传承弘扬，因而做到了有思想的艺术与有艺术的思想的较好统一。这也为影坛创作树立了成功范例。

启示之三，是创作思维上既要以我为主，“各美其美”，又要学习借鉴，“美人之美”，更要在交融整合、“美美与共”上狠下功夫，以创作出具有中国精神、中国风格、中国气派的民族性、时代感俱佳的精品力作。《大圣归来》在这方面作出的努力令人称道，在这方面尚存的升腾空间也显而易见。比如，对现代科技手段学习借鉴的用心用力是对的，但似乎甚于对人物形象丰富的人文内涵的深入开掘；“大圣形象”的动画设计与活在人们心中的当年“美猴王”动画设计相较，似乎在中华美学精神的美感与韵味上尚有差距；新编的关于大圣的中国故事的民族意蕴和精彩程度，都似有进一步深化和精致化的空间。

爱之愈深，求之愈苛，所有这些，都留待正筹备中的《大圣归来》续篇去参考、弥补了。

融通：在追述中，在感受里

赵　彤

从《大国崛起》《超级工程》《大国重器》到《互联网时代》《电商风云》《北洋海军兴亡史》《东方主战场》，当代中国纪录片大制作策略最鲜明的气质，并不是大题材，多角度、高投资、精制作，这些在成片中所显现出的新特点，是创作思路始终与国家战略发展的脚步相协调，始终在担当着对中国声音、中国形象这些宏大的时代课题进行及时阐述，显现着纪录与专题相融合的创作风格。

2015 年，以《纽带》《与全世界做生意》《对望：丝路新旅程》和《梦在中国》为代表，我国电视纪录片创作不约而同地选择了一个大的时代主题——融通，这个当代中国的世界观。

观察和分析这批作品，要结合一个来自域外的纪录作品，这就是 2015 年初在韩国热播的大型纪录片《超级中国》。这部由 KBS 电视台制作的纪录片，所呈现出来的中国形象，已经远非 1972 年意大利导演安东尼奥尼所拍摄的《中国》中的中国。仅从纪录片名称本身，就已经显示出中国的世界意义发生了天翻地覆的变化。换句话说，1972 年世界还没有考虑“当 10 亿中国人跳起”时的心情，而 2015 年当中国经济总量首次突破 10 万亿美元之时，全世界都感受到了中国跃进后的分量，也都在思考庞大的中国怎么处理与世界的关系。在《超级中国》里呈现出来的对中国的惊叹和疑虑，应和了当前国际社会对中国五味杂陈的心态。从一个侧面看，上述四部纪录片可以说是对这种“围观中国”心态的积极回应。

8集纪录片《纽带》以编年史的历史框架追述了自1552年至2012年间，西方“汉学”发展到“中国学”的历史。在纵贯的时间链中，以学术目的转移为根据，《纽带》讲述了从“传教士汉学”到“专业汉学”再到“中国学”的阶段性转变；以西方汉学重镇的转移为依托，《纽带》分地域讲述了法国、英国、德国、俄国、日本和美国的“汉学”或“中国学”发展特点；以代表性学术人物的赓续为变量，《纽带》先后介绍了460年间近40位从事“汉学”和“中国学”研究者的生平与学术成果；以中国和西方社会各自发展的历史轨迹为基础，《纽带》讲述了“汉学”在西方的盛衰浮沉和时代价值。

在这部文献纪录片中，我们可以看到文明发展史、学术交流史、人物传记史、东西方关系史的丰富内容。然而进入作品的框架、把握叙事的脉络、观察故事的焦点、思考作品的内涵，我们必然会作出这样一个判断——西方“汉学”的发展轨迹，无疑是中华文明轨迹的缩影，是400年来东西方关系的写照。

《纽带》以辩证的视角，讲述了460多年的“汉学”故事，也兼及了“西学”在中国传播。基于对200多年来“西方中心论”偏执的深切感悟，作品特别强调了在人类面向未来的发展进程中，中华文化对促进人类文明进步的巨大价值。

《论语》有言：“子绝四：毋意、毋必、毋固、毋我。”《管子》有言：“毋曰不同生，远者不听；毋曰不同乡，远者不行；毋曰不同国，远者不从。”这些箴言，对“中国中心论”者、“西方中心论”者都是深刻的警示。这也是《纽带》的启发价值所在。它提示我们，“三十年河东、三十年河西”不是稳定的发展之路，人类前进的脚步不应该再踏入河东河西泾渭分明、不相包容的河道，而应该是在对话、学习、借鉴之中走向融通之路，共建一个和谐的世界。

《纽带》是沿着历史的时序，在追述中来梳理、评价中国和西方文化交往的旧事。《与全世界做生意》《梦在中国》和《对望：丝路新旅程》是在当代的空间延展中，纪录中国和世界在融通进行时中的感受。在《纽带》中，故事的主体角色是文化名人，在后三部作品中，主体角色都是普通面孔。

融通的共同主旨，在《与全世界做生意》《梦在中国》和《对望：丝路新旅程》中，是以不同的叙事方向展开的。

《与全世界做生意》以“走出去”为叙事基础，以市场经济跨国运营为线索，讲述了新世纪以来中国和世界各地的密切往来。从代工企业、奢饰品经营、烟花交易、基因工程到种植业、旅游开发、矿山开采、物流连接，从服装制作、丝茶贸易、服务业、电子商务到仲裁调解、海外工程承包、文化项目合作、公益事业开展，作品全方位地介绍了中国和世界在各个行业中的你来我往。在这部遍及五洲四海、涉及到五行八作，令人目不暇给的作品中，一条基线始终清晰，那就是中国和世界紧密联系在一起了。“中国离不开世界、世界也离不开中国”的判断，在这部作品里得到广泛而深入的呈现。在经贸往来的融通之旅中，中国在被世界改变着，中国也在改变着世界。

《与全世界做生意》（7 集）的篇章结构设计是用了心思的，可谓每节有重点，层层在递进。在这部作品里，与中国企业和个人在全世界经商故事相伴随的，是篇章、句段之中时时隐含的世情和人心。可以说《与全世界做生意》，不仅讲述了财富流通的故事，也讲述了道德和情操融汇的故事。

《梦在中国》（7 集）以“中国梦”为立意基础，将追梦的主角扩展到来自世界各地的人们，讲述了中国机遇成就世界向往的故事。在这部作品里，来自 20 个国家的 35 位外国人，是数千万在华外国人的点滴。他们或初到、或久居，或往返数十次，或娶嫁于中国，或就业于中国公司，或任职于中国居委会，无论肤色怎样、观念如何，他们切切实实地与中国人朝夕相处地生活着、工作着。看过此片，一个确定无疑的判断是，今天的中国已经不仅仅是中国人的中国了，今天在华的外国人也不再仅仅是所谓的“他者”，他们融入到了中国的生活与追梦之中。

在融通的内涵里，互联互通不仅仅是物质的通联，还包括人的通联，更包括基于一个个人的价值观念、文化追求的通联，在同舟共济、取长补短之中，让世界更加美好。

在中华文化的早期经典之中，“来远人”是文化昌明的标志。

这种吸引力，在今天被称为“文化软实力”。在《梦在中国》里，软实力不仅表现在远人来了，更表现在远人来而能乐，乐而能为，为而不倦。在这部作品中，35 位外国人在他们所生活的城市，与他们周围的中国人已经紧密地结合成一个个命运共同体，对美好生活的追求是他们和中国民众的共同理想。这个与世界对接的理想，在中国叫做“中国梦”。

《与全世界做生意》记录的是中国人走出去的轨迹，《梦在中国》记录的是外国人走进来的脚步，《对望：丝路新旅程》记录的是来自丝路两端的相互注视。

《对望：丝路新旅程》（5 集）与 2013 年的纪录片《丝路：重新开始的旅程》（8 集）为同题之作。不同的是，在结构上《对望：丝路新旅程》主要围绕共同申报“丝绸之路”为世界文化遗产的中国、哈萨克斯坦、吉尔吉斯斯坦三国的发展，阐述新丝绸之路经济带建设对亚欧融通的巨大意义。

从麦克卢汉提出“地球村”概念至今已过去了近半个世纪，传播技术已经进入到更为高速的互联网时代，但世界对这个“村”的认同感却没有增加多少。技术不是问题，问题在于旧有的秩序没有改变，在于“零和”的冷战思维还没退场，在于融通、互利、共赢、和谐的世界观还在路上。在这条路上，2015 年中国纪录片诉说了中国的世界观。

电影《山河故人》：走出去的挣扎和回不去的困惑

王人凡

客观地说，《山河故人》并没有太多新奇惊艳的电影表述，其最核心的表达仍可看作是面对逝去的青春岁月和回不去的故乡时的一种纠结无助的怅惘，而这一颇堪玩味的痛点却被如今的电影市场包装成为成熟的商业类型，比如《致青春》《港囧》和《夏洛特烦恼》。商业电影里传递出来的缅怀情绪到达率很高，简单直接，更易唤起共鸣。而贾樟柯之所以仍然就这一主题反复吟唱，一方面是经年累月的新认识积累需要释放，另一方面也可看作是固执的山西人的情感坚守和他对于肤浅的商业表达的一种略带鄙夷的挑战。

从叙事上讲，《山河故人》像是一个发完火重新坐下来稳稳当当地讲故事的人。舞蹈演员涛儿、矿工梁子和煤老板晋生是三个儿时好友，作为生长在汾阳的小镇青年，他们的命运被相互勾连着扔进时代里重新锻造，最终却走向互无交集的终点。一直以来，贾樟柯仿佛对中国经济发展带来的物质生活和精神生活的剧烈变化持有相当程度的敌视态度，而中国社会却对扑面而来的新事物迫不及待地摆出一个拥抱姿势，导演对这样突兀的观念转变表现出一种强烈的不解与不满。与油嘴滑舌的晋生相比，梁子显然更为质朴善良，他表达爱情时的羞怯就像他送给涛儿的红发卡那样简单廉价却情意深长。晋生由于手握金元，采取的求爱方式要直接得多，买汽车、送光盘，这样的秀肌肉行为无疑会将对手梁子击打得一败涂地，而这样的故事发生在新世纪到来前的 1999 年是顺理成章又无可奈何的。但是，对晋生们态度的转变是贾樟柯在《山河故人》里呈现出来的一个明显的变化。导演并未将前面说到的不满外化为对晋生这一角色的符号化、妖魔化上，相反当我们看到晋生发现涛儿和梁子举止亲密醋意大发的桥段时，反而觉得他挺可爱。

从《小武》《站台》到《世界》和《三峡好人》，贾樟柯始终将焦点对准了关于“走出去”的挣扎：前一阶段是“走之前”的情感挣扎，后一阶段则是更为复杂的“走之后”的观念碰撞。在这一系列连贯的情感描绘里，贾樟柯的镜头持续关注的是被动承受这种挣扎的人群，以及在他们眼中新世界的光怪陆离和旧世界的吉光片羽。从某种程度上，很难说他们走出来了，比如《世界》里的赵小桃和成太生，他们提及的世界不过是个微缩景观，不过是他们内心营造的另一处逼仄的空间。《山河故人》第一段落中反复出现的黄河奔涌和孤独的烟花即是这一意象的延续。三个好友在黄河边各怀心事、望河兴叹，不自觉地站成三个点，彼此独立，保持距离。这样的画面是充满了诗意的，是贾樟柯最擅长的意境描述。在这个过程里，他不可避免地结合了自己的经历，因而其阐述是兼具批判性的，甚至略带伤感和绝望的。

然而，此时的贾樟柯祭出了第二个变化。如果按照以往的思路，梁子该是叙述的重心，他离开汾阳以后的故事该是展开的对象。而这一次导演忽然把镜头移开，对准了涛儿和晋生们。这些新时代的弄潮儿，他们也有青葱岁月，也有资格缅怀过往，那么他们走出来以后又发生了什么？如果说梁子们的“走出去”注定失败，那么他们的“走出去”是否成功了呢？

从汾阳小镇到澳洲海边，这一次贾樟柯的镜头里终于出现了豪宅、高楼等现代元素，而这些差不多曾经是他刻意回避的。晋生离开小镇汾阳，来到上海，搞风投坐游艇。涛儿虽然离了婚，却也在家乡做起了加油站老板。经过时间的涤洗，他们已经把梁子远远抛在身后，但与此同时，在他们身上却也生发了另一层情绪困扰——“回不去”。有些遗憾的是，在探索新的叙事出发点时，影片稍显急躁。用父亲的死亡隐喻往日时光逝去或旧时代的终结在以往的电影语言里屡见不鲜，此时涛儿的极度悲伤也由于缺乏情感铺垫不免有些生硬。在表达“回不去”这一观点时导演选用了语言的障碍作为载体，到乐的上海话与母亲涛儿的山西方言格格不入。来到澳洲的到乐索性只说英文，与父亲晋生更是鸡同鸭讲。虽然在与中文老师的情感互动中部分打开自我，却又在回乡探望母亲时临阵退缩。至此，导演终于完成了关于“回不去”的一系列论证，然而这样的表达由于急躁而流于生硬和直白，失去了贾樟柯以往擅长营造的让角色自由生长带来的如潺潺流水一般的流畅认知以及这一处理为观众营造出的思考空间。

区别于商业电影里刻意求同的怀旧，贾樟柯的怀旧里夹带了太多的私货，他总是企图用一种涵盖更多内容的哲学思考冲淡单向度的集体抒情。然而，在观点尚未立稳时，急于抛出一种较为沉重却并不成熟的关于社会形态的思考，让影片显得说教意味十足，观众自然也就很难真正融入导演企图经营的思辨环境中。在剧情推进的过程中，时常会看到一些与主线貌似不相干却前后互文的段落。比如涛儿见到播撒农药的飞机失控坠地，十几年后一对母子在同一地点烧纸，这样的艺术化表达其实指向并不明确，却分散了叙事的重心，结果没能起到任何作用，充其量可以看作是一个不甚有趣的彩蛋。

尽管从整体上看，《山河故人》的呈现并不完美，甚至有些为了深刻而深刻的做作，但是我们仍然可以看到贾樟柯关于人生命题的思考轨迹。电影是时代的记录者，只要还有人愿意秉笔直书，仍然是这个时代的幸运。该片将展望定格在不远不近的2025年，很难说这是预言还是求索，不管怎样，作为观众，能够参与分享导演对于电影的真诚还是值得庆幸的。

《大秧歌》和传奇叙事方式的创新

李 准

一个讲述主人公海猫从不知道自己亲生父母是谁的流浪儿成长为八路军连长的故事，竟然拍出了长达 79 集的大戏，奇峰突起的开篇、环环相扣的悬念、一浪高过一浪的被推向极致的戏剧化冲突，让那么多观众看得兴味昂然、欲罢不能。继《铁梨花》《将·军》《红娘子》《打狗棍》《勇敢的心》的成功播出后，《大秧歌》在天津卫视和江苏卫视的同时热播，标志着郭靖宇编导的传奇剧在连续热播上又创造了新的纪录，已经成为当代我国电视剧创作和播出中一道魅力独具的风景线。在观看《大秧歌》的愉悦过程中，我越看越惊异于中国传统的传奇叙事方式在郭靖宇手里竟焕发出如此新鲜多彩又令人着迷的艺术生命力。

作为一种现象级的存在，《大秧歌》和郭靖宇的整个传奇剧创作，中国传统的传奇叙事方式如何在当代电视剧创作中实现创造性转化和创新性发展，都是值得重视和认真研讨的课题。

从《大秧歌》看郭靖宇对传奇叙事方式的开拓与创新

传奇方式作为一种特定的叙事传统，本来就是在历史发展中形成和演变着的。在当代中国越来越开放的文化环境和创新竞争中，传奇叙事不仅依然占有一席之地，而且理应与时俱进地开辟新的生长点，焕发出新的生命力。电视剧是最大众化的叙事艺术，最适合传奇叙事方式实现创造性发展。此时此境，郭靖宇的传奇电视剧可谓应运而生。他热衷于传奇叙事方式的运用，更致力于传奇叙事的开拓和创新，取得的创作成绩也是最引人瞩目的。与前面归纳的传奇叙事方式四个要素相对照，郭靖宇作品特别是《大秧歌》中的开拓与创新至少有以下四点：

其一，超越古代常见、现当代也不鲜见的为“传奇”而出奇的习惯做法，赋予“奇”和“异”的描写以有意味的社会内容和文化意蕴。比如主人公出身之奇：自称“行走江湖”的海猫活到20岁还不知道自己姓甚名谁，他回到虎头湾第一件事就是在大秧歌会上找出亲生父母，你说奇也不奇。这一设定，极其自然而又巧妙地使得首先弄清自己从哪里来、争取名正言顺地有尊严地活着成为主人公一切行动的起点和出发点。环境和处境之奇：已到20世纪30年代中期，在山东海阳虎头湾镇，吴姓和赵姓两大家族还在为争夺出海权斗得你死我活，两姓男女不许通婚，如有私通者被发现，本人和所生孩子要一起沉海！这种“出奇”的描写不但彰显了海猫处境的艰险和复杂，还带出了整个虎头湾都需要进行现代启蒙的主题。主人公婚姻之奇：海猫本来是个小叫花子，由于机缘巧合，出场不久就被虎头湾两大美女即吴家族长千金吴若云和赵家族长丫鬟赵香月同时爱上，三个人的感情剪不断、理还乱；后来，连蛇岛首领竹叶青和八路军卫生员苏菲娜也喜欢上了他，真的奇异得很。这奇和异，折射出的不只是海猫的可爱，还有胶东女子大胆坦荡的爱。海猫绝处逢生之奇：两次沉海，一次被赵香月救，一次被共产党游击队救；两次被饭菜中下毒，一次由贪吃的黑狗替死，一次被吴若云救；两次左胸口中枪，一次被地下党送他衣服中的铁片所救，一次是母亲留给他的玉佩挡了子弹。堪称奇上加奇。这些奇和异的渲染中既包含着好人有好报的象征意味，也揭示了亲人和革命队伍对他的恩情。还有抗日方式之奇：鬼子大佐藤田强逼虎头湾专门为日军表演斗秧歌以满足征服欲，在中共组织的引领下，虎头湾民众假装屈从，却以林家耀的巧妙“翻译”为掩护，在广场秧歌表演中由两个乐大夫利用对唱把日军骂了个狗血喷头。奇特至极，又张扬了海阳人民独特的智慧和勇敢。凡此种种，都把奇和异的表现推向了极致，同时又自然而然地带出多彩的历史风云和地域文化特色，让剧中人活动在一个充满文化象征意味的舞台上，把传奇叙事提高到了一个新的水平上。

其二，在个人情感、个体生命体验的描写中自觉地连通国家命运的大情怀，致力于创作主题的扩容与拓展。以个人情感、个体生命体验的描写为中心是传奇叙事方式的特征之一，但许多作者就个人情感写个人情感，就个人命运写个人命运，连故事发生在什么时代都很模糊，使作品内容陷入苍白和轻飘。另有些作者虽然写到一些重要历史人物和事件，却把人物定位、时空关系、因果关系弄得错误百出，结果弄巧成拙，徒留笑柄。这是小说、戏曲、电视剧中许多传奇类作品始终不能上档次的重要原因。郭靖宇起点比较高，他的传奇剧都是年代剧，大背景很清楚，一个民主革命，一个抗日战争。更可贵的是，从 2005 年的《刀锋 1937》开始，他在坚持以个体生命体验为叙事主体的同时，就自觉地打通个人命运与国家民族命运的内在联系，越往后做得越努力。在《大秧歌》中，海猫以追求个人尊严开始，但刚与父母相认，父母就被迫当众自杀，自己也被沉海。被救不久，他又被国民党县政府当作共产党抓起来枪毙沉海，幸亏中共游击队救了他。这样，他的个人命运自然就与启蒙和革命两大时代课题连在了一起。接着，他成了八路军胶东某支队的侦察排长，日军也攻进海阳城，开进虎头湾，他个人的追求完全与救亡、启蒙、革命交织在一起。从第 31 集开始，个人情感、个体生命体验描写仍处于叙事中心，但作为八路军的一员，海猫不但以抗日为第一使命，而且与林家耀、赵大橹的关系由情敌变为生死相依的战友，与吴姓族长吴乾坤的关系由敌对变为协作，与吴若云、赵香月的关系也发生了新的变化。与此相联系，对待抗日的态度和行动成了评判剧中一切人的最高尺度。海猫在抗日中大展雄图、百炼成钢的描写，林家耀、苏菲娜、赵大橹英勇牺牲的刻画，县长、竹叶青、吴乾坤战死的渲染，都通向了一个最后的主题：只有在维护国家民族尊严的斗争中献身才能真正实现个人的尊严，也只有一切不愿做亡国奴的人都团结起来打击侵略者，才能更好地维护国家和民族的尊严。《大秧歌》的这一成就有力地开拓了传奇剧的主题容量，也提升了其个人情感描写的境界。

其三，突破为情节而情节的常见做法，在追求情节跌宕的同时，寻找一种在强情节模式和性格刻画之间的积极平衡。情节的密集跌宕是传奇叙事方式的一个优势，但只靠强情节吸引眼球，甚至让人物湮没在情节的迷离中，那就是对自我审美品位的降低。“情节是性格的发展史”，这是严格遵循现实主义原则叙述方式的目标。对传奇叙事方式不应使用这样严格的尺度，但这不意味着它可以不讲性格逻辑。郭靖宇的传奇剧大都采用强情节模式，同时也重视人物性格刻画，并越来越追求在二者之间建立起积极的平衡关系，《大秧歌》就是这种追求的最新成果。看得出来，编导在主要人物的性格设计上是下了功夫的：海猫是吴家长工吴明义和赵家族长妹妹赵玉梅的私生子，一生下来就交给族外的瞎眼婆婆代养，几岁就成了叫花子到处流浪，说不明的出身，好心奶奶的言传身教，流浪儿的艰难经历铸就了他善良、仗义、机敏、敢于冒险、维护自尊又爱面子和喜欢夸饰的性格；吴若云作为吴乾坤的独生女，自幼养尊处优又上过洋学堂，她高傲、任性又有些叛逆；赵香月出身贫苦，是赵府的丫鬟，双重处境造就她勤劳、热心又有些野性；吴乾坤乃官绅之后又当过旧军官，自负、行事强势；赵姓族长赵洪胜在家族争斗的弱势经历形成了他的势利又精于谋算。其他如赵大橹的耿直、吴江海的贪婪、林家耀的新派作风、吴天旺的阴暗、槐花的放纵，几个日酋的残忍与毒辣，都可谓个性分明。所谓建立积极的平衡，表现在编导一方面按主要人物性格的走向设计了剧情发展总格局，同时用人物相互的性格碰撞推动了具体情节的发展；另一方面又发挥强情节的优势，大量运用偶然、巧合元素把人物间性格碰撞不断推向高潮。这是双方都主动推进对方的运动中的平衡。像海猫与两大美女那些最有意义的冲突、吴明义赵玉梅的双双自杀、吴乾坤与赵洪胜几次过招的戏、海猫与黑鲨比武的戏、海猫的信被调包导致虎头湾血战的戏等最精彩的篇章，都已无法分清是性格碰撞推动了情节的跌宕，还是强情节模式推动了性格碰撞的戏剧化。但可以肯定的是，这种双赢的积极平衡确实把传奇叙事方式的美学品格提高到了一个新的水平。

其四，超越简单的“以想象求奇，以细节求真”，用对细节真实和历史真实感的多方追求支撑艺术想象力的自由飞翔。在大胆想象和虚构的同时如何用细节真实保证剧情的真实感，这也是传奇叙事方式在运用中的一个瓶颈，是区分高品质传奇剧和低端传奇剧的重要分界线。郭靖宇在这方面的追求也是自觉和出众的，而且每拍一部新戏就会作出新的努力。这次拍《大秧歌》，海猫这样一个底层人物成长史居然拍出 79 集，不仅叫观众看得有滋有味，同时在追求剧情真实感方面也下了更多的功夫。首先，他不仅用遵循生活逻辑的方式来保住细节真实的底线，划清与那些神剧、雷剧的原则分界，而且更自觉地用性格逻辑来提升细节真实的美学品位。比如，全剧一开篇，海猫无意中救了被劫杀的吴若云，两人一起逃跑，一起被抓到聚龙岛，又一起逃出来，相互间从排斥到相识，从互相感激到互相欣赏，那一连串的细节描写全都是按海猫的性格逻辑和两人性格碰撞设计出来的，虽然铺陈了近两集，却令人感到很真实很过瘾。其次，剧中的人物和故事都是虚构的，但却把昆嵛山根据地、八路军胶东纵队、地下战地医院、日军进海阳、游击队用地雷炸日军、1942 年冬天日军大扫荡这些最具有当时胶东抗日标志性的历史事件写进了剧情，还多次提到中共胶东抗日主要领导人许世友和胶东最大的伪军头子赵保原，这就帮助虚构的人物能够行走在一个真实的历史舞台上。另外，全剧以最具有海阳地域文化特色和象征意味的海阳秧歌为贯穿，并随剧情发展设计了五场斗秧歌的大戏；剧组还投巨资在海阳海边专门搭建了一个等比的虎头湾镇，在海上搭建了一座巍峨壮观的海神庙。诸如此类的做法，都从历史氛围的营造上支撑了全剧追求艺术真实的上乘品格。

综合以上四点，《大秧歌》的成就是多方面的，郭靖宇对传奇叙事的发展也是多方面的。郭靖宇遇上传奇叙事，传奇叙事遇上郭靖宇，结果是双赢。

对危机艺术的追求是郭靖宇传奇电视剧的核心优势

在关于戏剧本质的讨论中，英国戏剧理论家 W. 阿契尔提出过一种看法：小说是一种“渐变”的艺术，而戏剧则是一种“激变”（crisis，又可译为“危机”）的艺术，后者处理的是人的命运或环境的一次激变。我以为，这种说法有些以偏概全，但如果它是专指戏剧叙事方式的一种，即把冲突危机化的方式，则是很精当的。

电视剧也是剧，从话剧团出来的郭靖宇更懂得这一点。如果要问他对传奇叙事方式进行开拓和创新的集中表现是什么，或者说他的传奇类电视剧在叙事艺术上最大的优势和特点是什么，我以为那就是他能将上述传奇叙事方式的各种要素融为一体，不断地制造主要人物的命运危机和情感危机，并不断地把戏剧冲突推向极致，以创作者的激情灌注来拥抱观众的兴奋神经，从而产生出强烈的持续的吸引力和感染力。我们仍以《大秧歌》为例，看一下他是如何做到这一点的。

危机叙事的追求首先表现在主要人物海猫、吴若云、赵香月、吴乾坤、赵洪胜等出场前，就给他们设计了奇特而又错综交织的戏剧性关系，而且大幕还未拉开，各种激烈的冲突就都已在酝酿着：海猫要回乡寻找亲生父母，要虎头湾还他一个出身尊严，吴明义、赵玉梅在 20 年的压抑后要豁出命来认儿子，世代为仇的吴、赵两姓要在斗秧歌中争个你死我活，当年父母被沉海的海盗黑鲨要回虎头湾杀吴乾坤和赵洪胜报仇，还要劫杀由长工吴天旺护送的吴家大小姐吴若云，而上过洋学堂的吴若云则正准备女扮男装去打破不许女人跳秧歌的禁忌，林家耀从南洋回来要与吴若云订婚，吴乾坤同父异母的弟弟、县保安队长吴江海要带队去攻打聚龙岛，还有中共游击队指导员王天凯因在海阳县城活动而被保安队追杀……一个个奇特的惊天秘密就要被揭开，一个个生死较量就要展开，一个个激变式的冲突都戏剧性地指向海猫和其他主要人物的命运危机。这是多么巧妙而又奇特的危机艺术的构思啊。

另一个做法就是积极地用次要人物尤其是新出现人物给主要人物制造麻烦，加速激变的到来，用陆续发生的事件不断给主要人物制造生命危机。比如，最早出现的吴天旺很快就变成了海猫的敌人，较早出现的林家耀、赵大橹一出场就是海猫的情敌，肖老道一出场就在算计海猫和吴若云，苏岩苏菲娜刚出场就与海猫冲突得火星四溅，后来出场的竹叶青对海猫爱恨交加，日军头目麻生、藤田是海猫和虎头湾的死敌，最后出场的日本特务三浦更是海猫和虎头湾最凶恶而又狡猾的敌人，他们每一个人的出现和变化都推动了剧情走向激变的脚步。

郭靖宇还是一个善于运用偶然、巧合来搞戏并制造危机叙事的高手。《大秧歌》刚开始的危机骤起就是由连续三个偶然和巧合引出的：吴若云从马车里摔出，刚好砸到了在高粱地睡觉的海猫身上；一个吃了上顿没下顿的叫花子危难中居然救了一个高傲无比的富家小姐；这个富家小姐却恰恰是他仇人吴乾坤的女儿！三个都是极为罕见的巧合居然在此时此地叠加在了一起。正是这三个巧合，给他带来了接二连三的生命危机，也给他和吴若云的关系埋下了种种变数，你说妙也不妙？全剧结尾处，也是三个偶然、巧合的运用来制造并化解了虎头湾前所未有的一场巨大生命危机：三浦因偶然发现了吴宅有地下通道，日军投降后他就潜伏下来，策划了在地道装炸药，要炸死在广场庆祝抗日胜利的军民的阴谋；秧歌疯子在一个偶然机会竟然认出了脸上缠着胶布的伤兵“老林”实际上是三浦装扮的；没人相信秧歌疯子的话，恰巧被秧歌疯子救过的海猫相信了他的话，在最后关头阻止了爆炸，在广场上当众揭穿并抓捕了三浦。这巧思实在让人赞叹。

死亡是生命的高峰体验，情感纠葛和波澜是文艺创作内容的主要载体，生命危机和情感危机是危机叙事中的重中之重，正是由于郭靖宇在对危机艺术的追求中大胆探索、勇于创造，一部《大秧歌》中光主人公海猫的命悬一线、绝处逢生的戏剧化危机就达 20 次左右，情感危机叙事也达 10 多次，此外，在对吴明义、赵玉梅、苏岩、赵三伯、吴老太太、春草儿、竹叶青、苏菲娜、林家耀、赵大橹、吴乾坤等人的死和情感冲突的描写中也都程度不同地发挥了激变叙事的优势，因而它们都成为戏剧化程度最高、感染力最强的高潮戏。一部长达79集的超长篇连续剧，从头到尾，精彩的危机叙事如此密集又被推向极致，这是艺术想象力怎样的一种自由飞翔，又折射着创作者付出了多少辛勤耕耘的汗水！也许，这就是郭靖宇创作思维中最闪光的核心部分，是他对当代中国电视剧创作最独特的贡献之所在。

由于着意于我国传统的传奇叙事方式在当代的发展，以上讲的都是《大秧歌》的成就和郭靖宇在发展传奇叙事方式中的贡献。这并不是说《大秧歌》和郭靖宇对传奇叙事的运用已无可商榷。比如在《大秧歌》中，受吴天旺和三浦欺骗的吴若云为给父亲报仇竟然要去点燃炸广场的炸药，这一激变的出现就缺少足够的合理性。又如，与在片子的大背景交代和具体情节中越来越涉及标志性重要历史内容的趋势相联系，编导对相关历史的了解也有进一步加强的必要。当然，这都是前进中的课题，解决这些课题的过程也就是继续上升的进程。

百花齐放是繁荣文艺的必由之路。电视剧创作的更大繁荣也需要鼓励各种叙事方式的自由竞争。当然，每种叙事方式在文艺发展中的实际地位和分量，都是由相应的作品的水平来支撑的；任何一种叙事方式在新的时代能生长出多少新的生命力，则取决于相关艺术家在运用这种方法中有多少开拓和创造。也正是从这种意义上来讲，多出一些《大秧歌》这样的作品，多出几个郭靖宇这样的优秀青年艺术家，传奇类电视剧地位的增重，传奇叙事方式生命力的提升，前景就会更加美好。

歌剧《白毛女》今又续辉煌

王祖皆

今年是歌剧《白毛女》在延安首演70周年。文化部组织复排了该剧并制作了3D舞台艺术片。11月6日起，由文化部主办的歌剧《白毛女》全国巡演活动正式启动，所到之处受到了广大观众的热烈欢迎，真是一票难求，盛况空前。

传承经典固本求新

歌剧是外来的艺术形式，诞生于意大利，至今已有400多年的历史，而随着五四新文化运动传入中国还不足百年。在本土化的过程中，老一辈歌剧艺术工作者成功地把西洋歌剧的艺术经验和艺术手段与秧歌剧、戏曲、曲艺、民歌的民族传统和民族风格结合起来，开辟了中国特色的歌剧发展道路，也曾经创造了中国歌剧的辉煌。涌现出如《白毛女》《刘胡兰》《小二黑结婚》《红霞》《洪湖赤卫队》《刘三姐》《红珊瑚》《江姐》等一大批优秀民族歌剧的经典之作，唱段家喻户晓、影响遍及全国。而其中具有里程碑意义的作品当数1945年由延安鲁迅艺术文学院集体创作，贺敬之、丁毅执笔编剧，马可、张鲁、瞿维、刘炽、焕之、向隅、陈紫作曲的《白毛女》。歌剧《白毛女》为什么会盛演不衰，充满魅力？我认为最根本的原因是：它具有非常强烈的时代特征、非常鲜明的民族特色、非常优良的革命传统和非常广泛的群众基础。

文化靠积累，经典需传承。但是，今天复排诞生在70年前的民族歌剧经典之作《白毛女》，如何处理好固本和求新的关系？这又是摆在我们面前一个不小的难题。让人可喜的是，主创人员和演职人员在这两个方面都作出了不懈努力并取得了突出成效。一方面，他们保留了原剧本的人物设置和故事框架，只作了适当删节，音乐上更是尽量保留它的原有特色，首先在文本和音乐上守住了原作的精髓；其次，他们还专门组织了演员和剧组人员去“白毛女”故事的发生地——河北省石家庄市平山县北冶乡河坊村实地深入生活，与乡亲们同吃同住同劳动并实地考察了白毛女洞、奶奶庙、黄家大院和白毛女陈列馆，让大家去体验并寻找那个时代的生活依据；再次，他们还请来了郭兰英等一批当年参演过歌剧《白毛女》的表演艺术家，郭兰英不辞辛劳手把手地教，让演员们扎牢根基，得到真传。复排歌剧《白毛女》中，雷佳和高鹏的演唱和表演可圈可点，这一切都离不开名家和高人的指点。所以，此次复排的歌剧《白毛女》，无论是剧情处理、演员表演，还是音乐编配、舞美设计，都保持了鲜明的民族特色，坚持了民族歌剧的属性，固守住了这个根本。另一方面，为使《白毛女》既“原汁原味”又具有时代气息，主创人员首先把“赵大叔讲红军”、“穆仁智抢喜儿”等几场戏以前的台词改成了唱词，按原剧的音乐风格把它们谱写成唱段，并为“喜儿大春山洞相逢”一场戏续写了新唱段《我是人》，恢复了喜儿、大春的二重唱，以回归歌剧艺术本体，突出它的音乐性、歌唱性，增强它的艺术感染力；其次，主创人员还用中西合璧的乐队编剧，在和声、复调、织体等方面进一步加工提高，并强化了民族器乐和民族打击乐的作用，将全剧的音乐重新作了编配，从而大大丰富了乐队的表现力；再次，借助高科技手段，用3D技术把它拍摄成舞台艺术片，也更增添了今天的时代感，增强了视觉冲击力和观剧新体验。

引导创作给人启迪

习近平总书记在文艺工作座谈会讲话中反复强调：要坚持以人民为中心的创作导向，努力创作更多无愧于时代的优秀作品。无疑，歌剧《白毛女》就是这样的作品。

歌剧《白毛女》取材于民间新传奇“白毛仙姑”，表现新旧两个不同社会的鲜明对照，表现人民的翻身，它所塑造的喜儿、杨白劳的艺术形象更是深入人心。郭沫若观看歌剧《白毛女》后，曾以《悲剧的解放——为“白毛女”演出而作》为题，高度赞扬了这部歌剧：“中国的封建悲剧串演了两千多年，随着《白毛女》的演出，的确也快临到它们的闭幕，‘鬼变成人’了”，“这是人民解放胜利的凯歌”。《白毛女》深刻揭露了社会矛盾，在20世纪40年代震动了大半个中国，使上亿人民（特别是农民、解放军指战员们）为之振奋，用艺术的力量动员人民群众投身于反霸斗争和推翻三座大山的伟大革命。因为它关心了人民的命运，反映了时代的变革，所以才会深受大众的喜爱和欢迎。《白毛女》在文学、诗歌、音乐语言方面所表现出来的强烈的民族感，以及面向民间、贴近群众的做法也使它更符合中国人的欣赏习惯，更具有广泛的群众基础。茅盾1948年5月21日发表的赞文称：“在今天，我们毫不迟疑称扬《白毛女》是中国第一部歌剧，我以为这比中国的旧戏更有资格承受这名称——中国式的歌剧。”

习近平总书记在文艺工作座谈会讲话中指出：在文艺创作方面，存在着有数量缺质量、有“高原”缺“高峰”的现象，存在着抄袭模仿、千篇一律的问题，存在着机械化生产、快餐式消费的问题。那么，何谓有质量的作品？何谓“高峰”式的作品？难道歌剧《白毛女》不能给我们以启迪吗。

歌剧《白毛女》主题深刻。它充分揭示了“旧社会把人逼成鬼，新社会把鬼变成人”的思想内涵；歌剧《白毛女》故事传奇。它是情理之中意料之外，独一无二的。歌剧《白毛女》人物鲜活。喜儿、杨白劳、黄世仁、穆仁智……都有鲜明而独特的人物个性，活灵活现;歌剧《白毛女》音乐动听。无论是《北风吹》还是《扎红头绳》，无论是《十里风雪一片白》还是《昨天黑夜爹爹回到家》《恨似高山仇似海》《太阳出来了》……哪怕是反派人物的音乐也都给我们留下了深刻的印象，很好地实现了用音乐来承载戏剧、刻画人物、引发动作、营造环境等任务。应该说，在全体主创人员、演职人员的努力追求下，这次复排的歌剧《白毛女》是符合“思想精深、艺术精湛、制作精良”要求的艺术精品。

提振精神增强信心

我们正处在经济全球化、文化多元化的时代，世界各种思想文化相互激荡，歌剧艺术也呈现出多元发展的良好态势。但是，多元发展中的重要一元即民族歌剧的创作演出还没有引起大家的足够重视，还不够活跃。以至于在总政歌剧团继民族歌剧《党的女儿》之后又推出民族歌剧《野火春风斗古城》时，歌剧理论家居其宏发表感言说:“像以前《白毛女》《江姐》《洪湖赤卫队》这样的民族歌剧，如今在新世纪几乎是一脉单传，而总政歌剧团把它继承和发展了。”这“一脉单传”既是褒奖，也有点悲凉。前一时期，某报还登出了“中国歌剧一路向西？”的醒目标题。造成这种局面的原因是多种多样的，但是缺乏文化的定力，缺乏文化的自信是其中的一个重要原因。我看到《人民日报》有一篇文艺点评说:“发展中国家迫切希望公平参与全球文化交流进程，在世界舞台上发出自己的声音，但急切心愿的背后，也特别易于出现不顾客观实际、渴望强国认可，且以他人标准为准则的文化焦虑症候。”例如，近些年来不管何等人士，也不管何种唱法，大家不惜重金拼命要挤进维也纳金色大厅举行个人音乐会，以此作为“走向世界”的标志，以此作为衡量“艺术水平”的标准。再比如，有些作曲家公开表示，我就是要写一部像西洋正歌剧一模一样的中国歌剧，把“像”作为自己的艺术追求。岂不知，你模仿得再像也是别人的东西，而且是别人过去的东西，创新是艺术的生命，没有创新就没有发展和提高；岂不知，文化离不开它的土壤，文化更离不开它的受众，作为舞台艺术实践活动中的三个主要环节即创作、表演和欣赏是应该综合起来统一考虑的，要为“最广大人民的根本利益”服务，就得在本土化的过程中让外来的艺术形式服中国的“水土”，接中国的“地气”。这些在老一辈歌剧艺术工作者中已经解决了的理论和实践问题，难道我们还要付出沉重的代价再走一遍吗？“这种依托洋人认可来装点门面的动机，恰恰是弱者自卑心理的反射，是缺乏文化自信的表现。”作为有着五千年悠久历史和文化传统的文明古国，在实现文化大发展大繁荣的进程中，我们应该保持文化的定力，建立文化的自信。

歌剧《白毛女》的复排和演出成功，再一次充分证明了民族歌剧的强大生命力，也进一步提振了我们的精神、增强了我们的信心。

我们一定要以歌剧《白毛女》复排和演出成功为契机，更加重视我们的民族文化，倍加珍惜几代中国歌剧人努力探索而创立的民族歌剧风格和传统，不断深入博大精深的中华传统文化之中汲取养分，解决好继承、融合、创新三者之间的关系，尊重差异、包容多样、拓宽视野，支持各种题材、样式、风格相互竞争、相互促进、多元发展，坚持以人民为中心的创作导向，努力创作出更多无愧于时代、无愧于人民的优秀歌剧作品，去赢得观众、赢得市场、赢得未来。

满舞台的元气淋漓

——评话剧《北京法源寺》

陈思和

田沁鑫导演的话剧《北京法源寺》具有实验意义，它没有日常生活的场景，现实主义的舞台表演手法完全被摈除，也没有儿女情长的故事情节和刻画人物心理的典型细节。满舞台的男人，满舞台的精英，满舞台的角儿和跑龙套一起走八卦阵；满舞台是悲壮的慷慨演说，满舞台是激烈的政治辩论，满舞台是夸张的声音和动作。刀光剑影，人鬼穿越，元气淋漓，空间自由变换，古今瞬间打通，舞台上演的故事时间是戊戌变法最后十余天，但是叙述历史的时间跨度却覆盖了此前此后30年，甚至更为久远。

该剧从大幕拉开就是天地玄黄的大气象，像一个深邃莫测的黑洞，观众随着演员的表演步步惊心地进入剧情内核。这就给演员提出了极高要求。一般情况下，政治理想的表白和激情演讲都很难吸引观众，半文不白、文牍奏章，或者虽然念白是晚清官场语言也很难打动观众，但是该剧却令人信服地做到了，让观众在剧场里充分感受到沐浴政治风暴的审美惊喜，感情升华了。这如果没有演员的精湛表演，几乎是不可想象的。比如，慈禧出场，垂帘掀起，天幕上呈现巨大的大清国图，不是人们熟悉的鸡形图，也不是秋海棠图，却是勃然而起的卧狮图。慈禧口吐清音，徐徐道来："我身后是一片惶惶然的大清版图，山川、河流、高原、森林、平原、矿产……"这是一段大清国富饶的赞词，但是当演员饱含沧桑感的声音在舞台上回荡，天幕地图上的睡狮突然吼了一声，整个剧场像被一整冷风吹过似的，顿时让人毛骨悚然。我亲身感受到这种神秘体验，不由得认真想一想，舞台的魔力从何而来？奚美娟演的慈禧真的有“还魂”之力？那恩威并重的神色，惟妙惟肖的形象，还有舞台音乐……我注意到台词中用了“惶惶然”一词，如果是赞词，似乎是用“煌煌然”才对，但正因为用了“惶惶然”的审美联想，虽然同音，演员念白的声音里含有一种凄惶的感情，加上狮吼联想到的近代痛史，竟然会产生奇异的审美效果。由此想到，这个戏是考验演员能量的一个新的标杆。也许若干年后，观众忘记了舞台上的故事情节，但是那种充沛在舞台上的气势，那种耸立在舞台上的人物群像以及他们的声音，都会转化为一种深刻的审美记忆，让人难以忘怀。

如果从艺术的更高要求看，剧本不是没有进一步完善的空间，但这样高难度的戏剧叙事和舞台形式，既为演员提出了很高要求也考验了演员的艺术功力。这台戏的主要演员呈现出来的强烈的艺术个性和饱满的内心感情，与整个戏体现的先锋精神和叙事形式，构成了极为紧张的张力：先锋艺术突出了强烈夸张的颠覆力量，而演员们充满个性的表演又把被颠覆的元素转换为另外一种形式呈现了出来，本来可能一览无余的政治理想诉求，转换为润物无声的艺术感染力；原先概念中的历史人物，转换为饱满而有震撼力的艺术形象。

《北京法源寺》是一个以男人为主的戏。他们更多的是通过辩论形式的舞台对话和一系列动作来完成人物形象的塑造。导演在舞台叙事中吸收了大量的传统戏曲元素，人物表演也含有传统表意手法。这给角色带来明显的差异：谭嗣同是一个正气逼人、带点武生气质的老生，光绪是优柔寡断的小生，而康有为则生中带丑，含有一点喜剧因素。但是问题也在这里，话剧表演艺术没有传统戏曲艺术的夸张动作、唱腔和造型，角色规定的差异无法传达出人物的真实性格内涵，因此，演员们既需要通过角色的规定性来给自身舞台形象定位，不能像传统话剧艺术那样通过情节和细节来塑造人物的性格；又要有意识地克服戏曲表演艺术的夸张性，还原到真实的内心逻辑，使人物在一个个表意的片段中连缀成完整的真实的艺术形象。这是由导演的先锋舞台艺术理念所决定的，也对演员提出了严峻的考验。看得出来，每一位主要演员都在舞台上戴着镣铐跳舞，但他们跳得真好真精彩，显现出表演艺术家的魂魄所在。

我说演员们戴着镣铐跳舞，这副镣铐就是先锋艺术摒除了现实主义的表演艺术方法，没有完整的情节逻辑和日常生活细节作为依托来完成表演，譬如维新派策划政变的一场戏，舞台叙事抽离了时间的顺序，事件是突发的，逻辑是混乱的，充斥舞台的是一群男人慷慨激烈的舞蹈动作和不断争论，其中穿插了谭嗣同与袁世凯的短兵相接，又引出徐世昌是否参与密会等历史谜团，如果不了解戊戌历史的观众很难搞清楚具体剧情，但导演此刻的理念并非要求演员把一段历史事件演绎清楚，要传递给观众的，是一种政治斗争成败的关键时刻而出现的紧张、激烈、犹疑、抉择的气氛，以及不同人格对比的强烈效果。本来这样一种场面中，演员的个人形象很难在群像中凸显出来。可是，扮饰谭嗣同的演员贾一平极为难得地突破了这个关隘。

谭嗣同这个角色最难演。他一出场就突出了以殉求变的精神特征和角色功能，通篇台词都是慷慨陈辞，没有辩证变化或者渐进发展的心理过程，贾一平的成功，完全归功于演员先天具备的魂魄精神。“魂”体现为人的精气神，统帅无形之灵；魄表现为人的知觉动作，管理有形之体。一个演员在舞台上必须魂魄配合得当，精气神和身体语言要同时呈现最佳状态，神采奕奕却肢体迟缓，或者动作精彩却头脑空空，都不能很好地表现人物。而贾一平给人的感觉就是魂魄凝聚，神形相得益彰。看他站立在舞台上，含胸拔背，头微微上抬，“含胸”使他看上去不那么英雄气，恢复了一点平常读书人的姿态；而精悍的身材和利索的动作，又给角色注入了侠文化元素；头部微微上抬、眼睛炯炯有神，恰好表现出桀骜不驯的气质。几种元素综合成谭嗣同与众不同的英雄气质。

饰演康有为的方旭，故意采用了略带喜剧的手法，游刃有余地表现出一个怀着野心和权术，急功近利，处处以自我为中心的民间知识分子。其作为知识分子，既饱读经书博古通今，具有远大的政治理想，能够成为戊戌变法的精神领袖；又因为来自民间，时时表现出不雅粗俗、毫无顾忌的举动，在须生角色里杂糅一点丑角戏份儿是恰到好处。如在觐见光绪的片段里，康有为在皇帝面前讲述变法，躁动不安。他边说边走，突然做了一个奇怪的跳跃动作，给了观众意外的激灵，这显然是吸收了传统戏曲的表演手法，但一下子把康有为急切希望成功、急于往上爬的心情夸张地表达出来。但是演康有为的方旭非常有舞台经验，他对人物性格的准确把握，不在于言语动作的滑稽成分，而是他对历史人物的命运有完整的理解。最后一场，康有为以衰朽落魄的晚年形象出现在法源寺，洗尽前几场的喜剧元素，恢复了须生的正面形象。他声音带着哭腔地诉说戊戌年丧失历史机缘，错过三年变法成功的好时光。要知道这三年，正是庚子、辛丑等中国历史上最耻辱最黑暗的一段历史，如果变法而避开了这个凶险期，也许中国历史就会出现另外一种转机。但历史无法假设，康有为的感叹就成了 19 世纪古旧中国的最后绝唱。有了这一段痛心疾首的独白，这个历史悲剧人物的形象就完整了。

周杰演的光绪虽然是个弱者，但气质很好，内敛、从容，凸出了温和、稚嫩、礼贤下士的特点，他初见康有为时流露出相见恨晚的激动和亲和感，身体一直没有离开龙椅，始终向前倾斜，感情都是通过脸部表情来体现。他听着康有为讲解变法主张时，不由自主地移动龙椅，最后竟然促膝谈心，脸上呈现出灿烂的笑容。但是在另外一场戏里状态则完全不同，在改革、保守两派人士唇枪舌剑，整整 20 分钟的过程中，慈禧与光绪坐在两派人士之间，一言不发，慈禧的表演非常大气，从从容容地坐在当中，气势完全罩住全场的辩论局面；而光绪坐在慈禧旁边，低着头，泥塑似的，满脸深深的悲哀，眼睛噙着无奈的泪水。此时无声胜有声。在一个乱哄哄的群体辩论的场面中，慈禧与光绪，母子俩用完全不同的沉默表情，演绎了另外一场改革的对立与冲突。表意艺术的好处就是在同一空间里表达多层次的内涵，群臣辩论是一个层面，皇帝母子对峙又是一个层面，慈禧的强悍与光绪的怯懦形成强烈对照。周杰的表演有书卷气，他演绎的光绪皇帝是天真的、悲哀的、无力的，他在多个场景里被慈禧教训和斥责时都表现得凄凄惶惶，但是并没有因为角色性格的软弱而削弱形象。这个形象内在感情非常饱满，一段“我不想做亡国之君”的独白几乎是噙泪念出来的，令人唏嘘。如果在六君子被杀以后，能够再加强一些光绪的戏份儿，让他失魂落魄地走出人们的视线，这个形象会更近于完美。

“寺庙是一个好道场”。把血腥的屠杀、政治的冒险、权力的博弈、理想与狂热、爱国与阴谋、大英雄与元凶大奸、近代政治革命的先河，统统放在寺庙道场进行超度，洗尽历史恩怨，清理百多年来的历史旧账，还中国一个大好河山。这个戏的最高境界即在于此。如果说，导演的理想如同苍苍茫茫天地之间，那么演绎谭嗣同、康有为、光绪、慈禧的演员如同四大台柱，以精湛的表演艺术能量撑起了这片天地，一群优秀成熟的老演员和英气勃勃的青年演员像错落有致的峰峦，演绎了六合八荒，以血肉之身，在舞台上塑造了有血有肉的政治群像。

“真人秀”应创造鲜明的中国模版

刘晔原　邵清风

2015年以来，电视节目在网络的激烈竞争下寻求突围，在收视率成为栏目生命的设置之下，有声有色的真人秀节目迅速发展、持续升温，各大卫视共有上百档真人秀节目争抢黄金时间，与此同时，真人秀节目也由于“过热、过熟”而暴露了一些问题，如过度娱乐化、过度依赖明星、剧情化倾向明显等，这些问题制约了真人秀节目的健康发展。2015年，真人秀“平民化”的转型开始受到关注，“素人真人秀”的概念开始提出，是对过度明星秀的抑制；真人秀模式的原创性探索，以及在传播中国文化上所作出的努力，则显示了真人秀从“拿进来”到“传出去”的尝试。

“星素结合”模式的探索

自从湖南卫视《爸爸去哪儿》开启了明星户外真人秀的模式，国内真人秀正在变异为各大卫视的“明星舞台”和“烧钱游戏”，有明星的真人秀总会引爆娱乐话题，如：湖南卫视《我是歌手》《偶像来了》、浙江卫视《奔跑吧兄弟》、东方卫视《极限挑战》都为全明星阵容。但是，这种明星模式迎合社会的浮华风气，对明星过分渲染、热衷猎奇窥私和哗众取宠，已渐渐误入了“消费明星”的三俗歧途。同时，明星片酬畸型超高，节目制作费动辄过亿，不仅引起了社会的不满，也和当前转变社会生活奢侈风气的愿望背道而驰。因此全明星真人秀模式虽然短期收视表现好，但却在“依赖明星博取眼球”的歧途上渐行渐远。

2015 年 7 月，国家新闻出版广电总局下发《关于加强真人秀节目管理的通知》，对真人秀亮出了“限明星、限奢靡、限娱乐”三把“利剑”，旨在切实提升此类节目的格调和层次。“限真令”在纠正真人秀节目对明星的依赖上发挥重要作用，由于目前制作条件与竞争环境的限定，在明星真人秀中加入素人，或让明星做素人的配角，正被越来越多的制作方采纳，“星素结合”模式成为真人秀模式转变的一种缓冲。

综观 2015 年，“星素结合”成绩不俗，除了传统的竞技类真人秀——素人参加竞技，邀请明星当评委的形式之外，也有新的探索。央视大型励志挑战节目《挑战不可能》，每期选择中外 8 名素人选手，开展涵盖技能、体能、脑力等多个项目的极致挑战，展示了选手各种不可思议的能力，呈现了属于普通人的“奇观”，同时，由李昌钰、董卿、周华健组成的强大评审团保证了节目的明星号召力；如果说《挑战不可能》还属于传统的“选手 + 评委”模式的话，湖南卫视的《一年级·大学季》和江苏卫视的《真心英雄》则在“星素结合”的模式创新上更向前了一步。《一年级 · 大学季》让一群素人艺考生当主角，虽然节目有佟大为、袁珊珊等明星老师，但讲述年轻人进入校园后的故事、展现他们的成长，成为节目最吸引眼球的地方，在节目中，“过度消费明星”这种在真人秀中常见的倾向即便不能说完全避免，也是表现得相当克制。该节目 23 岁以下年轻观众份额超过 17%，也显示了电视节目将年轻人重新召唤到电视机前的能力。江苏卫视的《真心英雄》同样也在星素结合的模式创新上作出探索，虽然参与竞技的选手和游戏设置看上去和全明星模式并无二致，但节目以寻找一位素人“真心英雄”贯穿始终，所有版块的游戏设计都与这位素人的“绝技”相关，而在游戏中取胜的队伍获得的奖励，是寻找这位“真心英雄”的线索。一方面，节目这种巧妙的设计开辟了“素人 + 明星”混合真人秀的全新模式，更重要的是，节目以展现宁夏的地理老师、四川的打盆师傅、山西的轮胎工人这些平凡劳动者的不平凡之处为核心目标，为当下真人秀的浮夸风气带来了一丝清新。

星素结合的真人秀模式并非新创，但2015年的星素结合模式在利用明星吸引眼球的同时，将关注重点重新放在了普通人的人生和成长上面，是目前全明星真人秀模式之外的一种比较成熟的模式。

此外，“全素人”模式也值得关注，其特点是完全不用明星，看似远离我们熟悉的“秀场”，实则更接近真人秀本初。目前就我国的市场而言，“全素人”真人秀要成功，难度比“全明星”或“星素结合”要高得多。当前也有一些节目作出了可贵的尝试，令人印象深刻的是东方卫视的《梦想改造家》。

从“拿进来”到“传出去”

购买节目版权本身并没有问题，各个电视大国相互购买版权也是屡见不鲜，但我国的真人秀节目对于国外版权、特别是韩国版权的过分依赖令人揪心，以至于有人揶揄，一打开电视机就是一股“浓浓的泡菜味”。我国电视节目制作的急功近利、患得患失已成为原创能力的最大敌人，购买海外成熟模式成为了“性价比”的首选，从最早的《超级女声》到《非诚勿扰》《中国好声音》，再到后来的《爸爸去哪儿》《我是歌手》和《奔跑吧兄弟》等，这些成功之作几乎都经历了引进国外成熟模式，进行本土化改造的过程，中国真人秀节目原创能力几乎成为了基因缺陷。

然而，一味依赖版权购买并不是长久之计。一方面，国外模式的大举引入挤压了本土的原创能力和节目形态的健康发展；另一方面，国内市场极大的购买力和消费能力也几乎将国外、特别是韩国真人秀模式买空，更重要的是，随着节目形态的输入，同时输入的是依附在这种节目模式上的文化立场和价值观，文化传播的巨大逆差值得警惕。把真人秀演变成复制秀，表面看来是电视工作者创新能力的缺失，本质上则是对民族文化的忽视。中国真人秀要实现健康可持续发展，必须要立足中国传统和中国现实、针对中国观众喜好、利用中国文化元素进行原创生产，并进而实现文化传播。

在2015年7月国家新闻出版广电总局下发的《关于加强真人秀节目管理的通知》中，很重要的一条，就是明确提出“要树立文化自信，摆脱对境外节目模式的依赖心理”。很难想象，若满屏真人秀都是我国明星在搬演国外模式，文化自信将从何谈起。但也应看到，随着真人秀节目的成熟和发展，以及政策引导和行业自律，真人秀原创节目开始发力，像《我是先生》汇聚全国最有人气的名师，展示当代师者风范;《走进大戏台》《成语英雄》《中国汉字听写大会》等节目致力于对戏曲、成语、汉字等中国传统文化的开掘与弘扬，让观众增长知识、陶冶情操。

其中，2015年3月在央视综艺频道播出的原创真人秀节目《叮咯咙咚呛》，为原创真人秀的发展提供了新思路。《叮咯咙咚呛》虽然也是全明星模式的真人秀，但它的创新之处在于把韩国明星邀请到国内，与中国明星组合成团队展开对中国戏曲文化的学习和体验之旅，对戏曲文化的体验和学习成为了这个节目的要旨。戏曲是中华文化的精髓，这表明该节目在策划之初即有明确的文化意识，而非仅仅追求明星效应。除了明星带来的吸引力外，我国著名戏曲大家也显示了极大的影响力，比如该节目请到了梅葆玖先生作指导老师，并在第三期节目中露面，立刻在网上引起了热议，节目播出后，有的观众表示自己虽然一开始是冲着明星去看的，但渐渐受到戏曲文化的感染。《叮咯咙咚呛》利用了明星效应，但最后则传播了中国传统文化，在从“拿进来”走向“传出去”上作出了可贵探索。

类似的还有2015年年底在北京卫视播出的真人秀《传承者》，这是一档国内首档聚焦传承、展示中国传统文化的真人秀节目，《传承者》使用的是传统的竞技式“星素结合”的真人秀模式，节目以传承中国传统文化为主题，坐镇导师席位的是陈道明、侯佩岑、范明、王纪言等明星或公众人物，几位中国传统文化的传承人和守业人带来绝活儿，展现老技艺的魅力，展开竞技。传统绝活儿的魅力和明星风采共同吸引了观众，节目在以真人秀形式传播中华文化上作出了重要尝试。

总之,2015 年我们可以看到我国真人秀从“砸钱请明星”到“素人绝活儿”,从“拿进来”到“传出去”作出了种种的努力。原创力反映了一个民族的文化活力,走出别人的模版,才能真正体现中国文化内涵和民族特色,才能传达出中国观众的价值情感和审美趣味。当前,中华文明在世界的影响力已经不容忽视,电视从业者要以电视为媒介来推广中国文化,作为最受观众欢迎的节目形态,真人秀理应创造鲜明的中国模版,扎根民族文化,展现中国精神,才能创造出真正符合本土观众审美需求的真人秀,获得观众的认同感。

好剧本可以改变一个演员的一生

吴思远

一个好剧本可以造就明星

写剧本是非常寂寞的工作，大多数时候都是一个人在写，一个人在思考，有时写故事也会碰到瓶颈写不下去了。当我写不下去的时候，一定不勉强自己。我会放在一边，慢慢思考。因为你如果选了最简单的那条路，那必定也是最不精彩的。编剧写剧本就好像拿一根绳子自己打结，然后再一个一个解出来。如果这个结非常松，很容易就打开，那它就不是一个好结。所以这个结打的时候必须拉得非常紧，然后用你的智慧慢慢地解，解出来了那就是绝对精彩的作品。

我常常比喻，剧本就像一张图纸，有好的剧本不需要好导演，不需要好明星，也可以拍出好电影。但是烂的剧本，即便使用大导演、大明星也没有用。在香港拍电影有一个毛病，导演是参与创作的，他们常常去干预剧本。这样做有时候是有好处的，但也有它的弊端。所以经历了几十年，我深深感到，你如果有一个好剧本，千万不要放弃。因为这个剧本可以造就明星。比如成龙的《醉拳》系列。拍摄之初，成龙并不是很出名的演员，但是我发现了他的特点。那时拍武侠片很流行、很暴力，我就想，武打片不要那么暴力，加上喜剧元素行不行？所以我就动了把武打片跟喜剧片结合起来的念头。邀请成龙拍了《醉拳》第一部，后来又有了第二部，把成龙一直捧红到今天。由此可见，一个好剧本可以改变一个演员的一生，甚至可以引领潮流。如今，喜剧动作片在香港已经流行了几十年，到现在我们还可以看到那个时代的影子。

编剧要多观察电影院里的观众

编剧要多看电影，不管喜不喜欢。我问过很多编剧朋友是否看过电影《小时代》？他们有些人会说，我不看这种低水准的电影。那你还看过某一部电影吗？他们依旧说，我不看的。我的建议是，一定要看，看看现在我们观众群他们喜欢什么。为什么会笑，为什么会买票进去看，为什么有些电影会达到上亿的票房，这一定有它的道理。

根据统计，如今观众的年龄段主要在20到30岁之间。观众低龄化越来越明显，所以我们写剧本的时候，要想到我是写给什么观众看的，除非你说我不在乎，我拍的是一部艺术片，不在乎票房，就是要表达个人的情怀，那是另外一回事。我现在讲的是一般市场上的规律。

做编剧要多观察人，观察每一个特定人物的每一个小动作与特别的行为。现在我们看电影已经不是单单的看电影，而是变成了社交的一种。编剧跟普通观众看电影是有区别的，看到观众笑，也许你自己不笑，但这个对他引起了共鸣。本来一句很好笑的台词为什么大家都不笑，为什么情节到后面某一段时间出了问题等等，其实这些实际观影中出现的问题，都是编剧“最好的老师”。看了电影你才知道现在的潮流是什么，看了电影你才知道该片的好处在哪里，缺点在哪里。如果我自己来写，会怎么做。

现代科技帮助编剧获取了更大的创作空间

我们开始学电影的时候，电影故事是人和人、人和社会的关系。现在则是人跟外太空的关系、人跟未来的关系，这就需要电脑技术，它给我们编剧带来了一个更大的空间。除了讲人和人的关系外，我们能不能通过电脑特技来为编剧服务，当然有些人很反感。就像有些导演说我不用数字，我一定要用胶片，王家卫拍胶片电影《一代宗师》拍了好几年，最后怎么完成的？就是因为那个胶片公司跟他讲，你再不完成，我们后面的胶片就不生产了。这就说明一个问题，我们必须要适应时代，不但要适应而且还要利用新技术。

现在编剧可以大胆地去写。以前是很困难的，尤其我们中国电影技术很落后，写出来导演说写的意念很好，但是我拍不出来。现在都可以拍出来，而且也不困难，费用也越来越低，因为新的软件出来，为摄影师、为导演起了很大的帮助作用。所以这个任务就落在我们所有的编剧手上，你能不能用现代科技来帮助我们获取更大的创作空间。电脑技术、特技技术为我们打开了大门，我们要利用它而不是排斥它，要擅用特技增加电影的可看性。

维护编剧应有的尊严和权益

不管怎样写剧本，不管你拍哪一类型的电影，影片的结尾必须是给人带来希望的。这是当年我的老师给我提出的忠告，我一直记着，不管是什么类型的电影，结尾都是非常重要的。为什么周星驰的《美人鱼》这么卖座，除了他的知名度，整个影片表现的都是正面、阳光的，家长可以带小孩看，老人家也可以看，各取所得。

近年来，国内票房持续走高，但我还没有看到一部让我震撼的电影，每天就是一些数据。除了要票房，我们的电影还要质量。目前，编剧的成本和演员的报酬相差几千倍，这个非常不合理。在好莱坞，说我是电影编剧，大家都非常尊敬，但在中国，观众为了某一个编剧去看电影几乎没有。所以我们在宣传一部卖座电影的时候，必须要提出要求，把编剧的名字写在电影海报上面。

这个世界上有很多东西，你不争取是没有的。我们要积极维护编剧应有的尊严，争取更多编剧应有的权益，而编剧也要努力写出更多的好故事、好剧本，通过作品赢得尊严和利益。

文学性永远是电影的第一生产力

柳建伟

文学是一切艺术之母。这是常识中的常识。诞生于1895年的电影艺术，其母亲自然是文学。电影艺术出现的121年里，文学性一直是推动电影艺术发展的第一生产力。这里，我谈两点常识。

中国目前的电影创作生产极度走偏，电影的文学性为中国电影110年历史中最弱化的时期。

近一个半月里，出现了两个轻视文学的标志性事件。

其一是中国第一位诺贝尔文学奖获得者莫言在两会期间遭媒体冷遇。今年3月初的几天，一张莫言、陈凯歌和近20个媒体记者的合影照片刷爆了微信朋友圈。照片中，近20个记者把陈凯歌导演团团包围，有几个媒体人甚至跪在陈导的面前，聆听陈导的发言。陈导右侧半米远的作家莫言，坐在椅子上，双目紧闭，面部表情极为复杂，被动地参与着近在咫尺的媒体对电影导演的热烈欢呼。

这张照片可以看作文学在中国电影中遭到冷遇的历史性见证。如果这张照片讲述的是美国的现实，它肯定能得年度普利策新闻奖。莫言不仅是第一个获诺贝尔文学奖的中国人，同时他还是中国第一部获国际电影节大奖影片《红高粱》的原作者和联合编剧。

其二，中国作家曹文轩获国际安徒生奖，在中国门户网站看来，其重要性不如一个电影明星巴厘岛奢华婚礼上伴郎团对一个性感伴娘的疑似性骚扰事件。4月初，世界性重要文学奖项安徒生国际文学奖揭晓，中国作家曹文轩获此殊荣。欧美和日韩的几乎所有主流媒体，均在第一时间且在显要位置，报道了这个消息。而中国的所有门户网站的所有栏目的首页上，均无曹文轩教授得奖的任何报道。在这同一时段，中国的门户网站文化和娱乐的首页上，不是明星婚礼上的性骚扰事件的连续报道，便是歌手骂歌手事件的追踪揭秘，就连一个著名歌手与第一个前夫的女儿文身抽烟照，都上过这个时段中国各大网站娱乐文化版的头条。

看来，出毛病的不仅仅是中国的影视娱乐界，而是中国社会的总体文化观出了毛病。安徒生国际文学奖不如一则明星八卦重要，不是很奇葩吗？

近些年来，中国电影在文学性上没有多少进步，更谈不上任何独特的贡献，试问：获得20亿、30亿票房的两部电影《捉妖记》和《美人鱼》，对电影艺术的独特贡献在哪里？几亿、十几亿票房的中国电影，有多少部可以谈谈它们的文学性和艺术性？大IP是个什么东西？“互联网+电影+金融”又是个什么东西？

大IP概念的炒作，必然会进一步导致中国电影在内容上的空心化，“互联网+电影+金融”很可能会彻底毁掉中国的电影。

可以说，票房至上的引导，正在把中国电影带入歧路。首先，这15年，中国电影城市票房的增长曲线很是好看。2000年是8.6亿，2010年是101亿，2015年便达到了440亿。2016年第一季度已达到145亿。这种增长速度，确实证明了中国电影市场的繁荣。其次，媒体的炒作，观众观影的极度非理性，加上资本的贪婪本性，让中国电影票房很快发生基因突变，成了怪胎。票房造假正在让中国电影票房变成一个笑话。第三，讲不好中国故事，提供不了中国价值观的中国电影，票房越高危险越大。

仅从数字而言，也不该为中国电影票房歌与呼。中国电影的年票房总收入，基本上等同于中国房地产销售排名十几的一家公司的年卖房收入。今年第一季度，房地产公司销售冠军是万科，卖房卖了752亿元，第十名万达卖房卖了215亿元。电影一季度卖了145亿元，真的不值得夸耀。

综上几个方面，说今天的中国电影正在违背常识发展，是恰如其分的。

中外电影史，有无数例子证明文学性是电影的第一生产力这个常识。

世界上出现的经典电影，没有一部没有坚实的文学性做基础。电影问世的120年，不同时期、不同国家，都有经典影片的评选活动。久而久之，便有了在全世界范围内基本公认的经典电影名单。《公民凯恩》《迷魂记》《东京物语》《2001太空漫游》《八部半》《教父》《第七封印》《偷自行车的人》《七武士》《罗生门》《肖申克的救赎》《美国往事》《天堂电影院》《阿甘正传》《勇敢的心》《辛德勒的名单》《拯救大兵瑞恩》《现代启示录》《全金属外壳》《猎鹿人》《西北偏北》《沉默的羔羊》《罗马假日》《卡萨布兰卡》《城市之光》《巴顿将军》《钢琴师》等四五十部电影，占据着各种各样的经典电影榜单。这些电影风格样式各有不同，但它们有一个共同点，就是都有极强的文学性，都通过文学尊重了人。即使是《星球大战》《指环王》这样的系列电影，人也是第一关注的要素。

中国电影110年，也有过各种各样经典电影的评比。《小城之春》《马路天使》《芙蓉镇》《霸王别姬》《英雄本色》《红高粱》《阿飞正传》《重庆森林》《悲情城市》均是各方公认的中国电影杰作。这些中国电影，无一不具有极强的文学性。

没有文学至上的观念，不可能成为真正意义上的电影大师。世界上的电影大师，无一不重视电影的文学性，他们要么是一流的文学家，要么从一流的作家作品出发创作自己的电影。欧洲的伯格曼、费里尼、卓别林如此，日本的黑泽明、小津安二郎如此，美国的库布里克、希区柯克、斯皮尔伯格、科波拉更是如此。韩国、伊朗电影近20年的崛起，无一不是从文学性出发的。

中国电影110年，导演尊崇文学就成功，导演轻视文学便失败，这是铁律。费穆的《小城之春》赢在文学性上；谢晋之所以成为新中国第四代导演的领军人物，成在他几十年一以贯之的对文学的敬畏；没有莫言、余华和苏童的原著文学，张艺谋很难取得今天的文化地位；陈凯歌和冯小刚的电影好与坏，也要看与他们合作的编剧文学能力的高与低。

在中国电影人味越来越淡，资本味越来越浓的今天，讲点常识很有必要。

中国电影不应把很真的故事拍得比较假

厉震林

中国人一直有两个“冲奥”理想，一个是奥运会，一个是奥斯卡。30多年来，同是“冲奥”，“奥运冠军”从零开始，“披金挂银”已是世界第一阵营；“奥斯卡最佳外语片奖”却是只有提名，获奖空白，屡战屡败，屡败屡战。同是亚洲国家的伊朗不时有获“奥斯卡奖”的惊人之举，小故事、小制作、小成本，中国电影人的心情愈加复杂起来了，难道中国电影还不如伊朗？到底何故中国电影获不了“奥斯卡奖”？从编剧角度又有哪些可以反思的？

这里，首先需要端正一些对于“奥斯卡奖”的认识。一是“奥斯卡”最佳故事片奖，都是颁给严肃电影的。也就是说，“奥斯卡奖”有自己的艺术目标，他们是将电影作为文化艺术而不是文化作品来评估的。二是“奥斯卡”获奖影片，除了《阿甘正传》等少数几部影片之外，少有商业大红大紫之后才获奖的，大多是获奖以后才在商业上大红大紫的，即先有口碑后有票房。三是“奥斯卡”获奖影片，它的目标是全球观众，它是为全世界观众选片的。

与此对照一下，目前中国电影无论走出去拍还是引进来拍，正在引入好莱坞的商业运作方法，但是却少有思考如何去学习好莱坞电影的艺术高度。近年来在资本逐利的猛烈“裹挟”之下，以票房论英雄，可谓产品多、作品少，有赢家、无行家，艺人多多、文化人寥寥，以为抖个机灵，玩个概念，卖个情怀，刷几张明星脸，即可赚个盆丰钵满。

显然，与世界电影的高度比较，中国电影还不同程度地存在着如下的一些缺陷。首先，作品少有达到人生价值或者人类学的精神等级。若干年前，我在德国学习时观摩了大量的欧洲戏剧，当时的一个认知是中国话剧在人文等级上比欧洲落后数十年，当我们还热衷于政治学和社会学的主题，诸如“生、死、鬼、神、操”，欧洲则早已展开关于人类学和全球化命题的叙事。从此意义而言，中国电影也比好莱坞落后二三十年，当好莱坞已经开始对于世界未来的描述，中国电影还在展示古代“大辫子”等历史“溃烂”之处。其次，电影人的人文素养有所欠缺，导致对于影片的宏观把握失准。历史片想为历史“翻案”，“新解”却成了“歪解”，显得牵强附会；年代剧不符历史真实地美化三四十年代的民国生活；当代剧想表现所谓真实的生活，却只是表现非主流的边缘生活以及极端化感受。再次，尚无力量构成文化层面的“真实”。好莱坞电影能将“假的写得很真”，中国电影则常常会将“真的写成很假”，在真实的发现、道德是非的发现、社会发展必然规律的发现、人生价值的发现等四个美学等级上，许多中国电影还停留在第一个以及第二个美学阶段。

前年，在上海聆听好莱坞编剧罗伯特·麦基的授课，这位培养了几十位“奥斯卡最佳剧本奖”的老先生，开头第一句话就是：“你们千万别学好莱坞，好莱坞最不喜欢自己的赝品。你们要冲击‘奥斯卡’，不如冲自己的东方情怀，好莱坞喜欢差异化的影片。”东方情怀！确实令人醍醐灌顶。是啊，“冲击‘奥斯卡’，不如冲自己的‘东方情怀’”。

那么，关于东方情怀，首先是要了解中国文化。对中国而言，文化乃是准宗教之一。它通过文化的“社会性痴迷”，从而达到“养护心灵”和“抚慰灵魂”的功能，因此，中国文化乃是一种“养生法”，是宗教淡化的中国人的“圣经”。它的主体包括以下几个方面。第一，君子人格。它是设立一个道德高地，作为一种追慕目标，使产生的各种文化偏差都能在崇德文化下得到纠偏和归正。如此道德高地，具体体现为“君子人格”，厚德载物，自强不息。第二，天人和谐。凡事道法自然，中庸自如，居安思危，诚实守信，反对一切极端主义。它也是中华文明“千年不死”的重要文化密码之一。第三，乐群文化。和而不同，各美其美，美人之美，提倡人际和谐，社会也就不易“撕裂”，中国文化自会绵绵不绝。第四，民本思想，忧患意识，使中国文化具有极强的自我修复能力。

当前，中国正在经历两千年以来最大的社会转型，中国文化以及人种密码正在修正以及重新编码，正是出大故事、大“人物”、大思想之时，“东方情怀”深刻而又满满，“风月”无限。因此，从编剧角度需要了解一下中国文化的当下语境。一是从精英知识分子时代到泛知识分子时代。现在都称专业人士，不再称知识分子。这样的时代对于电影的影响是深刻的，要么清新自然，要么深刻有力，不深不浅或者无风格化与当代观众无关。二是从信息不对称到信息对称。互联网时代已使主要社会信息透明化了，中国电影“端着”教化或者“趴着”取悦将会越来越不灵验，需要有感人至深的“情感”信息。三是从“地沟”到“代沟”。空间地理的“沟壑”在信息时代中逐渐消弥，而“代际”更新从20年、15年到10年不断加快，“代际”“沟壑”逐渐加大。

俄罗斯艺术家曾经称剧场是教堂之外第二个社会对质的场所，那么，中国影院也应该成为社会对质的场所，中国电影在与观众的对抗和共鸣中，养护观众心灵，抚慰观众灵魂。

最后，让我们重温几句不是名言的哲言。曹禺说我是在我情感快要燃烧到沸点的时候才开始写作。那么，我们是否是在情感快要燃烧到沸点的时候才开始写作的？谢晋说观众来电影院不是来听台词的，而是来听潜台词的。那么我们写出了潜台词没有？

如此“东方情怀”，也许离“奥斯卡奖”会近一些。它体现在编剧中就是一句话：中国电影不应把很真的故事描写得比较假。

经典改编何以成为新的经典

张 荔

长久以来，文学经典以其典范性、权威性等特质吸引着观演双方；中国现当代文学经典的改编与舞台呈现因其在历史与现实文化语境中思、诗、史的交融更是备受青睐，构成了当代戏剧舞台上令人瞩目的戏剧现象。近10年，众多经典文本改编与舞台呈现弘扬了经典文本的文学高度、人文价值和艺术品位，彰显了编导演等戏剧创作者的经典阐释能力与艺术创造力。与此同时，面对一部部差强人意的创作，不能不令人深思：经典文本改编后的舞台呈现如何才能同经典原作一样成为传世之作，经典改编何以成为新的经典，这无疑是每一位创作者，也是研究者无法回避的问题。

经典阐释：原创性与神似

从阐释学角度而言，每部经典文学文本向舞台演出本的转化都是以新的叙事方式对经典进行阐释与创造；就戏剧而言，最终的舞台呈现往往源于编导及主创团队足够的文化修养和艺术功力。无论是面对老舍笔下独具神韵的城与人、奇女子张爱玲笔下绵密的意象和繁复人性，还是面对陈忠实数十万字的鸿篇巨制……在整个再创造中，最需要的是创作者“才、胆、识、力，四者交相为济”，特别是作为主创，“无才，则心思不出；无胆，则笔墨畏缩；无识，则不能取舍；无力，则不能自成一家”。缺乏“才、胆、识、力”，难以产生令人刮目的“心思”，难以在既有本文前“取舍”自如，更难以成就“自成一家”的风骨和神韵，也就难有上乘的改编与搬演。

当然，成功改编有一个基本前提，即尊重原作。经典改编与舞台呈现首要的美学原则就是忠实于原作的创作精神。近10年多数创作已证明，原作照搬未必是尊重，大幅改动未见得就是背离。改编不是机械复制，更不是曲意逢迎或肢解；而是在契合经典文本精神的前提下，与原作者深度对话，是两者间的会意与神交；而且，一定是符合艺术规律的再创造。如贝拉·巴拉兹所言，“如果一位艺术家是真正名副其实的艺术家而不是个劣等工匠，那么他在改编小说为舞台剧或改编舞台剧为电影时，就会把原著仅仅当成未经加工的素材，从自己的艺术形式的特殊角度来对这段未经加工的现实生活进行观察，而根本不注意素材所已具有的形式。”曹禺对巴金小说《家》改编的经验同样道出了，经典改编成为新的经典往往被忽视的二度创作中的原创性。曹禺说：“应该把改编看作是一种创造性的劳动，改编同样需要有生活。”布鲁姆认为：“一部文学作品能够赢得经典地位的原创性标志是某种陌生性。”经典改编只有拥有了创造性元素，即具有了再生性，才能证明其强大的生命力，才有可能成为新的经典。我国古典戏剧中的《赵氏孤儿》是、《牡丹亭》是，现代小说《生死场》和《红玫瑰与白玫瑰》的改编与舞台呈现也是。

尽管贝拉·巴拉兹把原作视为素材，布鲁姆强调原创性标志的陌生性，但是在舞台呈现中一个不应回避的事实是：演出在某种程度上意味着为剧作家和观众效劳，因此，既需要找到剧作家在剧本中的精神状态，还需要接通观众的内心生活。这意味着要通过经典作品内在精神的挖掘，实现原创精神的当下反映，而这些也正是经典恒久性的标志。在这方面小说家王安忆对《金锁记》的戏剧改编为我们提供了典型的案例。前不久进京演出的陕西版《白鹿原》道出了中国人所普遍保有的中国式情感与经验，在原创性中国式故事中为探寻我们民族古老而神秘的生命与心理场域提供了一份导游图。但小说改编后的舞台叙事，很多生命悸动和性灵深处的感悟显得薄弱，无形中阻碍了陕西人艺《白鹿原》更生动的气韵、更精深的思想。

经典是记忆艺术，是人文思考与审美价值赖以生存的基础；它传递着时代精神又超越时代的局限性，是民族文化的精神抵达。纵观近10年内地现当代文学经典改编，不难发现，老实厚道者不在少数，很多编剧和导演似乎认认真真地当起了原作的“搬运工”，把剧本中的文字复制在了舞台上，二度创作中主创者的艺术创造力乏善可陈。究其原因，除了创作能力不足外，难以排除的就是实用主义大行其道。一旦困顿于既得利益之中，被其捆绑，戏剧作品往往充满了功利性，造成灵魂审视与精神关怀的缺失，这样的创作在当代舞台比比皆是。经典改编中也不乏实例。

舞台建构：审美自主性

一部作品成为经典的必要品格之一即其独创性美学价值，换言之，拥有审美自主性的作品，才有可能成为经典。在舞台创作中，审美自主性主要体现在对舞台形象的审美感知与艺术创造，即舞台艺术的审美建构。在经典文本全新解读的基础上，如何将解读的内容生动化为艺术样式，建构富于想象力的舞台形象是舞台创作中的重要课题，也是经典改编的挑战性所在。在近10年既有经典改编的上乘之作中，无不体现着创作中主创人员的综合实力。相反，被经典捆住手脚，陷入原作既有的现实主义、象征、表现等陷阱之中，往往带来经典阐释与舞台呈现的偏失而误入歧途。这种现象不同程度存在于北京人艺版《骆驼祥子》《我这一辈子》，以及《活着》和《推拿》等改编与呈现中。

以《我这一辈子》为例。剧中大量独白替代了对话，没有连续的故事甚至没有冲突，片段式倾诉取代了连贯性剧情，散文化取代了戏剧性追求。演员歌队营造的音乐气息，加之回溯“行走”式的追忆等无不为剧作添加了一份厚重的沧桑感、凝重感。但是，过密的心思、过度的意象导致意象堆砌，甚至混杂，使剧作和观众不堪其重。李六乙等主创的探索精神令人钦佩，遗憾的是，探索的执著却导致了创作心态不够松弛，艺术上太过较劲而远离了自由超脱的创作状态，无缘于“无意于佳乃佳”“本色而出色”的艺术妙境。

《我这一辈子》从某种程度上代表了当代话剧的创作态势。张岱批评明代戏曲创作“只求热闹，不论根由，但要出奇，不顾文理”的通病在现今剧坛时有发生。以《活着》为例。这部剧现场火爆、演员卖力，然而，余华小说中的深意却在热闹中被消解，只得到浅表化舞台表达；先锋表象替代了本质上的新锐品质，鼓噪的视听搁浅了小说文本深蕴的悲悯情怀，对时代和现实的批判力度与超越意识无形中被削弱。对世态准确把脉、对时代深切关注与言说无疑是审美自主性重要的精神支点，与之水乳交融的是创作的批判意识和超越精神。创作中往往批判意识越深透，超越精神就越健硕，舞台形象也更饱满。反之，很难不留下遗憾。在这方面《老舍五则》不乏可圈点之处。在改编中，没有着意于老舍笔下人物的性格和经历，而更着力于叙述人物故事的舞台呈现手段，相声、戏曲演唱甚至武术表演，特别是北京曲剧团演员的加盟让整部戏具有了京味的“魂魄”，成功地保有了老舍对人性锐利的剖析和入木三分的批判。

经典改编和舞台呈现，是文学个体的想象纳入一个集体舞台创作；是从抽象到具象，从文字内在向外在舞台呈现的转化。缺乏审美自主性，使部分当代戏剧多下乘皮相之技，无力诠释经典名著上乘的思想意蕴，难以实现超越现实、人伦、国家、民族之上的精神关怀。而这种超越精神，恰恰是心灵建构不可忽视的精神维度。批判意识和超越精神薄弱，则难以胜任经典改编与舞台呈现的重任，更难成精品艺术。

舞台语汇：个性化时空表达

在经典名著文学叙事向舞台叙事转化中，“空间的表达”尤其关键；即：如何将戏剧“空间”在一定的演出“时间”里生动地建立起来，将空间的艺术跟时间艺术勾连，从而构建舞台上富于美学意味的个性化时空表达。在具体操作上，往往体现为个性化舞台形象和视听语汇的构建。

作为空间艺术，舞台上的视觉语汇，其作用不仅在于描写剧情的环境，更是一种有意味的意义符号，呈现着全剧的意义指向。上乘的舞台布景和灯光设计等已经超过了为戏剧表演提供支持的层面，它们往往是戏剧表演的视觉和空间体系结构，能够揭示剧的深层意蕴。因此，陕西版《白鹿原》关中特色的牌坊显赫地悬于舞台中间，灰檐、祠堂、窑洞、草屋、老树……符号化的视觉语汇尽显关中风情。这些舞台布景既是实在之物，同时又有明显的象征意味，从不同层面烘托、渲染了舞台情境和诗意氛围。而且，与白鹿原这个典型环境中白嘉轩、鹿子霖等典型人物有机交融，成为全剧不可分割的有机体。《红玫瑰与白玫瑰》剧中有意味的舞台呈现，莫过于三个主要人物都由两个角色扮演的“分裂与组合”式设计，以及玻璃长廊的舞美装置。随着剧情的展开，玻璃门组成的长廊将舞台空间进行了黄金切割，隔成了振保婚前婚后的两个时空，一边是振保与圣洁的妻白玫瑰孟烟鹂的家，一边是与热烈的情人红玫瑰王娇蕊的爱巢。而且，正如导演田沁鑫接受媒体采访时所言，由玻璃通道隔开的两个空间“象征着男人的左右心房：一边怀揣着社会责任，一边向往着内心渴求”。于是，穿梭于两个时空之间的男人振保，在红白玫瑰之间，在情与理、理想与现实之间，穿梭着、撕裂着——在穿梭中撕裂，在撕裂中穿梭。对男人振保的同情、对女人娇蕊和烟鹂的怜爱映衬出田沁鑫对人性犀利的剖析，及其救赎意识与悲悯情怀。正是对人类情感的揭示使张爱玲这部经典作品跨越时空，小说的魅力和舞台呈现的创造力完好嫁接。

与视觉语汇相辅相成，作为时间艺术，音乐语汇是戏剧中听得见的“灵魂”；它们的主要作为在于建立主人公的情感逻辑和整体舞台形象。如何处理其间微妙的关系，直接关涉戏的精神走向和美学趣味。以明戏坊改编的老舍小说《离婚》《我这一辈子》《猫城记》为例，三部戏几乎都是“穷困戏剧”，极简的舞台、精当的音乐语汇，或曲剧、京韵大鼓，或京剧锣鼓点过渡，自然得当，品质不俗。这样的戏，姑且不论其从“史”的角度能否成为经典，创作中“思”与“诗”的有机融合，已使之表现不俗。而音乐语汇和手段帮倒忙的首推《推拿》。剧中多媒体和通俗歌曲频繁使用搅乱了演出效果，音乐、多媒体等舞台视听语汇无法彼此兼容，使舞台呈现落入俗套，甚至杂乱无章，更奢谈舞台艺术的完整性。

当然，经典文学文本经由舞台叙事成为舞台演出，其成功与否需要一个漫长的经典化过程，远非即时性的戏剧现象。实践证明，中国现当代文学经典的改编与舞台呈现是其精神品质、艺术审美和民族特色的当代演绎；更是民族与国家文化认同的建构行为。只有从时代的世态人心和生命与真理的永恒追问出发解读与诠释经典文本，重构戏剧审美，形成具有独创性与现代感的舞台叙事，才有可能成为具有丰厚的社会历史内容、带着深沉的民族辎重与宏阔的人文情怀的新经典。

编后记

这四卷文字，是我们从2012年，特别是习近平总书记主持召开文艺工作座谈会以来的几年间，发表于《文艺报》上的访谈、理论评论及研究性文章中选取出来的。文丛的面世无疑凝结了多方辛勤的劳动付出。

感谢中国作家出版集团的大力支持，使这个项目得以顺利推进。

感谢作家出版社吴义勤社长、黄宾堂总编辑的鼎力相助，他们率领着由袁艺方、徐乐、王烨、赵莹组成的优秀编辑团队以及美编王汉军、幕后的校对人员，以特别敬业、奉献的精神，全心全意，倾力打造，保证了文丛如期高质量出版。

特别要感谢马识途、屠岸老人和南帆、雷达先生为文丛题写书名，他们急公好义、慨然题签的风范让我们感动。四位当代作家、学人以风格各异的墨迹，再度诠释了对《文艺报》的厚爱，为文丛增添了光彩。

我们谨以此文丛作为一份特殊的礼物，献给全国广大文学艺术工作者，献给中国作家协会第九次全国代表大会。

文丛编委会

2016年11月3日

图书在版编目（CIP）数据

追寻意义 / 文艺报编 . —北京：作家出版社，2016.10
（文艺报文丛 · 评论卷）
ISBN 978-7-5063-9230-3

Ⅰ . ①追… Ⅱ . ①文… Ⅲ . ①中国文学—文学评论—文集 Ⅳ . ① I206-53

中国版本图书馆 CIP 数据核字（2016）第 262525 号

追寻意义：文艺报文丛 · 评论卷

主　　编：梁鸿鹰
责任编辑：王　烨
装帧设计：王汉军
出版发行：作家出版社
社　　址：北京农展馆南里 10 号　　邮　　编：100125
电话传真：86-10-65930756（出版发行部）
86-10-65004079（总编室）
86-10-65015116（邮购部）
E-mail:zuojia @ zuojia.net.cn
http://www.haozuojia.com（作家在线）
印　　刷：三河市紫恒印装有限公司
成品尺寸：152 × 230
字　　数：480 千字
印　　张：35.5
版　　次：2016 年 11 月第 1 版
印　　次：2016 年 11 月第 1 次印刷
ISBN 978-7-5063-9230-3
定　　价：45.00 元